DAG VAN VERGELDING

Van dezelfde auteur:

Dag van bekentenis
De dag na morgen

ALLAN FOLSOM

DAG VAN VERGELDING

2004 – De Boekerij – Amsterdam

Oorspronkelijke titel: The Exile (Forge)
Vertaling: Joost van der Meer en William Oostendorp
Omslagontwerp/artwork: Hesseling Design, Ede

ISBN 90-225-3894-x

Proloog

Parijs

In de studiekamer van een elegante woning aan de avenue Victor Hugo hadden twee mannen plaatsgenomen. Twee oude vrienden, allebei geslaagd zakenman en allebei ergens begin veertig: Alfred Neuss, Amerikaans staatsburger van Russische komaf, en Peter Kitner, een Brit maar geboren Zwitser. Beiden waren gespannen en slecht op hun gemak.

'Laat zien,' beval Kitner zacht.

'Zeker weten?'

'Ja.'

Neuss zweeg.

'Toe dan.'

'Goed.'

Aarzelend zette Neuss de 8mm-projector aan die op het tafeltje naast hem stond. Het inklapbare diascherm flikkerde op en kwam tot leven.

Het was een kort amateurfilmpje, zonder geluid en gefilmd met een 8mm-camera. Plaats van handeling was het trendy Parc Monceau aan de Rive Droite, de rechteroever van de Seine. Er was een kinderpartijtje aan de gang. Vrolijk, dwaas, fleurig. Zo'n twintig jongetjes en meisjes wierpen ballonnen in de lucht, gooiden met stukjes taart en bekogelden elkaar met lepeltjes ijs terwijl de kinderverzorgsters plus een enkele ouder toekeken en de chaos min of meer in toom hielden.

Even later richtte de camera zich op een stuk of tien feestgangers, die spontaan een partijtje voetbal waren begonnen. Het waren allemaal jongens van een jaar of elf, net als de anderen. Voetbal, daar gingen ze helemaal voor, en ze speelden ruw en vol overgave. Iemand schopte verkeerd en de bal vloog recht op een groepje struiken onder een rij bomen af. Een van de jongens rende erachteraan en de camera volgde.

Hij was tien en heette Paul. De camera zoomde een beetje uit en volgde hem van iets grotere afstand terwijl hij naar de bosjes liep om de bal te pakken. Opeens dook er een jongen uit het struikgewas op. Hij was ouder, groter en sterker. Waarschijnlijk twaalf of dertien jaar. Paul bleef staan, zei iets, en wees naar de plek waar de bal was verdwenen. Maar opeens verscheen er iets in de hand van de tweede jongen. Hij drukte op een knopje. Een enorm lemmet klapte naar buiten. Meteen daarna deed hij een stap naar voren, haalde uit en stak het mes hard in Pauls borst. De camera dook eropaf, op en neer bewegend bij elke stap. De oudere jongen keek verrast op en staarde recht in de lens. Daarna draaide hij zich om en wilde wegrennen, maar degene die de camera had, greep zijn hand en draaide de knaap met een ruk naar zich toe. Die stribbelde heftig tegen en probeerde tevergeefs weg te rennen. Opeens liet hij het mes vallen en rukte zich los. De camera viel op de grond, het beeld vol op Paul, die bewegingloos en met wijdopen ogen lag te sterven.

'Stop!' riep Kitner.

Snel zette Alfred Neuss de projector uit.

Peter Kitner sloot zijn ogen. 'Sorry, Alfred. Het spijt me.'

Hij nam even de tijd om tot rust te komen en keek Neuss vervolgens aan. 'De politie is niet op de hoogte van het bestaan van dit filmpje?'

'Nee.'

'En ook niet van het mes?'

'Nee.'

'Er zijn verder geen kopieën van deze film?'

'Nee.'

'En jij hebt het mes in je bezit?'

'Ja. Wil je het zien?'

'Nee. Nooit.'

'Wat wil je dat ik doe?'

Kitner wendde zijn hoofd af en staarde in het niets voor zich uit. Zijn gezicht was asgrauw. Even later keek hij Neuss weer aan. 'Verstop dat mes en die film op een plek die alleen wij weten te vinden. Maak gebruik van wie je wilt, inclusief de familie als het moet. Geld speelt geen rol. Maar zorg er hoe dan ook voor dat — mocht ik een vroegtijdige dood sterven — de politie van Parijs, in samen-

6

werking met de juristen die waken over mijn nalatenschap, snel en direct toegang krijgt tot het mes en de film. Hoe, dat laat ik helemaal aan jou over.'

'Maar hoe zit het dan met...'

'De moord op mijn zoon?'

'Ja.'

'Dat regel ik.'

DEEL I

Los Angeles

1

Twintig jaar later

Het treinstation van het dorp Barstow, woestijn van Zuid-Californië, dinsdag 12 maart, 4.20 uur in de ochtend

In de koelte van de woestijnnacht liep John Barron in zijn eentje naar de trein. Aangekomen bij rijtuig 39002 van de Amtrak Superliner, die *Southwest Chief* heette, bleef hij staan terwijl een besnorde conducteur een bijziende oude man met jampotglazen het trapje op hielp. Daarna stapte hij zelf in.

Binnen begroette de conducteur hem bij het gedempte licht met een 'goedemorgen', knipte zijn kaartje en wees hem langs de slapende reizigers zijn plek, iets verder dan halverwege de wagon. Twintig seconden later legde hij zijn reistas in het bagagerek en nam plaats naast een aantrekkelijke jongedame in een strakke spijkerbroek en een sweatshirt. Ze had zich tegen het raam genesteld en sliep met opgetrokken benen.

Barron wierp een blik op haar, liet zich achteroverzakken en hield daarbij zijn ogen min of meer op de coupédeur gericht. Een halve minuut later zag hij Marty Valparaiso binnenkomen, de conducteur zijn kaartje overhandigen en in een stoel naast de coupédeur plaatsnemen. Seconden tikten weg en Barron hoorde het treinsignaal. De conducteur sloot de deuren en de *Chief* zette zich in beweging. De lichtjes van het woestijnstadje weken meteen voor de duisternis van de vlakte. Hij hoorde het gejank van de dieselmotoren toen de trein vaart begon te maken en probeerde zich voor te stellen hoe zoiets er vanuit de lucht uitzag, zo'n camerashot als je wel eens in een film zag: een reusachtige slang van zevenentwintig wagons lang, door de nachtelijke woestijn glijdend richting Los Angeles.

2

Raymond had net een dutje gedaan toen de treinreizigers binnenkwamen. Aanvankelijk leken het er slechts twee te zijn, een oude wat timide man met dikke brillenglazen en een donkerharige jongeman in spijkerbroek en windjack, die een kleine sporttas bij zich had. De oude man ging op een plekje bij het raam aan de overzijde van het gangpad zitten, de jongere liep langs hem naar achteren en legde zijn tas een stuk of tien stoelen verderop in het bagagerek. Dat was het moment waarop de derde en laatste passagier was ingestapt. Hij was mager, pezig, waarschijnlijk eind dertig, begin veertig, gekleed in een colbertje en pantalon. De man had de conducteur zijn kaartje laten knippen en was vervolgens op een plek naast de coupédeur gaan zitten.

Normaal gesproken zou Raymond er geen aandacht aan hebben geschonken, maar dit was geen normale situatie. Iets meer dan zesendertig uur geleden had hij in een achterkamertje van een kleermakersatelier in Pearson Street, Chicago, twee mensen doodgeschoten. Meteen daarna was hij in de *Chief* gestapt met bestemming Los Angeles.

De treinreis was niet gepland, maar een plotselinge sneeuwstorm had de luchthavens van de stad volledig lamgelegd en hem gedwongen per trein naar Los Angeles te reizen. De vertraging was weliswaar vervelend, maar er zat nu eenmaal niets anders op en tot dan toe was alles zonder incidenten verlopen. Totdat in Barstow deze twee heren waren ingestapt.

Natuurlijk, ze konden twee doodgewone forenzen zijn die in alle vroegte op weg waren naar hun werk in Los Angeles. Alleen, zo kwam het niet op hem over. Het was hun lichaamstaal, de manier waarop ze zich bewogen, hun uitstraling, het feit dat ze voor en achter hem waren gaan zitten: de een bij de voorste coupédeur, de ander in het donker achter hem. Raymond zat dus ingesloten en als hij weg wilde zou hij ten minste een van hen moeten passeren.

Hij slaakte een zucht en keek even naar de omvangrijke man met het blozende gezicht en het gekreukte colbertje, die naast hem bij het raam een dutje deed. De man heette Frank Miller. Hij was begin veertig, vertegenwoordiger in papierwaren in Los Angeles, was gescheiden, kampte met overgewicht, droeg duidelijk een haarstukje, en had een hekel aan vliegen. Tegenover hem, achter het smalle tafeltje, sliep het echtpaar Bill en Vivian Woods, afkomstig uit Madison, Wisconsin. Twee vijftigers op weg naar Californië voor een vakantie. Eigenlijk al meteen na het vertrek uit Chicago had het geklikt tussen hem en deze onbekende reisgenoten. Toen hij in zijn eentje in de restauratiewagon een kop koffie dronk, was Frank Miller naar hem toe gekomen met de mededeling dat hij nog een vierde pokerspeler zocht en of hij zin had zich bij hen te voegen. Wat Raymond betrof kon het niet beter, het was een uitstekende manier om tussen de andere passagiers op te gaan, mocht het zo zijn dat iemand hem het kleermakersatelier had zien verlaten en de politie inmiddels een opsporingsbericht had verspreid.

Ergens in de verte klonken twee lang aangehouden hoornsignalen, een paar tellen later gevolgd door nog een. Raymond keek naar voren. De pezige man in de stoel naast het gangpad zat roerloos en met zijn hoofd naar achteren alsof hij, net als bijna iedereen, lag te slapen.

De sneeuwstorm en de treinreis die er het gevolg van was, waren op zich al vervelend genoeg, een zoveelste kink in een kabel, die zich kenmerkte door talloze zaken die, weliswaar minutieus gepland, toch verkeerd waren gegaan. De afgelopen vier dagen had hij San Francisco, Mexico-Stad en vervolgens via Dallas Chicago aangedaan. Zowel in San Francisco als in Mexico-Stad had hij geprobeerd voor hem onontbeerlijke informatie te achterhalen, wat was mislukt toen had hij de betrokken persoon of personen vermoord en was terstond vertrokken. Hetzelfde gekmakende scenario had zich daarna in Chicago herhaald: daar waar hij informatie had kunnen krijgen, stond hij telkens weer met lege handen. En dus was hij gedwongen de laatste geplande halte op zijn reis door de Verenigde Staten aan te doen: Los Angeles, of eigenlijk Beverly Hills. Daar, zo wist hij zeker, zou het hem geen moeite kosten de informatie die hij zocht los te krijgen, alvorens de verstrekker ervan om te leggen. Tijd vormde echter het probleem. Het was dinsdag 12 maart. Vanwege de sneeuwstorm liep hij al meer dan een dag achter op wat als een zeer strak schema was begonnen en volgens welk hij niet later dan morgenmiddag in Londen moest zijn. Hoe dan ook, ondanks zijn frustratie besefte hij dat er enkel sprake was van wat vertraging en dat het allemaal nog zou lukken als de komende uren maar gladjes verliepen, iets waarvan hij inmiddels echter niet langer overtuigd was.

Onopvallend keek hij even naar zijn koffer in het bagagerek boven hem. Daarin zaten zijn Amerikaanse paspoort, een business-classticket van British Airways met bestemming Londen, de Ruger .40, het automatische pistool dat hij in Chicago had gebruikt, plus twee extra magazijnen van elk elf patronen. Hij vroeg zich af of hij het ding had moeten meenemen. De wapens die hij in San Francisco en Mexico-Stad had gebruikt, had hij van tevoren in onopvallende verpakking naar verscheidene Mailboxes Inc.-vestigingen verzonden waar hij een kluisje en een sleutel had geregeld. In San Francisco had hij het wapen afgehaald, de klus geklaard en het ding in de baai gedumpt, samen met het slachtoffer. In Mexico-Stad bleek het pakketje onvindbaar en duurde het bijna een uur voordat de chef erbij werd gehaald en het pakketje alsnog werd opgespoord. Ook in Beverly Hills had hij bij een Mailboxes Inc.-vestiging een pistool klaarliggen, maar aangezien hij al achterliep op zijn schema en met het gedoe in Mexico-Stad nog vers in het geheugen, had hij besloten de Ruger mee te nemen om af te zijn van verdere toestanden die zijn aankomst in Londen konden vertragen.

Opnieuw een hoornsignaal en hij keek weer even naar de duttende man naast de coupédeur. Daarna wierp hij weer een blik op zijn koffer in het bagagerek en besloot het erop te wagen. Gewoon opstaan, de koffer pakken en hem openen alsof hij toevallig iets zocht. Daarna, uit het zicht door het gedimde licht, de Ruger voorzichtig onder zijn trui laten glijden en de koffer terugleggen. Net op het moment dat hij wilde opstaan, keek hij recht in de wijdopen ogen van Vivian Woods. Ze glimlachte naar hem. Niet uit beleefdheid; niet ingegeven door de constatering dat hij, medereiziger, op dit vroege uur al wakker was, maar uit pure opwinding. Het gebeurde wel vaker. Met zijn drieëndertig levensjaren was Raymond goedgebouwd en gezegend met de uitstraling van een rockster. Zijn blonde haar en grote blauwgroene ogen accentueerden een gezicht dat als verfijnd, ja zelfs als aristocratisch kon worden beschreven. Bovendien had hij een zachte stem en een zeer charmant voorkomen: een dodelijke combinatie voor bijna iedere vrouw, ongeacht haar leeftijd. Hij werd regelmatig aandachtig bekeken en vaak met dezelfde verlangende blik als die Vivian Woods hem nu schonk, alsof ze zich ogenblikkelijk door hem zouden laten meevoeren, waarheen hij maar wilde. Om daarna alles te doen wat hij haar vroeg. Hij glimlachte vriendelijk terug en sloot zijn ogen alsof hij wilde slapen, wetend dat ze naar hem zou blijven kijken. Haar complimenteuze waakzaamheid kwam op dit moment echter hoogst ongelegen, want hierdoor kon hij onmogelijk opstaan, zijn koffer pakken en het pistool bij zich steken.

3

John Barron keek naar de rij van vroege forenzen die de coupé betraden. Sommigen hadden een koffertje of een laptop bij zich, anderen een koffiebekertje. Hier en daar werd mobiel getelefoneerd. Naar de gezichten te oordelen leken de meesten nog half te slapen.

Een paar minuten gleden voorbij, daarna sloot de conducteur de deuren. Even later klonk het signaal. Met een klein schokje zette de *Chief* zich in beweging. De jongedame naast hem verroerde zich even en sliep toen weer verder.

Na een blik op haar te hebben geworpen, richtte hij zijn aandacht op de rij passagiers die in het gangpad naar een plekje zochten. Zijn geduld begon op te raken. Al sinds het eerste ochtendlicht wilde hij opstaan om langs de plek met de vier pokeraars te lopen en een glimp van de verdachte op te vangen. Ervan uitgaand dat hij inderdaad hun verdachte was. Maar het was een slechte tactiek, dus bleef hij zitten en keek naar een kindje van een jaar of vijf, dat met een teddybeer tegen zich aan gedrukt langsdribbelde. Daarna volgde een knappe blonde vrouw. Hij nam aan dat ze de moeder was. Terwijl de twee langsliepen, keek hij even naar Marty Valparaiso bij de deur. Hij sliep, of deed alsof. Barron voelde transpiratievocht op zijn bovenlip en merkte dat ook zijn handpalmen klam waren. Hij was gespannen en vond het maar niks. Nervositeit was wel het laatste waar hij op zat te wachten.

De laatste van de forenzen passeerde, zoekend naar een plek. Hij was lang, atletisch gebouwd, gekleed in een donker kostuum en droeg een koffertje. Hij zag eruit als een ambitieuze jonge zakenman. De werkelijkheid was anders. Hij heette Jimmy Halliday en was nummer drie van de zes rechercheurs in burger die de taak hadden de pokeraar te arresteren zodra de *Chief* om tien over halfnegen het eindstation Los Angeles Union Station zou binnenrijden.

Barron liet zich achteroverzakken, staarde langs de slapende jonge vrouw naar buiten en probeerde de spanning van zich af te laten glijden. Het was de taak van de rechercheurs op de trein om te verifiëren of de pokeraar inderdaad degene was die door de po-

15

litie van Chicago werd gezocht. Zo ja, dan zouden ze hem volgen wanneer hij ergens op een tussenstation uitstapte, en ook wanneer hij de rit zou uitzitten. Aangezien hij een enkele reis Los Angeles had geboekt, zou dat laatste het meest waarschijnlijk zijn. Het plan was om hem met drie man links, rechts en achter hem in de armen van de overige drie te drijven die hen op het perron zouden opwachte om hem daarna snel te kunnen afvoeren.

In theorie een eenvoudig plan. Hou je gedeisd tot de laatste seconde en trek vervolgens de val dicht met zo min mogelijk gevaar voor het omringende publiek. Het vervelende was alleen dat hun verdachte een buitengewoon oplettende, onberekenbare, uiterst gewelddadige moordenaar was. Stel dat hij hun aanwezigheid zou opmerken en tot actie zou overgaan? Hij moest er niet aan denken. Daarom waren ze alle drie afzonderlijk ingestapt en gedroegen ze zich zo onopvallend mogelijk.

Ze – Barron, Valparaiso en Halliday, plus de drie anderen die op Union Station wachtten – waren rechercheurs van de 5-2 Squad, het gerenommeerde, honderd jaar oude rechercheteam voor 'speciale opdrachten' van de politie van Los Angeles, dat nu onder de afdeling Moordzaken viel. Van de drie in rijtuig 39002 was Valparaiso met zijn tweeënveertig levensjaren en drie tienerdochters de oudste. Inmiddels werkte hij zestien jaar voor het team. Halliday was eenendertig, had een tweeling van vijf en een vrouw in blijde verwachting. Hij was al acht jaar in dienst. John Barron was het groentje van het stel: zesentwintig jaar oud, ongetrouwd en pas een week in dienst.

Reden genoeg dus voor klamme handjes, een zweterige bovenlip en het antwoord op de vraag waarom de slapende jongedame naast hem, het kind met de teddybeer en alle andere reizigers in de coupé hem zo zenuwachtig maakten. Dit zou zijn eerste confrontatie worden met een verdachte – aangenomen dat deze vent inderdaad degene was die ze zochten – die als zeer gevaarlijk bekendstond. Stel dat er iets gebeurde en hij was één seconde te laat. Stel dat hij het op de een of andere manier verprutste en er doden of gewonden vielen…

Hij wilde er liever niet aan denken en wierp een blik op zijn horloge. Tien over halfzeven. Nog precies twee uur te gaan voordat ze Union Station binnen zouden rijden.

4

Ook Raymond had de lange man in het donkere pak zien instappen. Zelfverzekerd, glimlachend, koffertje in de hand. Een jonge zakenman, klaar voor een nieuwe dag, zo leek het. Maar net als de mannen die in Barstow waren ingestapt, was ook zijn manier van doen te alert, te doordacht, te gezaghebbend.

Hij bekeek de man terwijl deze hem passeerde, draaide zijn hoofd even om en zag dat de man iets verderop even bleef staan om een vrouw de gelegenheid te geven haar peuter in de stoel te zetten, vervolgens verder liep en door de achterste coupédeur verdween. Precies op datzelfde moment verscheen Bill Woods, glimlachend als altijd, met vier koffiebekertjes in een kartonnen houdertje in de voorste deuropening.

Vivian Woods glimlachte ook toen haar echtgenoot het houdertje op het tafeltje zette en zich naast haar op zijn stoel liet zakken. Meteen zette ze voor ieder een bekertje neer en liet Raymond doelbewust met rust door vriendelijk het woord tot Frank Miller te richten.

'Voel je je al wat beter, Frank? Je ziet gelukkig niet meer zo pips.'

Als Raymond zich niet vergiste, was de vertegenwoordiger de afgelopen twee uur minstens driemaal naar het toilet geweest, hen telkens wakker makend wanneer hij opstond en terugkwam.

'Gelukkig wel, dank je,' antwoordde Miller met een geforceerde glimlach. 'Ik zal wel iets verkeerds hebben gegeten, denk ik. Wat denk je, zullen we nog even een spelletje doen voordat we er zijn?'

Op dat moment liep de conducteur langs. 'Goedemorgen,' begroette hij Raymond in het voorbijgaan.

'Goedemorgen,' groette deze afwezig terug, terwijl Bill Woods een spel kaarten van het tafeltje pakte. 'Wil jij delen, Ray?'

Raymond glimlachte. 'Ach, waarom ook niet?'

5

Hoofdinspecteur Arnold McClatchy stuurde zijn onopvallende lichtblauwe Ford over het stoffige bouwterrein en zette hem neer op een beschut parkeerterrein met gravel, dat door een hekwerk was afgescheiden van perron 12, waar de *Southwest Chief* zou aankomen. Nog geen minuut later stopte een tweede ongemerkte Ford met daarin rechercheurs Roosevelt Lee en Len Polchak naast hem.

Portiers werden dichtgeslagen en de resterende drie leden van de 5-2 Squad liepen onder de inmiddels al hete zon naar perron 12.

'Als jullie koffie willen? We hebben tijd genoeg, dus ga je gang. Ik wacht hier,' zei McClatchy nu ze het perron bereikt hadden. Hij keek de twee oudere rechercheurs na, de een lang en zwart, de ander klein en blank, terwijl ze via een lang, aflopend voetgangerspad de koelte van de lagergelegen stationshal van Union Station in liepen.

McClatchy keek even om zich heen, draaide zich om, liep naar het eind van het verlaten perron en staarde naar een punt in de verte waar in het felle zonlicht het spoor met een bocht uit het zicht verdween. Of Polchak en Lee werkelijk zin in koffie hadden was niet van belang. Ze wisten dat hij even alleen wilde zijn om de plek in zich op te kunnen nemen, zich een beeld te kunnen vormen van wat er ging gebeuren zodra de trein arriveerde en ze aan de slag moesten.

De negenenvijftigjarige 'Red' McClatchy was inmiddels meer dan vijfendertig jaar inspecteur Moordzaken, waarvan dertig bij de 5-2. In die tijd had hij 164 moordzaken opgelost. Drie moordenaars waren in de gaskamer van de San Quentin-gevangenis aan hun eind gekomen. Zeven zaten nog in de dodencel, wachtend op hun hoger beroep. De laatste twintig jaar was hij viermaal voorgedragen als hoofdcommissaris van het Los Angeles Police Department, maar telkens had hij dit ter zijde geschoven met de mededeling dat hij gewoon een dooie diender was en geen administrateur, psycholoog of politicus. Bovendien was hij op zijn nachtrust gesteld. Daar kwam nog bij dat hij al lange tijd aan het hoofd van de 5-2 stond. Meer, zo verklaarde hij, kon hij zich niet wensen.

Dat laatste was ontegenzeggelijk waar, want in een tijd waarin schandalen, politieke en rassenrellen de naam en reputatie van zowel de stad als het korps hadden bezoedeld, had deze 'dooie diender' de lange, rijke traditie van het team hooggehouden. Een rijk verleden, doorspekt met gebeurtenissen die wereldwijd de kranten hadden gehaald, waaronder de Zwarte Dahlia-moord, Marilyn Monroes zelfmoord, de aanslag op Robert Kennedy, de Charles Manson-moorden en de O.J. Simpson-zaak. Stuk voor stuk omgeven door de glitter en glamour van Hollywood.

Dat de lange, breedgeschouderde rechercheur met zijn rode haar, dat bij de slapen reeds de eerste strepen grijs vertoonde, op en top het boegbeeld van recht en orde leek, zette zijn imago alleen maar meer kracht bij. Altijd en eeuwig gekleed in een wit, gesteven overhemd, donker pak met stropdas en met zijn .38 Smith & Wesson met paarlemoeren kolf in zijn omgekeerde holster aan zijn heup, was hij uitgegroeid tot een van de meest bekende, gerespecteerde en invloedrijke figuren binnen het LAPD. Ja, misschien zelfs van de hele stad. Hij was haast een cultheld binnen het doorgewinterde wereldje van de ordehandhaving.

Maar niets van dit alles beïnvloedde hem, zijn werkwijze, of die van het team. Ze waren net metselaars. Dit was hun werk en dat deden ze dag in dag uit, weer of geen weer. Zo ook vandaag. Een verdachte zou met de *Southwest Chief* arriveren en diende op verzoek van de politie van Chicago te worden vastgehouden. Uiteraard moest de veiligheid van alle reizigers worden gewaarborgd. Niets meer, niets minder. Zo simpel was het.

6

7.20 uur

Raymond nam een slokje van zijn koffie en bekeek de kaarten die Frank Miller hem had gegeven. Terwijl hij zijn kaarten bestudeerde, zag hij vanuit zijn ooghoek dat de in Barstow ingestapte man opstond van zijn plek bij de coupédeur en zijn kant op liep. Raymond keek weer naar zijn kaarten, vervolgens naar Vivian en gaf Frank drie kaarten terug. 'Drie nieuwe graag,' zei hij kalm.

Terwijl Miller hem drie nieuwe kaarten aanreikte, liep de man in het colbertje voorbij. Raymond pakte ze aan en keek net op tijd even achterom om te zien dat de man uit Barstow door de achterste coupédeur verdween. Precies zoals die zakenman van zo-even. Een seconde later stond ook de jongere vent uit Barstow op van zijn plek halverwege de coupé en liep op zijn gemak naar dezelfde deur, die hij achter zich sloot.

Langzaam richtte Raymond zijn aandacht weer op het spel. Als het er eerst twee waren geweest, moesten het er nu drie zijn. Het leed geen twijfel dat het rechercheurs waren en dat ze hier slechts om één reden waren.

Hem.

'Hij is onze verdachte, geen twijfel mogelijk.' Marty Valparaiso bevond zich samen met Jimmy Halliday, John Barron en de conducteur op het licht schuddende balkon tussen de coupés.

'Mee eens,' knikte Halliday, en hij keek de conducteur aan. 'Wie zijn de anderen?'

'Voorzover ik weet gewoon een paar medereizigers, die hij na ons vertrek uit Chicago heeft leren kennen.'

'Oké,' zei Halliday. Hij haalde een kleine mobilofoon uit zijn jasje te voorschijn en zette hem aan.

'Red?'

'Hier ben ik, Jimmy.' De stem van Red McClatchy klonk glashelder.

'We weten het zeker. We houden ons koest volgens plan. Wagonnummer drie-negen-nul-nul-twee...' Halliday keek even op naar de conducteur. 'Klopt dat?'

Deze knikte. 'Ja. Drie-negen-nul-nul-twee.'

'Arriveren we op tijd?' wilde Valparaiso weten.

'Ja,' antwoordde de conducteur nogmaals.

'Op tijd en gereed, Red. Tot zo in LA.' Na deze woorden zette Halliday de mobilofoon uit en keek de conducteur aan.

'Bedankt voor uw hulp. Van hieraf nemen wij het over. U en uw mensen houden zich erbuiten.'

'Eén ding,' zei de conducteur met een waarschuwend vingertje, 'dit is mijn trein en de veiligheid van zowel het personeel als de reizigers is mijn verantwoordelijkheid. Ik wil geen geweld en geen gewonden. U wacht totdat hij is uitgestapt.'

'Dat is precies ons plan,' legde Halliday uit.

De conducteur keek de andere twee een paar seconden aan. 'Afgesproken,' zei hij. 'Afgesproken.' Daarna trok hij even aan het puntje van zijn snor, schoof de coupédeur open en liep de wagon in waar de pokeraars zaten.

Valparaiso wachtte totdat de deur zich sloot en keek de anderen aan. 'Het spel is begonnen, heren. Vanaf nu graag radiostilte totdat we er zijn.'

'Duidelijk,' reageerde Halliday. 'Succes.'

Valparaiso stak zijn duim omhoog, schoof de coupédeur open en volgde de conducteur de coupé in.

Halliday wachtte totdat de deur zich achter Valparaiso had gesloten en wierp een blik op Barron. Het was Halliday geweest die als eerste van deze jonge rechercheur en diens uiterst nauwkeurige aanpak en vasthoudendheid had vernomen. Barron had destijds een moordzaak opengebroken waarvan iedereen dacht dat het op een dood spoor stond. Voor Halliday een reden om Barron onder de aandacht van de andere teamleden te brengen en hem uiteindelijk bij het team te halen. Kortom, Barrons baantje binnen het team en zijn aanwezigheid in de trein waren te danken aan Halliday. Die besefte dat Barron gespannen zou zijn en voelde de behoefte het even ter sprake te brengen.

'Je weet zeker dat je het aandurft?'

'Ja,' antwoordde een glimlachende Barron met een knik.

'Zeker weten?'

'Zeker weten.'

'Goed, daar gaat-ie dan.'

7

7.35 uur

Raymond had Valparaiso voorbij zien lopen en zijn plek vlak naast de coupédeur zien innemen, om daarna op zijn gemak naar buiten te staren, terwijl de trein zijn eindbestemming naderde en er buiten steeds meer gebouwen en huizen verschenen. Een paar tellen later had hij ook de man uit Barstow naar zijn plek, zo'n tien stoelen achter hem, zien terugkeren. Inmiddels zat hij met de kin op de borst. Lezend of duttend, dat viel moeilijk uit te maken. En vervolgens, het leek wel afgesproken werk, verscheen het zakentype in het pak weer. Hij nam een stoel achter in de coupé, naast het gangpad en tegenover het toilet, opende zijn koffertje en haalde er een krant uit, waarin hij zich vervolgens verdiepte. Raymond kon geen kant meer op.

'Raymond, doe je nog mee?' vroeg Vivian Woods zacht.

Hij keek weer naar de tafel en zag dat hij aan de beurt was en dat de anderen op hem wachtten.

'Ja.' Hij glimlachte even en ving haar blik zoals zij zo-even de zijne had gevangen. Verleidelijk en uitnodigend. Daarna bekeek hij zijn kaarten.

Als die drie kerels inderdaad rechercheurs waren, zoals hij vermoedde, en ze het op hem gemunt hadden, dan moest hij elk voordeel zien te benutten. En als hij Vivian Woods voor zijn karretje kon spannen, dan zou hij dat zeker niet laten. Ze zou vast alles doen wat hij haar vroeg.

'Ik speel deze hand, Vivian.' Opnieuw zochten zijn ogen de hare, hielden ze net lang genoeg gevangen om daarna weg te kijken en zich te richten op Frank Miller, die naast hem bij het raam zijn eigen kaarten bekeek. Een aan vliegangst lijdende, corpulente vertegenwoordiger met een overgevoelige maag. God mocht weten hoe hij zou reageren als die rechercheurs in actie kwamen en het erom ging spannen. Wie weet zou Miller een hartaanval krijgen of raakte hij enorm in paniek, deed hij precies het verkeerde en werden ze alle vier gedood.

Raymond zette in. Miller verzocht hem zijn kaarten te tonen en schoof ondertussen een stapeltje rode pokerfiches naar het midden van het tafeltje. Voor het eerst vroeg Raymond zich af of Millers toupet niet gewoon ijdelheid was, maar misschien was bedoeld om de gevolgen van een chemokuur of een bestralingsbehandeling te verbergen. Misschien was hij wel ziek maar had hij dat verzwegen en was dat meteen ook de reden voor zijn frequente toiletbezoek.

'Dit is te link voor me, Frank. Ik pas.' Hij schoof zijn kaarten in elkaar. Wie weet had hij wel de beste kaarten, maar dat kon hem niet schelen. Ook niet of Miller nou wel of geen haarstukje droeg, en of hij wel of niet ziek was. Zijn gedachten waren slechts bij de rechercheurs en hoe ze hem hadden weten te vinden. En dat terwijl hij die liquidaties in Chicago zo zorgvuldig had uitgevoerd. Net als in San Francisco en Mexico-Stad had hij zo min mogelijk tijd op de plaats van het misdrijf doorgebracht; hij had bijna niets aangeraakt of verplaatst en had chirurgische handschoenen gedragen, de wegwerpvariant die je in deze tijd van wereldwijde angst voor besmettelijke ziekten bij bijna elke drogist kon kopen. Hetgeen betekende dat hij nergens vingerafdrukken had achtergelaten.

Vlak daarna had hij op weg naar het station via spekgladde, opgevroren straten opzettelijk een zigzagroute genomen zodat zijn spoor zo goed als onmogelijk te volgen zou zijn. Het leek gewoon onmogelijk dat ze hem hadden weten op te sporen, en al helemaal in deze trein. Maar ze waren er en elke seconde die wegtikte, bracht de uiteindelijke confrontatie een stukje dichterbij.

Wat hij moest doen, en snel, was een uitweg verzinnen.

8

Union Station, 7.50 uur

Rechercheurs Polchak en Lee verschenen weer op perron 12, waar McClatchy op hen wachtte. Len Polchak was eenenvijftig, blank, een meter zevenenzestig en woog zo'n honderd kilo. Roosevelt Lee was vierenveertig, een Afro-Amerikaan en zo'n dertig centimeter langer: een boomlange, aantrekkelijke en nog altijd gespierde ex-footballspeler. Polchak maakte al eenentwintig jaar deel uit van het team, Lee achttien. En ondanks de verschillen in leeftijd, postuur en ras leken ze allebei aanspraak te maken op hetzelfde geboorterecht: een onderlinge vertrouwdheid die het gevolg was van hetzelfde wachten, dezelfde waakzaamheid, hetzelfde gevaar, het getuige zijn van dezelfde verschrikkingen die mensen elkaar konden aandoen. Jarenlang. Een vertrouwdheid die werd gevoed door tijd en ervaring, die het aanvoelen van de ander, op elk moment, in elke situatie, tot iets vanzelfsprekends maakte. Net als het diepgewortelde gevoel dat je wist dat hij jou te allen tijde zou dekken, en omgekeerd. Dat gold binnen het hele team, waar de traditie voorschreef dat niemand belangrijker was dan de ander, de commissaris inbegrepen. Dat resulteerde in een actieve, dagelijkse houding die slechts voor een select groepje was weggelegd. Een rechercheur werd alleen op voorspraak uitgenodigd, vervolgens weken-, ja zelfs maandenlang stilletjes geobserveerd alvorens de anderen akkoord gingen. Waarna hem werd gevraagd of hij bij het team wilde komen. Eenmaal opgenomen en aanvaard binnen de 5-2 en na plechtig te hebben gezworen de integriteit van het team te zullen respecteren, was zijn plek in het team voor het leven. De enige uitweg was een levensgevaarlijke verwonding, de dood of pensionering. Zo waren de regels. Met de jaren vormde dit onvoldongen feit de basis voor een broederband die je elders zelden aantrof, en hoe langer je bij het team zat, hoe beter je je maten aanvoelde.

En dat was precies waarop de twee vertrouwden toen ze vanuit de stationshal het perron op liepen en naar McClatchy toe, die hen al gadesloeg. Ze telden ieder de minuten af totdat de *Chief* zou arriveren en hun pokeraar zou uitstappen.

7.55 uur. Eenmaal had John Barron hem duidelijk kunnen zien. Dat was toen hij opstond van het pokerspel en door het gangpad naar het toilet achter in de coupé verdween. Maar het was niet meer dan een glimp in het voorbijgaan geweest, te kort om het beeld te kunnen krijgen dat hij zocht: de intense blik, hoe snel hij zou kunnen opstaan, hoe snel zijn handen waren. Toen hij een paar minuten later weer terugkwam, was het niet anders geweest. Hij passeerde hem met zijn rug naar hem toe en aan dezelfde coupékant, zo'n tien rijen verder, en gleed daarna naast de anderen weer op zijn plek. Nog altijd onvoldoende om een goed beeld te kunnen krijgen.

Barron keek naar de jonge vrouw naast hem. Ze had oordopjes in, staarde voor zich uit en tikte de maat van wat het ook was waarnaar ze luisterde. Het was haar onschuld die hem nog het meest dwarszat, de gedachte dat zij, en de andere reizigers, hier zomaar aan werden blootgesteld. De situatie kon levensgevaarlijk worden en het leed geen twijfel dat hun verdachte opzettelijk voor deze manier van reizen had gekozen, omgeven door onschuldigen die hem beschermden zonder dat ze dat zelf doorhadden. Bovendien was het de voornaamste reden waarom ze hem niet gewoon in de kraag hadden gevat toen hij door de coupés liep.

Ondanks het vertrouwen dat ze hun verdachte zonder incidenten zouden kunnen insluiten, speelde er nog iets anders, iets waar hij de vinger maar niet op kon leggen. Hoe dichter ze Los Angeles naderden, hoe minder hij zich op zijn gemak voelde. Misschien was het de nervositeit die hem bijna continu parten had gespeeld; zijn bezorgdheid voor de medereizigers in combinatie met zijn relatieve onervarenheid vergeleken bij zijn collega's. Misschien was het de drang te willen bewijzen dat hij een volwaardig lid van de 5-2 Squad was, waarmee hij zichzelf onder druk zette. Of misschien kwam het door de explosieve omschrijving 'vuurgevaarlijk en uiterst onberekenbaar' die de politie van Chicago had verspreid. Hoe het ook zij, de spanning in de lucht werd allengs grimmiger en voelbaarder. En daarmee groeide tevens het voorgevoel dat zich iets verschrikkelijks, iets onverwachts ging voltrekken. Het was alsof hij wist dat ze hier zaten, en dat hij hun in gedachten al twee of drie stappen voor was en zich voorbereidde op wat hij op het moment suprème zou doen.

9

Union Station, 8.10 uur

Red McClatchy zag hoe iedereen op het perron samendromde in afwachting van de trein. Een snelle telling leverde achtentwintig wachtenden op; hemzelf, Lee en Polchak niet meegerekend. De drie hadden zich op de plek waar wagon 39002 zou stoppen opgesteld. Zodra dat gebeurde, zouden de twee deuren aan de perronzijde openglijden en de reizigers uitstappen. Het maakte niet uit welke van de twee deuren de verdachte zou nemen. Halliday, aan de ene kant, zou vlak achter hem opduiken als hij zijn kant op kwam. Valparaiso zou hetzelfde doen als hij precies de andere kant op zou lopen. Barron, in het midden, zou een van beide ondersteunen.

Aan de overzijde van het spoor, achter het hekwerk waar de onherkenbare politieauto's geparkeerd stonden, bevonden zich extra agenten. Twee zwart-witte politieauto's met geüniformeerde agenten stonden uit het zicht achter drie lege opleggers die er tijdelijk geparkeerd stonden. Nog eens vier politieauto's stonden op een strategische plek buiten het station, mocht de verdachte hun op de een of andere manier te vlug af zijn.

Er klonk een hoornsignaal. Geschrokken draaide hij zich om en zag vervolgens twee perrons verder een Metrolink-treinstel binnenkomen. De trein kwam langzaam tot stilstand en een paar minuten lang was het een komen en gaan van reizigers. Zo snel als ze waren verschenen, zo snel waren ze ook weer verdwenen – op weg naar hun werkplekken verspreid over de stad – en het perron lag er weer verlaten bij.

Hetzelfde zou gebeuren zodra de *Chief* arriveerde. Gedurende een paar hectische ogenblikken zou het een drukte van belang zijn, terwijl de trein zijn menselijke vracht afzette. Dat was het moment waarop ze zouden toeslaan: naar voren schieten zodra de pokeraar uitstapte, hem snel de handboeien omdoen en hem in allerijl over het spoor naar de politieauto's afvoeren. Hoe intens deze ogenblikken ook zouden zijn, in werkelijkheid zou de hele operatie slechts een paar seconden duren en zou bijna niemand iets in de gaten hebben.

McClatchy keek naar Lee en Polchak, en vervolgens naar de perronklok.

8.14 uur. 'Laat maar eens zien wat je hebt, Frank,' grinnikte Bill Woods, terwijl hij Frank verzocht zijn kaarten te laten zien en een stapeltje rode fiches naar het midden van de tafel schoof.

Raymond had zo-even gepast, net als Vivian Woods, die hem weer met dezelfde blik aankeek als vlak daarvoor. Dat haar echtgenoot pal naast haar zat, leek haar niet te deren. De reis was bijna ten einde en dit was haar laatste poging zich aan zijn voeten te werpen, in de hoop dat hij alsnog iets zou ondernemen voordat ze Los Angeles bereikten. Hij speelde het spel mee, hield haar blik net lang genoeg gevangen en keek vervolgens door het gangpad naar voren.

De magere man met het colbertje zat nog altijd op zijn plek bij de coupédeur en staarde uit het raam. Het liefst wilde Raymond zich even omdraaien om achterom te kunnen kijken, maar dat had geen zin. De man in het donkere pak zou nog steeds naast het toilet zitten, en die jongere vent die in Barstow was ingestapt nog steeds halverwege de coupé.

8.18 uur. Hij voelde direct dat de trein vaart minderde. Buiten gleden fabrieken, verkeersknooppunten en de betonnen Los Angeles River voorbij. De rit zat er bijna op en de tijd begon te dringen. Zo meteen zou iedereen opstaan en naar de bagagerekken reiken. Hij zou hetzelfde doen: opstaan en zijn tas pakken in de hoop dat hij tussen de anderen niet zou opvallen en de kans grijpen om de Ruger eruit te halen en achter zijn broeksband te proppen. Zodra de trein tot stilstand was gekomen zou hij met Miller en Woods meelopen naar de deur, ondertussen een beetje napratend. Daarna zouden Vivians geheime verlangens hem goed uitkomen. Vlak bij de deur zou hij haar bij de arm pakken, haar influisteren dat hij haar helemaal zag zitten, haar smeken met hem mee te gaan, nu meteen, en haar man in zijn sop gaar te laten koken. Ze zou geschokt en tegelijkertijd gevleid zijn. Lang genoeg om haar uit de trein en het perron op te dirigeren om haar zo als menselijk schild te gebruiken tegen de rechercheurs achter hem en hun handlangers, van wie hij zeker wist dat ze hem zouden staan op te wachten.

Een perfecte timing, al eerder onontbeerlijk, zou nu van levensbelang zijn. Bill Woods zou achter hen uitstappen en op luide toon vragen wat dit allemaal te betekenen had. Dat zou het moment zijn waarop de politie zou toeslaan en hij zijn Ruger te voorschijn zou trekken. Hij zou zo veel mogelijk mensen proberen te raken om een zo groot mogelijke chaos te creëren. Om vervolgens snel onder de trein door te duiken, het spoor over te rennen, de drukste uitgang te zoeken en zich tussen de mensen te begeven. Hij zou in het niets oplossen, als de rook van de uitslaande brand die hij zo-even had veroorzaakt, verdwenen in de hectiek van de gigantische stad die voor hem lag. Zolang hij op zijn timing lette en zijn hoofd erbij hield, moest het lukken. Hij wist het zeker.

10

8.20 uur

John Barron zag de voorste coupédeur openglijden en de conducteur naar binnen stappen. Hij bleef even staan, liet zijn blik over de hoofden van de reizigers glijden en liet zijn ogen heel even op Valparaiso rusten, die vlak voor hem zat. Daarna draaide hij zich om en ging weer weg.

8.22 uur. Barron keek even naar de jonge vrouw naast hem. Ze ging nog steeds helemaal op in de muziek uit haar oordopjes en was zich nauwelijks van zijn aanwezigheid bewust. Hij keek even achterom, zag Halliday helemaal achterin, draaide zich weer om en zag Valparaiso op de stoel voor hem. Geen van beiden keek ook maar een moment terug.

Zijn ogen gleden naar zijn horloge en hij zag de minuten wegtikken. Hij zuchtte, leunde achterover en probeerde zich te ontspannen: een hand in zijn schoot, de andere vlak onder zijn jasje en rustend op de kolf van zijn automatische Beretta achter zijn broeksband.

8.25 uur. 'Sorry Ray, ik moet er nog één keer langs,' verontschuldigde Frank Miller zich, terwijl hij opstond en zich langs Raymond het gangpad in wurmde. Het was de tweede keer in twintig minuten dat hij het toilet achter in de coupé had opgezocht. De vorige keer had hij zich openlijk verontschuldigd met de uitleg dat hij problemen met zijn blaas had. Waarop Bill Woods hem vertelde dat er uit zijn eigen blaas al twee tumoren waren verwijderd en dat hij Miller aanraadde zo snel mogelijk een afspraak met een uroloog te maken. Maar Miller wuifde dat weg met de mededeling dat hij zich verder prima voelde en dat het door de lange treinreis kwam. Dat laatste sterkte Raymond in de gedachte dat Millers toupet wel degelijk het bewijs kon zijn dat de vertegenwoordiger ziek was. Misschien was hij niet voor zaken, maar voor een behandeling in Chicago geweest en had Bill Woods' verwijzing naar tumoren hem alleen maar geïrriteerd.

Opnieuw gleden zijn gedachten naar de zo belangrijke timing zodra ze op het station waren, hoe alles op de seconde nauwkeurig diende te verlopen. Opnieuw vreesde hij dat Miller, aan wat voor ziekte hij ook mocht lijden, tijdens het uitstappen voor oponthoud zou zorgen.

8.27 uur. De *Chief* minderde zowaar nog meer vaart.

11

Union Station

Vlak in de buurt van Lee en Polchak sloeg McClatchy de toenemende drukte op het perron gade. Inmiddels waren er al meer dan vijftig wachtenden en er kwamen nog steeds mensen bij. Een menigte maakte het alleen maar lastiger. Hoe meer mensen, hoe groter de kans dat er iets misging.

Hij wierp een blik op het spoor en vervolgens in de richting van de verdekt opgestelde politieauto's achter het hekwerk. Opeens verstrakte zijn gezicht. Een groepje padvindersmeisjes verscheen vanuit de lagergelegen stationshal. Het waren er minstens een dozijn: tien-, elfjarige meisjes in nette, fris gestreken uniformpjes, begeleid door twee vrouwen, eveneens in padvindersuniform. Hij vermoedde dat het de leidsters waren. De situatie was op zich al gevaarlijk, maar tel daar een groepje padvindsters en een labiele moordenaar die opeens door het lint gaat en begint te schieten bij op, en wat moet je dan in godsnaam doen?

'Eén voor half.' Lee verscheen naast hem om hem op de tijd te wijzen, maar ook zijn aandacht was helemaal op de padvindsters gericht en hij maakte zich evenveel zorgen als Red. 'Nog elf minuten te gaan.'

Polchak voegde zich bij hen. Zijn ogen gleden van het groepje naar Red. 'Wat doen we?'

'Haal ze hier zo snel mogelijk weg.'

8.30 uur. 'De *Southwest Chief* zal over tien minuten arriveren op spoor 12,' meldde het bandje via de luidsprekers in de treincoupé. De *Chief* reed nu stapvoets. Bijna onmiddellijk stonden alle reizigers op en haalden hun bagage uit het rek. Ook Raymond stond op om hetzelfde te doen, maar zag hoe de jonge rechercheur halverwege de coupé opeens naar zijn eigen bagage reikte en daarmee het gangpad blokkeerde, terwijl precies op dat moment Miller terugkeerde van het toilet.

De rechercheur glimlachte, zei iets, en ging weer zitten om Miller door te laten. De conducteur verscheen en bleef vlak bij Valparaiso in de deuropening staan. Raymond versteende, hij wist even niet wat hij nu moest doen. Hij had zijn pistool nodig, maar daarvoor moest hij eerst zijn tas zien te bemachtigen. Omdat iedereen nog bezig was zijn spullen te pakken, was er geen reden waarom hij dat niet ook zou doen.

Hij stond snel op en reikte naar zijn tas nu Miller naast hem verscheen.

'Niet doen,' fluisterde deze en hij boog zich naar het echtpaar Woods. 'Ik heb meegeluisterd met het treinpersoneel,' fluisterde hij dringend. 'Ze denken dat er een bom in de trein is. Ze weten niet in welke wagon. Ze willen de trein nog vóór het station laten stoppen.'

'Wat?!' vroeg Raymond verbijsterd.

'Er zal geheid paniek uitbreken,' vervolgde Miller op dezelfde toon. 'We moeten nu meteen naar de uitgang, zodat we als eerste kunnen uitstappen. Laat je bagage, alles, achter.'

Met een lijkbleek gezicht stond Bill Woods op. 'Kom, Viv. We gaan.' Het klonk angstig en bezorgd.

'Kom op, Ray. Schiet op,' drong Miller aan nu het echtpaar Woods voor hen uit door het gangpad liep. Raymond keek hem aan en keek omhoog naar zijn tas. Die kon hij echt niet achterlaten.

'Mijn tas.'

'Niks tas.' Het klonk ingehouden. Vervolgens pakte Miller hem bij de arm en dwong hem het echtpaar te volgen. 'Dit is echt geen grapje, Ray. Als dat ding afgaat, kunnen ze ons bij elkaar vegen.'

8.33 uur. Valparaiso en de conducteur zagen de pokeraars hun kant op komen. Achter hen waren Halliday en Barron – ook verbaasd over deze actie van het viertal – snel opgestaan.

'Wat gebeurt hier?' vroeg Barron geluidloos aan Valparaiso.

'Wat zijn ze van plan?' De conducteur staarde naar het groepje pokeraars, dat zich nu langs de anderen naar het voorste balkon wrong, waar hij en de rechercheurs zich bevonden.

'Hou je gedeisd, doe niets,' waarschuwde Valparaiso.

Barron stapte even het gangpad in, sloot achter aan bij het viertal en hield zijn hand op de Beretta. Na drie stappen voelde hij Hallidays hand op zijn schouder.

'Geef hem geen excuus om iets te doen,' zei deze, en hij trok zijn hand terug.

'Waar zijn ze verdomme mee bezig?'

'Geen idee, maar hij heeft geen schijn van kans. Ga zitten. Over een paar minuten is het menens.'

Valparaiso zag hoe Barron door Halliday werd teruggetrokken

en in een van de stoelen werd geduwd die de pokeraars zojuist hadden verlaten. Intussen kwam het viertal zijn kant op en wurmde zich dicht opeen langs de andere reizigers. Nog een paar stoelen en ze zouden naast hem staan. De trein reed nog steeds. Waar dacht die sukkel heen te gaan, naar het volgende rijtuig soms? Natuurlijk, dat was het! Maar daarna kwam de locomotief, dus verder kon hij niet. Als het moest, konden ze ook die situatie wel aan. Zodra ze naar het volgende rijtuig verdwenen waren, zou hij McClatchy oproepen en... Opeens liep de conducteur op het groepje pokeraars af en versperde hun de weg.

'Sorry, maar we hebben een probleempje met de plaatsbewijzen,' sprak hij op gezaghebbende toon. 'Wilt u alstublieft weer plaatsnemen totdat het probleem verholpen is?'

'Jezus,' verzuchtte Valparaiso.

Met zijn Beretta uit het zicht vlak onder het tafelblad staarde Barron naar de conducteur. 'Laat hem met rust, sukkel,' fluisterde hij.

'Rustig,' maande Halliday hem zachtjes tot kalmte. 'Vooral rustig blijven.'

8.34 uur. De conducteur stond vlak voor hun neus. Vivian en Bill Woods keken Miller smekend aan. Ze waren doodsbang en wisten niet wat ze moesten doen. Raymond keek omhoog naar zijn tas. De rechercheur zat op zijn plek, met de tas in het rek pal boven zijn hoofd.

'Ik heb u verzocht uw stoel weer op te zoeken. Blijft u vooral zitten totdat we voor het perron staan,' sprak de conducteur, hen nog altijd voortduwend. Bom of geen bom, deze vent beschouwde de trein als zijn terrein. Niemand kon zich zomaar zonder zijn toestemming naar de deur begeven, en een gezochte misdadiger al helemaal niet, dacht Raymond. Plotseling was het glashelder wie de politie had gealarmeerd.

Het was niet alleen een domme zet, maar bovendien een roekeloze. En Miller deed een beroep op hem. Voor de tweede maal in wat ogenschijnlijk een tijdsbestek van enkele seconden leek, maakte hij een onverwachte bokkensprong.

'Stop de trein,' beval Miller op scherpe toon. 'Stop. Nu.'

De conducteur werd kwaad. 'Dat is niet mogelijk.'

'O, jawel.' Opeens trok Miller een reusachtige Colt uit zijn colbertje te voorschijn en drukte de loop hardhandig tegen het hoofd van de conducteur. 'Je hebt een speciale sleutel. Pak hem.'

'Jezus christus!' riep Barron, en hij sprong overeind, gevolgd door Halliday.

31

Raymond was totaal verbijsterd. Als versteend keek hij vol ongeloof toe. Bill Woods trok Vivian dicht tegen zich aan. De mensen in de coupé keken met open mond toe. Opeens zag hij hoe Valparaiso zijn arm omhoogbracht. In zijn hand hield hij een 9mm-Beretta, die hij recht op Millers borst richtte.

'Politie! Laat uw wapen vallen!' Valparaiso's ogen pinden zich vast op die van Miller. Op dat moment kwamen Barron en Halliday met hun pistool in de aanslag van de andere kant aangesneld.

'Laat vallen of ik knal deze conducteur neer!' riep Miller tegen Valparaiso, hij trok de Colt plotseling weg en richtte deze op Barron en Halliday.

'Dat is ver genoeg!' riep hij.

De rechercheurs zetten geen stap meer.

'Laat dat wapen vallen. Nú!' riep Valparaiso.

Opeens draaide Miller opzij naar Bill Woods.

Beng!

Het klonk als een kanonschot en de wagon schommelde heen en weer. Bill Woods' kruin explodeerde, zijn hersens en bloed spatten op zijn vrouw en directe omstanders, waarna hij neerzeeg alsof hij knock-out was geslagen. Het gegil van Vivian Woods werd overstemd door dat van de medereizigers. Enkelen beenden vol afschuw naar de achterste deur om te kunnen vluchten. Meteen richtte Miller zijn Colt op Vivian Woods.

'Laat vallen, speurneus!' blafte hij, en hij staarde Valparaiso aan. Er viel een ijselijke stilte.

8.36 uur. Barron schuifelde stapje voor stapje langs de doodsbenauwde reizigers naar voren om goed te kunnen richten. Miller zag het.

'Wil je dat er nog meer doden vallen?!'

Miller was een en al actie. Zijn ogen waren gloeiende kooltjes, diep verscholen in hun kassen.

'Laat vallen, Donlan!' blafte Valparaiso, terwijl hij zijn vinger om de trekker van zijn Beretta boog.

'Nee, niet ik. Júllie! Jullie alle drie, stelletje klootzakken!' Zijn andere hand schoot opzij, greep Vivian bij haar haren en trok haar tegen zich aan. De Colt drukte hij hard tegen naar kin.

'O, god, néé!' gilde ze overstuur.

'Laat vallen die wapens. Meteen!'

Donlan! Zijn echte naam doorboorde Raymond alsof het een dolk was. Mijn god, hij heette dus helemaal geen Miller, maar Donlan. Donlan was degene die ze moesten hebben, niet hem!

Valparaiso keek langs de schutter naar Barron en Halliday, opende langzaam zijn hand en liet zijn pistool op de grond vallen.

'Schop het hierheen!' beval Donlan.

Valparaiso staarde hem aan en schopte het automatische pistool naar Donlan.

'Nu jullie twee!' Hij draaide zich om en keek naar Barron en Halliday in het gangpad achter hem.

'Oké,' zei Halliday met ingehouden adem. Hij liet als eerste zijn Beretta vallen. Barron aarzelde. Hij stond schuin in het gangpad en kon de moeder zien die het kindje met de teddybeer angstig tegen zich aan gedrukt hield. De jonge vrouw naast hem zat als versteend tegen de ruit, haar gezicht een en al afschuw. Het was precies wat hij al die tijd al had gevoeld, de voorbode van terreur op een moment dat er nog helemaal niets aan de hand was. Maar hij kon niets doen zonder de situatie te verergeren. Hij liet zijn Beretta vallen en hoorde hem met een doffe klap naast zijn voeten op de vloer terechtkomen.

'Ray.' Opeens keek Donlan zijn pokerkameraad aan. 'Ik wil dat je die wapens oppakt en ze door het raam naar buiten gooit. Daarna kom je terug.' Het klonk kalm en uiterst beleefd.

Raymond aarzelde.

'Ray, doe wat ik zeg!'

Raymond knikte en met alle ogen op hem gericht pakte hij langzaam de wapens op, wierp ze uit het raam en liep terug naar Donlan. Hij kon met moeite zijn lachen inhouden. Het geluk lachte hem toe.

8.38 uur. Plotseling richtte de schutter het woord tot de conducteur. 'Stop de trein. Nu.'

'Ja, meneer.' Bevend van afschuw en schrik haalde hij een sleutelring van zijn riem, liep langs Valparaiso door het gangpad en stak een van de sleutels in een slot boven de coupédeur, aarzelde even en draaide hem om.

12

Een kleine vijftig meter verderop knipperden op het bedieningspaneel van de locomotief enkele waarschuwingslampjes nu de noodremmen van de *Chief* zich automatisch in werking stelden. Op hetzelfde moment klonk er vlak achter de machinist een harde zoemer. Hij voelde een schok nu de remmen zich in de wielen vastzetten en onder hem het door merg en been gaande gegier van staal op staal opklonk nu de geblokkeerde wielen over de rails schraapten.

In alle wagons overheersten verbazing, paniek, angst en chaos. Bagage, handtasjes, mobieltjes en laptops vlogen als een orkaan van puin door de lucht, begeleid door een mengeling van geschreeuw en gegil en het geluid van staal op staal. Passagiers werden tegen rugleuningen en hoofdsteunen gesmeten. Mensen die stonden, vielen voorover in het gangpad. Weer anderen hielden zich met grote moeite staande en zetten zich schrap tegen de kracht van de achthonderd meter lange trein die verder en verder gleed, om ten slotte gelukkig tot stilstand te komen, waarna het even doodstil werd.

De stilte in wagon 39002 werd echter verbroken door één stem. Die van Donlan. 'Doe de deur open,' beval hij, en hij keek daarbij Raymond aan.

Verbijsterd door deze onverwachte wending liep Raymond om de conducteur heen, ging naar de deur en trok aan de noodontgrendeling. Er klonk wat hydraulisch gejammer terwijl het trapje uitklapte. Hij keek naar buiten. Ze stonden midden op een weids rangeerterrein, op ongeveer achthonderd meter van het station, omgeven door een groot industrieterrein, zo leek het. Hij voelde zijn hart tekeergaan. God, het kon gewoon niet beter. Donlan zou de benen nemen, de politie zou de jacht op hem openen, en hij hoefde alleen maar zijn tas te pakken en weg te lopen. Ditmaal bood hij geen weerstand aan de brede grijns op zijn gezicht, deed snel een stap naar achteren in de verwachting dat Donlan langs hem heen naar buiten zou springen, zijn vrijheid tegemoet. In plaats daarvan liet de schutter Vivian Woods' haren los en greep de zijne beet.

'Het lijkt me een goed plan als jij met me meegaat, Ray.'

'Wat?!' riep hij verbijsterd.

Vervolgens voelde hij het koude metaal van Donlans Colt onder zijn oor. Hij was geschokt. God had hem een uitweg geschonken, maar nu stak Donlan daar weer een stokje voor. Hij probeerde zich los te rukken, maar Donlan was sterker dan hij eruitzag en greep hem weer vast.

'Niet doen, Ray,' klonk het kortaf.

Daarna draaide hij zich om naar de conducteur.

'Zakkenwasser...' siste hij.

De ogen van de man sperden zich open. Het voelde alsof hij opeens van top tot teen in ijs was verpakt. Hij draaide zich om, wilde wegrennen. Maar het had geen zin. Tweemaal schokte de Colt in Donlans hand en de pistoolschoten waren oorverdovend. De conducteur maakte een luchtsprongetje en viel uit het zicht neer op de vloer. Opnieuw probeerde Raymond zich los te rukken, maar dat lukte niet. Donlan sleurde hem achterstevoren van het trapje af op het grind naast het spoor, trok hem vervolgens met een ruk overeind en sleurde en duwde hem in de richting van het hek verderop.

13

8.44 uur

Barron sprong uit de wagon, viel op de grond en rolde snel om. Op dat moment zag hij dat Halliday al naar buiten was gesprongen en naar de plek rende waar Donlan bezig was zijn gijzelaar over het omringende hekwerk te duwen. Ook Barron zette het op een lopen, maar niet achter Halliday aan. Hij volgde het spoor terug. Hij zag dat Halliday naar hem achteromkeek.

'Jij wilt hem ongewapend achternagaan? Ga vooral je gang!' riep Barron en hij rende verder. Ondertussen speurden zijn ogen de bedding af naar de naar buiten geworpen wapens. Pas na vierhonderd meter viel zijn oog op het glimmende metaal van de eerste Beretta, waarna hij de andere twee, zo'n zes meter uit elkaar op het grind tussen de bielzen, zag liggen.

Hij raapte ze op, zette het weer op een lopen en stak diagonaal over, waardoor hij de afstand naar het hekwerk waar Donlan overheen was geklommen met de helft verkleinde. Links, vlak voor hem, rende Halliday zo hard hij kon. Barron haalde hem in en wierp hem een van de pistolen toe.

Een ogenblik later bereikte Barron het hekwerk, sprong er met één hand tegenop en zwaaide zich eroverheen. Halliday zat vlak achter hem en volgde zijn voorbeeld.

De grond liep steil af en beide mannen stopten. Onder aan de heuvel bevond zich een groot kruispunt van twee doorgaande wegen.

'Ik zie hem!' riep Barron. Ze zagen Donlan en zijn gijzelaar naar de passagierskant van een witte Toyota rennen, die voor een rood verkeerslicht wachtte. Met de Colt in zijn hand rukte Donlan het portier aan de bestuurderskant open en sleurde een vrouw naar buiten. Daarna keek hij zijn gijzelaar aan en zei iets tegen hem. Die wierp even een blik achterom naar de rechercheurs en stapte vervolgens in, terwijl Donlan de auto in de eerste versnelling zette. Met gierende banden stoof de Toyota dwars over het kruispunt.

'Zag je dat?' riep Barron.

'Werken ze samen?'

'Daar lijkt het verdomd veel op!'

8.48 uur, Union Station

'We komen eraan, Marty!' liet McClatchy Valparaiso via de mobilofoon weten.

De padvindsters hadden niet langer zijn aandacht. Terwijl de wielen als een razende ronddraaiden en grind en zand alle kanten op spoten, scheurden McClatchy en zijn rechercheurs in hun onopvallende Fords weg van het afgelegen bouwterrein tegenover perron 12.

McClatchy bestuurde de voorste auto, met Polchak naast zich. Lee zat in zijn eentje in de tweede auto en reed al deinend en bumperklevend achter hen de straat op. Een seconde later stoven de twee zwart-witte politieauto's achter hen aan.

8.49 uur. Midden op straat zwaaiden Barron en Halliday met hun rechercheursinsignes in een poging een passerende auto tot stilstaan te dwingen. Maar het had geen zin. Auto's raasden links en rechts voorbij. Toch gingen ze door, maar zonder resultaat. Automobilisten toeterden en schreeuwden dat ze aan de kant moesten gaan. Uiteindelijk kwam naast Halliday een groene Dodge-pick-up met piepende remmen tot stilstand.

Met zijn gouden rechercheursinsigne in de hand rukte Halliday het portier open, schreeuwde tegen de jonge bestuurder dat dit een noodsituatie was en dat ze zijn wagen nodig hadden.

Even later stond de knaap op straat en stapte Halliday aan de passagierskant in. 'Jij bent de jongste!' riep hij tegen Barron. 'Jij rijdt!'

In een oogwenk zat Barron achter het stuur, trok het portier dicht en ramde de Dodge in zijn één. Terwijl de banden gierden, beukte hij op de claxon, negeerde al slingerend het rode licht en schoot weg in dezelfde richting als de witte Toyota.

8.51 uur. Terwijl zijn voeten weggleden over het steengruis tussen de sporen sprintte Valparaiso met zijn mobilofoon in de hand het rangeerterrein over, op weg naar het kruispunt in de verte. Een kleine zestig meter achter hem renden brandweerlieden en reddingswerkers van de politie over hetzelfde gruis naar de tot stilstand gekomen *Southwest Chief*.

'Roosevelt, pik Marty op.'

In de wagen hoorde Lee Red McClatchy's stem boven de gillende sirenes uit. Meteen koos hij de snelste route naar het rangeerterrein, te beginnen met een afslag naar links op het kruispunt voor hem. Hij sorteerde snel voor en hij zag de wagen met daarin Red en Polchak vlug optrekken, al slippend rechts afslaan en vervolgens wegscheuren, terwijl de rood-gele zwaailichten fel opflitsten tegen de achterruit. Een seconde later volgden twee zwart-witte politieauto's. Voor hen gold code 3: zwaailicht en sirene.

8.52 uur. Lee kreeg Valparaiso in het oog, die op een laag hek afrende, zo'n twintig meter verderop. Meteen trapte Lee met zijn rechterschoen, merk Florsheim maat 48, op de rem en bracht hij de Ford al slippend tot stilstand terwijl Valparaiso over het hek sprong en naar de auto rende.

'Rijden!' riep hij terwijl hij instapte. Nog voordat Valparaiso het portier had dichtgetrokken, trapte Lee weer op het gaspedaal en schoot de Ford er met gierende banden vandoor.

14

Raymond nam Donlan eens goed in zich op: de Colt die in zijn schoot lag, zijn roekeloze rijstijl, in- en uitvoegend, dwars door rood, opeens afslaand en daarna nog eens, en dat allemaal met één oog op de weg en het andere in de achteruitkijkspiegel. Het leek wel alsof hij zich midden in een actiefilm bevond. Alleen was dit geen film. Dit was echter dan echt.

Raymond richtte zijn ogen van Donlan weer op de weg. Ze reden met een noodgang. Donlan was gewapend en had er duidelijk geen moeite mee om bij de minste provocatie meteen de trekker over te halen. Bovendien was Donlan net zo alert als hij. In de trein had hij de rechercheurs duidelijk in de gaten gekregen, wat zijn frequente bezoekjes aan het toilet verklaarde. Overduidelijk het gevolg van zenuwen, terwijl hij ondertussen geprobeerd had een plan te bedenken. Maar Donlans alertheid en dadendrang betekenden dat het voor hem niet echt slim was om iets te ondernemen. Hij zou Donlan precies moeten laten weten wat hij van plan was alvorens tot actie over te gaan.

'Ik reik nu even in mijn zak om mijn portemonnee en mijn mobieltje te pakken.'

'Hoezo dat?' vroeg Donlan, die zijn vingers naar de Colt in zijn schoot liet glijden, maar zijn blik op de weg hield.

'Omdat ik een vals rijbewijs en valse creditcards op zak heb. Stel dat de politie ons te pakken krijgt, dan wil ik die spullen niet bij me hebben. Ook mijn mobieltje niet, omdat ze de nummers anders kunnen achterhalen.'

'Hoezo? Wat voer je in je schild?'

'Ik ben hier illegaal.'

'Ben je een terrorist?'

'Nee. Het is een privé-zaak.'

'Je doet maar.'

Donlan gaf het stuur een ruk naar rechts. Raymond hield zich vast terwijl de Toyota weer horizontaal kwam, trok zijn portemonnee te voorschijn en haalde het geld eruit dat hij nog overhad. Vijf biljetten van honderd dollar. Hij vouwde ze dubbel, liet ze in zijn broekzak glijden en gooide de portemonnee uit het raam. Vijf seconden later volgde zijn mobieltje, dat hij vervolgens tegen een trottoirband in duizend stukjes uiteen zag spatten. Het was een gok, dat wist hij, vooral als hij zou weten te ontkomen. Hij kon immers niet zonder mobieltje, creditcards en een paspoort. Maar het was onwaarschijnlijk dat hij zich zonder hulp van de politie van de gewapende en psychotische Donlan zou kunnen bevrijden, voorlopig niet althans. Stel dat hij toch werd gepakt, dan zouden ze hem geheid ondervragen. Dan zouden zijn papieren nauwkeurig worden onderzocht en nagetrokken. Zijn rijbewijs zou vals blijken te zijn en zijn creditcards, die hij op vertoon van valse papieren had verkregen, ook.

Stel dat ze zijn mobieltje zouden vinden, dan was de kans groot dat – gezien de nog altijd heersende angst voor binnenlandse aanslagen – alle gepleegde telefoongesprekken zouden worden nagetrokken. Hoewel hij telefoonnummers van derden had gebruikt en via het buitenland naar de Verenigde Staten had gebeld, was er altijd de mogelijkheid – hoe onwaarschijnlijk ook – dat ze zouden ontdekken dat hij contact had gehad met Jacques Bertrand in Zürich en met de Barones, die in Londen op hem wachtte. Dat de politie een van de twee, of beiden, zou ontmaskeren, was iets wat hij niet mocht laten gebeuren, vooral niet nu in Europa de klok inmiddels meetikte.

Dat ze in de trein zijn tas zouden aantreffen, kon hij niet meer verhinderen. Uiteindelijk zou men door de rondslingerende bagage gaan neuzen en zijn reistas met daarin wat kleren, alsmede de Ruger, de twee extra magazijnen met elk elf patronen, zijn vliegticket naar Londen, zijn Amerikaanse paspoort, de spaarzame notities die hij in een kleine zakagenda bijhield en de drie identiek genummerde kluissleuteltjes in het plastic etuitje met ritssluiting vinden. Inmiddels betreurde hij het dat hij zijn Ruger had meegenomen. Het ticket was niet zo belangrijk. Zijn aantekeningen zouden hoogstwaarschijnlijk niets opleveren. Dat laatste gold ook voor de sleuteltjes van het kluisje, zo had hij al geërriteerd vastgesteld, aangezien alleen het Belgische fabriekslogo en kluisnummer 8989 waren ingestanst. De vorige bezitters van de sleuteltjes, de personen die hij in San Francisco, Mexico-Stad en Chicago uit de weg had geruimd, hadden geen idee waar het kluisje zich bevond. Daar was hij van overtuigd, want de manier waarop hij hen had laten lijden, was genoeg om een mens alles te laten opbiechten. Kortom, hij had dan wel de sleuteltjes, maar was daarmee nog geen steek verder. Hij wist alleen dat het kluisje zich in een bank ergens in Frankrijk bevond. Maar welke bank, en in welke stad, wist hij nog steeds niet. Zonder deze onontbeerlijke informatie waren de sleuteltjes waardeloos. De jacht op deze informatie had zijn tussenstop naar Los Angeles noodzakelijk gemaakt, maar dat was natuurlijk iets waar de politie nooit achter zou kunnen komen.

Het enige wat de tas hun zou opleveren, was dus zijn paspoort. Aangezien hij er zonder problemen mee door de douane was gekomen, zouden ze ervan uitgaan dat het een geldig document was. Pas als ze de magnetische strip op de achterzijde inspecteerden, zou hij in de problemen komen. Waren ze slim genoeg om een en ander bij elkaar op te tellen, dan zouden ze misschien vaststellen dat hij op de dagen van de desbetreffende moorden zowel in San Francisco als in Mexico-Stad was geweest en dat hij één dag voor de moord in Chicago vanuit Mexico-Stad via Dallas de Verenigde Staten weer was binnengekomen. Maar dat kon alleen als ze over informatie omtrent de moorden beschikten, wat te betwijfelen viel, aangezien de locaties van de misdrijven zo ver uiteen lagen en ze toch zo recent waren gepleegd. Bovendien zou het tijd kosten om de berg koffers, tassen en persoonlijke bezittingen door te spitten die door de coupé waren gevlogen nadat de conducteur aan de noodrem had getrokken. En hij wilde juist tijd winnen door zich van elk belastend stukje bewijsmateriaal te ontdoen. Mocht Donlan in de kraag worden gevat, dan hoefde hij alleen maar te verklaren dat al zijn papieren nog in de trein lagen, in de hoop dat ze hem, doodsbange gijzelaar, op zijn woord zouden geloven en hij mocht gaan voordat ze zijn reistas zouden vinden.

8.57 uur. 'Groene pick-up,' constateerde Donlan opeens, terwijl hij aandachtig in de achteruitkijkspiegel staarde.

Raymond draaide zich om en keek. Een groene Dodge-pick-up reed zo'n achthonderd meter achter hen en naderde snel.

'Daar!' riep Barron; hij beukte op de claxon, gaf plankgas, haalde rechts een Buick in, sneed deze abrupt af en voegde in op de inhaalstrook.

Halliday pakte zijn mobilofoon. 'Red…'

'Ik hoor je, Jimmy.' McClatchy's stem klonk glashelder.

'We hebben hem in het vizier. We zitten oostelijk op Caesar Chavez, net voorbij North Lorena.'

Twee straten verderop scheurde de Toyota half op zijn kant dwars over de andere rijbanen, raakte bijna een stadsbus en schoot een zijstraat in.

'Blijf hangen.' Barron laveerde langs een Kever en reed vlak voor het tegemoetkomende verkeer dezelfde zijstraat in.

Halliday pakte de mobilofoon weer. 'We zijn net afgeslagen op Ditm... Kijk uit!'

De Toyota kwam recht op hen af. Ze konden Donlan achter het stuur zien zitten. Zijn linkerhand, met daarin de Colt, stak uit het raam. Barron gaf een harde ruk aan het stuur en de pick-up dook naar rechts.

Beng! Beng! Beng!

Beide rechercheurs doken weg nu de voorruit uiteenspatte en de Dodge het trottoir op knalde. Het voertuig kantelde op twee wielen, maar viel weer terug. Snel schakelde Barron terug, maakte een korte keerlus en scheurde met brullende motor weer achter de Toyota aan.

'Er is op ons geschoten. Geen gewonden. Rijden in westelijke richting terug over Chavez,' blafte Halliday in zijn mobilofoon. 'Waar blijven jullie, verdomme?'

'Ik zie hem!' riep Barron. Voor hen stuurde Donlan om een bestelbus heen, trapte vervolgens boven op de rem en dook opnieuw een zijstraat in.

'Rechts afgeslagen op Ezra!' gaf Halliday schreeuwend door.

In de verte hoorden ze sirenes. Voor zich zagen ze de Toyota vaart minderen, optrekken en vervolgens links afslaan en wegsjezen.

'Die straat loopt dood!' riep Barron.

'Klopt.'

Barron remde net op tijd om te zien hoe Donlan zijn enige uitweg benutte: dwars door een houten hek een parkeergarage in.

'Hebbes!' riep Barron triomfantelijk.

15

Barron bracht de voorruitloze Dodge pal voor de ingang van de parkeergarage tot stilstand zodat deze geblokkeerd was. Meteen daarna verschenen vlak na elkaar vier politieauto's. Geüniformeerde agenten sprongen gewapend naar buiten en renden naar de Dodge.

'Barron, Halliday, 5-2!' riep Barron, terwijl hij met zijn gouden insigne uit het portierraam zwaaide. 'Zet de omgeving en alle andere uitgangen af.'

'Wordt al aan gewerkt,' meldde McClatchy via Hallidays mobilofoon.

Barron keek even in de achteruitkijkspiegel. Reds blauwe Ford stond vlak achter hem, met Red achter het stuur en Polchak naast hem. Daarachter stopte vervolgens de auto met daarin Lee en Valparaiso. Ondertussen verschenen er nog meer zwart-witte politieauto's.

'Eropaf,' beval Red via de mobilofoon. 'Tot aan de eerste oprit. Wij komen achter je aan.'

Voorzichtig gaf Barron een beetje gas, reed de lege parkeergarage in en passeerde een bord bij de ingang met de tekst: MAART/APRIL WEGENS VERBOUWING GESLOTEN.

'Red, er wordt hier verbouwd. Zijn er bouwvakkers aanwezig?

'Hou afstand, dat zoeken we uit.'

Barron stopte. Het donkere gebouw leek wel een lege betonnen graftombe. Lege parkeerplekken werden hier en daar verlicht door tl-buizen en door betonnen pilaren in regelmatige vlakke opgedeeld.

Er verstreken enkele minuten. Opeens klonk Reds stem weer door de mobilofoon. 'Er is een of andere vakbondsactie aan de gang. De boel is al een paar weken totaal verlaten. Ga maar naar binnen, maar wees uiterst voorzichtig.'

Halliday keek even naar Barron en knikte. Barrons voet trapte het gaspedaal iets in en de Dodge reed langzaam verder. De ogen van de beide mannen zochten de garage af naar een glimp van de witte Toyota of een teken van twee mannen te voet.

Achter hen volgden de wagen met Red en Polchak en die met Lee en Valparaiso. Plotseling klonk van boven het gedreun van een politiehelikopter. Terwijl de rotorbladen de lucht doorkliefden hing het toestel vervolgens stil boven de parkeergarage en speurde de piloot vanuit de lucht mee.

Barron sloeg een hoek om, bereikte de eerste oprit en stopte.

'Heren,' vervolgde Red, 'de omgeving is afgezet. De verdachten zijn nergens te bekennen.' Er viel even een stilte. 'We hebben groen licht,' was zijn laatste zin.

Verwonderd keek Barron Halliday aan. 'Hoezo, "groen licht"?'

Halliday aarzelde.

'Waar heeft-ie het over?'

'Hij bedoelt dat we niet op een SWAT-team gaan zitten wachten. Dit is ons pakkie-an.'

In de Ford liet McClatchy zijn mobilofoon in zijn jaszak glijden, reikte naar de portiergreep en zag dat Polchak naar hem keek.

'Je gaat het vertellen?' vroeg deze.

'Aan Barron?'

'Ja.'

'Ze hebben ons anders ook nooit iets verteld.' McClatchy's reactie was terloops, bijna kil. Hij opende het portier.

'Hij komt nog maar net kijken.'

'Dat gold ook voor ons destijds.'

Geconcentreerd en met de automatische pistolen in de aanslag stapten Barron en Halliday uit de pick-up. In de verte was het blikkerige geluid van portofoons te horen en boven hen klonk het zware geklapwiek van helikopters. Ook de anderen stapten uit. Valparaiso liep naar McClatchy en overlegde zachtjes. Lee en Polchak openden de kofferbak van de auto en deelden kogelvrije vesten uit met op de rugpanden het opschrift POLITIE.

Barron trok zijn vest aan en liep naar McClatchy en Valparaiso toe. Ondertussen speurden zijn ogen de parkeergarage af. Donlan kon overal zijn, op de loer in de schaduw, wachtend op een kans om te schieten. Hij was gestoord. Ze hadden hem in actie gezien.

'Zijn gijzelaar,' begon Barron tegen McClatchy en Valparaiso, 'wekte de indruk dat hij uit vrije wil bij hem instapte. Bovendien was hij degene die voor Donlan in de trein onze wapens verzamelde. Misschien werken ze samen, misschien ook niet.'

Red keek hem even aan. 'Heeft die gijzelaar ook een naam?'

'Bij ons is hij in elk geval niet bekend.' Halliday verscheen naast hem. 'Laat iemand de vrouw natrekken wier man door Donlan in de trein werd neergeschoten. Ze hebben de hele reis zitten pokeren.'

Opeens deed een oorverdovend gedreun het gebouw op zijn grondvesten schudden. De helikopter scheerde laag over, trok iets op en bleef nog even in de lucht hangen. Terwijl het geluid wegstierf, zag Barron dat Polchak een enorm schietijzer met een afgezaagde loop en een groot, trommelachtig magazijn uit de kofferbak van de Ford te voorschijn haalde.

'Een Striker 12-riotgun, uit Zuid-Afrika afkomstig,' grijnsde Polchak. 'Magazijn met vijftig patronen, vuurt in drie seconden twaalf schoten af.'

'Kun je hiermee overweg?' vroeg Valparaiso, die een .12 Ithaca-buks vasthield.

'Ja,' antwoordde Barron, waarna Valparaiso hem het wapen toewierp.

McClatchy trok de Smith & Wesson met zijn paarlemoeren kolf uit zijn omgekeerde holster te voorschijn. 'We doen het te voet,' commandeerde hij. 'Jimmy en Len nemen de brandtrap aan de noordkant. Roosevelt en Marty die aan de zuidkant. Barron en ik gaan via de middelste ingang.'

Toen waren ze verdwenen. Halliday en Polchak naar links, Lee en Valparaiso naar rechts, de duisternis in. Het geluid van hun voetstappen werd overstemd door het klapwiekende gedreun van de helikopter boven hen.

Met respectievelijk de Ithaca en het pistool in de aanslag liepen Barron en McClatchy op ongeveer anderhalve meter van elkaar de oprit van de parkeergarage in. Hun blikken gleden langs de betonnen pilaren, de nette stapels bouwmaterialen, de lege parkeerplekken en de silhouetten die de pilaren en materialen op de grond wierpen.

In gedachten zag Barron voor zich hoe de anderen met getrokken wapens via de brandtrap naar boven slopen en het voor Donlan en zijn gijzelaar annex kameraad zo onmogelijk maakten om te vluchten. Hij voelde het zweet in zijn handen en de adrenaline door zijn lijf jagen. Dit was niet te vergelijken met de nervositeit die hij in de trein had gevoeld. Dit was totaal anders. Nog geen week geleden was hij slechts een radertje bij Moordzaken. Nu maakte hij voor het leven deel uit van de roemruchte 5-2 Squad en was hij zij aan zij met dé grote man, Red McClatchy, bezig een gewapende en uiterst gewelddadige moordenaar in te sluiten. Een spannend jongensboek. Hoe gevaarlijk het ook was, de roes was enorm, heroïsch zelfs. Alsof hij samen met Wyatt Earp op de OK Corral af reed.

'Ik moet je nog even een beetje bijpraten over onze meneer Donlan,' fluisterde McClatchy, terwijl hij geconcentreerd het beton en de donkere plekken voor hen afspeurde. 'Voordat hij in de trein zijn visitekaartje afgaf, voordat hij de pech had in Chicago te worden gezien en een arrestatiebevel aan zijn broek kreeg, wist hij in Huntsville uit zijn dodencel te ontsnappen. Hij zat daar wegens de verkrachting van en brute moord op twee tienerzusjes. Die vond plaats precies vier dagen nadat hij wegens goed gedrag vervroegd was vrijgekomen wegens een andere verkrachting. Voorzichtig...' Red zweeg nu ze de top van de oprit bereikten en de hoek om liepen.

'Stop,' fluisterde hij opeens, en ze bleven staan.

Zo'n achttien meter verderop stond de witte Toyota, met de neus naar de achtermuur geparkeerd. De voorste portieren stonden allebei open en de parkeerlichten knipperden.

Red bracht zijn mobilofoon naar zijn mond. 'De Toyota staat hier,' meldde hij zacht. 'Eerste verdieping. Kom zo voorzichtig mogelijk hierheen en wees in godsnaam op je hoede.'

Hij zette de mobilofoon uit, waarna ze samen luisterden en aandachtig rondkeken.

Niets.

Tien seconden verstreken. Daarna zagen ze van links de zwakbelichte gestalten van Halliday en Polchak naderbij komen en vervolgens, met hun wapen in de aanslag, op een kleine tien meter afstand van de auto blijven staan. Vlak daarna kwamen Lee en Valparaiso rechts in beeld en ook zij bleven op dezelfde afstand van de auto staan.

Red wachtte en schatte de situatie in. Daarna galmde zijn stem door de betonnen ruimte. 'Donlan, dit is de politie! Het gebouw is omsingeld. Je kunt geen kant op. Gooi je wapen weg! Geef je over!'

Nog steeds niets. Het zware gedreun van de helikopter was het enige geluid.

'Dit is het einde van de rit, Donlan. Maak het jezelf nou niet onnodig moeilijk!'

Voorzichtig sloop Red naderbij, met bonkend hart gevolgd door Barron, wiens klamme, glibberige handen de zware Ithaca omklemden. De anderen bleven op hun post. Gespannen. Afwachtend. Vingers die zich om de trekker kromden, Polchak die langs de loop van zijn zware riotgun staarde die tegen zijn schouder rustte.

'Dit is Frank Donlan!' De stem van de voortvluchtige galmde opeens vanuit alle hoeken.

Red en Barron verstijfden.

'Ik kom te voorschijn! Mijn gijzelaar is ongedeerd. We komen samen.'

'Eerst hij!' riep Red.

Even gebeurde er niets. Het leek een eeuwigheid te duren. Daarna kwam Raymond vanachter de Toyota te voorschijn.

16

Barron hield zijn zware Ithaca op Raymond gericht terwijl de man uit de duisternis opdook en op hen af liep. Lee, Halliday, Polchak en Valparaiso hielden zich op afstand en keken met hun wapen gericht geconcentreerd toe.

'Liggen. Op je buik!' beval Red op luide toon. 'Handen in je nek.'

'Help me, alstublieft,' smeekte Raymond terwijl hij naar voren liep. Links en rechts van hem en voor hem stonden de drie rechercheurs uit de trein. De anderen kende hij niet.

'Liggen! Handen in je nek!' beval Red opnieuw. 'Nu!'

Raymond zette nog een laatste stap, liet zich op de grond zakken en bracht zijn handen naar zijn nek zoals hem was opgedragen.

Meteen zwaaide Barron zijn Ithaca van Raymond terug naar de Toyota. Waar was Donlan? Wie weet gebruikte hij zijn gijzelaar alleen maar als een afleidingsmanoeuvre om een van hen met één schot uit de weg te kunnen ruimen, of om plotseling vanachter de wagen te voorschijn te springen en wild om zich heen te gaan schieten.

'Donlan!' McClatchy staarde naar de Toyota. De knipperende parkeerlichten leidden hem af. 'Gooi je wapen weg!'

Er gebeurde niets. Barron haalde even adem. Links voor zich zag hij Polchak de kolf van zijn riotgun iets bijstellen.

'Donlan!' riep McClatchy nogmaals. 'Gooi je pistool weg, anders komen we het halen!'

Opnieuw viel er een stilte, waarna er vanachter de Toyota een voorwerp werd weggeworpen dat op de grond kletterde, een stukje doorgleed en ten slotte ergens tussen Raymond en Red McClatchy bleef liggen. Het was Donlans automatische Colt.

Red keek even opzij naar Barron. 'Heeft hij nog meer wapens op zak?'

'We hebben verder geen wapens gezien.'

Red keek weer voor zich. 'Leg je handen op je hoofd en kom langzaam te voorschijn!'

Een tijdlang gebeurde er niets. Toen bewoog er iets achter de Toyota, waarna Donlan te voorschijn kwam. Met zijn handen op zijn hoofd doemde hij op vanuit de duisternis en verscheen in de zachte gloed van de tl-buizen die aan het plafond hingen. Hij was spiernaakt.

'Jezus christus…' fluisterde Barron.

Zo bleef hij staan. Met zijn haarstukje als enig kledingstuk was hij een bizarre verschijning in het tl-licht. Er kwam een smalende grijns op zijn gezicht. 'Wou alleen maar even laten zien dat ik niets te verbergen heb.'

De rechercheurs schoten bliksemsnel naar voren. Polchak en Lee hielden de naakte Donlan van centimeters afstand onder schot, terwijl Valparaiso op hem af liep om zijn handen op zijn rug te boeien. Barron en Halliday begaven zich naar de Toyota.

'Hou je mond en verroer je niet.' Met beide handen op de Smith & Wesson liep Red naar Raymond. 'Roosevelt.'

Lee stapte direct weg van Polchak en Donlan en liep naar McClatchy. Die hield de revolver op Raymonds hoofd gericht, deed vervolgens een stap naar achteren, waarna Lee zich snel bukte en hem handboeien omdeed.

'Hallo, waar zijn jullie mee bezig?' riep Raymond verontwaardigd nu hij voelde hoe het staal om zijn polsen werd gesloten. 'Ik werd gegijzeld. Ik ben slachtoffer!' Hij liep rood aan en was opeens razend. Hij had verwacht dat ze hem snel in veiligheid zouden brengen, hem kort zouden verhoren, zijn adres en telefoonnummer zouden noteren en hem daarna zouden laten gaan. Niet dit.

'Er is verder niemand. Geen wapens. De plek is schoon,' deelde Barron mee, die samen met Halliday de Toyota inspecteerde. Ze liepen weer terug naar Red.

Die keek Raymond nog een moment aandachtig aan, liet zijn

pistool in zijn holster glijden en richtte het woord toen tot Lee. 'Breng het slachtoffer naar het bureau voor verhoor.' Daarna keek hij Barron aan. 'Ga op zoek naar de broek van meneer Donlan.'

Raymond zag hoe Lee's reusachtige gestalte zich naar hem toeboog en voelde de enorme handen die hem overeind hielpen.

'Waarom word ik gearresteerd? Ik heb niets gedaan.' Hij speelde het volstrekt onschuldige slachtoffer.

'Dan hoeft u zich ook geen zorgen te maken,' antwoordde Lee en hij dirigeerde hem in de richting van de brandtrap.

Opeens vlamden zijn eerdere angstvisioenen weer op. Hij zat bepaald niet te wachten op een arrestatie, een identiteitscheck en de kans dat zijn tas werd gevonden. 'Jullie waren in de trein!' riep hij naar Barron en Halliday, terwijl hij zich aan Lee's greep probeerde te ontworstelen. 'Jullie hebben verdomme toch gezien wat er gebeurde?!'

'Ik zag ook hoe u zonder enige dwang naast meneer Donlan de Toyota in stapte,' antwoordde Barron, die al wegliep.

'Hij zei dat hij me ter plekke zou neerknallen als ik dat niet deed!' riep Raymond hem na. Barron liep door naar Donlans kleren. Raymond draaide zich met een ruk om naar Donlan. 'Vertel het ze dan!'

'Wát dan, Ray?' vroeg Donlan grijnzend.

Ze hadden de deur bij de brandtrap bereikt. Halliday hield hem open. Lee duwde Raymond naar de trap langs de muur. Halliday volgde. Achter hen sloeg de deur met een dreun dicht.

17

Barron hield de broek vast terwijl Donlan erin stapte, wat werd bemoeilijkt door de handboeien en het feit dat Polchak zijn riotgun pal voor zijn gezicht hield. Daarna volgden de sokken en de schoenen.

'En zijn overhemd?' vroeg Barron, terwijl hij naar Red opkeek. 'Met die handboeien om krijgt hij dat overhemd nooit aan.'

'Stap eens achteruit,' verzocht Red.

'Wat?'

'Ik zei: stap eens achteruit.'

Reds manier van doen had iets ongewoon kalms en Barron tastte in het duister naar zijn bedoelingen. Hij zag het nu ook bij Polchak en Valparaiso, alsof zij meer wisten dan hij. Verwonderd deed hij wat hem gevraagd werd. Daarna deed ook Polchak een stap naar achteren en leek de tijd een moment stil te staan. De vier rechercheurs en hun arrestant stonden oog in oog. De nog altijd knipperende lichten van de Toyota vormden de enige activiteit.

'Is dat een toupet?' wilde Valparaiso weten, terwijl hij naar Donlans haarstukje wees. 'Het ziet eruit als een toupet.'

'Het is geen toupet.'

'Welke naam gebruikte je deze keer, Donlan?' vroeg Red zacht. 'Tegen die mensen in de trein, bedoel ik, met wie je hebt zitten pokeren. Tom Haggerty? Don Donlan junior? James Dexter misschien, of was het Bill Miller?'

'Miller.'

'Bill?'

'Frank. Mijn echte voornaam.'

'Grappig. Ik heb altijd gedacht dat het "Bleekscheet" was. Die naam prijkt namelijk al sinds je twaalfde op je strafblad.'

'O, ja? Val dood.'

'Ja, laat ons maar doodvallen,' glimlachte Polchak en hij zette met een nadrukkelijk gebaar zijn riotgun weg.

Donlan keek de anderen een voor een aan. 'Wat heeft dit te betekenen?' vroeg hij. Zijn stem klonk opeens beverig.

'Wat denk je verdomme zelf, Bleekscheet...?' Valparaiso staarde hem ijzig aan.

Nog steeds verbaasd keek Barron naar Red.

Het gebeurde allemaal in een oogwenk. Polchak stapte naar voren, greep Donlan bij zijn armen en hield hem zo klem. Tegelijkertijd stapte ook Polchak naar voren met in zijn hand een .22-revolver met korte loop.

'Nee, niet doen!' schreeuwde Donlan in doodsangst. Hij probeerde zich uit Polchaks greep los te rukken, maar dat had geen zin. Valparaiso zette de .22 tegen zijn slaap.

Beng!

'Jezus!' Barron hapte naar lucht. Daarna liet Polchak hem los en zakte Donlan levenloos ineen.

18

Bij het horen van de harde knal, die als een donderslag tegen de betonnen muren van de hogergelegen verdieping weerkaatste, schrok Raymond op en probeerde hij krampachtig overeind te komen. Maar Halliday duwde hem terug tegen de kofferbak van Lee's Ford, waarna laatstgenoemde zijn verhaal vervolgde.

'U hebt het recht op een advocaat. Als u zich die niet kunt veroorloven...'

'We hebben een recherchebijstandsteam en een lijkschouwer nodig.' McClatchy had zich omgedraaid en sprak in zijn mobilofoon. Ondertussen overhandigde Valparaiso Polchak de .22, hij kwam overeind en liep naar Barron.

'Donlan had een .22 in zijn broekzak verborgen. Toen we hem wilden afvoeren, rukte hij een van de boeien los en schoot zichzelf dood. Zijn laatste woorden waren: "Tot hier en niet verder."'

Barron hoorde dat, maar het drong nauwelijks tot hem door. De schok en de verbijstering hadden hem volledig in hun greep, terwijl anderhalve meter bij hem vandaan Polchak een van Donlans handboeien losmaakte en het pistool in zijn vrije hand drukte, zodat het leek alsof Donlan inderdaad precies had gedaan wat Valparaiso had gezegd. Ondertussen werd de donkere plas bloed onder zijn hoofd steeds groter.

Dat deze drie mannen tot zoiets in staat waren, was niet te bevatten. Voor de tweede maal in John Barrons leven had de wereld zich als een verschrikkelijke, duivelse nachtmerrie aan hem geopenbaard. Een nachtmerrie waarin hij McClatchy naar Valparaiso zag lopen en hem zacht toesprak met de woorden: 'Je hebt een lange dag gehad, Marty.' Alsof de rechercheur er zojuist een dubbele dienst op had zitten. Alsof hij een buschauffeur was of iets dergelijks. 'Vraag maar of een van de agenten je een lift naar huis geeft, oké?'

Hij zag hoe Valparaiso even waarderend knikte en richting de brandtrap liep. Vervolgens keek Red hem aan.

'Ga met Lee en Halliday terug naar het bureau,' beval hij. 'Beschouw de gijzelaar als een arrestant totdat we weten wie hij is en wat hem in 's hemelsnaam heeft bezield. Daarna ga je naar huis om zelf wat uit te rusten.' McClatchy zweeg even, misschien om daarna een korte uitleg te geven? Maar in plaats daarvan draaide hij de duimschroeven nog iets verder aan. 'Morgenochtend wil ik een verslag van wat er hier is gebeurd.'

'Van mij?' klonk het vol ongeloof uit Barrons mond.

'Van jou, rechercheur.'

'Wat moet ik in godsnaam opschrijven?'

'De waarheid.'

'Wat? Dat Donlan de hand aan zichzelf sloeg?'

Reds aanvankelijke zwijgen was opzettelijk. 'Was dat niet zo dan?

19

Het St. Francis psychiatrisch ziekenhuis, Pasadena, Californië, dezelfde dag, 12 maart, 14.00 uur, drie uur later

Met zijn overhemdsmouwen opgerold, zijn jasje uit, en een badmintonracket in de hand stond John Barron op het gazon onder de schaduw van een huizenhoge plataan terwijl hij de shuttle over het net zijn kant op zag komen. Ondertussen probeerde hij wanhopig de gebeurtenissen van de afgelopen uren uit zijn hoofd te bannen. Hij haalde uit en sloeg de shuttle in een boog terug naar de twee nonnen aan de andere kant van het net. Zuster MacKenzie rende erop af, ogenschijnlijk om terug te slaan, maar deed opeens een stap opzij voor de vrolijke zuster Reynoso, die kordaat naar voren stapte en het kleine projectiel behendig terugsloeg over het net. Waarna Barron uithaalde, miste, zijn evenwicht verloor en gracieus maar oneervol op zijn achterste belandde en vervolgens omhoogstaarde naar de lucht.

'O jee, niets bezeerd, meneer Barron?' vroeg zuster Reynoso, die toesnelde en door het net tuurde.

'Ik ben in het nadeel, zuster,' antwoordde hij terwijl hij overeind krabbelde. Hij forceerde een glimlach en keek opzij. 'Hé, Rebecca, help eens mee, wil je? Het is twee tegen een, ik word compleet ingemaakt.'

'Ja kom, doe mee, Rebecca!' moedigde zuster Reynoso haar aan terwijl ze om het net liep. 'Je broer heeft je hulp nodig.'

Rebecca Henna Barron sloeg vanaf het gras de verrichtingen van haar broer gade. Een zachte bries speelde met haar donkere haar dat netjes in een paardenstaart bijeengebonden zat; ze hield het racket vast alsof ze nog nooit zoiets vreemds in haar handen had gehad.

Barron stond op en liep naar haar toe. 'Ik weet dat je me niet kunt horen, maar ik weet ook dat je best begrijpt wat er aan de hand is. We willen dat je met ons meespeelt. Heb je zin?'

Ze glimlachte lief, keek even omlaag maar schudde haar hoofd. Barron zuchtte diep. Altijd weer hetzelfde, altijd weer die droefheid die haar omsloot en haar weerhield van de eerste stapjes naar een enigszins normaal leven.

Ze was inmiddels drieëntwintig. Sinds de dag dat ze als vijftienjarig meisje had gezien hoe haar beide ouders acht jaar geleden in de huiskamer van hun woning in de San Fernando Valley door indringers waren doodgeschoten, had ze geen woord meer gesproken of laten merken dat ze kon horen. Vanaf die dag was de pientere, levenslustige wildebras zoals hij haar zijn hele leven had gekend zelfs geen schim van hoe ze ooit was, gevangen in een hartverscheurend, fragiel omhulsel dat haar extreem kinderlijk en soms zelfs hulpeloos maakte. Ongeacht hoe het met haar cognitieve en communicatieve vaardigheden gesteld was, leken ze in elk geval diep begraven te liggen onder een reusachtig trauma. En toch, in haar manier van doen, hoe ze telkens opleefde als hij haar kwam opzoeken, herkende hij nog steeds zijn aloude bijdehante, grappige en intelligente zusje. En als hij een aantal van de professionele hulpverleners mocht geloven, onder wie de zeer vooraanstaande dr. Janet Flannery, en haar ziel op de een of andere manier uiteindelijk kon worden ontsloten – wat tot nu toe nog niet was gelukt –, zou ze zich als een prachtige vlinder uit haar naargeestige cocon bevrijden en al heel snel de draad oppakken en een intens en zinvol, wellicht zelfs een rijk leven kunnen leiden. Maar tot nu toe was er nog geen enkele verbetering bespeurd.

Hij tilde haar kin iets op zodat ze hem aankeek. 'Hé, geeft niks.' Hij probeerde te glimlachen. 'We spelen gewoon een andere keer. Echt. Ik hou van je. Dat weet je toch, hè?'

Rebecca glimlachte, hield haar hoofd wat schuin en keek hem vorsend aan, een beetje mistroostig ook. Ten slotte bracht ze haar vingers naar haar lippen en daarna naar de zijne. En zij hield van hem, was wat ze bedoelde. Maar de manier waarop ze het uitte, met haar ogen de hele tijd op de zijne gericht, gaf aan dat ze wist dat hem iets verschrikkelijk dwarszat en dat hij moest weten dat ze het voelde.

20

15.35 uur

Gezeten achter het stuur reed Barron het parkeerterrein van stomerij Thrifty Dry op, waar hij zijn wasgoed altijd heen bracht. Zijn gedachten waren elders en ondertussen probeerde hij de schok omtrent de moord op Donlan van zich af te schudden en logisch na te denken over wat hij moest doen, toen zijn mobieltje ging. Achteloos klikte hij het ding aan. 'Barron.'

'John, met Jimmy.' Het was Halliday en hij klonk opgewonden. 'Het recherchebijstandsteam heeft de trein doorzocht. Ze hebben Raymonds tas gevonden. Slachtoffer, me hoela!'

'Hoe bedoel je?'

'Die tas. Er zat een automatische Ruger in, een .40, en twee volle magazijnen.'

'Jezus,' hoorde Barron zichzelf zeggen. 'Met zijn vingerafdrukken?'

'Niks geen vingerafdrukken. Noppes.'

'Hij droeg dus handschoenen?'

'Zou kunnen. Ze onderzoeken nu de rest van de tas. Polchak zal zijn vingerafdrukken en foto natrekken bij de politie van Chicago, kijken of ze daar iets meer over hem weten, en Lee zal met ze gaan praten. Wat Red betreft is het koppen dicht totdat we meer weten. Dus niet lullen met de media, of met wie dan ook.'

'Duidelijk.'

'John...' Hij hoorde Hallidays stem van toon veranderen, ving dezelfde bezorgdheid op die de rechercheur ook al aan boord van de trein tegen hem had geuit, voordat ze aan hun operatie waren begonnen. 'Wat er vandaag is gebeurd, is geen kattenpis, ik weet het. Maar zo zijn we allemaal ingewijd. Je komt er wel overheen. Het heeft alleen wat tijd nodig.'

'Ja.'

'Alles goed verder?'

'Ja.'

'Je hoort van me zodra we wat meer over Raymond te weten zijn gekomen.'

19.10 uur. Een diepe zucht, en daarna nog een.

John Barron sloot de ogen en leunde tegen de muur van de douchecel in zijn kleine vakwerkwoning in het stadsdeel Los Feliz van Los Angeles en liet het water over zich heen spoelen.

'Zo zijn we allemaal ingewijd,' waren Hallidays woorden geweest. Allemaal ingewijd? Dat betekende dus dat dit niet de eerste keer was. Godnogantoe, hoe lang was dit al aan de gang?

Of verder alles goed was, had Halliday gevraagd.

Goed? Heer, zie op me neer.

Het was bijna vijftien uur geleden dat hij in Barstow aan boord van de *Southwest Chief* was gestapt, samen met Marty Valparaiso; negen uur geleden dat hij – schouder aan schouder met McClatchy – met zijn wapen in de aanslag de oprit van de parkeergarage op was gelopen, en ongeveer achtenhalf uur geleden dat Valparaiso, vader van drie kinderen, op een geboeide man was afgelopen en hem door het hoofd had geschoten.

Hij keek op naar de douchekop, alsof de krachtige straal de beelden en de verschrikking kon wegspoelen.

Vergeefse hoop. Ze leken eerder sterker te worden. De schelle knal van het schot echode nog steeds na, het beeld van Donlan die ineenzakte weer oproepend. Telkens opnieuw trok het beeld aan zijn geestesoog voorbij. Telkens een stukje langzamer dan daarvoor, net zo lang totdat uiteindelijk een teer ballet van slowmotionbeelden overbleef, de onverbiddelijkheid van de zwaartekracht onderstrepend zodra het leven ophield.

Daarna volgde de rest en overspoelden gezichten, woorden en andere beelden zijn geheugen.

'Zegt dat hij Raymond Thorne heet en dat zijn papieren in de trein zijn achtergebleven.' Lee zat rechts voorin en las zijn notities voor terwijl Halliday de politiewagen naar de uitgang van de parkeergarage stuurde. Barron zat achterin, naast de geboeide en nog altijd laaiende gijzelaar annex arrestant, en deed zijn best zijn geschokte gemoed en de ondraaglijke afschuw die hem nog altijd in de ban hield zo goed mogelijk te verbergen.

'Beweert dat hij Amerikaan is, maar in Hongarije is geboren.' Lee draaide zich half om en keek Barron aan. 'Woont op Twenty Seven West 86th Street, New York. Zegt dat hij als vertegenwoordiger voor een Duits softwarebedrijf werkt. Zit het grootste deel van zijn tijd op de weg. Hij nam de trein, zegt hij, omdat een sneeuwstorm de luchthaven van Chicago had lamgelegd. In de trein is hij vervolgens Donlan tegen het lijf gelopen.'

'Ik beweer niet dat ik Amerikaan ben,' bitste Raymond, 'ik bén Amerikaan, én slachtoffer. Ik werd gegijzeld en ontvoerd. Deze heren zaten in dezelfde coupé. Zij hebben alles gezien. Waarom vraagt u het hun niet?'

Opeens reden ze in het felle zonlicht nu ze de parkeergarage verlieten en een muur van zendwagens en verslaggevers voor hen opdoemde. Geüniformeerde agenten maakten de weg vrij nu Halliday naderde. Ze passeerden, sloegen de straat in en reden weg met bestemming het hoofdbureau van politie in Parker Center.

Zijn gedachten gleden terug naar de zwijgende gestalten van Halliday en Lee op de voorstoelen. De twee bevonden zich een verdieping lager toen het gebeurde. Maar inmiddels wist hij dat ze precies hadden geweten wat er ging gebeuren toen ze 'Raymond' naar de brandtrap dirigeerden. Het betekende dat de executie van een verdachte als Donlan een normale gang van zaken was en dat de anderen ervan uitgingen dat hij het, aangezien hij nu zelf bij het team hoorde, gewoon zou aanvaarden. Maar dat hadden ze dus verkeerd. Nou en of.

Kwaad draaide hij de douchekraan dicht, stapte de douchecel uit en droogde zich af. Afwezig schoor hij zich. Zijn hoofd tolde nog altijd van de oneindige reeks verstilde beelden nadat Valparaiso de trekker had overgehaald. Daarbij sprongen twee onuitwisbare momenten in het oog.

Het eerste betrof het passeren van de mediahorde buiten voor de parkeergarage en de aanblik van de kleine jongeman met zijn vertrouwde gekreukte blauwe blazer, gekreukte beige pantalon en dikke brilmontuur, die op hen af liep en door een portierraam naar binnen staarde. Typisch Dan Ford, en kenmerkend voor de verslaggevers die in deze stad werkten. Zijn gestaar viel echter eenvoudig te verklaren, aangezien hij maar één oog had. Het andere was van glas, hoewel je dat nauwelijks merkte. Totdat hij zijn goede oog opeens de kost gaf om vast te stellen dat hij inderdaad zag wat hij meende te zien. Hetgeen uitgerekend geschiedde tijdens het passeren. Op het moment dat Ford zo vlak achter zijn portierraam was verschenen, had hij zelf haastig het hoofd afgewend.

Het had niet zozeer te maken met het feit dat Ford voor de *Los Angeles Times* schreef, of dat hij, met zijn zesentwintig jaar, net zo oud als Barron zelf, ontegenzeglijk de meest gewaardeerde misdaadverslaggever van de stad was, een jongeman die de feiten respecteerde en die bijna alle rechercheurs van de achttien politiedistricten persoonlijk kende. Nee, het was omdat Ford en Barron elkaars beste vrienden waren, al sinds de lagere school. Dat was de reden waarom hij meteen had weggekeken toen Ford op de auto af liep terwijl ze de rij verslaggevers voorbijreden. Hij wist dat Ford de schok en de walging in zijn ogen zou zien en zou weten dat er zich zo-even iets verschrikkelijks had voorgedaan. En dat het niet lang zou duren voordat hij meer zou willen weten.

Het andere moment deed zich voor op het hoofdbureau en had te maken met Raymond zelf. Nadat hij was gefotografeerd en zijn vingerafdrukken waren afgenomen, werd hij naar zijn cel geleid. Onderweg had de verdachte gevraagd of hij nog even met Barron mocht praten. Aangezien Barron de arrestatie had verricht, vermoedde hij dat Raymond nog eens zijn onschuld wilde betuigen. Maar in plaats daarvan had de verdachte naar zijn welzijn geïnformeerd. 'Je kijkt wat opgelaten, John,' klonk het zacht. 'Zonet in de wagen leek het wel alsof je van streek was. Alles wel goed met je?'

Aan het eind van deze laatste zin had Raymond eventjes een zweem van een grijnslachje laten doorschemeren. Woedend had Barron de bewakers gesommeerd de verdachte weg te leiden, hetgeen was gebeurd. Raymond was afgevoerd, waarna de twee stalen deuren hard achter hem waren dichtgevallen.

John...

Op de een of andere manier was Raymond achter zijn voornaam gekomen en hij gebruikte die om hem op stang te jagen, alsof hij vermoedde wat Donlan was overkomen en had gezien, of aangevoeld, hoe het Barron had aangegrepen. Zijn verzoek om een praatje was slechts bedoeld als een truc om Barrons reactie te peilen en zo zijn vermoeden te bevestigen. En de jonge rechercheur was erin getrapt. Het zelfgenoegzame grijnslachje op het eind was niet alleen grenzeloos brutaal, maar opzettelijk zo bedoeld en maakte alles helder. Hij had net zo goed met een 'hartstikke bedankt' kunnen afsluiten.

Wat zou Raymond zeggen zodra Lee hem confronteerde met de Ruger die in de trein in zijn reistas was aangetroffen? Wat zou hij daarop antwoorden? Waarschijnlijk zou hij de vermoorde onschuld spelen of met een legitieme verklaring op de proppen komen – inderdaad, het ding was van hem, hij zat immers veel op de weg en hij had er een vergunning voor –, wat Barron betwijfelde; of volhouden dat hij niets van het wapen af wist, vooral als hij wist dat er geen vingerafdrukken op zaten en volhield dat hij geen idee had hoe het ding in zijn tas was beland. Hoe dan ook, Donlan zou op geen enkele wijze ter sprake komen. Dat stukje van het verhaal zou tussen hem en John Barron blijven.

19.25 uur. Hij trok een grijze joggingbroek aan en liep blootsvoets naar de keuken voor een biertje uit de koelkast. Zijn hoofd maalde nog steeds. De moord was al erg genoeg, maar Raymonds vlerkerige scherpzinnigheid maakte het alleen maar erger. De rest had te maken met wat er daarna was gebeurd: Valparaiso, die hem het 'officiële' verslag van de gebeurtenissen had gedicteerd; Polchaks vakkundige verwijderen van de handboei om daarna het pistool in Donlans koude, dode hand te schuiven; Reds hartverwarmende vaderlijke bezorgdheid voor Valparaiso, die hij met een schouderklopje naar huis liet gaan, en zijn kalme verzoek via de mobilofoon om een ambulance en de technische recherche, die de plaats delict moest onderzoeken, uiteraard om Reds rapportage officieel te kunnen staven. Afgezien van de moord was dat laatste nog het ergst: McClatchy's bevel dat hij, John Barron, het politierapport zou schrijven.

Alleen al zijn aanwezigheid maakte hem medeplichtig aan moord, net als de anderen. Maar het indienen van een getypt proces-verbaal, onder zijn eigen naam, maakte hem bovendien tot een collaborateur, compleet met zijn naam onder aan de pagina als zijnde de politieambtenaar die daarmee de doofpot had bekrachtigd. Het hield in dat hij niets kon onthullen zonder zichzelf daarmee te belasten. Het was moord en hij was medeplichtig, punt uit. Bovendien wist hij zeker dat Raymond, wie hij ook mocht zijn en wat hij ook in zijn schild had gevoerd, de zaak doorzag.

Met een biertje in de hand sloot hij verdwaasd de koelkast. Hij was een smeris, hoorde zich door dergelijke zaken niet uit het veld te laten slaan, maar het tegendeel was waar. Dit was een andere situatie en hij was inmiddels ouder, maar de schok, de verschrikking en het ongeloof die nu een knoop in zijn maag legden, voelden hetzelfde aan als op die avond acht jaar geleden toen hij, achttien jaar oud, thuiskwam en voor de deur de zwaailichten van politieauto's en ambulances zag knipperen. Hij was samen met Dan Ford en wat vrienden uit geweest. In zijn afwezigheid waren drie jonge-mannen de woning binnengedrongen en hadden voor de ogen van de jonge Rebecca zijn vader en moeder doodgeschoten. De buren hadden de schoten gehoord en daarna drie mannen naar buiten zien rennen, die vervolgens met grote snelheid in een zwarte auto wegscheurden. 'Een inbraak met fatale afloop', zo had de politie het omschreven. Tot op heden wist niemand waarom Rebecca niet was vermoord. In plaats daarvan was ze veroordeeld tot een le-venslang trauma.

Toen hij thuiskwam, was Rebecca al naar een psychiatrisch zie-kenhuis afgevoerd. Dan Ford, die zag hoe zijn vriend volkomen werd verlamd door wat er zojuist was gebeurd en besefte dat Bar-ron geen kennissen of zelfs naaste familieleden had die hem kon-den opvangen, had onmiddellijk zijn eigen ouders gebeld en gere-geld dat John zo lang als nodig was bij hen kon logeren. Het was één grote nachtmerrie van zwaailichten en verwarring. Hij zag de blik op het gezicht van de buurman nog voor zich toen die naar buiten kwam. Hij trilde, keek afwezig voor zich uit, zijn gezicht as-grauw. Pas later vernam hij dat de man op eigen verzoek de licha-men had geïdentificeerd om John het leed te besparen.

Dagenlang was hij omringd geweest door dezelfde nevel van shock, afschuw en ongeloof als die hij nu voelde terwijl hij het alle-maal probeerde te verwerken en samen met de verschillende hulp-instanties een opvangplek voor Rebecca zocht. Daarna maakte de schok langzaam plaats voor een allesomvattend schuldgevoel. Het was allemaal zijn schuld, en dat wist hij. Was hij maar thuisgeble-ven, dan had hij misschien nog iets kunnen uitrichten. Hij had nooit met Dan Ford en zijn vrienden de hort op moeten gaan. Nu had hij zijn vader, moeder en zusje aan hun lot overgelaten. Was hij maar thuisgebleven. Was hij maar thuisgebleven. Thuisgebleven...

Daarna kwam de woede, een woede die vanuit het diepst van zijn binnenste opborrelde. Vanaf dat moment wilde hij alleen nog maar bij de politie om hoogstpersoonlijk met zulke moorddadige klootzakken te kunnen afrekenen. Naarmate de dagen, weken en maanden voorbijgleden, en de daders nog steeds niet waren opge-spoord, werd de drang sterker.

Aanvankelijk belandde hij als student landschapsarchitectuur op de technische universiteit van San Luis Obispo, Californië. Als kind al droomde hij van een carrière als ontwerper van siertuinen. Maar al direct na de moord op zijn ouders was hij overgestapt naar de universiteit van Californië in Los Angeles om dichter bij Rebecca te kunnen zijn, er zijn kandidaats Engels te halen om daarna strafrecht te kunnen gaan studeren om hopelijk ooit openbaar aanklager of misschien zelfs rechter te kunnen worden en dus voor de ordehandhaving te kiezen. Maar aangezien het geld van de uitgekeerde levensverzekering van zijn ouders bijna op was en Rebecca meer geld kostte, moest hij een voltijdbaan zoeken, wat hem lukte: van de politieschool naar surveillant naar rechercheur, met zevenmijlslaarzen.

Vijf jaar na zijn aanstelling bij de politie van Los Angeles, het LAPD, werd hij toegelaten tot de roemruchte, honderd jaar oude 5-2 Squad, en kwam de dag dat hij schouder aan schouder met de legendarische Red McClatchy de oprit van een verlaten parkeergarage op sloop, op jacht naar een ontsnapte moordenaar. Een opdracht waar iedere smeris bij het korps, ja zelfs over de halve wereld, van droomde. Het was allemaal te danken aan een combinatie van hard werken, zijn intelligentie en het voornemen zich helemaal te wijden aan zijn nieuwe leven. Maar opeens lag alles aan gruzelementen, net als op die duistere, afschuwelijke avond acht jaar geleden.

'Waarom?' tierde hij opeens. 'Waaróm?'

Waarom, terwijl ze toch wisten dat Donlan ongewapend was en inmiddels gearresteerd? Wat was dit voor ordehandhaving? Wat zat hierachter? Eigen rechtertje spelen? Was dat de reden waarom je plaats binnen het team voor het leven gold zodra je was ingezworen? Niemand stapte uit de 5-2 Squad. Dat was de regel, punt uit.

Hij trok het bierblikje open en zette het aan zijn mond. Zijn oog viel op de ingelijste foto op de tafel naast de koelkast. Hij was van hem en Rebecca, genomen in het St. Francis. Ze lachten en hadden de armen om elkaar heen geslagen. 'Broer en zus van het jaar' luidde het onderschrift. Hij wist niet meer uit welk jaar de foto dateerde, of waarom hij was genomen. Misschien om een van zijn korte bezoekjes te vereeuwigen, toen hij weer eens bij haar was. Net als hij vandaag had gedaan. Morgen zou hij er niet aan moeten denken.

Opeens daalde er onverwacht een kalmte over hem heen en hij besefte dat het geen donder uitmaakte wat voor regels de 5-2 Squad erop na hield. Van nu af aan was er in zijn leven geen plaats meer voor koelbloedige moord, vooral niet door de politie. Pas nu drong het tot hem door wat hij vanaf het moment dat Donlan dood neerviel eigenlijk al wist, namelijk dat hij maar één kant op kon: zoek een plek zo ver mogelijk van Los Angeles waar Rebecca kan worden behandeld en vertrek met haar. Hij mocht dan misschien het groentje binnen de 5-2 zijn, hij zou zeker de eerste in de LAPD-annalen zijn die het team de rug toekeerde.

21

Parker Center, het hoofdbureau van politie, dezelfde dag, dinsdag 12 maart, 22.45 uur

Door het raampje van zijn celdeur staarde Raymond naar het verduisterde cellenblok. Hij was alleen en droeg een oranje overall, met het woord GEDETINEERDE op de rug. Hij beschikte over een wasbak, een brits en een toilet, alle drie duidelijk zichtbaar voor eenieder die op de gang passeerde. Hoeveel medegevangenen er waren en waarvoor ze hier zaten, daarvan had hij geen idee. Hij wist enkel dat niemand met hem te vergelijken viel. Nu niet, en waarschijnlijk nooit. Althans, in Amerika.

'U hebt recht op een advocaat,' had de imposante zwarte rechercheur hem meegedeeld. Een advocaat? Wat leverde dat nog op? Vooral nu de grond onder zijn voeten begon weg te zakken, precies zoals hij al die tijd al had geweten. Het was al begonnen toen diezelfde imposante zwarte rechercheur hem naar de Ruger had gevraagd. Hij deed wat hij zou hebben gedaan als ze hem in de trein hadden gepakt en ter plekke het pistool in zijn tas zouden hebben aangetroffen: liegen. Verbazing veinzen, de agent vertellen dat hij werkelijk geen idee had hoe het wapen in zijn tas terecht was gekomen. Het was een lange treinreis geweest, hij was een paar keer naar het restauratierijtuig gelopen, had het toilet bezocht, en gewoon wat gewandeld om de benen te strekken. Iedereen kon dat ding in zijn tas hebben verborgen. Hoogstwaarschijnlijk Donlan, die een reservepistool wilde verbergen. Hij had de rechercheur ernstig en in alle onschuld te woord gestaan, hem er opnieuw op gewezen dat hij slachtoffer en geen crimineel was. Ten slotte had de rechercheur hem bedankt voor de medewerking, was opgestaan en weggegaan. Raymond had in elk geval iets meer tijd kunnen rekken.

De vraag was nu hoe lang het ging duren voordat ze erachter kwamen dat hij alles had gelogen. Ze zouden flink wakker schrikken. Hoe lang zou het duren voordat ze contact opnamen met de politie in Chicago omtrent het wapen en een mogelijk strafblad aldaar, en of er een aanhoudingsbevel tegen hem liep? Hoe lang zou het duren voordat uit alle moorden die dat weekend in Chicago konden zijn gepleegd de zaak van de twee neergeschoten mannen in het kleermakersatelier in Pearson Street opdook? Het kaliber van het moordwapen zou een van de dingen zijn die ter sprake kwamen. Hoe lang nog voordat de politie van Chicago zou verzoeken om een ballistisch onderzoek van de Ruger? Hoe snel zouden ze, zelfs zonder over vingerafdrukken te beschikken, het een en ander bij elkaar optellen en zich afvragen welk verband er bestond tussen de kluisjessleutels, zijn recente trips van en naar het buitenland, de vermoorde slachtoffers in Chicago, de reden van zijn komst naar Los Angeles en het vliegticket naar Londen?

22.50 uur. Plotseling draaide hij zich om, liep naar zijn brits, ging zitten en dacht na over de onwaarschijnlijkheid van de ongelooflijke reeks van toevalligheden die zich in zo'n korte tijd hadden voltrokken; het feit dat hij om de een of andere reden in dezelfde trein, dezelfde auto had gezeten, en had gepokerd met een voortvluchtige moordenaar voor wie een groepje rechercheurs midden in de nacht diezelfde trein in was gestapt om ervoor te zorgen dat hij niet zou ontkomen. En van alle medereizigers in de wagon was hij uitgerekend degene geweest die door deze figuur was gegijzeld. De politie had hem samen met zijn gijzelnemer, bijna gelijktijdig, in een auto zien springen en had aangenomen dat ze handlangers waren. Volkomen bezijden de waarheid, maar wel de reden waarom hij hier zat.

Kwaad klemde hij zijn kaken opeen. Het was allemaal zo zorgvuldig gepland. Hij had in zijn eentje gereisd, met weinig bagage, en had zijn wapens al vooruitgezonden. Zijn mobieltje was meer dan voldoende om gedurende deze korte tijd in contact te blijven met de Barones. Wat een toonbeeld van eenvoud had moeten zijn, was echter uitgegroeid tot een absurde, onwezenlijke reeks toestanden die, gecombineerd met het frustrerende feit dat het kluisje in Frankrijk onvindbaar was – een complete verrassing aangezien de instructies in de enveloppen waarin de sleuteltjes zaten, en die hij had gelezen en vernietigd, de naam en het adres van de bank gek genoeg niet bevatten – genoeg waren om... Opeens drong het tot hem door: dit was helemaal geen toeval. Het was onontkoombaar. Dit was wat de Russen *soedba*, lotsbestemming, noemden, waar hij al vanaf zijn prille jeugd voor was gewaarschuwd en klaargestoomd: dat zo lang hij leefde God hem op de proef zou stellen, zijn moed, toewijding, taaiheid, schranderheid en wil om zelfs de meest benarde situaties de baas te zijn. En tot nu toe was hij dat alles de baas geweest. En hoe uitzichtsloos deze huidige toestand ook leek, hij zou niet anders zijn.

De gedachte beurde hem op en hij besefte dat er, alle omringende duisternis ten spijt, één meevaller was. Het feit dat de politie Donlan had gedood. Het waarom was onbelangrijk, het feit dat het was gebeurd, daar ging het om. Dat ene, zinderende pistoolschot had het voor hem overduidelijk gemaakt. Het was een vermoeden dat werd gestimuleerd door de gelaatsuitdrukking en de lichaamstaal van de jonge rechercheur John Barron, die even later naast hem op de achterbank van de politieauto was beland. Diens geïrriteerde, afgemeten sommering na de inhechtenisneming, toen hij naar Barrons welzijn had geïnformeerd, was de bevestiging geweest. Dus, inderdaad, de politie had Donlan vermoord. En inderdaad, het was Barron duidelijk niet in de koude kleren gaan zitten. Of hij deze informatie kon gebruiken, en hoe, wist hij nog niet, maar Barron vormde de sleutel, de zwakke schakel. Barron was jong en emotioneel, met een bezwaard geweten, iemand die op het juiste moment wel eens goed van pas kon komen.

22

De Hollywood Coffee Shop, Sunset Boulevard, woensdag 13 maart, 1.50 uur

'Oké, nog even resumeren.' Dan Ford zette zijn dikke bril goed en bestudeerde het versleten notitieboekje voor hem. 'De andere pokeraars waren William en Vivian Woods uit Madison, Wisconsin.'

'Ja.' John Barron wierp een blik op de ingang. Ze zaten in het achterste hoekje van de cafetaria die vierentwintig uur per dag geopend was en die bijna verlaten was, op drie giechelende tieners aan een tafeltje bij de ingang na, en de grijze serveerster achter de toonbank die kletste met een paar werklui van de gasfabriek die eruitzagen alsof ze net van hun werk kwamen.

'De conducteur was James Lynch. L-y-n-c-h, uit Flagstaff, Arizona,' vervolgde Ford en hij dronk zijn kop koffie leeg. 'Hij werkte al zeventien jaar bij Amtrak.'

Barron knikte. Details over de gebeurtenissen aan boord van de *Southwest Chief* plus de namen van de betrokkenen, zaken die tot na het onderzoek en het inlichten van familie en verwanten niet aan de media mochten worden doorgegeven, had hij Ford beloofd toen die hem iets na elven thuis had gebeld. Hij was nog wakker, zat voor de tv en had de voorafgaande uren nagedacht over hoe hij zowel de 5-2 Squad als Los Angeles de rug kon toekeren, waar hij heen kon, en het liefst met Rebecca. Een belletje naar haar psychiater, dr. Janet Flannery, was onbeantwoord gebleven en toen de telefoon alsnog rinkelde, was hij ervan uitgegaan dat zij het was. Maar het was Dan Ford die wilde weten hoe zijn eerste echte klus met de 5-2 Squad hem was vergaan, om vervolgens te vragen of hij mocht weten wat er precies was gebeurd.

Hij wilde weten of Ford al met Lee of Halliday had gesproken, maar hield zich in. Dan Ford was zijn beste vriend en er zou een moment komen waarop hij hem in vertrouwen moest nemen. Als Ford bereid was om zijn kittige Franse echtgenote Nadine, die hij na twee jaar huwelijk nog altijd zijn bruid noemde en haar nog altijd op handen droeg even alleen te laten, dan was dit het uitgelezen moment. Bovendien was hij zo even verlost van alle media-aandacht voor de schietpartij aan boord van de *Chief* en de achtervolging en dood van Frank Donlan die alle tv-kanalen beheersten. Hij had de stilstaande trein op het rangeerterrein gezien, de lijkzakken met daarin de lichamen van Bill Woods en de conducteur die naar buiten werden gedragen, telkens weer opnieuw; had de parkeergarage gezien en de onopvallende Ford met Halliday achter het stuur, een glimp van zichzelf, achterin naast Raymond, terwijl ze zich een weg baanden door de mediahorde; het busje van de lijkschouwer met daarin Donlans lichaam, tegen dezelfde achtergrond; Red McClatchy op het hoofdbureau naast hoofdcommissaris Louis Harwood terwijl deze Valparaiso's verslag omtrent Donlans 'zelfmoord' voor de camera's nog eens herhaalde, waarmee Marty's versie dus meteen de officiële versie was, zoals hij zelf al had verwacht.

'De zogenaamde "gijzelaar" identificeerde zich als' – opnieuw raadpleegde Ford zijn aantekeningen – 'Raymond Thorne, T-h-o-r-n-e, afkomstig uit New York. Hij blijft in hechtenis totdat zijn identiteit definitief is achterhaald.'

'Hij wordt morgenochtend om halfnegen voorgeleid,' meldde Barron. 'Of hij gaat vrijuit, of niet. Hangt ervan af of zijn verhaal klopt.' Het was duidelijk dat Reds bevel om niets te onthullen over de vondst van de Ruger in Raymonds reistas werd opgevolgd, want als er één buitenstaander was die van het wapen zou kunnen af weten, dan was het Dan Ford wel.

Hij staarde naar de kop koffie in zijn handen. Tot nu toe had hij het netjes gespeeld, had hij Ford alles verteld wat hij kon en was hij zijn emoties de baas gebleven. Maar of hij dit nog lang kon volhouden viel te betwijfelen. Hij leek wel een junkie. Als hij niet snel aan een shot kwam, zou hij tegen het plafond vliegen. Die 'shot' behelsde in zijn geval Ford recht in de ogen kijken en hem het hele verhaal opbiechten.

Journalist of niet, Dan Ford was de enige ter wereld voor wie hij geen geheimen had, die zich al meteen na de moord op zijn ouders als een broer over hem had ontfermd, zelfs nadat zijn vriend naar Northwestern University was afgereisd, mijlenver uit de buurt.

Zelfs vanaf die lange afstand was Ford hem blijven helpen en had hij zich zij aan zij met Barron een weg geworsteld door het kluwen van landelijke en plaatselijke instellingen, verzekeringsmaatschappijen en organisaties. Zodat Rebecca in het St. Francis kon blijven, maar tevens om haar veelomvattende en nog altijd voortdurende behandeling te kunnen blijven bekostigen.

En dat alles zonder wrok of rancune jegens zijn vriend die hem als kind van een oog had beroofd: twee tien jaar oude jochies die van een korte buis een raketprojectiel wilden maken, hem volpropten met spijkers en kogellagers en vervolgens twee illegale megaklappers als krachtbron monteerden. Projectielen die door Barron te vroeg waren aangestoken. Twee straten verder moest een naburige garageruit eraan geloven en op de een of andere manier dreef de knal een spijker achterstevoren Dan Fords rechteroog in. De helft van Fords gezichtsvermogen, dat was de prijs die ze voor deze kostbare grap moesten betalen.

En nu, zestien jaar na die noodlottige middag, zaten ze hier, bijeen aan een tafeltje achter in een cafetaria aan Sunset Boulevard, waar het tegen tweeën in de ochtend liep, terwijl hij, Barron, om acht uur op het hoofdbureau werd verwacht om het politierapport over Frank 'Bleekscheet' Donlans 'zelfmoord' op te stellen en hij Dan Ford waarschijnlijk nog nooit zo hard nodig zou hebben, hem het liefst alles wilde vertellen.

Maar hij kon het niet.

Al vanaf het moment dat hij de koffieshop had betreden en Ford had zien zitten, wachtend op hem, was het voor hem duidelijk. Legde hij zijn ziel bloot, dan bracht hij Ford in een bijna even lastig parket als het zijne. Zodra Dan Ford het zou weten, zou zijn vriendschap zijn professionalisme overstijgen. Hij zou zwijgen, en daarmee zelf medeplichtig worden.

Dat hij, Barron, van plan was het korps de rug toe te keren, was niet van belang. Voorlopig was hij nog altijd rechercheur en lid van het team. Gezien de statuur van de 5-2 Squad, en die van Red McClatchy, zou de ontluistering enorm zijn zodra de waarheid aan het licht kwam en zouden degenen die ook maar zijdelings iets met de beschuldigden te maken hadden, ten prooi vallen aan de felle schijnwerpers van de publieke belangstelling. Journalisten, het Openbaar Ministerie, de autoriteiten: ze zouden geen steen, geen kiezel onberoerd laten. En niet één journalist of rechercheur hier in Los Angeles die niet op de hoogte was van de lange vriendschap tussen Ford en Barron. Een lokaal tv-station had in het journaal van zes uur zelfs een item aan hen gewijd. Waar Barron zich binnen afzienbare tijd ook mocht bevinden, die bewuste dag was hij lid geweest van de 5-2, was hij erbij geweest toen Donlan in de parkeergarage werd doodgeschoten, en zou Ford worden gevraagd wat Barron hem over de zaak had toevertrouwd. Draaide Ford eromheen, dan zou dat zeker argwaan wekken en twijfelde hij er niet aan dat het Openbaar Ministerie hem dezelfde vragen zou voorleggen, maar dan onder ede. Barron kende zijn vriend echter goed genoeg om te weten dat Ford zelfs onder die omstandigheden zijn mond niet open zou doen. Maar door te zwijgen zou hij meineed plegen. Beriep hij zich op het Vijfde Amendement, dan bekende hij impliciet schuld. In beide gevallen zou het gedaan zijn met zijn carrière, zijn toekomst. Met alles.

De enige oplossing was dus om Ford slechts datgene toe te vertrouwen wat hij zijn vriend had toegezegd, hem vervolgens mee te delen dat hij nog wat wilde slapen en daarna zo snel mogelijk de serveerster om de rekening te vragen.

'Vertel eens over Donlan.'

'Hmm?' Verrast keek Barron op.

Ford had zijn aantekenboekje neergelegd en tuurde hem van

over de rand van zijn dikke bril aan. 'Ik zei, vertel eens over Donlan.'

Het leek alsof de grond opeens onder hem wegzakte en hij moest zijn uiterste best doen om kalm te blijven. 'Je bedoelt in de trein?'

'Ik bedoel in de parkeergarage. Om te beginnen, er waren vier rechercheurs, en maar één Bleekscheet Donlan. En die rechercheurs waren bovendien niet de eersten de besten: Red McClatchy, Polchak, Valparaiso en jij. De besten die er zijn. Kijk, ik begrijp best dat Donlan veel ervaring had met wapens en handboeien, maar dat hij een extra pistool verborgen kon houden, zonder dat deze vier rechercheurs dat wisten?'

'Wat wil je hiermee zeggen?' vroeg Barron terwijl hij Ford aanstaarde. Gedachten en emoties raasden door zijn hoofd, precies zoals op het moment toen Donlan de kogel kreeg.

'Wat jij me hebt verteld, zou iedere willekeurige agent op het hoofdbureau me hebben kunnen vertellen.' Fords goede en zijn glazen oog kropen omhoog om Barrons blik te vangen. 'Ik stond buiten toen Halliday wegreed. Jij zat achterin met die Raymond huppeldepup. Je zag me, wendde je hoofd af. Waarom?'

'Dat deed ik dan waarschijnlijk onbewust. Het was me nogal een toestand daar.'

Plotseling keek Ford opzij. De serveerster kwam naar hun tafeltje met een pot koffie. Ford schudde van nee, wuifde haar weg en keek Barron weer aan. 'Wat is daar gebeurd, John? Vertel het me.'

Het liefst wilde hij meteen opstaan. Sta op, loop weg. Maar hij kon het niet. Het volgende moment hoorde hij zichzelf Valparaiso's verklaring bijna woordelijk herhalen, precies zoals hoofdcommissaris Harwood voor de camera's had gedaan.

'Dat weet niemand. Op de een of andere manier heeft Donlan een .22 met korte loop in zijn broekzak weten te verbergen. Toen we hem wilden afvoeren, had hij opeens een handboei los, riep: "Tot hier en niet verder", zagen we het pistool, en… *pang.*'

Dan Ford keek hem doordringend aan. 'Dat was het?'

Barron staarde standvastig terug. 'Het was de eerste keer dat ik iemand de hand aan zichzelf zag slaan.'

23

In het duister van de slaapkamer probeerde Barron het feit dat hij tegen Ford had gelogen – Valparaiso's verklaring die zich opeens naar buiten had geperst alsof het zijn eigen woorden waren geweest – van zich af te zetten. De leugen vervulde hem met bijna net zo veel afschuw als de moord zelf. Hij was daarna meteen afgetaaid. Hij had zichzelf gedwongen Ford aan te kijken, hem meegedeeld dat hij hondsmoe was en had de serveerster een briefje van twintig in haar hand gedrukt, en dat terwijl de rekening niet meer dan vier dollar vijftig bedroeg. Gewoon omdat hij het niet kon opbrengen even op wisselgeld te wachten. Vervolgens was hij naar buiten gelopen, was achter het stuur van zijn klassieke Ford Mustang uit 1967 gekropen en door de lege straten naar huis gereden.

Eenmaal thuis had hij zijn antwoordapparaat beluisterd. Er stonden twee berichten op. Het eerste was van Halliday, die hem meedeelde dat Lee op het hoofdbureau Raymond had verhoord en dat hun 'slachtoffer' had verklaard niets af te weten van het wapen in zijn reistas. Bovendien waren er op zowel het wapen als de magazijnen geen vingerafdrukken aangetroffen. Alles was brandschoon, alsof de bezitter ze minutieus had schoongepoetst of handschoenen had gebruikt. 'Deze meneer is me er eentje, John,' was Hallidays laatste zin geweest. 'In welk opzicht weet ik nog niet, maar daar komen we nog wel achter. Ik zie je morgenochtend.'

Het tweede telefoontje was afkomstig van dr. Flannery. Inmiddels was het te laat om haar terug te bellen en dus zou hij tot morgen moeten wachten. Hetzelfde gold voor de nadere invulling van zijn plan de 5-2 Squad de rug toe te keren. Hoe dat moest gebeuren, waar hij heen moest en wanneer, dat hing allemaal af van de vraag of hij een onderkomen voor Rebecca kon regelen, hopelijk zo ver mogelijk van Los Angeles. Dat laatste diende geheel en al aan dr. Flannery te worden overgelaten. Hierna, met de op een na ergste dag van zijn leven inmiddels achter de rug, had hij eindelijk opgelucht zijn bed opgezocht.

3.18 uur. Nog altijd kon hij de slaap niet vatten. In plaats daarvan borrelde één verontrustende vraag op: hoe kwam het toch dat hij zo eenzaam was geworden en slechts één vriend op de hele wereld bezat met wie hij kon praten? Zijn aloude vrienden van de middelbare school en de universiteit waren ieder huns weegs gegaan. Zijn huidige leven, waarin een graad in het strafrecht nog altijd vaag lokte, stond inmiddels in het teken van zijn zorg om Rebecca, het zoeken naar een vaste baan en zich daar helemaal aan wijden, wat hij als rechercheur bij de politie van Los Angeles dan ook had gedaan. En hoewel hij met diverse agenten en rechercheurs had samengewerkt, was het altijd te kort geweest voor het soort vriendschappen die voortvloeien uit de gedeelde ervaring van jaren. Ook moest hij het stellen zonder die steuntjes in de rug waar zo veel mensen op konden vertrouwen: kennissen, pastoors en dominees, of zelfs psychologische hulp.

Hij en zijn zus Rebecca waren al jong geadopteerd. Hun adoptievader en -moeder kwamen uit respectievelijk Illinois en Maryland. Hun echte ouders waren overleden. Slechts zelden werd er over andere familieleden gesproken, laat staan contact met hen gezocht. Dus ook al had hij verre tantes, ooms of neven, hij wist het niet. Bovendien was zijn adoptievader joods en zijn moeder katholiek, waren ze totaal areligieus opgevoed en was er dus geen dominee, pastoor of rabbi om zijn hart bij uit te storten. Het feit dat Rebecca door nonnen werd verpleegd, was louter toeval. Het St. Francis gold nu eenmaal als het beste psychiatrische ziekenhuis, en misschien wel de enige betaalbare plek dicht in de buurt. De afgelopen acht jaar was ze door vijf verschillende psychotherapeuten behandeld. Niet één van hen, zelfs niet haar huidige psychiater, de schijnbaar zo capabele dr. Flannery, was het gelukt ook maar een glimp van licht te laten doordringen binnen de duistere muren van het trauma dat haar gevangenhield. Het boezemde hem dan ook weinig vertrouwen in om tot hen zijn toevlucht te moeten zoeken.

Zo lagen de kaarten. Uit de miljarden mensen die deze aarde bevolkten, beschikte hij over het riante aantal van twee individuen bij wie hij zich voldoende op zijn gemak voelde om zijn hart te kunnen uitstorten: Rebecca en Dan Ford. En om zeer voor de hand liggende redenen kon hij met geen van beiden praten.

3.34 uur.

3.57 uur. Uiteindelijk dommelde hij in. Terwijl de duisternis hem als een deken toedekte, zag hij plotseling hoe een schim oprees en op hem af liep. Het was Valparaiso, en hij had een pistool in zijn hand. Daarna zag hij een van angst versteende Donlan, gevan-

gen in Polchaks ijzeren houdgreep. Waarop Valparaiso naar hem toe stapte en het pistool tegen zijn hoofd plaatste.
'Nee, niet doen!' schreeuwde Donlan.
Beng!

24

Parker Center, het hoofdbureau van politie, dezelfde dag, woensdag 13 maart, 7.15 uur

Het hoofdkwartier van de 5-2 Squad was een klein, onopgesmukt kantoor met zes oude, gebutste stalen bureaus en bijbehorende versleten draaistoelen. Op elk bureau prijkten een hypermoderne computer en een telefooncentrale. Een gemeenschappelijke printer stond op een tafeltje naast de deur onder het grote schoolbord. Een van de muren bestond uit een kurken wand die vol hing met notities en foto's van mensen en plaatsen van misdrijf van nog lopende zaken. Verder een rij ramen met dichtgetrokken jaloezieën tegen het vroege zonlicht. Een gedetailleerde kaart van Los Angeles besloeg de laatste muur. Het was tegenover deze muur dat John Barron, in zijn eentje, naar de regels op het scherm van zijn computer staarde.

DATUM: 12 maart
DOSSIERNUMMER: 01714
ONDERWERP: Frank 'Bleekscheet' Donlan
ADRES: onbekend
OPSTELLER PROCES-VERBAAL: brigadier John J. Barron
ASSISTEREND RECHERCHEURS: adjudant Arnold McClatchy, hoofdagent Martin Valparaiso, hoofdagent Leonard Polchak

Barron staarde nog even naar de tekst, waarna hij zonder gevoel en mechanisch begon te typen en de draad oppakte waar hij hem had achtergelaten, precies zoals McClatchy hem had opgedragen. Hij deed dit voor hemzelf, voor Rebecca, ja zelfs voor Dan Ford. De enige uitweg die hij kon bedenken.

OVERIGE RECHERCHEURS: hoofdagent Roosevelt Lee, hoofd-
agent James Halliday
BUREAU: 5-2 Squad, politie Los Angeles
OMSCHRIJVING: dood door zelftoegebrachte schotw.

Hij stopte met typen, vatte de laatste regel in een blok, drukte op
de Deletetoets, waarna 'Dood door zelftoegebrachte schotw.' van
het scherm verdween. Kwaad typte hij:

OMSCHRIJVING: moord
KLACHT: executie van verdachte onder arrest door hoofdagent Martin Valparaiso

Weer hield hij op, maakte een blok van de hele tekst en drukte op
de Deletetoets. Hij leunde achterover en keek voor de vierde keer
in een kwartier tijd op zijn horloge: 7.29 uur.
Het was nog vroeg. Wat kon het hem schelen?

7.32 uur. Hij betrad de kleine, felverlichte kantine, waarin verschillende automaten stonden alsmede een stuk of vijf formicata-
fels en een aantal plastic stoelen. Aan het tafeltje het dichtst bij de
deur kletste een geüniformeerde brigadier met twee secretaresses
in burger. Verder was de kantine leeg.
Hij knikte even beleefd, liep naar de koffieautomaat, wierp er
drie kwartjes in en koos voor 'melk en suiker'. Hij keek hoe het bekertje op zijn plek viel en langzaam werd gevuld. Hij pakte het bekertje en liep ermee naar een tafeltje in de hoek. Daar nam hij
plaats, met zijn rug naar de anderen.
Hij nam een teugje van zijn koffie, trok zijn mobieltje uit zijn jas
en toetste een nummer in. Bij de derde zoemtoon werd er opgenomen. 'Met dokter Flannery,' sprak een vertrouwde vrouwenstem.
'Dokter Flannery, u spreekt met John Barron.'
'Ja, ik heb u gisteravond gebeld. Hebt u mijn bericht niet ontvangen?'
'Jawel, maar ik was even niet thuis.' Aan het tafeltje bij de deur
werd even hard gelachen. Eventjes keek hij op. 'Dokter Flannery,'
vervolgde hij op zachte toon, 'ik heb uw hulp nodig. Ik wil een ander onderkomen voor Rebecca, ergens buiten Los Angeles, het
liefst buiten Californië.'
'Zijn er problemen, meneer Barron?'
'Het is…' Hij zocht naar het goede woord. 'Eh, persoonlijk. Ver-

trouwelijk... en,' voegde hij eraan toe, 'uiterst dringend, om redenen die ik nog niet kan uitleggen. Ik wil een aantal dingen in mijn leven veranderen en een nieuwe plek voor Rebecca is daarbij de eerste stap. Waar precies, daar heb ik nog niet echt over nagedacht. Misschien in Oregon, Washington of Colorado of iets dergelijks. Maar wel weg van hier en zo snel mogelijk.'

Er viel een lange stilte en hij wist dat ze probeerde te begrijpen wat hier aan de hand was. 'Meneer Barron,' antwoordde ze ten slotte, 'gezien Rebecca's toestand denk ik dat we eens rustig moeten praten.'

'Hé, John!'

Bij het horen van zijn naam keek hij op. Het was Halliday, die zojuist de kantine was binnengekomen en snel naar zijn tafeltje liep.

Barron draaide zich weer om. 'Ik bel u terug, dokter. Dank u.' Net voordat Halliday bij zijn tafeltje was, had hij de verbinding verbroken.

'Er woont helemaal geen Raymond Thorne op 86th Street in Manhattan,' klonk het nadrukkelijk. 'En dat Duitse softwarebedrijf waarvoor hij zei te werken bestaat niet. We hebben net zijn vingerafdrukken en identiteitspapieren terug van onze collega's in Chicago. Brandschoon weliswaar, maar we weten ook dat daar afgelopen zondag, vlak voordat Raymond de trein nam, twee mannen in een kleermakersatelier zijn gemarteld en doodgeschoten. Het moordwapen is niet gevonden, maar afgaand op het autopsierapport komt het kaliber min of meer overeen met dat van de Ruger die we in zijn tas hebben aangetroffen. Ze willen een ballistisch onderzoek.

Bovendien bevatte die tas een businessclassticket Los Angeles-Londen, op naam van Raymond Thorne, vertrek maandagmiddag tien over halfvijf vanaf LAX. Wat dus doet vermoeden dat hij die tweedaagse treinreis naar hier oorspronkelijk niet had gepland. Ik ben nu met de FBI bezig om iemand op de afdeling Reisdocumenten van Binnenlandse Zaken zover te krijgen om de magnetische strip op zijn paspoort te laten scannen. Polchak doet de ballistiek. Jij gaat naar Thornes voorgeleiding en je zorgt ervoor dat hij niet op borgtocht vrijkomt.'

Heel even staarde Barron voor zich uit alsof hij doof was.

'John,' maande Halliday, 'hoorde je wat ik zei?'

'Ja Jimmy, ik heb je gehoord.' Opeens stond hij op en liet zijn mobieltje in zijn jaszak glijden. 'Ik ben al weg.'

71

25

Het gerechtsgebouw, dezelfde tijd, 7.50 uur

Gekleed in een oranje overall en met de handen geboeid op de rug had Raymond de lift bijna helemaal voor zichzelf, op de twee stevig gebouwde hulpsheriffs in hun strakke uniform na, die hem van het hoofdbureau naar de voorgeleiding in een van de hogergelegen rechtszalen escorteerden. Dit was het moment dat hij zou benutten, zo had hij tussen de paar uurtjes waarin hij nog wat had kunnen slapen door besloten.

De mogelijkheid om de jonge en onzekere rechercheur Barron als vrijgeleide te benutten, hield hem nog steeds bezig, maar de tijd begon nu echt te dringen. Hij was hier in Los Angeles voor een laatste confrontatie met Alfred Neuss, de arrogante en uitgesproken juwelier in Beverly Hills. Het vormde een cruciaal onderdeel van de hele operatie.

Het bemachtigen van de sleuteltjes van het kluisje, in respectievelijk San Francisco, Mexico-Stad en Chicago, was de eerste stap geweest, inclusief het vervolgens net zo snel en stilletjes uit de weg ruimen van de bezitters ervan. Als dat volgens plan zou zijn verlopen, had hij nu niet alleen de sleutels op zak gehad maar tevens de naam en het adres van de Franse bank waar het kluisje was. Met deze informatie zou hij de eerste twee sleuteltjes onmiddellijk per expresse naar Jacques Bertrand in Zürich hebben verzonden. En het derde exemplaar op dezelfde wijze naar de Barones in Londen, waar hij de sleutel op dinsdag, na zijn komst aldaar, zou oppikken. De daaropvolgende dag zou hij doorreizen naar Frankrijk en met de inhoud van de kluis onmiddellijk naar Londen terugkeren. Op donderdag stonden uiterst belangrijke afspraken op de agenda. De dag daarna – vrijdag 15 maart en, o wat een ironie, tevens de Idus van maart, de dag waarop Caesar werd vermoord – was de grote dag.

Stap twee van het plan behelsde het antwoord op de vraag waarom hij hier was, namelijk om Alfred Neuss te vermoorden, een daad die hun machtsbasis voor wat er vrijdag ging komen significant zou vergroten. Maar het feit dat hij zelfs na marteling van zijn slachtoffers de naam en locatie van de bank niet had kunnen achterhalen, deed hem beseffen dat de verzending van de sleutels alleen maar een voorzorgsmaatregel was geweest en dat het doorsturen van de sleuteltjes naar Bertrand en de Barones zinloos was zolang hij niet wist waar het kluisje zich bevond. De waarheid, zo drong het nu eindelijk tot hem door, was dat slechts twee mannen op deze hele wereld wisten in welke bank en in welke Franse stad het kluisje zich bevond, en een van hen heette Alfred Neuss. Het was een feit dat het spel behoorlijk op scherp zette en het van levensbelang maakte dat hij de man alsnog te pakken kreeg.

Van meet af aan draaide alles om timing, zo ook nu. Vooral gezien de informatie waarover de politie inmiddels beschikte. Het betekende dat hij wel tot actie over moest gaan voordat het Amerikaanse rechtssysteem hem nog steviger in zijn klauwen kreeg.

7.52 uur. Een verdieping gleed voorbij. Daarna nog een.

De hulpsheriffs staarden voor zich uit, keken niet naar hem. Met de kaken opeen; de pistolen in de stevige holsters, naast de knuppels en de handboeien; de microfoontjes van de mobilofoons aan de overhemdsboorden geklemd; hun opbollende spierbundels en de geharde, gereserveerde uitstraling onderstreepten de o zo duidelijke, intimiderende boodschap: mocht hun gevangene lastig worden, dan zouden ze alle gerechtvaardigde middelen gebruiken om in te grijpen.

Desalniettemin wist Raymond dat deze mannen, ondanks al hun bravoure en hun voorkomen, in feite gewone ambtenaren met een vast salaris waren. Zijn eigen drijfveer was echter vele malen groter en oneindig veel complexer. Telde je daar ook nog eens zijn training bij op, dan werd het verschil opeens angstaanjagend groot.

26

7.53 uur

Geen van beide hulpsheriffs had in de gaten hoe Raymond achter zijn rug behendig zijn polsen draaide en eerst zijn ene en daarna zijn andere hand uit de handboeien bevrijdde. Geen van beiden zag hoe hij met zijn linkerhand voorzichtig de holsterklep van de dichtstbijzijnde hulpsheriff oplichtte waaronder diens 9mm-Beretta verborgen zat. Pas een milliseconde daarna roken de twee onraad en wilden ze zich omdraaien. Maar het was al te laat. De loop van de Beretta verscheen bliksemsnel achter het oor van de eerdere diender en daarna achter dat van zijn collega: een, twee, en klaar.

Het oorverdovende geknal van de twee pistoolschoten weerkaatste hard in de kleine liftcabine, zinderde nog wat na, maar stierf weg, net voordat de lift de juiste verdieping bereikte en stopte. Beheerst drukte Raymond op de knop voor de bovenste verdieping waarna de lift zijn opwaartse reis vervolgde. Een van de mannen kreunde. Thorne sloeg er geen acht op. De doordringende geur van buskruit en bloed verspreidde zich langzaam over de vloer. Hij trok de oranje gevangenisoverall uit en verruilde die voor de broek en het overhemd van het eerste slachtoffer. Daarna stak hij de pistolen van beide mannen bij zich, stond op en trok het uniform nog een beetje goed terwijl de lift tot stilstand kwam.

Meteen gleed de deur open en onthulde een brede gang in een openbaar gebouw vol mensen. Hij drukte op de knop voor de begane grond en stapte snel de gang in. Een halve seconde verstreek en de liftdeuren sloten zich achter hem. Hij liep weg en zocht tussen de mensen door naar het dichtstbijzijnde trappenhuis.

7.55 uur. Het gerechtsgebouw bevond zich schuin tegenover het hoofdbureau van politie aan Parker Center, twee blokken verder. Met grote stappen liep John Barron ernaartoe, nog altijd vol woede en wrok ten aanzien van de 5-2, het soort types dat deze eenheid bevolkte en hun kille daad. Niet alleen jegens Donlan, maar ook jegens hem. Tegelijkertijd was hij nuchter genoeg om te beseffen dat het vinden van een nieuwe, geschikte plek voor Rebecca tijd zou vergen. Voordat het zover zou zijn en hij haar daadwerkelijk in de auto kon meetronen en zijn plan kon uitvoeren, was hij gedwongen het spel voorlopig mee te spelen, zijn werk te blijven doen en zijn hand niet te overspelen.

7.58 uur. Gekleed in het uniform van een van de neergeschoten hulpsheriffs en met de automatische Beretta's van beide mannen achter zijn broeksband, liep hij snel een trap af, en daarna nog een. Opeens bleef hij staan. Een man in een spijkerbroek en een zwart jasje kwam hem op de trap tegemoet. Wie hij was of wat hij hier te zoeken had, was niet van belang. Wat Thorne nodig had, was iets om zijn uniform en de Beretta's mee te kunnen afdekken. Dat zwarte jasje zou geschikt zijn.

74

Meteen liep hij verder omlaag. Twee treden, drie treden. Daar was hij. Raymond Thorne gaf een knikje in het voorbijgaan, om zich een halve seconde later om te draaien en toe te slaan.

8.00 uur. Met de twee Beretta's veilig weggestopt in het zwarte jasje duwde hij de deur van het trappenhuis open en stond opnieuw in een gang. Net als boven wemelde het ook hier van de mensen.

Met voortvarende tred liep hij de gang door, alsof hij duidelijk ergens heen moest. Overal hingen bordjes: van rechtszaal zus, rechtszaal zo, de toiletten, de liften. Vanwege alle drukte moest hij voortdurend uitwijken waardoor hij vertraging opliep. Dat laatste was vervelend, want tijd was nu zelfs nog belangrijker. De lichamen van de twee hulpsheriffs zouden inmiddels wel ontdekt zijn, en daarmee ook zijn oranje gevangenisoverall. Het kon nu elk moment opeens gaan wemelen van de agenten die naar hem zochten.

'Hé, jij daar!' Een parketwachter met een microfoontje aan zijn overhemdsboord liep op hem af. Voor deze beambte was het zwarte jasje geen camouflage, maar iets wat de aandacht trok. Thorne negeerde hem en liep door.

'Ja, jij daar! In die politiebroek!' De parketwachter kwam steeds dichterbij. Raymond wierp een blik achterom en zag dat hij in zijn portofoon praatte.

Plotseling bleef hij staan, draaide zich om en schoot met beide pistolen. Het lawaai galmde door de gang. De parketwachter sprong wat opzij, viel achterover en struikelde daarbij over een oudere heer in een rolstoel. Mensen gilden en renden weg, naar dekking zoekend. Snel liep hij verder.

Het hoofdkwartier van de 5-2, 8.02 uur. 'We komen eraan! Barron moet al binnen zijn!' Halliday smeet de hoorn op de haak en liep snel naar de deur. Polchak was al in de deuropening en rende voor hem uit.

Het gerechtsgebouw, 8.03 uur. Barron vocht zich een weg door de in paniek geraakte menigte naar buiten. Van alle kanten stroomden doodsbange mensen die verschrikt een veilig heenkomen zochten hem tegemoet: uit het snelbuffet, vanuit de gang bij de liften, uit de trappenhuizen. Hij wist alleen wat Halliday hem had doorgeseind, namelijk dat de twee hulpsheriffs die Raymond escorteerden, waren gedood en dat er op een van de bovenverdiepingen schoten waren gelost.

75

'Jezus!' mompelde hij zacht. De plotselinge crisis en de adrenalinestoot die ermee gepaard ging, joegen zijn persoonlijke demonen resoluut op de vlucht.

Te midden van de mensenmassa die vanuit een van de brandtrappen naar buiten stroomde, zag hij opeens een man in een zwart jasje langs hem heen schieten.

'Ho!' Snel draaide hij zich om en hij zag hoe Raymond zich door de deur van de nooduitgang naar buiten drong en, al zigzaggend langs alle verschrikte gezichten die probeerden weg te vluchten, het op een lopen zette.

Barrons eigen Beretta kwam omhoog, waarna ook hij zich een weg naar de nooduitgang baande, daarbij mensen ruw opzijduwend. Eenmaal buiten zag hij hoe Raymond het zigzaggende voetpad naar de parkeerplaats af rende. Tegelijkertijd doken er vanuit alle hoeken agenten op.

'Het zwarte jasje!' riep Barron in zijn microfoon. 'Hij rent nu naar de parkeerplaats!'

Al rennend bereikte Raymond de oprit van het parkeerterrein. Zich verschuilend tussen het gedrang rende hij naar de straat.

Nog geen seconde later stoof Barron de nooduitgang uit en sprintte hem achterna. Tegelijkertijd vlogen de deuren achter hem open en stoven Halliday en Polchak hem achterna.

'Jij daar, met dat zwarte jasje! Staan blijven!' schreeuwde een vrouwenstem de wegstuivende Raymond na.

Raymond tolde om zijn as, zijn hand reikte in zijn jasje en een buitgemaakte Beretta verscheen in zijn hand. Ongeveer twintig stappen van hem vandaan hield een geüniformeerde agente haar vuurwapen op hem gericht.

'Kijk uit!' riep Barron tevergeefs.

Beng! Beng!

Raymond Thorne loste twee schoten achter elkaar. De agente deinsde achteruit en viel neer op het trottoir. Daarbij ging haar pistool eenmaal af.

Raymond keek even achterom naar het gerechtsgebouw, sprong om een Cadillac heen en rende bukkend achter een rij geparkeerde auto's verder in de richting van de straat. Plotseling verscheen Barron in volle vaart bij de oprit, bleef staan, bracht zijn Beretta met beide handen omhoog en richtte zorgvuldig. Raymond zag het en draaide weg. Precies op dat moment vuurde Barron.

Een schroeiende hitte trok een kaarsrecht spoor langs zijn keel en bracht hem uit balans. Bijna viel hij, maar hij wist zich te herstellen, waarna hij half struikelend, half rennend, met een hand stevig tegen de wond in zijn hals zijn weg vervolgde. Achter hem stoven drie zwart-witte politieauto's met gierende banden het parkeerterrein op. Links van hem zag hij nog eens drie wagens om de hoek de straat in stuiven. Op dat moment stopte vlak voor zijn neus een taxi. Het achterportier ging open en een zwarte vrouw van middelbare leeftijd stapte uit, gevolgd door een jong, eveneens zwart meisje.

Hij trok zijn hand weg van zijn hals. Er kleefde weliswaar wat bloed aan, maar niet veel. De kogel had hem alleen maar geschampt en de huid iets geschroeid. Met vijf stappen bereikte hij de taxi. Zijn linkerhand schoot naar voren en in een flits trok hij het doodsbange tienermeisje naar zich toe. Hij draaide haar om, drukte de loop van zijn Beretta stevig tegen haar hoofd en keek op. Meer dan een dozijn zwaarbewapende agenten liepen op hem af. Hij kon zien dat ze een manier probeerden te vinden om hem te kunnen raken zonder het meisje te doden. Links en rechts van hem kwamen nog meer politieauto's aangereden, die de straat barricadeerden. Daarna zag hij hoe John Barron zich in zijn richting een weg baande door het legertje uniformen. Twee van de rechercheurs uit de parkeergarage waren er ook bij. Een van hen had hij al eerder in de trein gezien.

'Staan blijven!' riep Raymond en zijn ogen gleden naar de vrouw die samen met het meisje uit de taxi was gestapt. Als versteend bleef ze midden op straat staan, gevangen tussen hem en de politie. Vol doodsangst staarde ze hem aan.

'Gooi je wapen weg, Raymond!' riep Barron. 'Laat haar gaan! Laat haar gaan!' Barron en de andere twee waren een kleine twintig meter van hem verwijderd maar kwamen steeds dichterbij.

'Nog één stap, John, en ze is er geweest,' sprak Raymond op luide maar beheerste toon. Zijn blauwgroene ogen pinden zich vast op Barron.

Barron bleef staan, daarna ook Halliday en Polchak. Opnieuw die zelfverzekerdheid, die koele beheersing.

'Kijk of je hem van opzij kunt raken,' sprak Barron zacht.

Voorzichtig stapte Halliday naar rechts en Polchak naar links.

'Néé!' gilde de vrouw opeens. 'Nee, nee! Blijf bij hem vandaan, jullie allemaal! Blijf uit zijn buurt!'

'Wacht,' zei Barron. Halliday en Polchak verroerden zich niet.

'Dank u,' bedankte Raymond de vrouw. Met zijn pistool nog

steeds tegen het hoofd van het meisje gedrukt liep hij achteruit totdat ze tegen de taxi leunden. Hij zag dat de chauffeur ineengedoken achter het stuur zat om maar uit het zicht te blijven.

'Stap uit!' beval hij. 'Stap uit!'

Als in een tekenfilm vloog het portier open en sprong de chauffeur de wagen uit.

'Rennen! Maak dat je wegkomt!' riep hij, waarna de chauffeur de politie tegemoet rende. Vervolgens draaide Raymond zich weer om en keek Barron aan.

'Haal die politieauto's weg, John. We willen er graag langs, namelijk.' Hij knikte in de richting van de straat vóór hem.

Barron aarzelde en keek om naar de brigadier achter hem. 'Laat hem gaan.'

De brigadier wachtte even en sprak vervolgens in zijn mobilofoon. Even later reden de politieauto's aan het eind van de straat iets achteruit en maakten zo de weg vrij.

Met de Beretta stevig tegen het hoofd van het jonge meisje gedrukt duwde hij haar op de voorstoel en gleed zelf achter het stuur. Met een harde klap werd het portier dichtgesmeten. Daarna scheurde de taxi met gierende banden weg, passeerde twee tellen later de politieauto's aan het eind van de straat en verdween uit het zicht.

8.14 uur.

27

Het gerechtsgebouw, 8.15 uur

'Hoe heeft hij in vredesnaam kunnen ontkomen? Er lopen hier wel honderd smerissen rond. En nog eens vijftig buiten!'

Met Valparaiso aan zijn zijde baande McClatchy zich geïrriteerd een weg door een groepje dienders, verbijsterde rechters en beambten. Hij beende door een deur en liep snel de brandtrap naar het souterrain af. Zo kwaad had Valparaiso hem nog nooit gezien. Het werd zelfs nog erger nu te midden van al het gekrakeel uit de portofoons het woord 'gijzelaar' opklonk terwijl ze de beneden-deur bereikten en de ondergrondse parkeergarage betraden, waar Polchak, gezeten achter het stuur van Reds onopvallende Ford, al op hen wachtte.

'Hoezo gijzelaar?' blafte hij tegen Polchak terwijl hij naast hem schoof en zijn gordel omdeed. Valparaiso dook op de achterbank.

'Een tienermeisje,' legde Polchak uit. 'Afro-Amerikaans. Meer weten we niet. Haar tante was bij haar. Die wordt nu ondervraagd.'

'En waar is Roosevelt, verdomme?'

Met zwaailicht en sirene scheurde Polchak de garage uit en dook het verkeer in. 'Met zijn zoon naar de tandarts. Zijn vrouw werkt ook namelijk,' antwoordde hij terwijl hij bijna een stadsbus schampte.

'Dat hoef je mij niet te vertellen!' McClatchy was furieus. Op hen, op de honderdvijftig collega-agenten, op deze hele toestand. 'Godver!'

In een trage achtervolging door de straten van de stad reden vijf zwart-witte politieauto's en één onopvallende rechercheurswagen achter taxi 7711 van United Independent aan. De felle knipper-bollen op de daken van de auto's deden hun werk, maar de sirenes zwegen bewust. Er was snel een politiehelikopter opgestegen en de AIR 14 volgde de meute inmiddels vanuit de lucht. Langs de hele route, van South Grand Avenue via Twenty-Third Street naar Figueroa en vervolgens naar het zuiden, zwaaiden en juichten mensen zodra taxi 7711 passeerde. Dankzij de helikopters van drie tv-stations die hoog vanuit de lucht alles filmden, was alles live op tv te volgen. Politieachtervolgingen waren hier aan de orde van de dag, al jarenlang, maar trokken nog altijd een enorme schare kijkers en de omroepbazen wilden er het liefst twee à drie per week, simpelweg vanwege de kijkcijfers.

Barron en Halliday volgden in de voorste wagen, nummer Three-Adam-Thirty-Four, gevorderd uit de zee van surveillance-wagens die zo-even nog vanuit alle hoeken en gaten het gerechts-gebouw hadden omsingeld. Dit was een achtervolging zonder ook maar een greintje spanning, eerder een plechtige begrafenisstoet met veertig kilometer per uur. Ze konden slechts volgen en een in-schatting maken van wat Raymond uiteindelijk van plan kon zijn. Hun enige voordeel, als je daar al van mocht spreken, was dat Red McClatchy als een van de beste onderhandelaars bij gijzelingsac-ties gold en dat in twee van de vier achtervolgingswagens enkele geoefende scherpschutters zaten.

Voor in de auto boog Halliday zich iets naar voren en hij tuurde naar de taxi die zo'n vierhonderd meter voor hen reed. Het licht van de ochtendzon weerkaatste tegen de ramen. Het getinte achterraam maakte het bijna onmogelijk naar binnen te kijken, laat staan om te kunnen zien of Raymond het meisje nog altijd onder schot hield.

'Wie is die Raymond eigenlijk?' begon hij. 'In New York hebben ze niks over hem. In Chicago ook niet, tenzij dat ballistisch onderzoek iets oplevert. De FBI zal wat tijd nodig hebben om die magneetstrip op zijn paspoort te scannen. Wie weet worden we daar iets wijzer van, als het meezit. Als we dat pistool niet ontdekt hadden en hij ons gewoon een bestaand adres opgegeven had, dan had hij nu hoogstwaarschijnlijk vrij rondgelopen.'

'Maar we hébben dat pistool ontdekt, en hij hééft ons geen bestaand adres gegeven,' wierp Barron tegen.

'En daarom slaat hij aan het moorden?'

'Hij kwam vanuit Chicago met een pistool in zijn tas. Hij had een vliegticket naar Londen op zak,' stelde Barron vast; hij keek even opzij naar Halliday en lette weer op de taxi. 'Dus waarom eerst nog even naar Los Angeles afgereisd? Misschien voor een wip, misschien om iemand om te leggen, of om nog even bij te bruinen? Wie zal het zeggen? Maar wat hij ook van plan is, het komt niet zomaar uit de lucht vallen. Er steekt iets achter.'

'Zoals?'

Barron schudde het hoofd. 'Hij heeft duidelijk een soort training gehad, misschien een militaire. Zoals hij die hulpsheriffs in de lift koudmaakte. Zoals hij schiet. Je zag zelf hoe hij die agente omlegde. Zoiets leer je niet op straat. Net zomin als het lef dat ervoor nodig is.'

'Dus wat gaat hij met zijn gijzelaar doen?'

'Hij heeft zich al die moeite getroost om te kunnen ontsnappen. Als wij hem in het nauw drijven, zal hij haar gewoon vermoorden, net als de anderen.'

Voor hen sloeg de taxi langzaam rechts af Vernon Avenue op. Barron volgde, net als de stoet politieauto's achter hem. Boven kruiste de AIR 14 hun pad. Opeens ruiste de politiemobilofoon en hoorden ze Reds stem.

'Hoofdbureau, dit is McClatchy. Weten jullie al iets meer over dat gegijzelde meisje?'

'Inderdaad, inspecteur,' antwoordde een vrouwenstem. 'Darlwin Washburn, Afro-Amerikaans, vijftien jaar, woonachtig in Glendale.'

'Zijn haar ouders al op de hoogte gebracht?'

'Pogingen daartoe hebben nog niets opgeleverd.'

'Hoe staat het met de gewonde agente?'

'Ze is... eh, overleden, inspecteur. Het spijt me.'

'En de gewonde hulpsheriffs en de parketwachter?'

'Eh... die ook, inspecteur...'

Er viel een lange stilte, waarna Reds stem weer klonk, kalmer inmiddels. 'Dank u.'

Barron moest zich inhouden om niet plankgas te geven. Hij wilde de auto het liefst op zijn staart trappen om samen met de andere wagens Raymond klem te rijden, van de weg af te dwingen en met hem af te rekenen. Maar dat kon niet en dat wist hij. Iedereen wist dat, vooral Raymond zelf. Wat hij ook van plan was, Thorne had nog altijd het meisje bij zich en het enige wat ze voorlopig konden doen, was hem blijven volgen en afwachten wat er ging gebeuren.

'Daar gaat hij!' riep Halliday opeens. Voor hen ging taxi 7711 ervandoor. Barron stampte zijn voet op het gaspedaal. De politieauto huiverde even en spoot weg.

Halliday hield de microfoon van de politiemobilofoon al in de aanslag. 'Hier Three-Adam-Thirty-Four! Hij gaat ervandoor! AIR 14, hoe is de verkeerssituatie vanuit de lucht gezien?'

In een paar seconden had Barron de afstand tot de taxi gehalveerd. Opeens schoot de taxi naar links, vervolgens weer naar rechts hun rijbaan op, en scheurde een zijstraat in met links en rechts appartementen.

'Hou je vast!' riep Barron. Hallidays hand reikte naar de handgreep boven het portierraam, waarna Barron het stuur met een ruk omgooide. Met gierende banden slipte de politieauto de bocht om. Daarna liet hij het stuur in tegengestelde richting draaien en trapte het gaspedaal weer in. De auto spoot weg, maar al meteen trapte hij hard op de rem en stopten ze.

Een half huizenblok verderop stond de taxi stil.

28

Barron pakte de microfoon van zijn mobilofoon. 'Red, hier Barron. De taxi...'

'Ik zie hem.'

Plotseling stopte Reds auto naast die van Barron en Halliday. Het volgende ogenblik blokkeerden andere zwart-witte politieauto's het eind van de straat.

Barron wierp een blik in zijn binnenspiegel en zag dat twee politieauto's met daarin de scherpschutters achter hen stopten. De portieren gingen open en vier mannen in kogelvrij vest en met het geweer in de hand stapten uit. Op datzelfde moment stapten ook Red en Polchak uit hun wagen. Ze hadden hun pistool al getrokken en hielden de ogen op de taxi gericht. Er klonk een luide *klik-klak* nu Valparaiso uit de wagen stapte en zijn .12 buks laadde.

Ook Barron en Halliday stapten uit, de Beretta's in de hand. Achter hen verschenen nog meer politieauto's. Boven hen klonk het geronk van de helikopter.

'AIR 14, wat neemt u waar?' vroeg Red over de mobilofoon.

'Hetzelfde als u. Een 7711 die stilstaat.'

Red liep terug naar zijn auto, reikte naar binnen en zette de megafoon aan.

'Raymond!' galmde zijn stem uit de luidspreker op het dak. 'Open het portier en leg je wapens op straat!'

Behoedzaam kwamen Barron en Halliday naderbij, hun wapen in de aanslag, klaar om te vuren. Achter en naast hen verspreidden de scherpschutters zich voor een onbelemmerd schootsveld.

Polchak knielde naast de voorbumper van Reds wagen, bracht met beide handen zijn pistool omhoog en richtte. 'Enkeltje eeuwige jachtvelden, eikel,' siste hij.

Maar er gebeurde niets. De taxi bleef staan waar hij stond, met de portieren gesloten, de ramen omhooggedraaid en het zonlicht onverminderd fel, zodat het onmogelijk was naar binnen te turen.

'Raymond, open je portier en leg je wapens op straat!'

Nog steeds niets. Opeens zakte het portierraam aan de bestuurderskant iets en verscheen het hoofd van Darlwin, het gegijzelde meisje.

'Mama! Mama! Mama!' gilde ze uit, waarna haar hoofd verdween en het raam werd dichtgedraaid.

'Wat moet dit nu weer voorstellen?' mompelde Valparaiso, die achter Red opdook. De scherpschutters slopen naderbij.

Opeens vloog de voordeur van een appartement open, waarna 'mama', een grote zwarte vrouw in spijkerbroek en topje, naar buiten rende.

'Mijn schatje! Mijn schatje!' gilde en schreeuwde ze terwijl ze op de taxi af rende.

'Goddomme!' riep Barron en hij zette het op een lopen.

'Jezus christus!' Ook Red stoof naar voren.

Mama, Barron, Red, Polchak, Valparaiso, Halliday – iedereen rende eropaf met de wapens getrokken.

Het portier aan de bestuurderskant gleed open. Al meteen dook Barron boven op mama en trok haar in zijn val mee, zodat ze allebei languit op het gras naast het trottoir neervielen.

Red bereikte de taxi en met zijn Smith & Wesson in de aanslag rukte hij het portier open.

'Geen beweging!'

Darlwin gilde het uit en dook verschrikt weg van Reds pistool. Achter haar werd het tweede portier opengerukt, waarna Valparaiso zijn buks woest naar binnen stak, klaar om Raymond naar de eeuwige jachtvelden te verbannen. Maar het enige wat hij bereikte was dat Darlwin gillend over de voorste stoel weer Reds kant op schoot. Vervolgens trok Polchak het ene en Halliday het andere achterportier open.

Geen Raymond te bekennen. Enkel de gillende, huilende, doodsbange Darlwin.

Snel gebaarde Red naar de moeder. 'Mama, mama.'

Plotseling rukte mama zich los van Barron en rende naar de taxi. Vervolgens hielden moeder en dochter elkaar huilend in de armen.

'Haal ze hier weg!' riep Red naar Barron.

Meteen leidde Barron de twee vrouwen weg van de taxi, terwijl Polchak en Valparaiso naar de achterkant liepen. Valparaiso bracht zijn buks omhoog en Polchak forceerde het slot van de kofferbak. De klep vloog omhoog en onthulde slechts een reserveband en wat autogereedschap.

'Eén april, goddomme,' was Polchaks reactie terwijl hij zich vol afkeer afwendde.

'We leven nog in maart…' mompelde Halliday zacht.

Valparaiso klemde de buks onder zijn arm. 'Wanneer is die lul uitgestapt? Waar is die lul uitgestapt?'

Iets verderop lieten de scherpschutters hun wapen zakken en liepen terug. Langzaam verschenen er mensen achter de ramen van de woningen en liepen bewoners de gazonnetjes van hun appartement op terwijl ze kletsend met elkaar naar de politie gebaarden.

Red keek even omhoog naar de helikopter die nog altijd in de lucht hing, streek met een hand door zijn haar en liep terug naar Barron. Die was bezig Darlwin en haar moeder wat te kalmeren. 'Vertel eens wat er is gebeurd?' vroeg hij vriendelijk.

'Vertel het maar, schatje,' moedigde mama haar dochter aan terwijl ze haar hand stevig vasthield en met haar andere hand Darlwins tranen wegveegde.

'We... waren... nog maar net... weggereden,' wist ze tussen de snikken door uit te brengen. 'Daarna keek die... vent me aan en... wil hij weten of ik... of ik kan... rijden... Ik zeg: "Tuurlijk." "Oké", zegt hij... "Kruip achter het stuur en rij zelf naar huis. Stop voor niemand en open het portier pas zodra je voor de deur staat." Daarna stapte hij uit... Met zo'n gestoorde vent ging ik mooi geen geintjes uithalen. Dus... deed ik wat hij zei.'

'Waar is hij uitgestapt, weet je dat nog?' vroeg Red McClatchy. Zijn toon was rustig en kalmerend, alsof hij met zijn eigen dochter praatte.

'Waar is hij uitgestapt, schat?' drong mama aan. 'Vertel het maar aan deze meneer.'

Darlwin keek op en deed haar best haar tranen te bedwingen. Tevergeefs. 'Zoals ik al zei... We waren nog maar nauwelijks weggereden... De straat uit en de hoek om... vanaf het gerechtsgebouw... Weet eigenlijk niet meer precies welke straat het was.' Ze schudde haar hoofd. 'Hij zette gewoon de auto aan de kant en stapte uit.'

'Dank je, Darlwin,' zei Red en hij keek even naar Barron, draaide zich om en zag de andere rechercheurs die verwachtingsvol in een groepje bijeenstonden, alsof hij hun ging vertellen waar Raymond uithing en zo de loden last van de schaamte die over hen hing zou wegnemen. In plaats daarvan konden ze zich verheugen in zijn niet geringe frustratie nu hij op hen af liep.

'Vanaf het gerechtsgebouw de straat uit en de hoek om, heren. De paar tellen dat hij uit het zicht was heeft hij weten te benutten. Hij zette de auto aan de kant en stapte uit. Zei tegen de jongedame dat ze zelf naar huis moest rijden.'

Hij keek even op zijn horloge en keek opeens Polchak aan.

'Hij heeft meer dan een uur voorsprong op ons en dat moeten we ongedaan maken. Vaardig een opsporingsbevel uit voor de hele stad met de mededeling dat hij uiterst vuurgevaarlijk is. Ik wil iedere beschikbare speurneus, elk beschikbaar surveillanceteam in het stadsdeel van het gerechtsgebouw naar de Santa Monica Freeway en het stuk van Alvarado Street tot aan de Santa Ana Freeway ter plaatse om de boel uit te kammen. Zorg dat de kranten en de tv zijn foto krijgen, en fax die ook door naar alle luchthavens, busterminals en treinstations, taxibedrijven, autoverhuurders, met het verzoek ons onmiddellijk te waarschuwen zodra hij zich vertoont, of zich inmiddels al vertoond heeft. En voor het geval hij ons echt te slim af is, geef dan zijn signalement door aan de politie van Londen met het verzoek de luchthavens in de gaten te houden.'

Opnieuw keek hij even omhoog naar de helikopter die nog steeds boven hen hing, bracht zijn handen naar zijn oren en draaide zich om naar Valparaiso. 'Ik word gek van dat lawaai. Laat de AIR14 aftaaien, maar zeg dat ze paraat moeten blijven, voor het geval dat. We moeten weten wie die Raymond verdomme is, dat heeft nu voorrang. Zoek uit welk adres in Chicago hij hebben moest, en waarom! Goddomme!'

Zijn volgende verzoek was gericht aan Halliday. 'Noteer Darlwins verhaal, maar wees een beetje aardig. Haar dag is niet bepaald goed begonnen.' Vervolgens draaide hij zich om en keek Barron aan.

'Wij gaan even een ritje maken.'
9.19 uur.

29

'Voor de draad ermee,' sprak Red terwijl hij de Ford in zijn achteruit zette, achter een geparkeerde politieauto langs zwaaide en vervolgens optrok om terug te rijden naar het stadscentrum.

'Met wat? Over Raymond? Ik weet net zo weinig over hem als...'

'Over Donlan.' Aandachtig keek McClatchy hem aan. Zijn frustratie en woede van zo-even ebden opeens weg.

'Wat is er met hem?'

Het verkeerslicht voor hen sprong van oranje op rood. McClatchy zette even de sirene aan, drukte het gaspedaal in en reed gewoon door.

'We haalden een slim jong rechercheurtje binnen, genaamd John Barron. Hij wist een moordenaar op te brengen die het hele rechercheteam tot dan toe te slim af was geweest.'

'Ik weet niet waar je het over hebt.'

McClatchy keek hem aan.

'Nou en of je dat weet, John. Wat Donlan is overkomen, dat zit je dwars. Ik zag het gisteren, ik zie het vandaag. Hij was al gearresteerd, dus vraag je je af: waarom dan, wat had het voor zin? Waarom deden jullie zoiets?'

Barron zweeg en McClatchy richtte zijn aandacht weer op de weg.

'Ik zou zeggen: oké, laten we het uitzoeken.'

30

Het Westin Bonaventure Hotel, centrum van Los Angeles, 9.44 uur

Raymond had een luxe tweekamersuite, compleet met tv, secretaire, minibar, magnetron, koelkast en koffiezetapparaat. Bovendien had hij nieuwe kleren en een nieuwe identiteit, dat wil zeggen, totdat adviseur Motorvoertuigontwerpen Charlie Bailey het af liet weten, als vermist werd opgegeven en de politie naar hem op zoek zou gaan.

De ontmoeting met Charlie Bailey was puur geluk en het gevolg van de situatie en uiterste noodzaak. Na buiten voor het gerechtsgebouw aan de greep van de politie te zijn ontsnapt, scheurde hij er op topsnelheid vandoor, wetend dat hij niet meer dan tien à vijftien seconden zou hebben voordat de politie de taxi zou hebben ingehaald. Meteen had hij zijn gegijzelde slachtoffer gevraagd of ze

kon autorijden. Toen ze 'ja' zei, was hij simpelweg langs een stoeprand gestopt en was daarna uitgestapt, had haar bevolen zelf naar
huis te rijden en had nog even gekeken hoe ze de taxi in zijn versnelling zette en ervandoor scheurde. Daarna was hij weggelopen,
in de hoop dat hij haar genoeg schrik had aangejaagd zodat ze netjes deed wat hij had bevolen en ze niet zou stoppen, vooral niet
voor de politie.

Nog altijd gekleed in het zwarte jasje, afkomstig van de passant
in het trappenhuis van het gerechtsgebouw, dat het uniform van de
vermoorde hulpsheriff deels bedekte, liep hij verder. Zo kalm en
beheerst als hij kon zocht hij naar een manier om de straat te ontvluchten. Toen hij na nog een stuk te hebben gelopen opeens de
man zag die Charlie Bailey bleek te heten, met ongeveer hetzelfde
postuur als hij en gekleed in een zakenkostuum. Hij was alleen,
stak net het sleuteltje in het portier van zijn auto en maakte aanstalten om in te stappen. Dat was het moment waarop het zwarte
jasje in een vuilcontainer belandde en Raymond Thorne zich in de
rol waande van degene wiens uniform hij droeg, een hulpsheriff
van LA County.

Gebruikmakend van het Amerikaanse accent dat hij tot nu toe
voortdurend had gebezigd, stapte hij zelfverzekerd op de man af,
legde uit dat er in de omgeving de laatste tijd veel autodiefstallen
plaatsvonden en hij verzocht de man zijn rij- en kentekenbewijs te
tonen. Waarop deze hem een rijbewijs uit New Jersey had getoond
waarin de naam Charles Bailey prijkte, en hem had uitgelegd dat
dit een huurauto was. Toen hij Charles Bailey om de verhuurpa-
pieren verzocht en Bailey daarop de kofferbak opende om zijn
koffertje te pakken, had Thorne hem met een nekschot uit de weg
geruimd, zijn lichaam in de kofferbak gehesen en het deksel gesloten. Vervolgens had hij de wagen op slot gedaan, was met Baileys
koffertje en de autosleuteltjes weggelopen, had nog even het zwarte jasje weer uit de vuilcontainer gevist en het aangetrokken om zo
zijn uniform weer deels te kunnen bedekken.

Het koffertje bleek een ware gelukstreffer en bevatte bijna alle
informatie die hij nodig had over Charles Bailey: contant geld, creditcards, zijn mobieltje en de sleutelpas voor suite 1195 in het
Westin Bonaventure, een groot viersterrenhotel met hoge glazen
torens, iets verderop. Waarom Bailey zijn auto hier had geparkeerd,
en niet bij het hotel, was niet langer te achterhalen, maar het was
een besluit geweest dat de ontwerpadviseur met zijn leven had
moeten bekopen.

Twintig minuten later bevond Raymond zich in de suite van zijn slachtoffer. Hij had inmiddels gedoucht, had de schampplek in zijn hals ingesmeerd met een ontsmettende crème die hij tussen de zeepjes en lotions in de badkamer had aangetroffen, en had zich vervolgens in een grijs en redelijk passend pak met blauw overhemd gehesen, compleet met een losjes gestrikte rode streepjesdas om de wond te bedekken. Pas daarna pakte hij Baileys mobieltje, belde een nummer in Toronto, dat hem doorverbond naar Brussel en ten slotte naar Zürich, waarna een voicemailstem hem meedeelde dat degene die hij wilde spreken niet aanwezig was, maar dat als hij een boodschap achterliet, hij zo snel mogelijk zou worden teruggebeld. In het Frans stelde hij zich voor als Charles Bailey met het verzoek of hij Jacques Bertrand kon spreken, gaf vervolgens Baileys nummer door, hing op en wachtte.

Een uur later wachtte hij nog steeds. IJsberend door de suite vroeg hij zich af waarom Bertrand niet terugbelde en of hij beter meteen zijn eigen naam had kunnen inspreken, in plaats van die van Bailey en diens telefoonnummer. Zowel Bertrand als de Barones beschikte over het nummer van zijn eigen mobieltje. Had hij daarmee een boodschap achtergelaten, dan zou hij onmiddellijk zijn teruggebeld. Maar zijn eigen gsm had hij expres uit het raam van de gestolen auto gesmeten waarmee hij en Donlan waren gevlucht. De politie mocht het ding immers niet in handen krijgen om vervolgens zijn berichten naar Bertrand of de Barones te kunnen achterhalen. Een telefoontje van ene Charles Bailey aan Bertrand zou, indien het ooit werd nagetrokken, slechts als een verkeerd gedraaid nummer worden beschouwd. Maar door zijn naam achter te laten riskeerde hij het dat Bertrand zowel met hem in verband zou worden gebracht als met de man wiens lijk vroeg of laat zou worden aangetroffen, iets waar hij niet op zat te wachten. Vooral niet aangezien de politie zijn list met zijn gijzelaar zou hebben ontdekt en het meisje hun zou hebben verteld waar hij was uitgestapt. Het zou niet lang duren voordat ze de omgeving zouden afzetten en van deur tot deur zouden gaan om hem te zoeken. Hijzelf, en wat hij in zijn schild voerde, werd opeens belangrijker dan ooit.

31

'Huey Lloyd, 1915. Jack "de Vinger" Hammel, 1923. James Henry Green, 1928.'

Gebogen over een tafeltje in Reds kantoor keek John Barron toe terwijl McClatchy telkens een andere grote zwartwitfoto voor hem omdraaide. Het waren officiële politiefoto's. Kille, formele afbeeldingen van overleden misdadigers, languit op de tafel in het lijkenhuis en met een label aan de grote teen. Dode, naakte mannen bij wie de kogelgaten door de lijkbezorger met was waren opgevuld.

'Clyde Till, 1933. Harry Shoemaker, 1937. 1948. 1957, 1964, 1972.' Red las de jaartallen op terwijl hij de grimmige foto's de revue liet passeren. '1985, 1994, 2000. De recentste...', waarna hij zonder commentaar de laatste foto omdraaide: de lijkfoto van Frank 'Bleekscheet' Donlan.

'Allemaal meervoudige moordenaars die dankzij onze rechtbanken om de haverklap weer vrij rondliepen.' Hij veegde de foto's bijeen en liet ze weer in de grote bruine harmonicamap glijden waar ze uit waren gekomen.

'Jij gebruikt het woord "moord" om te beschrijven wat er met deze figuren is gebeurd. Je praat over het nemen van een mensenleven. Het probleem is alleen dat dit geen mensen waren, maar monsters, die door het systeem tot veelplegers konden uitgroeien. Schurken die al eerder hadden gemoord en opnieuw zouden toeslaan, en nog eens.' Hij liep naar zijn eigen bureau en liet het dossier neerploffen. 'Zie hier "het waarom", John Barron. Hoog tijd dat het eens afgelopen was met die moordpartijen van hem.'

Barron staarde hem aan. Dit was dus de reden waarom Donlan uit de weg was geruimd. Net als bij de velen die hem waren voorgegaan betrof het hier geen moord, maar slechts het verdelgen van onkruid.

'Misschien ben je bang, John Barron, dat iemand er hoe dan ook op een bepaald moment achter zal komen. Maar zelfs nu, een eeuw later, weet niemand ervan. En weet je waarom? Omdat ze het niet wíllen weten.'

'Ze?'

'De gewone man. Dit gaat over dingen waar mensen niet eens over willen nadenken, laat staan iets vanaf weten. We worden juist betaald om het probleem uit de weg te ruimen.'

Verbijsterd door deze simpele rechtvaardiging van een koelbloedige moord staarde Barron hem een lang moment aan. 'Dus dat is wat jullie bedoelen met "groen licht", hm?' vroeg hij kalm. 'Permissie om over te gaan tot executie. Daarom was er geen sprake van dat Donlan op een van de tussengelegen stations zou worden gearresteerd. Die vielen immers buiten jullie rechtsgebied. Dan hadden jullie de assistentie van de plaatselijke politie moeten inroepen en was het licht voor jullie nooit "op groen" gesprongen.'

'Klopt,' beaamde Red.

'Wie knijpt hier een oogje toe?' Barron voelde de woede in hem oprijzen. Kwaad stond hij op, beende naar het raam waar hij, badend in het felle licht van de maartse zon naar buiten keek, en zich vervolgens naar McClatchy omdraaide. 'De hoofdcommissaris? De commissaris? De burgemeester? Of is het inmiddels een gecomputeriseerd wedstrijdformulier met daarop de score tot dusver en kruisjes of nulletjes achter de namen van wie mag blijven leven en wie niet?'

McClatchy glimlachte een beetje en opeens besefte Barron dat hij opzettelijk op stang was gejaagd om zijn emoties te tonen. Net zoals Raymond hem dat al eerder had geflikt.

'Deze stad is als een ouwe heks, John. Door de eeuwen heen heeft ze duizenden verschillende manieren ontdekt om te kunnen overleven, niet allemaal even legaal, maar wel even onontbeerlijk.

'Jij maakte er op dezelfde manier kennis mee als wij allemaal. Je maakt deel uit van het team, je bent erbij, je ziet het gebeuren. Zo is het al van meet af aan, een eeuw lang, gegaan.' Red leunde tegen de rand van zijn bureau. 'Denk niet dat je de enige bent die ervan geschrokken is. Ik was het ook, jaren geleden. Maar die dag hoefden we niet meteen achter de volgende massamoordenaar aan, zoals nu.' Zijn doordringende ogen vernauwden zich tot spleetjes.

'Voordat je vertrekt wil ik je nog iets meegeven ter overweging. Ieder teamlid heeft het na zijn eerste "groen licht" van me te horen gekregen. Toen je officieel tot de 5-2 werd toegelaten, heb je een eed afgelegd: je plek binnen het team geldt voor het leven. Je gaat voor de lange termijn. Wen eraan, raak niet van de kaart en ga niet politiek correct lopen doen over een incident met het risico dat je een fout begaat en je inzet eronder lijdt. Blijft het je dwarszitten, denk dan aan wat je nog méér hebt gezworen, namelijk om al je problemen binnen het team op te lossen. Zo doen we het al honderd jaar, en in die tijd is er nooit iemand opgestapt. Onthou dat. En ook dat je een zus hebt die volledig van jou afhankelijk is. Ik moet er niet aan denken hoe ze er psychisch aan toe zal zijn zodra jij je eed aan je laars lapt en eruit probeert te stappen.'

Barron voelde een koude rilling over zijn rug lopen. De hoofdinspecteur had hem niet alleen emotioneel uit de tent gelokt, het leek zelfs alsof hij tegelijk zijn gedachten had gelezen. Voor het eerst begreep hij waarom Red een levende legende was geworden, waarom hij zo werd gerespecteerd en gevreesd. Niet alleen was hij de leider van het team, maar tevens beschermheer. Probeerde je ertussenuit te knijpen, dan overleefde je het niet.

'Als ik jou was, rechercheur,' vervolgde McClatchy, 'dan zou ik nu meteen achter mijn bureau gaan zitten en aan dat rapport over het Donlan-incident beginnen. Laat ons zien dat je er helemaal voor gaat, dat je een partner bent op wie we allemaal blind kunnen vertrouwen. Alleen op die manier kunnen we meneer Donlan eindelijk laten rusten en ons helemaal op deze Raymond Oliver Thorne concentreren die buiten vrij rondwaart.'

McClatchy zweeg even en keek Barron slechts aan. Zijn volgende woorden klonken echter een stuk vriendelijker. 'Begrijp je wat ik zojuist heb gezegd, rechercheur?'

Barron voelde het koude zweet op zijn voorhoofd parelen. 'Ja, meneer.' Het was weinig meer dan een fluistering.

'Mooi.'

32

Suite 1195 van het Westin Bonaventure Hotel, 10.20 uur

Het gesprek verliep in het Frans.
    'Waar zit je?'
    'In een hotel in Los Angeles.'
    'Los Angeles?'

'Ja.'

'Ben je gewond?' Ze klonk kalm en vooralsnog zakelijk. Raymond wist dat hun verbinding via ten minste vier centrales in evenzoveel landen zou worden omgeleid zodat het gesprek zo goed als onmogelijk na te trekken viel.

'Nee,' antwoordde hij; hij draaide zich om en keek even uit het raam naar het stukje straat beneden voor het hotel, een stuk of tien verdiepingen lager. Vanaf zijn uitkijkpost zag hij drie politieauto's en twee groepjes agenten die op het trottoir met elkaar stonden te praten. 'Het spijt me, Barones. Ik had u er niet bij willen betrekken. Ik wilde Bertrand eigenlijk spreken.'

'Dat weet ik, mijn liefste, maar je hebt nu mij aan de lijn. Wat is dat voor nummer dat je hebt doorgegeven? Wie is die Charles Bailey? Waar is je eigen gsm? Ik heb gebeld en gebeld, en kreeg maar geen reactie. Je zit in de penarie. Vertel.'

Met zijn telefoontje naar Jacques Bertrand in Zürich, zo'n anderhalf uur geleden, had hij gehoopt dat de Zwitserse advocaat hem zou terugbellen om zijn verhaal aan te horen en haar pas naderhand op de hoogte zou brengen. Het was duidelijk anders gelopen.

Met 'haar' werd bedoeld Barones Marga de Vienne, zijn wettelijke voogdes en weduwe van Baron Edmond de Vienne, internationaal investeerder, en daarmee een van Europa's rijkste, prominentste en machtigste *grandes dames*. Normaliter zou ze rond deze tijd van het jaar op Château Dessaix verblijven, haar zeventiende-eeuwse landhuis even buiten Tournemire, het pittoreske dorpje in de Auvergne in het Centraal Massief, de bergachtige streek in Midden-Frankrijk.

In plaats daarvan belde ze vanuit haar suite in het Connaught Hotel in Londen, waar het inmiddels bijna halfzeven in de avond was. Hij zag haar al voor zich: omhangen met juwelen en zoals altijd gekleed in haar karakteristieke combinatie van delicaat wit en lichtgeel, haar dikke zwarte haar in een geraffineerde knot, zich opmakend voor een diner in Downing Street 10, op uitnodiging van de Britse premier, die twee Russische hoogwaardigheidsbekleders zou ontvangen: Nikolai Nemov, burgemeester van Moskou, en maarschalk Igor Golovkin, minister van Defensie van de Russische Federatie. Het beloofde een onderonsje te worden met een geheide hoofdrol voor het exclusieve gerucht dat Rusland sterk overwoog de keizerlijke familie Romanov weer op de troon te laten terugkeren en het land opnieuw tot een constitutionele monarchie te maken. Dit in een poging om een samenleving, die wereldwijd als chaotisch, corrupt en steeds gewelddadiger werd beschouwd, enige stabiliteit te bieden. Waar of niet, het was niet aannemelijk dat de Russische gasten zelfs in deze besloten en goedbewaakte omgeving over het onderwerp wilden praten. Desalniettemin zou het worden aangekaart en het diplomatieke steekspel zou garant staan voor een interessant avondje. Een avondje dat hij graag in gezelschap van de Barones had willen bijwonen, wat inmiddels natuurlijk volkomen onmogelijk was geworden.

'Barones, een onfortuinlijke reeks van gebeurtenissen heeft me in een situatie gebracht waarin het noodzakelijk was een aantal mensen te doden, onder wie enkele agenten. Ik word nu overal gezocht. Ongetwijfeld zult u de journaalbeelden nog te zien krijgen in het geval het u is ontgaan. Ik heb Bertrand gebeld voor advies. Ik heb op dit moment geen paspoort en kan het land dus niet uit.

Zelfs al zou ik de politie kunnen omzeilen, dan nog kom ik zonder paspoort de Verenigde Staten niet uit, laat staan dat ik in korte tijd in Engeland kan zijn. Het beste is als Bertrand me met een privé-jet op een lokaal burgervliegveld oppikt. Dat van Santa Monica is het dichtstbij en lijkt me de beste plek.

Bovendien zal ik geld, creditcards en een nieuw paspoort onder een andere naam en nationaliteit nodig hebben. Frans of Italiaans waarschijnlijk. Het maakt niet uit welke.'

Beneden zag hij twee paar motoragenten passeren, gevolgd door nog eens twee politieauto's. Vervolgens vloog er een politiehelikopter over.

'Peter Kitner is vandaag op Buckingham Palace geridderd,' deelde de Barones plotseling mee, alsof ze niets van zijn verhaal had gehoord.

'Niets nieuws onder de zon,' was zijn koele reactie.

'Van deze toon ben ik niet gediend, mijn liefste. Ik weet dat je in de problemen zit, maar je moet begrijpen dat de andere klokken nog steeds doortikken en dat we verder geen tijd meer te verliezen hebben. Bij ons laatste telefoongesprek, vanuit de trein naar Los Angeles, heb je me verzekerd dat je de sleuteltjes had. Waar zijn ze nu?'

Hij had op dat moment kunnen ophangen en wilde dat ook. Zijn hele leven lang had hij nog nooit ook maar een greintje sympathie bij haar kunnen bespeuren, enkel aandacht voor de feiten. Zelfs als kind was een sneetje, een schaafplek of zelfs een enge droom iets waar je niet over zeurde, maar wat je zo snel mogelijk te boven diende te komen zodat het niet langer aan de orde was. Het leven zat vol kuilen, grote en kleine, zo had ze zijn hele leven tegen hem gepreekt. Zo ook nu weer. Wat er ook gebeurd was, hij was niet gewond, nog steeds op vrije voeten, nog steeds in staat om vanuit de relatieve beschutting van zijn hotelsuite naar Europa te bellen.

'Mijn liefste, ik vroeg je naar de sleutels.'

'Ik werd gedwongen mijn tas in de trein achter te laten. Ik ga ervan uit dat hij nu bij de politie ligt.'

'En Neuss?'

'Barones, u hebt geen idee wat hier allemaal gebeurd is.'

'Nee, jij –, mijn liefste –, hebt geen idee.'

Raymond wist precies wat ze bedoelde. Alfred Neuss zou over een sleuteltje van het kluisje beschikken, zou weten waar het lag. Zonder sleuteltje, zonder inhoud van het kluisje en zonder de uit de weg geruimde Neuss zouden ze helemaal niets in handen hebben. Voor haar waren slechts twee vragen belangrijk, de rest niet. Had hij de naam en het adres van de bank weten te achterhalen, en had hij afgerekend met Alfred Neuss?

Zijn antwoord luidde: 'Nee.'

'*Warum?*' wilde ze weten, van het ene op het andere moment overstappend op het Duits, die gekmakende manier waarop ze hem zo haarfijn dingen onder de neus wreef die hij wat haar betrof allang moest weten. Frans, Duits, Engels, Spaans, Russisch – de taal deed er niet toe. Van hem werd verwacht dat hij voortdurend begreep wat er om hem heen werd gezegd, ook al hield hij zich van de domme.

'*Madame la baronesse, vous ne m'écoutez pas!*' Barones, u luistert niet! riep hij kwaad. 'Ik ben doelwit van een enorme klopjacht door de politie. Wat voor nut heb ik nog als ik gearresteerd of neergeschoten word?'

'Dat is geen antwoord,' kapte ze hem op haar bekende manier af.

'Nee…' moest hij beamen. Ze had gelijk, ze had altíjd gelijk. 'Dat is geen antwoord.'

'Hoe lang al, mijn liefste, hebben we niet gesproken over het belang van moeilijke tijden, zodat je leert die het hoofd te bieden en te overwinnen? Je weet donders goed wie je bent.'

'Geen wonder. En anders zorgt u er wel voor dat ik dat niet vergeet, al mijn hele leven lang.'

'Begrijp dan de mate waarin je training, je scherpzinnigheid en je moed op dit moment op de proef worden gesteld. Over tien, twintig jaar, lach je erom, en toch zul je het koesteren als een onontbeerlijke, heldhaftige les in zelfkennis. Door jou in de vlammen te werpen beveelt God je zoals Hij altijd heeft gedaan: wees groot.'

'Ja,' zei hij zacht.

'Welnu, ik ga regelen wat je nodig hebt. Dat vliegtuig is geen probleem. Je paspoort en zorgen dat de piloot het in handen krijgt om het jou te geven, zal lastiger zijn, maar beide zullen morgen arriveren. Regel in de tussentijd alsnog je zaken met Neuss. Zorg dat je zijn sleutel te pakken krijgt en achterhaal het adres van de bank. Daarna ruim je hem uit de weg. Vervolgens stuur je het sleuteltje per expresse naar Bertrand, die vervolgens naar Frankrijk zal afreizen om de stukken uit de kluis op te halen. Is dat duidelijk?'

'Ja.' Beneden aan de overkant zag hij opnieuw een groepje agenten op het trottoir verschijnen. Ze zagen er anders uit dan de gewone agenten van zo-even. Deze droegen helmen en kogelvrije vesten en hadden automatische geweren bij zich. Hij deed een paar stappen van het raam nu meerdere agenten omhoogstaarden. Het was een SWAT-team, en het leek erop dat ze voorbereidingen troffen om het hotel binnen te dringen.

'Barones, pal aan de overkant van de straat staat een speciale politie-eenheid klaar.'

'Zet het uit je gedachten en luister naar mij, mijn liefste. Luister naar mijn stem,' beval ze kalm maar indringend. 'Je weet wat ik graag wil horen. Zeg het me, zeg het me in het Russisch.'

'Ik...' Hij aarzelde en hield zijn ogen nog altijd gericht op de straat. Het SWAT-team had zich nog niet verroerd, de agenten stonden nog altijd op dezelfde plek.

'Zeg het,' beval ze.

'*Vsja*,' begon hij aarzelend. '*Vsja... ego... soedba... v roekach... Gospodnych.*'

'Nog eens.'

'*Vsja ego soedba v roekach Gospodnych*,' herhaalde hij. Ditmaal klonk het krachtiger en met meer overtuiging.

Vsja ego soedba v roekach Gospodnych: het lot ligt in Gods handen. Het was een bekend Russisch gezegde, maar ze had het toegespitst op hém. Met 'lot' werd het zijne bedoeld; God stuurde alles en alles had een reden. Ook nu weer was het een test van God, die hem beval zich te verheffen en een uitweg te zoeken, want er was altijd een uitweg.

'*Vsja ego soedba v roekach Gospodnych*,' herhaalde hij het nog eens, als een mantra, precies zoals ze het hem toen hij klein was had geleerd, en inmiddels misschien wel voor de tienduizendste keer in zijn leven.

'Nog eens,' fluisterde ze.

'*Vsja ego soedba v roekach Gospodnych!*' Zijn gedachten waren niet langer bij de politie maar bij de woorden die hij uitsprak als een gelofte, krachtig en dwingend, als een alliantie tussen God en hemzelf.

'Juist, mijn liefste. Zie je? Vertrouw op de voorzienigheid, je opleiding en je scherpzinnigheid. Dan dient de oplossing van het probleem zich aan: de politie, Neuss, en dan aanstaande vrijdag met onze allerbeste…' Ze zweeg even en hij voelde de decennia van haat in haar stem nu de naam over haar lippen gleed, '… Peter Kitner.'

'Ja, barones.'

'Morgen, mijn liefste, heb je je vliegtuig en je veilige aftocht. Vrijdag zullen de stukken in ons bezit zijn en zul je in Londen zijn.'

'Ja, barones.'

'Met Gods zegen.'

Daarna een klik en de verbinding was verbroken. Traag hing hij op, nog in de ban van haar uitstraling. Opnieuw keek hij even uit het raam. De politie was er nog steeds, op het trottoir aan de overkant. Maar ze leken kleiner. Als schaakstukken. Niet iets om te vrezen, eerder om te bespelen.

33

10.50 uur

Geloof in jezelf en het antwoord zal zich aandienen. De Barones had gelijk gehad. Het antwoord had niet lang op zich laten wachten.

Het begon al met de eenvoudige redenering dat als de politie hem tot hier had kunnen opsporen, ook de media er als de kippen bij zouden zijn. En dus zette hij de tv aan in de hoop op een nieuwsuitzending te stuiten die hem min of meer een beeld zou verschaffen van wat de autoriteiten van plan waren.

Al snel werd hij op schaamteloze wijze meer dan royaal op zijn wenken bediend. Bijna alle kanalen vertoonden videobeelden van de nasleep van de schietpartij in het gerechtsgebouw. Hij zag hoe de afgedekte lichamen van de twee hulpsheriffs, de parketwachter, de agente en de man die hij in het trappenhuis had gewurgd om diens zwarte jasje te bemachtigen, in het busje van de lijkschouwer werden geschoven. Geëmotioneerde en verontwaardigde agenten, alsmede geschokte en boze omstanders werden geïnterviewd. Helikopterbeelden van de langzame achtervolging van de taxi werden gevolgd door fragmenten van het tienermeisje en haar moeder. Daarna verscheen de presentator in beeld die het opsporingsbevel aankondigde zoals hoofdinspecteur Arnold McClatchy dat had laten verspreiden. Vervolgens werden zijn signalement en een grote close-up van zijn foto tijdens de verbalisering op het hoofdbureau van politie vertoond. Ten slotte het verzoek aan de kijkers om mee te helpen de dader te vinden en onmiddellijk het alarmnummer te bellen zodra hij werd gezien.

Hij deed een stap achteruit om de omvang van het hele spektakel tot zich te laten doordringen. De Barones had gelijk: God stelde hem op de proef, beval hem op te staan en een uitweg te vinden. Wat die ook mocht zijn, één ding was inmiddels overduidelijk: de luxe van nog een dag wachten totdat de door de Barones gecharterde privé-jet hem op het vliegveld van Santa Monica zou oppikken, kon hij wel vergeten. Hij moest zo snel mogelijk Neuss te pakken zien te krijgen, zijn sleuteltje van het kluisje bemachtigen en het adres van de Franse bank zien te achterhalen waar het zich bevond, vervolgens Neuss uit de weg ruimen, Los Angeles de rug toekeren en zo snel mogelijk naar Europa. Wat neerkwam op een later tijdstip, deze zelfde dag nog. Gezien de enorme politiemacht die jacht op hem maakte was het een gigantische, maar niet onmogelijke opgave. Maar hij kon niet anders. Alles wat ze gepland hadden hing ervan af. Hoe hij te werk moest gaan was weer een heel andere kwestie.

Opeens was het tijd voor de reclame. Zappend en nog meer fragmenten bekijkend, probeerde hij een oplossing te verzinnen. Per ongeluk stuitte hij op het bulletin van het Westin Bonaventure Hotel, dat een lijst vertoonde van activiteiten en programma's voor die dag. Net op het moment dat hij verder wilde zappen, viel zijn oog op de aangekondigde welkomstreceptie voor Universität Student Hochste, een groep Duitse studenten die in de Verenigde Staten te gast waren, die op dat moment in een van de vergaderzalen beneden aan de gang was.

Tien minuten later stapte ook hij de vergaderzaal binnen, het haar strak achterovergekamd, nog altijd gekleed in het grijze pak van de vermoorde adviseur uit New Jersey en met diens koffertje in de hand. Erin zaten Charlie Baileys portemonnee en zijn gsm, en een Beretta. Het andere pistool zat achter zijn broeksband, onder zijn jasje.

Vlak bij de deur bleef hij staan en keek om zich heen. Er waren waarschijnlijk rond de veertig studenten aanwezig en drie à vier goedgeklede begeleiders. Er werd koffiegedronken en druk gekletst in het Duits. De verhouding jongens-meisjes was ongeveer fifty-fifty, in de leeftijd ergens tussen de achttien en vijfentwintig jaar. Ze leken vrolijk en zorgeloos en zagen eruit als gewone studenten: spijkerbroeken, wijde T-shirts, hier en daar wat leer, piercings en regenbooghaar.

Maar afgezien van de voor de hand liggende overeenkomsten – zijn eigen, nog jonge leeftijd en het feit dat hij vloeiend Duits sprak en zich dus onopvallend tussen hen kon begeven – waren er twee dingen waar hij op aasde en waarvan hij wist dat iedereen ze op zak had: een paspoort en op zijn minst één geldige creditcard die niet alleen een mooie aanvulling was voor een overtuigende identificatie, maar tevens de sleutel tot een vliegticket. Hij moest nu op zoek naar een slachtoffer, een jongen of man, voor wie hij zich kon uitgeven.

Hij moest het voorzichtig aanpakken. Eerst naar het buffet, waar hij een koffiekopje pakte, het onder de grote zilveren koffieketel plaatste en volschonk, om daarna met kop en schotel in de hand naar de overzijde van het zaaltje te slenteren alsof hij gewoon een van de begeleiders was en hier al zo vaak was geweest.

Opnieuw bleef hij even staan en keek wat om zich heen. Op dat moment verscheen een man in een donker pak en met een messing naamplaatje van het hotel in de hoofdingang. Naast hem stond een agent van het SWAT-team in volledige uitrusting. Ontspannen draaide Raymond zich om, hij zette het koffertje neer, hield zijn kop en schotel in zijn linkerhand waarna hij zijn vrije hand achter zijn jasje liet glijden en op de kolf van zijn Beretta liet rusten.

Eventjes lieten de twee mannen hun blik door het zaaltje glijden, waarna een oudere heer – hij nam aan dat het een begeleider was – zich losmaakte uit een groep studenten en naar de twee toe liep. Er werd wat gepraat, waarbij de begeleider zo nu en dan even in de richting van de aanwezigen wees. Opeens stapte de agent opzij en liep naar het buffet, ondertussen zijn ogen de kost gevend. Raymond nam een teugje van zijn koffie, bleef staan waar hij stond en deed niets wat de aandacht kon trekken. Even later liep de agent terug, mompelde iets tegen de overige twee mannen, waarna hij en de man van het hotel weggingen en de begeleider zich weer onder de studenten begaf.

Het was tijdens de zucht van verlichting daarna dat Raymond hem zag: de lange, slanke jongeman in een spijkerjasje, spijkerbroek en T-shirt. Hij stond een beetje afgezonderd en was in gesprek met een leuke jongedame. Paarsgeverfd blond haar, rugzakje over een schouder. Misschien was hij jonger, maar zijn bouw en gelaatstrekken kwamen voldoende overeen met de zijne om ermee weg te komen, vooral gezien de beruchte kwaliteit van pasfoto's. Het paarse haar zou een probleem kunnen zijn, zowel het nabootsen als de aandacht die hij ermee zou trekken. Maar de jonge student was de enige die in aanmerking kwam. Elke seconde telde dus hij moest het probleem maar zien te omzeilen.

Hij wachtte even, en nog even, waarna de jongeman zich van het meisje af draaide en naar het middelste deel van het buffet liep, waarop een overvloed aan zoete en andere broodjes en vers fruit lag uitgestald.

Raymond pakte zijn koffertje op en volgde zijn voorbeeld. Terwijl hij stukjes meloen en druiven op zijn bord lepelde, begon hij een vriendelijk gesprekje in het Duits; hij vertelde de jongeman dat hij een acteur uit München was en in het hotel verbleef voor een filmrol als schurk, waarin Brad Pitt zijn tegenspeler zou zijn. Hij had vernomen dat een Duits gezelschap het hotel bezocht, en omdat hij zich nogal alleen voelde hier en deze ochtend toch vrij had, was hij even een kijkje gaan nemen, al was het maar om weer eens even over thuis te kunnen kletsen.

Zijn slachtoffer toonde zich al meteen een leuke, aangename gesprekspartner en Raymond Thorne besefte dat hij gebeiteld zat. Niet alleen bleek deze jonge Duitser al net zo vrijzinnig als de anderen, maar hij was bovendien helemaal in de ban van Hollywood, en vertrouwde Raymond toe zelf niets liever te willen dan acteren. Bovendien bekende hij zelfs dat hij homo was en – de goedgeklede en zeer aantrekkelijke Raymond aandachtig opnemend – dat hij altijd in was voor een avontuurtje.

Raymond Thorne moest wel glimlachen. Hij had een val gezet en het konijn was er pardoes in gelopen, waarna hij razendsnel het deurtje had laten dichtklappen. Het was bijna té gemakkelijk.

Raymond, nu zogenaamd zelf ook homo, troonde de jongeman, die zich inmiddels had voorgesteld als Josef Speer uit Stuttgart, naar een tafeltje in de hoek, waar ze plaatsnamen. Terwijl Josef verder flirtte, deed ook Raymond een frivole duit in het zakje: als Speer ooit een echte film- of tv-acteur wilde worden, moest hij fotogeniek zijn. Omdat je er op pasfoto's altijd op je onvoordeligst uitzag, gebruikten professionele castingbureaus ze vaak als een methode om te zien hoe iemand in de slechtst denkbare omstandigheden voor de camera overkwam. Het was kletskoek, uiteraard, maar het werkte. Enthousiast knipte de onnozele Speer zijn rugzakje open, haalde zijn paspoort en rijbewijs te voorschijn om trots te laten zien hoe fotogeniek hij wel niet was. De foto in zijn paspoort bleek inderdaad van de bekende inferieure kwaliteit. Met paars haar, en een zelfverzekerde houding zodra hij Speers paspoort zou tonen, was hij er redelijk van overtuigd dat ze hem voor de Duitse jongeman zouden aanzien. Het rijbewijs, hoewel nuttig, was minder belangrijk. Hij wilde er vooral zeker van zijn dat Speer een creditcard op zak had. Terwijl de jonge Duitser zijn portefeuille opende en hem zijn rijbewijs overhandigde, viel Raymonds oog op maar liefst drie stuks. Een ervan, een EuroMasterCard, zou voor hem voldoende zijn.

Hij keek de jongeman recht in de ogen en zijn stem werd omfloerst. In een oogwenk werd de prooi de verleider. Ja, Josef was seksueel heel aantrekkelijk, vond hij, maar een rendez-vous in het hotel waar hij zelf verbleef maakte hem te kwetsbaar voor mogelijke afpersers. Een 'wederzijdse aftasting', zoals hij het noemde, kon dus maar beter op een andere plek, buiten het Bonaventure, plaatsvinden. Speer ging akkoord en even later liepen ze het zaaltje uit naar de lobby.

Bij binnenkomst versteende Raymond even. De lobby puilde uit van de bezorgde en mopperende hotelgasten. Daarachter, bij de hoofdingang, hadden zich een stuk of tien agenten opgesteld.

'Wat is er aan de hand?' vroeg Speer in het Duits.

'Ze zijn vast op zoek naar homo's, zeker weten,' antwoordde Raymond een beetje grijnzend terwijl hij zijn volgende stappen overwoog. Opeens zag hij de hotelbediende in het donkere pak, die zo-even samen met de agent van het SWAT-team in het zaaltje was verschenen. Vergezeld door Speer liep hij op de man af en vroeg met een zwaar aangezet Duits accent in het Engels wat er aan de hand was. De politie was op zoek naar een ontsnapte moordenaar, luidde het antwoord. Een SWAT-team doorzocht het hele hotel, waarbij de verdiepingen stuk voor stuk werden ontruimd. In het Duits herhaalde Thorne het voor Speer en hij vertelde de man van het hotel vervolgens dat ze zich hadden opgegeven voor een speciale rondleiding door de Universal-filmstudio's en of ze toestemming konden krijgen om het hotel te verlaten.

De man keek de twee even aan, trok vervolgens een soort walkietalkie te voorschijn en meldde dat hij twee mensen van het Duitse gezelschap voor zich had die een afspraak hadden en graag het hotel wilden verlaten. Even later baande de agent van het SWAT-team zich een weg door de menigte en beende recht op hen af. Raymond Thorne slikte even, maar daar bleef het bij.

'Ze horen bij de groep studenten,' legde de hotelbediende uit. 'Ze kwamen net uit het zaaltje gelopen.'

De agent keek beide jongemannen een voor een aandachtig aan. Raymond liet zich nog altijd niet vermurwen. Opeens kwam de politieportofoon tot leven. De agent antwoordde in een soort politiejargon en keek de hotelbediende aan.

'Oké, laat ze de achterdeur maar nemen,' klonk het kortaf, waarna hij zich omdraaide en verdween.

'*Danke*,' riep Raymond hem na en hij liep achter de hotelbediende aan door de lobby en langs een agent naar een achterdeur die uitkwam op een straat die door de autoriteiten inmiddels al was doorzocht.

'Dank u,' bedankte hij de hotelbediende met een zwaar accent.

Daarna stapten hij en Josef Speer in het licht van de felle Californische zon en liepen ze ongehinderd naar Charlie Baileys gehuurde wagen, twee straten verderop.

Een wagen met het lichaam van de adviseur uit New Jersey nog altijd in de kofferbak.

11.30 uur.

34

Orange Grove Boulevard 612A, Pasadena, Californië, 12.10 uur

Dr. Janet Flannery was waarschijnlijk ongeveer zestig en een kleine tien kilo te licht. Haar peper-en-zoutkleurige haar was kortgeknipt, zonder dat het echt leuk zat. Hetzelfde gold voor haar kleren: een doodgewoon beige broekpak en een iets lichtere, beige blouse, die haar allebei redelijk goed stonden. De inrichting van haar kleine werkkamer – een salontafel, een ligbank en twee fauteuils – was al net zo onopgesmukt. Met natuurlijk als achterliggende gedachte dat het weliswaar duurzaam moest zijn, maar niet mocht opvallen. Hier in deze kamer diende alle aandacht immers uit te gaan naar de patiënt en niet naar het interieur.

'U wilt uw leven veranderen en uit Los Angeles weg.' Dr. Flannery vouwde de handen in haar schoot en keek naar John Barron, die tegenover haar op de bank had plaatsgenomen.

'Niet alleen uit Los Angeles. Ik wil weg uit Californië,' verduidelijkte hij boven de 'witte ruis' uit van de ventilator op de grond achter hem. De ventilator was speciaal bedoeld, zo wist hij, om de gesprekken tussen therapeuten en hun patiënten niet tot de belendende kantoorruimten of de wachtkamer te laten doordringen. 'En ik wil graag zo snel mogelijk verhuizen,' vulde hij aan terwijl hij de vingertoppen van zijn handen tegen elkaar plaatste. Red McClatchy's bedreigende, angstaanjagende en alarmerende onderonsje van zo-even had zijn afschuw alleen maar vergroot en tevens zijn vastberadenheid om zo snel mogelijk met Rebecca de benen te nemen.

'Ik moet u erop wijzen dat uw zus aan deze plek gewend is en zich hier veilig voelt. Hebt u geen alternatief?'

'Nee.' Inmiddels had hij voor zijn plotselinge verzoek om Rebecca per direct uit het St. Francis te laten ontslaan om samen met hem naar een nog onbekende, verre bestemming af te reizen een verklaring bedacht. 'U hebt gehoord wat er gisteren in die trein gebeurd is?'

Ze knikte. 'U was erbij.'

'Ja, van het begin tot het eind. Ik loop al een tijdje rond met de gedachte dat ik iets anders met mijn leven moet gaan doen. Gisteren was de druppel. Ik wil zo snel mogelijk weg bij de politie. Maar voor ik iets onderneem, of tegen iemand mijn mond opendoe, wil ik eerst dat Rebecca ergens anders een plek krijgt.' Hij aarzelde even, behoedzaam om vooral niet te veel te onthullen. 'Zoals ik door de telefoon al vertelde, is dit alles strikt vertrouwelijk, tussen u en mij alleen. Zodra Rebecca klaarstaat om mee te gaan, zal ik mijn superieuren op de hoogte stellen.'

Een halfuur eerder had hij, in volstrekte vastberadenheid, datgene gedaan waarvan hij dacht dat hij het nooit zou kunnen: hij had het politierapport over Donlan opgesteld zoals Red van hem had verlangd, compleet met zijn handtekening onder aan de pagina. Meteen daarna had hij het hoofdbureau verlaten, wetend dat het opstellen en ondertekenen van het rapport nu eenmaal noodzakelijk was, ook al liep hij het verschrikkelijke risico officieel medeplichtig te zijn aan het toedekken van een politieafrekening. Hij moest zich binnen de 5-2 indekken terwijl Rebecca op haar verhuizing werd voorbereid. Maar zodra dat geregeld was en dr. Flannery voor haar in een andere staat een plek had gevonden, zou hij zijn Mustang volladen met zo veel als ze maar konden meenemen, de huur opzeggen, zich vervolgens ziek melden, vrijaf nemen en ergens onderweg McClatchy zijn ontslagbrief toesturen.

Het plan was om gewoonweg te verdwijnen. Hij had genoeg geld opzijgezet om het bijna een jaar lang te kunnen uitzingen terwijl hij ondertussen naar werk zocht. Hij was nog jong. Ze zouden hun naam laten veranderen en gewoon opnieuw beginnen. Het leek alleszins redelijk, ja zelfs haalbaar. En hij betwijfelde of Red of een van de anderen tijd en geld zou willen besteden aan het opsporen van iemand die toch wel zijn mond hield en wiens zus helemaal niets kon uitbrengen, ook al zou ze de waarheid vernemen en graag willen vertellen. Maar voorlopig hield hij zich gedeisd, deed hij gewoon zijn werk, net alsof hij Reds goede raad ter harte had genomen en hij niets anders wilde dan zich aan zijn eed houden en het team voor de rest van zijn beroepsleven dienen.

Dr. Flannery keek hem aandachtig aan. 'Als dat uw wens is,' sprak ze ten slotte, 'dan zal ik kijken wat ik voor u kan doen.'

'Kunt u me zeggen hoe lang dat ongeveer gaat duren?'

'Gezien haar huidige toestand? Nee, het spijt me. Het zal even nodig hebben.'

'Goed,' knikte Barron dankbaar en stond op. 'Dank u.' Hij besefte dat, hoe graag hij ook hiervandaan wilde, hiervandaan móest, dit voor Rebecca niet zomaar even in een dag, of zelfs misschien een week, geregeld kon worden. Hij moest het aanvaarden.

Net toen hij zich omdraaide naar de deur, met zijn gedachten nog helemaal bij Rebecca en dr. Flannery, ging zijn gsm opeens. Hij schrok. 'Pardon,' verontschuldigde hij zich en hij trok zijn mobieltje uit zijn jasje te voorschijn.

'Barron,' nam hij geroutineerd op.

'Wat?!' riep hij opeens uit. Meteen ging er in zijn hoofd een knop om. 'Waar?'

35

MacArthur Park, 12.40 uur

Met een klap vloog Barrons Mustang over de trottoirband en hij reed over het gras tot naast Reds onopvallende Ford. Achter hem werd de directe omgeving door vier politieauto's afgebakend en daar weer achter hielden agenten de steeds groter wordende menigte op afstand.

Hij stapte uit en liep snel naar een groepje dichte struiken bij het water.

Terwijl hij de plek naderde zag hij Red en twee agenten die iets verderop in gesprek waren met een haveloze zwerver met een grote, verwarde haardos. Op het moment dat hij de bosjes bereikte, baande Halliday zich vanuit de struiken al voorzichtig een weg in zijn richting terwijl hij zijn latex handschoenen uittrok.

'Blanke man,' meldde hij. 'Paars haar. Driemaal van dichtbij in het gezicht geschoten. Geen kleren, geen papieren, niets. Tenzij iemand als vermist wordt opgegeven of we geluk hebben met zijn vingerafdrukken, kunnen we wachten totdat we een ons wegen voordat we zullen weten wie hij is. Kijk zelf maar even,' nodigde hij Barron uit.

Even verderop maakte Red zich los uit het groepje agenten en liep naar hen toe, waarna Barron de struiken in liep waar Halliday zojuist uit was opgedoken.

Het slachtoffer lag op zijn zij op de grond en had slechts een onderbroek en een paar sokken aan. Van zijn hoofd was niet veel meer over, maar nog net genoeg om te zien dat zijn haar paars was geverfd. Wat voor kleren hij ook gedragen mocht hebben, elk spoor ervan ontbrak.

'Hoe oud schat je hem: een-, tweeëntwintig?' De technische recherche arriveerde en Barron stapte uit de struiken. 'Verzorgd, nagels netjes geknipt. Geen zwerver. Het lijkt erop dat iemand op zijn kleren uit was.'

'Enig idee over het tijdstip?' vroeg Red aan Halliday.

'Een halfuur, hooguit een uur geleden,' antwoordde deze. 'Wat had hij daar te melden?' Hij gebaarde naar de zwerver, die nog steeds door de agenten werd ondervraagd.

'Weinig. Hij moest pissen, liep de struiken in en zeek bijna over het lijk. Is zich toen lam geschrokken en hulp gaan halen.'

De drie rechercheurs deden een stap naar achteren om de mannen van de technische recherche de plek van het misdrijf te laten onderzoeken.

'Zo goed als naakt, net als de hulpsheriffs in de lift van het gerechtsgebouw,' stelde Red vast terwijl hij toekeek hoe de mannen aan hun werk begonnen. Nog niet eerder had Barron hem zo zien koken van woede.

'Jij denkt dat Raymond Thorne erachter zit?' vroeg Halliday terwijl het eerste contingent mediaverslaggevers arriveerde. Zoals gewoonlijk stond Dan Ford weer vooraan.

'Ja, volgens mij is het Raymond.'

'Inspecteur?' Dan Ford richtte het woord tot Red. 'We weten dat hier een jongeman is vermoord. Denkt u dat Raymond Thorne er iets mee te maken heeft?'

'Weet je wat, Dan…' sprak McClatchy terwijl hij Ford aankeek, en vervolgens het groepje verslaggevers om hem heen, 'jullie kunnen het beste even met rechercheur Barron praten. Hij is net zo goed op de hoogte als wij.'

Meteen wenkte hij Halliday, waarna ze wegliepen. Barron keek hem na. Het was duidelijk. Dit was Reds manier om hem te laten weten dat hij weer bij hem in genade viel, dat na het indienen van het Donlan-rapport alles weer koek en ei was. Bovendien waren de regels onveranderd gebleven: meningsverschillen dienen binnen het team te worden opgelost.

'Is Raymond de hoofdverdachte, John?' vroeg Ford. Achter hem schaarden zich nog meer verslaggevers. Videocamera's zoemden, microfoons werden onder zijn neus geschoven. Hij zag een tweede onopvallende politieauto stoppen. De portieren zwaaiden open en Polchak en Valparaiso stapten uit en liepen naar Red en Halliday, die net hun eigen auto bereikten. Er werd even gepraat, waarna de twee net gearriveerde rechercheurs over het gras naar de plek van het misdrijf liepen. Daar waren de agenten nog altijd in gesprek met de zwerver met de warrige haardos en was het forensisch team nog bezig met het lijk.

'Wie is het slachtoffer?' riep iemand vanuit de menigte.

Barron keek in de richting van de vragensteller.

'Weten we nog niet,' antwoordde hij. 'Alleen dat het een jongeman is, een twintiger met meerdere schotwonden in het gezicht,' voegde hij er wat ongeduldig aan toe. Een plotselinge vlaag van woede trok door hem heen. 'Ja, Raymond Thorne is hier een verdachte. Waarschijnlijk dé verdachte.'

'Is het slachtoffer al geïdentificeerd?' riep een verslaggever.

'Hebt u me net niet gehoord dan?' De irritatie en de woede klonken nog altijd door in zijn stem. Hij wilde het toeschrijven aan Red en diens doodgemoedereerde schouderklop waarmee hij hem als het ware weer in het team had verwelkomd. Maar terwijl hij hier zo stond, tegenover Dan Ford en de andere verslaggevers, de camera's en de microfoons die alles registreerden, besefte hij dat Red McClatchy hierbij maar een kleine rol speelde. Hijzélf vormde het echte probleem, want hij voelde zich betrokken. Betrokken bij de koelbloedige moord op Donlan, bij de dode jongeman in de struiken. Hij was begaan met de vader en moeder en de verschrikking die ze de rest van hun leven bij zich moesten dragen zodra zijn identiteit was vastgesteld en het slechte nieuws zou worden overgebracht; begaan met de slachtoffers van de schietpartij in het gerechtsgebouw, hun kinderen en families. En ook kon hij zelfs na al die jaren de moord op zijn eigen ouders nog steeds niet uit zijn hoofd zetten. En er was nog iets. Opeens besefte hij het nu hij hier, in de smog en de hitte van de middagzon, de mediahorde en de in stelling gebrachte, elektronische kermis aanschouwde: dit hele gedoe met Raymond was allemaal zijn schuld. Hij had de verbalisering gedaan, hij was degene geweest die Raymond Thorne naar het hoofdbureau had geleid, zich aldaar door hem had laten uitdagen – alsof Thorne al de hele tijd had geweten wat er met Donlan was gebeurd – en had zich vervolgens emotioneel uit de tent laten lokken, waarmee het voor Raymond zonneklaar was dat zijn vermoedens juist waren. Hij had op dat moment moeten beseffen hoe geslepen en gevaarlijk Raymond Thorne was en had er iets aan moeten doen, had op zijn minst de bewakers tot extra waakzaamheid moeten manen. Maar hij had zijn plicht verzaakt. In plaats daarvan had Thorne hem met zijn geveinsde medeleven danig op zijn pik getrapt, waarmee de moordenaar op zijn wenken was bediend.

Opeens keek hij Dan Ford aan. 'Dan, kun je me een plezier doen? Zet Raymonds foto groot op de voorpagina van de *Times*. Zo groot als maar kan. Kun je dat voor me regelen?'

'Ik denk van wel,' knikte Ford.

Meteen daarna keek hij de rest aan. 'Dit is de tweede keer vandaag dat we de kijkers willen vragen ons te helpen om Raymond op te sporen. We willen graag dat zijn foto in alle nieuwsuitzendingen te zien blijft en ook dat u doorgaat om iedereen die hem heeft gezien, of zelfs maar denkt hem te hebben gezien, dringend te verzoeken meteen het alarmnummer te bellen. Raymond Thorne is een grote bedreiging voor de samenleving. Hij is gewapend en moet als uiterst gevaarlijk worden beschouwd.'

Hij zweeg even en zag het busje van de lijkschouwer de politieauto's passeren en over het gras naar de struiken rijden waar de dode jongeman lag. Daarna richtte hij zijn aandacht meteen weer op de schare verslaggevers en de videocamera vlak voor hem.

'Mocht je toevallig kijken, Raymond, dan heb ik jou ook het een en ander te zeggen,' sprak hij. Weer zweeg hij even, en hij vervolgde zijn verhaal met hetzelfde kalme, spottende mededogen als waarop Raymond Thorne hem de vorige dag op het hoofdbureau had getrakteerd.

'Ik wil graag weten hoe je je voelt, Raymond. Alles goed met je? Ook jij kunt het alarmnummer bellen, net als iedereen. Vraag dan gewoon naar mij, je weet wie ik ben: rechercheur John Barron van de 5-2 Squad. Dan pik ik je persoonlijk op, waar je maar wilt. Op die manier blijft iedereen gespaard.' Hij aarzelde even, maar vervolgde op dezelfde kalme toon: 'Dat zou voor alle partijen het beste zijn, Raymond. Bovenal voor jou. Wij zijn met negen miljoen, en jij bent maar in je eentje. Reken maar uit, Raymond. Het is duidelijk hoe je kansen liggen.'

'Dat was het.' Klaar met zijn verhaal liep Barron naar Polchak en Valparaiso, die in gesprek waren met het hoofd van de technische recherche. Was zijn cameraoptreden aanvankelijk bedoeld als middel om de hulp van de kijkers in te roepen, met zijn woorden daarna was de jacht op Raymond tevens iets persoonlijks geworden.

36

Beverly Hills, 13.00 uur

Raymond Thorne parkeerde de auto van Charlie Bailey in South Spalding Drive, aan de kant van huisnummer 200 en verder, en in het zicht van de Beverly Hills High School. Hij haalde de andere

Beretta uit Charlies koffertje en stopte hem in Josef Speers rugzakje. Het was zijn reservepistool, naast de Beretta die hij achter zijn broekband had zitten. Met het rugzakje in de hand stapte hij uit, deed de auto op slot en liep het kleine stukje naar Gregory Way.

Hij knikte vriendelijk naar twee vrouwen die op de hoek van de straat wat met elkaar stonden te kletsen en liep verder over Gregory Way naar Linden Drive. Hij was niet langer de zakenman met het gladde achterovergekamde haar, maar droeg nu Speers spijkerjasje, T-shirt en spijkerbroek. En met het rugzakje over zijn schouder en een LA Dodgers-baseballpet over zijn pasgeverfde paarse haar zag hij eruit als een doodgewone, willekeurige twintiger die je in deze rustige buurt van keurig onderhouden gazons en appartementengebouwen wel eens tegenkwam.

Na Linden Drive te hebben bereikt, sloeg hij links af en ging op zoek naar nummer 225, het appartementengebouw waar Alfred Neuss woonde, die hier om precies kwart over een van zijn lunch zou terugkeren, precies zoals hij zes dagen per week deed, en dat al zevenentwintig jaar lang. Een wandelingetje van exact zeven minuten vanuit zijn exclusieve juwelierszaak aan Brighton Way. Gebruikmakend van dezelfde strategie als in San Francisco, Mexico-Stad en Chicago had Thorne een week eerder onder een valse naam en met een smoes simpelweg een telefonische afspraak gemaakt voor het geval zijn slachtoffer zijn patroon opeens zou veranderen. Ook bij Neuss was hij zo te werk gegaan; hij had de juwelier gebeld en zich met een plattelandsaccent voorgesteld als Will Tilden, paardenfokker uit Kentucky. Neuss' goede naam als juwelier was hem ter ore gekomen en hij wilde graag langskomen om voor zijn vrouw een dure diamanten ketting te kopen. Neuss was maar al te bereid een afspraak te maken, hetgeen geschiedde, en wel voor de volgende maandag om twee uur 's middags, een tijdstip dat Neuss' dagelijkse routine niet in gevaar zou brengen. De sneeuwstorm in Chicago had voor vertraging gezorgd, maar hij had Neuss vanuit de trein gebeld en de afspraak naar dinsdag verschoven. Dat hij niet was komen opdagen, zou de juwelier ongetwijfeld hebben geërgerd, maar er was niets aan te doen. Desalniettemin, als Neuss maandag en dinsdag in zijn winkel was geweest en al die jaren week in week uit een zesdaagse werkweek had aangehouden, dan was het niet waarschijnlijk dat daar uitgerekend nu verandering in was gekomen, wat tevens voor zijn dagelijkse gewoonten gold.

Als Neuss' obsessie voor de klok een fobie was, dan kon Raymonds timing onberispelijk worden genoemd, het resultaat van een bijna militaire precisie. Om 11.42 uur had hij Josef Speer in het park vermoord en zich diens kleren en rugzakje toegeëigend. Om 11.47 uur had hij zich in Ninth Street in Koreatown in een herentoilet verschanst, waar hij Baileys zakenkostuum had verruild voor Speers spijkeroutfit. De mouwen van zijn spijkerjasje waren iets te lang, maar omgeslagen kon het er goed mee door. Om twaalf uur 's middags precies had hij het zakenpak van de adviseur en zijn inmiddels nutteloze creditcards en rijbewijs bij een benzinepomp in een vuilcontainer geworpen en was daarna in zijn auto gestapt. Om 12.10 uur reed hij op Wilshire Boulevard, iets ten oosten van Beverly Hills, en vond wat hij zocht: haarsalon Snip & Shear. Het was vooral het grote handgeschreven bord in de etalage dat zijn aandacht trok: IN 30 MIN. UW HAAR IN ELKE KLEUR. Om 12.45 uur had hij met zijn nieuwe, paarsgeverfde coupe à la Speer de winkel verlaten. Om 12.48 uur was hij uit de sportzaak, op hetzelfde winkelplein, verschenen met de LA Dodgers-pet die hij nu droeg.

13.08 uur. Hij was bij Linden Drive, nummer 225, een appartementengebouw van twee verdiepingen waarvan de voordeur door een grote koningspalm werd overschaduwd. De creditcard uit Josef Speers portefeuille gleed door de gleuf van het versierde ijzeren hek en Raymond was binnen.

13.10 uur. Hij overbrugde de laatste treden naar Neuss' appartement op de bovenste verdieping. De overdekte patio was opgesierd met verscheidene grote taxusboompjes, een piepklein witgeëmailleerd gietijzeren tafeltje en twee bijpassende, eveneens witgeëmailleerde gietijzeren stoeltjes. Vlak daartegenover was een liftdeur. Zowel deze als de trap kwam uit op de patio, dus het maakte niet uit welke entree Neuss koos. Waarschijnlijk de lift, aangezien hij inmiddels drieënzestig was.

13.12 uur. Raymond liet het rugzakje van zijn schouder zakken en trok een klein handdoekje te voorschijn dat hij in de haarsalon had gekocht. Daarna trok hij de Beretta achter zijn broeksband vandaan en wikkelde de handdoek er als een geïmproviseerde geluiddemper omheen. Vervolgens hees hij het rugzakje weer over zijn schouder, verborg zich achter de taxusboompjes en wachtte.

Lufthansa-vlucht 453 zou om 21.45 uur van LAX, de internationale luchthaven van Los Angeles, vertrekken en na een rechtstreekse transatlantische vlucht om 5.30 uur in Frankfurt landen. Eén stoel in de economy class was al gereserveerd op naam van Josef Speer. Onderweg in de auto van MacArthur Park naar Beverly Hills had hij met Charlie Baileys gsm een ticket geboekt. Frankfurt was Duitslands grootste internationale luchthaven, een voor de hand liggende bestemming voor een Duitse student die terugkeerde uit het buitenland. Zodra hij Neuss' sleuteltje van het kluisje in bezit had en het adres van de bank wist, kon hij erheen vliegen, de volgende morgen, vrijdag dus, de bank bezoeken, het kluisje openen, de inhoud pakken en na een korte vlucht op het Londense Gatwick landen, in plaats van op Heathrow, en als lid van de Europese Gemeenschap op zijn gemak door de douane wandelen zonder bang te hoeven zijn voor een uitgebreide paspoortcontrole.

Het zou dus geen verschil maken als de politie zijn tas met daarin zijn eersteklas British Airways-ticket naar Heathrow in haar bezit zou hebben. En zelfs al zouden ze hun collega's van de Londense Metropolitan Police hebben gewaarschuwd, dan nog zou de zoekactie zich toespitsen op aankomsten vanuit de Verenigde Staten op de luchthaven Heathrow. Zodra hij op Gatwick zou zijn geland en langs de douane zijn gelopen, was het slechts een halfuurtje met de trein naar Victoria Station en vandaar een paar minuten per taxi naar het Connaught Hotel en de gastvrije omhelzing van de Barones.

13.14 uur. Nog één minuut en de ziekelijk punctuele Neuss zou binnenkomen. Vijf seconden daarna zou Raymond de Barones de trofee kunnen schenken die ze van hem had geëist.

13.15 uur. Niemand. Niets.

Raymond zuchtte even. Misschien zat het verkeer tegen en stond hij voor een rood voetgangerslicht? Misschien waren er wat probleempjes in de winkel? Misschien maakte hij op straat even een praatje met iemand?

13.16 uur. Nog steeds niemand.

13.17 uur. Niets.

13.20 uur. Waar hing hij uit? Wat was hij aan het doen? Was er soms een oude vriend opgedoken en had hij met tegenzin een uitnodiging om te lunchen aanvaard? Een ongelukje gehad, of iets dergelijks? Het eerste leek onwaarschijnlijk. Neuss deed niet aan gezelligheid onder werktijd. Een ongelukje kon natuurlijk altijd, maar was niet waarschijnlijk. De obsessie voor zijn fysieke veiligheid evenaarde die voor zijn overdreven stiptheid. Pas na vier keer kijken kon een straat worden overgestoken, en achter het stuur was hij net zo voorzichtig. Er was maar één ding dat het oponthoud kon hebben veroorzaakt: zaken. Altijd hetzelfde liedje. Dat betekende dus dat hij om de een of andere reden de middagpauze in zijn winkel zou doorbrengen. Er zat dus niets anders op dan zelf naar de juwelierszaak te gaan, hem in zijn eentje proberen te treffen en vervolgens te doen waarvoor hij gekomen was.

37

Parker Center, het hoofdbureau van politie, 13.25 uur

'Oké, hij heeft de knaap koudgemaakt omdat hij zijn kleren wilde. Maar waarom dan al die schoten in zijn gezicht?'

'Misschien was hij nerveus.'

'Misschien was het iets anders.'

'Je houdt het nog steeds op Raymond?'

'Ja. Ik hou het nog steeds op Raymond. Jij niet dan?'

Halliday, Valparaiso en Barron stonden achter de urinoirs in de toiletruimte van het hoofdbureau. Alle drie elkaars argumenten weerleggend, alle drie even gefrustreerd. Wat deed het ertoe dat ze volledig op de situatie gericht waren, dat het grootste deel van de negenduizend agenten op verschillende terreinen was gemobiliseerd om Raymond op te sporen? Niet alleen hadden ze hem niet in de kraag kunnen vatten, ze hadden zelfs nog geen idee wie hij was. Voorzover ze wisten kon hij net zo goed een geest uit een fles zijn.

Specialisten van het departement voor reisdocumenten van het ministerie van Buitenlandse Zaken hadden de magneetstrip op Raymond Thornes paspoort gescand en daarna gebruikgemaakt van het TECS II-systeem, dat computernetwerken van de binnenlandse justitiële instanties verbond met de hoofdterminal van het ministerie van Financiën (en daarmee tevens het ministerie van Justitie). Het resultaat, zoals bevestigd door de immigratie- en naturalisatiedienst, was dat het een geldig paspoort betrof dat twee jaar eerder door het bureau voor reisdocumenten in Westwood, Los Angeles, was afgegeven. Volgens het dossier was Raymond Oliver Thorne (geboortenaam Rakoczi Obuda Thokoly) in 1969 geboren in Budapest en hij was in 1987 tot Amerikaan genaturaliseerd. Het probleem was dat de immigratie- en naturalisatiedienst van dat laatste feit geen document bezat, ook al was Raymond Thorne verplicht geweest om daarvoor een officieel 'certificaat van naturalisatie' te overleggen. Bovendien bleek het opgegeven adres een postbusnummer te zijn in Burbank, Californië, en dat zijn verblijfsadres dat hij aan het postbusnummer had opgegeven niet eens bestond.

Ze hadden dus een ogenschijnlijk geldig paspoort, waar ze niets mee konden beginnen. Toch bood het document inzicht in zijn meest recente activiteiten. Het toonde aan dat hij op zaterdag 9 maart vanuit Mexico-Stad naar Dallas was gereisd en dat hij de dag ervoor, op vrijdag 8 maart, vanuit San Francisco naar Mexico-Stad was gevlogen.

Zijn vingerafdrukken en papieren hadden de politie van Chicago niets opgeleverd. De dubbele moord in het kleermakersatelier wierp nog steeds vragen op en het ballistisch onderzoek van de Ruger, aangetroffen in zijn reistas, was nog in gang. Ze hadden dus een geldig maar ongeldig paspoort en in Chicago mogelijk een aanklacht tegen hem wegens moord aldaar. Gezien de gebeurtenissen in die stad was de politiekorpsen in Dallas, Mexico-Stad en San Francisco gevraagd of zij iets wisten over Raymond Oliver Thornes aanwezigheid in deze steden op de genoemde data. Daarnaast had Barron nog twee extra onderzoeken opgezet: het eerste via FBI-agent Pete Noonan, al sinds jaren zijn squashmaatje in de YMCA van Hollywood waar ze allebei sportten. Barron gaf hem Raymonds politiefoto en diens vingerafdrukken om met behulp van de federale databanken te zoeken naar binnenlandse voortvluchtigen wier signalement overeenkwamen met dat van Raymond. Zijn tweede onderzoek was zelfs nog breder: hetzelfde, maar dan op internationaal niveau, via Interpol in Washington. Op zich allemaal goedbedoeld, professioneel speurwerk. Alleen, op dit moment kwamen ze er geen stap verder mee. Raymond Thorne waarde nog steeds rond in Los Angeles en niemand wist waar.

Met luid geraas spoelde het urinoir door. Barron liep naar de wastafel om zijn handen te wassen. Afgezien van zijn emotionele en zeer openlijke uitdaging aan het adres van Raymond Thorne, en van zijn wanhopige en net zo emotionele behoefte de 5-2 Squad de rug toe te keren en Los Angeles te ontvluchten, woedden er nog twee andere dingen in hem: de dringende noodzaak om Raymond in de kraag te vatten voordat deze opnieuw een moord beging, plus de wetenschap dat als uitgerekend de 5-2 hem te pakken kreeg, in plaats van het negenduizend man sterke LAPD, Thorne snel op een stille plek zou worden afgemaakt. Wederom zou hij ter plekke zijn en er deel aan hebben. Maar hoe verschrikkelijk ook, dit was nog niet alles. Diep vanbinnen nam het gevoel toe dat gezien het wrede, beestachtige karakter van Thornes eigen daden het bijna gerechtvaardigd, ja zelfs júíst leek om hem te vermoorden. Het joeg hem schrik aan, want hij begreep hoe gemakkelijk het was om net zo te worden als zij, net zo immuun. Dergelijke gedachten mocht hij zichzelf niet toestaan. Hij droogde meteen zijn handen af, liep naar de deur en concentreerde zich resoluut op de dode jongeman in het park. Op dat moment viel één stukje plotseling op zijn plek.

'Tijdwinst! Tijdwinst, verdomme!' Opgewonden draaide hij zich om naar Halliday en Valparaiso. 'Meerdere schotwonden in het gezicht, het maakt het zo goed als onmogelijk hem snel te kunnen identificeren. Dáárom koos hij deze jongeman uit. Min of meer van dezelfde leeftijd en dezelfde lichaamsbouw. En die jongen had aardig wat geld. Voor Raymond zou het duidelijk zijn geweest dat hij iets van papieren bij zich had, geld en waarschijnlijk ook creditcards. Hij was niet alleen op zijn kleren uit, maar ook op de rest. Hij zal proberen om voor zijn slachtoffer door te gaan.'

Barron duwde de deur open en liep de tl-verlichte gang op, op de hielen gevolgd door Halliday en Valparaiso.

'We moeten op zoek naar een vent met paars haar die zo snel mogelijk de stad en misschien wel het land probeert te verlaten! Zodra we weten waar hij uithangt, hij ergens zijn rijbewijs laat zien of een creditcard gebruikt, zullen we weten wie zijn laatste slachtoffer was.'

38

Beverly Hills, 13.30 uur

Snel liep Raymond over de mondaine Brighton Way, de ene exclusieve winkel na de andere passerend, op een trottoir zo schoon dat het met boenwas leek te zijn opgewreven. Een Rolls-Royce reed voorbij, gevolgd door een verlengde limousine met donkere ramen. Hij was er. Alfred Neuss Jewelry. Een glanzende zwarte Mercedes stond dubbelgeparkeerd, met ernaast een chauffeur in een zwart uniform.

Zijn vermoeden klopte dus. Neuss was opgehouden vanwege zaken.

Hij deed zijn rugzakje goed, voelde het gewicht van de Beretta onder zijn spijkerjasje, duwde de massieve mahoniehouten winkeldeur open en liep, geheel en al voorbereid op de vraag wat een jongeman in spijkergoed plus baseballpet in een dergelijk modieuze en afschrikwekkend dure zaak te zoeken had, naar binnen.

Zijn voeten zakten weg in hoogpolig tapijt en de winkeldeur viel dicht. In de verwachting Neuss tegenover zich te zien terwijl deze de klant met de Mercedes te woord stond, keek Raymond op. In plaats daarvan zag hij een zeer goedgeklede en -gecoiffeerde maar pinnige verkoopster. Ook de klant was aanwezig: een jonge, sensuele blondine in een kort, spannend jurkje. Ze leek op iemand die hij wel eens in een film had gezien, maar hij wist het niet zeker. Maar dat, en zijn smoes waarom hij de winkel had bezocht, maakte niet langer uit. Want op het moment dat hij naar Alfred Neuss vroeg, viel zijn hele plan in duigen.

'De heer Neuss,' klonk het zelfs nog arroganter uit de mond van de vrouw dan hij ooit bij de superrijke vrinden van de Barones had ervaren, 'is de stad uit.'

'De stad uit?' Hij was volkomen verbijsterd. De mogelijkheid dat Neuss er niet zou zijn, had hij zelfs geen moment overwogen. 'Wanneer komt hij terug?'

'Geen idee.' Ze deed een stap naar hem toe om hem uit de hoogte aan te staren. 'Meneer Neuss en zijn vrouw zitten in Londen.'

Londen!

De deur van de zaak viel achter hem dicht en hij stond weer op het harde trottoir. Hij voelde zich half verdoofd, kon zichzelf wel voor zijn kop slaan. Er kon maar één reden voor Neuss' vertrek naar Londen zijn. Hij moest van de moorden in Chicago, en wie weet hier, hebben vernomen en was niet alleen omwille van zijn eigen veiligheid vertrokken, maar ook om met Peter Kitner te kunnen overleggen. Als dat klopte, dan kon hij gevoeglijk aannemen dat ze de inhoud van het kluisje naar een andere plek zouden overbrengen. Als dat gebeurde, zou het hele plan van hem en de Barones in…

114

'Raymond.'

Opeens hoorde hij een bekende stem zijn naam uitspreken. Als versteend bleef hij staan. Hij stond pal voor een pizzeria met diverse specialiteiten. De deur stond open en een groepje klanten had zich voor een groot tv-scherm geschaard. Hij stapte naar binnen en bleef in de deuropening staan. Het was een nieuwsuitzending met videobeelden van het vraaggesprek met John Barron. Hij stond in MacArthur Park, voor de struiken waar Josef Speer was vermoord.

'Ik wil graag weten hoe je je voelt, Raymond. Alles goed met je?' Barron keek recht in de camera en sprak op dezelfde spottende, quasi-belangstellende toon als waarmee hij op zijn beurt John Barron nog geen vierentwintig uur daarvoor op het hoofdbureau voor schut had gezet.

'Ook jij kunt het alarmnummer bellen, net als iedereen. Vraag dan gewoon naar mij, je weet wie ik ben: rechercheur John Barron van de 5-2 Squad. Dan pik ik je persoonlijk op, waar je maar wilt. Op die manier blijft iedereen gespaard.'

Geïrriteerd door Barrons toontje maar tegelijkertijd verrast over het feit dat ze Speers lichaam zo snel hadden gevonden, en al meteen wisten wie de dader was, liep hij wat dichter naar het toestel.

Plotseling voelde hij een paar ogen op zich gericht en hij keek naar links. Een jong meisje sloeg hem gade. Nu ze zag dat hij keek, wendde ze haar hoofd af en, zogenaamd geboeid door de beelden, liep ze wat dichter naar de tv toe.

Raymond keek weer naar het scherm waarop Barrons hoofd wegfloepte en plaatsmaakte voor zijn eigen politiefoto's. Hij zag hoe zijn eigen gezicht van voren en opzij in beeld werd gebracht. Daarna verscheen Barron weer. Van zijn spottende toontje van zoeven viel niets meer te bespeuren en hij klonk nu doodernstig.

'Wij zijn met negen miljoen, en jij bent maar in je eentje. Reken maar uit, Raymond. Het is duidelijk hoe je kansen liggen.'

Opnieuw flitsten Raymonds politiefoto's in beeld. Het jonge meisje keek achterom, op zoek naar hem.

Hij was verdwenen.

13.52 uur.

39

In een vlaag van verbijstering stak Raymond Wilshire Boulevard over, kwaad vanwege zijn gemakzucht ten aanzien van Neuss, die nu naar Londen was; pissig vanwege John Barrons arrogante steek onder water. Wat het allemaal nog erger maakte, was de professionele aanpak van de politie en hun klopjacht op hem. Het was overduidelijk dat hij meteen het land uit moest. Deze avond nog, precies zoals hij had gepland. Maar het betekende ook dat hij de Barones op de hoogte moest brengen.

In de beschutting van een grote palm bleef hij staan en viste Charles Baileys gsm uit zijn rugzakje. Hij had totaal geen zin om de Barones bellen met nog meer slecht nieuws, maar hij had geen andere keus. Ze moest het weten. Hij zette het mobieltje aan, toetste de eerste cijfers van haar nummer in, en wachtte even. Twee uur 's middags in Beverly Hills betekende tien uur 's avonds in Londen. De Barones zou nog steeds op Downing Street 10 zijn, waar de Britse premier speciaal ter ere van de burgemeester van Moskou en de minister van Defensie van de Russische Federatie een diner had aangericht. Hij kon haar nu dus niet bellen.

Meteen toetste hij op zijn mobieltje het nummer in van Jacques Bertrand in Zürich, waar het nu elf uur in de avond was. Als hij lag te slapen, dan was dat jammer voor hem. Hij kreeg verbinding en een klaarwakkere, achterdochtige Bertrand nam op.

'*Il y a un nouveau problème,*' meldde Raymond in het Frans. '*Neuss est à Londres. Il est là maintenant.*' We hebben weer een probleem. Neuss is naar Londen vertrokken. Daar is hij nu.

'Londen?' vroeg Bertrand.

'Ja. En waarschijnlijk zit hij bij Kitner.'

'Heb je de…?' Ze gingen weer verder in het Frans.

'Nee. Ik heb de sleutel noch de informatie.' Snel stapte hij uit de schaduw van de palm vandaan; hij liep over het trottoir verder, passeerde Neuss' appartement en volgde zijn pad terug over Linden Drive. Een volkomen onopvallende figuur die in zijn eentje wandelde en een mobiel gesprek voerde.

'Mijn foto is op tv verschenen. De politie zit overal. Ik heb een gestolen paspoort en een Lufthansa-ticket voor vlucht 453 naar Frankfurt vanavond. Als het goed is, sta jij klaar met een privé-jet en een nieuw paspoort, ja?'

'Klopt.'

'Cancel het.'

'Zeker weten?'

'Ja. We kunnen niet het risico nemen dat ze er later achter komen. Nu niet althans.'

'Zeker weten?' vroeg Bertrand opnieuw.

'Ja, verdomme. Zeg tegen de Barones dat het me spijt hoe het gelopen is. We zullen de koppen opnieuw bij elkaar moeten steken en weer van voren af aan moeten beginnen.

Ik ga mijn gsm ergens lozen, zodat dit gesprek met jou niet te traceren is, stel dat ze me te pakken krijgen. Het zal voor jou en de Barones dus onmogelijk zijn mij nog te bereiken. Zodra ik in Frankfurt ben neem ik contact met je op.'

Hij verbrak de verbinding en liep verder over Gregory Way naar Spaulding Drive, waar hij de auto had geparkeerd. Zijn plan was om naar de luchthaven te rijden, de auto daar achter te laten, met een pendelbusje naar het luchthavengebouw te rijden en erop te vertrouwen dat het lot hem hielp om de schijn voldoende te kunnen ophouden om zonder problemen als Josef Speer door de douane en aan boord van Lufthansa-vlucht 453 te komen.

Hij bereikte Spaulding Drive, liep de hoek om en bleef staan. Twee surveillancewagens van de politie van Beverly Hills stonden halverwege de straat met knipperende zwaailichten langs het trottoir geparkeerd. Op straat en vanaf het trottoir keken belangstellenden toe terwijl geüniformeerde agenten een geparkeerde auto bestudeerden. Zijn auto. De wagen met het lijk van Charles Bailey in de kofferbak.

Vlakbij was een oudere vrouw druk in gesprek met een van de agenten terwijl ze haar aangelijnde hondje in bedwang probeerde te houden, dat opgewonden pirouettes maakte en aan één stuk door in de richting van de auto blafte. Een andere agent liep naar de surveillanceauto, haalde er een stuk gereedschap uit en liep naar Baileys auto. Hij schoof de staaf onder de rand van het kofferdeksel en klapte hem open.

De omstanders slaakten een collectieve gil nu ze een glimp van het lijk opvingen. De hond begon nog harder te blaffen, rukte aan de lijn en trok de vrouw bijna omver.

Raymond keek het nog een moment aan, draaide zich om en

liep snel weg in tegenovergestelde richting, terug naar Wilshire Boulevard.

14.15 uur.

Het mortuarium van Los Angeles, hetzelfde tijdstip

Terwijl Grammie Nomura schetste, keek John Barron over haar schouders mee. Ze was zevenenzestig, van Japanse afkomst, overgrootmoeder, gevierd ballroomdanseres en de maakster van een aantal van de meest intrigerende landschapsschilderijen die hij ooit had gezien. Bovendien gold ze als een van de beste compositietekenaars bij het LAPD, en dat al twintig jaar lang. Door de jaren heen had ze duizenden compositietekeningen gemaakt van gezochte criminelen en nog eens zo'n vijfhonderd van vermisten of dode slachtoffers, mensen die werden gezocht of dienden te worden geïdentificeerd. Deze keer zat ze gebogen over het verminkte lichaam van het slachtoffer met het paarse haar en probeerde ze hem te tekenen zoals hij er een paar uur geleden, toen hij nog leefde, moest hebben uitgezien.

'Maak er maar twee, Grammie,' zei hij terwijl ze verder werkte aan de schets, die daarna meteen op alle lokale tv-kanalen van Los Angeles te zien zou zijn. 'Eentje met paars haar, en eentje alsof hij gewoon haar heeft. Misschien had hij die paarse kleur pas sinds een paar dagen.' Hij keek nog even mee, draaide zich om om haar niet te veel te storen, en begon te ijsberen.

Hij moest de identiteit van het slachtoffer achterhalen. Dat was de reden van zijn aanwezigheid en waarom hij Grammie hoogstpersoonlijk achter de broek zat. Zolang Raymond Thorne nog vrij rondliep, trok hij aan de touwtjes. Door de media op Thorne los te laten en tegelijkertijd de identiteit van het slachtoffer te achterhalen kon hij Thorne vervolgens vanuit een onverwachte hoek in de val laten lopen zodra hij zich als zijn slachtoffer zou voordoen.

Ook McClatchy had Barrons 'identiteitsrooftheorie' ter harte genomen en had direct een bericht aan alle politie-eenheden in heel Zuid-Californië laten verspreiden dat de voortvluchtige zich mogelijk had vermomd als een jongeman met paars haar, die alles op alles zette om hier weg te komen. Daarna had hij een verdubbeling van de politiesterkte op alle uitgaande wegen en belangrijke vertrekpunten bevolen – luchthavens, bus- en treinstations – en opdracht gegeven voor de distributie van Raymonds foto naar alle kapsalons, ervan uitgaand dat Raymond overeenkomstig met zijn slachtoffer zijn haar inmiddels had laten verven of dat van plan was, en had ten slotte alle politie-eenheden van San Francisco streng bevolen alle blanke mannen tussen de vijftien en de vijftig jaar met paars haar op straat te ondervragen. 'Verontschuldigen kan altijd nog,' had hij eraan toegevoegd.

'Inspecteur.' Grammie Nomura keek over haar schouder naar hem omhoog. 'Die verdachte die u zoekt... Ik zie het aan alles. Aan uw houding, de manier waarop u loopt te ijsberen, dat ik vooral moet opschieten...'

'Wat ziet u dan?'

'U wilt hem zelf in zijn kraag vatten. Persoonlijk.'

'Ik wil alleen maar dat hij wordt gearresteerd. Hoe of door wie kan me niet schelen.'

'Luister dan naar mijn raad en hou het daarbij: doe gewoon uw werk. Zodra het een obsessie wordt, bent u het volgende slacht-offer.'

'Ja, Grammie,' antwoordde Barron met een glimlach.

'Vat het niet te licht op, inspecteur. Ik heb het al vaker meege-maakt en ik loop al heel wat langer mee dan u.' Ze richtte haar aan-dacht weer op haar werk. 'Zo, kom eens kijken.'

Barron ging achter haar staan. Ze was de ogen aan het inkleu-ren, fel en hartstochtelijk, de vermoorde jongen stukje bij beetje weer tot leven brengend. Het bracht Barron van zijn stuk en hij haatte Raymond Thorne zelfs nog meer. Grammie had gelijk met haar ervaring, maar haar waarschuwing kwam te laat. Hij wilde Raymond inderdaad zelf te pakken krijgen. Het wás al een obses-sie.

40

MacArthur Park, 15.10 uur

Gehurkt in de schaduw van een overhangende struik probeerde Polchak wat meer greep te krijgen op de situatie. Red zat iets ver-derop gehurkt en bekeek de grond waarop het slachtoffer had gelegen. Zijn stoffelijk overschot was inmiddels allang door de lijkschouwer afgevoerd en ook het forensisch team was al opgestapt. Met z'n tweeën waren ze de laatste achterblijvers, de twee oudste rechercheurs van de 5-2 Squad die hun blik nog even lieten rondgaan, precies zoals ze dat al jarenlang hadden gedaan. Twee oude bloedhonden die nog even wat rondsnuffelden in de hoop het hoe en het waarom te kunnen bedenken, en een antwoord te vinden op de vraag waarheen de dader kon zijn gevlucht.

Red kwam overeind en liep voorzichtig naar de overkant. 'Geen gebroken takken, geen voetvegen in de aarde. Die knaap is hier niet naartoe gesleurd. Hij belandde hier omdat hij het zelf wilde.'

'Homocontact?'

'Misschien.' Red keek weer naar de grond. Wat hij vooral zocht was een aanwijzing naar waar Raymond Thorne nu uithing. 'Nog even over die taxi. Wij denken dat hij erin zit, maar dat blijkt niet het geval. Misschien wilde Raymond juist dat die knaap dácht dat hij homo was.' Hij keek even om naar Polchak.

'Hij stapt in Chicago aan boord van de *Southwest Chief*. Wie weet heeft hij die gasten daar ook wel vermoord, misschien ook niet. Wie weet werkt hij samen met Donlan, of niet. Maar goed, hij zit dus in een trein die op dinsdagochtend tien over halfnegen in Los Angeles moet arriveren. Maar hij heeft een ticket naar Londen op zak, vertrektijd: maandagmiddag tien over halfvijf. Ik denk dat we wel kunnen aannemen dat hij vanwege die sneeuwstorm gedwongen was de trein te nemen, want anders zou hij hier zondag al zijn aangekomen. Maar dat even ter zijde. Waar het om gaat, is dat hij per se naar Los Angeles wilde, en bovendien met een pistool op zak. Waarom?'

Op dat moment ging Reds mobieltje. Hij pakte het ding uit zijn jasje. 'Welk knopje?' vroeg hij, Polchak even aankijkend. Vervolgens klikte hij het apparaatje aan. 'McClatchy.'

'Hé, Red. Met G.R.,' sprak een opgewekte stem. 'Lekker bezig?'

'G.R.' stond voor Gabe Rotherberg, hoofdrechercheur bij de politie van Beverly Hills.

'En?'

'Misschien dat ik kan helpen,' meldde Rotherberg.

'Je wilt toch niet zeggen dat je hem te pakken hebt?'

Verwonderd keek Polchak om. Wat had dit te betekenen?

'Nee,' antwoordde Rotherberg, 'maar volgens mij hebben we een van zijn slachtoffers.'

15.50 uur. Samengeperst tussen forenzen en hangend aan een van de metalen stangen liet hij zich door de groen-witte bus van lijn 6 over Sepulveda Boulevard door Culver City naar het transferium van de luchthaven van Los Angeles vervoeren.

Vsja ego soedba v roekach Gospodnych. Zijn lotsbestemming lag in Gods handen. De mens wikt, God beschikt. Alles had een reden. Hij hoefde er alleen maar vertrouwen in te scheppen. Wat hij ook nu weer had gedaan.

Na bij het zien van de politie op Spaulding Drive te zijn omgekeerd, bereikte hij Wilshire Boulevard waar op dat moment een stadsbus net een groepje passagiers uitbraakte. Stoutmoedig was hij op een mollige dame van middelbare leeftijd af gestapt en had haar gevraagd of ze wist welke bus naar Santa Monica ging. Ze was even geschrokken, had hem aangekeken, waarna ook zij, zoals zo veel vrouwen, was gesmolten. Het was alsof ze hem het liefst meteen wilde inpakken en meenemen.

'Ja hoor,' had ze geantwoord. 'Kom, dan wijs ik u de weg.'

Meteen was ze samen met hem het brede kruispunt van Wilshire Boulevard en Santa Monica Boulevard overgestoken waarna ze hem had uitgelegd dat lijn 320 hem naar Santa Monica zou brengen. Hoe lang ze hadden gewacht, kon hij zich nauwelijks nog herinneren, maar het leken slechts seconden te zijn geweest toen de bus was gestopt, hij haar beleefd had bedankt en was ingestapt. Bij het wegrijden had hij even uit het raam gekeken en gezien dat ze de bus nakeek. Daarna had ze zich omgedraaid en was ze weggeslenterd, voorovergebogen, haar tasje onder haar arm, precies zoals hij haar was tegengekomen. Met het licht in haar ogen, dat zo fel had gefonkeld in de minuten dat ze bij hem was, weer gedoofd.

Maar ondanks al haar hulpvaardigheid wist hij dat ze net zo goed een blok aan zijn been kon worden, vooral zodra ze thuiskwam en de tv aanzette, zijn foto op het scherm zou zien en de politie zou bellen. Vandaar dat hij haar de weg naar Santa Monica had gevraagd, in plaats van naar de luchthaven. Staand in de bus wachtte hij even en vroeg aan een medepassagier waar hij kon overstappen op een bus die naar de luchthaven van Los Angeles ging.

'U stapt uit in Westwood, dan neemt u lijn 6 naar Culver City. Die gaat direct door naar het transferium,' legde een postbeambte hem blijmoedig uit. 'Daar wordt u gratis per pendelbusje naar het terminalgebouw gebracht. Het kan niet eenvoudiger.'

Wat hij daarna had gedaan. Hij was uitgestapt in Westwood en had op een straathoek samen met nog een stuk of tien anderen gewacht op lijn 6. Toen die stopte, zorgde hij ervoor dat hij als laatste instapte zodat hij ongezien nog snel even Charles Baileys gsm onder een van de voorwielen kon schuiven, om even later, staand naast de chauffeur, bij het optrekken het zachte gekraak te horen terwijl het apparaatje onder het gewicht van de bus werd verpulverd.

Daarna had hij een plekje tussen de andere passagiers gezocht, waar hij, net als in de vorige bus en daarna, wachtend op de hoek van de straat – en zijn foto op tv, John Barrons oproep aan de kijker, zijn signalement (spijkerbroek en spijkerjasje, rugzakje en LA Dodgers-baseballpet die het grootste deel van zijn paarsgeverfde haren bedekte) ten spijt – volkomen werd genegeerd.

41

Het Westin Bonaventure Hotel, suite 1195, 16.17 uur

Barron, Halliday, Valparaiso en Lee gingen omzichtig te werk. Ze droegen latex handschoenen, keken goed uit bij elke stap en wat ze aanraakten. De grote suite bestond uit een woonkamer met bank, tv en bureau. Een deur gaf toegang tot de belendende slaapkamer. Rechts voerde een klein gangetje met kasten naar de badkamer. Vanuit de deuropening achter hen keken de chef en twee assistenten nerveus toe. Het SWAT-team, dat het hotel als een stel paratroopers van onder tot boven had uitgekamd, was al erg genoeg en de vrees dat een van de hotelgasten kon zijn vermoord was inmiddels hardnekkig. Niet bepaald het soort publiciteit waar het hotel op zat te wachten.

'Waarom wacht u niet even buiten?' opperde Barron kalm. Hij deed de drie uitgeleide en sloot de deur.

Het Bonaventure bleek een uitgelezen plek. Een groot, chic hotel, op zijn hoogst vijf minuten lopen vanwaar Raymond Thorne uit de taxi was gestapt waarmee hij uit het gerechtsgebouw had weten te ontsnappen. Hoe hij Charles Bailey, de adviseur uit New

Jersey, tegen het lijf was gelopen, waarom hij hem van het leven had beroofd en diens gehuurde auto in Beverly Hills was aangetroffen, was nog onduidelijk en tevens de reden waarom Red McClatchy en Lee meteen naar het hotel waren gegaan.

Het probleem was dat de moord in MacArthur Park noch die op Charles Bailey eenduidig kon worden toegeschreven aan Raymond Thorne. Goed, de werkwijze en de timing – beide slachtoffers waren al enkele uren na Thornes ontsnapping uit het gerechtsgebouw van dichtbij door het hoofd geschoten – wezen ondubbelzinnig in zijn richting. Maar tot nu toe beschikte de politie niet over harde bewijzen, was er geen sprake van een 'visitekaartje' en ook geen spoor. Zonder deze bewijzen kon iedereen de mannen wel hebben vermoord en zou de politie naar een speld in een hooiberg blijven zoeken terwijl Thorne tussen hun vingers door glipte.

'Ik kijk hier wel even,' zei Barron, en hij liep door het gangetje. Hij controleerde eerst de kasten en daarna begaf hij zich naar de badkamer. Zoals alle andere hotelkamers was ook suite 1195 door het SWAT-team al grondig doorzocht. Maar men was op zoek geweest naar een voortvluchtige die zich schuilhield, niet naar een man die inmiddels was verdwenen. Een lege suite was een lege suite en dus waren ze verdergegaan.

'Ik doe de slaapkamer wel,' meldde Lee, die net zijn achtjarige zoontje naar de tandarts had gebracht en meteen de handen uit de mouwen stak.

'Hier!' galmde Barrons stem plotseling vanuit de badkamer. Halliday en Valparaiso stoven naar hem toe, meteen gevolgd door Lee vanuit de slaapkamer.

Ze betraden de badkamer, waar Barron op zijn knieën uit een opbergkastje onder de wastafel een plastic pedaalemmerzak te voorschijn trok.

'Het lijkt wel alsof iemand het heeft geprobeerd weg te stoppen,' opperde Barron. Voorzichtig reikte hij in de zak en trok een klammig washandje te voorschijn.

'Bloed. Het lijkt erop dat dezelfde persoon het heeft willen uitwringen. Wat dus niet is gelukt. Ik zie hier ook een paar handdoeken.'

'Raymond?' opperde Lee, die met zijn grote gestalte de hele deuropening vulde.

Halliday keek Barron aan. 'Jij hebt hem geraakt. Buiten bij het gerechtsgebouw.'

'Een schampschot, meer niet.'

'In elk geval genoeg voor een DNA-profiel.'

'Waarom het dan hier achterlaten, in plaats van het ergens anders te dumpen, in een vuilnisbak of zo?'

'Kijk, een SWAT-team is bezig om als een stel commando's het hele hotel uit te kammen, op zoek naar jou. Wat doe je? Je hebt nergens tijd voor. Je doet gewoon wat je moet doen en vervolgens smeer je hem zo snel mogelijk.'

Barron stopte het washandje terug in de zak, liep langs de andere drie naar de woonkamer en opende de deur van de suite.

De hotelchef en zijn twee assistenten stonden er nog steeds.

'Hoe laat kwamen de schoonmaaksters?' wilde hij weten.

'Vroeg. Om ongeveer acht uur.' De chef keek even op nu de andere drie rechercheurs achter Barron verschenen. 'Bij zijn vertrek liep meneer Bailey het kamermeisje in de hal tegen het lijf, en zei dat ze haar gang kon gaan.'

'Een vochtig washandje en een paar handdoeken in het opbergkastje in de badkamer, zouden ze die daar kunnen hebben laten liggen?'

'Absoluut niet.'

'En afgezien van het SWAT-team is er verder niemand binnen geweest?'

'Nee, niet dat ik weet.'

Barron keek nog even om zich heen. 'Nog iets in de slaapkamer gevonden?' vroeg hij Lee.

'Kom maar kijken.'

Barron liep achter hem aan naar de slaapkamer, met Halliday op zijn hielen. Een geopende koffer stond op een rek in de hoek, een kastdeur stond half open, het bed was beslapen maar nog geheel opgemaakt, alsof er iemand gewoon boven op de dekens had gelegen in plaats van eronder.

'Hier moet snel de technische recherche bij worden gehaald,' was Hallidays onmiddellijke besluit, en hij keek achterom naar Valparaiso in de deuropening. 'De kamer is schoon, het bed is opgemaakt, daarna komt er iemand binnen. Wie hier ook is geweest, we hebben zijn vingerafdrukken. En ook die van Raymond. Als hij het is geweest, zullen we het snel genoeg weten.'

'Marty, Jimmy, wie dan ook?' Reds stem kraakte uit de portofoons.

'Red, Marty hier,' antwoordde Valparaiso. 'Vertel maar op.'

'Onze collega's van Beverly Hills zijn bezig de auto te bepoede-

124

ren. Overal vingerafdrukken. Meneer Bailey werd van zeer dichtbij in het achterhoofd geschoten, net als de hulpsheriffs in het gerechtsgebouw. Belangrijker nog is dat we misschien twee tips hebben. Bureau Beverly Hills heeft zojuist vlak na elkaar twee telefoontjes gekregen. Een meisje in een pizzeria meldde dat ze ervan overtuigd is dat ze ongeveer anderhalf uur geleden Raymond in de zaak heeft gezien. Een andere vrouw meldde dat ze hem ongeveer twintig minuten daarna op lijn 320 van de stadsbus naar Santa Monica heeft geholpen. De politie aldaar zal de bus volgen. Jij en Roosevelt gaan met die vrouw praten. De naam is Edna Barnes. B-a-r-n-e-s. Adres: South Lasky Drive 240. De politie van Beverly Hills is al ter plaatse.

Jimmy, jij en John gaan naar het meisje in de pizzeria. Naam: Alicia Clement. C-l-e-m-e-n-t. Adres: het Roma Pizza Palace, Brighton Way 9560. Ze praat nu met de politie van Beverly Hills. Misschien hebben we de verkeerde, maar de pizzeria en de locatie op Lasky Drive liggen maar een paar straten verwijderd van de plek waar de auto is aangetroffen. Ik ga ervan uit dat het onze man is. Inmiddels zal hij allang zijn uitgestapt, maar hij zit aan de westkant en maakt fouten. Heren, we zijn er nog niet, maar we zitten hem op de hielen. Succes, en wees voorzichtig.'

16.40 uur.

42

Lijn 6 naar Culver City, dezelfde tijd

Raymond merkte dat de bus vaart minderde en stopte. De deuren gleden open, een groepje mensen stapte uit en een ander groepje stapte in, waarna de chauffeuse de deuren sloot en weer wegreed.

Over nog geen tien minuten zouden ze het transferium van de internationale luchthaven van Los Angeles bereiken. Daarna zou hij in de pendelbus naar de terminal stappen. Tot dusver verliep alles goed. Hij was gewoon een van de passagiers. Niemand had hem zelfs maar een blik waardig gekeurd. Hij keek naar voren. Op het moment dat hij zijn ogen opsloeg, sloeg de schrik hem om het hart. Twee geüniformeerde en gewapende agenten van de luchthavenpolitie waren als laatsten ingestapt. De ene stond bij de chauffeuse en praatte met haar, de andere bekeek de passagiers.

Behoedzaam wendde Raymond zijn hoofd af, maar merkte dat een oudere zwarte man met grijs haar en een dikke grijze baard hem vanaf de overzijde van het gangpad aanstaarde. Hij had de man al zien staan en tijdens het in- en uitstappen moest hij dus een leeg plekje hebben gevonden. Met zijn lange, slanke postuur en zijn felgekleurde gewaad dat tot aan zijn enkels reikte, leek hij wel een of andere Afrikaanse prins: trots en uiterst intelligent.

Hij sloeg de man nog even gade en wendde zijn hoofd af. Vijftien seconden later keek hij nogmaals terloops om. De man staarde hem nog steeds aan en hij vroeg zich af of de man hem misschien herkende en het wilde verifiëren. Als dat zo was en hij besefte wie Raymond was, dan vormde deze man een grote bedreiging, vooral met de twee agenten in de bus.

Opnieuw wendde Raymond het hoofd af, maar hij hield met zijn andere hand de metalen stang vast en zocht met zijn vrije hand onder zijn spijkerjasje naar de kolf van zijn Beretta. Op dat moment remde de bus en kwamen de felle lampen van het transferium in zicht. Hij voelde dat de bus afsloeg en keek nog even naar de oude man. Die staarde hem nog steeds aan.

Ook zonder aanwezigheid van de agenten zou hij zich net zo opgelaten voelen en hij wist dat hij iets moest doen om de man af te leiden voordat die zijn definitieve conclusie zou trekken en tot handelen overging. En dus deed hij het enige wat hij kon bedenken: hij glimlachte.

Wat volgde, waren de traagste seconden van zijn leven. Een moment in de tijd waarin de oudere man hem slechts bleef aanstaren, en hem bijkans gek maakte. Om vervolgens tot zijn niet geringe opluchting te constateren dat de oude man hem zowaar een glimlach schonk. Een kamerbrede, veelbetekenende glimlach. Een glimlach die aan duidelijkheid niets te wensen overliet. Eentje die hem fijntjes liet weten dat deze man donders goed wist wie hij was, maar had besloten het voor zichzelf te houden. Een geschenk van een vreemde aan een vreemde. Een geschenk dat hij zijn leven lang zou blijven koesteren.

43

In de auto met Barron en Halliday, de Santa Monica Freeway, 17.10 uur

De snelheidsmeter kroop naar de 130. Halliday zat achter het stuur en zigzagde zich een weg door het snelwegverkeer. De rood-gele lichtbalk flitste op in de achterruit.

'Wat denk jij dat hier allemaal achter zit?' vroeg Halliday. Sinds hij Barron naar het gerechtsgebouw had verordonneerd om ervoor te zorgen dat Raymond Thorne niet op borgtocht vrijkwam hadden ze elkaar niet meer onder vier ogen gesproken.

'Drie identieke sleuteltjes voor een kluisje van een bank ergens in Europa. Raymond Oliver Thorne, geboren in 1969…' hij struikelde over de bijna onuitspreekbare naam, 'Rakoczi Obuda Thokoly te Budapest, Hongarije. In 1987 tot Amerikaan genaturaliseerd. Zet Los Angeles volledig op zijn kop maar heeft allerlei verplichtingen in Londen, Europa en Rusland. Wie is hij in godsnaam en wat voert hij in zijn schild?'

Londen, Europa en Rusland.

Inmiddels had Raymonds moordlustige uitstapje nog een aantal andere zaken aan het licht gebracht en had de technische recherche de inhoud van zijn reistas opnieuw zeer aandachtig onderzocht. Afgezien van de Ruger, de magazijnen, het paspoort en de sleuteltjes van het kluisje – vervaardigd door een Belgisch bedrijf dat alleen binnen de Europese Gemeenschap leverde en de adressen van de bewaarkluisjes waarop hun sleuteltjes pasten niet kon (of wilde?) onthullen, ook niet aan de politie – was er ook nog een stapeltje schone kleren aangetroffen: een sweater, overhemd, sokken, ondergoed, wat scheergerei, en bovendien een goedkope zakagenda. In de zakagenda waren vier data aangekruist, elk voorzien van een kleine, handgeschreven notitie:

Maandag 11 maart: Londen.
Dinsdag 12 maart: Londen.
Woensdag 13 maart: Londen/Frankrijk/Londen.
Donderdag 14 maart: Londen (met daaronder iets in een vreem-

de taal en vervolgens in het Engels: *afspraak om acht uur met 'I.M.' in Penrith's Bar, High Street.)*
Vrijdag 15 maart: Uxbridge Street 21.

Dat was alles. Dan: *Zondag 7 april*, gevolgd door een handgeschreven schuine streep en één woord in dezelfde taal als bij de 14e maart. Al snel bleek het om Russisch te gaan. Vertaald luidde de notitie: *7 april/Moskou*. De tekst bij 14 maart luidde in vertaling: *Russische ambassade/Londen*.

Wat dit alles betekende of welk verband er was met wat Raymond Thorne mogelijkerwijs uitspookte of tot nu toe had gedaan, viel onmogelijk te achterhalen. De enige verbindende factor was zijn vliegticket voor 11 maart, waarmee hij een dag later in Londen zou zijn gearriveerd. Wat zijn plannen aldaar zouden zijn en of de andere data iets te maken hadden met zijn komst naar Los Angeles, of zijn verblijf in Chicago – ook daar konden ze slechts naar gissen.

De beschikbare informatie was naar de FBI doorgespeeld, die hem in hun eigen database van terroristen had ingevoerd. Bovendien was er ook contact opgenomen met de Londense politie. Met tot dusver geen enkel resultaat. De data bleken slechts data; Londen, Frankrijk en Moskou slechts locaties, net als de Russische ambassade in Londen. Uxbridge Street 21 lag op loopafstand van de ambassade, maar bleek een particulier adres, waarvan de eigenaar werd nagetrokken. Penrith's Bar in High Street was gewoon een Londense pub die vooral door studenten werd bezocht, maar wie 'I.M' was, bleef een raadsel. Dus, afgezien van de Ruger, het paspoort en misschien de sleuteltjes van de bewaarkluis, viel er weinig te achterhalen. Daarover zouden ze Raymond moeten ondervragen.

'Knallen we hem neer, dan weten we niks,' mompelde Barron.

'Hè?' vroeg Halliday terwijl hij zijn ogen op de weg gericht hield.

'Raymond.' Barron keek Halliday strak aan. 'We hebben zeker weer "groen licht", hè?'

'Red heeft je zeker de foto's laten zien, hè? Met een praatje over die "ouwe heks" van een stad, zijn waarschuwing over je eed aan het team en dat je dingen onder ogen moet zien. We hebben het allemaal moeten aanhoren.'

Barron keek hem aandachtig aan en wendde zijn hoofd af. Hij en Halliday waren de jongsten van het team. Barron kon onmogelijk weten of Red hem alle criminelen had laten zien die het team uit de weg had geruimd, en dus kon hij ook niet weten hoeveel keer Halliday daarbij aanwezig was geweest dan wel zelf de trekker had overgehaald. Afgaand op Hallidays houding en zoals hij erover praatte, was het echter duidelijk dat hij er immuun voor geworden was. Voor hem hoorde het inmiddels gewoon bij zijn werk.

'Wil je erover praten?' vroeg Halliday terwijl hij even bleef hangen achter een Cadillac-limousine. Ontspannen trok hij het stuur wat naar links en trapte het gaspedaal in. De auto zwenkte de vluchtstrook op en stoof weg, een wolk van gruis opwerpend.

'Waarover?'

'Over dat "groen licht". Zit het je dwars? Lucht je hart, praat het uit. Dat is de enige manier: de ene collega die de andere in vertrouwen neemt over iets wat hem dwarszit.'

'Niks aan de hand, Jimmy. Ik zit er niet mee.' Barron wendde het hoofd weer af. Hij wilde beslist niet nog meer rechtvaardiging voor een moord.

'John.' Halliday keek hem van opzij met een waarschuwende blik aan. 'Ze zeggen dat niemand ooit het team verlaten heeft. Nou, dat klopt niet.'

'Hoe bedoel je?'

Snel keek Halliday weer op de weg, zette de sirene aan en schoot diagonaal over vier rijbanen naar de volgende afslag. Daar aangekomen voegde hij uit, kwam tot stilstand achter een rij auto's, liet opnieuw de sirene loeien, scheurde langs zijn voorgangers, trotseerde het rode licht, gooide het stuur om, sloeg rechts af en stoof over Robertson Boulevard verder in de richting van Beverly Hills.

'Mei 1965, rechercheur Howard White,' zei hij. 'Augustus 1972, rechercheur Jake Twilly. December 1989, rechercheur Leroy Price. En dat zijn er slechts drie die ik toevallig weet.'

'Ze kapten ermee?'

'Yep. Ze kapten ermee. En allemaal hebben ze het met de dood moeten bekopen, voor en door het team, waarna ze als helden zijn geëerd. Vandaar dat ik dus zei dat je als je ergens mee zit, vooral je hart moet luchten. Wees niet zo dom om te denken dat je je eigen gang kunt gaan. Want dan zul je eindigen met een kogel door je kop.'

'Niks aan de hand, Jimmy. Geen zorgen,' antwoordde Barron zacht. 'Geen zorgen.'

17.20 uur.

129

44

LAX, de internationale luchthaven van Los Angeles, 17.55 uur

De deuren van het pendelbusje sloten zich, waarna de doordringende zeelucht en de stank van kerosine zich vermengden met de zurige lichaamsgeur van vermoeide reizigers. Het busje zette zich in beweging, reed weg van de Tom Bradley Terminal voor internationale vluchten en de chauffeur voegde in in het verkeer op de binnenste ringweg.

Raymond stond halverwege het gangpad, een anonieme reiziger tussen anonieme reizigers, met een hand aan de metalen stang kalm te wachten terwijl de bus stopte bij de haltes van terminal 4 en 5, en ten slotte bij terminal 6, waar de Lufthansa-incheckbalie was ondergebracht.

Wetend dat met elke verstrijkende minuut steeds meer Angelino's de nieuwsuitzendingen zouden zien, voelde hij hoe zijn zenuwen meer en meer begonnen op te spelen. Wat had Barron ook alweer gezegd? 'Wij zijn met negen miljoen, en jij bent maar in je eentje.' Hoe lang zou het nog duren voordat iemand hem herkende en subiet zijn mobieltje te voorschijn haalde om de politie te bellen?

Ondanks alle mazzel die hij tot nu toe had gehad, moest hij nog altijd de Lufthansa-balie zien te bereiken en vervolgens met behulp van Josef Speers paspoort en creditcard een ticket zien te bemachtigen. Een riante uitdaging. Daarna, aangenomen dat het hem lukte, zou het nog meer dan drie uur duren voordat zijn vliegtuig eindelijk opsteeg, wat neerkwam op langdurig wachten tussen andere mensen. De Barones had hem ervan verzekerd dat als hij slim en slinks genoeg was om te overleven, dit een ervaring van onschatbare waarde zou zijn, en daar had ze gelijk in. Tot dusver hadden deze kwaliteiten hem niet in de steek gelaten, en hij wist dat zolang hij maar alert bleef en niet ten prooi viel aan zijn eigen vrees of de volharding van de politie, maar gewoon op dezelfde voet doorging, het zeer waarschijnlijk was dat hij de volgende dag omstreeks deze tijd in Londen zou zijn.

Als in een droom verrichtte John Barron routineus de handelingen; hij ontgrendelde het portier van zijn Mustang en gleed achter het stuur. Van het vraaggesprek met het meisje in de pizzeria in Beverly Hills herinnerde hij zich al bijna niets meer. Tegen tweeën had ze een man gezien die volgens haar leek op de voortvluchtige wiens foto ze op tv had gezien. Maar ze had er verder weinig aandacht aan geschonken en was naar huis gegaan. Daar had ze de foto opnieuw op tv gezien en het aan haar moeder verteld, die vervolgens onmiddellijk de politie had gebeld. Na haar te hebben ondervraagd, hadden de agenten haar teruggebracht naar de pizzeria, waar ze de situatie had beschreven en de plek had aangewezen waar hij had gestaan. Tegen Barron en Halliday, die daarna waren aangekomen, had ze hetzelfde verhaal verteld. De man zag eruit als Raymond, droeg een spijkerbroek en een blauw spijkerjasje. Of hij ook paars haar had, kon ze niet zeggen, want hij droeg een baseballpet. Of er een herkenbaar logo op zat, wist ze niet meer.

De oudere vrouw uit Beverly Hills, die door Polchak en Valparaiso was ondervraagd, was met een soortgelijke beschrijving gekomen en had verteld dat ze hem iets na tweeën in de bus naar Santa Monica had laten instappen. Hier hadden ze beet, want de tijdstippen klopten. Daaruit bleek bovendien dat hij vanaf Brighton Way in westelijke richting naar het kruispunt van Wilshire en Santa Monica Boulevard was gelopen. De oudere vrouw had haar beschrijving nog aangevuld met de mededeling dat het om een zeer aantrekkelijke jongeman met een rugzakje ging.

Gewapend met deze informatie had Red onmiddellijk bevolen dat de speurtocht zich toespitste op het gebied tussen Beverly Hills en Santa Monica, waarna de politiekorpsen van beide plaatsen werden ingeschakeld. Dat laatste klonk dramatischer dan het was. Het was immers algemeen bekend dat Raymond Thorne een prooi was van de 5-2 Squad. Zodra Thorne werd aangehouden, zouden de media en het publiek op afstand worden gehouden totdat het team ter plaatse was en de zaak kon overnemen.

Hij startte de motor, reed voorzichtig van zijn parkeerplek en verliet de garage. Hij en Halliday gingen naar huis voor wat rust terwijl Red en de anderen vanuit het hoofdbureau de zoektocht bleven coördineren.

Naar huis? Rusten? Waar sloeg dat nu weer op?

Bijna vijf jaar lang had hij zijn functie als een eerzaam beroep beschouwd, waarna de ogenschijnlijke droompromotie naar de 5-2 Squad zowaar een feit werd. Maar de droom was bijna van de ene op de andere dag in een onvoorstelbare nachtmerrie veranderd. Ziek, verknipt, compleet overhoop. De gedachte om te moeten toezien hoe Raymond Thorne de kogel kreeg, maakte hem ziek. Maar als Thorne daarentegen zijn wapen ook maar in de richting van een van zijn collega's had gewezen, zou hij zelf geen moment hebben geaarzeld om de jongeman neer te schieten. Sterker nog: dat was precies wat hij op de parkeerplaats van het gerechtsgebouw had willen doen, maar Raymond Thorne was precies op tijd weggedraaid zodat de fatale treffer was uitgebleven. Met andere woorden, als het buiten op straat had gekund, wat verschilde dat dan van een heimelijke executie op een stille plek?

Aanvankelijk was het antwoord eenvoudig: hij was een smeris, geen moordenaar. Reds waarschuwing aan zijn adres had hem ervan overtuigd de 5-2 Squad de rug toe te keren. Hallidays waarschuwing daarna, hoe beangstigend ook, had hem niet afgeschrikt. Tijd vormde het probleem. Door gewoon zijn werk te blijven doen en niets van zijn plannen te laten doorschemeren totdat dr. Flannery een plek had doorgegeven waar hij Rebecca mee naartoe kon nemen, zou hij het team en zichzelf geen strobreed in de weg leggen om Raymond Thorne te pakken te krijgen. Zodra dat gebeurde, zou hij getuige zijn van diens executie. Op zich afschrikwekkend genoeg, maar nog niet zo verwerpelijk als de gedachte die zich die middag had aangediend en hem nog steeds tergde: het toenemende besef hoe het uit de weg ruimen van iemand als Thorne kon worden gerechtvaardigd. Daarna zou de rest kinderspel zijn. Schaar je in de rij van je voorgangers – afstandelijk, immuun, onaangedaan – en bewijs de samenleving een dienst.

'Nee, godverdomme!' brieste hij.

Het voelde allemaal als een verraderlijke roes, iets waar hij niet nog eens deel van kon of wilde uitmaken. Het was slechts een kwestie van tijd voordat Thorne werd gearresteerd. Slechts een kwestie van tijd voordat ze hem op een stille plek konden insluiten, waarna een van hen zijn pistool tegen zijn hoofd zou duwen en de trekker overhaalde. Het betekende dat hij wel naar het St. Francis moest rijden, Rebecca moest op halen en Los Angeles moest verlaten. Dezelfde avond nog.

45

Met bonkend hart en zweet op zijn voorhoofd reed hij zijn Mustang de weg op. Even later zette hij de politiemobilofoon aan en stemde af op kanaal 8, het beveiligde politiekanaal van de 5-2 Squad. Hij wilde weten waar ze zaten en wat ze aan het doen waren.

Maar hij hoorde niets. Het kanaal bleef stil.

Met een druk op de knop schakelde hij naar het reguliere politiekanaal; misschien dat hij daar iets kon opvangen. Maar het enige wat hij hoorde, waren de bekende meldingen.

Hij sloeg San Pedro Street in en zocht kanaal 8 weer op. Nog steeds stilte.

Een man op krukken wilde bij een zebra oversteken. Hij liet het gas los, remde en stopte. Zittend achter het stuur en wachtend totdat de man was overgestoken, schoot het door zijn hoofd dat de politie zijn huiswerk beter had moeten doen en zich meer in zijn persoon hadden moeten verdiepen alvorens hem in te lijven.

De man met de krukken had de stoeprand bereikt. Barron trapte op het gas en stoof weg. Bij de volgende straat sloeg hij snel rechts af naar de snelweg richting Pasadena. Zijn besluit stond vast, Raymond Thorne spookte niet langer door zijn hoofd.

Op kanaal 8 heerste nog altijd doodse stilte en dus schakelde hij over naar kanaal 10, de reguliere mobilofoonverbinding met de 5-2. Op dat moment kwam de mobilofoon opeens tot leven.

'Hoofdinspecteur McClatchy?' Het was de meldcentrale, die McClatchy wilde bereiken.

'Met McClatchy,' antwoordde Reds stem.

'Een Duits studentengezelschap verblijft in het Westin Bonaventure. Een van hen wordt vermist. Ze hebben net de compositietekening van het slachtoffer in MacArthur Park op tv gezien. Ze denken dat hij het is. Blanke jongeman, tweeëntwintig jaar. Voornaam: Josef, met een "f". Achternaam: Speer. S-p-e-e-r. Zijn haar was paars geverfd. Na het middaguur is hij niet meer gezien.'

'Begrepen, dank u.' Hij hoorde Red even zwijgen. Daarna: 'Marty, Roosevelt. Ga als de wiedeweerga terug naar het Bonaventure.'

'Begrepen,' antwoordde de stem van Valparaiso.

'Sodeju!' riep Barron hardop. Waarom had hij er verdomme niet aan gedacht om het slachtoffer in het hotel te zoeken? Thorne had daar zelf overnacht. Het lag zo voor de hand. Zijn prooi lag daar voor het grijpen. Hij had toegeslagen en had zijn slachtoffer gebruikt om langs de politie heen naar buiten te kunnen glippen en hem naar MacArthur Park mee te tronen. Meteen flitste er nog een gedachte door zijn hoofd. Raymond Thornes aantekeningen verwezen naar Europa en Rusland, en die Speer was Duits!

Hij wierp een blik op het dashboardklokje.

18.42 uur.

Hij pakte zijn mobieltje.

46

'Met Dan Ford. Blijf even hangen,' verzocht de eenogige verslaggever. Hij stond net gebukt te rommelen met de printerkabel van zijn laptop. Op het bureau naast hem lag een broodje tonijn, half opgegeten, en de hoorn van de telefoon zat tussen zijn schouder en een oor geklemd.

'Met mij,' zei Barron kortaf.

Ford kwam overeind. 'Ik probeer je de hele tijd al te bereiken, man. Waar zit je, verdomme? Mankeert er iets aan je mobieltje, of zo? Waar is bureau Beverly Hills allemaal mee bezig?' Een spervuur van vragen.

'Ze hebben een lijk in een kofferbak aangetroffen. Een adviseur uit New Jersey. Het lijkt erop dat Raymond erachter zit.'

'Heb je hem al geïdentificeerd? Hoe is Raymond in Beverly Hills terechtgekomen? Al iets meer bekend over die knaap in…?'

'Dan… Ik heb je hulp nodig. Ben je op kantoor?'

'Min of meer.' Een paar minuten daarvoor, na urenlang de politie te hebben gevolgd die rondom MacArthur Park een buurtonderzoek had gedaan om meer te weten te komen over het slachtoffer, was Dan Ford hijgend en puffend weer teruggekeerd naar zijn piepkleine werkhok op de redactie van de *Los Angeles Times*.

'Wacht, ik pak even mijn stoel.' Met de hoorn aan zijn oor liep de journalist om zijn bureau heen; hij trok het snoer over de stapels notities, boeken en achtergrondmateriaal die letterlijk elke vierkante centimeter van zijn bureaublad innamen.

'Het gaat regenen, weet je, en snel ook. Ik voel het in mijn hele lijf. Mijn vrouw vindt me gestoord.' Ook al was Ford pas zesentwintig, zelfs de geringste luchtvochtigheid maakte zijn spieren, gewrichten en botten al pijnlijker dan die van iemand die drie keer zo oud was. Bovendien werd hij getergd door een kloppende koppijn achter zijn goede oog.

'Dan, ik hoef echt geen weersvoorspelling, hoor.' Het klonk ongedurig en geïrriteerd.

'Wat kan ik voor je doen?' sprak Ford, die inmiddels zijn stoel had gepakt en ging zitten.

'Ik wil dat je alle internationale vluchtroosters op je scherm tovert. Ik wil precies weten welke vluchten er vanavond nog vanaf LAX naar Duitsland vertrekken. Rechtstreeks.'

'Naar Duitsland?'

'Ja.'

'Vanavond?'

'Ja.'

'Raymond...?' Ford voelde een tinteling. Barron wist, of vermoedde iets.

'Kan, maar ik weet het niet zeker.'

'Waar in Duitsland?'

'Ook dat weet ik niet. Kijk eens naar de drie grote luchthavens. Berlijn, Frankfurt en Hamburg. Hij heeft een ticket naar Londen op zak, van daaruit is het maar een kippeneindje.'

Ford draaide zijn stoel, trok zijn laptop naar zich toe en klikte de lijst met vluchtschema's aan waarover de redactie beschikte.

'Hoezo Duitsland?'

'Geluk bij een ongeluk.'

'Zo kan ik het wel shaken, John. Als jij niks zegt, dan zet ik mijn laptop uit.'

'Dan, toe...'

'Oké. Waarom "rechtstreeks"?'

'Ik betwijfel of hij het risico van een tussenstop in de Verenigde Staten wel aandurft. Er wordt nu op hem gejaagd.'

Barron klonk zelfverzekerd. Misschien was het maar een vermoeden, misschien ook niet. Wat het ook was – een vermoeden, harde feiten of iets wat Barron niet kon onthullen –, Ford voelde de zindering in de lucht die het opwekte terwijl hij naar het nog lege scherm staarde.

'Schiet op,' drong Barron aan.

'Ik zit te wachten.'

'Jezus.'

Opeens vulde het scherm zich met de opgevraagde informatie. 'Oké, komt-ie.'

British Airways, Continental, Delta Airways, Lufthansa, American Airways, Air France, Virgin Atlantic, KLM, Northwest Airlines. Fords ogen tuurden de lijst af. Er waren talloze vluchten vanuit Los Angeles naar de drie genoemde steden. Maar de enige rechtstreekse verbindingen waren naar Frankfurt. De andere hadden tussenstops in Londen, Parijs en Amsterdam. Inmiddels was het zeven voor zeven in de avond. Van alle vermelde vluchten was er nog een niet vertrokken.

'Als je een rechtstreekse zoekt, John, dan heb je mazzel. Er staat er nog een aan de grond. Lufthansa, vluchtnummer 453. Vertrekt om kwart voor tien naar Frankfurt.'

'Dat was het?'

'Dat was het.'

'Lufthansa, dus.'

'Vlucht 453.'

'Bedankt, Dan.'

'John, waar zit je, verdomme? Waar ben je mee bezig?'

Klik.

Hij staarde naar de hoorn in zijn hand. 'Verdomme!'

47

De internationale luchthaven van Los Angeles, de Lufthansa-incheckbalie, 18.55 uur

'*Etwas geht nicht?*' Een probleempje? vroeg Raymond Thorne met een frons in het Duits en hij glimlachte naar de mooie blonde baliedame tegenover hem. Ze wachtte aan de telefoon op een of andere bevestiging.

'Uw reservering staat niet in de computer,' antwoordde ze eveneens in het Duits.

'Ik heb vanmiddag zelf geboekt en mijn reservering werd bevestigd.'

'Onze computer is een paar uur buiten bedrijf geweest.'

Ze keek naar haar scherm en tikte iets in. Raymond keek even naar rechts. Er waren in totaal slechts twee baliemedewerksters. De rij achter hem werd langer. Zo'n twintig passagiers wachtten ongeduldig. Een aantal hield de ogen strak op hem gericht, alsof het lange wachten allemaal zijn schuld was.

'Hebt u nog stoelen over?' vroeg hij, en hij deed zijn best zijn toenemende ongemak niet te tonen.

'Het spijt me, we zijn helemaal volgeboekt.'

Hij wendde zijn blik af. Zelfs hij had hier geen rekening mee gehouden. Wat te doen als...

'Dank je,' klonk het opeens in het Engels, waarna ze de hoorn weer op de haak legde. 'Sorry voor de verwarring, meneer Speer. U hebt inderdaad gereserveerd. Mag ik uw paspoort en creditcard, alstublieft?'

'*Danke*.' Hij glimlachte opgelucht, trok Speers portefeuille uit zijn spijkerjasje te voorschijn en overhandigde haar het paspoort van de dode jongeman en diens Euro MasterCard. Voor de businessclass-incheckbalie links van hem trok een goedgeklede zakenman van leer tegen de Lufthansa-dame tegenover hem. Hij had een andere stoel gereserveerd dan hij kreeg, en eiste direct een overnachting. Eersteklas, dat hoorde hij zelf ook te vliegen, maar dat zat er niet in.

Hij keek zijn baliedame weer aan. Die bekeek zijn pasfoto en keek even op om de twee gezichten met elkaar te vergelijken.

Met een kort 'Ah!' glimlachte hij even.

Meteen deed hij zijn LA Dodgers-petje af om zijn paarse haar te tonen. 'Op de foto ben ik wat jonger,' zei hij met een glimlach, 'maar het haar is nog hetzelfde.'

Ze grijnsde en overhandigde hem de bon om te tekenen. Moeiteloos krabbelde hij Speers handtekening neer, iets wat hij in de bus in Santa Monica uitvoerig had geoefend. Hij gaf het bonnetje terug, waarna ze hem zijn paspoort en creditcard overhandigde.

'Hebt u nog bagage?'

'Eh, nee. Ik...' In het transferium van de luchthaven had hij zich van Speers rugzakje ontdaan na eerst de andere Beretta achter zijn riem op zijn rug te verbergen. Het rugzakje had hij in een vuilnisbak gedumpt vlak voordat hij in de pendelbus was gestapt. Het ding was weliswaar alleen maar onhandig en een last geworden, maar hij was helemaal vergeten dat hij als reiziger zonder bagage nogal zou opvallen. Je reisde geen tienduizend kilometer zonder persoonlijke bezittingen. Snel verzon hij een smoes. 'Ik heb een tas in een bewaarkluisje bij de cadeauwinkel,' legde hij in het Duits uit.

Ze glimlachte en gaf hem zijn ticket en boardingpas. 'Gate 68. Om ongeveer kwart over negen beginnen we met instappen. *Gute Reise*,' voegde ze eraan toe terwijl hij zich omdraaide.

'*Danke*,' antwoordde hij en hij liep weg.

48

19.15 uur

Hij reed verder over de Santa Monica Freeway, dezelfde snelweg die hij iets meer dan twee uur geleden nog met Halliday had genomen. Vanaf het centrum tot aan het strand was het een en al slakkengang. Had hij nu maar een politieauto in plaats van zijn Mustang, iets met zwaailichten en een sirene.

19.20 uur. Nog altijd ging het stapvoets. Misschien was hij gewoon gek, leverde het niets op. Volgens de melding vermóédden de Duitse studenten dat de compositietekening hun vermiste vriend betrof. Goed, zijn haar was paars. Er liepen honderden figuren met paars haar rond. Waarom dus halsoverkop naar de luchthaven om een wellicht/mogelijk/misschien vermiste Josef Speer te kunnen onderscheppen, terwijl hij eigenlijk Rebecca moest ophalen en Los Angeles moest ontvluchten? Dit was zinloos, vooral als zijn vermoeden over de vlucht naar Frankfurt niet klopte en er helemaal geen Speer bleek te zijn zodra hij op de luchthaven aankwam.

Hij pakte zijn mobieltje en belde Inlichtingen. Na zich te hebben voorgesteld als een inspecteur Moordzaken van de politie van Los Angeles verzocht hij rechtstreeks te worden doorverbonden met de Lufthansa-incheckbalie op de luchthaven. Veertig seconden later had hij een reserveringscoördinator aan de lijn.

'Het gaat om vlucht 453 naar Frankfurt, vanavond,' informeerde Barron nadrukkelijk. 'Hebt u toevallig een reservering voor Josef – dat is met een "f" – Speer? S-p-e-e-r?'

'Momentje, meneer.' Er viel een lange stilte. Daarna: 'Klopt. Meneer Speer heeft bijna een halfuur geleden bij ons zijn ticket betaald.'

'In welk terminalgebouw zit u?'

'Terminal 6, meneer.'

'Dank u.' Hij verbrak de verbinding.

Jezus, hij had dus toch gelijk. Meteen diende zich een volgende gedachte aan. Stel, het was tóch de echte Speer. Stel dat hij om persoonlijke redenen had besloten terug te gaan naar huis, zonder het de anderen te vertellen. Het probleem was dat, wilden ze hem in het gebouw kunnen vinden en zijn identiteit controleren, dat alleen met de medewerking van het Lufthansa-beveiligingspersoneel kon. Hij zou de reden van aanhouding moeten opgeven, en omdat Josef Speer inderdaad Raymond Thorne kon zijn, zou de politie erbij worden gehaald. Waarmee McClatchy en de anderen – mét rode zwaailichten en gillende sirenes – in een mum van tijd voor de deuren van het gebouw zouden staan.

19.24 uur. De grote bestelbus voor hem kwam langzaam tot stilstand. Hij stopte erachter en keek even in de spiegel. Een zee van koplampen zo ver het oog reikte. De bestelbus reed iets naar voren. Hij ook, maar hij veranderde van rijstrook en sorteerde steeds verder naar rechts voor, zodat hij de volgende afslag kon nemen en binnen de bebouwde kom de luchthaven kon bereiken. Opnieuw keek hij in de spiegel. Hij zag niet alleen de zee van koplampen, maar ook zijn eigen gezicht. Even staarde hij ernaar en keek zichzelf recht in de ogen.

Red McClatchy en de 5-2 speelden even geen rol. Wat hij voor zich zag was een beëdigde politiefunctionaris die tot taak had de wet te handhaven en de burger te beschermen. Maar als politieman was hij zo verblind door zijn persoonlijke opvattingen dat hij de mate van Thornes geslepenheid niet had doorzien en diens kille bloeddorstigheid niet had doorgrond. Met als gevolg dat hij niemand had kunnen beschermen. Een blunder die het leven van vier agenten, onder wie een vrouw, had opgeëist, en bovendien die van een man in een zwart jasje, een consultant uit New Jersey en een knaap met paars haar die nog maar net zijn puberteit achter de rug had. Het gevoel verantwoordelijk te zijn voor deze slachtoffers en het schuldgevoel dat ermee gepaard ging, waren reusachtig.

Hij keek even naar de mobilofoon op de stoel naast hem. Hij hoefde alleen maar Red op te roepen, hem te melden wat hij zojuist te weten was gekomen en door te rijden naar Pasadena. Laat de anderen maar uitvinden of het Josef Speer was of niet. Maar hij wist dat hij zich niet kon drukken. Deed hij dat toch en bleek het inderdaad om Raymond Thorne te gaan, dan zou het lijken alsof hij, Barron, eigenhandig de executie van de voortvluchtige had bevolen.

19.32 uur. Hij nam de afslag La Brea. Zijn gedachten keerden terug naar Rebecca en hij besefte dat hij in naam van zijn eigen geweten gedood kon worden. Niet door de 5-2, maar door Raymond. Hij had een levensverzekering, met Rebecca als de enige begunstigde, en hij had ervoor gezorgd dat zijn zus voor de rest van haar leven voldoende geld zou hebben om rond te komen. Ze zou echter helemaal alleen achterblijven. Hij was de enige die ze in deze wereld nog had. Ze maakte het goed bij de nonnen, hield de moed erin vanwege hem. Zowel zuster Reynoso als dr. Flannery had hem dat zelf gezegd. Hij vormde de link naar het laatste restje normaliteit dat ze nog bezat. De liefde voor en afhankelijkheid van haar broer hielden haar fragiele bestaan bijeen. Het was waar dat na zijn dood Dan Ford en zijn vrouw Nadine de voogdij over Rebecca zouden krijgen, maar Dan, geliefd als hij was, was niet haar broer.

19.33 uur. Hij stopte achter een rij auto's bij een rood verkeerslicht en begroef zijn gezicht in zijn handen. 'Christus,' verzuchtte hij hardop. Zijn gezond verstand lag inmiddels zo onder vuur dat hij zijn best moest doen om nog normaal te kunnen nadenken. Sloeg hij rechts af, dan kon hij Rebecca oppikken en bij zonsopgang ver weg van Los Angeles zijn. Linksaf betekende achter Raymond aan gaan. Aangenomen dat het inderdaad Raymond was.

Het licht sprong op groen en de auto's voor hem trokken langzaam op. Het was nog steeds groen toen hij het verkeerslicht bereikte. Hij moest nu een besluit nemen. En dat deed hij. Hij kon maar één ding doen: voor Rebecca zorgen. Na de gewelddadige dood van hun ouders wilde hij haar niet nog eens aan een dergelijke verschrikking blootstellen, ongeacht zijn eigen plannen.

Hij gaf een ruk aan het stuur en sloeg rechts af, richting Pasadena. Over een uur zouden ze uit Los Angeles weg zijn, op weg naar het noorden, zuiden of oosten, het maakte niet uit. Over een week zou de ergste commotie achter de rug zijn; over een maand zou de rust zijn weergekeerd en zou het inmiddels tot Red zijn doorgedrongen dat Barron geen bedreiging vormde. Daarna zou de hele affaire tot het verleden behoren.

Maar opeens schoot het door hem heen, de huiveringwekkende schok van de waarheid: het slachtoffer in MacArthur Park was wel degelijk Josef Speer, en het was Raymond Thorne die bij de Lufthansa-balie een ticket naar Frankfurt had gekocht. Op dat moment verdwenen de allesomvattende overwegingen van zo-even als sneeuw voor de zon. Nu draaide het slechts om één ding: zo snel mogelijk de luchthaven zien te bereiken voordat vlucht 453 zou opstijgen.

49

De luchthaven van Los Angeles, terminal 6, de cadeauwinkel, 19.50 uur

Op zijn gemak, om maar zo veel mogelijk op te gaan tussen de andere reizigers die naar iets speciaals zochten, slenterde Raymond door de winkel, zelf op zoek naar iets van handbagage om aan boord te kunnen meenemen. De dame van de incheckbalie had geknikt bij zijn uitleg dat hij in een van de kluisjes een reistas had bewaard die mee moest. Het was een kleinigheid, maar hij was het totaal vergeten en de kans was groot dat anderen een stuk waakzamer waren, vooral gezien de bonnetjes met daarop GEEN HANDBAGAGE en GEEN BAGAGE die aan zijn ticketmapje waren geniet.

Leer vooral van je fouten; ook weer zo'n stelregel van de Barones en zoals zo veel dingen in zijn leven uittentreuren herhaald. Irritant? Jazeker, maar haar levenslessen waren onontbeerlijk. Het laatste waar hij op zat te wachten, vooral met de strenge beveiliging hier, was een gefronste wenkbrauw, een opvallend detail in het raderwerk van de passagiersafhandeling dat de aandacht op hem zou kunnen vestigen.

Aan het eind van het looppad zag hij een stuk of tien stoffen schoudertassen aan een rek. Hij nam een zwarte en wilde naar de kassa lopen. Maar bijna tegelijkertijd besefte hij dat hij niet met een lege tas kon komen aanzetten. Snel pakte hij een sweatshirt met het opschrift LOS ANGELES, een T-shirt van de LA Lakers, een tandenborstel en wat tandpasta om de tas maar te kunnen vullen en onderweg misschien wat nuttige zaken bij de hand te hebben.

Ten slotte liep hij naar de kassa en wachtte in de rij achter een paar andere klanten. Opeens versteende hij. Op nog geen dertig centimeter van hem vandaan prijkte de laatste editie van de *Los Angeles Times* in een krantenrek. De foto van zijn verbalisatie op het hoofdbureau sierde de voorpagina. De kop bestond uit slechts twee woorden: POLITIEMOORDENAAR VOORTVLUCHTIG. Dat hij op tv was geweest, was al erg genoeg. En nu in de kranten. Kranten die hier overal, ja zelfs aan boord van het vliegtuig, verkrijgbaar waren.

Zijn oog viel op een onderkop die het nog eens erger maakte: 'Heeft nu waarschijnlijk paars haar!' Weer een puntje voor de politie. Snel, efficiënt. De juiste veronderstelling dat hij zich voor Josef Speer uitgaf.

Snel zette hij zijn spullen op een aangrenzende toonbank, liep naar een ander deel van de winkel en zocht nog wat dingen bij elkaar: een handspiegeltje, een scheerapparaat plus batterijen en een schaar.

Het rijtje klanten voor de kassa was inmiddels verdwenen. Hij zette zijn spullen op de toonbank naast de caissière en zijn hand gleed onder zijn jasje naar de kolf van een van de twee Beretta's achter zijn broeksband. Stel dat ze hem op de een of andere manier herkende, dan zou hij haar ter plekke neerschieten, weglopen en te midden van de daaropvolgende consternatie en ontzetting het luchthavengebouw uit vluchten. Net zoals hij de politieval op Union Station had willen omzeilen voordat Donlan de boel had verziekt.

Hij sloeg haar aandachtig gade, wachtend tot ze naar hem opkeek, maar dat gebeurde niet. Haar ogen waren slechts gericht op de prijzen die ze moest aanslaan; op Speers Euro MasterCard die hij haar gaf; op het bonnetje dat hij ondertekende, en op de afgerekende artikelen die ze voor haar klant in een grote plastic zak deed. Ten slotte overhandigde ze hem de tas en keek even op. 'Prettige avond verder,' klonk het routineus, waarna ze haar aandacht op de volgende klant richtte.

'Dank u,' zei hij en hij liep weg.

Pal voor haar neus had hij gestaan, met zijn foto op de voorpagina van de *Los Angeles Times* vlak naast haar mouw, en nog had ze hem geen moment echt aangekeken. De enige verklaring die hij kon bedenken, was dat ze niet verschilde van de buspassagiers. Ze zagen honderden mensen, dag in dag uit, maand in maand uit, ja zelfs jaar in jaar uit. Uiteindelijk leek iedereen op elkaar.

20.00 uur. Ter hoogte van Stocker sloeg hij links af La Brea Avenue op. Een dikke kilometer verder sloeg hij opnieuw links af naar La Cienega Boulevard en zocht vervolgens naar de afslag La Tijera Boulevard, die schuin doorstak naar Sepulveda Boulevard, ongeveer anderhalve kilometer naar het zuiden. Alles bij elkaar had hij nog slechts zo'n zesenhalve kilometer te gaan voordat hij de afslag naar de luchthaven bij 96th Street zou bereiken. Plotseling spetterden een paar dikke regendruppels uiteen op de voorruit. Precies zoals Dan Ford hem al had voorspeld, ook al bedroeg de kans op regen volgens de weerberichten slechts tien procent. Hij hoopte maar dat Ford abuis was en dat de weerberichten klopten.

Een kleine honderd meter verder volgden de druppels elkaar steeds sneller op en even later viel de regen met bakken uit de hemel. Het verkeer voor hem viel terug tot een slakkengang. In een mum van tijd stond hij opnieuw in een muurvaste file.

'Kut!' vloekte hij hard, en voor de tweede keer wenste hij dat hij een paar zwaailichten en een sirene had. Die resterende zes kilometer konden wel eens drie kwartier gaan duren, ja zelfs een uur als het zo door bleef regenen. Een uur om 96th Street te bereiken, daarna nog eens tien minuten over de ringweg naar terminal 6. Vervolgens zich identificeren bij de Lufthansa-beveiliging, daarna de luchthavenpolitie alarmeren en ten slotte Raymond Thorne zien te vinden zonder argwaan te wekken. Het kostte allemaal te veel tijd en het risico Thorne definitief te laten ontglippen, werd op deze manier gevaarlijk groot.

Een kleine twintig meter van de paspoortcontrole betrad Thorne met zijn schoudertas het herentoilet. Hij liep langs een rij wastafels en een stuk of vijf heren achter urinoirs, dook een toilethokje in en deed de deur op slot.

Hij trok Speers spijkerjasje uit, ritste zijn tas open en haalde het spiegeltje en de schaar te voorschijn. Een minuut, nog een minuut, en ten slotte, na de derde minuut, viel het laatste plukje paars haar in de pot. Hij trok door, borg het spiegeltje en de schaar weer op, pakte zijn scheerapparaat en stopte de batterijen erin. Na zijn LOS

ANGELES-T-shirt te hebben aangetrokken en het spijkerjasje in de tas te hebben opgeborgen, trok hij nog een keer door, stapte uit het toilet en liep naar een van de wastafels om zich te scheren. Na twee minuutjes was zijn gezicht volkomen glad. Daarna keek hij even snel om zich heen. Geen hond die op hem lette. Met dezelfde doodgemoedereerdheid staarde hij weer naar zijn spiegelbeeld en schoor zijn hoofd kaal.

20.20 uur. Stapvoets vervolgde Barron zijn weg over La Cienega Boulevard en hij benutte de binnenberm om zich langs het vaststaande verkeer te wurmen. Zo won hij vijftig, honderd meter. Een van de auto's stond half op de berm, half op het asfalt en versperde zo zijn weg. Hij beukte op de claxon en flitste met zijn koplampen, maar het hielp niet. Opnieuw vloekte hij. Hij zat volkomen vast, net als alle anderen. Het regende inmiddels harder. In gedachten zag hij Raymond al voor zich in het luchthavengebouw. Cool, uiterst professioneel. Ontspannen wachtend op zijn vlucht en zichzelf voordoend als de doorsnee passagier. Maar, en dat was het hem nu juist, stel dat de zee van media-aandacht die ze zo zorgvuldig hadden georkestreerd om de burgers waakzaam te maken om Raymond Thorne te kunnen spotten en aanhouden, zich tegen hen keerde. Stel dat iemand hem van tv of uit de krant herkende en de politie erbij haalde. Iedereen wist waartoe hij in staat was zodra hij in een hoek werd gedreven. Wat te doen als dat in een overvolle vertrekhal gebeurde?

Hij wierp weer een blik op de mobilofoon naast hem op de stoel, daarna naar zijn mobieltje, dat ernaast lag. Hij aarzelde even en pakte het apparaatje op.

20.25 uur. 'Het zou Raymond Thorne kunnen zijn die zich voordoet als passagier Josef Speer.' Hij sprak tegen een Lufthansa-beveiligingsbeambte op de luchthaven, en zijn toon was nadrukkelijk. 'Als het inderdaad Thorne is, dan zal hij proberen zich zo onopvallend mogelijk te gedragen. Thorne of Speer, hij is in elk geval gewapend en uiterst gevaarlijk. Probeer hem alleen te lokaliseren en doe verder niets. Wek vooral geen argwaan, en wacht tot ik er ben en hem kan identificeren. Ik ben er over twintig minuten. Zorg dat een agent me bij de ingang kan oppikken. Ik herhaal: wek vooral geen argwaan. Op een schietpartij in een vertrekhal zitten we niet te wachten.'

Hij gaf zijn nummer door, hing op en drukte op de snelkiestoets naar een andere gsm. Hij hoorde hem overgaan, waarna een bekende stem opnam.

'Dan Ford.'

'Met John. Ik ben onderweg naar de luchthaven, de Lufthansa-terminal om precies te zijn. Een Duitse groep studenten heeft ene Josef Speer als vermist opgegeven. Diezelfde Josef Speer heeft een ticket gekocht naar Frankfurt. Volgens mij zou het Raymond kunnen zijn.'

'Ik had al een vermoeden dat je een vermoeden had. Ik ben zelf al onderweg.'

Om Barrons mond verscheen een kleine glimlach. Typisch Dan. Hij had het kunnen weten. 'Ik heb de beveiliging verzocht hem te zoeken. Ik kan er volkomen naast zitten, maar misschien ook niet. Hoe dan ook, zullen we het voorlopig even onder ons houden, jij en ik, totdat we het echt zeker weten?'

'Hè, ik ben gek op onderonsjes.'

Barron liet de opmerking voor wat hij was. 'Zodra je er bent, zeg je tegen de beveiliging dat je bij mij hoort en dat je naar mij toe moet. Zeg dat je mijn toestemming hebt. Ik zal het ze alvast laten weten zodra ik er ben. En Dan...' hij zweeg even, 'ik hoef je natuurlijk niet te zeggen dat je dit geheel op eigen risico doet.'

'Jij ook.'

'Ik wil gewoon dat je nog eens goed beseft met wie we te maken hebben. Als het inderdaad Raymond Thorne is, blijf dan op afstand en kijk toe. Ik bied je een kans op een primeur, ik wil niet dat het je dood wordt.'

'Ik ook niet, John, en dat is wederzijds. Wees voorzichtig, oké? Wees in godsnaam voorzichtig.'

'Ja. Ik zie je zo meteen,' sloot Barron af, waarna hij ophing. Hij had Ford er niet op deze manier bij willen betrekken, maar had het toch gedaan. Zijn afspraak met de Lufthansa-beveiliging leunde namelijk op een vervelende maar noodzakelijke voorwaarde: ter ondersteuning was de luchthavenpolitie gealarmeerd voor het geval dat het uit de hand liep. Hij was akkoord gegaan omdat hij niet anders kon. De veiligheid van het publiek moest zo goed mogelijk worden gewaarborgd. Stel dat het inderdaad Raymond was en hij zou plotseling van gedachten veranderen, dan was de kans groot dat hij anders alsnog kon ontkomen. Maar hij wist dat het slechts minuten zou duren voordat Red op de hoogte was, waarna hij en de anderen als een hazewind naar de luchthaven zouden sjezen. Daarom had hij Ford ook getipt, een belangrijke mediapion die getuige zou zijn van de gebeurtenissen. Waren alle media opgetrommeld, dan zouden ze iedereen onder de voet lopen en kon

Ford slechts van een afstand toekijken, net als toen Donlan zijn toevlucht had gezocht in een parkeergarage, waar de 5-2 Squad hem vond.

Op voorwaarde uiteraard dat het hele plan zou werken, hetgeen compleet afhing van Barrons kostbaarste goed: tijd. McClatchy en de anderen zaten nog in het centrum, en met alle files en de regen zou het zelfs met zwaailichten en loeiende sirenes wel even duren voordat ze er waren. Genoeg tijd, zo hoopte hij vurig, om de hele zaak af te handelen: ofwel student Speer bleek inderdaad student Speer, die daarna zijn reis kon vervolgen, ofwel Raymond werd in de handboeien omringd door Lufthansa-beveiligingspersoneel, de luchthavenpolitie en waarschijnlijk ook de federale politie van de Transport Security Administration, misschien wel de FBI, en met een beetje geluk Dan Ford van de *Los Angeles Times*. Kortom, te veel mensen, te veel korpsen voor Red en de 5-2 om 'groen licht' te krijgen.

20.29 uur. 'John.' Op de stoel naast hem klonk plotseling Reds stem uit de portofoon. Hij schrok. Het was amper vier minuten geleden dat hij met de mensen van Lufthansa contact had opgenomen.

'John, ben je daar?'

Hij aarzelde, reikte naar de mobilofoon en klikte de microfoon aan.

'Ja, ik ben er, Red.'

'Wáár ben je? Wat ben je aan het doen? Wat is er aan de hand?'

Zijn stem klonk kalm maar bezorgd, als van een vader die tot zijn zoon spreekt. Het was dezelfde toon als in zijn kantoor, toen Red hem de foto's van de misdadigers had getoond die door de 5-2 Squad uit de weg waren geruimd; de nogal barse toon waarop hij hem nog eens op zijn plichten als teamlid had gewezen en wat hem te wachten stond als hij ze aan zijn laars lapte. Alleen die toon was al genoeg om te beseffen dat als hij ook maar iets in zijn stem liet doorklinken wat de suggestie zou wekken dat hij hier uit eigen macht handelde om Raymond tegen het team te beschermen, diezelfde Raymond niet de enige zou zijn die het met zijn leven moest bekopen.

'Ik zit vast in het verkeer op La Tijera, vlak bij de luchthaven,' meldde hij zo kalm mogelijk. 'De vermiste Josef Speer heeft tegen zevenen een ticket gekocht voor Lufthansa-vlucht 453 naar Frankfurt. Het zou Thorne kunnen zijn, maar ook de vermiste Speer. Vertrektijd is negen uur vijfenveertig.'

'Waarom heb je niet meteen contact met me opgenomen?' Reds kalmte was opeens verdwenen. 'Waarom heb je eerst de luchthaven gebeld?' vroeg hij kwaad.

'Omdat het maar een vermoeden is, Red. Daarom. Waarschijnlijk is het gewoon die Speer. Ik heb de beveiliging verzocht om geen risico te nemen. Ze gaan hem zoeken, maar blijven op afstand zodat ik hem kan identificeren.'

'We zijn nu onderweg. Wacht op ons. Blijf uit zijn buurt. Doe niets totdat we er zijn. Is dat duidelijk, John?'

Plotseling reed de auto voor hem iets naar voren, waardoor hij een gaatje had om zich uit de file te bevrijden.

'Ik krijg een gaatje, Red, ik rij verder.'

Hij liet de mobilofoon op de stoel naast hem vallen, trapte het gaspedaal diep in en de Mustang schoot de middenberm op.

50

Terminal 6, een Starbucks-koffiekraam, 20.44 uur

Nog een uur en één minuut voor vertrek. Raymond keek op de klok achter de toonbank, betaalde de caissière en liep met een kop koffie en een croissantje naar een tafeltje. Terwijl hij ging zitten keek hij even om zich heen naar de andere klanten, nam een teug van zijn koffie en pakte zijn croissant. Hij at niet omdat hij honger had, maar omdat hij sinds zijn arrestatie weinig had gegeten en dus nodig iets tot zich moest nemen. Bovendien moest hij de klok goed in de gaten houden, want alles draaide om timing. Met de Beretta's op zak zou hij nooit door de detectiepoortjes komen. Hij moest ze zien te lozen, maar pas op het laatste moment, zodra het instappen was begonnen. Pas dan zou hij ze ergens dumpen, door de detectiepoortjes lopen en vervolgens aan boord van het toestel stappen.

20.53 uur. Hij dronk zijn koffie op, liep netjes naar de afvalbak en deponeerde er het bekertje en servetje in, zich ondertussen afvragend wat de politie met de sleuteltjes van het kluisje had gedaan en of ze in staat zouden zijn het adres van de bank te achterhalen waar het kluisje zich bevond. Tegelijkertijd rees de vraag of ze de data en steden in de zakagenda al met elkaar in verband hadden kunnen brengen. Of al wisten waar de initialen I.M. voor stonden.

20.54 uur. Hij verliet de Starbucks, liep de hal in en keek even naar de detectiepoortjes verderop. Er stonden ongeveer tien mensen klaar met hun paspoort. Geen oponthoud, geen bijzonderheden. Hij keek nog even en wierp ten slotte weer een blik op de klok: 20.55 uur.

21.05 uur. Turend door de regen en in het licht van tegemoetkomend verkeer baande Barron zich een weg. Hij bereikte een grote kruising. Verkeerslichten sprongen op oranje. Hij gaf gas en passeerde op het moment dat het licht op rood sprong. Op datzelfde moment kraakte zijn mobilofoon en hoorde hij Reds bevel aan de meldcentrale: 'McClatchy hier. Verzoek de luchthavenpolitie om Lufthansa-vlucht 453 tegen te houden.'

21.08 uur. De regen nam iets af en Barrons oog viel op het straatnaambord van 96th Street. Hij schakelde terug, luisterde naar het diepe geronk van de Mustang-uitlaat, gaf weer gas en sloeg af richting luchthaven.

'John.' Reds stem klonk weer over de mobilofoon. 'Waar zit je?'

'Ik nader nu de ringweg.'

'We zitten slechts een paar minuten achter je. Ik herhaal het nog maar eens: ga niet op eigen houtje achter hem aan. Wacht op ons. Dit is een bevel.'

'Begrepen.' Hij verbrak de verbinding. Shit, ze waren sneller opgeschoten dan hij had verwacht. Hij kon alleen maar hopen dat hij hun voor kon blijven en dat Dan Ford niet lang op zich liet wachten. Hij bereikte de ringweg en reed snel door naar de terminals.

Hij haalde een taxi en een pendelbus rechts in, dook onder een fly-over en passeerde een limousine die door een wringer leek te zijn gehaald, zo lang. Hij zag Terminal 2, terminal 3, en de Tom Bradley International Terminal.

21.10 uur. Terminal 4, daarna terminal 5. Ten slotte bereikte hij terminal 6 en zette de auto langs het trottoir, waar niet geparkeerd mocht worden. Snel stapte hij uit en rende naar binnen.

'Hé, u daar! U mag hier niet parkeren!' riep een forse, kale parkeerwacht die op hem af liep.

'Politie! Noodgeval! Barron, 5-2!' riep Barron in het voorbijgaan terug en hij wierp de man zijn autosleutels toe.

148

'Zet u hem even voor me weg?'
In een oogwenk was hij in het gebouw.

51

21.13 uur

Opnieuw bekeek Raymond de rij mensen die door de detectie-poortjes wandelden. Eindelijk hoorde hij datgene waarop hij had gewacht.

'Lufthansa-vlucht 453 aan gate 68 is gereed voor boarding. Lufthansa-vlucht 453 staat gereed voor boarding aan gate 68.'

Er kon worden ingestapt. Het moment was gekomen.

21.14 uur. Hij liep de passage door en betrad de toiletruimte waar hij zo-even zijn haar had afgeknipt en zich had kaalgeschoren. Hij liep de hoek om, maar bleef plotseling staan. In de deuropening prijkte een felgeel bord: GEEN TOEGANG IVM SCHOON-MAAK.

In de verte hoorde Raymond Thorne opnieuw de oproep voor vlucht 453. Snel stapte hij naar binnen en tuurde om de hoek van de ingang. Een schoonmaker met een mop stapte net een toilethokje binnen. Pal achter het gele bord vlak voor hem stond een grote oranje emmer met schoonmaakmiddel en vies water. Hij keek even achterom en vervolgens naar de toiletten. De schoonmaker was nog steeds bezig. Zijn schoenen waren zichtbaar door de onderste kier en de mop werd ritmisch heen en weer gehaald.

Nog één keer keek hij achterom en over het bord, en trok de Beretta's te voorschijn. Nog een laatste blik op de schoonmaker in het toilethokje, en de pistolen gleden de emmer in. Hij zag nog net hoe ze onder het grauwe water verdwenen. Een tel later draaide hij zich om en liep weg.

21.16 uur. Met twee treden tegelijk beende Barron de trap op. Twee Lufthansa-beveiligingsmensen, een vrouw en een man, beiden in een donker uniform, renden hem achterna. Ondanks Mc-

Clatchy's verzoek en ondanks de duidelijke politiefoto's had noch de Lufthansa-beveiliging, noch de luchthavenpolitie in burger Thorne tussen de vele reizigers kunnen lokaliseren. Bovendien hadden ze hun best gedaan geen argwaan te wekken. Het enige wat ze konden doen, was zoeken naar iemand van zijn lengte, gekleed in een blauwe spijkerbroek, spijkerjasje en baseballpet, en misschien met paarsgeverfd haar.

'Zoek de baliemedewerker die Speer zijn ticket heeft verkocht,' beval Barron boven aan de trap. Ze liepen de hal in, op weg naar de detectiepoorten. 'Zorg dat hij of zij bij de gate staat te wachten.'

21.18 uur. Wachtend in de rij zette Raymond Thorne zijn zwarte schoudertas op de lopende band en stapte door de detectiepoort. Een beveiligingsmedewerker hield hem staande, streek met een handdetector langs zijn lichaam en verzocht hem even zijn schoenen uit te doen.

21.19 uur. Hij trok zijn schoenen weer aan, pakte zijn tas van de lopende band en liep naar zijn gate. Niemand had zelfs maar met de ogen geknipperd.

21.20 uur. Snel schoot Halliday naar de rechterrijbaan van de ringweg rond de terminalgebouwen. Aangekomen bij terminal 6 remde hij hard en dook met de neus tussen een geparkeerde taxi en een witte Chevrolet-terreinwagen. De rood-gele zwaailichten flitsten op vanachter de achterruit. Even later was hij binnen, knipte zijn gouden rechercheursinsigne aan zijn reverszakje en bracht zijn mobilofoon naar zijn mond.

'John, Jimmy hier. Ik ben nu binnen,' meldde hij terwijl hij door de hal naar de lift liep die hem naar de gates op de eerste verdieping moest brengen.

21.21 uur. Met zwaailichten flitsend in tweekwartsmaat stopten de twee wagens met daarin respectievelijk Red en Polchak, en Valparaiso en Lee naast die van Halliday op de plek van de witte stationwagon, die zojuist was weggereden. Met een golf van dichtslaande portieren stapten de rechercheurs uit. De insignes werden opgespeld, waarna het viertal zich naar binnen haastte.

21.22 uur. 'We zijn binnen, Jimmy,' meldde Red zich via de portofoon aan Halliday.

'Eerste verdieping. Gate 68.' Half joggend bracht Halliday verslag uit aan Red. Hij werd vergezeld door twee geüniformeerde agenten van de luchthavenpolitie en een beveiligingsmedewerker van Lufthansa. 'Tot dusver is Speer in geen velden of wegen te bekennen.'

21.23 uur. Raymond Thorne stond in de rij. Voor hem wachtten ongeveer twintig passagiers om aan boord van vlucht 453 te stappen. Om hen heen stonden nog eens een dikke honderd wachtenden.

We zijn er bijna, was zijn gedachte. Bijna.

Voor zich hoorde hij iemand mompelen dat het maar niet opschoot. Hij keek op en zag hoe het Lufthansa-personeel bij de deur van het toestel met elkaar stond te overleggen. Opeens mocht niemand meer doorlopen. Om de een of andere reden werd de rij tegengehouden. Iemand achter hem begon te klagen. Alsof de muren het geklaag hadden gehoord, klonk er opeens een boodschap vanuit de plafondspeakers.

'Hier volgt een mededeling voor passagiers van Lufthansavlucht 453. U kunt nog niet instappen.'

Een moedeloze zucht steeg op uit de groep van wachtende passagiers en het leek alsof zijn eigen maag plotseling gekieteld werd. Hij keek om zich heen en zag twee grote, gewapende agenten van de luchthavenpolitie, die zo'n zes meter verderop de passagiers gadesloegen.

Verdomme. Kon dit oponthoud soms iets met hem te maken hebben? Hij dacht aan de politie, met hun kille, bijna onwerkelijke efficiency. Hoe konden ze het weten? Konden ze Speers identiteit hebben achterhaald en hem op het spoor zijn gekomen? Nee, dat ging te ver. Onmogelijk. Dit moest om iets anders gaan.

Hij keek weer even achterom of er nog meer politie aanwezig was. In plaats daarvan zag hij de jongedame van de incheckbalie die hem zijn ticket had verkocht en die nu tussen de wachtenden door zijn kant op kwam. Ze was in gezelschap van twee mannen in donkere uniformen.

Sodeju.

Hij wendde zijn hoofd af en probeerde snel iets te bedenken. Opeens zag hij hem, en zijn hart bonkte in zijn keel: vastberaden baande John Barron zich een weg tussen de wachtende passagiers door. Een man en een vrouw in hetzelfde donkere uniform als de twee anderen vergezelden hem. Alle drie waren ze duidelijk naar iemand op zoek.

Nu zag hij ook de anderen. Hun gezichten stonden inmiddels in zijn geheugen gegrift. De kerels uit de parkeergarage. De aanblik van hun leider, degene die Red werd genoemd, nam het laatste restje twijfel weg. Net als Lee, die boomlange zwarte die hem in zijn cel had bezocht met een paar vragen over zijn Ruger.

Overal om hem heen klaagden reizigers over het oponthoud en vroegen zich af wat er aan de hand was. Hij zorgde dat hij in het midden van de groep bleef en zocht naarstig naar een uitweg.

21.29 uur. 'Al iets gezien?' Red verscheen naast Barron. Hij was samen met Lee en met de juffrouw van de incheckbalie en de twee beveiligingsmedewerkers van de luchtvaartmaatschappij.

'Nee, nog niet. En we weten nog steeds niet of het inderdaad Raymond is. Het kan net zo goed toch die Duitse knaap zijn. Wie weet wilde hij gewoon naar huis.'

Reds ogen vonden die van Barron. 'Mm-mm,' was zijn enige commentaar. Het was maar een moment, maar voor Barron veelbetekenend genoeg om te beseffen dat Red niet blij was dat hij in zijn eentje in actie was gekomen.

Plotseling liet Red zijn blik over de menigte glijden. Barron wist dat ook hij net zomin geloofde dat het toch echt Speer was. Raymond bevond zich hier ergens.

Red keek de jonge baliemedewerkster aan. 'Hij sprak dus Duits?'

'Ja. Vloeiend.' Ook zij zocht nu tussen de menigte, net als Red, net als zij allemaal. 'Hij zag er heel aantrekkelijk uit, met paars haar.'

Red richtte het woord tot Lee. 'Zet het gedeelte achter ons af. We gaan met de vlooienkam door de meute. Niemand mag weg voordat we klaar zijn.' Hij keek Barron aan. 'Vanaf nu ben je mijn partner. Duidelijk?'

'Jouw partner?' Barron was verbijsterd. Het team had helemaal geen partners. Iedereen werkte samen met iedereen. En nu waren hij en Red opeens partners?

'Ja. En ditmaal blijf je bij me in de buurt. Ik duld geen solistische escapa...'

Beng! Beng! Beng!

Het geknal van pistoolschoten snoerde McClatchy letterlijk de mond.

'Liggen!' Barron duwde de ticketverkoopster tegen de grond, terwijl de rechercheurs zich meteen omdraaiden, de pistolen in de aanslag.

De tijd stond even stil en niets bewoog. Daarna zette Raymond zich schrap, glipte tussen de menigte door en rende zo hard hij kon de slurf in.

52

'Dodgers-pet! Hij zit in de slurf!' schreeuwde Barron terwijl hij zich een weg door de chaos vocht, Red achter zich latend. Overal heerste paniek. Mensen renden, riepen en schreeuwden, duwden elkaar weg om maar zo snel mogelijk weg te komen. Boven hen hing de zurige lucht van kruitdampen.

Hij zwenkte langs een geestelijke die recht op hem afrende en zag op dat moment de Lufthansa-beveiligingsmensen bij de slurf. 'Sluit de vliegtuigdeur van binnenuit af!'

Red zat pal achter hem. Ook hij vocht zich een weg door de drukte. Met getrokken pistolen deden Polchak, Valparaiso, Lee en Halliday hetzelfde. Allemaal renden ze naar de slurf.

De geestelijke zat ondertussen geknield naast de twee agenten van de luchthavenpolitie die het dichtst in de buurt van Raymond hadden gestaan. Twee agenten die razendsnel en compleet onverwacht door hem waren uitgeschakeld. Net als de hulpsheriffs in de lift van het gerechtsgebouw was overkomen. Na behendig het pistool van een van de twee agenten uit diens holster te hebben gelicht en de man van dichtbij door het hoofd te hebben geschoten op het moment dat hij reageerde, had hij snel twee schoten gelost in het gezicht van nummer twee die wilde ingrijpen. Daarna, met het pistool nog steeds in zijn hand, was hij dwars door de verbijsterde menigte naar de slurf gerend die naar het vliegtuig leidde. Het was op dat moment dat hij oog in oog stond met Barron .

Bij de slurf aangekomen bleef hij staan en met de Beretta op militaire wijze in beide handen voor zich uitgestoken keek hij voorzichtig om de hoek de zwakverlichte tunnel in. Die bleek leeg. Opeens voelde hij iets achter zich. Snel draaide hij zich om. Het was Red. Zijn blik was ernstig, kil, emotieloos.

'Je weet wat er gebeurt zodra we hem te pakken hebben.'

Even staarde hij McClatchy aan, waarna zijn ogen langs hem heen schoten, zoekend naar Dan Ford. Misschien was hij er al, maar hij was niet te zien. Hij keek Red weer aan en wist dat hij Ford uit zijn hoofd moest zetten.

'Dat weet ik,' antwoordde hij. Snel draaide hij zich weer om en richtte zijn pistool opnieuw voor zich uit de slurf in.

In het flauwe licht zag hij dat deze na zes meter naar links af-boog. Hoe vaak had hij zelf niet zo'n ding in en uit gelopen? Je liep achter de andere passagiers aan zonder er ook maar een moment bij stil te staan dat er vlak om de hoek iemand klaar kon staan om je koud te maken.

'Met McClatchy,' fluisterde Red, die nog steeds achter hem stond, in zijn portofoon. 'Verbind me door naar de Lufthansa-be-veiliging.'

Barron sloop voorzichtig naar het draaipunt van de slurf. Zijn hart bonkte, zijn vinger lag vastberaden om de trekker. Hij ging er-van uit dat Raymond Thorne hem om de hoek opwachtte zodra hij de hoek om stapte. Zodra hij Thorne zag, zou hij direct schieten.

'McClatchy hier,' meldde Red zich opnieuw. 'Is de verdachte aan boord van het toestel?'

Barron telde tot drie en stapte de hoek om.

'Nee!' riep hij opeens en hij beende naar voren. 'Hij is weer bui-ten!'

Helemaal aan het eind van de slurf stond een deur open. Bar-ron sprintte erheen, bleef staan, haalde even adem en stapte naar buiten. Al meteen belandde hij op een buitentrap. Precies op dat moment rukte Raymond op de begane grond de deur van een dienstingang open en rende het terminalgebouw in.

Barron rende de trap af. Achter hem hoorde hij Red naar bui-ten komen en bevelen in zijn portofoon blaffen.

Beneden aangekomen rende hij over het asfalt naar de deur waardoor Raymond was ontsnapt. Opnieuw een diepe inademing en voorzichtig trok hij de deur open. Erachter was een felverlichte gang met tl-buizen aan het plafond. Hij liep naar binnen. Links was een deur. Concentratie. Hij duwde de deur open en versteen-de. Het was een kantine. Verscheidene tafels waren omgekieperd. Een stuk of vijf employés zaten op de grond met hun handen op hun hoofd.

'Politie! Waar is hij?' riep Barron.

Achter in de kantine, pal voor een tweede deur, vloog Raymond op vanachter een van de omgekieperde tafels.

Beng! Beng! Beng!

Het automatische pistool van de vermoorde agent danste in zijn hand.

Beng! Beng! Barron schoot terug en liet zich op de grond vallen, rolde om en kwam weer overeind, klaar om opnieuw te vuren. De deur was open maar Raymond Thorne was weg.

154

Hij rende Thorne achterna en belandde in een andere gang. Plotseling vloog er een deur aan het eind van de gang open en Halliday sprong te voorschijn, met zijn Beretta in de aanslag.

'Hij is niet hierlangs gekomen!' riep Halliday.

Barrons oog viel op een deur halverwege die op een kier stond. Snel renden ze erheen. Barron was er het snelst bij, stapte naar binnen en kwam uit in nog een gang. In de verte hoorde hij een pistoolschot. Daarna nog een.

'Christus!'

Hij rende de benen uit zijn lijf. Zijn longen stonden in brand. Hij bereikte de deur aan het eind van de gang en rukte hem open. Het bleek de bagageafhandeling. Een van de medewerkers lag dood voor zijn neus. Een andere zat drie meter van hem vandaan op zijn knieën en was gewond.

'Daarheen! Hij is daarheen!' De man wees naar de lopende band die de koffers naar de bagagecarrousel in de aankomsthal vervoerde.

Barron rukte wat koffers opzij en hees zichzelf de lopende band op.

Beng! Ping!

Hij hoorde hoe de kogel afketste en voelde iets langs zijn hoofd suizen. De band voerde hem omhoog. Zes meter verderop zag hij Raymond Thorne, diep weggedoken tussen de andere koffers. Inmiddels was hij zijn LA Dodgers-baseballpet kwijtgeraakt en was goed te zien dat zijn hoofd kaalgeschoren was.

Beng! Beng!

Barron vuurde. Het eerste schot ketste af tegen een grote koffer vlak naast Thornes hoofd. Het tweede was volledig mis. Raymond kwam op één knie omhoog om te kunnen vuren. Anticiperend op de oorverdovende knal liet Barron zich snel op de grond vallen. Maar in plaats daarvan hoorde hij slechts een metalige klik. En nog een, en daarna nog een. Thornes pistool haperde.

Barron kroop omhoog en draaide zich wat opzij om te kunnen schieten. Maar het was te laat. Raymond was weg. Hij hoorde Thorne bagage opzijduwen en snel via de lopende band naar boven scharrelen.

De lopende band was smal en gemaakt voor bagage, niet voor mensen. Maar als Raymond het kon, dan kon hij het ook. Hij stopte de Beretta achter zijn broeksband, dook ineen en begon te lopen. Hij hees zich over twee grote golftassen. Eén, twee seconden. Opnieuw dook hij ineen nu de lopende band hem onder een kabelgoot door voerde. De band maakte een bocht naar links en hij klampte zich vast aan een van de golftassen om zijn evenwicht te bewaren. Opeens zag hij hem. Als een enorme rat liet Thorne zich van de constructiebalken boven hem omlaagvallen. Al meteen had Raymond hem bij zijn boord en haalde uit met de kolf van zijn pistool.

Barron dook weg, ramde een vuist in Raymonds gezicht, hoorde een kreet, greep zijn shirt met zijn andere hand en trok hem naar zich toe voor nog een vuistslag. Op dat moment haalde Raymond opnieuw uit met de kolf. Het was een snelle, korte beweging met veel kracht. De kolf raakte hem vlak voor zijn oor en eventjes werd het zwart voor zijn ogen. Opeens hield de lopende band op en tuimelden ze allebei omlaag, met koffers tussen hen in. Een seconde later lagen ze op de bagagecarrousel. Barrons blik werd weer helder en hij zag mensen. Ze schreeuwden en gilden, maar hij had geen idee waarom. Hij besefte dat hij op zijn rug lag en greep naar de Beretta achter zijn broeksband. Die was weg.

'Zoek je deze?'

Raymond keek op hem neer, met de Beretta in zijn hand en de loop pal voor zijn gezicht.

'*Da sviedanja.*' Vaarwel, klonk het in het Russisch. Barron wilde wegdraaien, zich op de een of andere manier tegen het schot verweren.

'Raymond!'

Hij hoorde de blaffende stem van Red en zag Raymond Thorne zich verrast omdraaien. Er volgde een oorverdovende explosie van pistoolschoten. Daarna zag hij Thorne van de carrousel springen en uit het zicht verdwijnen.

53

Dan Ford beende de deur door, op de voet gevolgd door een Luft-hansa-beveiligingsmedewerker, en zag Thorne recht op hen af rennen. Eventjes vonden hun ogen elkaar. Thorne dook opzij, duwde een oudere man uit de weg en glipte weg door een schuifdeur. Ford had even nodig om te beseffen wie hij zojuist had gezien en wat er was gebeurd. Vanuit het bagagedepot achter hem ving hij opeens gegil en geschreeuw op. Hij draaide zich om en rende erheen.

Red lag op de grond, badend in een plas bloed. Mensen verdrongen zich om hem heen, te geschokt, te verbijsterd om iets te doen behalve toekijken. Hij rende naar hem toe, terwijl op hetzelfde moment Barron vanuit tegenovergestelde richting kwam aangerend, mensen uit de weg duwde en tierde dat ze opzij moesten gaan. Tegelijk bereikten ze McClatchy. Barron liet zich naast Red neervallen, rukte diens jasje open en plaatste zijn handen stevig tegen Reds borst om het bloeden te stelpen.

'Bel het alarmnummer! Bel een ambulance, verdomme!' schreeuwde hij en hij zag dat het Dan Ford was.

'Bel een ambulance, verdomme!' riep hij tegen Ford.

'Hij wilde geen vest aan,' hoorde hij iemand zeggen en hij voelde een hand om zijn arm die hem wilde wegtrekken. Hij rukte zich los.

'John, het heeft geen zin,' sprak dezelfde stem zacht. Hij keek op en zag dat Roosevelt Lee naast hem stond.

'Opzouten!' tierde hij tegen Lee.

Daarna zag hij Dan Ford druk gesticulerend tegen Halliday, Polchak en Valparaiso praten en in de richting wijzen waarin Raymond Thorne was verdwenen. Waarna de drie rechercheurs opeens in dezelfde richting wegstoven. Barrons ogen gleden weer naar Red en vanuit zijn ooghoek zag hij hoe er bij Lee vanbinnen iets brak en de tranen opwelden.

'Het is te laat, John.'

Met een verwonderde blik keek Barron omhoog. Lee pakte zijn arm, trok hem overeind en keek hem recht in de ogen.

'Het is te laat. Te laat. Begrijp je? De hoofdinspecteur is dood.'

Alles leek in een soort mist gehuld te zijn. Geluid bestond niet.

Overal starende gezichten. Hij zag Dan Ford teruglopen, zijn blauwe blazer uittrekken en hem over Reds gezicht leggen; hij zag Halliday, Polchak en Valparaiso ook weer verschijnen. Ze hijgden, hun jasjes nat van de regen. Hij zag de boomlange Roosevelt mistroostig het hoofd naar hen schudden. Zijn tranen, inmiddels een stortvloed, stroomden vrijelijk over zijn wangen.

Het was 21.47 uur.

54

Nog steeds woensdagavond, 13 maart, 22.10 uur

Halliday had hem naar huis gestuurd. De volgende ochtend moest een uitgerust iemand de burelen runnen, was zijn uitleg geweest. Bovendien konden hij en Valparaiso met z'n tweeën vanaf de luchthaven de jacht op Raymond Thorne verder coördineren. Lee en Polchak waren al weg en legden nu de zwaarste kilometers van hun leven af, op weg naar de onopvallende vierkamerbungalow aan Ridgeview Lane 210 in de wijk Mount Washington om Gloria McClatchy te vertellen dat haar echtgenoot was overleden.

'Rijden.'

'Waarheen?'

'Kan me niet schelen. Zolang we maar rijden.'

Dan Ford startte de motor van John Barrons Mustang, reed weg van de luchthaven en sloeg in noordelijke richting af naar Santa Monica. Barrons shirt en handen waren nog steeds besmeurd met Reds bloed, maar hij leek het niet te zien en gezeten in de passagiersstoel staarde hij enkel voor zich uit.

Dat al een paar minuten na het incident een gebied van acht vierkante kilometer rondom de luchthaven was afgezet en honderden agenten, geholpen door helikopters en speurhonden, bezig waren het gebied uit te kammen, op zoek naar Raymond Oliver Thorne, leek onbeduidend. En ook dat alle vertrekkende vluchten waren vertraagd en alle passagiers een voor een zorgvuldig werden gecontroleerd om er zeker van te zijn dat Thorne niet simpelweg zijn toevlucht tot een andere luchtvaartmaatschappij had genomen om alsnog te kunnen ontsnappen.

Bepaald niet onbeduidend was het feit dat Red McClatchy dood was. Misschien dat Red hem beter gewoon op de carrousel had kunnen neerknallen zonder Thorne eerst bij zijn voornaam te roepen. Misschien hadden er te veel mensen in de weg gestaan, waardoor het te gevaarlijk was om zelf te schieten. Misschien was hij bang geweest dat als hij Raymond niet had afgeleid, Barron het slachtoffer was geweest. Maar op dat allerlaatste moment, in die afschuwelijke laatste seconde, was er alsnog een korte, oorverdovende schotenwisseling geweest, wat inhield dat Red op Raymond had gevuurd. Het probleem was alleen dat, ook al was Red nog zo goed, Thorne beter was; hij was hem te snel af geweest. Of had gewoon mazzel gehad. Of alle drie. Maar hoe dan ook, Red McClatchy was dood en John Barron leefde. Wat er ook precies was gebeurd, Red had Barrons leven gered.

Red McClatchy, de man die hij tegelijkertijd respecteerde, verachtte en aanbad. De man die hem slechts enkele minuten voor deze verschrikking nog tot zijn partner had bevorderd.

Los van zijn daden, of van waar de 5-2 Squad voor stond, was het onmogelijk hem als een sterveling te beschouwen. Hij was een reus, een legende. Dit soort mannen stierf niet op de vloer van een drukke, felverlichte vertrekhal met tweehonderd mensen die hun bagage bijeenzochten. Zulke mannen waren niet alleen onsterfelijk, ze werden als een kleinood gekoesterd. Over pakweg veertig jaar zou je vernemen dat zo iemand na een lang pensioen was heengegaan. En zelfs dan nog zou de stortvloed van necrologieën heroïsch van toon zijn.

'In de parkeergarage droeg hij een kogelvrij frontje, net als wij. Maar nooit een echt vest. Ik heb dat nooit doorgehad.' Barron staarde voor zich uit. De regen was iets afgenomen, nog slechts een waas in het licht van de koplampen. 'Misschien geloofde hij in zijn eigen mythe, dat niets hem kon deren.'

'Red kennende denk ik eerder dat hij gewoon een hekel aan die rotdingen had. Ze werden pas veel later verplicht,' sprak Dan Ford zacht terwijl hij verder reed. 'Misschien was dat al reden genoeg.'

Barron reageerde niet en het gesprek viel stil. Een uur later hadden ze de lichten van de stad achter zich gelaten en reden ze in noordelijke richting over de Golden State Freeway naar de heuvels

159

van de Tehachapi Mountains. Het regende inmiddels niet langer en de sterren stonden weer aan de hemel.

55

Vijfendertig minuten nadat hij de luchthaven was ontvlucht, keek hij vanaf de parkeerplaats van het Disneyland Hotel omhoog naar de monorail die de hotelgasten van en naar het befaamde pretpark vervoerde. Op het gezicht van Raymond Thorne verscheen eventjes een geamuseerde grijns; niet omdat hij op het nippertje aan de politie had weten te ontsnappen, of omdat hij op dezelfde manier was gevlucht als dat hij gekomen was, namelijk met de eerste de beste bus, ditmaal naar Disneyland, terwijl de sirenes al op terminal 6 af stormden: als voorbode van de enorme politiemacht die binnen enkele minuten over het hele gebied zou neerdalen. Nee, hij grijnsde omdat hij zich herinnerde dat de toenmalige premier van Rusland, Nikita Chroesjtsjov, in 1959 een verzoek had ingediend om Disneyland te mogen bezoeken, wat door de Amerikaanse regering was afgewezen: een diplomatieke misstap die uitgroeide tot een verbitterde rel. Hoe het uiteindelijk was afgelopen wist hij niet meer. Het ging hem vooral om de bizarre absurditeit, om wat zich te midden van de onheilspellende, gespannen Koude Oorlog-sfeer in de overlegkamers van Washington en Moskou kon hebben afgespeeld terwijl de vingers van beide supermachten steeds dichter naar de knop gleden. Waarmee het startsein voor de totale nucleaire confrontatie met Mickey Mouse zou zijn gegeven.

Zijn mijmering duurde slechts even. De intensiteit van de klopjacht op hem, zo wist hij, nam steeds meer toe. Ze wisten hoe hij eruitzag en dat hij bijna zo goed als kaal was. Hij moest een plek vinden waar hij veilig kon uitrusten, zijn plannen kon herzien en opnieuw Jacques Bertrand in Zürich kon bereiken. Ditmaal niet omtrent zijn aankomst in Frankfurt, maar wederom met het verzoek om een vliegtuig en een paspoort om zo snel mogelijk Californië te kunnen verlaten.

Het licht van de koplampen van een pendelbus streek langs hem heen. De bus kwam tot stilstand, de portieren zwaaiden open en een groepje Frans-Canadese toeristen stapte uit. Meteen sloot hij zich bij hen aan en liep mee naar de lobby van het hotel. Daar aangekomen zocht hij de cadeauwinkel op. Ook nu weer gebruikte hij Josef Speers creditcard, ditmaal voor een Disneyland-petje en een Lion King-windjack.

Met zijn min of meer veranderde voorkomen maakte hij nogmaals gebruik van het openbaar vervoer. Hij nam de bus terug in de richting van de stad, stapte uit bij het John Wayne-vliegveld en stapte daar over op een andere bus die hem naar de enige plek zou brengen waarvan hij vermoedde dat hij er de rest van de nacht ongestoord kon doorbrengen: het appartement van Alfred Neuss in Beverly Hills.

Een uur later stond hij voor het gebouw en probeerde een manier te bedenken om binnen te komen. Hij was ervan uitgegaan dat een rijke Amerikaanse juwelier als Neuss, zelfs al hield deze er een bescheiden appartement op na, over een elektronisch bewakingssysteem beschikte en dat elke deur en elk raam tegen inbraak beveiligd zou zijn. Hij had geleerd om een stuk of tien totaal verschillende systemen onklaar te kunnen maken door simpelweg de elektriciteitsdraad te zoeken die naar de deur of het venster liep dat hij wilde forceren, deze tot een keerlus te buigen zodat de stroom werd teruggevoerd naar het hoofdkastje, waardoor er een gesloten systeem ontstond en het anti-inbraaksysteem intact leek terwijl het in feite was onderbroken. Wat voor systeem Neuss ook mocht hebben, hij was er klaar voor. Maar het bleek niet nodig.

Alfred Neuss was niet alleen irritant voorspelbaar, maar bovendien zelfingenomen. Het enige wat zijn appartement aan Linden Drive beschermde, was het slot op de voordeur, dat zelfs door de domste inbreker kon worden geforceerd. Wat om tien voor halfeen in de nacht dan ook door Raymond Thorne werd gedaan. Vijfentwintig minuten later had hij gedoucht, zich in een van Neuss' schone pyjama's gehuld, voor zichzelf een stukje roggebrood en een sandwich met emmentaler klaargemaakt, en deze weggespoeld met een glas ijskoude Russische wodka die Neuss in het vriesvak van zijn koelkast had liggen.

Om een uur in de nacht zat hij achter Neuss' computer in het kleine werkkamertje tegenover de vestibule, met John Barrons Beretta naast hem op het bureaublad. Ondanks zijn eigen geraffineerde doorschakeltruc had hij besloten niet van Neuss' telefoon gebruik te maken uit angst dat politie-experts erin zouden slagen om zijn gesprekken alsnog te traceren. Al na enkele seconden had hij verbinding met de lokale server, toetste het nummer in voor Buffalo, New York, zocht met Telnet verbinding met de host, logde in en verstuurde een gecodeerde e-mail naar een adres in Rome, die vervolgens zou worden doorgestuurd naar een e-mailadres in Marseille en uiteindelijk naar dat van Jacques Bertrand in Zürich. Hij berichtte de Zwitserse advocaat over de recente gebeurtenissen en verzocht om onmiddellijke hulp.

Daarna trakteerde hij zichzelf op een tweede glas wodka. En terwijl buiten zo'n beetje iedere agent uit Los Angeles en omgeving jacht op hem maakte, trok Raymond Thorne om precies drie minuten voor halftwee – het was inmiddels donderdag 14 maart – de dekens van Neuss' kingsize bed over zich heen en viel hij heerlijk in slaap.

56

Donderdag 14 maart, 4.15 uur

'Stemkowski. Jake, toch?' John Barron leunde op het keukenaanrecht van zijn huurwoning in de wijk Los Feliz. Potlood in de ene hand, de hoorn in de andere.

'U hebt zijn privé-nummer? Ik weet het, het is daar kwart over zes in de ochtend. Nou, hier is het kwart over vier,' liet hij de telefoniste nadrukkelijk weten. Even later krabbelde hij het nummer op de blocnote naast hem. 'Dank u,' zei hij en hij hing op.

Tien minuten daarvoor had een doodvermoeide Jimmy Halliday hem gebeld met drie nieuwe feiten. Het eerste betrof twee 9mm-Beretta's in een sopemmer van een schoonmaker in de Lufthansa-vertrekhal. Mogelijke vingerafdrukken waren door het schoonmaakmiddel in het sop al opgelost. Maar het leed geen twijfel waar de Beretta's vandaan kwamen. Ze behoorden toe aan de hulpsheriffs die in de lift van het gerechtsgebouw door Raymond Thorne waren neergeschoten.

Het tweede feit betrof het ballistisch onderzoek van het Sturm, Ruger-automatische pistool dat in Raymonds achtergelaten reistas in de *Southwest Chief* was aangetroffen. Vergelijkende tests hadden onomstotelijk aangetoond dat dit hetzelfde wapen was als waarmee de twee mannen in het kleermakersatelier aan Pearson Street in Chicago waren vermoord.

Het derde feit betrof de rapporten naar aanleiding van het verzoek om informatie, die de vorige middag naar de politiekorpsen van San Francisco, Mexico-Stad en Dallas waren verstuurd. Steden die Thorne had bezocht vlak voordat hij naar Chicago ging, zo was uit de gegevens op de magnetische strip van zijn paspoort gebleken. Wat neerkwam op een tijdsbestek van iets meer dan vierentwintig uur, van vrijdag 8 maart tot en met zaterdag de negende. Het was dan ook niet verrassend dat binnen dit tijdsbestek in elk van de drie steden moorden waren gepleegd. Maar de slachtoffers in San Francisco en Mexico-Stad, zo bleek uit de politierapporten, waren eerst op gewelddadige wijze gemarteld. Daarna waren ze van dichtbij in het gezicht geschoten, waardoor ze onherkenbaar verminkt waren. Het slachtoffer uit San Francisco was in de baai gedumpt, de man uit Mexico-Stad op een verlaten bouwterrein achtergelaten. De reden voor het verminken en het elders achterlaten van de lijken was waarschijnlijk om de identificatie naderhand te bemoeilijken en het feit langer uit het nieuws te houden, zodat de dader meer tijd had om te vluchten. Het was dezelfde methode als die hij ook bij Josef Speer had gebruikt. Met de mededeling dat hij nu samenwerkte met de politie van San Francisco en Mexico-Stad om meer informatie over de slachtoffers te verkrijgen, en het verzoek aan Barron om hetzelfde in Chicago te doen, hing Halliday op.

Barron nam een slokje van zijn oploskoffie, toetste het nummer in dat hij had doorgekregen en hoorde het toestel aan de andere kant van de lijn overgaan. Op het aanrecht naast hem lag een .45 Colt Double Eagle automatisch pistool. Het was zijn eigen wapen, dat normaliter in een gesloten la in zijn slaapkamer lag en dat de Beretta moest vervangen die Thorne hem op de luchthaven had ontfutseld.

'Stemkowski,' zei een stoere, hese stem.

'Met John Barron, politie van Los Angeles, 5-2 Squad. Het spijt me dat ik u heb wakker gebeld, maar er waart hier een heel kwaaie jongen rond.'

'Heb ik gehoord, ja. Wat kan ik doen?'

163

Een heel kwaaie jongen. Barron was alleen thuis, gekleed in een joggingbroek en een versleten T-shirt van de politieschool. Al was het spitsuur en stond hij spiernaakt midden op Sunset Boulevard, als Jake Stemkowski, inspecteur Moordzaken van de politie van Chicago, hem maar alle informatie over de vermoorde mannen in het kleermakersatelier kon verschaffen.

'Ze waren kleermakers,' aldus Stemkowski. 'Broers. Zevenenzestig en vijfenzestig. Achternaam Azov. A-z-o-v. Russische immigranten.'

'Russisch?' Opeens schoten Barrons gedachten terug naar de aantekeningen in Raymond Thornes zakagenda. *Russische ambassade/Londen. 7 april/Moskou.*

'U ziet een verband?' vroeg Stemkowski.

'Misschien, ik weet het niet zeker.'

'Nou, Russisch of niet, ze waren al veertig jaar Amerikaans staatsburger. We hebben een dossier met Russische namen in zo'n beetje de helft van alle staten nagetrokken. Vierendertig stuks alleen al in de omgeving van Los Angeles.'

'Los Angeles?'

'Ja,' bromde Stemkowski.

'Joods, toevallig?'

'U denkt aan antisemitisme?'

'Misschien,' antwoordde Barron.

'Wie weet hebt u gelijk, maar deze mensen waren niet joods, maar twee Russisch-orthodoxe christenen.'

'Regel een lijst voor me.'

'Doe ik,' beloofde Stemkowski.

'Bedankt. Ga maar weer slapen.'

'O, nee hoor. Tijd om op te staan.'

'Nogmaals bedankt.'

Hij hing op en dacht even na. Voor hem lag de Colt .45. Rechts naast de koelkast hing de foto van hem met Rebecca, genomen in het St. Francis. Het onderschrift luidde: 'Broer en zus van het jaar.' Op dit moment vroeg hij zich af wat hij met Rebecca moest doen. Hoewel ze pas twee dagen verder waren, leek alles wat zich daarvoor had afgespeeld opeens iets uit een ver verleden. De afschuw, de walging die hij had gevoeld bij Donlans executie; de ontdekking van welke praktijken het team er al zo lang op na hield; Reds waarschuwing, en die van Halliday. Het leek allemaal uit een heel andere tijd, de tijd dat hij nog een stuk jonger was. Red was dood en zijn moordenaar liep nog vrij rond, dat was het enige wat telde. Een figuur van wie ze bijna niets wisten, maar die zou blijven moorden totdat hij eindelijk werd gepakt. Het maakte hem razend. Hij voelde zijn hart bonken en het bloed door zijn aderen jagen. Zijn ogen gleden van de foto terug naar de Colt.

Dat was het moment waarop hij besefte wat er veranderd was. Zijn grootste angst was werkelijkheid geworden: hij was een van hen geworden.

57

Dezelfde dag, donderdag 14 maart, Beverly Hills, 4.40 uur

Ineengedoken staarde Raymond Thorne naar het computerscherm in Alfred Neuss' kleine werkkamer. Op het scherm stond een gecodeerd bericht afkomstig van Jacques Bertrand in Zürich. Gedecodeerd luidde het bericht als volgt:

Documenten worden in Nassau, de Bahama's, klaargemaakt. Vliegtuig is geregeld. Bevestiging volgt.

Meer niet. De Barones had hem eerder al gemaild dat het wat tijd zou kosten. Daarna had hij Bertrand laten weten dat hij van het oorspronkelijke plan was afgestapt en terug zou gaan naar Frankfurt. Ze moesten dus weer van voren af aan beginnen. Niemand kon er iets aan doen, zo lagen de zaken nu eenmaal.

God stelde hem nog altijd op de proef.

Het St. Francis psychiatrisch ziekenhuis, 8.00 uur

Het vlak waar John Barron naar keek, was smetteloos wit. Daarna zag hij de hand, waarvan de rode vingertoppen het wit aanraakten en een grote, donkerrode cirkel tekenden. Erin verscheen een oog, daarna nog een. Dan snel een driehoekige neus en ten slotte een mond, een treurige mond met omlaag getrokken mondhoeken, als van een treurspelmasker.

'Niks aan de hand, heus,' mompelde hij terwijl hij probeerde te glimlachen. Hij wendde zich af van de vingervervende Rebecca achter haar ezel in het piepkleine tekenlokaaltje, liep naar een geopend raam en staarde naar het glooiende groen van de keurig bijgehouden gazons.

De regen van de avond ervoor was een godsgeschenk geweest, dat de stad Los Angeles had gereinigd en opgefrist terwijl die zich in de schittering van de ochtendzon liet drogen. Maar de zuivere glans en de gloed verhulden de waarheid zoals Rebecca die had getekend: er waren te veel doden, en hij ging er iets aan doen.

Hij voelde iets tegen zijn mouw, schrok en draaide zich om. Rebecca stond naast hem en veegde het laatste restje vingerverf af aan een kleine handdoek. Daarna legde ze de handdoek opzij, nam zijn handen in de hare en keek hem aan. In haar donkere ogen zag hij al zijn emoties weerspiegeld, zijn woede, de pijn en het verlies. Hij wist dat ze het probeerde te begrijpen en dat ze bedroefd en gefrustreerd was omdat ze het niet kon verwoorden.

'Stil maar,' fluisterde hij terwijl hij haar in zijn armen nam. 'Stil maar. Stil maar.'

Hoofdbureau van politie, Parker Center, 8.30 uur

Dan Ford had zich strategisch opgesteld op de voorste rij tussen de camera's en de microfoons. De burgemeester van Los Angeles begon aan zijn officiële verklaring. 'Vandaag rouwen de burgers van Los Angeles om de dood van hoofdinspecteur Arnold McClatchy, de man die we allemaal kenden als Red. "Ik ben geen held, ik ben maar een gewone smeris," zei hij altijd. Een man die het allergrootste offer gaf opdat daarmee het leven van een collega misschien gespaard kon blijven...'

De laatste woorden bezorgden de burgemeester een brok in de keel en hij zweeg even. Hij slikte zijn emoties weg, vervolgde zijn toespraak met de mededeling dat de gouverneur van Californië had bevolen dat ter ere van McClatchy de vlaggen op het Capitool van de staat halfstok gingen. Verder was het de wens van de hoofdinspecteur dat er geen begrafenis zou zijn, 'maar in plaats daarvan een eenvoudig samenzijn van vrienden bij hem thuis. U weet allemaal dat Red een hekel had aan sentimentele toestanden en de boel dan het liefst zo snel mogelijk afwerkte.' Hij glimlachte even, maar niemand lachte. Daarna gaf hij het woord aan hoofdcommissaris Louis Harwood.

Al meteen maakte de sombere toon plaats voor een strenge, toen Harwood meedeelde dat op zijn bevel de teamleden van de 5-2 Squad een spreekverbod opgelegd hadden gekregen. Punt uit. Al hun inzet en aandacht waren nodig om de voortvluchtige Raymond Oliver Thorne te pakken te krijgen. Punt uit. Voor vragen diende de pers zich te melden bij de voorlichters van de politie. Punt uit. Einde verhaal.

De lokale verslaggevers en journalisten die de politie dagelijks volgden, begrepen het. Bij de rest, inmiddels bijna honderd in getal en nog steeds toenemend nu ook de internationale pers toestroomde, overheerste het gevoel dat ze werden weggehouden van een groot, geheim drama dat zich hier voltrok. Wat precies de bedoeling was. Afgezien van het respect voor de privacy en het verpletterende verdriet bij de mannen van de 5-2 was het hele korps – dat ook persoonlijke verliezen te betreuren had – buitengewoon ontstemd over hoe de media met het hele drama omgingen.

Naast Red McClatchy waren immers nog vijf andere ordebewakers en twee burgers vermoord, en de moordenaar liep nog steeds vrij rond. Met als gevolg dat de 5-2 Squad, ondanks de legendarische status als een van de beste politie-eenheden van het land, in de media geleidelijk aan als tekortschietend werd geportretteerd en er een beeld werd geschetst dat hoe dan ook als tragisch te bestempelen viel.

Van de ene op de andere dag had Raymond Los Angeles weer in het wilde Westen veranderd. Een koelbloedige moordenaar werd opeens een held van de voorpagina's, een stoutmoedige, onvervaarde boef die zich inmiddels in de bijnaam 'Trigger Ray Thorne' mocht verheugen en wiens daden inmiddels over de hele wereld werden rondgebazuind. Raymond Oliver Thorne, ogenschijnlijk zonder geweten en zonder verleden, was uitgegroeid tot een eenentwintigste-eeuwse John Dillinger en Billy the Kid ineen. Hij was jong, superaantrekkelijk, onbevreesd en een genadeloze schutter die zichzelf uit onmogelijke situaties een weg kon schieten en die de autoriteiten om de haverklap te slim af was. Sterker nog, hij was nog steeds op vrije voeten, en hoe langer hij dat bleef, hoe verder de toch al hoge kijkcijfers en de gigantische krantenoplagen zouden stijgen.

Een dergelijk circus was iets wat het LAPD niet zou tolereren. Vooral nu niet, nu elke verslaggever een interview met de 5-2 wilde. De eenvoudigste oplossing, zo werd besloten, was om de 5-2 Squad af te schermen van de media. Hetgeen was gebeurd.

167

Dan Ford vormde hierop de enige uitzondering. Het korps wist dat hij te vertrouwen was en niet alleen slechts de waarheid berichtte maar ook zijn mond hield wanneer hij dingen wist die de tabloids zouden doen kwijlen, de circusachtige sfeer alleen maar verder zouden opblazen en het onderzoek zouden hinderen. Zoals bijvoorbeeld zijn kennis van het ballistisch rapport dat Raymond in verband bracht met de moorden in Chicago. Of het lopende onderzoek naar de 'martelmoorden' in San Francisco en Mexico-Stad. Of, dichter bij huis, dat na Hallidays telefoontje waarin deze het verband met de moord in Chicago bevestigde, John Barron zijn mantel van rouw van zich had laten afglijden en onmiddellijk contact had opgenomen met de rechercheur die op de zaak van de Pearson Streetmoorden was gezet. Het waren dingen die Dan Ford wist, maar voor zich hield, en die de reden vormden waarom het korps hem toegang bood tot informatie die voor anderen geheim bleef.

58

Beverly Hills, 8.45 uur

Raymond staarde naar het computerscherm. Het was precies vier uur geleden sinds hij Jacques Bertrands e-mail had ontvangen. Waarom de uiteindelijke bevestiging zo lang op zich liet wachten, wist hij niet. Het liefst wilde hij de telefoon oppakken en hem meteen bellen. Maar dat kon niet. Hij kon slechts afwachten en hopen dat dit niet de dag was waarop een schoonmaakster zich zou vertonen en op hoge toon wilde weten wie hij was en wat hij hier te zoeken had. Maar in plaats van te piekeren hield hij zijn Beretta binnen handbereik en stopte al zijn energie in een grondige inspectie van Neuss' computerbestanden en vervolgens diens appartement – elke la, elke kast, elk meubelstuk, ja zelfs de bloempotten, letterlijk elke vierkante centimeter –, zoekend naar een tweede sleutel van de bewaarkluis of iets waarmee hij het adres kon achterhalen van de desbetreffende bank. De verborgen la in het kaptafeltje van Neuss' vrouw, waarin haar juwelen lagen, kwam nog het dichtst in de buurt. De juwelen lagen erin, maar er was geen sleuteltje, geen informatie.

Uiteindelijk kon hij slechts alle dingen weer terug op hun plek leggen en wachten op Jacques Bertrands toegezegde bevestiging.

En hopen dat niemand die voor de tv of achter de ochtendkrant zat hem afgelopen nacht over Linden Drive had zien lopen, of hem vanachter een raam aan de overkant van de straat hier binnen had gezien.

Zürich, Zwitserland, zelfde tijdstip, 17.52 uur lokale tijd

Zittend in Jacques Bertrands elegante privé-kantoor op de derde verdieping aan de Lindenhof, een rustig plein dat uitzicht bood op het oude stadscentrum en de rivier de Limmat, keek Barones Marga de Vienne naar het tv-scherm dat zo smaakvol in de mahoniehouten boekenkast was ingebouwd.

De Barones, op haar tweeënvijftigste nog net zo mooi als ze op haar twintigste was geweest en gekleed in een conservatief, donkerkleurig gedistingeerd reiskostuum, haar lange haren in een knot onder een lamswollen clochehoed die haar gelaatstrekken zo veel mogelijk verhulde, was duidelijk opgelaten. Ze zag haar advocaat zelden persoonlijk. De communicatie verliep doorgaans via beveiligde telefoonlijnen en gecodeerde e-mails. Vond er dan toch een ontmoeting plaats, dan zeker niet bij hem. Maar dit was een uitzondering. Ze was in Zürich omdat de situatie nadrukkelijk was veranderd. Wat enkele dagen eerder nog als een minutieus getimede en in feite tamelijk eenvoudige operatie was opgezet, was opeens veranderd in een nachtmerrie waarin toeval en pech een onvoorziene hoofdrol speelden. Raymonds lot hing niet langer alleen van hemzelf af, maar ook van hen. De agenda's voor vrijdag in Londen en 7 april in Moskou moesten grondig worden herzien.

Of Neuss en Kitner een vermoeden hadden wie achter de moorden in Noord- en Zuid-Amerika zat bleef de vraag. Ook al hadden ze zijn foto op tv gezien, dan nog viel het te betwijfelen of ze hem na al die jaren zouden herkennen, vooral als ze zich een persoon met zwart haar en donkere wenkbrauwen herinnerden, in plaats van de blonde knaap met lichte wenkbrauwen en de cosmetisch gecorrigeerde neus die zijn gezicht drastisch had veranderd. Maar dat Neuss overhaast naar Londen was afgereisd, viel niet te ontkennen. Waarschijnlijk was hij bang het volgende slachtoffer in de reeks van moorden te worden. Eenmaal in Londen zou hij bovendien met Kitner overleggen welke stap de volgende zou zijn, hetgeen wel eens kon neerkomen op het overbrengen van de stukken naar een ander kluisje, wat de zaak alleen maar gecompliceerder zou maken.

Hoe vervelend ook, het viel in het niet bij de beelden op Bertrands tv-scherm: Raymonds foto in een speciale CNN-nieuwsuitzending, gekoppeld aan videobeelden die de avond ervoor in de vertrekhal van de luchthaven van Los Angeles waren gemaakt en de nasleep van het schietduel met de politie waarbij drie agenten waren omgekomen, onder wie een zeer prominente en gewaardeerde rechercheur, terwijl de dader aan boord van Lufthansavlucht 453 naar Frankfurt trachtte te komen.

Het plotselinge gerinkel van Bertrands telefoon verstoorde de nieuwsuitzending. Hij nam op. Tegelijkertijd belandde de vinger van de Barones op de knop van de afstandsbediening, waarna het geluid van de tv wegstierf.

'Ja,' antwoordde hij in het Frans. 'Natuurlijk. Laat het me meteen weten.' Hij hing op en keek de Barones aan. 'Het is voor elkaar. Het vliegtuig is opgestegen. De rest moet hij zelf opknappen.'

'God stelt ons allen op de proef.' Ze keek weer naar het scherm, waarop een strakke montage werd vertoond van de grootschalige politieklopjacht op Raymond Thorne en politiekorpsen in heel Californië zich klaarmaakten om hem in de kraag te vatten. Ondertussen gingen haar gedachten uit naar hem en vroeg ze zich af of hij sterk genoeg zou zijn.

Of had ze misschien nog meer op hem moeten inpraten?

Parker Center, hoofdbureau van politie Los Angeles, 8.55 uur

Telefonerend met Jake Stemkowski in Chicago beende Barron door de gang. Ondanks het door hoofdcommissaris Harwood opgelegde spreekverbod was hij vlak na zijn komst, en precies op het moment dat Stemkowski belde, door een horde verslaggevers bijna in een hoek gedreven. Geüniformeerde agenten hadden de media terug weten te dringen, waarna Barron via een zijdeur naar binnen was gegaan. Bij een van de liften achter in het gebouw, waar hij wist dat de ontvangst goed zou zijn, haalde hij zijn mobieltje weer te voorschijn.

'We hebben een lijst samengesteld van Russische namen en adressen uit het dossier van de vermoorde gebroeders Azov,' deelde Stemkowski mee. 'Ik fax de hele bende naar u. Zodra we meer weten, brengen we u op de hoogte.'

'Bedankt,' antwoordde Barron.

'Nog gecondoleerd met het verlies van jullie hoofdinspecteur.'

'Dank u.'

Hij hing op en opende de kantoordeur van de 5-2 Squad. Polchak was binnen, net als Lee. Ze stonden bij het raam naast zijn bureau, alsof ze hem al opwachtten. Hij kon zien dat ze gedronken hadden, maar ze waren niet beneveld.

'Wat is er?' vroeg hij terwijl hij de deur achter zich sloot.

Polchak noch Lee zei iets.

'Zijn Halliday en Valparaiso naar huis?'

'Net vertrokken,' antwoordde Polchak kortaf. Hij had zich nog steeds niet verkleed. Zijn ogen stonden vermoeid en hij had inmiddels een stoppelbaard. 'Je liet die lul je pistool afpakken. Je hebt het goed verkloot. Maar ja, dat hoef ik jou niet te vertellen.'

Barron keek Lee aan. Net als Polchak had ook hij zich nog niet kunnen verkleden; hij had dezelfde vermoeide ogen, dezelfde stoppelbaard. Allebei waren ze na het bezoek aan de weduwe van Red nog niet thuis geweest. Dat beiden zich niet bepaald florissant voelden, was duidelijk, maar het maakte allemaal geen verschil. Red was hun god geweest. Barron was een groentje dat Raymond Thorne had moeten neerknallen, maar zijn plicht had verzuimd. Daarna was het compleet uit de hand gelopen, want Thorne had hem zijn pistool ontfutseld en had Red vervolgens doodgeschoten. Het straalde allemaal duidelijk van hun gezichten af: ze gaven hem de schuld.

'Het spijt me,' zei hij zacht.

'Ben je gewapend?' vroeg Polchak. Zijn blik was er een van walging die grensde aan haat.

'Hoezo?' vroeg hij, opeens op zijn hoede. Hadden ze soms genoeg de pest aan hem om hem hier neer te knallen?

'Raymond heeft je pistool geroofd,' sprak Lee. 'En heeft Red ermee vermoord.'

'Dat weet ik.' Hij keek de twee een voor een aan, en trok langzaam zijn jasje open. De Colt rustte in de holster aan zijn heup. 'Ik had hem thuis liggen.' Hij liet zijn jasje weer dichtvallen.

'Hoe jullie over mij denken, is niet belangrijk. Het enige waar het om gaat is om Raymond Thorne in de kraag te vatten, ja?'

Polchak ademde zwaar. Zijn ogen zochten die van Barron. 'Ja,' bromde hij ten slotte.

Barron keek Lee weer aan. 'Roosevelt?'

Die zweeg een paar lange tellen en keek hem slechts aan alsof

171

hij nadacht over wat hij moest doen. Voor het eerst besefte Barron wat voor een reus Lee was. Een boom van een vent, alsof hij hem met één hand zou kunnen vermorzelen.

Het gezoem van de faxmachine verbrak de ijzige stilte. Het was Stemkowski's lijst die vanuit het hoofdbureau in Chicago werd verzonden. 'Ja,' gaf Lee eindelijk toe. 'Je hebt gelijk.'

'Oké.' Barron keek beide mannen even aan en liep naar het faxapparaat.

Zijn ogen gleden over de lijst die Stemkowski uit het adressenbestand van de vermoorde gebroeders had samengesteld. Azov, hun familienaam, was Russisch, net als de andere namen op de lijst, zoals Stemkowski had verteld. Het merendeel van de adressen was verspreid over Zuid-Californië, voornamelijk in en rondom Los Angeles. Een handjevol was iets noordelijker, rondom de Francisco Bay.

Hij bekeek de namen, en daarna nog eens. De eerste keer las hij er overheen, daarna nog eens. Hij wilde de lijst al ter zijde schuiven toen iets zijn aandacht trok. Hij keek nog eens aandachtig. De naam op tweederde van boven was niet Russisch, wekte althans niet die indruk. Maar het bijbehorende adres kwam hem maar al te bekend voor. Hij draaide zich om naar Lee en Polchak.

'De slachtoffers in Chicago hadden een vriend in Beverly Hills. Hij heeft een winkel, een paar deuren verder van de pizzeria waar dat ene meisje vertelde dat ze Raymond had gezien, en een paar straten vanwaar de politie van Beverly Hills de auto met daarin die dode consultant aantrof. Het adres is Brighton Way 9520, de naam luidt Alfred Neuss.'

9.17 uur.

59

Beverly Hills, 10.10 uur

Opnieuw opende Raymond Thorne het e-mailprogramma om te kijken of Bertrand al iets van zich had laten horen. Nog steeds niets. Wat was er gebeurd? Waarom kreeg hij geen antwoord?

Had Bertrand gewoon niets te melden? Waren ze bij het regelen van een vliegtuig met piloot op problemen gestuit? Was er iets tussen gekomen?

Kwaad keerde hij zich van het scherm af. Hoe lang kon hij zich hier nog schuilhouden? Buiten op straat werd het al drukker, met hoveniers, klusjesmannen, bezorgers, en mensen die hun auto's parkeerden om het korte stukje naar de winkels en kantoren aan Wilshire Boulevard te lopen.

Hij keek weer naar het scherm.

Nog steeds niets.

Hij liep de gang op, de keuken in en weer terug. Naarmate de minuten verstreken, nam zijn ongemak toe. Hoe langer hij hier bleef zitten, zo wist hij, hoe groter de kans dat hij werd ontdekt. Als voorzorgsmaatregel had hij naar een ontsnappingsmogelijkheid gezocht, mocht er iets gebeuren voordat Bertrand van zich liet horen, en hij had die gevonden: de sleuteltjes van Neuss' donkerblauwe, vijf jaar oude Mercedes die, zo had hij ontdekt, in het steegje aan de achterzijde van het appartementengebouw in een carport geparkeerd stond. In geval van nood kon hij ermee vandoor, maar de waarheid was dat hij nergens heen kon.

10.12 uur.

Weer richtte hij zijn aandacht op het scherm, ervan overtuigd dat er nog steeds geen bericht was en hij Bertrand nog harder zou vervloeken. Maar tot zijn verbazing was er een bericht. Gedecodeerd luidde de boodschap als volgt:

West Charter Air, plaats: Nassau, Bahama's. Gulfstream IV op weg naar vliegveld van Santa Monica om Jorge Luis Ventana, zakenman uit Mexico, om 13.00 uur op te pikken. Benodigde identiteitspapieren zullen aan boord zijn.

Dat was het, dat was alles wat hij nodig had.

Snel klikte hij door naar de browser en klikte 'Extra…' aan. Vervolgens ging hij naar 'Internetopties…'. In de map met tijdelijke bestanden klikte hij op 'Bestanden verwijderen…', verwijderde 'Cookies…' en klikte op 'Geschiedenis wissen…'. Na deze handelingen, in combinatie met het web van meervoudige IP Hosts met behulp waarvan hij contact had gezocht met Jacques Bertrand, zou hun communicatie zo goed als ontraceerbaar zijn.

Hij zette de computer uit, liep naar Neuss' kledingkast en trok

173

het bruine linnen pak te voorschijn dat hij al eerder had gepast. De broek was wat kort en de taille iets te ruim, maar met een riem eromheen en een jasje erover zou daar niets van te zien zijn. Uit de ladekast trok hij een wit, gesteven overhemd en een dure, rood-met-groen gestreepte das.

Een paar minuten later was hij aangekleed, strikte zijn das en zette een panamahoed op om zijn bijna kale hoofd te verbergen. Daarna pakte hij de 9mm-Beretta van het bed, stopte die achter zijn broeksband en bekeek zichzelf in Alfred Neuss' manshoge slaapkamerspiegel. Hij zag er meer dan fatsoenlijk uit en glimlachte tevreden.

'*Bueno*,' mompelde hij, en voor het eerst in eeuwen, zo voelde het, ontspande hij wat. Iemand die het land per privé-vliegtuig verliet, was niet verplicht bij zijn vertrek een paspoort of andere papieren te tonen. Die zouden pas na de landing nodig zijn en hij wist zeker dat ze aan boord waren, zoals Bertrand had toegezegd. Hij hoefde alleen maar naar het vliegveld van Santa Monica te gaan en over vervoer, Alfred Neuss' Mercedes, beschikte hij al. '*Bueno*,' mompelde hij nogmaals. Eindelijk zat het hem eens mee.

Nog een laatste blik in de spiegel, nog even de hoed en de das een beetje schikken, en hij liep naar de deur. Vervolgens bleef hij staan. Even een blik uit het raam werpen was wel zo verstandig, eigenlijk. Op het moment dat hij het deed, sloeg de schrik hem om het hart. Beneden stond een auto dubbel geparkeerd. De man die uitstapte, was John Barron. Hij was in gezelschap van twee van de rechercheurs die op de luchthaven waren geweest en ook in de parkeergarage toen Donlan werd doodgeschoten. Degene die hun voorging, was de arrogante verkoopster van Alfred Neuss' juwelierszaak.

10.19 uur.

60

Het viertal verdween uit het zicht. Het lag voor de hand dat de verkoopster een sleutel van Neuss' appartement bij zich had, want anders zou ze er niet bij zijn geweest. Dat betekende dat het slechts een kwestie van een paar minuten, ja zelfs seconden was voordat ze de voordeur zouden bereiken. Er was geen tijd meer om dingen terug te plaatsen en sporen van zijn aanwezigheid uit te wissen. Snel liep hij naar de slaapkamer en tuurde vanuit het kleine raam omlaag naar het steegje aan de achterzijde om te kijken of daar misschien ook agenten stonden. Voorzover hij het kon inschatten, was dat niet het geval.

Hij liep via de keuken naar de achterdeur en via de trap naar beneden. Daar aangekomen trok hij de Beretta te voorschijn en opende de buitendeur. Een grote vuilniswagen blokkeerde gedeeltelijk de steeg terwijl de mannen de vuilniszakken verzamelden. De uitrit was vrij. Met de Beretta onopvallend langs zijn zij liep hij in een rechte lijn naar de carport. Beheerst drukte hij op het knopje van de contactsleutel waarmee het alarm automatisch werd uitgezet en de portieren werden ontgrendeld. Hij liep naar binnen. Even later kwam de Mercedes tot leven en reed hij achteruit het steegje in. De vuilniswagen was inmiddels dichterbij, maar hij had nog genoeg ruimte om te manoeuvreren.

Na zo ver mogelijk achteruit te zijn gereden, zette hij de automatische versnellingspook in de 'Drive'-stand en plaatste zijn voet op het gaspedaal. De auto schoot naar voren, maar hij trapte meteen weer op de rem. Van de andere kant naderde nog een vuilniswagen. Hij zat in de val.

10.23 uur.

Greta Adler was de dame die Alfred Neuss Jewelers bestierde wanneer Neuss of zijn vrouw niet aanwezig was. Zij was het dan ook die de voordeur van zijn appartement opende.

'Dank u,' zei Barron. 'Zou u alstublieft buiten willen wachten?' Hij keek even naar Lee en Polchak, trok zijn Colt Double Eagle uit zijn heupholster en stapte naar binnen, gevolgd door Lee en Polchak.

Een gang, een kleine werkkamer met een computer, de huiskamer, de slaapkamer, de keuken. Deuren werden geopend, kasten geïnspecteerd. Er was niemand aanwezig.

'We doorzoeken het hele appartement.' Lee liep de keuken in, Polchak de slaapkamer.

Barron stopte zijn Colt in zijn holster en liep terug naar de voordeur. 'Komt u maar binnen, mevrouw Adler.'

'Juffrouw Adler,' corrigeerde ze hem terwijl ze de woning betrad.

Al meteen toen Barron haar in de winkel Raymonds foto had laten zien, had ze hem herkend. Ja, hij was hier de vorige middag geweest, had ze hun verteld.

'Hij zei dat hij op zoek was naar de heer Neuss en leek verbaasd, ja zelfs verbijsterd toen hij hoorde dat hij in Londen zat,' was haar antwoord geweest.

'Kent de heer Neuss Raymond Thorne?' vroeg Barron.

'Ik geloof van niet,' antwoordde Greta.

'Had u Raymond Thorne wel eens eerder gezien?'

'Nee.'

'Hebt u de heer of mevrouw Neuss wel eens over hem horen spreken?'

'Nee.'

'Zei hij ook waarom hij de heer Neuss wilde spreken?'

'Daar gaf ik hem de kans niet voor.' Haar ogen schoten vuur. 'Ik wilde hem zo snel mogelijk de winkel uit hebben met die rare kleren van hem. Dus ik vertelde hem gewoon de waarheid: dat de heer en mevrouw Neuss in Londen zaten.'

'Raymonds foto is op alle tv-kanalen vertoond en heeft op de voorpagina van de *Los Angeles Times* gestaan, maar u hebt hem niet gezien?' vroeg Barron verbaasd.

'Ik kijk geen tv,' antwoordde ze uit de hoogte. 'En de *Los Angeles Times* lees ik niet.'

10.27 uur. Met een bezorgde blik en de Beretta stevig in de hand staarde Raymond Thorne naar de achteruitgang van het appartementengebouw, ervan overtuigd dat Barron en de anderen elk moment naar buiten konden stuiven. Maar hij stond machteloos. De twee vuilniswagens blokkeerden nog steeds de twee uitritten terwijl de chauffeurs waren uitgestapt en in het Spaans ruzieden over geld dat de een nog van de ander tegoed had.

10.28 uur. Plotseling kwam Lee uit de keuken gelopen en hij keek Greta Adler aan. 'Wanneer zijn meneer en mevrouw Neuss naar Londen vertrokken?'

'Dinsdagavond.'

'Hebben ze kinderen, of was er sprake van een logé?'

'Mevrouw en meneer Neuss hebben geen kinderen en niemand zou op het huis hebben gepast. Zulke mensen zijn ze niet.'

'Reizen ze veel? Hadden ze een woningoppas?'

'De heer en mevrouw Neuss reizen niet zo vaak. Eigenlijk maar

176

zelden. Ze zouden geen "woningoppas" hebben gehad. Hadden ze die wel, dan zou ik de eerste zijn geweest die daarvan geweten had.'

Lee keek Barron aan. 'Er is hier iemand geweest, en nog maar kortgeleden. Er ligt water op het aanrecht en op een glas in de gootsteen zitten verse druppeltjes.'

Polchak kwam uit de slaapkamer. 'Het was Raymond.'

'Wat?' Barron keek op, net als Lee.

'Op de bodem van de klerenkast ligt hetzelfde type spijkerbroek als hij in de vertrekhal aanhad toen hij Red neerschoot. En ook een Disneyland-petje en een jasje.'

Lee keek Polchak aan. 'Waarom denk je dat ze van Thorne zijn en niet van Neuss?'

'U zou de heer Neuss eerst moeten martelen voordat hij zich ook maar in een spijkerbroek zou vertonen,' bitste Greta Adler. 'En voor "Disneyland" geldt hetzelfde.'

'Dat wil nog niet zeggen dat ze van Raymond zijn.'

'Klopt,' reageerde Polchak. 'Ik durf er een jaarsalaris om te verwedden dat ze eigenlijk van Josef Speer zijn geweest. Op dit labeltje staat dat ze in Duitsland zijn gemaakt.'

Raymond gooide het portier open, schoof de Beretta uit het zicht achter zijn broeksband en liep naar de ruziënde mannen.

'*Yo soy el doctor,*' sprak hij op gehaaste toon in het Spaans. '*Esta es una emergencia. Por favor mueve tu troca.*' Ik ben arts. Dit is een noodgeval. Wil je alsjeblieft je truck verplaatsen?

De twee schonken geen aandacht aan hem, maar ruzieden gewoon verder.

'*Emergencia, por favor,*' herhaalde hij nog eens nadrukkelijk.

Ten slotte keek de chauffeur van de vuilniswagen die de uitrit blokkeerde hem aan. '*Sí,*' klonk het nurks. '*Sí.*' Met nog een kwade blik op zijn collega stapte hij in en zette de wagen in zijn achteruit. Met vijf stappen zat Raymond weer achter het stuur van de Mercedes, zette hem in de eerste versnelling en reed ongeduldig stapvoets vooruit totdat hij de ruimte kreeg.

Snel renden Polchak en Barron de trap af, gevolgd door Lee, die via zijn mobilofoon de politie van Beverly Hills om bijstand verzocht. Beneden aangekomen bleven beide mannen staan en trokken hun wapen. Barron keek Polchak aan. Die knikte en samen stoven ze door de deur naar buiten.

177

Maar al meteen bleven ze staan. De steeg was verlaten, op twee tegenover elkaar staande vuilniswagens na, met daartussenin twee ruziënde chauffeurs.

61

12.05 uur

'Trigger Ray opnieuw ontsnapt!' Het nieuws ging als een lopend vuurtje het worldwide web over. Alfred Neuss' Mercedes was leeg aangetroffen en opnieuw was Beverly Hills bijna hermetisch afgesloten terwijl agenten en rechercheurs in burger met behulp van honden en helikopters een gebied van zo'n vijf vierkante kilometer uitkamden.

De media genoten met volle teugen. De bewoners, winkeliers en het stadsbestuur hadden er genoeg van. Maar voor iedereen was één ding duidelijk: samen met het LAPD en de 5-2 Squad maakte de politie van Beverly Hills aanspraak op de titel 'Grootste sukkels van het decennium'.

In de vestibule van Neuss' woning keek Barron naar de technische recherche van de politie van Beverly Hills, die het appartement centimeter voor centimeter onderzocht. Het liet hem koud wat de media berichtten of het stadsbestuur dacht. Het korps was geen stelletje sukkels. Raymond Thorne bleek uiterst brutaal en bijna bovenmenselijk slim. Hij had zich in Alfred Neuss' appartement verschanst omdat hij wist dat de woning onbewoond was. Het was de enige plek waar hij wat kon rusten en niet zou worden ontdekt. En als hij speciaal in Los Angeles was om Neuss te onderscheppen, ja zelfs uit de weg te ruimen – wat inmiddels bijna niet meer te weerleggen viel – was er toch niets slimmer dan zijn prooi in diens eigen hol te verrassen? Maar de vijand had hem verrast en hij was gevlucht, gehuld in Neuss' eigen kleren en achter het stuur van diens auto. De grote vragen bleven vooralsnog onbeantwoord.

Wie wás die Raymond Oliver Thorne eigenlijk? En wat spookte hij hier uit?

Ze hadden hem allemaal perfect Amerikaans-Engels horen spreken, en toch had hij tegen de vuilnismannen vloeiend Spaans gesproken, had op de bagagecarrousel in de vertrekhal met een 'Da sviedanja' Barron vaarwel gezegd terwijl hij op het punt stond hem te vermoorden. Hij kende dus op z'n minst één woord Russisch, maar misschien wel veel meer. Een medewerker van het Bonaventure Hotel had hem vloeiend Duits horen babbelen tegen Josef Speer. Ook de dame van de Lufthansa-incheckbalie had gezegd dat 'Speer' uitstekend Duits had gesproken.

Bovendien waren de slachtoffers in Chicago van Russische afkomst en prijkte de naam Alfred Neuss op de adressenlijst tussen die van Amerikanen van Russische origine. Desgevraagd antwoordde Greta Adler slechts dat ze geen idee had waarom Neuss' naam op de lijst vermeld stond. Voorzover ze wist had hij slechts eenmaal met de kleermakers in Chicago zaken gedaan en de rekening toen naar zijn zaak laten sturen. Over zijn eigen afkomst had de heer Neuss altijd gezwegen. Dus wat voor connecties hij ook met de mannen in Chicago kon hebben gehad, de vraag wie deze veeltalige schutter in 's hemelsnaam was, bleef onbeantwoord. Een internationaal opererende huurmoordenaar? Een lid van de Russische maffia? Een eenzaam opererende terrorist met geheime connecties? Bovendien stond nog lang niet vast of hij al dan niet iets met Donlan te maken had gehad.

Behalve dat deze complicaties Barrons woede en frustratie voedden, riepen ze ook nog meer vragen op. Waarom had hij die twee in Chicago vermoord? En hoe zat het met de gemartelde, verminkte slachtoffers in San Francisco en Mexico-Stad? Rechercheurs aldaar hadden om het rapport van het ballistisch onderzoek van Raymonds Ruger-pistool verzocht, waar nog aan werd gewerkt. Waarom was hij in Los Angeles? Wat voor rol speelden de sleuteltjes van de bewaarkluis? Hoe zat het met de namen, steden en data die hij in zijn agenda had genoteerd?

Maandag 11 maart: Londen.
Dinsdag 12 maart: Londen.
Woensdag 13 maart: Londen/Frankrijk/Londen.
Donderdag 14 maart: Londen (met daaronder kort in het Russisch: *Russische ambassade/Londen* en vervolgens in het Engels: *afspraak om acht uur met 'I.M.' in Penrith's Bar High Street.)*
Vrijdag 15 maart: Uxbridge Street 21.

Zondag 7 april (gevolgd door een schuine streep en het woord 'Moskou' in het Russisch).

En de laatste vraag: waar en hoe paste een rijke, vooraanstaande en al jaren in Beverly Hills gevestigde juwelier als Alfred Neuss in het hele verhaal?

Niemand die het wist, behalve Neuss zelf misschien. De politie van Londen was bezig hem op te sporen en wie weet kon hij een antwoord geven of tenminste wat meer licht op de gebeurtenissen laten schijnen. Maar toch, het hielp allemaal niets bij het opsporen van Raymond Thorne, het achterhalen van zijn plannen, of wie het volgende – dodelijke – slachtoffer werd zodra hij opnieuw toesloeg.

12.25 uur. Barron liep naar de keuken en via de achterdeur de trap af naar de steeg, waar Polchak en Lee met de plaatselijke rechercheurs bezig waren. Onderweg schoot hem iets te binnen. Dankzij Greta Adler wist Thorne waar Neuss zat. Stel dat Thorne hun opnieuw te snel af zou zijn en Los Angeles kon ontvluchten; dan was de kans groot dat Scotland Yard vervolgens zou melden dat ze Alfred Neuss weliswaar hadden gevonden, maar dood.

62

12.35 uur

Raymond Thorne zat stilletjes achter in de taxi, die nu op Olympic Boulevard afsloeg en Bundy Drive op reed. Ze waren nu vlak bij het vliegveld van Santa Monica.

Hij had Alfred Neuss' Mercedes genomen om zelf naar het vliegveld te rijden, maar hij had de steeg nog maar net verlaten toen hij besefte dat de dame uit Neuss' winkel zou weten wat voor wagen Neuss had en welke kleur die had. Het lag voor de hand dat als ze de carport leeg aantroffen er meteen een opsporingsbevel zou worden uitgevaardigd. Verder rijden dan een paar straten, laat staan naar Santa Monica, in de spits van rond het middaguur zou gelijkstaan aan een feloranje opschrift op het dak met de tekst: ZOEK NIET VERDER: GEZOCHTE VOORTVLUCHTIGE.

Om die reden had hij zo'n vierhonderd meter verderop de wagen geparkeerd, op slot gedaan en de sleutels in een afvoerput geworpen. Vijf minuten later was hij, gekleed in Alfred Neuss' bruine linnen pak en met de panamahoed op het hoofd, Rodeo Drive overgestoken en was daarna de elegante lobby van het Beverly Wilshire Hotel binnengelopen. Twee minuten later, bij de garageingang aan de achterzijde, hield de portier een taxi voor hem aan. Nog een minuut, en hij zat achter in de taxi.

'Naar het Beach Hotel in Santa Monica,' verzocht hij de chauffeur met een zwaar Frans accent. 'U weet waar het is?'

'Zeker, meneer,' antwoordde de chauffeur zonder hem aan te kijken. 'Ik weet waar het is.'

Twintig minuten later stapte hij voor het luxueuze strandhotel uit de taxi, betrad de lobby, kwam vijf minuten later via een zijdeur weer naar buiten en hield op het trottoir opnieuw een taxi aan.

'Naar het vliegveld van Santa Monica,' verzocht hij met een Spaans accent.

'*¿Habla usted español?*' Spreekt u Spaans? wilde de Spaanstalige chauffeur weten.

'*Sí*,' antwoordde hij. '*Sí*.'

12.40 uur. De taxi vervolgde zijn weg over Bundy Drive, sloeg een smalle straat in waarna ze langs een hekwerk reden waarachter diverse privé-vliegtuigjes geparkeerd stonden. Ze passeerden een afslag, namen de volgende en reden naar het luchthavengebouwtje.

De chauffeur nam wat gas terug toen ze er bijna waren. Raymond leunde iets voorover en tuurde naar het gebouw en de geparkeerde vliegtuigen ervoor. Stuk voor stuk kleine privé-propellervliegtuigjes, zo leek het. Geen jet te bekennen. Bovendien leek niets op een chartertoestel. Hij wierp een blik op zijn horloge en vroeg zich af of het vliegtuig dat Jacques Bertrand had geregeld soms vertraging had, of er sprake was van een misverstand of mechanische problemen met de motoren.

In de verte steeg een tweemotorige Cessna op. Daarna werd het weer stil. Waar stond zijn vliegtuig? Hij voelde hoe zijn hart begon te bonzen en zijn bovenlip zweterig werd. Wat nu? Uitstappen en wachten? Bertrand bellen?

Rustig blijven, maande hij zichzelf. Blijf kalm en wacht rustig af.

181

Ze bereikten het luchthavengebouw. De chauffeur reed met een wijde boog om een geparkeerde taxi en stopte even voor wat verkeer voor hem. Op dat moment zag hij wat hij zocht: een grote zilveren Gulfstream-jet met de tekst WEST CHARTER AIR in grote roodzwarte letters op de romp. Het toestel stond helemaal aan de rand van het vliegveld, met de passagiersdeur open. Twee geüniformeerde piloten stonden buiten wat met een onderhoudstechnicus te kletsen.

'Verdorie, nog meer politie,' mopperde de Spaanstalige chauffeur opeens. Raymond keek op. Drie politieauto's stonden pal voor het gebouw geparkeerd. Agenten stonden bij de ingang. Vanaf deze afstand was het onmogelijk te zien wat ze daar deden.

'Ik begin er genoeg van te krijgen,' mopperde de chauffeur verder. 'Ik heb geen idee wie die vent is, maar hij verziekt het voor iedereen. Ik mag hopen dat ze hem snel te pakken krijgen, begrijpt u wat ik bedoel?' Hij keek even achterom naar Raymond.

'Ja, ik hoop het ook,' antwoordde hij in het Spaans. 'Stop hier maar. Ik stap hier wel uit.'

'Goed.' Een kleine vijftig meter van het gebouw zette hij de auto neer.

'*Gracias*,' bedankte Raymond hem; hij betaalde met Josef Speers geld en stapte uit.

Hij wachtte even totdat de taxi wegreed, liep naar het luchthavengebouw en vroeg zich ondertussen af of er een andere manier was om bij het toestel te komen en de politie te omzeilen. Of durfde hij het aan zich een weg langs de agenten te bluffen en zich voor te doen als een Spaanssprekende Mexicaanse zakenman?

Terwijl hij verder liep, viel zijn oog op twee agenten in de voorste auto. Vier anderen stonden bij de ingang en inmiddels zag hij waar ze mee bezig waren. Iedereen die het gebouw betrad, werd uitvoerig gecontroleerd. Het zou minder vervelend zijn geweest als hij de papieren, die, zo wist hij, in het vliegtuig voor hem klaarlagen, al op zak had. Maar als hij moest uitleggen wie hij was, zonder dit te kunnen bewijzen, zou dat te veel aandacht trekken. De politie zou hem vragen stellen en bovendien zouden ze zijn signalement weten.

Hij keek even door het hek naar de Gulfstream. De wachtende piloten stonden nog steeds te kletsen. Maar hij kon hen niet bereiken. Hij aarzelde even, nam een besluit, draaide zich om en liep terug naar de straat waar hij vandaan gekomen was.

63

Reds woning was een gewone vierkamerbungalow met wat een makelaar 'gedeeltelijk uitzicht' vanuit de achtertuin op de stad zou noemen. Op deze avond was het uitzicht echter meer dan dat. Met de onbewolkte hemel en de nog altijd kale platanen reikte het licht van de stad als een sterrenhemel op aarde. Het was meer dan magisch. Het trok ieders blik en iedere aanschouwer besefte dat ergens daar buiten Raymond Thorne rondwaarde.

John Barron keek nog even, draaide zich om en liep langs het groepje zacht pratende gasten op het gazon de woning binnen. Net als de meeste anderen droeg hij een sober zwart pak.

In de vijf tot tien minuten dat hij buiten had vertoefd, was het aantal rouwenden aanmerkelijk toegenomen, en nog steeds kwamen er meer bezoekers bij. Een voor een condoleerden ze Reds vrouw, Gloria, omhelsden ze zijn twee volwassen dochters en gaven de drie jonge kleinkinderen ieder een speelse knuffel. Daarna verspreidden ze zich door de woning, pakten een drankje of iets hartigs en kletsten zachtjes met elkaar.

De meesten kende hij van gezicht: Bill Noonan, de burgemeester van Los Angeles, de kardinaal van Los Angeles Richard John Emery, hoofdcommissaris Louis Harwood, de sheriff van de districtspolitie van Los Angeles Peter Black, districtsadvocaat Richard Rojas, rabbijn Jerome Mosesman, bijna alle gemeenteraadsleden, de hoofdcoaches van de footballteams van de beide universiteiten, UCLA en USC. Plus nog een hoop hoge politieambtenaren, mannen die hij weliswaar kende, alleen niet bij naam, verscheidene prominente sport- en mediatypes, een acteur die ooit een oscar had gewonnen met zijn vrouw, een stuk of vijf ex-rechercheurs, met name de lange, gerimpelde Gene VerMeer, die een van Reds oudste en dierbaarste vrienden was geweest, zo wist hij. En uiteraard waren Lee, Polchak, Valparaiso en Halliday er ook, alle vier sober gekleed, net als hij, in gezelschap van vrouwen die hij nooit eerder had gezien maar van wie hij aannam dat het de echtgenotes waren.

Terwijl hij keek naar de slanke, energieke Gloria McClatchy, zelf een gewaardeerde lerares op een openbare school, die dapper en met gratie haar rol van gastvrouw vervulde, werd hij bijna overmand door een golf van emoties: verdriet, razernij, rouw, woede en frustraties, te wijten aan het feit dat ze Raymond Thorne maar niet te pakken kregen, gecombineerd met de inmiddels enorme lichamelijke en mentale uitputting.

Het was voor het eerst sinds Reds dood dat hij Halliday en Valparaiso weer zag. Hij wist dat ze met Polchak hadden gepraat, want hij had zelf gehoord hoe Polchak de twee via de mobilofoon van de bevindingen in Alfred Neuss' appartement op de hoogte had gebracht. Beiden waren er al toen hij arriveerde, maar ze hadden met Gloria en Reds dochters staan praten en waren daarna tussen de andere gasten verdwenen. Niemand die ook maar een praatje met hem had gemaakt of hem zelfs had zien staan. Hij moest dus aannemen dat niet alleen Polchak en Lee hem voor Reds dood verantwoordelijk hielden, maar ook Valparaiso en Halliday, en misschien ook Gene VerMeer en de andere rechercheurs.

Terwijl hij de anderen zo bekeek – Lee en Halliday, die stilletjes met hun vrouwen bijeen stonden; VerMeer en de anderen, wat mompelend met elkaar; Polchak en Valparaiso, die zwijgend met een glas in de hand bij de tafel met de drank hingen, afgezonderd van hun vrouwen – drong de volle omvang van hun verdriet langzaam tot hem door, en besefte hij hoe nietig zijn eigen emoties daarbij afstaken. Halliday, zo jong als hij was, had Red jarenlang gekend, had met hem samengewerkt, hem gerespecteerd en van hem gehouden. Lee en Valparaiso hadden meer dan tien jaar lang schouder aan schouder met hem gestaan. Polchak zelfs nog langer. Allemaal kenden ze de risico's van het vak, maar dat maakte het verlies er niet minder om. Ook niet gezien de wetenschap dat Red zijn bescherming van de nieuwste en jongste telg van het team met de dood had moeten bekopen. Dat de moordenaar nog steeds vrij rondliep en de media het niet konden laten het keer op keer onder hun neus te wrijven, maakte het zo mogelijk nog erger. Maar het ergste, zo wist hij, was misschien toch wel het feit dat ze zich onwaardig voelden, onwaardig in het licht van de lange, trotse historie van het team.

Zo was het wel genoeg! Hij draaide zich kwaad om en liep via de gang naar de keuken, niet wetend wat te doen of te zeggen, of zelfs maar wat te denken. Halverwege de gang bleef hij staan. Gloria McClatchy zat in haar eentje op een kleine bank met Schotse ruit.

184

Het kamertje was hoogstwaarschijnlijk Reds werkkamer geweest. In de hoek brandde één lamp. Ze had een onaangeroerde kop koffie in haar ene hand en met haar andere aaide ze zacht een oude zwarte labrador die aan haar voeten zat en met zijn kop in haar schoot rustte. Ze leek oud, bleek en uitgeput, alsof alles wat ze ooit bezat opeens uit haar leven was weggerukt.

Dit was dezelfde Gloria McClatchy als die na zijn binnenkomst zijn handen in de hare had genomen, hem recht in de ogen had gekeken en hem oprecht had bedankt voor zijn komst, hem vertelde wat een goede rechercheur hij was, en hoe trots Red op hem was geweest.

'Laat ze de kolere krijgen,' vloekte hij in gedachten en de tranen welden op in zijn ogen. Opeens draaide hij zich om, beende dwars door de woonkamer, tussen de andere gasten door, hier en daar een bekend gezicht ontwijkend, op weg naar de voordeur.

'Raymond!'

Reds bulderende stemgeluid schoot weer net zo hard door zijn hoofd als op dat moment. Een schreeuw die de aandacht van de schutter van hem, Barron, had afgewend en naar Red had doen verschuiven, die daarmee het laatste bevel van zijn leven had gegeven.

'Raymond!'

Hij hoorde de roep opnieuw en verwachtte min of meer het gebulder van pistoolschoten.

Hij bereikte de deur, trok hem open en stapte naar buiten.

De koele avondlucht sloeg hem in het gezicht, meteen gevolgd door een zee van licht, afkomstig van een wespennest aan tv-camera's, dat hem verzwolg. Vanuit de duisternis klonk het 'John!' 'John!' 'John!' uit de monden van de meute onzichtbare reporters die als een roffel op zijn trommelvliezen om zijn aandacht en commentaar schreeuwden.

Hij negeerde het, liep snel het gazon aan de overzijde over en liep om het gele politielint dat de pers op afstand moest houden. Even dacht hij Dan Ford te zien, maar hij wist het niet zeker. In een oogwenk belandde hij in de duisternis en relatieve rust van de straat en liep verder naar de plek waar hij zijn Mustang had geparkeerd. Hij had zijn auto bijna bereikt toen achter hem iemand hem nariep.

'Waar denk jij heen te gaan?!'

Hij draaide zich om. Het was Polchak, die even zichtbaar werd in het schijnsel van een straatlantaarn en die op hem afliep. Zijn jasje was uit, hij had zijn stropdas niet meer om, zijn overhemd was gedeeltelijk losgeknoopt. Hij transpireerde en hijgde, alsof hij Barron het hele eind achterna had gerend.

Hij bleef staan en viel bijna achterover. 'Waar ga je heen, vroeg ik.'

Barron staarde hem aan. Die ochtend op het hoofdbureau was het zonneklaar dat hij weliswaar wat had gedronken, maar meer ook niet. Nu was hij duidelijk bezopen.

'Naar huis,' antwoordde hij zacht.

'O, nee. Wij gaan een borrel halen. Gewoon, met z'n vieren. Als team.'

'Len, ik ben moe, ja? Ik wil slapen.'

'Móé?' Hij hield zijn ogen op Barron gericht en deed een stap vooruit. 'Wat heb je in vredesnaam gedaan dan? Behalve hem opnieuw laten ontkomen?' Polchak kwam nog steeds dichterbij. Hij kon diens Beretta achter zijn broeksband zien zitten, alsof het ding op het allerlaatste moment doelbewust was meegenomen. 'Je weet wie ik bedoel: Raymond.'

'Ik heb hem niet in mijn eentje laten ontkomen, Len. Jij stond pal naast me.'

Hij zag hoe de neusvleugels in Polchaks vierkante gezicht zich opensperden. Plotseling stortte de rechercheur zich op Barron, greep hem bij zijn jasje, draaide hem ruw om en ramde zijn hoofd hard tegen de Mustang.

'Hij is voor jou de pijp uit gegaan, miezerig stuk vreten!' tierde hij buiten zinnen.

Barron kwam wankelend overeind, draaide zich om en hief een hand op. 'Ik ga niet met je vechten, Len.'

Het antwoord kwam vanuit het niets en de linkervuist van de gedrongen rechercheur raakte hem ergens vlak onder de neus. Barron viel achterover.

Weer ging Polchak hem te lijf, ditmaal met zijn voeten. Hij schopte tegen zijn hoofd, zijn ribben, waar hij hem maar raken kon. 'Deze is namens Red, godvergeten klootzak!'

'Len, hou op, in godsnaam!' riep Barron terwijl hij zich omrolde op de grond en Polchak als een wilde beer bleef doorschoppen.

'Rot op, lul de behanger!' Polchak was compleet buiten zinnen. 'Hier, nog een, kleine kakkerlak!'

Opeens sprong iemand hem op de rug en probeerde hem weg te trekken. 'Len, kappen! Jezus christus! Hou op!'

Verblind door razernij draaide Polchak zich om en haalde hard uit met zijn rechtervuist.

186

'Au! Jezus, godver!' Dan Ford wankelde achteruit. Zijn bril lag op straat en hij bracht zijn handen naar zijn neus. Bloed sijpelde tussen zijn vingers door.

'Opzouten jij, klootzak!' tierde Polchak.

'Len!' Opeens verscheen Lee, hijgend van het rennen. Zijn ogen schoten van Polchak naar Barron naar Ford. 'In godsnaam, zo is het wel genoeg.'

'Rot op!' schreeuwde Polchak met geheven vuisten en heftig pompende borstkas.

Achter Lee dook ook Valparaiso op uit de duisternis. 'Ga je lekker, Len?'

Opeens trok Polchak zijn broekriem los en wikkelde die om zijn vuist. 'Ik zal jullie goddomme eens laten zien hoe lekker ik ga.'

Opeens kwam Halliday aangelopen. 'Zo is het wel genoeg, Len. Kappen.' Zijn Beretta was op Polchak gericht.

Polchak staarde even naar de loop, en keek vervolgens zijn collega aan. 'Jij neemt míj onder schot?'

'Je vrouw wacht op je, Len. Ga naar het huis.'

Met zijn blik strak op Halliday gericht zette hij een stap vooruit. 'Toe dan, schiet maar.'

'Len, doe me een lol.' Lee keek hem aan. 'Kalmeer.'

Valparaiso grijnsde, alsof hij het allemaal wel amusant vond. 'Toe dan, Jimmy. Schiet maar. Lelijker dan dit kan hij niet meer worden.'

Barron krabbelde overeind en liep naar Dan Ford. Die droeg een nieuwe blauwe blazer. Zijn oude had hij gebruikt om Reds lichaam in de vertrekhal mee af te dekken. Hij vond Fords bril, pakte hem op en gaf hem terug.

'Wegwezen hier,' hijgde hij, terwijl hij Ford vervolgens zijn zakdoek gaf.

Ford bracht de zakdoek naar zijn neus, maar hield ondertussen zijn ogen strak op Polchak en Halliday gericht.

'Ik zei: wegwezen hier. Nu!' Barrons toon was opeens bars.

Ford keek hem aan, draaide zich om, en liep terug naar de woning en de verzamelde media.

De uitwisseling was geheel en al aan Polchak voorbijgegaan. Zijn aandacht was op Halliday gericht. Hij deed nog een stap naar voren, rukte zijn nette overhemd open en ontblootte zijn borstkas.

'Jij hebt lef, Jimmy. Kom maar op.' Hij wees naar het midden van zijn borst. 'Hier, recht in mijn rikketik.'

187

Maar Halliday schoof zijn pistool terug in zijn holster. 'We hebben een lange dag achter de rug, Len. We gaan naar huis.'

Polchak stak brutaal zijn kin naar voren. 'Hallo, wat is dit nou? Een sterfgevalletje onder vrienden, wat stelt dat nu voor?'

Te midden van het felle, halfronde schijnsel van de straatlantaarn keek hij de anderen aan. 'Niemand die het aandurft? Is dat het? Nou, dan doe ik het zelf.'

Hij reikte naar de Beretta achter zijn broeksband, maar het wapen zat er niet meer. Verbaasd strompelde hij zoekend in het rond.

'Zoek je je pistool, Len?'

Polchak keek om.

Het was Barron, die zijn pistool losjes in de hand hield. Het bloed sijpelde uit zijn neus maar hij sloeg er geen acht op. 'Hier, het is van jou. Wil je het terug? Hier, pak het maar.'

Met een vloeiende beweging wierp hij het wapen over de grond, waarna het precies tussen hen in stilviel. 'Ga je gang.'

Polchak keek hem woest aan. In het vage licht glommen zijn ogen als die van een krankzinnige. 'Denk je dat ik dat niet durf?'

'Ik denk helemaal niks.'

'Ik ben hier de enige met ballen,' sprak Polchak terwijl hij de anderen aankeek. 'Ik dood alles. Zelfs mezelf. Kijk maar.'

Plotseling bukte hij zich en reikte naar zijn pistool. Op datzelfde moment zette Barron een stap naar voren en haalde uit alsof het een doeltrap betrof. In volle vaart raakte zijn schoen Polchak onder de kin. Polchak sloeg naar achteren. Hij leek even als verstild in de lucht te hangen, vechtend tegen de zwaartekracht. Daarna begaven zijn benen het en zeeg hij neer.

Traag slenterde Barron naar het pistool, raapte het op, bekeek hem even en gaf het aan Halliday. Hij zat er volkomen doorheen, voelde zich een wrak.

Voor hen lag Polchak op de grond, de ogen open, happend naar lucht.

'Redt hij het wel?' vroeg Barron aan niemand in het bijzonder.

'Ja,' knikte Lee.

'Ik ga naar huis.'

64

Voorzichtig manoeuvreerde Barron de Mustang langs de border van bougainvilles die zijn garagepad markeerden de carport in en zette de motor af. Alles deed zeer. Alleen al de autogordel afdoen en uitstappen was een marteling. Het beklimmen van de lange trap aan de achterzijde gebeurde met één trede tegelijk. Slapen, gewoon slapen, dat was het enige wat hij wilde.

Hij stak de sleutel in het slot, stapte naar binnen en betrad de keuken. Reiken naar het lichtknopje vergde een krachtsinspanning, net als gewoon de deur achter zich in het slot laten vallen. Hij haalde diep adem, en nog eens. Misschien dat Polchaks harde uithalen een paar van zijn ribben hadden gebroken, of slechts gekneusd. Hij had geen idee.

Hij staarde naar de donkere rechthoek die de doorgang naar de rest van zijn woning vormde. Het leek alsof hij jaren was weg geweest, en of het nog langer geleden was dat hij zich met dingen had beziggehouden die zelfs maar een beetje normaal leken.

Langzaam trok hij zijn colbertje uit, wierp het over een stoel en liep naar het aanrecht om een vaatdoek te bevochtigen en het geronnen bloed van zijn neus en mond te vegen. Even later wierp hij een blik op het antwoordapparaat op de zijplank. Een felrode 3 gloeide op.

Hij drukte de berichtentoets in en de teller ging terug naar 1. Vervolgens klonk de stem van Pete Noonan, zijn vriend bij de FBI, die hij had gevraagd de FBI-namenbestanden van terroristen door te spitten om hopelijk iets meer over Raymond Thorne te weten te komen.

'John, met Pete Noonan. Het spijt me, maar we hebben helemaal niets over je "goede vriend" Raymond Thorne kunnen vinden. Zijn vingerafdrukken zijn in geen enkel binnenlands of buitenlands bestand te vinden. Bovendien hebben we ook geen aanvullende informatie over hem. We zoeken gestaag verder. Je weet waar je me kunt bereiken, mocht je nog iets van me willen, maakt niet uit hoe laat. Oprecht gecondoleerd met Red.'

Een harde pieptoon, en nummer 2 gloeide op.

'John, met Dan. Ik zit met een gebroken neus heb, maar verder is alles in orde. Over een uurtje ben ik thuis. Bel me.'

Weer een piep, en nummer 3 verscheen.

Hij draaide zich om en hing de vaatdoek terug.

'Je spreekt met Raymond, John.'

Hij draaide zich bliksemsnel om. Een rilling liep over zijn rug.

'Jammer dat je niet thuis bent.' Thornes stem klonk kalm en zeer ontspannen, waardoor hij zowaar bijna beleefd overkwam. 'Er is iets wat we vanavond moeten bespreken. Ik bel snel terug.'

Er klonk nog een piep.

Hij staarde naar het apparaat. Zijn telefoonnummer stond niet in de gids vermeld. Hoe had Thorne het kunnen bemachtigen?

Onmiddellijk pakte hij de telefoon en toetste het nummer van Hallidays mobieltje in. Het apparaatje ging vier keer over, waarna de digitale vrouwenstem meldde dat op dat moment het toestel niet was ingeschakeld. Hij hing op en belde vervolgens naar Hallidays woning. Opnieuw ging de telefoon over, maar er werd niet opgenomen en er volgde ook geen ingesproken boodschap van een antwoordapparaat. Hij wilde net ophangen om een van de anderen te bellen, Valparaiso of Lee, toen iemand de hoorn van de haak lichtte. 'Hallo?' vroeg een klein jongetje.

'Met John Barron. Is je vader thuis?'

'Hij is bij mama. Mijn broertje is aan het overgeven.'

'Zou je hem misschien even willen vragen of hij aan de telefoon kan komen? Zeg maar dat het belangrijk is.'

Hij hoorde een scherpe tik toen het kind de hoorn neerlegde. In de verte ving hij stemmen op. Ten slotte kwam Halliday aan de telefoon.

'Halliday.'

'Met John. Sorry dat ik je lastigval. Thorne heeft me gebeld.'

'En?'

'Hij heeft een boodschap op mijn antwoordapparaat ingesproken.'

'Wat had hij te melden?'

'Dat hij me vanavond nog wil spreken. Hij belt terug.'

'Hoe heeft hij je nummer te pakken gekregen?'

'Ik heb geen idee.'

'Ben je alleen?'

'Ja. Hoezo?'

'Als hij je nummer kan achterhalen, dan kan hij ook je adres te weten komen.'

Barron keek even om zich heen en naar de donkere rechthoek van de keukendeur die toegang gaf tot de rest van de woning. Afwezig gleed zijn hand even naar de Colt in zijn heupholster.

'Maak je over mij geen zorgen.'

'We gaan je telefoon aftappen,' vervolgde Halliday. 'Als hij weer belt, hou hem dan zo lang mogelijk aan de praat. Hij lult zichzelf regelrecht de val in. Ik zal een paar agenten voor je huis laten posten, zodat je bescherming hebt, mocht hij zich vertonen.'

'Oké.'

'Hij is slim. Misschien is het een afleidingsmanoeuvre.'

'Alles goed met je zoontje?'

'De babysitter had hem pizza gevoerd. Ik weet niet hoeveel hij op heeft, maar de hele boel kwam eruit. Ik hou hem al tien minuten boven de toiletpot.'

'Ga maar weer snel kijken hoe het met hem is. Bedankt.'

'Hoe voel je je?'

'Gemangeld.'

'Red was Polchaks beste vriend.'

'Ik weet het.'

'We zien wel hoe het loopt. Ik laat mijn mobieltje en de mobilofoon aanstaan. Probeer wat te slapen.'

'Dank je.'

Hij hing op, staarde naar de telefoon en zijn ogen gleden terug naar het antwoordapparaat. Hij reikte weer naar de berichtenknop om Raymonds boodschap nog eens te beluisteren, toen hij het hoorde.

Vanachter de zwarte rechthoek die toegang tot de rest van de woning bood, klonk een zacht maar duidelijk hoorbaar geluid. Het was een oud huis, gebouwd in de jaren twintig. Door de jaren heen was de boel een paar keer verbouwd, maar de originele eikenhouten vloer was nog intact en kraakte hier en daar wanneer erop gelopen werd.

Krak!

Opnieuw hoorde hij het, iets harder nu. Alsof er iemand door het huis naar de keuken liep. Hij trok zijn Colt uit zijn holster, schoot naar de deur en drukte zich plat tegen de muur.

Met het pistool in de aanslag hield hij de adem in en luisterde. Stilte. Hij hield zijn hoofd iets schuin. Nog steeds niets. Hij was moe, en van slag door Polchak en zijn eigen emoties. Het voelde alsof zijn zenuwen blootlagen. Misschien verbeeldde hij het zich. Misschien…

191

Nee! Er was iemand! Vlak achter de openstaande deur. Opeens bewoog er iets in de deuropening. Hij schoot naar voren, zijn hand vond een pols, trok deze met een ruk naar zich toe en duwde het automatische pistool in een flits tegen het gezicht van...

'Rebecca!'

Met bonkend hart liet hij het pistool zakken. Rebecca deinsde verschrikt achteruit.

'Godallemachtig! Jezus, meid, het spijt me! Het spijt me.'

Hij legde het pistool weg en nam haar voorzichtig in zijn armen. 'Niks aan de hand,' fluisterde hij. 'Niks aan de hand. Niks aan de hand...' Zijn stem stierf weg nu ze naar hem opkeek en glimlachte. Ondanks haar doodsangst van zo-even was ze nog net zo teer en mooi als altijd.

Ze kon hem niet horen, maar toch vroeg hij het. Ze kon immers liplezen, goed genoeg om in elk geval om een simpele vraag te kunnen begrijpen.

'Alles goed?'

Ze knikte en keek hem aandachtig aan.

'Waarom ben je hier?'

Ze wees naar hem.

'Om mij?'

'Hoe ben je gekomen?'

Ze bewoog haar lippen: bus.

'Weet zuster Reynoso het, en dokter Flannery?'

Ze schudde van nee en raakte even zijn gezicht aan. Het deed pijn en hij bekeek zichzelf in een spiegel achter de keukentafel.

Polchak had hem goed geraakt. Boven zijn linkeroog prijkte een grote blauwe plek. Zijn neus was rood en gezwollen, net als zijn bovenlip. Zijn linkerwang leek meer op een grote grapefruit, zo geel en dik als hij eruitzag. Hij draaide zich weer om naar Rebecca en zag de grote rode 3 op zijn antwoordapparaat. Stel dat Raymond Thorne nu belde en hij moest handelen? Of dat hij opeens opdook terwijl er buiten nog geen surveillancewagen was? Dit kon zo niet. Hij moest zich over Rebecca ontfermen.

23.02 uur.

65

Vrijdag 15 maart, 00.15 uur

Hij had er iets meer dan een uur voor nodig gehad om Rebecca terug te brengen naar het St. Francis, haar naar haar kamer te begeleiden en weer naar huis te rijden. Voor de tweede keer in nog geen
twee uur draaide hij zijn straat in en reed langs de donkere woningen naar de zijne.

'Bus,' hadden Rebecca's lippen gepreveld toen hij haar vroeg
hoe ze naar zijn huis was gekomen. De rest had ze tijdens de terugrit naar het St. Francis op een blocnotevelletje geschreven. Toen hij
haar die ochtend had bezocht, had ze meteen geweten dat er iets
ergs was gebeurd. Hij was verdrietig en behoorlijk gespannen en
het had haar de hele dag beziggehouden. Omdat ze uiteindelijk zeker wilde weten of alles wel goed met hem was, was ze heimelijk,
uit angst te worden tegengehouden, zo tegen halfacht gewoon naar
buiten gelopen en had ze de bus genomen. Ze had het adres van
haar bestemming op een papiertje gekrabbeld en de chauffeur had
haar geholpen. Het was vrij eenvoudig geweest: eenmaal overstappen en daarna tien minuutjes lopen, waarna ze ongeveer een uur
later voor zijn deur stond.

Binnenkomen was kinderspel, want bij zijn intrek had hij haar
een sleutel gegeven. Het was een gebaar om haar op haar gemak
te stellen in het St. Francis en haar te laten weten dat ze altijd
welkom was.

Toen ze eenmaal binnen was en merkte dat hij niet thuis was,
had ze de tv aangezet en was daarna in slaap gevallen. Toen ze wakker werd, brandde er licht in de keuken. Ze wilde hem niet laten
schrikken. Maar hij was haar broer en ze was bezorgd om hem.

Twee huizen verderop zag hij de surveillanceauto met gedoofde
lichten bij de bougainvilles die zijn garagepad markeerden. Hij
minderde vaart, parkeerde ernaast en draaide het raampje omlaag.
De man achter het stuur heette Chuck Grimsley, een jonge rechercheur met wie hij op de afdeling Moordzaken kort had samengewerkt. Naast hem zat Reds oude vriend, Gene VerMeer, die
hij eerder die avond bij Red thuis had gezien.

'Nog nieuws?' vroeg Barron.

'Nog niet,' antwoordde Grimsley zacht.

'Bedankt dat jullie gekomen zijn.'

VerMeer keek hem aan. 'Graag gedaan,' klonk het koeltjes.

'Dag, Gene.' Barron probeerde het beleefd te houden. Hij wist dat Vermeer bijna net zogoed bevriend was geweest met Red als Polchak.

'Wat is er met jou gebeurd?' vroeg Grimsley terwijl hij de blauwe plekken op Barrons gezwollen gezicht bekeek.

'Ja, ik weet het, ik zie er niet uit.'

'Jammer dat Halloween al geweest is,' grapte VerMeer, alsof hij het jammer vond dat hij Barron niet zelf onder handen had kunnen nemen.

Opnieuw deed Barron er luchtig over. 'Ben tegen een lantaarnpaal gelopen. Ik ga naar binnen, jongens, ga mijn mandje eens opzoeken. Jullie blijven hier de hele nacht?'

'Tenzij de wereld vergaat,' antwoordde Grimsley.

'Je kunt nooit weten,' sprak Vermeer. Hij keek hem even doordringend aan en leunde weer achterover.

'Nogmaals bedankt.'

00.20 uur. Hij stak de sleutel in de voordeur, opende deze, liep naar binnen, knipte het keukenlicht aan en deed de deur achter zich op slot. Net als eerder die avond. Maar ditmaal liep hij meteen naar het antwoordapparaat. De grote 3 gloeide nog steeds fel op. Hij had geen berichten gewist en er waren ook geen nieuwe berichten bij gekomen. Waar Raymond Thorne ook uithing, wat hij ook in zijn schild voerde, hij had niet meer gebeld. Wat ze 'vanavond' moesten 'bespreken', zoals Raymond het verwoordde, daar was niets van gekomen.

Beroofd van de kracht en de energie om op te blijven en te wachten op dingen die misschien helemaal niet komen gingen, liep hij meteen door naar de slaapkamer.

Daar trok hij zijn automatische pistool uit zijn holster, legde het wapen op zijn nachtkastje naast de wekker, kleedde zich uit en liep naar de badkamer. Zijn spiegelbeeld deed hem opnieuw verbluft staan over Polchaks werk. Het was het soort agressie geweest dat smerissen hadden geleerd te beheersen, en je zag die dan ook niet vaak bij andere agenten. Polchak was geëmotioneerd geweest, en dronken. Maar er speelde meer en dat was precies de reden geweest waarom Barron niet had teruggevochten: het was Polchak zelf.

Hij kon niet zeggen of de toestand van deze avond het gevolg was van Polchaks dienstverband bij Moordzaken, waarin hij al die jaren met de verschrikkingen van de dood in al zijn vormen was geconfronteerd, het verlies van Red, met wie hij zich waarschijnlijk meer verbonden voelde dan met zijn eigen vrouw of kinderen, pure uitputting of een combinatie van al deze factoren. De waarheid was echter dat Polchak volkomen gestoord was.

Al eerder had hij de tekenen opgevangen: de bijna opgetogen manier waarop hij in de parkeergarage zijn riotgun hanteerde toen ze op het punt stonden Donlan in een hoek te drijven; de gretige manier waarop hij de geboeide Donlan onder de duim hield terwijl hij wist dat Valparaiso klaarstond om hem te doden; de kilheid waarmee hij de dode de handboeien afdeed en in dezelfde hand het pistool drukte; de pure haat waarmee hij Barron die ochtend in hun kantoor op het hoofdbureau had aangekeken, hem de schuld gaf van wat Red was overkomen. En vervolgens de gebeurtenissen van de afgelopen avond.

Daarom had hij niet teruggevochten. Had hij dat wel gedaan, dan zou dat alleen al genoeg zijn om Polchak volledig te laten doorslaan en zou nu een van hen, of beiden, dood zijn geweest.

Hij poetste zijn tanden voorzover dat lukte, knipte het licht uit en liep terug naar de slaapkamer.

Hij pakte de Colt van het nachtkastje, controleerde het magazijn, legde het wapen terug en klom in bed. Zijn hand gleed naar de lamp en deed hem uit. Liggend in het donker bande hij de gebeurtenissen van de dag uit zijn gedachten en liet de uitputting bezit van hem nemen.

Met een zucht trok hij de dekens over zich heen en met een van pijn vertrokken grimas rolde hij op zijn zij en nestelde als een kind zijn hoofd in het kussen. De oplichtende wijzerplaat van zijn digitale wekker was het laatste wat hij zag.

00.34 uur.

66

'Nee!' Zijn eigen kreet rukte Barron los uit de diepste slaap van zijn leven. Badend in het zweet staarde hij in het donker. In zijn droom had hij Raymond gezien. Vlak naast hem in de slaapkamer, terwijl hij sliep.

Een diepe zucht, en nog een. Niets aan de hand. Automatisch zocht hij op het nachtkastje even naar zijn pistool. Maar het enige wat hij voelde, was het gladde oppervlak van gelakt hout. Zijn hand zocht verder. Niets. Hij kwam overeind. Hij wist dat hij de Colt daar had neergelegd. Waar lag hij toch?

'Nu heb ik allebei je pistolen.'

Verschrikt slaakte hij opnieuw een kreet.

'Verroer je niet. Blijf zitten zoals je zit.' Vanaf het andere eind van de kamer hield Raymond in het donker Barrons eigen Colt op hem gericht.

'Je was nogal moe, vandaar dat ik je even heb laten slapen. Tweeënhalf uur is niet veel, maar beter iets dan niets. Je zou me dankbaar moeten zijn.' Het klonk zacht, ontspannen.

'Hoe ben je binnengekomen?' wilde Barron weten. Hij kon net zien hoe Thornes gestalte langs het voeteneind liep en zich met zijn rug naar de muur bij het raam posteerde.

'Je zus had de deur open laten staan.'

'Mijn zus?'

'Ja.'

Opeens drong het tot Barron door. 'Je hebt hier al die tijd al gezeten.'

'Een tijdje, ja.'

'En dat telefoontje dan?'

'Je hebt zelf gezegd dat ik je altijd kon bellen, en dat heb ik dus gedaan. Maar je bleek niet thuis. Dus dacht ik, als we elkaar toch gaan ontmoeten, waarom dan niet even bij je langsgaan?' Hij deed een paar stappen. Barron zag dat hij van het kleedje op de eikenhouten vloer stapte. Thorne was niet van plan zich door een snelle beweging van een smeris letterlijk onderuit te laten halen.

'Wat wil je van me?'

'Je hulp.'

'Waarom zou ik je helpen?'

'Kleed je aan. Dezelfde kleren als waarmee je naar je werk zou gaan. Wat je gisteren droeg is prima.' Thorne gaf een knik naar de rechte stoel waarover Barron zijn pak, overhemd en stropdas had geworpen die hij tijdens zijn condoleancebezoek aan Reds woning had gedragen.

'Is het goed als ik even een lichtje aandoe?'

'Alleen het lampje naast je bed, meer niet.'

Hij knipte de lamp aan en stapte voorzichtig uit bed. In het bleke schijnsel zag hij dat Raymond Thorne kalm de Colt op hem gericht hield. Hij droeg een duur, lichtbruin linnen pak waarvan de broek te kort en te ruim rond het middel was, een brandschoon, wit overhemd dat eigenlijk ook niet paste en een groen-met-rood gestreepte das. Zijn eigen Beretta, het wapen dat Thorne hem in de vertrekhal had ontfutseld en waarmee hij Red had doodgeschoten, was duidelijk zichtbaar achter zijn broeksband. De kolf en trekkerbeugel staken vanachter zijn gesp omhoog.

'Dat pak is niet toevallig van Alfred Neuss?' vroeg Barron terwijl hij zich aankleedde.

'Schiet nou maar op.' Thorne wees met de Colt naar zijn schoenen op de grond.

Barron aarzelde even, liet zich op het bed zakken, trok eerst zijn ene en daarna zijn andere sok aan. Vervolgens schoen nummer een, en ten slotte schoen nummer twee.

'Hoe heb je me gevonden?' Hij wilde tijd rekken, een manier vinden om Thorne te overmeesteren. Maar de schutter bewaarde bewust afstand, hield zijn rug tegen de muur, de voeten stevig op de houten vloer en zijn Colt op Barrons borst gericht.

'Het lijkt wel of ze hier in Amerika op elke straathoek een kopieerwinkel hebben. Je kunt er een computer huren en internet op, waarvoor je per minuut betaalt. Voor een prikkie kun je e-mail binnenhalen en versturen, en met een beetje moeite de databanken van bijna elk instituut binnenkomen, waaronder die van de politie. En hoe ik hierheen kon komen: de taxichauffeurs in deze stad hebben bijzonder weinig belangstelling voor hoe hun vrachtjes eruitzien.'

'Ik zal het onthouden,' mompelde Barron. Klaar met het strikken van zijn veters stond hij op. 'Luister, die schietpartijen in Los Angeles kan ik begrijpen. Je probeerde te vluchten. Maar hoe zit het met die twee in Chicago, de gebroeders Azov?'

'Ik weet niet waar je het over hebt.'

'En Alfred Neuss?' voegde hij er meteen aan toe. 'Je wilde hem uit de weg ruimen. Je bent naar zijn winkel gegaan, maar hij was er niet. Dat moet een vervelende verrassing zijn geweest.'

Raymond wierp een blik op de klok.

3.12 uur.

Daarna keek hij Barron weer aan. Zoals hij min of meer al had verwacht, had de politie het verband weten te leggen met de moorden in Chicago. Dat ze ook zijn plannen met Neuss hadden ontdekt, was echter een verrassing. En aangezien ze in de zaak van de juwelier met de verkoopster hadden gesproken, zouden ze weten dat Neuss in Londen zat. Met als gevolg dat de politie aldaar zou zijn ingelicht en inmiddels op zoek was naar de juwelier om hem te kunnen ondervragen. Dat Neuss naar Londen was gereisd, was al vervelend genoeg. Maar dat hij de politie te woord zou staan, maakte het alleen maar erger.

Hij keek weer even op de klok.

3.14 uur.

'Je wordt zo gebeld op je gsm.'

'Mijn gsm?'

'Je hebt een tap op de gewone telefoonlijn. Jullie hoopten dat jullie me konden traceren zodra ik zou terugbellen.'

Barron keek hem aan. Het feit dat Raymond Thorne door de mazen van de gigantische fuik had weten te glippen en op de een of andere manier hier, in zijn eigen woning en slaapkamer, was beland, vervulde hem met verbijstering. En nu bleek hij zelfs van de tap af te weten. Hij was, en bleef, iedereen een stap voor.

'Door wie word ik gebeld?'

'Door een goede vriend van je, ene meneer Dan Ford van de *Los Angeles Times*. Ik heb hem om halftwaalf vanavond een e-mail gestuurd, afkomstig van jou, met de mededeling dat je zus opeens voor de deur stond, dat je haar eerst ging terugbrengen, met de vraag of hij je om precies tien voor halfvier op je gsm wilde terugbellen. Hij mailde terug dat hij het zou doen.'

'Waarom denk je dat hij mijn vriend is?'

'Om dezelfde reden waarom ik denk dat die jongedame je zus was en dat ze Rebecca heet. Niet alleen zag ik haar voor de tv zitten en op de bank slapen, maar ik heb ook de foto's van haar en meneer Ford in je keuken zien hangen. Ik heb de artikelen van meneer Ford over mij in de krant gelezen, en ik heb hem bij jou in de buurt gezien. Tweemaal: in de vertrekhal van de luchthaven en buiten voor de parkeergarage na de moord op Frank Donlan.'

Dus dat was de reden van Thornes komst geweest. Vanaf het moment dat hij na Donlans executie in de politieauto was geduwd, had hij Barron als zijn vrijgeleide beschouwd. Daarom had hij Barron uit de tent gelokt om achter de waarheid te komen, waarmee hij Barron nu probeerde te chanteren in de hoop te kunnen ontsnappen.

'Frank Donlan schoot zichzelf dood,' was Barrons matte verweer.

Op Thornes gezicht verscheen een glimlach. 'Voor een rechercheur ben je de feiten wel heel erg aan het simplificeren. Aan de waarheid valt niet te tornen. Toen niet, nu niet, nooit.'

De klok tikte naar tien voor halfvier. Er viel een stilte. Barrons gsm ging. Raymond glimlachte weer. 'Waarom vragen we meneer Ford niet gewoon wat hij denkt dat er met meneer Donlan is gebeurd?'

De gsm ging nogmaals.

'Neem op en vraag of hij even blijft hangen,' beval Raymond. 'Daarna geef je hem aan mij.'

Barron aarzelde en Thorne bracht de Colt omhoog. 'Dit pistool is niet bedoeld om je te bedreigen, John. Maar om je ervan te weerhouden dat je me aanvalt. Jouw grootste bedreiging is je eigen geweten.'

Voor de derde maal ging de gsm. Raymond knikte en Barron nam op.

'Danny,' groette hij op vlakke toon. 'Bedankt dat je me nog even belt. Ik weet dat het al laat is... Rebecca? Ze maakte zich zorgen om me. Op de een of andere manier heeft ze de bus kunnen pakken en is ze hierheen gekomen. Ja, met haar is alles goed. Ik heb haar teruggebracht naar het St. Francis. Ja, met mij is alles in orde. En met jou? Oké. Blijf even hangen, ja?' Hij gaf zijn gsm aan Thorne, die het mobieltje even tegen zijn borst drukte zodat Ford niets kon horen.

'Het plan luidt als volgt, John. We stappen zo dadelijk in je auto. Ik ga achterin zitten, uit het zicht, voor het geval er buiten politie staat, wat me waarschijnlijk lijkt. Speciaal om jou te beschermen als ik je na mijn telefoontje met een bezoekje zou vereren.

Daarna zet je de auto bij hen neer en vertel je ze dat je niet kon slapen en alvast weer aan het werk gaat. Je bedankt ze, en daarna rij je weg.' Hij zweeg even. 'Meneer Ford is mijn waarborg dat je zult doen wat ik zeg.'

'Waarborg voor wat?'

'De waarheid over Frank Donlan.' Weer glimlachte hij. 'Je wilt toch niet dat meneer Ford in de situatie belandt waarin hij als journalist jou als verdachte moet beschouwen, hoop ik? Zeg hem dat je hem over een halfuur wilt spreken. Je beschikt over uiterst gevoelige informatie die alleen onder vier ogen kan worden besproken.'

'Waar?' Hij voelde zich moedeloos. Raymond Thorne had alle touwtjes stevig in handen.

'Het Mercury Air Center op vliegveld Burbank. Een gecharterde jet zal me daar oppikken. Nee, het is niet zo sensationeel als het lijkt. Vertel het hem.' Snel gaf hij de gsm terug.

Barron aarzelde, en nam het woord.

'Danny... er is iets wat we moeten bespreken, en dat kan alleen onder vier ogen. De terminal van Mercury Air Center, op Burbank. Over een halfuur. Red je dat?' Bij het horen van Fords antwoord knikte hij even. 'Dank je, Danny.'

Hij verbrak de verbinding en keek Raymond aan. 'Er zal politie zijn daar.'

'Weet ik. Jij en meneer Ford gaan me veilig naar binnen loodsen.'

Twee minuten later liepen ze via de achterdeur en de buitentrap naar de carport en de Mustang. Bij hun vertrek had Thorne nog één eis gesteld. Inmiddels droeg hij het als een sieraad onder het nette witte overhemd dat hij in Alfred Neuss' appartement had buitgemaakt: John Barrons kogelvrije vest van kevlar.

67

3.33 uur

Voorzichtig reed Barron zijn Mustang achteruit het garagepad op en stopte bij de bougainvilles bij het trottoir. Raymond Thorne hield zich verscholen op de vloer achter zijn stoelleuning. Hoogstwaarschijnlijk met zijn Beretta of zijn Colt in de hand, vermoedde Barron.

Links in de straat kon hij de surveillanceauto met daarin het duo Grimsley-VerMeer zien. Inmiddels zouden ze zijn brandende koplampen hebben opgemerkt en zich afvragen wat er aan de hand was.

Hij gaf gas en reed naar hen toe.

'Ik kan de slaap niet vatten,' zei hij, Thornes instructies tot op de letter opvolgend. 'Er spookt te veel door mijn kop. Ik ga naar mijn werk. Wat mij betreft kunnen jullie aftaaien.'

'Je zegt het maar,' geeuwde Grimsley.

'Nogmaals bedankt.' En met deze woorden zette Barron de Mustang weer in zijn versnelling en reed weg.

'Netjes,' oordeelde Raymond Thorne vanaf de achterbank. 'Tot nu toe.'

Een minuut later reed Barron Los Feliz Boulevard op, en vervolgens de Golden State Freeway. Hij reed in noordelijke richting verder naar het vliegveld van Burbank.

Zijn echte bedreiging was niet een pistool, maar zijn eigen geweten, waren Raymonds woorden geweest. Thorne had zich zelfs nog meer ingedekt – althans zo had hij uitgelegd. En wel in de vorm van opgeslagen e-mails die op een bepaald tijdstip zouden worden verzonden naar de officier van justitie van Californië, de *Los Angeles Times*, de bond voor burgerrechten van Zuid-Californië, het FBI-hoofdkantoor van Los Angeles, de CNN-hoofdredactie in Atlanta en de gouverneur van Californië.

E-mails waarin hij uitlegde wie hij was, en wat er naar zijn mening met Frank Donlan vlak na diens arrestatie was gebeurd, met de toevoeging dat hij een tijdje Donlans gijzelaar was geweest en dat het pistool waarmee Donlan in de trein had geschoten het enige wapen was geweest dat hij had gezien. Een wapen dat Donlan in de parkeergarage op het allerlaatste moment naar de politie had geworpen, waarna hij poedelnaakt te voorschijn was gekomen om te laten zien dat hij ongewapend was.

Zodra hij veilig in de lucht was, zouden de e-mails uit de 'wachtkamer', zoals hij het noemde, worden verwijderd, zo had hij toegezegd.

Wat hem betrof bespaarde hij Barron de martelgang naar de rechtszaal, waar een jury zou bepalen of er genoeg bewijzen waren om hem en de andere rechercheurs te kunnen aanklagen voor de moord op Frank Donlan. Daarin had hij gelijk, want ongeacht wat de anderen zouden verklaren of ondernemen om zichzelf en het team buiten schot te kunnen houden, eenmaal onder ede zou het voor Barron onmogelijk zijn de waarheid te verdoezelen. Dat wist hij, en dat wist Raymond Thorne.

Maar stel dat Thorne zou weten te ontsnappen, wat dan? De man die in koelen bloede Red McClatchy definitief had uitgeschakeld, plus vijf agenten, een consultant uit New Jersey en een jonge Duitser, zou zijn moordzuchtige kruistocht gewoon kunnen voortzetten, wat zijn verknipte redenen daarvoor ook mochten zijn. Hoeveel onschuldige slachtoffers zouden er nog vallen voordat hij zijn werk had voltooid? En zou Alfred Neuss daar ook bij zitten?

Goed, Thorne had dus gelijk. Het was inderdaad een gewetenskwestie. Wat precies de reden was waarom Barron zijn vriend Dan Ford tijdens hun telefoongesprek, een paar minuten geleden, 'Danny' had genoemd. De laatste keer dat hij dat gedaan had waren ze negen en had Ford hem meteen te verstaan gegeven dat hij er de pest aan had om 'Danny' te worden genoemd. Hij heette 'Dan', punt uit. Barron had erom gelachen, had geantwoord dat Ford zichzelf niet zo serieus moest nemen en had hem nogmaals met 'Danny' aangesproken. Met als gevolg dat Ford hem vol op de neus had geraakt en hij, huilend om zijn moeder, naar huis was gerend. Sindsdien had hij hem wijselijk 'Dan' genoemd. Tot enkele minuten geleden, in de hoop dat Ford het zou oppikken als een signaal dat hij in de problemen zat.

68

Vliegveld van Burbank, Pasadena en Glendale, 3.55 uur

Raymond schoof iets naar voren op de achterbank om nog net te kunnen zien dat ze de westelijke kop van de startbaan passeerden, vervolgens rechts afsloegen en via Sherman Way naar het luchthavengebouw van Mercury Air reden, een modern, vrijstaand gebouw dat tegenover de hoofdterminal stond.

Inmiddels was het licht gaan regenen. Barron reikte naar de

knop van de ruitenwissers. Tussen de slagen door viel Thornes oog op een aantal privé-toestellen die achter het hek geparkeerd stonden. In geen ervan brandde licht.

De miezerende regen, het hekwerk en de rij natriumlampen die de weg en de taxibaan verlichtten, zorgden voor een onheilspellende sfeer, alsof de Mercury Air-terminal en de omringende gebouwen een onderdeel vormden van een zwaarbeveiligd complex dat niet door mensen, maar puur elektronisch werd bewaakt.

'We zijn er,' sprak Barron. Het waren de eerste woorden die hij sinds het afscheid van de postende rechercheurs voor zijn huis had gesproken. Hij minderde vaart en stopte voor een stalen schuifhek. Links bevond zich een intercomkastje met een bordje met daarop het verzoek aan nachtelijke bezoekers om zich via een druk op de knop bij de incheckbalie te melden.

'En nu?' vroeg hij.

'Doe wat er staat: druk op de knop. Zeg dat je hier bent voor de Gulfstream van West Charter Air die om vier uur wordt verwacht.'

Hij draaide zijn raampje omlaag en drukte op de intercomknop. Er klonk een stem en hij deed wat Thorne hem had bevolen. Even later gleed het hek open en reed hij het terrein op.

Op het parkeerterrein stonden links drie auto's. Ze waren nat en de ramen zaten vol druppels. Het betekende dat ze er al een tijd stonden, waarschijnlijk al de hele nacht. Hij reed verder.

Vijf seconden later naderden ze de hoofdingang van het terminalgebouw. Rechts ervan stonden twee auto's van de politie van Burbank. Vanachter de ingang zagen drie agenten de Mustang naderbij komen.

'Er is politie.'

'Zoek naar meneer Ford.'

'Ik zie hem niet. Misschien is hij niet komen opdagen.'

'Hij is er,' verzekerde Raymond hem kalmpjes. 'Want je hebt het hem zelf gevraagd.'

Daarna ontwaarde hij Fords donkergroene jeep Liberty die geparkeerd stond voor een verlicht toegangshek naar het asfalt met daarachter de vliegtuigen. Links van de jeep stond wederom een politieauto, met daarin twee geüniformeerde agenten.

Een wee gevoel welde plotseling op in zijn maag. Stel dat zijn 'Danny' bij Dan Ford niet was overgekomen? Stel dat Ford te moe was geweest of te verdoofd door de pijnstillers voor zijn gebroken neus en het hem niet eens was opgevallen. Stel dat hij er alleen maar was omdat Barron hem dat had gevraagd. Dan kreeg de hele toestand een nieuwe, nog verschrikkelijker wending, en zou Thorne geen moment aarzelen om Ford neer te schieten. In een oogwenk.

69

Op het moment dat Barron aanstalten maakte om zich om te draaien en Raymond Thorne mee te delen dat Ford er niet stond en waarschijnlijk ook niet kwam opdagen, zwaaide het portier van de jeep open en stapte Dan Ford uit: blauwe blazer, bruine pantalon, de hoornen bril boven op zijn verbonden neus. Op en top Dan, maar inclusief een golfhoed op het hoofd tegen de regen.

Plotseling dook Thorne ineen en tuurde over de rand van de stoel. 'Hier stoppen.'

Barron nam gas terug en stopte op ongeveer twintig meter bij Ford vandaan.

'Bel naar zijn gsm, zeg dat je hem komt oppikken en het asfalt op zult rijden om een bestemmingsvlucht op te wachten. Zeg hem dat je met de politie gaat praten.'

Barron keek naar de donkere silhouetten van de geparkeerde vliegtuigen aan de andere kant van het hekwerk. Van grond- of technisch personeel viel geen spoor te bekennen. Nergens een kip te zien. Het dashboardklokje wees inmiddels 4.10 uur aan. Misschien kwam er helemaal geen vliegtuig meer binnen. Misschien was Raymond Thorne iets geheel anders van plan.

'Je Gulfstream is te laat, meneer Thorne. Stel dat hij niet komt?'

'Hij zal er zijn.'

'Hoe weet je dat zo zeker?'

'Omdat ik hem nu zie.' Thorne gaf een knikje in de richting van de landingsbaan, waar op dat ogenblik, helemaal aan het eind, tussen de miezerregen door de landingslichten van het toestel opdoemden. Even later raakte het onderstel van de Gulfstream IV de landingsbaan.

Ze hoorden het schrille gejank toen de piloot de straalomkeerders inschakelde, vaart minderde en vervolgens aan het eind van de baan omkeerde. De felle lichten maaiden als een zeis door de nevelige duisternis en het toestel taxiede naar de terminal.

Raymond zakte nog wat verder onderuit terwijl het toestel dichterbij kwam en het gegier van de motoren oorverdovend werd. Als fakkels van elk een miljoen watt zetten de lampen de Mustang in een felle gloed. Opeens zwaaiden de lichtbundels opzij en de gecharterde jet draaide naar zijn standplaats achter het hek. De piloot zette de motoren uit en het lawaai stierf weg.

'Bel meneer Ford en doe precies wat ik net zei.'

'Oké...' Barron pakte zijn gsm en toetste het nummer in.

Ze zagen hoe Dan Ford even kuchte en vervolgens zijn mobiele telefoon uit zijn blazer te voorschijn haalde en hem aanzette.

'Ik ben er, John.' Ford kuchte nogmaals.

'Danny...' Hij liet de klank expres even naijlen. Opnieuw sprak hij Ford aan met de naam die zijn vriend zo haatte, in de hoop dat het tot hem doordrong dat er iets mis was zodat hij nog de benen kon nemen, voordat het te laat zou zijn.

'Denk aan die e-mailtjes, John. Zeg het hem.'

'Ik...' aarzelde hij.

'Zeg het hem.'

Hij voelde het kille staal van de Colt tegen zijn oor.

'Danny, jij en ik rijden zo meteen naar de Gulfstream die net is binnengekomen. Ik stop naast je en jij stapt gewoon in. Ik praat wel met die agenten.'

Ford hing op en gebaarde hen zijn kant op.

'Toe dan,' maande Raymond hem.

Maar Barron verroerde zich niet. 'Je hebt die e-mailtjes toch al in de pijplijn, Raymond. Waarom hebben we hem nog nodig?'

'Omdat ik niet het risico wil lopen dat jij opeens oom agent gaat uithangen en tegen je vriendjes je mond voorbijpraat zodra je ze vraagt of ze het hek open willen doen.'

Dan Ford gebaarde nog eens. Tegelijkertijd zwaaiden de portieren van de politieauto open en stapten beide agenten uit. Ze keken naar de Mustang, wilden waarschijnlijk weten wat de bestuurder van plan was en waarom de chauffeur zo talmde.

'Hoogste tijd, John,' sprak Raymond zacht.

Barron aarzelde nog even en trok ten slotte langzaam op.

Rijdend naar het hek kon hij Dan Ford in het licht van de koplampen goed zien. De journalist zette een stap in de richting van de Mustang, draaide zich even om, zei iets tegen de agenten en gebaarde daarbij naar de auto.

Ze waren er bijna. Hooguit nog een kleine tien meter te gaan.

'Zodra je bij het hek bent,' vervolgde Raymond, 'draai je je raampje net genoeg omlaag om zichtbaar te zijn. Vertel wie je bent en wie meneer Ford is. Zeg dat je naar de Gulfstream toe wilt die zojuist is geland. Vertel ze maar dat het te maken heeft met de zaak-Raymond Oliver Thorne.'

Barron zette de auto stil en zag hoe de agenten en Ford respectievelijk vanaf de linker- en de rechterkant op de auto af liepen. Ford liep een, twee stappen voor hen, het hoofd omlaag tegen de regen.

Hij bereikte de auto en trok het portier open. Op dat moment snelde de dichtstbijzijnde agent naar het portier aan de bestuurderskant. Achter zich hoorde Barron hoe Raymond Thorne een verschrikte kreet slaakte. Op datzelfde moment werd Barrons portier opengerukt. Heel even ontwaarde hij het gezicht van Halliday. Er klonk een donderslag, gevolgd door de felste lichtflits die hij ooit had gezien.

70

4.20 uur

Half verblind en met suizende oren voelde Barron hoe een paar handen hem uit de auto sleurden. Ergens vanuit de verte leek het of hij Raymond hoorde schreeuwen. De rest was een droom.

Vaag herinnerde hij zich dat er een auto stopte, met Lee achter het stuur. En ook de alerte maar nog katerige, als Dan Ford verklede Polchak, die de verbijsterde Raymond Thorne in de boeien sloeg en hem naar de achterbank van de auto dirigeerde. Daarna nog een auto plus Halliday, gehuld in het blauwe uniform van een surveillanceagent, die hem in de passagiersstoel hielp en vroeg of hij niet gewond was. Daarna het geluid van dichtslaande portieren, waarna ze wegreden, met Halliday achter het stuur.

Hoe lang de rit duurde wist hij niet precies, maar geleidelijk aan nam het gesuis in zijn oren af en vervaagde de withete stip die de magnesiumbom op zijn netvliezen had gebrand. 'Dan heeft jullie gebeld,' hoorde hij zichzelf mompelen.

'Meteen na je telefoontje heeft hij Marty thuis gebeld,' legde Halliday uit terwijl hij zijn blik op de weg hield. 'Je hebt ons niet veel tijd gegeven.'

'Ik was ook niet bepaald de bedenker van het hele plan.' Hij schudde zijn hoofd wat heen en weer om zijn gedachten op orde te krijgen. 'Dat was Dans wagen. Waar is hij?'

'In de terminal. Waarschijnlijk in gesprek met het SWAT-team. We hebben ze ter versterking opgeroepen. Als het inderdaad om Raymond Thorne ging, wilden we hem niet nog eens laten ontsnappen.'

'Nee.' Hij wendde zijn hoofd af. Het was nog steeds pikkedonker en bumper aan bumper vervolgden de twee auto's hun weg door een stille woonwijk aan de oostkant van het vliegveld.

Valparaiso was de andere geüniformeerde agent bij het hek geweest, en met zijn blauwe blazer, bruine pantalon, verbonden neus, hoornen bril en hoed tegen de regen had Polchak genoeg op Dan Ford geleken om in het donker en de motregen voor hem te kunnen doorgaan. Dat was de reden waarom Polchak zo-even door de telefoon had gekucht. Als Barron zijn stem had herkend, had hij misschien anders gehandeld, en wie weet hoe Raymond Thorne daarop zou hebben gereageerd. Uiteindelijk hadden ze besloten tot de voor de 5-2 Squad zo kenmerkende aanpak: een doldrieste, resolute gok. Een gok die, Raymond Thornes intelligentie en doortraptheid ten spijt, nog had gewerkt ook.

'Jimmy.' De stem van Valparaiso klonk op vanuit Hallidays mobilofoon.

Hij pakte de microfoon. 'Zeg het maar, Marty.'

'We gaan even stoppen voor een kop koffie.'

'Goed.'

'Koffie?' Barron keek Halliday aan.

'We hebben een lange dag achter de rug,' legde Halliday uit en hij verbrak de verbinding. 'Bovendien kan Thorne geen kant meer op.'

4.35 uur.

Jerry's 24 Hour Coffee Shack bevond zich op de hoek van een bedrijventerrein naast de Golden State Freeway en was nog dicht genoeg in de buurt van het vliegveld om de gloed van alle lichten te kunnen zien. Halliday sloeg als eerste af, gevolgd door Valparaiso, die naast hem parkeerde. Daarna stapten de twee uit en gingen naar binnen.

Barron keek hen na en blikte vervolgens even achterom naar de tweede auto. Raymond zat op de achterbank, tussen Lee en Polchak in. Het was voor het eerst dat hij hem zag nadat de magnesiumbom was afgegaan. Hij zat er vermoeid en nog altijd verbijsterd bij, alsof hij niet precies wist waar hij was of wat er was gebeurd. Ook zag hij Polchak voor het eerst sinds de confrontatie bij Red in de straat. Hij draaide zich weer om, wilde er niet aan denken. In de koffieshop zag hij Halliday en Valparaiso kletsend en wachten bij de toonbank.

Opeens werd er op zijn raam geklopt. Hij schrok. Het was Polchak, die hem gebaarde het raampje omlaag te draaien. Barron aarzelde even en draaide aan de zwengel. De twee mannen keken elkaar aan.

'Sorry van gisteravond,' verontschuldigde Polchak zich. 'Ik was dronken.'

'Ja. Laat maar zitten.'

'Ik meen het. Ik heb ook Dan Ford mijn excuses aangeboden. Zand erover?' Polchak stak hem een hand toe. Barron keek ernaar en aanvaardde hem. Polchak mocht inmiddels wat ontnuchterd zijn en zijn verontschuldigingen aanbieden, maar de blik in zijn ogen was nog altijd onveranderd. Wat hem eerder zo had dwarsgezeten, knaagde nog steeds aan hem.

'Mooi,' was Polchaks dank terwijl hij opkeek naar Valparaiso en Halliday die, gewapend met een kartonnen dienblaadjes met daarop een aantal koffiebekertjes met plastic dekseltjes, aan kwamen lopen. Valparaiso droeg vier bekertjes, Halliday twee.

'Klaar?' vroeg Polchak aan Valparaiso.

'Wacht even,' zei Barron. Ze moesten het weten. 'Raymond weet wat er met Donlan is gebeurd.'

'Hoe?' Valparaiso's gezicht verstrakte.

'Hij heeft het zelf uitgevogeld.'

'Jij hebt het hem verteld, bedoel je zeker,' siste Polchak zonder erbij na te denken. Barron zag hoe Polchaks handen zich tot vuisten balden terwijl de rechercheur hem woest aankeek. Zijn demonen waren weer in alle hevigheid terug van weg geweest.

'Nee Len, ik heb het hem niet verteld. Hij vermoedde het al. Daarom wilde hij Dan erbij hebben: voor het geval ik tegen die agenten bij het hek mijn mond voorbijpraatte. Hij zou het Dan hebben verteld.'

'Dan Ford is er niet, en zal niet komen ook.' Halliday wierp een blik op Valparaiso. 'Zullen we dan maar?'

'Wacht,' onderbrak Barron hem op scherpe toon. 'Er is meer

aan de hand. Hij heeft een aantal e-mails klaar staan. Zodra hij veilig onderweg was, zou hij ze verwijderen. Naar de officier van justitie, de FBI, de bond voor burgerrechten, Dan Ford en een hoop anderen. Daarin doet hij het hele verhaal uit de doeken, zei hij. Het is geen bewijs, maar wel genoeg om mensen achterdochtig te maken.'

'John,' stelde Halliday hem gerust, 'hij heeft agenten vermoord. Geen hond die hem zal geloven.'

'En wat als dat wel zo is?'

'Wat dan nog?' sneerde Polchak. 'Het is zijn woord tegen het onze.' Plotseling keek hij Valparaiso aan. 'De koffie wordt koud, Marty.'

4.44 uur. Het geluid van dichtslaande portieren weerkaatste in de vroege ochtendstilte, waarna de auto's wegreden zoals ze gekomen waren, met Halliday voorop en Valparaiso er vlak achter.

Ze verlieten het bedrijventerrein, passeerden het Burbank Airport Hilton en staken het spoor van de lokale forensenlijn over. Halliday zweeg en reed. De twee koffiebekertjes tussen hen in waren nog steeds ongeopend en onaangeroerd.

Het is zijn woord tegen het onze.

Barron hoorde Polchaks woorden nog naklinken, zag zijn sneer nog steeds voor zich. Alleen, dat 'onze' had plaatsgemaakt voor het 'hunne'. Afgezien van het heldhaftige duel in de vertrekhal maakte hij nog steeds net zomin deel uit van het team als sinds Donlans executie. Als Polchak werd achtervolgd door demonen, en de anderen ook, dan behoorden die enkel toe aan de 5-2, waren ze vervlochten met het verleden en het karakter van het team. Ongeacht zijn gedachten en gevoelens ten aanzien van Reds dood – dat hij bijna een van hen was geworden – wist hij dat het nooit zover zou komen. Precies zoals hij al zo lang had geweten. Hij was een vreemde eend in de bijt en zou dat altijd blijven. Het prikkeldraad van zijn eigen geweten bleef halsstarrig in zijn ziel gehaakt.

Het geluid van gierende banden en de vervaarlijk overhellende auto nu Halliday opeens een zijstraat in sloeg, rukten Barron los uit zijn gedachten. Opnieuw gaf Halliday een ruk aan het stuur en ditmaal schoten ze een schemerige straat met sjofele garagewerkplaatsen in en bleven ze staan voor een verduisterde, aftandse autospuiterij. Een seconde later stopte Valparaiso achter hen en even baadden ze in het licht van diens felle koplampen, die vervolgens werden gedoofd. Meteen keek Barron om zich heen. De buurt was donker, vervallen en afgelegen. Afgezien van een eenzame straatlantaarn aan het eind van de steeg was de verlichting van Jerry's 24 Hour Coffee Shack, waar ze zo-even waren geweest, zo'n achthonderd meter verderop, het enige lichtpuntje.

Achter zich hoorde hij de doffe klappen van portieren die werden dichtgeslagen en zag dat Raymond door Polchak en Lee snel naar de overkant van de steeg werd geëscorteerd. Valparaiso, die iets bij zich droeg, liep voor hen uit en trapte de deur van de autospuiterij open, waarna het viertal naar binnen ging.

'Ditmaal ben je voorbereid, John.' Halliday opende zijn portier. De binnenverlichting ging aan. Hallidays jasje was opzijgeschoven en Barron kon duidelijk de Beretta in de heupholster zien zitten. 'Kom.'

71

4.57 uur

Raymond Thorne stond in het licht van een enkele tl-buis. Ook Barron en Halliday liepen de autospuiterij in. Hij stond tussen Polchak en Lee in en hield zijn geboeide handen voor zich. Valparaiso stond een kleine meter voor hem bij een werkbank, met in zijn hand het voorwerp dat hij bij zich had gedragen: een van de koffiebekertjes. De contouren van een Volkswagen Kever tekenden zich naargeestig af in het donker achter hen, de banden en ramen afgeplakt ter voorbereiding op het eigenlijke spuitwerk, en met de carrosserie al in de lichtgrijze grondverf. Het hele interieur, de vloer, de muren, de apparatuur, deuren en ramen waren bedekt met een dikke lichtgrijze laag, veroorzaakt door zwevende verfmoleculen die jarenlang waren neergedaald en elk beetje licht opslokten. De ruimte was net een graftombe.

Halliday trok de deur dicht, waarna hij en Barron verder liepen. Op het moment dat Barron achter Valparaiso langs liep, zag hij hoe Thornes ogen hem volgden. Het waren wanhopige, smekende ogen die bij hem naar hulp zochten. Maar Thorne had geen weet van de situatie waarin Barron verkeerde. Ook al wilde hij iets doen, hij kon het niet. Als hij tussenbeide kwam zou ook hij worden vermoord. Hij kon slechts toekijken.

Maar Raymond bleef hem aanstaren. Nu pas besefte Barron wat er werkelijk achter die blik school. Raymonds ogen verrieden niet zozeer doodsangst, maar juist een aanmatigende onbeschaamdheid. Hij smeekte niet om hulp, nee, verwáchtte die gewoon.

Het was precies de verkeerde zet. Barron voelde zich tot in het diepst van zijn ziel beledigd. Diep vanbinnen laaide het vuur van razernij in hem op, waardoor hij juist doorsloeg naar de andere kant. Dit was een man die zonder mededogen had gemoord, die in koelen bloede de een na de ander had afgeslacht. Een man die van meet af aan Barrons meest oprechte principes in zijn eigen voordeel had verwrongen, die zijn huis was binnengedrongen, hem had gechanteerd en voor zijn karretje had gespannen. Die op slinkse wijze Dan Ford erbij had betrokken omwille van diens beroep en hechte vriendschap met Barron, en die hij zonder omhaal zou hebben vermoord als daarmee zijn eigen belang gediend zou zijn. En nu, op het randje van de dood, verwachtte diezelfde persoon dat hij, Barron, tussenbeide kwam en hem het leven redde.

Nog nooit eerder had hij een dergelijke afkeer gevoeld, zelfs niet ten aanzien van de moordenaars van zijn eigen ouders. Red had gelijk. Figuren als Raymond Thorne hadden niets menselijks. Het waren verachtelijke monsters die telkens weer een moord begingen. Ze belichaamden een ziekte die moest worden uitgeroeid. Voor zulke types was de wet gatenkaas en de rechtbank vooral besluiteloos, en daarmee een onbetrouwbare hoeder van het maatschappelijk welzijn. Het was dus aan mannen als Valparaiso, Polchak en de anderen om datgene te doen waarin de samenleving faalde. Opgeruimd staat netjes. Raymond Thorne had hem helemaal verkeerd ingeschat. Wat hem betrof kon Thorne doodvallen.

'Jij was degene die zo nodig koffie wilde, Raymond,' begon Valparaiso, terwijl hij een stap naar voren zette.

'Omdat we de kwaadsten niet zijn, stopten we dus ergens, brachten we je beker koffie zelfs voor je naar de auto. Maar ondanks je handboeien gooide je je koffie over rechercheur Barron heen.' Met een onverwachte beweging kantelde Valparaiso zijn beker, waardoor de hete koffie over Barrons overhemd en jasje spatte. Barron schrok en deinsde achteruit.

Valparaiso zette het bekertje op de grond en kwam nog iets

dichterbij. 'Tegelijkertijd griste je zijn Colt Double Eagle Automatic te voorschijn, zijn eigen vuurwapen ter vervanging van de Beretta die je hem in de Lufthansa-vertrekhal had ontfutseld. Het pistool waarmee je hoofdinspecteur McClatchy hebt vermoord. Dit wapen, Raymond.'

Opeens trok hij met zijn rechterhand Barrons Beretta vanachter zijn broeksband vandaan en hield hem voor Raymonds neus. Een seconde later reikte hij met zijn linkerhand naar achteren en trok ook Barrons Colt achter zijn broekriem vandaan. 'Pistool nummer twee, Raymond.' Daarna deed hij een stapje achteruit.

'Waarschijnlijk weet je het niet meer, maar rechercheur Polchak heeft ze vlak nadat hij de magnesiumbom liet ontploffen in beslag genomen. Een tijdje later heb je kunnen zien dat hij de Colt teruggaf aan rechercheur Barron.'

Met verbijstering luisterde Barron naar hoe Valparaiso hem naar het schavot voerde, hem de details onthulde van wat zijn eigen, officiële doodsoorzaak zou worden. Het stond gelijk aan marteling, maar het liet Barron volkomen koud. Hij merkte zelfs dat hij ervan genoot. Opeens keek Raymond Thorne hem aan.

'Denk aan die e-mails, John. Als je me nu neerknalt, kan niemand die dingen nog tegenhouden.'

Op Barrons gezicht verscheen een kille glimlach. 'Niemand lijkt zich daar erg veel zorgen om te maken, Raymond. Jij bent degene om wie het allemaal draait. Je vingerafdrukken hebben we al. Elk lichaamsdeel zal ons een DNA-monster verschaffen. Een monster dat we kunnen vergelijken met de bloedvlekken op het washandje dat we aantroffen in de suite van het slachtoffer in het Bonaventure Hotel. Die mannen in Chicago, ook daar zullen we alles over te weten komen. En over die slachtoffers in Mexico-Stad, over de Gulfstream en wie dat ding gestuurd heeft. Over Alfred Neuss, wat je in Europa en Rusland van plan was. We zullen uitvinden wie je bent, Raymond. We zullen alles te weten komen.'

Raymonds ogen schoten heen en weer en vervolgens staarde hij voor zich uit. '*Vsja*,' mompelde hij nauwelijks verstaanbaar. '*Vsja ego soedba v roekach Gospodnych.*' Het laatste restje hoop dat Barron hem te hulp zou schieten, was hiermee verloren. Zijn innerlijke kracht was het enige wat hem nog restte. Als God had besloten dat hij hier moest sterven, dan zij het zo.

'*Vsja ego soedba v roekach Gospodnych.*' Krachtig en meeslepend herhaalde hij zijn alliantie met God, net zoals hij dat voor de Barones had gedaan.

212

Traag gaf Valparaiso de Beretta aan Lee. Daarna stapte hij naar voren, plaatste de Colt tussen Raymonds ogen en maakte zijn verhaal af.

'Nadat je rechercheur Barron zijn pistool afhandig had gemaakt, rende je weg en verschool je je hier. We kwamen je achterna. Je schoot op ons…' Snel deed hij een stap achteruit en richtte het automatische pistool, kaliber .45, op de voordeur van de werkplaats.

Beng! Beng!

De schoten deden de ruimte zinderen. Het met verf bedekte glas van de ramen spoot de steeg in en creëerde puntige schichten van zwarte duisternis in de lichtgrijze wand.

Valparaiso draaide zich weer om en prikte met de loop van de Colt onder Thornes kin. 'Wij bleven buiten en we bevalen je om je over te geven, met de handen op het hoofd. Je verdomde het. We riepen nog eens, gaven je nog een kans. Maar het enige wat we hoorden, was de stilte. En daarna nog één… laatste schot.'

Barron sloeg Raymond aandachtig gade. Zijn lippen bewogen, maar er kwam geen geluid. Wat had het te betekenen? Een gebed tot God? Een verzoek om genade voordat hij stierf?'

'John.'

Hij keek op. Plotseling draaide Valparaiso zich naar hem om, greep zijn hand en drukte de Colt erin. 'Voor Red,' fluisterde hij. 'Doe het voor Red.'

Nog even hielden Valparaiso's ogen hem gevangen; daarna liep hij terug naar Raymond. Barron volgde zijn blik en zag Polchak op Thorne af stappen om hem in dezelfde houdgreep te nemen als hij bij Donlan had gedaan.

Thorne stribbelde tegen en staarde Barron ondertussen met open mond aan. Hoe kon God dit toestaan? Hoe kon de man die hij tot zijn redder had verkozen opeens zijn beul worden?

'John, toe, doe het niet,' fluisterde hij. 'Toe…'

Barron keek naar het automatische pistool dat in zijn hand rustte, voelde het gewicht. Hij deed een stap naar voren. De anderen werden stil en keken toe. Halliday, Polchak, Valparaiso, Lee.

Raymonds ogen lichtten fel op in het tl-licht. 'Zo ben jij niet, John. Zie je dat dan niet? Zo zijn zíj!' Zijn ogen schoten even naar de andere rechercheurs en terug.

'Denk terug aan Donlan. Aan hoe je je naderhand voelde.' De

woorden klonken gehaast, maar het marchanderende, zelfingenomen toontje was allang verdwenen. Dit was een smeekbede om zijn leven. 'Als je gelooft in God in de hemel, laat dat pistool dan zakken. Doe het niet!'

'Geloof jij in God, Raymond?'

Barron zette een stap dichterbij. Woede, haat, wraak. Zijn emoties versmolten tot een kick als van een fantastische drug. De toespeling op Donlan betekende niets. Het pistool in zijn hand was alles. En nu stond hij vlak naast hem, met zijn neus op enkele centimeters van die van Raymond.

Klik!

Met zijn duim spande hij de haan. De loop van de Colt gleed naar Raymonds slaap. Barron hoorde hem naar lucht happen terwijl hij tegen Polchaks houdgreep en zijn handboeien bleef vechten. Barrons vinger kromde zich om de trekker en zijn ogen pinden zich vast op die van Raymond. Vervolgens...

... versteende hij.

5.21 uur.

72

'Knal hem neer, verdomme!'

'Hij is een beest. Haal die trekker over!'

'Schiet hem dood, in godsnaam!'

Ze schreeuwden naar hem terwijl zijn gelaat zich verwrong. Plotseling draaide hij weg.

Beng! Beng! Beng!

Schoten weerklonken terwijl hij een oude, haveloze, met verfspatten bezaaide fauteuil doorzeefde.

'Wat mankeert jou in 's hemelsnaam?' Lee begreep er niets van.

Bevend draaide Barron zich om, vol afschuw van wat hij zojuist bijna had gedaan. 'Het punt is, Roosevelt, dat ergens onderweg deze "ouwe heks van een stad" ons er heeft ingeluisd. Een man laat de wet voor wat die is, laat een hoop zaken voor wat ze zijn... zoals de vraag wie hij eigenlijk is.' Even staarde hij hen alle vier aan. De volgende woorden klonken als een fluistering. 'Wat jullie niet be-grijpen, is… dat ik niet tot een moord in staat ben.'

Valparaiso stapte naar voren en stak een hand uit. 'Geef hier.'

Barron deed een stap achteruit. 'Nee. Hij gaat mee naar het bu-reau.'

'Geef hem je pistool, John.' Lee liep voor Halliday langs.

Met een ruk zwaaide Barron zijn Colt naar Lee's enorme torso. 'Hij gaat mee naar het bureau, Roosevelt.'

'Doe het niet,' waarschuwde Halliday.

Barron negeerde hem. 'Jullie leggen je wapens daar neer.' Hij gebaarde naar een besmeurde werkbank bij de deur.

'Jij bent behoorlijk gesjeesd, John,' merkte Polchak op terwijl hij achter Raymond Thorne vandaan stapte.

Valparaiso bewoog zich iets naar hem toe. 'Jij gaat dit niet over-leven.'

'Jij was als eerste ter plaatse, John,' sprak Lee en hij schonk geen aandacht aan het pistool dat op hem gericht was. 'Thorne had de Colt. Toen we je inhaalden, was jij al dood.'

'Raymond kan het hoe dan ook shaken.' Polchak kwam nog iets naderbij. 'En je zus, John? Wie moet er dan voor haar zorgen? Al-lemaal dingen waar je rekening mee moet houden.'

Opnieuw zwaaide Barron zijn pistool opzij en duwde de loop recht in Polchaks kruis. 'Nog één stap dichterbij en ik schiet je aan flarden.'

'Jezus!' riep Polchak terwijl hij terugdeinsde.

'Jullie wapens op de werkbank. Jij eerst, Roosevelt.'

Met de Beretta nog steeds in de hand verroerde Lee zich niet. Barron zag hoe hij de situatie afwoog, ondertussen zoekend naar een manier om te vuren voordat Barron dat zou doen. Aangeno-men dat.

'Het is het risico niet waard, Roosevelt,' sprak Halliday zacht. 'Doe wat hij zegt.'

'Je Beretta, Roosevelt. Met je linkerhand. Twee vingers om de trekkerbeugel, en klaar,' beval Barron.

'Oké.' Langzaam bracht Lee zijn linkerhand omhoog. Hij nam de trekkerbeugel van Barrons pistool tussen twee vingers, liep er-mee naar de werkbank en legde het wapen neer.

'Nu jij, Marty. Op dezelfde manier, graag.' Hij richtte de Colt op Valparaiso.

Die bleef even als bevroren staan, trok vervolgens langzaam zijn automatische pistool uit zijn heupholster en legde het wapen op de werkbank.

'En nu achteruit!' beval Barron op scherpe toon. Valparaiso's blik schoot van Polchak naar Halliday en hij deed een stap opzij.

Voorzichtig liep Barron naar de werkbank, pakte zijn Beretta en stopte hem achter zijn broekriem.

'Oké Jimmy, nu jij. Op dezelfde manier. Met twee vingers.'

Halliday liep naar de werkbank, trok zijn Beretta te voorschijn en legde hem neer.

'Opzij,' beval Barron. Halliday deed wat hem werd gezegd. 'Len?'

Een paar seconden lang deed Polchak helemaal niets. Ten slotte sloeg hij zijn ogen berustend neer naar de grond en haalde zijn schouders op. 'Dit is verkeerd, John. Dit is helemaal verkeerd.'

Hij zag Polchak bewegen. Op datzelfde moment draaide Lee zich om naar de werkbank en griste naar zijn Beretta. Barron sprong naar voren en trof Lee hard tegen de schouder, waardoor deze achteruit tegen Polchak op botste.

Die viel op de grond, met Lee boven op hem.

Barron zwaaide met zijn Colt. Er klonk één donderslag. De tl-buis boven Thornes hoofd explodeerde en alles werd pikzwart. Hij pakte de handboeien en trok Thorne hard met zich mee in het donker.

Beng! Beng! Beng!

De vlammen uit Lees pistool lieten het donkere interieur oplichten. Glasscherven vlogen overal in het rond; kogels ketsten af op hout en staal terwijl Barron de deur vond.

Beng! Beng!

Lee schoot op de deur.

'Zo meteen raak je me nog, lul!' tierde Polchak.

'Ga dan uit de weg, verdomme!'

Bliksemsnel renden Barron en Thorne naar buiten. Daar was alles nat van de motregen en begon het aan de horizon al een beetje licht te worden. Barron wierp even een blik op de auto's en het drong bijna te laat tot hem door dat hij geen autosleutels op zak had.

'Kijk uit!' riep Thorne nu Lee in de deuropening verscheen. Met handboeien en al greep Thorne Barron bij zijn jasje en trok hem achter de andere auto.

Lee vuurde tweemaal in het donker. De kogels versplinterden de achterruit van de wagen. Polchak dook vlak achter hem op, gevolgd door Valparaiso en Halliday.

Met zijn Beretta in beide handen, klaar om te vuren, rende Lee snel om de wagen heen.

'Wel godv...'

Daarna zagen ze het gat in de houten schutting, iets verderop.

73

5.33 uur

Barron hield Thorne voor zich terwijl ze half rennend, half struikelend een steil heuveltje afdaalden. Beneden aangekomen trok hij Raymond omhoog in het donker. Ze hoorden de anderen naderbij komen, door het gat in de schutting en vervolgens snel het heuveltje af. Een krachtige zaklantaarn werd aangeknipt en daarna nog een.

'Blijf vlak achter me,' beval Barron. Hij greep Thorne bij zijn handboeien vast en trok hem blindelings mee. 'Als je ontsnapt, dan schiet ik je neer. Ik meen het.'

Een lichtbundel scheerde voor hen langs, en weer terug.

Beng! Beng!

Achter hen weerklonken twee snelle schoten. Het zand bij hun voeten spoot omhoog. Verwoed trok hij Raymond aan zijn handboeien verder en sleurde hem al zigzaggend mee, dwars door struiken en over de hobbelige grond die spekglad was van de motregen. Achter hen doorkliefden lichtbundels de lucht en hoorden ze nog meer geschreeuw. Plotseling ontwaarde hij enkele enorme graafmachines in het donker en hij trok Raymond erheen.

Even later zochten ze doorweekt van zweet en regen dekking achter een grote bulldozer. In de verte hoorden ze het diepe geronk van een straalvliegtuig dat een aanloop nam om op te stijgen. De hemel lichtte iets op en Barron keek om zich heen om zich te oriënteren. Maar het enige wat hij zag, was modder en wat vage silhouetten van de machines.

'Hou je gedeisd,' fluisterde hij en hij hees zichzelf omhoog in de bulldozercabine. Van hieruit kon hij in de verte de lichten van het hoofdgebouw van het vliegveld van Burbank zien en het drong tot hem door dat ze zich op een bouwterrein aan de zuidkant bevonden. Achter hem lag een open stuk van een kleine dertig meter breed met daar weer achter een steil talud met een hekwerk. Verderop zag hij de verlichting van het Metrolink-station.

Snel sprong hij uit de bulldozer, landde naast Raymond in het donker en keek op zijn horloge. Het liep tegen zessen in de ochtend. Het tijdstip waarop de forensentreinen gingen rijden. Hij keek Raymond aan.

'We gaan een treinreisje maken.'

74

5.47 uur

In het schemerlicht zagen ze Polchak passeren en vervolgens stoppen. Barron wist dat Lee hem rugdekking zou geven, met achter hen Valparaiso dan wel Halliday. Een van hen zou met een auto naar de straat tussen het bouwterrein en het station zijn gereden. Het plan was de twee naar open terrein te drijven, zoals jachthonden een fazant uit een struik te voorschijn joegen.

Lukte dat niet, dan zouden ze om een helikopter verzoeken plus extra eenheden en waarschijnlijk zelfs honden. Met als eenvoudige verklaring dat Raymond Thorne had weten te ontsnappen en Barron had gegijzeld. Het betekende dat ze tegenover een enorme overmacht zouden staan en ze zo goed als zeker de klos waren.

Hoe het daarna zou gaan, was nog onduidelijk, maar dat ze hen te pakken zouden krijgen stond vast. Het zou zo gebeurd zijn. Thorne zou in een oogwenk worden doodgeschoten en hijzelf zou worden afgevoerd, waarschijnlijk naar zijn eigen woning, waar ze hem een dodelijke cocktail van pillen en alcohol zouden toedienen en hem daarna met zijn eigen pistool zouden neerknallen of gewoon lieten creperen. Het zoveelste tragische geval van een politieambtenaar voor wie familieomstandigheden, de gewelddadige dood van Red McClatchy en de andere agenten, en de druk van het werk fataal waren geworden.

'Lopen,' fluisterde Barron. Vervolgens renden ze naar de lichten van het treinstation in de verte.

'Daar heb je ze!'

Achter hem hoorde hij Valparaiso's kreet in de ochtendscheme-ring opklinken. Wat betekende dat Halliday degene was die met de auto zou proberen hun bij het station de weg af te snijden.

Met in de ene hand zijn Colt en de andere achter Thornes handboeien gehaakt dirigeerde hij Thorne met bonkend hart ren-nend en glibberend over het bouwterrein in de richting van het sta-tion, in de hoop dat ze Halliday, dan wel de kogels, te snel af zou-den zijn.

Ze bereikten het talud en klauterden haastig omhoog naar het hek. Hij hoorde hen naderbij komen en zag de lichtbundels van hun zaklampen als een zeis door de duisternis maaien, zoekend naar hun doelwit. Eenmaal bij het hek tilde hij Raymond zowaar op, wierp hem over de rand, en klom zelf over het hek.

'Auto,' waarschuwde Raymond toen Barron naast hem op de grond plofte. Een kleine achthonderd meter verder zwaaiden twee lichtbundels de hoek om en snelden op hen af.

'Rennen!' riep Barron. Ze zetten het weer op een lopen, staken de straat over en stormden het perron van het treinstation op.

6.02 uur. In de verte zag Halliday de twee de straat oversteken. Hij remde en sprong meteen de wagen uit terwijl de andere drie over het hek kwamen.

'Het station!' riep hij. Gevieren stoven ze naar het perron waar Raymond en Barron naartoe waren gerend.

Terwijl de rechercheurs het perron bereikten, gloorde het licht van een nieuwe dag zwakjes aan de horizon. Polchak en Halliday renden de ene kant op, Lee en Valparaiso de andere. Maar zonder resultaat. Het perron was volkomen verlaten.

'Te laat.'

Buiten adem, nat en koud tuurde Valparaiso grimmig over de rails en zag de lichten van een forensentrein in de verte verdwijnen.

75

Ze bevonden zich in het rijtuig achter de locomotief. In de coupé zaten nog zo'n vijf vroege forensen. Een van hen, een jonge en hoogzwangere vrouw, zag eruit alsof ze elk moment kon gaan bevallen.

Met een schok realiseerde Barron zich dat hij Raymond eigenlijk in een ander gedeelte van de trein moest afzonderen om zowel zichzelf als de passagiers tegen hem te kunnen beschermen. Snel keek hij om zich heen en zag voor in de coupé een metalen stang die aan de vloer en het dak was vastgeklonken en als steun voor het bagagerek diende. Als hij een sleuteltje bij zich had, zou hij Thorne aan de metalen stang kunnen boeien. Al meteen realiseerde hij zich dat hij dezelfde broek en hetzelfde jasje droeg als die hij de afgelopen avond ook had gedragen en dat zijn eigen handboeien in een klein leren etuitje aan zijn broekriem zaten.

'Lopen!'

Verwoed dirigeerde hij Raymond Thorne langs de passagiers en duwde hem tegen het bagagerek. Daarna trok hij de handboeien te voorschijn, sloeg ze open, klikte ze om de boeien die Thorne al omhad en vervolgens om de metalen stang.

'Hou je rustig en hou je muil,' beet hij Thorne toe. Meteen draaide hij zich om en toonde de verschrikte passagiers zijn insigne.

'Politie,' sprak hij. 'Ik begeleid een gedetineerde en verzoek u vriendelijk naar de volgende wagon te verkassen.'

De zwangere vrouw keek Barron aan en vervolgens naar Raymond. 'O god!' riep ze met verschrikte ogen en luid genoeg zodat iedereen het kon horen. 'Het is Trigger Ray, die moordenaar van de tv! Deze agent heeft Trigger Ray te pakken!'

'Toe,' herhaalde Barron, 'gaat u alstublieft naar de volgende wagon.'

'Dat moet ik mijn man vertellen! O god, o god!'

'Opschieten, dame! Iedereen naar de volgende wagon graag!' Hij dreef het groepje naar de deur en het tussenliggende balkon op, wachtte totdat de deuren zich sloten, pakte zijn gsm en liep terug naar Raymond.

6.10 uur. 'Wat ben je van plan?' vroeg Raymond terwijl hij naar Barrons gsm keek.

'Ik probeer je leven nog een beetje te rekken.'

Er verscheen een zweem van een glimlach om zijn mond. 'Dank je.' De arrogantie was weer helemaal terug, alsof het voor hem zonneklaar was dat Barron doodsbang voor hem was en hem om die reden wilde beschermen.

Maar opeens schoot Barron uit zijn slof. 'Als we alleen waren geweest,' siste hij hees, 'had ik je lens geslagen! Met vuisten, voeten, met alles wat ik heb! En dat je toevallig geboeid bent, maakt me echt geen reet uit. Is dat duidelijk, Raymond? Nou?'

'Duidelijk,' knikte Thorne traag.

'Mooi.' Barron deed een stap achteruit, zette zijn gsm aan, drukte op een snelkiestoets en wachtte.

'Met Dan Ford.'

'Met John. Ik heb Raymond bij me. We zitten in de Metrolinktrein vanaf vliegveld Burbank. Ik wil dat je zo snel mogelijk alle media optrommelt. De hele pers, lokale tv, de grote stations, tabloids, buitenlandse zenders, CNN. Iedereen en allemaal. Het hele circus.'

'Wat doe je in jezusnaam in die trein? Waar is het team? Wat…?'

'De tijd dringt, Dan… De voltallige media, oké? Maak er wat van. Doei.'

Hij hing op, keek Raymond nog even aan en wierp een blik achterom op de coupédeur. Forensen drukten hun neus tegen het glas en staarden naar binnen. In het midden stond de zwangere vrouw. Met haar ronde gezicht en grote, gretige ogen was het alsof ze naar haar favoriete spelletjesprogramma keek waaraan ze maar al te graag wilde meedoen.

'Godnogantoe!' vloekte hij luid. Hij beende door het gangpad naar de deur, trok zijn jasje uit en hing het voor het raam zodat er niets meer te zien viel.

Daarna wierp hij nog even een blik achterom op de aan de bagagestang vastgeklonken Raymond Thorne en controleerde zijn pistolen. De Colt had nog twee patronen, de Beretta nog een vol magazijn, goed voor vijftien schoten. Hij hoopte maar dat hij geen van de twee nodig had, en vooral dat het team het perron te laat had bereikt om de trein te kunnen zien vertrekken en dat ze daar nog steeds de omgeving afzochten.

6.12 uur.

76

De trein minderde vaart. Het volgende station was Burbank Station, daarna Glendale. Het waren snelle ritjes van niet meer dan vijf à zes minuten van station naar station. Bij het betreden van de coupé was Barrons eerste gedachte geweest om het hoofdkantoor van Metrolink te bellen, zichzelf bekend te maken en hun te verzoeken de trein rechtstreeks te laten doorrijden naar Union Station. Maar als hij dat deed, zouden de stationsbeambten onmiddellijk alarm slaan en zou de 5-2 meteen weten waar ze zich bevonden en in welk treinstel.

Binnen enkele minuten zouden politie-eenheden zich in Union Station positioneren, de omgeving afzetten, waarna de 5-2 Squad zou arriveren om de zaak over te nemen. Hoeveel media Dan Ford ook had weten op te trommelen, zodra het rechercheteam het voor het zeggen had, zou iedereen op grote afstand worden gehouden. Kortom, Barron kon slechts afwachten en hopen dat de trein Union Station zou bereiken voordat Lee en Polchak en de anderen erachter kwamen en hun voor zouden zijn.

6.15 uur. Hij voelde de trein nog meer vaart minderen. Vervolgens hoorde hij het scherpe geklingel van waarschuwingssignalen nu de trein naar het perron van Burbank Station kroop. In het zwakke licht en de motregen ontwaarde hij ongeveer twintig forensen die op het verlichte middenperron stonden te wachten. Hij keek even naar Raymond. Die sloeg hem gade, wachtend op wat komen ging. Hij vroeg zich af wat er omging in het hoofd van Thorne. Dat de moordenaar ongewapend was en aan de metalen stang was vastgeketend betekende weinig. Hij had zich al eerder van zijn handboeien weten te ontdoen. Op die manier had hij de hulpsheriffs in de lift van het gerechtsgebouw immers weten uit te schakelen.

Ook nu weer wachtte Raymond Thorne zijn kans rustig af, kijkend, denkend. Ondertussen dwaalden John Barrons gedachten af naar de reizigers die zo meteen zouden instappen. Hij zou zeggen wat hij ook tegen de zwangere vrouw en de anderen in de coupé had gezegd, zich als politieagent bekendmaken en hun verzoeken in de volgende coupé plaats te nemen.

Door het raam zag hij de trein langs het groepje forensen glijden. Daarna klonk het gekerm van staal op staal nu de machinist op de rem trapte en ze aan de kop van het perron stopten. Eerst voelde hij een schokje, daarna viel de trein stil en gleden de deuren halverwege het rijtuig open.

6.16 uur. Barron hield zijn Colt uit het zicht, deed een stap naar achteren en keek geconcentreerd toe, min of meer in de verwachting dat Polchak en Valparaiso plotseling, voor de anderen uit rennend, zouden opdoemen. Maar het enige wat hij zag, waren forensen die de andere rijtuigen in stapten. Vijf seconden verstreken. Tien. Hij keek even naar Raymond, langs hem heen naar de gesloten coupédeur met daarachter de grote locomotief, vervolgens achterom naar de achterste coupédeuren. Tot dusver had niemand geprobeerd binnen te komen. Na nog eens vijf seconden gleden de deuren dicht. De machinist gaf een hoornsignaal, de dieselmotor kwam loeiend op gang. Langzaam zette de trein zich in beweging en kreeg geleidelijk aan meer vaart. Barron slaakte een zucht van opluchting. Over vijf minuten kwamen ze in Glendale. Daarna was het door naar Union Station, een ritje van een klein kwartier. Hij probeerde zich een beeld te vormen van de toegestroomde mediahorde die Dan Ford zou hebben opgetrommeld. Een horde verslaggevers, persmuskieten, cameralieden en geluidsmensen die het station zouden belegeren en op het perron om het beste plekje zouden ruziën om de beruchte Trigger Ray Thorne zo goed mogelijk in beeld te krijgen zodra Barron hem de trein uit leidde. Pas dan, en dan alleen zou hij…

Opeens schrok hij op. Waarom hadden die reizigers van zonet zijn coupé gemeden?

'Shit!'

Meteen schoof hij zijn Colt achter zijn riem en rende naar het eind van de coupé. Bij de deur aangekomen trok hij zijn jasje weg waarmee hij de ruit had afgedekt tegen de glurende blikken.

'Godsamme!'

Het enige wat hij zag, waren spoorrails. De rijtuigen van een paar minuten geleden waren verdwenen. De korte tussenstop langs het perron was voldoende geweest om ze te ontkoppelen. De hele trein bestond nu nog maar uit twee componenten: dit rijtuig en de locomotief.

6.18 uur.

77

'Wat zijn ze aan het doen?' riep Raymond terwijl Barron terug-beende.
'Hou je bek.'
'John, doe mijn handboeien af, alsjeblieft.'
Barron negeerde hem.
'Als we uit de trein kunnen ontsnappen voordat ze ons zien, John... Ik kan dat vliegtuig op elk vliegveld laten landen. We kunnen er met z'n allen vandoor. Jij, ik en je zus.'
'Mijn zús?' reageerde Barron, als door een wesp gestoken.
'Je zou haar nooit achterlaten.'
'En jij zult elke truc benutten om ervoor te zorgen dat ík jóú uit deze stront haal.'
'Denk erover na, John. Je houdt van haar. De gedachte haar te moeten achterlaten is voor jou bijna ondraaglijk. Toch?'
'Hou je bek!' brieste hij. Het was al erg genoeg dat Thorne zo-maar zijn huis was binnengedrongen. En Rebecca? Waarom nam hij zelfs maar haar naam in de mond? Plotseling drong het weer tot hem door waar ze zich bevonden en in wat voor situatie. Hij draai-de zich om en keek naar buiten. Ze rondden een bocht. Verderop naderde Glendale Station. Over een paar seconden zouden ze er zijn. Hij trok de Colt achter zijn riem vandaan en zijn andere hand gleed naar zijn Beretta. Nadat hij had ontdekt dat ze waren ont-koppeld, had hij aanvankelijk Dan Ford willen bellen om de verza-melde media te waarschuwen dat er een probleem was met de trein. Maar dat had geen zin. Zelfs al had Ford gedaan wat hij hem had verzocht, dan nog zouden ze hem op Union Station opwach-ten, maar hij wist dat deze trein die bestemming niet zou halen. Glendale Station kwam snel dichterbij. Daarna zou het wemelen van wissels, zij- en rangeersporen waarop de locomotief en zijn enige rijtuig konden worden omgeleid.
'Geef mij er ook een,' maande Raymond, kijkend naar zijn wa-pens.
Barron keek hem aan.
'Ze zullen ons allebei overhoopschieten.'
Vanuit de locomotief steeg opeens een luid gejank van de die-selmotor op. In plaats van vaart te minderen, accelereerde de trein

juist. Barron greep snel een stoelleuning om zich staande te houden. Door het raam zag hij Glendale Station in het vroege, grauwe ochtendlicht voorbijflitsen. Hij had een groepje verbaasde forensen verwacht, in plaats van de zee van politie-uniformen en een stuk of vijf surveillanceauto's op de parkeerplaats. Opeens zag hij Lee vanaf de parkeerplaats op de trein af rennen, met zijn blik strak op het rijtuig gericht. Heel even vonden hun ogen elkaar en zag hij hoe Lee zijn portofoon naar zijn mond bracht.

Ze waren het station voorbij en de trein snelde verder als een voortvluchtige. Hij ving een glimp op van de LA River, met daarachter de koplampen van de zee van auto's die de Golden State Freeway verstopten.

Opeens reden ze langzamer en Barron moest zich aan een van de stangen vasthouden om zijn evenwicht te bewaren. Nóg langzamer ging het nu. Hij hoorde het geklikklak van wissels onder hen, waarna de trein een zijspoor op reed. Naast hen doemde een tweede zijspoor op, met links en rechts goederenloodsen. Ratelend volgden nog meer wissels, waarna het kleine beetje daglicht dat hier nog zichtbaar was opeens verdween. Even reden ze verder in het donker, waarna de trein met een huivering tot stilstand kwam. De dieselmotor zweeg en alles werd stil.

'Waar zijn we?' vroeg Raymond in het duister.

'Geen flauw idee.'

6.31 uur.

78

Barron stopte de Colt terug achter zijn broekriem, pakte zijn Beretta en liep turend door de ramen de coupé door. Voorzover hij het kon beoordelen, stonden ze onder een dak of op een binnenplaats van een enorme U-vormige loods met overal verhoogde perrons om het lossen van goederenwagons te vergemakkelijken. Hoge schuifdeuren reikten tot op de perrons en hadden elk hun eigen verlichting en hun eigen grote felgekleurde cijferaanduiding in rood, geel en blauw. Het licht dat door de wagonramen naar binnen viel, deelde het interieur op in felverlichte en pikdonkere repen.

Reikhalzend kon hij op het spoor naast hen verscheidene goederenwagons zien staan. Afgezien daarvan was het verder overal donker. In nog geen twintig minuten tijd waren ze van de nacht naar de vroege ochtend en weer naar de nacht gegaan.

Hij wierp een blik op de geboeide Raymond achter in de coupé. Opeens trok een beweging buiten zijn aandacht. Een man in een spoorweguniform rende bij de locomotief vandaan en het donker in. Het was de machinist.

'Geef me een kans, John. Maak die handboeien los.' Ook Raymond had de machinist gezien.

'Nee.'

Plotseling herinnerde hij zich zijn portofoon. Het ding zat in zijn jasje achter in de coupé. Ineengedoken snelde hij door het zwart-witte clair-obscur naar de coupédeur.

Daar aangekomen trok hij de portofoon uit zijn jasje en zette het beveiligde politiekanaal aan. Een luide ruistoon vulde de coupé. Daarna…

'John, ben je daar?' Het was Valparaiso's stem uit het luidsprekertje. Hij klonk kalm, ontspannen zelfs.

Barron voelde een rilling over zijn rug gaan. Hij keek naar buiten, maar zag slechts rijen van felverlichte loodsdeuren. Hij liep naar de ramen aan de andere kant, maar zag enkel de donkere silhouetten van goederenwagons en een glimp van nog meer verlichte loodsen daarachter. Maar nu zwaaiden vanuit de verte twee koplampen zijn kant op, waarna een auto over de hobbelige sintelbedding tussen de sporen hun kant op reed. Even later stopte de wagen. De koplampen werden gedoofd en het portier ging open. Heel even zag hij Lee's silhouet.

'John?' Opnieuw klonk Valparaiso's stem over de portofoon. 'Je bevindt je in een afgesloten goederenloods. Agenten hebben de hele omgeving hermetisch afgezet. We kunnen het hard of zacht spelen. Je weet wat we bedoelen. Lever Raymond aan ons uit en er gebeurt je niets. Ook al vond je dat je het moest rapporteren, het zou nog steeds vier tegen één zijn… Ze zouden je een paar weekjes vrijaf geven om tot jezelf te komen, meer niet…'

'Hij liegt,' klonk het aan het andere eind van de coupé opeens uit Raymonds mond.

Of?

Het klonk dichterbij dan zo-even en hij vroeg zich af of Thorne zich misschien stiekem uit de handboeien had bevrijd en op hem af sloop.

'Alleen Thorne, John. Waarom zouden we met jou afrekenen als dat helemaal niet nodig is?'

'Het begon in een trein, John, het eindigt in een trein,' sprak Raymonds stem.

Met de portofoon in de ene en zijn Beretta in de andere hand tuurde Barron door de coupé. Het enige wat hij zag waren de felle repen van licht die het pikdonkere interieur in een zebrapatroon schilderden. De stem had weer iets dichterbij geklonken. Raymond was bezig hem te besluipen. Hij wist het zeker.

6.36 uur. Vanuit de duisternis, en met zijn pistool in de hand, dook Halliday op in het licht van een loodsdeur met daarop een rode 7 en stak aan de voorzijde van de locomotief het spoor over. Links zag hij Lee samen met Valparaiso naar de achterste deur van de wagon sluipen.

Barron verschool zich weer in het donker en luisterde. Hij hoorde niets en vroeg zich af of hij zich misschien had vergist.

'De zachte aanpak dus, John?' Valparaiso's stem klonk weer uit de portofoon.

Barrons ogen waren strak op het zwart-witte schaduwspel voor hem gericht. Zelfs terwijl hij het microfoontje naar zijn mond bracht, luisterde hij aandachtig of hij Raymond Thorne kon horen.

'Marty…'

'Ik hoor je, John.'

'Mooi. Val dood.'

6.37 uur. Raymond Thorne hoorde Barron de verbinding verbreken. Hij lag plat op de grond, daar waar het licht hem niet kon bereiken, en sloop op ellebogen en knieën centimeter voor centimeter naar voren. Hij had een van de handboeien opzettelijk om zijn pols laten zitten en hield de tweede in dezelfde hand. Een perfecte wurgstok voor Barrons keel zodra hij hem te pakken had. Hij bleef liggen en luisterde. Waar zat Barron? Hij hoorde geen geluidje of niets.

Opeens drukte koud staal hard tegen het plekje onder zijn oor.

'Je hebt het niet helemaal begrepen, Trigger Ray. Ik doe juist mijn best je niet te laten vermoorden.'

Opeens hurkte Barron naast hem neer. 'Nog één zo'n geintje en ze mogen je hebben.'

Op de plek waar de Barrons pistool Thornes huid raakte, perste zich een zweetdruppeltje naar buiten. Plotseling greep Barron zijn vrije handboei, trok hem naar zich toe en duwde de Beretta hard onder zijn kin.

'Wie ben jij in vredesnaam?!' Barrons ogen dansten in de weerkaatsing van het licht.

'Daar zul je van je levensdagen niet achter komen,' antwoordde Raymond met een arrogante glimlach. 'In nog geen honderd jaar.' Opeens barstte Barron in woede uit. Hij greep Thorne ruw beet en ramde zijn hoofd tegen een stang. Een keer, twee keer, drie keer. Bloed spoot uit Thornes neus en op zijn overhemd. Daarna trok Barron hem dicht naar zich toe en staarde hem recht in zijn ogen.

'Wat heeft "Europa" te betekenen? En die kerels, Alfred Neuss, Rusland? Waar zijn die kluissleuteltjes voor?'

'Ik zei net dat je daar van je levensdagen niet achter zult komen.'

Hij trok Thorne nog wat dichter naar zich toe. 'Daag me maar uit,' siste hij vol venijn.

'De "stukken", John. De "stukken", waarmee de toekomst zeker is.'

'Wat voor "stukken"?'

Weer die arrogante glimlach, maar dan trager en meer berekenend. 'Dat zul je zelf moeten uitzoeken.'

'John...' Valparaiso's stem klonk weer op uit de portofoon. 'John?'

Snel sloeg hij de handboei weer om Raymond Thornes pols. 'Nog één keer en je bent er geweest.'

Hij reikte naar zijn gsm. Hij wist tenminste waar ze zaten en hij had nog steeds Dan Ford achter de hand. Als ze zich maar lang genoeg staande konden houden, kon Ford misschien alsnog de media hierheen krijgen. Hij klapte zijn mobieltje open, zette het aan en wachtte totdat de display oplichtte. Maar dat gebeurde niet. Hij probeerde het nog eens. Zonder resultaat. Misschien had hij vergeten het ding op te laden, had hij vergeten... 'Kut!' vloekte hij binnensmonds, en hij probeerde het opnieuw. Nog steeds niets.

Raymond staarde hem aan. 'Zo dood als een pier, John.'

'Ja, maar dat geldt nog niet voor ons. Zodra ik het teken geef, rennen we naar de locomotief. We houden ons zo klein mogelijk en we doen het snel. Oké?'

'Oké.'

'Nu.'

228

79

Omringd door zijn collega's had een van de journalisten op een politiescanner een melding over de goederenloods opgevangen. Onmiddellijk daarna had Dan Ford geprobeerd Barron via zijn gsm te bereiken, maar kreeg slechts diens voicemail te horen. Ook de tweede poging leverde geen resultaat op. Een telefoontje naar een vertrouwensman op de afdeling Moordzaken van het hoofdbureau bevestigde de melding die via de scanner was opgevangen. Raymond Thorne hield John Barron gegijzeld in een Metrolinktreinstel. De politie had de trein naar een afgelegen goederenloodscomplex geleid dat daarna was afgezet. De 5-2 Squad had de leiding.

Per auto nam de rit vanaf Union Station naar de loods doorgaans ongeveer een kwartier in beslag. Ford redde het in negen minuten, een dikke vijf minuten voor de mediagolf uit die hij zelf had georganiseerd.

Hij parkeerde zijn Jeep Liberty in de straat en liep snel door de miezerregen naar de rij politieauto's die de omgeving blokkeerden. Hij was er bijna toen opeens hoofdcommissaris Harwood, vergezeld door een hoge inspecteur van politie, zich uit het kordon van uniformen losmaakte en een hand ophief om hem tegen te houden.

'Niemand over de streep, Dan. Dat geldt ook voor jou.'

'Is John daar binnen?' vroeg Ford met een knik in de richting van de mistroostige rij goederenloodsen verderop.

'Raymond Thorne houdt hem gegijzeld.'

'Dat weet ik, en ook dat de 5-2 de leiding heeft.'

'Zodra we meer weten, lichten we de pers in,' deelde Harwood hem kortaf mee. Hij draaide zich om en liep terug naar de andere agenten. De inspecteur wierp Ford nog even een blik toe en liep achter Harwood aan.

Dan Ford was al te lang journalist, verkeerde al te lang onder politieagenten en hoge functionarissen om geen oog te hebben voor bepaalde blikken en lichaamstaal, zelfs bij mannen die erop getraind waren om zulke dingen verborgen te houden. Dat Harwood hier in eigen persoon aanwezig was en naar hem toe was gelopen, sprak boekdelen. Wat hij hem had verteld, was weliswaar misschien het officiële verhaal, maar misschien ook een leugen. Zelf wist hij donders goed dat het juist Barron was die Raymond onder schot hield en dat ze op weg waren naar Union Station. Waarna de trein opeens was omgeleid en uit het zicht achter een stel goederenloodsen was gestopt, de 5-2 Squad nu de regie voerde en pottenkijkers door de politie op grote afstand werden gehouden. En een hoofdcommissaris die tegen een reporter – die op meer openheid kon rekenen dan de hele media bij elkaar – verklaarde dat hij niet verder mocht omdat Barron gegijzeld was.

Waarom? Wat was hier aan de hand? Wat was er gebeurd?

Hij had zelf gezien hoe Raymond Thorne bij de terminal van Mercury Air door het team was gearresteerd en dat ze om ongeveer tien voor halfvijf waren weggereden. Om tien over zes, bijna twee uur later, had Barron hem vanuit de trein gebeld met de mededeling dat hij Thorne bij zich had, met het verzoek de media te mobiliseren om hen op te wachten zodra ze op Union Station arriveerden. Wat was er in de tussentijd gebeurd? Hoe en waarom hield Barron hem onder schot?

Plotseling bekroop hem de vraag of binnen het team misschien bepaalde dingen faliekant uit de hand waren gelopen. Hij dacht terug aan hoe Barron in de koffieshop, op de avond dat Frank Donlan zichzelf had doodgeschoten, had gereageerd. Op zijn vraag had Barron Red McClatchy's verklaring tegenover de pers bijna woordelijk herhaald: Donlan hield op de een of andere manier een pistool onder zijn kleren verborgen, waarmee hij zichzelf even later van het leven beroofde om maar niet te worden gearresteerd. Misschien was het de waarheid, misschien ook niet. Al jaren ving hij geruchten op dat de 5-2 meerdere malen de wet naar believen had opgerekt en eigenhandig een reeds gearresteerde verdachte had doodgeschoten. Maar het was altijd bij geruchten gebleven en geen enkele journalist die hij kende, laat staan hijzelf, had het ooit uitgezocht.

Afdoende bewijs was niet voorhanden, maar toch moest Barron zichzelf de vraag stellen: stel dat de geruchten wel degelijk klopten? Stel dat Frank Donlan inderdaad door het team was vermoord, dat Barron getuige was geweest maar machteloos had gestaan? Barron zou hem of iemand anders daarover nooit in vertrouwen hebben kunnen nemen. De moord op zijn ouders had hem volledig getraumatiseerd, had hem van een student landschapsarchitectuur veranderd in iemand met een obsessie voor het strafrecht en de rechten van slachtoffers. Als Donlan inderdaad door het team was geliquideerd, zou het hem met afschuw hebben vervuld. Als ze met Raymond Thorne hetzelfde van plan waren, dan... Opeens vroeg hij zich af of dit soms de reden was waarom Barron hem eerder vanuit de auto, op weg naar de luchthaven van Los Angeles, had gebeld met een tip over een mogelijk verband tussen Josef Speer en Raymond Thorne, en had gezegd dat de luchthavenbeveiliging hem zou doorlaten: gewoon omdat Barron vreesde dat de 5-2 Thorne op de luchthaven wilde neerschieten en hij iemand van de media in de buurt wilde hebben om dat te verhinderen. Bovendien had hij gebeld voordat hij ter plaatse was, zelfs voordat het rechercheteam was gewaarschuwd, waarmee Ford als eerste op de hoogte was. Wat waren zijn woorden ook alweer geweest? 'We houden het voorlopig onder ons, jij en ik, totdat we het echt zeker weten.' Jij en ik, met andere woorden: Barron en hij. Dus niet de rest van de media, die op afstand konden worden gehouden zodra de 5-2 ter plaatse was, of bijna.

Maar zover was het niet gekomen. Raymond Thorne had Red McClatchy gedood, wat op zich voldoende reden was om Thorne tot de volgende kandidaat op de dodenlijst te maken. Als ze inderdaad met deze bedoeling met de gearresteerde Thorne waren weggereden, was de kans groot dat Barron er alles aan zou doen om dit te verhinderen. Stel dat Barron erin was geslaagd om Thorne uit de klauwen van het team te bevrijden, waarna ze zich in de trein hadden kunnen verschansen...

Het was de enige redenering die hout sneed en die verklaarde waarom Barron zo nodig een mediacircus op Union Station paraat wilde hebben. Want alleen dán zou het team, net als in de Lufthansa-vertrekhal, voor het oog van de wereld, wel uitkijken om de daad bij het woord te voegen.

Als dit het geval was, zou hoofdcommissaris Harwood als eerste daarvan op de hoogte zijn. En als het team door de jaren heen de vrije hand had gekregen om de wet naar goeddunken te hanteren, dan was het duidelijk dat het LAPD niet wilde riskeren dat deze zaak aan het licht kwam, vooral niet na de jaren van schandalen en openlijke misdragingen van agenten. Met als gevolg dat binnen het LAPD de radertjes op volle toeren draaiden, Barron en zijn arrestant naar een afgelegen plek waren gebracht en de hoofdcommissaris de wereld meedeelde dat Barron werd gegijzeld. Aldus de waarheid verhullend dat Barron door zijn eigen collega's in een hoek was gedreven omdat hij zijn arrestant in leven had willen houden.

Opnieuw wierp Ford een blik op hoofdcommissaris Harwood, die zich tussen de agenten bevond. Een kleine vijftig meter verderop naderde opeens een bekende auto, die door de motregen naar de groep agenten toe reed. Hij rende erheen en gleed bijna uit over de glibberige straatstenen. Terwijl hij dichterbij kwam, zag hij dat er geen achterruit meer in zat. Toen zag hij Polchak achter het stuur zitten. Er zat iemand naast hem, maar wie kon hij niet zien.

'Len!' riep hij, en hij rende nog harder. 'Len!'

Hij zag Polchak even achteromkijken. Daarna opende de zee van uniformen zich om Polchak door te laten. Waarna de gelederen zich weer net zo snel sloten, de agenten zich naar Ford omdraaiden en een brigadier hem maande rechtsomkeert te maken. Hijgend in de motregen, met beslagen brillenglazen, zijn blauwe blazer zwaar van de nattigheid, zijn strijdlust en zijn hoop net zo aan gruzelementen als zijn kloppende, gebroken neus onder het verband, bleef hij staan. Dat hij zelf als de meest vooraanstaande misdaadreporter van heel Los Angeles gold, werd omringd door agenten van wie hij de meesten persoonlijk kende, maakte geen verschil. John Barron kreeg de kogel.

Er was niets wat hij nog kon doen.

80

7.12 uur

Liggend op de bielzen onder het rijtuig zagen Barron en Thorne rechercheurs Lee en Valparaiso hun kant op komen. Ze liepen een kleine tien meter van elkaar, hielden hun Beretta's in de aanslag en de ogen op de wagon gericht terwijl ze dichterbij kwamen. Waar Halliday of Polchak uithing, kon Barron niet zeggen. Hoogstwaarschijnlijk keken ze ergens vanaf een donkere plek toe en wachtten ze af.

Nu Lee en Valparaiso eraan kwamen, werd het duidelijk dat bei-

232

den ervan uitgingen dat de twee nog steeds in het rijtuig zaten. Ze kwamen dichterbij. Vijf stappen. Zes. Zeven. Ze stonden inmiddels halverwege het rijtuig. Voor Barron en Thorne waren alleen hun benen te zien. Met een beetje moeite kon Barron Lee's schoenen, maat 48, zelfs aanraken.

'Nu!' fluisterde hij, waarna ze aan de andere kant onder het rijtuig vandaan rolden. Meteen sprongen ze overeind en renden ze naar de beschutting van de goederenwagons op het tweede zijspoor, ongeveer zes meter verderop.

Halliday zag de twee op het moment dat hij bij de neus van de locomotief verscheen. Hij bracht zijn pistool omhoog, maar schoot te laat, waardoor hij miste. In het donker doken de twee onder een Southern Pacific-goederenwagon, de vierde in een rij van zes.

Barron zag dat Halliday hen achternarende, zag vervolgens Lee, die over het koppelstuk tussen het rijtuig en de loc klauterde. Een oogwenk later gevolgd door Valparaiso, die achter de wagon opdook. Ze waren ongeveer twaalf meter van hen verwijderd en bezig hen in te sluiten. Hij zag dat Lee zijn portofoon naar zijn mond bracht.

'Zulke geintjes moet je ons niet flikken, John,' klonk Lee's stem uit Barrons luidsprekertje.

'Het is of wij of jullie,' sprak Valparaiso. Terwijl de afstand kleiner werd, hield hij zijn ogen strak gericht op de donkere plek onder het rijtuig waaronder Barron en Thorne waren weggedoken.

'Buiten is alles hermetisch afgezet. Het is uit met de pret, John,' ging Valparaiso verder. 'Zelfs voor jou. Het team gaat voor.'

Thorne keek Barron aan. 'Geef me een pistool,' fluisterde hij. 'Anders zijn we er allebei geweest.'

'Sluip iets terug,' beval Barron zacht, 'en duik onder de wagon achter ons.'

Raymond Thorne keek even achterom. Ze zagen Halliday links uit het zicht verdwijnen. Valparaiso en Lee verroerden zich niet.

'Geef me een wapen,' drong Raymond opnieuw aan.

'Doe wat ik zeg!' fluisterde Barron terwijl hij Thorne hard aanstaarde. 'Nu!'

Opeens klonk Polchaks stem uit Barrons portofoon. 'Ik ben het, Marty.' Barron keek verwoed om zich heen. Polchak. Waar zat hij? Waar kwam hij vandaan?

'John.' Het was Valparaiso's stem weer. 'Len heeft een verrassing voor je. Een soort afscheidscadeau.'

Achter hen klonk opeens een fel geratel. Geschrokken draaide Barron zijn hoofd in de richting van goederenloods 19 waarvan de deur openvloog. Polchak verscheen in het licht. In zijn ene hand hield hij een enorme Striker 12 riotgun, met zijn andere had hij Rebecca vast.

'Len, waar ben je in godsnaam mee bezig?' klonk Hallidays verschrikte stem over de portofoons.

'Laat haar los!' Plotseling worstelde Barron zich onder de goederenwagon vandaan, hij klom het perron op en liep recht op Polchak af.

'Laat haar los! Laat haar lós!'

Zijn ogen pinden zich vast op Polchak, zijn hand omklemde zijn Beretta. 'Laat haar los!' schreeuwde hij nogmaals.

Links achter hem dook opeens Valparaiso op hem af. Barron hoorde de luide kreet waarmee Raymond hem waarschuwde. Op dat moment dook Lee op vanuit de duisternis aan de achterkant van de wagon, bracht zijn Beretta omhoog en liep op hem af.

Barron zag hem en draaide snel naar links. Op het moment dat Lee de trekker overhaalde, vuurde hij zelf drie schoten af. De reus deinsde even terug, probeerde zijn evenwicht te bewaren, maar viel voorover op de sintels. Zijn Beretta schoot uit zijn hand en gleed naar voren.

Barron hervond zijn balans en keek Polchak weer aan. De verwarde en doodsbange Rebecca stond als versteend tegen hem aan.

'Rechts!' schreeuwde Raymond.

Barron zwenkte om zijn as.

Valparaiso stond misschien een meter van hem af, en zijn vinger lag al om de trekker.

Beng-beng! Beng-beng!

De pistolen van beide rechercheurs vuurden op hetzelfde moment.

Barron voelde iets in zijn bovenbeen inslaan dat hem naar achteren wierp. Tegelijkertijd zag hij Valparaiso's hand naar zijn keel vliegen en de rechercheur neerzijgen. Daarna viel hij zelf hard tegen de goederenwagon en werd duizelig. Zijn pistool vloog door de lucht. Hij begon buiten westen te raken, maar vocht ertegen en zag hoe Rebecca vol afgrijzen toekeek terwijl ze zich uit Polchaks greep probeerde los te worstelen. Die trok haar tegen zich aan, en bracht de zware Striker 12 omhoog. Barron probeerde overeind te komen, maar dat lukte niet. Opeens verscheen Raymond boven hem en rukte de Colt achter zijn riem vandaan.

Barron begon te schreeuwen, maar Raymond richtte de Colt al op Polchak.

Die liet zijn Striker 12 meteen ratelen. Het geluid van duizend voorhamers vulde de lucht. Op Raymond Thornes gezicht flikkerde eventjes een blik van ongeloof op, waarna hij achterover tegen de goederenwagon viel en op de tegelrand van het perron ineenzakte.

Barron zag hoe de met bloed besmeurde Thorne overeind probeerde te krabbelen, zijn balans verloor en achteroverkantelde.

Even rustte Thornes blik op Barron. Daarna rolde hij opzij en viel over de rand omlaag en uit het zicht.

Barron wendde snel het hoofd af. Polchak liep op hem af en hield de Striker 12 op zijn borstkas gericht. Verderop zag hij Rebecca, die verstijfd van angst haar handen tegen haar oren hield.

Vervolgens gleden zijn ogen naar de Beretta, drie meter van hem vandaan op het perron, en naar de Colt, anderhalve meter dichterbij, op de plek waar Raymond hem had laten vallen.

Hij zag Polchak grijnzen toen hij de laatste stappen zette. Er klonk een harde, metalige klik terwijl hij de Striker doorlaadde. Vanuit een ooghoek zag hij opeens Halliday verschijnen, met zijn Beretta in de aanslag, klaar om de klus af te maken, alsof de Striker dat niet zou kunnen.

'Jezus christus, Jimmy,' hijgde Barron.

'Deze is voor Red, klootzak!' tierde Polchak opeens en hij legde een vinger om de trekker.

Dat was het moment waarop Rebecca het uitschreeuwde. Met haar ogen vol afgrijzen opengesperd schreeuwde en schreeuwde en schreeuwde ze het uit. Na jaren van stilte worstelde de opgekropte oerkreet zich een weg naar buiten. Afschuw, ontzetting en angst versmolten zich tot één allesverzengende kreet. Het was een geluid dat niemand van hen ooit eerder had gehoord. En ze wilde maar niet ophouden, of kon het niet. Het ging maar door, weerkaatste tegen de gebouwen, de wagons, tegen alles.

Polchak kneep zijn ogen iets toe, alsof hij moeite had om na te denken. Haar gejammer bracht hem mentaal volledig uit balans. Langzaam draaide hij zich om. Met ogen zo groot als schoteltjes maar pupillen die bijna in het niets verdwenen, liep hij op haar af. De Striker lag nog steeds in zijn armen.

'Hou op!' tierde hij. Zijn gelaat leek zo bleek als zuiver albast. Zijn stem klonk ijl en bizar, meer als een dier dan als een mens.

235

'Hou op! Hou op! Hou op!'

Maar Rebecca hield niet op. Ze schreeuwde en gilde maar door. Wanhopig probeerde Barron zijn Beretta te bemachtigen, maar het lukte hem slechts zich met één been af te zetten. Zijn andere been was totaal gevoelloos.

'Hou op! Hou op!' Terwijl Rebecca met die onaardse, hoge huiltoon verder gilde, liep Polchak op haar af en richtte de Striker recht op haar gezicht. Maar de stress deed zijn handen beven en maakte zuiver richten onmogelijk.

'Len, niet doen!' Barron lag inmiddels op zijn buik en duwde zich met zijn goede been naar de Beretta.

Nog één stap en Polchak stond voor Rebecca's neus, met de loop van zijn riotgun recht voor haar gezicht.

'Len!'

Ditmaal kwam het niet van Barron, maar van Halliday. Polchak hoorde het en hield op. Barron zag Polchaks borstkas even zwellen voordat hij zich opnieuw met een ruk omdraaide en de Striker nu op Halliday richtte.

Beng! Beng! Beng! Beng!

Hallidays 9mm-patronen raakten Polchak in zijn hals en rechterschouder. De Striker gleed bijna uit zijn handen. Hij probeerde het wapen uit alle macht weer omhoog te brengen, maar de kracht ontbrak hem. In plaats daarvan schoot hij lukraak op het beton rond zijn voeten en stortte hij ter aarde. Met een weerzinwekkende dreun plofte hij neer, alsof hij niet zomaar viel maar van grote hoogte omlaag was geworpen. Zijn borstkas rees nog één keer op, waarna hij met een allerlaatste kreun zijn laatste adem uitblies.

Het werd stil.

DEEL II

Europa

1

John Barron hoorde het hoge, gierende geluid van de vliegtuigmotoren en voelde hoe hij in zijn stoel werd gedrukt toen vlucht 0282 van British Airways met bestemming Londen over de startbaan van luchthaven LAX denderde. Enkele seconden later was het toestel los van de grond en hoorde hij het landingsgestel inklappen. Terwijl het vliegtuig aan hoogte won, zag hij Los Angeles onder hem in het niets verdwijnen. Vervolgens verschenen de kustlijn en het diepe blauw van de Grote Oceaan, en het lint van witte stranden dat zich in noordelijke richting naar Malibu uitstrekte. Daarna helde het toestel iets naar links en zag hij slechts de hemel. Ze waren veilig in de lucht.

Barron slaakte een zucht van opluchting en keek naar Rebecca, die opgekruld onder een deken in diepe slaap was. Ze zat zwaar onder de kalmerende middelen, maar leek toch verrassend ontspannen te slapen, alsof haar leven en dat van hem nu eindelijk de goede kant op gingen.

Hij keek even rond. De overige acht passagiers in de eerste klas sloegen totaal geen acht op hen. Hij was gewoon een medereiziger, met naast zich een slapende metgezel. Hoe kon iemand van hen ook bevroeden dat ze voor hun leven vluchtten?

'Meneer Marten, hebt u misschien zin in een cocktail?'

'Wat?' Verward staarde Barron omhoog naar het gezicht van een steward die naast hem in het gangpad stond.

'Ik vroeg of u misschien zin hebt in een cocktail, meneer Marten.'

'O... ja, graag. Een wodka-martini. Doe maar een dubbele.'

'Met ijs?'

239

'Graag.'
'Alstublieft, meneer Marten.'
Hij leunde achterover. Hij moest er nog aan wennen dat mensen hem Marten noemden. Wat ook gold voor wanneer iemand hem aansprak met zijn nieuwe voornaam, Nick of Nicholas. Ook Rebecca zou moeten wennen aan de naam Rebecca Marten of mevrouw Marten, alsof ze haar hele leven al zo had geheten. Langzaam helde het toestel opnieuw over nu het een oostelijke koers koos. Even later kwam de steward weer aanlopen en zette zijn drankje op de armleuning naast hem. Barron bedankte met een knikje, pakte het glas en nam een slok. Het smaakte koel, droog en bitter tegelijk. Hij vroeg zich af wanneer hij voor het laatst martini had gedronken, als hij dat ooit al had gedaan, en waarom hij er nu om had gevraagd. Maar goed, hij wist in elk geval dat het sterk spul was en hij kon wel iets stevigs gebruiken.

Deze dag was het precies twee weken en twee dagen geleden dat het afschuwelijke bloedbad op het spoorwegemplacement had plaatsgevonden. Zestien dagen van pijn en angst. Hij nam nog een slokje en wierp een blik op de slapende Rebecca naast hem. Het ging goed met haar, dus ook met hem. Hij keek nog even naar haar en staarde vervolgens uit het raampje naar de voorbijglijdende wolken en probeerde zich een beeld te vormen van wat er in die verdomd korte tijd allemaal was gebeurd.

Nog steeds rook hij de stank van buskruit en zag hij Halliday op het perron in zijn portofoon om ambulances schreeuwen. Nog steeds zag hij Rebecca als een dolle op hem af rennen, weg van de ter aarde neergezegen Polchak, en gillend, huilend, bijna hysterisch naast hem op het beton vallen om hem in haar armen te nemen. Als in slowmotion leken politiecommissaris Harwood en diens entourage over het perron te naderen terwijl de hulpdiensten al arriveerden. Vervolgens zag hij de ziekenbroeders het in hetzelfde vertraagde tempo overnemen. Hij zag het van afgrijzen vertrokken gezicht van Rebecca terwijl ze van hem werd losgetrokken en door een zee van uniformen werd opgeslokt. Hij herinnerde zich dat zijn kleren werden opengeknipt en de morfinespuit in zijn arm werd gezet. De glimp van Halliday, in gesprek met commissaris Harwood. Het ambulancepersoneel dat onder de goederenwagon kroop om Thorne, liggend op de rails, te behandelen. Daarna was hij zelf op een brancard getild en langs de uitgestrekte lichamen van Lee, Valparaiso en Polchak naar een ambulance gedragen. Hij wist dat de drie dood waren. Terwijl de morfine de werkelijkheid deed vervagen, ving hij nog een glimp op van commissaris Harwood te midden van assistenten. Het leed geen twijfel dat ze wisten wat er was gebeurd en op dat moment al bezig waren de schade zo veel mogelijk in te dammen.

Binnen een uur drongen de media wereldwijd aan op details over wat inmiddels 'The Great Metrolink Shootout' werd genoemd en wilde men meer weten over de identiteit van de man die de bijnaam Trigger Ray Thorne had gekregen. Maar wat ze kregen, was een korte verklaring van het LAPD, waarin slechts werd meegedeeld dat drie rechercheurs bij een poging om een collega te bevrijden na een vuurgevecht met de verdachte waren omgekomen, dat Thorne zelf zwaar gewond was geraakt en dat er een gericht intern onderzoek was gestart.

Daarna was de hele zaak voor alle betrokkenen plotseling in een stroomversnelling gekomen. John Barron was voor de behandeling van meerdere schotwonden – godzijdank slechts vleeswonden, die niet levensbedreigend waren – naar het ziekenhuis van Glendale afgevoerd. Raymond Oliver Thorne was in veel ernstiger toestand met spoed naar het medisch centrum County USC overgebracht.

En daar, na krap dertig uur, meerdere operaties en zonder ooit bij kennis te zijn gekomen, was hij overleden aan een bloedprop in de longen. Vervolgens was zijn lichaam bij de lijkschouwer per ongeluk vrijgegeven aan een begrafenisondernemer en binnen enkele uren gecremeerd, wat de instelling ernstig in verlegenheid had gebracht. Opnieuw ging er een siddering door het korps van Los Angeles en had de internationale pers de dag van zijn leven.

7.30 uur. De vlucht was drie uur onderweg. Met het avondeten achter de kiezen en de cabinelampjes gedoofd nipten de passagiers van een drankje en keken op hun eigen tv-schermpje naar een film. Rebecca sliep nog steeds. John Barron wilde ook wel slapen, maar het lukte niet. De herinneringen bleven maar bovenkomen.

Op dezelfde dag dat Thorne was overleden en gecremeerd, zaterdag 16 maart, had Dan Ford hem vroeg in de avond op de ziekenzaal bezocht. Ford was duidelijk bezorgd om zijn beste vriend, maar aan zijn manier van doen zag Barron dat hij wist wat er tijdens het vuurgevecht was gebeurd en ook waarom, maar Ford zei niets. In plaats daarvan vertelde hij over zijn bezoek aan Rebecca in het St. Francis: dat ze een kalmerend middel had gekregen en rustte toen hij binnenkwam, maar hem wel had herkend en zijn hand in de hare had genomen. Toen hij haar had verteld dat hij op weg was naar haar broer en vroeg of hij kon doorgeven dat ze het goed maakte, had ze even in zijn hand geknepen en ja geknikt.

Vervolgens had Ford hem twee nieuwtjes verteld over Thorne. Het eerste ging over een gesprek dat de Londense politie had gehad met Alfred Neuss.

'Het enige wat hij vertelde,' aldus Ford, 'was dat hij voor zaken in Londen was en dat hij geen idee had wie Thorne was of wat hij wilde. Volgens hem was de enige reden waarom hij voorkwam in het adressenboek van de broers die in Chicago door Thorne zouden zijn vermoord, dat ze kleermakers waren bij wie hij ooit was geweest en dat hij ze de rekening naar zijn zaak in Beverly Hills had laten sturen.'

Fords tweede stukje informatie had te maken met wat enkele rechercheurs van de politie in Los Angeles te weten waren gekomen over wie het privé-vliegtuig had gehuurd om Thorne op de luchthaven van Burbank op te pikken.

'West Charter Air stuurde niet één maar twee keer een Gulfstream voor Thorne. Een dag eerder stond hetzelfde toestel in Santa Monica voor hem gereed, maar hij kwam niet opdagen. Het vliegtuig was geregeld door ene Aubrey Collinson, een Jamaicaanse advocaat naar het schijnt, die er in Kingston cash voor betaalde. Later, toen hij kennelijk wist dat Thorne niet was komen opdagen, kwam hij opnieuw, verontschuldigde zich voor de verwarring en betaalde andermaal, met het simpele verzoek om zijn cliënt ditmaal op Burbank op te pikken in plaats van in Santa Monica. De rest van de instructies bleef ongewijzigd.

De piloten dienden ene Jorge Luis Ventana, een Mexicaanse zakenman, op te pikken en hem naar Guadalajara te vliegen. Ze kregen een pakje voor Ventana mee, dat door de politie van Los Angeles bij de terminal van Mercury als bewijsmateriaal uit de Gulfstream werd meegenomen. Ze troffen twintigduizend dollar aan contanten aan, een Mexicaans paspoort op naam van Jorge Luis Ventana, een Italiaans rijbewijs met een adres in Rome en een Italiaans paspoort, beide op naam van Carlo Pavani; alle drie met een foto van Thorne. Het adres in Rome bleek een onbewoond perceel. Zowel het Italiaanse rijbewijs als het paspoort was vals en hetzelfde gold voor het Mexicaanse paspoort. En tot nu toe hebben inspecteurs van het politiekorps in Jamaica niemand kunnen vinden die Aubrey Collinson heet.'

Precies op dat moment, toen Ford amper uitgesproken was, was de deur naar de ziekenzaal opengegaan en trad commissaris Louis Harwood in vol ornaat en begeleid door zijn plaatsvervangend commissaris binnen. Harwood knikte Ford slechts gedag en vroeg vervolgens op zachte toon of hij hen even alleen wilde laten. Zwijgend begeleidde Harwoods plaatsvervanger Ford naar de deur, liet hem naar buiten en sloot de deur achter hem.

Het was een gebaar dat onder andere omstandigheden een behoefte aan vertrouwelijkheid kon hebben gesuggereerd: een politiecommissaris die bezorgd was om het welzijn van een van zijn agenten die bij het uitoefenen van zijn plicht gewond was geraakt. Maar in plaats daarvan gingen hier dreiging en een waarschuwing van uit.

Barron kon zich goed herinneren dat Harwood door de kamer liep en hem vertelde hoe blij hij was te horen dat zijn verwondingen niet ernstig waren en dat hij had vernomen dat Barron die maandag daarop al uit het ziekenhuis kon worden ontslagen. Daarna was Harwoods blik opeens ijskoud geworden.

'Een uur geleden is de zaak-Raymond Oliver Thorne officieel gesloten. Hij had geen handlangers, geen banden met terroristische cellen. Hij was een beroepsmoordenaar en handelde geheel op eigen houtje.'

'Hoe bedoelt u, "op eigen houtje"? Iemand huurde een vliegtuig voor twee verschillende luchthavens en op twee opeenvolgende dagen. Dat weet u toch net zo goed als ik,' had hij ondanks zijn lichamelijke toestand zelfs op kwade toon tegengeworpen. 'U zit met een stel lijken hier in Los Angeles, in Chicago, San Francisco en Mexico-Stad. U hebt sleuteltjes van een bankkluis ergens in Europa. U hebt...'

'De formele bekendmaking,' onderbrak Harwood hem, 'zal te zijner tijd worden gedaan.'

Onder normale omstandigheden zou hij zijn protest hebben volgehouden en hebben gewezen op de specifieke verwijzingen in Thornes agenda naar Londen, Frankrijk en '7 april/Moskou'; hij zou Harwood hebben verteld wat Thorne in de trein had gezegd over 'de stukken waarmee de toekomst zeker is' en hem vervolgens hebben gewaarschuwd dat hoewel het met Thorne afgelopen was, dit vast en zeker niet gold voor wat hij in gang had gezet en dat hun nog iets wachtte wat misschien zelfs nog dodelijker zou zijn. Maar goed, dit waren geen 'normale omstandigheden' en dus hield hij zijn mond. Bovendien was Harwood nog niet uitgepraat.

'Een uur geleden,' vervolgde Harwood op een monotone toon die nog ijziger was dan zijn dreigende blik, 'is de honderd jaar oude 5-2 Squad officieel ontbonden. Die bestaat niet langer.

Wat de teamleden betreft: rechercheur Halliday heeft drie maanden verlof gekregen, waarna hem een minder zware betrekking bij de verkeersdivisie zal worden toegewezen.

U, rechercheur Barron, zult een geheimhoudingsclausule ondertekenen waarin u plechtig belooft niets bekend te maken over de handelingen en operaties van de 5-2. Daarna zult u om "medische redenen" ontslag nemen uit het politiekorps van Los Angeles en een eenmalige medische arbeidsongeschiktheidsuitkering van 125.000 dollar ontvangen.'

Daarna had Harwood opzijgekeken naar zijn plaatsvervanger, die hem een grote bruine envelop had aangereikt. Met de envelop in zijn hand had Harwood zich weer tot Barron gewend.

'Zoals u weet, werd uw zus voor haar eigen veiligheid ter plekke op het spoorwegemplacement behandeld met psychotrope geneesmiddelen. Mij is verzekerd dat de uitwerking van die medicijnen, in combinatie met haar gemoedstoestand en de noodzaak deze medicatie nog enige tijd voort te zetten, ervoor zal zorgen dat ze zich weinig tot niets zal herinneren van wat daar heeft plaatsgevonden.

De mensen in het St. Francis geloven dat ze mee was genomen om u op te zoeken in het ziekenhuis omdat u gewond was geraakt bij het vuurgevecht met de voortvluchtige en onderweg een zenuwinstorting kreeg. Vandaar dat ze naar het dichtstbijzijnde ziekenhuis werd gebracht. Dat is het enige wat de media en het publiek weten, en ooit zúllen weten. Het officiële rapport zal niets vermelden over haar aanwezigheid bij het spoor.'

Plotseling overhandigde Harwood hem de envelop. 'Maak open,' beval hij, en Barron gehoorzaamde.

Er zat een verwrongen, zwaar verschroeide kentekenplaat in van Californië. Hij was van Barrons Mustang.

'Iemand heeft op de parkeerplaats van de Mercury Air-terminal uw auto in de fik gezet, op de plek waar u hem gisterochtend hebt achtergelaten.'

'In de fik gezet,' herhaalde Barron zachtjes, 'met andere woorden: "opzettelijk in brand gestoken"?'

'Ja, "opzettelijk in brand gestoken", oftewel "uitgebrand".' Langzaam vulden Harwoods ogen zich met haat. Hetzelfde gold voor zijn stem.

'U dient te weten dat er op het bureau een aantal geruchten de ronde doet... Met name over uw rechtstreekse verantwoordelijkheid voor de dood van rechercheurs Polchak, Lee en Valparaiso. En uiteindelijk ook voor het einde van het team. Of dat nu waar is of niet, zodra u dit ziekenhuis verlaat, zult u in een zeer ongunstige, zelfs vijandige omgeving terugkeren.' Harwood zweeg even en Barron zag hoe de afkeer van de man zelfs nog groter werd.

'Er gaat een verhaal over een burgemeester van een stadje in een door oorlog verscheurd Zuid-Amerikaans land die een briefje kreeg overhandigd,' ging Harwood verder. 'Hij kreeg het van een boer, maar het kwam van een guerrillacommandant. Er stond zoiets in als: "Als uw gezondheid u lief is, verlaat dan de stad. Doet u dat niet, dan wordt u een doelwit."

Als uw gezondheid ú lief is, rechercheur, zou ik deze raad ter harte nemen en er ook als de wiedeweerga naar handelen.'

2

Vlucht 0282 van British Airways, maandag 1 april, 00.30 uur

Slechts één gestalte verroerde zich in de donkere eersteklascabine. Klaarwakker, alsof de cafeïne door zijn aderen joeg, zat John Barron recht overeind. Hoe graag hij ook alles wilde vergeten, alles stond hem nog duidelijk voor ogen.

Het was alsof het nog maar net was gebeurd. De harde klik, de deur die gewoon in het slot viel nadat Harwood en zijn plaatsvervanger de kamer uit waren gelopen. Harwood had verder niets meer gezegd. Het was ook niet nodig geweest. Barron was duidelijk te verstaan gegeven dat zijn leven gevaar liep. Het betekende dat hij moest doen wat hij na de moord op Frank Donlan door zijn collega's al van plan was geweest: samen met Rebecca zo snel mogelijk Los Angeles ontvluchten. Maar op het allerlaatste moment had hij ervan afgezien en voelde hij het als zijn plicht Thorne te arresteren voordat hij nog meer moorden kon begaan. Maar Raymond was nu dood en waar hij ook bij betrokken kon zijn geweest, wat er ook in gang was gezet en nog stond te gebeuren, dat was iemand anders zijn pakkie-an. Hij moest zich slechts op één ding concentreren, namelijk zijn leven en dat van Rebecca zien te redden.

De eerste keer was het slechts een kwestie geweest van overleggen met dr. Flannery, een geschikte plek zoeken, de auto volladen, Rebecca ophalen en ervandoor gaan. Maar er had een vuurgevecht plaatsgevonden, een gebeurtenis die bij haar een grote psychologische doorbraak had veroorzaakt. Gezien de intense psychiatrische begeleiding die ze nodig zou hebben om haar vooruitgang te continueren, om maar te zwijgen van zijn eigen geestestoestand, leek een snelle, gedwongen verhuizing bijna onmogelijk. Maar er zat niets anders op. Als de vergelding waarmee Harwood had gedreigd werkelijkheid werd en hij werd vermoord, zou Rebecca opnieuw getraumatiseerd raken en in haar oude toestand terugvallen.

Nerveus had hij de volgende ochtend, op zondag 17 maart, dr. Flannery gebeld en haar verzocht hem in het ziekenhuis te spreken. Vlak voor de middag was ze gearriveerd. Op zijn verzoek had ze hem in een rolstoel naar een van de ruime terrassen geduwd, waarna hij haar had gevraagd hoe het met Rebecca ging.

'Ze is enorm vooruitgegaan,' had dr. Flannery geantwoord. 'Echt enorm. Ze praat al een beetje en ze reageert op vragen. Dit is een uiterst belangrijke en moeilijke periode voor haar. Ze slikt veel medicijnen en haar toestand is erg wisselvallig. Nu eens opgetogen, dan weer teruggetrokken, en ze vraagt voortdurend naar u. Ze is sterk en buitengewoon intelligent, maar als we niet uitkijken, kunnen we haar zo weer verliezen en zijn we weer terug bij af.'

'Dokter Flannery,' had hij haar vervolgens zacht maar nadrukkelijk meegedeeld, 'Rebecca en ik moeten zo snel mogelijk weg uit Los Angeles. Niet naar Oregon, Washington State of Colorado, zoals ik eerder heb verteld, maar verder weg. Naar Canada, Europa misschien. Maar waar we ook heen gaan, ik móét weten wanneer ze er klaar voor is om zo lang en ver te kunnen reizen.'

Hij herinnerde zich hoe ze hem vorsend had aangekeken, wetend dat ze dezelfde urgentie en vertwijfeling in zijn ogen had gezien als toen, alleen veel intenser, veel wanhopiger.

'Als alles goed gaat, kan ze op z'n vroegst over twee weken misschien elders onder behandeling worden gesteld.' Daarna had ze hem nog doordringender aangekeken. 'Meneer Barron, u moet begrijpen dat Rebecca een heel nieuwe fase heeft bereikt en daarbij intensieve begeleiding nodig heeft. Daarom, en ook vanwege uw plannen, moet ik u vragen wat de achterliggende reden is.'

Hij aarzelde en vroeg zich af wat hij moest antwoorden. Ten slotte besefte hij dat hij het nooit in zijn eentje zou afkunnen. Hij vroeg haar of hij een privé-sessie met haar kon hebben, hij als patiënt, zij als psychiater.

'Wanneer?'

'Nu.'

Ze antwoordde dat het wel erg ongewoon was en dat het beter was als ze hem daarvoor naar een andere therapeut zou verwijzen. Maar hij hield vol, vertrouwde haar toe dat hij psychisch in een gevarenzone verkeerde en dat tijd van essentieel belang was. Ze kende hem, wist alles over Rebecca's verleden; bovendien vertrouwde hij haar.

Uiteindelijk stemde ze toe en ze duwde hem naar een rustig hoekje van het terras, bij de andere patiënten en bezoekers vandaan. In de schaduw van een reusachtige plataan vertelde hij haar over de 5-2, de executie van Frank Donlan, dat Raymond Red had doodgeschoten, zijn handgemeen met Polchak, wat er in de spuiterij was voorgevallen nadat ze Raymond Thorne te pakken hadden gekregen, en ten slotte wat er zich bij het spoorwegemplacement had voltrokken. Hij sloot zijn verhaal af met Harwoods waarschuwing en de mededeling dat zijn auto in de brand was gestoken.

'Rebecca en ik moeten van identiteit veranderen en daarna moeten we zo snel mogelijk uit Los Angeles weg. Nieuwe papieren kan ik zelf wel regelen, maar de rest, waar Rebecca verder kan worden behandeld zonder dat het al te veel achterdocht wekt en waar het LAPD zich niet snel zal laten zien, tja... Het liefst ergens ver weg, waar we ons kunnen aanpassen en een nieuw leven kunnen beginnen. Waarschijnlijk ergens in het buitenland.'

Dr. Flannery keek hem slechts zwijgend aan. Hij wist dat ze de feiten en de mogelijkheden tegen elkaar afwoog.

'Het is duidelijk dat als u van identiteit verandert, zoals u nodig vindt, haar huidige ziektekostenverzekering niet langer zal gelden, tenzij u een papieren spoor wilt achterlaten.'

'Nee, dat mag niet. Geen papieren spoor.'

'U zult begrijpen dat, waar uw bestemming ook ligt, haar behandeling veel geld zal kosten, vooral in het begin, als ze de meeste zorg nodig heeft.'

'Ik heb een, zeg maar, royale "oprotpremie" gekregen en verder heb ik nog een kleine spaarrekening en wat beleggingskapitaal. Daarmee kunnen we het wel een tijdje uitzingen totdat ik werk heb. Vertel…' Hij zweeg even toen er een verpleger langsliep die een oudere patiënt ondersteunde, en vervolgde op zachte toon: 'Vertel me alstublieft wat Rebecca nodig heeft.'

'Voornamelijk,' begon ze, 'de allerbeste behandeling voor post-traumatische-stressstoornissen, een die haar herstel zal bevorderen en een zogenoemd "persoonlijkheidsplatform" creëert, zodat ze het punt bereikt waarop ze zelfstandig kan functioneren. Als u soms aan Canada denkt…'

'Nee,' onderbrak Barron haar, 'Europa zou veel beter zijn.'

Dr. Flannery knikte. 'In dat geval schieten me drie plaatsen te binnen die alle drie uitstekend zijn: het centrum voor posttraumatische stoornissen van de universiteit van Rome, dat van de universiteit van Genève en de Balmore Clinic in Londen.'

Barron voelde zijn adem even stokken. Hij had Canada of Europa geopperd omdat hij wist dat daar overal wel Amerikanen te vinden zouden zijn en ze in een omgeving konden belanden waar ze zich zonder al te veel ongewenste aandacht konden aanpassen. Bovendien zou het voor het LAPD te lastig en te inefficiënt zijn hem op te sporen, zoals Harwood had gedreigd, vooral als ze een andere identiteit hadden en geen sporen achterlieten.

Maar nu besefte hij opeens dat zijn keuze zich om een heel andere reden op Europa had toegespitst: Raymond Thorne zelf. Wat hij verder in zijn schild mocht hebben gevoerd, alles wees in de richting van Europa, met name naar Londen. Ondanks zijn verwondingen, zijn bezorgdheid om zijn eigen veiligheid en die van Rebecca en haar verdere behandeling, wilden zijn gedachten Raymond Thorne niet loslaten. Raymond was goed, te goed, te professioneel, te beheerst te werk gegaan om als een gestoorde gek te worden afgeschreven. Hij had duidelijk een bepaalde missie voor ogen en had, zoals het gecharterde vliegtuig aantoonde, niet in zijn eentje geopereerd. Ook al had Barron geen concrete bewijzen, hij was en bleef een doorgewinterde rechercheur en het gevoel dat er meer stond te gebeuren, nestelde zich diep in zijn binnenste. Dit was de reden waarom hij op dat moment de voorkeur aan Europa, in plaats van Canada had gegeven. Nadat hij Londen als mogelijke plek voor Rebecca's rehabilitatie had geopperd, had dr. Flannery zijn keuze nog verder toegespitst.

Voor Raymond Thorne zou Londen zijn bestemming zijn geweest zodra hij zijn zaakjes, wat die ook mochten zijn, met Alfred Neuss in Los Angeles had geregeld. Neuss was aan de dood ontsnapt, simpelweg omdat hij naar Londen was vertrokken, iets waar Thorne duidelijk onaangenaam door was verrast, aangezien hij had verwacht dat de man in Beverly Hills zou zijn.

Maar er waren nog meer dingen: de 'stukken', waarover Raymond had gesproken: sleuteltjes van een bankkluis, gemaakt door een Belgisch bedrijf dat alleen binnen de Europese Unie actief was, wat betekende dat de bewaarkluis en de inhoud zich in een bank ergens op het Europese vasteland bevonden. Dan waren er nog de drie aantekeningen die specifiek naar Londen verwezen: een adres, Uxbridge Street 21, volgens de Londense politie een goed onderhouden woonhuis waarvan de eigenaar, de heer Charles Dixon, gepensioneerd effectenmakelaar, het grootste deel van het jaar in Zuid-Frankrijk woonde. De woning lag vlak bij Kensington Gardens en op loopafstand van de Russische ambassade, wat tevens de tweede verwijzing was. En ten slotte de afspraak met ene 'I.M.' in Penrith's Bar in High Street. De rechercheur van de Londense politie was er niet in geslaagd de persoon achter deze initialen te achterhalen.

Dit was tamelijk verse informatie, nog geen twee weken oud, en het betekende dat wie of wat er ook achter school waarschijnlijk wel degelijk op te sporen was. De FBI was al bezig met het natrekken van mogelijke terreurnetwerken, zijn gegevens zouden al naar de CIA zijn doorgestuurd en mogelijk zelfs naar het State Department, maar Barron wist dat dit hem nooit ter ore zou komen.

De meest recente en interessante informatie was van Dan Ford afkomstig geweest. De dag voor hun vertrek naar Londen had Ford hen ingelicht. In de week na Thornes dood waren er enkele vertegenwoordigers van het Russische ministerie van Justitie in Los Angeles gearriveerd om een onderzoek in te stellen. Onder toeziend oog van de FBI had men inzage gekregen in LAPD-dossiers en waren er gesprekken gevoerd met het politiekorps van Beverly Hills. Drie dagen later waren de onderzoekers weer vertrokken met de mededeling dat ondanks de gecharterde jet die op twee verschillende dagen op twee verschillende vliegvelden was geland met aan boord pakketjes met valse paspoorten en rijbewijzen, ondanks de onvindbare 'Aubrey Collinson' die het toestel in Kingston had gecharterd, en ondanks de handgeschreven notities in zijn zakagenda, er geen bewijzen waren aangetroffen die erop wezen dat de Russische regering dan wel het Russische volk gevaar liep. Doorvragen had opgeleverd dat wat hen betrof aan Thornes aantekening '7 april/Moskou' geen verdere betekenis kon worden gehecht. Het was slechts een datum en een plaats, meer niet.

De komst van de Russen was wat Barron betrof gewoon een vorm van internationale samenwerking in een tijd waarin het terrorisme wereldwijd was toegenomen, en het gebruik van een gecharterd vliegtuig deed vermoeden dat degenen die achter deze mogelijke dreiging schuilgingen goed in de slappe was zaten. Maar dat spoor was al snel doodgelopen. Wat Raymond Thorne zelf betrof: ondanks zijn moorddadige optreden strookten noch zijn karakterstructuur noch zijn daden met het moderne profiel van de terrorist of terroristische organisaties.

Thornes spoor van geweld simpelweg terzijde schuiven als zijnde het werk van een eenling, zowel door de Russen als de FBI en vooral het LAPD – die deze beer op het ijs maar al te graag wilde afschieten uit angst voor wat zich gemakkelijk tot een grote schandvlek op het toch al bezoedelde korpsblazoen kon verspreiden indien de waarheid achter het Metrolink-schietincident aan het licht kwam – vormde in Barrons ogen een grove misrekening. Deze zaken verdienden aandacht en leken vooral te doen vermoeden dat Raymond Thorne betrokken was bij iets omvangrijks en wellicht catastrofaals dat zijn dood oversteeg. Met name de datum van 7 april was onheilspellend, ongeacht wat de Russische onderzoekers daarover hadden gezegd. Een datum die met rasse schreden naderde. Hoe kon iemand nu zeker weten of Thornes aantekening inderdaad voor hem bedoeld was, verwijzend naar iemand of iets in Moskou die dag, of eventueel naar een dag en een plaats voor een terroristische aanslag, zoals die door Tsjetsjeense rebellen waarbij mensen in het Melnikova-straattheater werden gegijzeld of, nog erger, iets waarbij duizenden de dood moesten vinden, te vergelijken met de verschrikkingen die op de beruchte dag van 11 september over New York en Washington neerdaalden?

Als het inderdaad om een terroristische aanslag ging, vormden de officiële reacties van alle betrokkenen, met inbegrip van het LAPD en de Russen, dan slechts een rookgordijn om de mensen geen angst aan te jagen? Zo ja, werkten de FBI, CIA, Interpol en andere internationale antiterreurorganisaties dan samen met de Russische geheime dienst om wereldwijd een oogje in het zeil te houden in de hoop Raymond en de zijnen op het juiste moment te kunnen pakken en vermorzelen?

Of...

Waren er helemaal geen plannen? Had het totaal geen betekenis, was het allemaal net zo betekenisloos als het lijk van Thorne zelf?

Hoe dan ook, er was één ding waar Barron gedegen rekening mee moest houden: wat er verder ook speelde – of het LAPD Raymonds eventuele betrokkenheid bij iets groters openlijk ter zijde schoof of niet –, op basis van zijn aantekeningen en andere bewijsstukken zou het onderzoek misschien wel worden voortgezet. Zo ja, en zette hij zijn eigen speurtocht voort, dan was de kans groot dat hij Harwoods rechercheurs op zijn pad zou treffen, wat hem zijn leven zou kosten. Maar hij besefte ook dat hij iets moest doen. De dood van al diegenen die door Thorne in Los Angeles waren afgeslacht drukte zwaar op hem, en de gedachte dat er misschien nog meer slachtoffers zouden vallen maakte het alleen maar erger. Hij moest door, ongeacht de risico's, totdat hij zeker wist dat het vuur dat Thorne had opgerakeld eindelijk volledig was gedoofd.

Maar die zekerheid ontbrak. Vooral nu.

Een stemmetje in zijn achterhoofd schreeuwde om aandacht, precies zoals toen hij had gehoord dat Raymond Thorne dood was. Telkens opnieuw probeerde hij het de mond te snoeren, maar het liet zich niet verstommen, dwong hem vol te houden, het monster te vinden en voorgoed te doden.

Telkens als hij naar het stemmetje luisterde, zoals ook nu weer, besefte hij dat als hij het monster ooit weer in zijn buurt wilde kunnen ruiken, er maar één plek was waar hij moest beginnen.

'Londen,' antwoordde hij vastbesloten tegen dr. Flannery.

'De Balmore-kliniek?'

'Ja. Kunt u Rebecca daar voor behandeling onderbrengen? En zo snel mogelijk?'

'Ik zal mijn best doen,' antwoordde ze.

Dat had ze gedaan.

En goed ook.

3

Londen, York House, de Balmore-kliniek, maandag 1 april, 13.45 uur

De eerste indruk die John Barron – of nee, Nicholas Marten (hij moest zijn nieuwe naam toch echt leren onthouden) – van Clementine Simpson kreeg, was best verrassend. Lang en ongeveer van zijn leeftijd, met kastanjebruin haar tot op de schouders en gekleed in een oversized marineblauw mantelpakje kwam ze over als een redelijk aantrekkelijke maar nogal tuttige ziekenhuissupervisor. Later zou hij vernemen dat ze helemaal geen supervisor was, maar lid van de Balmore-stichting en deelnam aan een van haar tweejaarlijkse weken als vrijwilligster. Het was in deze hoedanigheid dat ze Rebecca's nieuwe psychiater, dr. Anne Maxwell-Scot – een kleine, tamelijk gezette en vooral schrandere vrouw, die hij begin vijftig schatte – en twee begeleiders naar Heathrow vergezelde om Rebbeca Marten en haar broer op te halen. Hun vlucht vanuit Los Angeles met British Airways landde even voor het middaguur op de luchthaven bij Londen.

Bijna een uur daarvoor was Rebecca wakker geworden, en hoewel ze nog altijd wat versuft was van de medicijnen had ze licht ontbeten en leek ze te begrijpen waar ze was en waarom zij en haar broer in het vliegtuig naar Londen zaten. Tijdens de ambulancerit van de luchthaven naar het Londense York House, het gebouw van de Balmore-kliniek aan Belize Lane, waar patiënten intern werden verpleegd, straalde ze dezelfde kalmte en hetzelfde begrip uit.

'Mocht u vragen hebben, meneer Marten, schroom dan niet,' stelde Clementine Simpson hem gerust terwijl ze Rebecca's kleine maar vrolijke kamer op de tweede verdieping verliet. 'De rest van de week zal ik hier nog zijn.'

En daarmee was ze verdwenen. Hij maakte zich nuttig door een handje te helpen bij het inrichten van Rebecca's kamer en daarna had hij een gesprek onder vier ogen met dr. Maxwell-Scot. Ze vertelde hem dat Rebecca op haar een goede indruk maakte, in elk geval beter dan ze had verwacht, en legde hem uit wat er vervolgens zou gebeuren.

'Meneer Marten, u bent u er vast en zeker van bewust dat u niet alleen Rebecca's broer bent, maar ook haar steun en toeverlaat, en het is daarom belangrijk dat u in de buurt bent, althans de eerste paar dagen. Toch is het net zo belangrijk dat ze zo snel mogelijk zonder die steun kan functioneren, dat ze zelfvertrouwen krijgt en op eigen kracht vorderingen maakt.

Snel, misschien morgen al, zal uw zus naast de twee dagelijkse privé-sessies met mij ook aan groepstherapiesessies deelnemen, waarbij zij en de anderen een rollenspel spelen of samen een nieuw gebouw voor het ziekenhuis mogen ontwerpen. Opdrachten die samenwerking vereisen en die moeten voorkomen dat de patiënten een eigen, veilige schuilplaats creëren waarin ze zich gemakkelijk weer kunnen opsluiten of vast kunnen lopen. Het idee hierachter is dat Rebecca met anderen leert om te gaan en haar de kans te geven steeds onafhankelijker te worden.'

Marten luisterde aandachtig en deed zijn best zich ervan te overtuigen dat de praktijk in de Balmore-kliniek dezelfde was als elders in de wereld van de psychotherapie, zoals dr. Flannery hem had toegezegd: de persoonlijke gegevens en het psychiatrische verleden van een patiënt waren vertrouwelijk, en als de familie erom verzocht – wat hij had gedaan – enkel beschikbaar voor de behandelende therapeut. Dr. Flannery had hem verzekerd dat haar uitleg van de oorzaak en de noodzaak voor Rebecca om op zo'n korte termijn tot Balmore te worden toegelaten absoluut vertrouwelijk was geweest, maar hij wilde het gewoon even zeker weten.

Het kwartiertje met dr. Maxwell-Scot had hem meer dan gerustgesteld: ze had enkel gesproken over Rebecca's toestand, over het programma dat zij en dr. Flannery voor haar hadden samengesteld en over hoe groot de kans van slagen kon zijn. Het schonk Marten een gevoel van vertrouwen en troost, dat nog eens werd versterkt door het warme en persoonlijke voorkomen van dr. Maxwell-Scot. Het was een gevoel waarvan de hele kliniek doordesemd leek, wat ook gold voor mevrouw Simpson en de anderen, al vanaf het moment dat ze aan de gate op Heathrow waren opgevangen, langs de douane en paspoortcontrole naar de gereedstaande ambulance waren geloodst en zelfs tijdens de intakeprocedure bij de kliniek.

'U lijkt me nogal moe van uw reis en, dat weet ik zeker, van al uw zorgen, meneer Marten,' zei dr. Maxwell-Scot tot slot. 'Ik neem aan dat u ergens in de omgeving logeert?'

'Ja, in het Holiday Inn in Hampstead.'

'Mooi,' zei ze glimlachend, 'niet ver weg dus. Waarom neemt u niet even wat rust? Rebecca redt zich hier prima. Misschien kunt u rond een uur of zes terugkomen voor een kort bezoek voordat ze gaat eten?'

'Prima,' zei Nicholas Marten dankbaar. 'En bedankt,' voegde hij er oprecht aan toe. 'Heel erg bedankt.'

4

Van de Balmore-kliniek naar het Holiday Inn in Hampstead was het slechts een korte taxirit. Vanaf de achterbank bekeek hij de stad zoals hij die alleen uit de geschiedenis, boeken en films, en van het gruizige geluid van Britse rockbands kende.

De taxi draaide Haverstock Hill op en gek genoeg schrok hij even nu hij het tegemoetkomende verkeer rechts in plaats van links zag naderen. Natuurlijk, hij wist heus wel dat ze hier links reden. Het gekke lag alleen in de constatering ervan – hoe het zich aandiende op het moment dat hij heel even alleen met zijn gedachten was, voor het eerst van zijn leven, zo leek het, en al helemaal niet tijdens de ambulancerit met Rebecca vanaf Heathrow –, wat hem deed beseffen dat hij zich nu echt op een heel andere plek bevond.

Hij voelde zich al wat meer op zijn gemak. Het kwam doordat ze eindelijk in Londen waren en Rebecca veilig en wel naar een plek was overgebracht die, net als de mensen daar, vertrouwen inboezemde en doordat dankzij Dan Ford en dr. Flannery Los Angeles een afgesloten hoofdstuk was.

Na Marten stilletjes bij een vriend op een citroenkwekerij ten noordwesten van Los Angeles te hebben ondergebracht, had Ford vervolgens de huur van Martens woning opgezegd, zich over diens persoonlijke bezittingen ontfermd, er zo veel mogelijk van weggegeven, om alleen de belangrijkste zaken onder Fords eigen naam op te slaan. Dr. Flannery had op haar beurt niet alleen een plaats voor Rebecca in de Balmore-kliniek geregeld, maar had ook voor haar vertrek uit het St. Francis zorg gedragen. Pas enkele uren voor hun vertrek had ze zuster Reynoso meegedeeld dat ze Rebecca, op verzoek van John Barron, had laten overplaatsen naar een kliniek in het buitenland. Nog geen halfuur daarna had ze Barron en Rebecca met haar eigen auto naar de luchthaven gebracht, waar ze, vanwege Rebecca's toestand, ruim voor de andere passagiers mochten instappen, zodat ze nergens in de gaten liepen.

Daarmee waren de belangrijkste stappen afgewerkt en ze waren veilig gearriveerd. Vandaar dus dat Nicholas Marten terecht de behoefte voelde om even achterover te leunen en de stad aan zich voorbij te zien trekken. Even een moment voor zichzelf, zonder te piekeren over de vraag waarom hij de Balmore-kliniek had verkozen boven die in Rome en Genève of waarom hij eigenlijk naar Londen was gegaan.

5

Dezelfde dag, maandag 1 april, 15.25 uur

Marten kwam aan in zijn hotel en pakte zijn koffer uit. Daarna sprong hij onder de douche, trok een schone spijkerbroek, een lichte trui en sportjasje aan en liep de trap af naar de lobby, waar hij de weg naar Uxbridge Street vroeg. Twintig minuten later draaide zijn taxi Notting Hill Gate af naar Campden Hill Road en reed vervolgens Uxbridge Street in.

'Welk nummer, meneer?'

'Ik stap hier wel uit, dank u,' zei Marten.

'Goed, meneer.'

De taxi hield stil. Marten betaalde de *cabbie*, stapte uit en de taxi reed weg. Het volgende moment betrad hij Thornes wereld – althans, het stukje dat hij op een papiertje in diens reistas had aangetroffen.

Nummer 21 was een elegant woonhuis van twee verdiepingen, dat door een zwarte, twee meter hoge ijzeren sierafrastering van de straat en het trottoir werd gescheiden. Vlak achter de omheining stonden twee gigantische platanen die net begonnen uit te botten, aangemoedigd door een zonnige en volgens de *cabbie* uitzonderlijk warme lentemiddag.

Dichterbij komend zag hij een ijzeren hek dat door een ladder werd opengehouden. Aan een van de sporten hing een verfblik, halfvol zwarte verf, en op de grond onder de ladder lag een doek om de stenen van het pad te beschermen. Waar de schilder ook was, hij was in geen velden of wegen te bekennen.

Marten bleef bij het hek staan en keek omhoog naar het huis. De voordeur was gesloten en links liep een tuinpad rond het huis. Nog altijd geen spoor van de schilder. Hij zuchtte eens, wurmde zich langs de ladder en door het hek en liep het pad langs het huis af. Opzij, bijna aan de achterzijde, stuitte hij op drie treden die naar een deur voerden. Deze stond op een kier. Hij keek nog eens om zich heen, maar zag niemand. Snel beklom hij het trapje en hij bleef bij de deur staan luisteren.

'Hallo?' riep hij. Geen reactie. Hij zuchtte nog eens en liep naar binnen. Binnen enkele minuten had hij het hele huis van beneden tot boven en terug doorgelopen en moeten vaststellen dat het om een prachtig gemeubileerde woning ging zonder ook maar een spoor van een huidige bewoner. Hij was diep teleurgesteld, maar had dit in zekere zin ook wel verwacht, zelfs zonder de indrukwekkende rondleiding waar hij zichzelf op had getrakteerd. Het huis, zo herinnerde hij zich van het rapport van de Londense politie, behoorde toe aan ene meneer Charles Dixon, een gepensioneerde effectenmakelaar die in Zuid-Frankrijk woonde. Dixon, aldus het rapport, had nog nooit van Raymond Oliver Thorne gehoord en kende ook niemand die op hem leek. Hij bewoonde het huis alleen in de kerstvakantie en eind juni tijdens het Wimbledon-toernooi, verder niet. De rest van het jaar zat hij in Frankrijk en stond het huis leeg. En toch zou Thorne half maart naar Londen zijn vertrokken en ogenschijnlijk naar ditzelfde woonadres. Het sneed geen hout, tenzij het huis bij tijd en wijle werd verhuurd, maar daar had de politie niets over gezegd.

'Wie bent u verdomme?'

Nicholas Marten versteende. Terwijl hij in de deuropening stond om naar buiten te lopen kwam hij opeens oog in oog te staan met een grote blonde man in een overall.

'U bent vast de schilder.'

'Klopt, maar ik vroeg verdomme wie u bent en wat u hier in jezusnaam uitspookt!'

'Ik was op zoek naar meneer Charles Dixon. Het hek stond open, dus ik dacht: ik loop even naar binnen. Ik heb gehoord dat hij het huis bij gelegenheid wel eens verhuurt en ik…'

'Ik weet niet van wie u dat hebt of wie u bent,' zei de schilder, hem aandachtig opnemend, 'maar meneer Dixon verhuurt nooit ofte nimmer. Is dat duidelijk, meneer...?'

'O...' Snel verzon Marten een naam. 'Kaplan. George Kaplan.'

'Nou, meneer Kaplan, dan weet u dat nu.'

'Dank u. Het spijt me dat ik u heb lastiggevallen.' En daarmee maakte hij aanstalten weg te lopen, maar plotseling schoot hem iets te binnen en hij draaide zich om.

'Weet u misschien toevallig of meneer Dixon bevriend is met ene meneer Aubrey Collinson uit Kingston, Jamaica?'

'Wat?'

'Meneer Aubrey Collinson. Zijn naam dook op in verband met die van meneer Dixon. Volgens mij is hij advocaat. Hij reist vrij regelmatig per chartervliegtuig naar Londen en elders.'

'Moet u horen, ik weet echt niet wat u wilt, maar ik heb nog nooit gehoord van een Aubrey Collinson en als meneer Dixon hem wel kent, dan is dat zijn zaak.' De schilder kwam dreigend een stap dichterbij. 'En als u niet binnen vijf tellen weg bent, bel ik de politie.'

'Nogmaals bedankt,' zei Marten met een glimlach. Hij draaide zich om en liep weg.

16.15 uur. Ongeveer vijf straten verder en twaalf minuten later stond hij voor het imposante pand aan Kensington Palace Gardens 13, de ambassade van de Russische Federatie, Londen, W8 4QX, Verenigd Koninkrijk. Bij de poorten stonden bewakers en op de kleine binnenplaats erachter een paar mensen, verder niet.

Marten sloeg het een en ander een poosje gade totdat het hek openging en een gewapende soldaat op hem af kwam. Marten stak een hand op en glimlachte. 'Ik keek alleen maar even, sorry hoor,' zei hij en hij liep snel weg, bij de ambassade vandaan en terug naar de groene uitgestrektheid van Kensington Gardens. In het huis aan Uxbridge Street had hij niets gezien wat erop duidde dat het meer was dan het leek, en de Russische ambassade was gewoon een buitenlands ambassadegebouw op loopafstand van de woning in Uxbridge Street. Dus wat wilde dit zeggen, als het überhaupt al iets zei? De enige die het zeker wist, was Thorne en die was dood.

Bovendien, wat kon hij eigenlijk doen, stel dat hij iets te weten kwam? De autoriteiten waarschuwen? En dan? Uitleggen wat er aan de hand was en ze de kans geven zich af te vragen wie hij was?

Nee, dat kon niet. Hij moest het er maar bij laten. Maar hoe dan? Plotseling nam het getouwtrek weer een aanvang. Zijn gezonde verstand fluisterde hem in zich vooral verre te houden van een eigenhandig onderzoek naar dat grotere iets waar Thorne bij betrokken was geweest en wat hem zijn leven had gekost. Maar de stem in hem zoog hem er weer met volle kracht in terug. Het was alsof het speurwerk een verleidster was en hij haar slaaf of, concreter, een verslaafde die zich enkel en alleen op zijn verslaving kon concentreren. Die stem was alles. Op de een of andere manier moest hij een manier vinden om deze tot zwijgen te brengen.

6

Holiday Inn, Hampstead, 21.00 uur

Plotseling schrok Nicholas Marten wakker. Het was donker en hij had geen idee waar hij was of hoe lang hij geslapen had. Hij ging rechtop zitten. Door een half openstaande deur viel licht naar binnen. Hij besefte dat het vanuit de badkamer kwam en dat hij de deur zelf moest hebben opengetrokken. Opeens herinnerde hij het zich weer. Hij was weggelopen bij de Russische ambassade, was door Kensington Gardens naar Bayswater Road gewandeld, waarna hij met een taxi naar de Balmore-kliniek was gereden om Rebecca te bezoeken. Ze was blij hem te zien, maar was doodmoe van de lange reis en dus was hij niet al te lang gebleven. Na zijn belofte de volgende ochtend weer langs te komen, was hij naar zijn hotel teruggekeerd, had zijn jasje uitgedaan en had zich op het bed geïnstalleerd om wat tv te kijken, waarna hij simpelweg in slaap moest zijn gevallen.

De jetlag en de emoties van de hele reis hadden hem uitgeput, maar hij had lang genoeg kunnen slapen om de ergste vermoeidheid te verjagen. Klaarwakker, inmiddels, had hij even geen idee wat hij moest doen. Hij friste zich op, haalde een kam door zijn haar, begaf zich naar de lobby en verliet het hotel. De avond voelde nog warm aan en Londen bruiste. Hij stak de straat over en wandelde als een toerist Haverstock Hill af, de geluiden en beelden in zich opnemend van een plek die hij nog nooit eerder had gezien.

'De stukken.' Opeens hoorde hij weer Raymonds stem. Laag, afgemeten en dwingend, alsof de woorden hem opzettelijk in zijn oor waren gefluisterd. 'De stukken,' zei de stem weer. 'De stukken.'

'Nee!' riep hij hardop en hij versnelde zijn pas. Het was een strijd die hij deze dag al had gevoerd. Niet nog eens, alsjeblieft.

'De stukken,' fluisterde de stem nogmaals. Hij liep nog sneller, alsof hij de stem letterlijk wilde ontlopen.

'De stukken,' klonk het weer. 'De stukken.'

Plotseling bleef hij staan. Om hem heen was het een en al licht, overvolle trottoirs en verkeer. Dit was niet langer het Londen van zo-even, maar het Londen van de afgelopen middag, van Uxbridge Street en de Russische ambassade. Pas nu drong het tot hem door dat het gefluister de hele tijd van hemzelf, en niet van Raymond afkomstig was geweest. De 5-2 Squad was ten grave gedragen, maar hij leefde nog. Hij was naar Londen gegaan, samen met Rebecca, en wel om één reden: Raymond, ongeacht wat hij in zijn schild had gevoerd, had hem hierheen gebracht. Zich omdraaien, weglopen en alles vergeten was onmogelijk.

7

Penrith's Bar, High Street, 21.35 uur

Nicholas Marten kwam binnen, bleef even staan en keek om zich heen. Penrith's was een klassieke Engelse pub met donkere lambriseringen, een lawaaiige sfeer en was, zelfs op een maandagavond, afgeladen met stamgasten. De bar had de vorm van een hoefijzer en bevond zich midden in het vertrek, met tafeltjes en banken langs de muren en naar achteren. In het midden van de hoefijzervorm stonden twee barkeepers, de een donkerharig en gespierd, de ander langer met een gemiddelde lichaamsbouw en kortgeknipt, geblondeerd haar. Beiden leken begin dertig. Door zijn gedrag wekte de langste van de twee, de blonde, de indruk de baas te zijn en af en toe legde hij het werk neer om naar het eind van de bar te lopen om een praatje te maken met iemand die Marten niet zo goed kon zien.

Dit was zijn man, besloot Marten, en hij baande zich een weg door de drukte. Ondertussen sloeg hij de vaste klanten gade. Het gros was waarschijnlijk student, met hier en daar een verdwaald professorstype en een toevallige zakenman of -vrouw. Eigenlijk niet het slag mensen met wie een moordenaar als Thorne zich zou ophouden. Hoewel, hij mocht niet vergeten wat voor een kameleontisch type Thorne was geweest, qua kleding en qua stijl, en zelfs qua taalgebruik, en dat hij zijn slachtoffer Josef Speer uit een studentengezelschap had geplukt. Dit betekende dat een man als Thorne, zo getraind als hij was, zich met zijn mate van zelfverzekerdheid en mentaliteit overal kon aanpassen.

Naarmate hij de bar naderde, werd het drukker en lawaaieriger om hem heen. Te midden van het kabaal en het voortdurende geschuifel zag hij dat de blonde barkeeper achterin nog altijd in gesprek was. Hij wurmde zich langs twee jongemannen en om een jonge vrouw heen die hen geïnteresseerd aankeek. Het volgende moment stond hij op nog geen drie meter van de barkeeper. Maar opeens verstijfde hij. De barkeeper was in gesprek met twee heren van middelbare leeftijd, beiden gekleed in een sportpantalon en een blazer. De een kende hij niet, maar de ander, degene die het dichtst bij hem stond, kende hij maar al te goed: Gene VerMeer, de onbehouwen en koppige rechercheur Moordzaken van het LAPD, een van de twee rechercheurs die buiten zijn huis hadden gepost toen hij Thorne stiekem naar de luchthaven Burbank had weten te smokkelen. VerMeer was ook een van Red McClatchy's beste vrienden geweest en een drinkmaatje van Roosevelt Lee, Polchak en Marty Valparaiso. Een smeris van wie hij wist dat hij opzettelijk buiten de 5-2 Squad was gehouden omdat hij te gewelddadig en labiel was, alsof dat mogelijk was. Van iedereen bij de politie van Los Angeles was VerMeer wel de laatste die hij tegen het lijf wilde lopen en naar alle waarschijnlijkheid de eerste die hem in de pan zou willen hakken. Bij voorkeur in kleine stukjes.

'Godver!' vloekte hij binnensmonds en hij draaide zich onmiddellijk om. VerMeer kon hier maar om één van twee redenen zijn: of hij ging dezelfde informatie na als die hijzelf ook had – Thornes aantekening om in Penrith's Bar ene 'I.M.' te treffen –, of hij was achter Martens werkelijke identiteit gekomen, had uitgevonden waar hij naartoe was gereisd en was naar Londen gegaan in de hoop Marten tegen het lijf te lopen als hij Thornes spoor maar bleef volgen. Als dat het geval was, kon VerMeer de barkeeper niet alleen naar Thorne en 'I.M.' hebben gevraagd, maar voor hetzelfde geld ook naar hém.

'U bent toch meneer Marten?' Een harde vrouwenstem met een Engels accent weergalmde boven het geroezemoes uit. Martens hart stond even stil. Hij draaide zich om en zag Clementine Simpson op hem af komen.

'Clem Simpson,' zei ze met een brede glimlach toen ze voor hem stond. 'Van de Balmore-kliniek. Van vanmiddag.'

'O ja, natuurlijk.' Marten wierp een blik achterom. VerMeer en de man naast hem waren nog steeds in gesprek met de blonde barkeeper.

'Hoe komt u hier in vredesnaam verzeild?' vroeg Clem. Hij dirigeerde haar door de menigte, weg van de bar.

'Ik, eh…, had een beetje afleiding nodig,' antwoordde hij vlug, 'en iemand in het vliegtuig vertelde me dat dit wel eens een goede tent zou kunnen zijn om iets van de Londense sfeer te proeven.'

'Ik weet zeker dat u wel wat afleiding kunt gebruiken,' zei Clem hartelijk glimlachend. 'Ik ben hier vanwege de verjaardag van een vriendin. Komt u bij ons zitten?'

'Ik…' Hij keek nog eens om. VerMeer en zijn metgezel draaiden zich net weg van de bar en kwamen dwars door de drukte hun kant op.

'Dat zou aardig zijn, dank u,' zei Marten snel en hij liep achter Clementine Simpson aan door de pub naar een tafeltje waar een stuk of vijf professorstypes bijeenzaten.

'Komt u hier vaker?'

'Wanneer ik in de stad ben wel, ja. Ik heb vrienden die hier al jaren komen. Dat is het leuke van een buurtcafé.'

Marten waagde de gok en keek nog eens om. VerMeer stond stil en staarde in zijn richting. Vervolgens trok de andere man even aan zijn mouw en knikte naar de uitgang. VerMeer keek nog even, draaide zich toen plotseling om en liep achter zijn metgezel aan naar buiten.

'Mevrouw Simpson…'

'Clem,' zei ze met een glimlach.

'Neem me niet kwalijk,' zei hij met een geforceerde grijns, 'Clem… Ik moet even naar het "kleinste kamertje".'

'Natuurlijk. Wij zitten hier.'

Hij knikte, draaide zich om en hield zijn blik op de voordeur gericht. Geen teken van VerMeer of de andere man. Hij wierp een blik op de bar. Het was er even rustig en de blonde barkeeper was bezig de glazen te spoelen. Zijn collega was nergens te zien.

Hij vroeg zich af of VerMeer naar hem had gevraagd, hem misschien zelfs beschreven had en een telefoonnummer had achtergelaten voor het geval dat de man hem zag. Opnieuw keek hij naar de voordeur. Enkel vaste klanten. Hij keek weer naar de bar, aarzelde even en besloot toen het erop te wagen. Hij liep naar het eind van de bar en bestelde een tapbiertje. Twintig seconden later zette de barkeeper een schuimend glas voor zijn neus.

'Ik ben op zoek naar iemand die hier geregeld over de vloer schijnt te komen,' begon Marten en hij schoof een briefje van twintig pond naast zijn glas. 'Een tipgever in een chatroom op internet zei dat hij of zij tegen fantastische prijzen flats verhuurt. Wie het ook is, hij of zij beëindigt berichten steevast met de initialen "I.M.". Ik weet niet hoe hij of zij heet, misschien is het gewoon "I.M." of "Im", of een bijnaam of een afkorting voor iets anders.'

De barman keek hem aandachtig aan, alsof hij hem probeerde te doorgronden. Plotseling wist Marten zeker dat VerMeer hem inderdaad had beschreven en dat de barkeeper naging of hij de gezochte man was. Marten vertrok geen spier en wachtte. Het volgende moment boog de man zich opeens naar hem toe.

'Nou moet jij eens goed naar me luisteren, maat. Een paar minuten geleden stelde een rechercheur uit Los Angeles me precies dezelfde vraag over ene "I.M.". Hij had iemand van Scotland Yard bij zich, maar geen van beiden zei iets over een chatroom of huurflats.' Welbewust gleed zijn blik even langs het biljet van twintig pond bij Martens mouw.

'Ik weet niet waar jij op uit bent,' zei hij op zachtere toon, 'en dat zijn mijn zaken ook niet, maar ik zal je precies vertellen wat ik die twee ook al vertelde: man, vrouw, of een beetje van beide, of gewoon lelijk als de nacht, ik sta al elf jaar lang zes avonden per week achter deze bar en in al die jaren heb ik nog nooit van een "Im" of "I.M." of een stomme bijnaam als "Iron Mike" of "Izzy Murphy" of "Irene Mary" gehoord. En als iemand hier die naam kende, zou ik die óók kennen, gewoon omdat mij dat aangaat omdat ik toevallig ook de eigenaar ben. Begrepen?'

'Ja,' zei Marten.

'Oké dan.' De barman stak zijn hand uit, pakte het twintigje en liet het in de zak van zijn schort glijden. Ondertussen bleven zijn ogen op die van Marten gericht.

'Meneer Marten.' Clementine Simpson stond opeens weer naast hem. 'Komt u nog?'

'Ik...' Marten keek haar aan en glimlachte. 'Sorry, ik raakte even in gesprek.'

Hij pakte zijn bierglas al, knikte nog even naar de barkeeper en liep met haar mee. In al haar onwetendheid had ze de barkeeper zo-even zijn naam gegeven.

'Clem,' zei hij, 'als je het niet erg vindt... Ik krijg opeens vreselijke last van mijn jetlag. Liever een ander keertje.'

'Natuurlijk, meneer Marten. Zie ik u morgen in de kliniek?'

'Ja, zeker.'

'Tot dan. Goedenavond.'

Hij knikte en liep naar de deur. Hij was moe en was niets wijzer geworden. Bovendien had hij zich blootgegeven door met de barkeeper te praten en nu wist die man ook nog zijn naam.

'Verdomme,' vloekte hij binnensmonds.

Ontmoedigd en boos op zichzelf had hij bijna de voordeur bereikt toen hij in een besloten zijvertrek een groepje mensen rond een tafel zag zitten. Achter hen was een grote, rood-met-witte banier aan de muur gespijkerd waarop stond: RUSSISCH GENOOTSCHAP.

Marten voelde zijn hart bonzen. Daar stond het. Weer dat Russische gedoe. Hij keek naar de bar. De barkeeper was bezig en lette helemaal niet op hem. Marten schoot vlug het vertrek in en stapte op de tafel af. In totaal zaten er tien mensen, zes mannen en vier vrouwen, en ze spraken allemaal Russisch.

'Neemt u me niet kwalijk,' begon hij beleefd, 'maar spreekt er ook iemand Engels hier?'

Het antwoord kwam met een lachsalvo.

'Wat wil je weten dan, *mate*?' zei een tengere jongeman met een bril met jampotglazen breeduit grijnzend.

'Ik ben op zoek naar iemand die "I.M." heet of met de initialen of de bijnaam "I.M.".'

De tien mensen aan de tafel keken elkaar eens aan en daarna weer naar hem. Het zei hun duidelijk niets.

'Sorry, meneer,' zei een zwartharige man.

Marten wierp een blik op het met de hand gedrukte RUSSISCH GENOOTSCHAP-doek dat achter hen aan de muur was vastgespijkerd.

'Neemt u me niet kwalijk, maar wat doet uw genootschap eigenlijk?'

'Om de paar weken komen we bij elkaar om te praten over het reilen en zeilen in ons vaderland. Over de politiek, maatschappelijke zaken, dat soort dingen,' antwoordde de slanke jongeman met de dikke glazen.

'Wat hij eigenlijk bedoelt, is dat we allemaal heimwee hebben,' zei een mollig blond meisje grijnzend, en iedereen lachte.

Marten glimlachte en bekeek het groepje nog even aandachtig. 'Wat is er dan gaande in uw vaderland dat een discussie waardig zou kunnen zijn?' vroeg hij terloops. Hij probeerde 7 april ter sprake te brengen; wie weet wisten ze ervan. 'Staat er iets te gebeuren waar de rest van de wereld alles over zou willen weten?'

De zwartharige man grinnikte. 'U bedoelt afgezien van de separatistische beweging, de corruptie en de Russische maffia?'

'Ja.'

'Niets, tenzij u de geruchten wilt geloven dat het parlement de terugkeer van de monarchie en de tsaar wel eens in stemming zou kunnen brengen,' zei de zwartharige man opnieuw grijnzend. 'Dan zouden we net als de Britten het volk een halfgod kunnen schenken om zich aan te vergapen. Geen slecht idee als dat dan een geschikte peer is, want dan kunnen ze alle ellende even uit hun hoofd zetten. Maar zoals elke andere grote verandering en terugkeer naar het verleden zijn het gewoon straatgeruchten, want het zal nooit gebeuren. Desalniettemin,' hij haalde zijn schouders op, 'blijven we samenkomen, zodat we over dat soort dingen kunnen kletsen en wat minder...' – hij wierp een blik op het mollige blonde meisje – '... heimwee hebben.'

Iedereen lachte, behalve Marten. Het was wel duidelijk dat ze het niet ter sprake zouden brengen, dus deed hij het zelf maar.

'Zou ik nog één ding mogen vragen?' vroeg hij. 'Betekent de datum 7 april iets speciaals voor Russen, met name voor Moskovieten? Is het een vrije dag of zo? Gebeurt er iets ongebruikelijks op die dag?'

Het mollige meisje grijnsde opnieuw. 'Ik kom zelf uit Moskou en voorzover ik weet betekent 7 april gewoon 7 april.' Ze keek de tafel rond en giechelde.

'Ze heeft gelijk, *mate*,' zei de tengere knaap met de jampotglazen, '7 april is 7 april.' Plotseling boog hij zich naar Marten toe en hij sloeg een ernstiger toon aan. 'Hoezo?'

'Gewoon,' zei Marten met een schouderophalen. Het was hetzelfde antwoord als de inspecteurs van het Russische ministerie van Justitie hadden gegeven toen ze in Los Angeles waren. 'Iemand had het erover dat het een nationale vrije dag was. Ik had er nog nooit van gehoord. Ik zal het wel verkeerd begrepen hebben. Bedankt, heel erg bedankt.'

Marten draaide zich om en wilde weglopen.

'Maar vanwaar al die vragen?' vroeg de jongeman opnieuw.

'Nogmaals bedankt,' zei Marten.

En hij liep snel weg.

8

Het Holiday Inn, Hampstead, nog steeds maandag 1 april, 23.35 uur

In het donker, met zijn hoofd tegen het kussen, luisterde Nicholas Marten naar het verkeer dat buiten passeerde. Het was nu minder lawaaiig dan toen hij de straat op was gegaan en inmiddels nog rustiger sinds hij een halfuur geleden van zijn bezoek aan Penrith's Bar was teruggekeerd. Maar toch, er viel niet aan te ontkomen: die constante ruis die hem erop wees dat de stad nog altijd klaarwakker was.

Pand in Uxbridge Street. Aubrey Collinson/gecharterde jet, niet 1 maar zelfs 2 keer gestuurd. Dure grap. Iemand moet daarvoor hebben betaald. Russische ambassade. Penrith's Bar en 'I.M.', Russisch Genootschap. '7 april/Moskou' is niet meer dan dat, een datum, niets meer en niets minder. Totaal geen nieuwe informatie. Ik ben niets wijzer geworden.

Tijdens het inchecken in de lobby die middag had hij een klein notitieboekje gekocht waarin hij zojuist, vlak voor het slapengaan, zijn eerste aantekeningen had opgeschreven.

Goed, misschien was hij niets wijzer geworden – zijn nadere overweging om bij de huisschilder naar Aubrey Collinson te informeren was slechts een schot in het duister geweest –, maar net als de stad waren de aanwijzingen niet te vermijden. Wat ook gold voor Gene VerMeer. Hij wist dat de LAPD-rechercheur hoogstwaarschijnlijk al een telefoontje van de blonde barkeeper had gekregen met de mededeling dat een persoon wiens uiterlijk overeenkwam met het signalement naar 'I.M.' had gevraagd. Dat de man Amerikaan bleek te zijn en 'Marten' heette, maar dat dit waarschijnlijk 'Martin' moest zijn.

Als dat zo was, en de barkeeper inderdaad de telefoon had gepakt, dan leed het geen twijfel dat VerMeer inmiddels al de handen uit de mouwen had gestoken en, geholpen door zijn connecties bij Scotland Yard, alle hotels in Londen afstroopte op zoek naar een Amerikaan met de achternaam Martin. Hoe lang zou het nog duren voordat ze hier waren en erachter kwamen dat er inderdaad een Amerikaan genaamd 'Marten' geregistreerd stond? Alleen de spelling zou iets afwijken, iets waar VerMeer zich geen donder van zou aantrekken, waarna het slechts een kwestie van enkele minuten zou zijn voordat er hard op zijn deur zou worden geklopt.

Hij draaide zich om en probeerde het van zich af te zetten. Misschien had hij Penrith's Bar beter niet kunnen bezoeken. Ook al was VerMeer niet naar hem op zoek geweest, hij had wel degelijk naar 'I.M.' geïnformeerd. Dat alleen al betekende dat het LAPD nog steeds met de zaak bezig was en het dossier-Thorne niet in een la was opgeborgen, zoals officieel werd voorgedaan. Al eerder had hij zich zorgen gemaakt over de mogelijkheid dat men op de zaak bleef zitten en hun paden zich zouden kruisen. Dat was nu gebeurd. Dat VerMeer hem niet had gezien, was pure mazzel geweest en het betekende dat hij zijn acties terdege moest overdenken. Hij en Rebecca zaten hier veilig, konden zich gelukkig prijzen hier een nieuw leven te beginnen. Hij moest begrijpen dat hij gewoon niet de luxe had – als dat al het goede woord was – om zich door dat stemmetje te laten meeslepen, zich door de fanaat in hem terug in het spel te laten dwingen. Voor haar bestwil en de zijne moest hij zichzelf beloven Raymond Thorne en alles eromheen uit zijn hoofd te zetten. En dus hoopte hij maar dat VerMeer niet bij de barkeeper naar hem had geïnformeerd en niet had gehoord dat Clementine Simpson hem bij zijn naam had geroepen.

Hij wierp een blik op zijn wekkertje.

23.59 uur.

Buiten raasde een ambulance met loeiende sirene langs. Het geluid stierf snel weg, waarna het verkeersgeruis weer aanzwol. Op de gang voor zijn deur werd luid gesteggeld. Sliep Londen dan nooit?

266

Een minuut verstreek, daarna nog een. Even kwam het verhaal over de echte Nicholas Marten spontaan in hem op.

Tien dagen eerder, op vrijdag 22 maart en tevens de dag van de massale plechtigheid waarbij de rechercheurs Polchak, Lee en Valparaiso van de 5-2 Squad werden begraven, had Marten – toen nog Barron en steunend op een kruk vanwege een nog zeer pijnlijk rechterbeen – zich aan boord begeven voor een vlucht van Los Angeles naar Boston. Daarna volgde een korte vlucht naar Montpelier, Vermont, waar hij de nacht doorbracht.

De volgende ochtend vroeg was hij met een huurauto naar het piepkleine dorpje Coles Corner gereden, waar hij een ontmoeting had met Hiram Ott, een beer van een vent en de joviale uitgever annex redacteur van de *Lyndonville Observer*, een plaatselijke krant die het landelijke Noord- en Midden-Vermont van nieuws voorzag.

'Hij heette Nicholas Marten,' vertelde Hiram Ott terwijl hij Barron over een stuk weiland leidde dat hier en daar bespikkeld was met wat laatste hoopjes smeltende sneeuw. 'Marten met een "e", dus niet met een "i". Hij is in hetzelfde jaar en dezelfde maand geboren als jij. Maar ik neem aan dat je dat al weet.'

'Ja,' antwoordde Barron met een knik terwijl hij steunend op zijn kruk een weg zocht over de hobbelige grond.

Zijn ontmoeting met Hiram Ott was het werk geweest van Dan Ford, die al een paar dagen na het fatale vuurgevecht was gepromoveerd (wéggepromoveerd vanwege zijn nauwe contacten met John Barron, zoals hij het zelf omschreef) naar een functie als journalist van de *Los Angeles Times* in de hoofdstad Washington, waar hij en zijn vrouw Nadine waren neergestreken in een driekamerflat aan de oevers van de Potomac. Met haar Franse wortels voelde Nadine zich al snel op haar gemak in deze stad, die veel meer weg had van haar geboortestad Parijs dan van Los Angeles. In korte tijd kreeg ze een baan als lerares Frans voor volwassenen terwijl haar echtgenoot de politiek binnen de stadsmuren volgde.

Maar ondanks de turbulentie en veranderingen die Ford achttien uur per dag in hun greep hielden, beschikte de journalist nog altijd over zijn adressenbestand en zijn connecties en bleef hij een actieve alumnus van de Northwestern University School of Journalism.

Wilde John Barron verdwijnen op de manier die hij noodzakelijk achtte, dan moest hij volledig opgaan in een nieuwe identiteit. Een simpele taak voor simpeler tijden. Vroeger zou hij alleen al in

Los Angeles uit een stuk of vijf straten kunnen kiezen waar hij voor een paar honderd dollar in enkele minuten tijd over een nieuwe identiteit kon beschikken, compleet met geboortebewijs, sofi-nummer en een Californisch rijbewijs. Maar die tijden waren voorbij en tegenwoordig lag de overheid overal op de loer. Van nationale veiligheidsdiensten tot de plaatselijke politie en financiële instellingen, overal verrezen omvangrijke databestanden om valse namen op te sporen. Zijn eigen omschakeling moest dus zo realistisch mogelijk zijn. Wat hij zocht, was iemand van ongeveer dezelfde leeftijd, met een geldig geboortebewijs en sofi-nummer. Bovendien moest deze persoon onlangs zijn overleden en mocht zijn overlijdensakte nog niet zijn geregistreerd. Snel beet hebben was zo goed als onmogelijk, volkomen zinloos, wist hij. Maar Dan Ford dacht daar anders over. Dergelijke obstakels maakten de uitdaging alleen maar groter. Onmiddellijk verzond hij een groot aantal e-mails – een enquête, zo omschreef hij het. Bedoeld voor een politiek getint artikel over mensen die onlangs waren overleden maar wier naam nog altijd op de nieuwe stembiljetten prijkte, waarmee ze zich juridisch gezien nog altijd onder de levenden bevonden. Kortom, het moest een artikel worden over kiesfraude.

Waarop Hiram Ott al om twaalf uur diezelfde avond een e-mailtje terugstuurde. Of Dan Ford wel eens had gehoord van ene Nicholas Marten? Nee, natuurlijk niet. De weinigen die hem wel hadden gekend zouden zich waarschijnlijk een 'Ned Marten' herinneren, want zo had hij zichzelf altijd genoemd.

Nicholas Marten, de buitenechtelijke zoon van een Canadese trucker en een weduwe uit Vermont, had op zijn veertiende het huis verlaten en zich als drummer aangesloten bij een rondreizende rockgroep. Daarna had niemand meer iets van hem vernomen. Pas een jaar of tien later, nadat hem was verteld dat hij aan kanker van de alvleesklier leed en nog maar enkele weken te leven had, keerde hij terug naar Coles Corner om zijn moeder op te zoeken. Daar vernam hij dat zijn beide ouders waren overleden en dat zijn moeder in het familiegraf op haar boerderij van veertig hectare was bijgezet. Berooid en eenzaam had hij zich tot de enige gekeerd die hij nog kende, familievriend en levenslange vrijgezel Hiram Ott. Ott bood hem onderdak en zocht ondertussen naar een verpleeghuis waar Nicholas Marten onder medische begeleiding zijn laatste dagen kon slijten. Dat bleek echter niet nodig. Twee dagen later stierf Nicholas in Otts logeerkamer. Als officieel beheerder van onder meer het districtsarchief stelde hij een overlijdensakte op en regelde dat Marten naast zijn moeder in het familiegraf werd begraven.

Maar om de een of andere reden was hij er niet aan toe gekomen de akte te deponeren. Het document lag al een maand in een doos toen hij een e-mail ontving van mede-alumnus Dan Ford. In het daaropvolgende telefoongesprek had Ford hem de waarheid verteld: een zeer dierbare vriend van hem had een nieuwe identiteit nodig, wilde hij in leven blijven. Of Ott met dit verzoek kon leven? Ieder normaal mens zou onomwonden met 'nee' hebben geantwoord, maar hier speelden andere zaken mee. Ten eerste was Hiram Ott een onbesuisd, recalcitrant type. Ten tweede zouden maar weinig inwoners van Coles Corner zich herinneren dat Edna Mayfield zesentwintig jaar geleden een buitenechtelijk kind had gebaard, laat staan dat ze wisten dat een jongeman genaamd 'Ned Marten' naar het dorp was teruggekeerd en daar was overleden. Bovendien wist alleen 'Hy' Ott dat de overlijdensakte nooit officieel was gedeponeerd. Ten derde had Nicholas Marten op de middag van zijn dood tegen Ott opgebiecht dat hij zich schaamde voor het feit dat hij zijn leven had verkwanseld. Kon hij maar iets doen waarmee een ander geholpen zou zijn. Dat laatste gaf de doorslag. Toen Ott aan de school voor journalistiek studeerde, had Dan Ford hem ooit uit een uiterst penibele situatie weten te redden waarbij tevens de vriendin van een nogal fors uitgevallen en wraakbeluste footballspeler op een 'ramkoers' aanstuurde. Typisch zo'n geval van voor wat hoort wat. De tijd was gekomen om de wederdienst in te lossen, en dus vergezelde hij John Barron op deze vroege lenteochtend terwijl ze de wei over liepen om Nicholas Martens laatste, anonieme rustplaats tussen de vers gevallen bladeren op het familiegraf te bezichtigen.

Barron was vooral uit dankbaarheid gekomen. Hij wilde Hiram Ott persoonlijk bedanken, wilde weten wie de persoon was die hij zou worden, waar deze was opgegroeid, in wat voor omgeving en onder wat voor mensen. Maar er waren nog meer redenen. Schuld, respect, en misschien met name zelfbehoud, voor het geval iemand hem naar zijn verleden zou vragen. Het liefst wilde hij het verborgen houden, maar hij wist dat Hiram Ott zijn botsende emoties en onzekerheid zou bemerken. Dit was immers niet iets alledaags. Vandaar ook, zo wist hij, dat de forse redacteur opeens een arm om hem heen sloeg voor een stevige omhelzing en een stap naar achteren deed met de woorden: 'Dit blijft tussen jou en mij, Dan Ford en God. Niemand anders die het ooit te weten zal komen. Bovendien zou Nicholas ermee ingenomen zijn geweest. Dus niet piekeren, oké? Aanvaard het als een geschenk.'

Een beetje geroerd had Barron even geaarzeld en wat onzeker geglimlacht. 'Oké,' had hij geantwoord. 'Oké.'

'Sta me dan toe,' zei Hiram Ott met een brede grijns terwijl hij Barron de hand reikte, 'dat ik de eerste ben die je... Nicholas Marten noemt.'

1.15 uur. Nicholas Marten draaide zich weer om in zijn bed en staarde in het donker naar de kamerdeur. Die zat op slot, met het kettinkje op zijn plaats, zoals de hele avond al. Wie weet had de barkeeper helemaal niets gezegd. Misschien had Gene VerMeer helemaal niet naar hem gevraagd.

1.30 uur. Buiten kwam Londen eindelijk tot rust.

9

York House, de Balmore-kliniek, de volgende dag, dinsdag 2 april, 11.30 uur

Marten baande zich een weg door de lobby. Deze was afgeladen met mensen van wie hij aannam dat ze therapeuten, patiënten, personeelsleden en, net als hij, familie van patiënten waren. Een kleine tien stappen verder sloeg hij een minder drukke gang in en liep naar de uitgang aan het andere eind. De afgelopen twee uur had hij met Rebecca doorgebracht en daarna even een praatje gemaakt met dr. Maxwell-Scot. Ze had hem verteld hoe goed en hoe snel zijn zus aan haar nieuwe omgeving wende en daarom diezelfde middag al met groepstherapie kon beginnen. Opnieuw had Rebecca hem laten weten dat als het met hem goed ging, het ook met haar goed zou gaan. Het was iets waar ze steeds op terugkwam, door haar bedacht, zo wist hij, om hem te helpen en tegelijkertijd zichzelf gerust te stellen. En hij had een duit in het zakje gedaan door te zeggen dat hij zich goed voelde en zich prima vermaakte met slaap inhalen en het bezichtigen van Londen. Vrolijk vertelde hij haar hoe hij de avond daarvoor de stad was gaan verkennen en ergens in een pub Clementine Simpson tegen het lijf was gelopen. Ze mocht Clementine Simpson en vond het fantastisch dat hij haar had ontmoet. Zo bleef alles leuk en niet te zwaar. Over de rest zweeg hij, met name over zijn bijna-ontmoeting met Gene Ver-Meer en de reden van zijn bezoek aan de pub. Hij vertelde haar evenmin over zijn telefoongesprek met Dan Ford in Washington direct na zijn terugkeer in het hotel, dat hij hem had verteld dat hij VerMeer had gezien en Ford had verzocht uit te zoeken in hoeverre het LAPD nog betrokken was bij het onderzoek naar Thorne.

Noch had hij een woord gezegd over Fords telefoontje die ochtend met de mededeling dat VerMeer een verzoek had ingediend om in zijn eentje naar Londen te reizen en nog dezelfde dag weer in Los Angeles werd verwacht. Noch had hij verteld over Fords waarschuwing dat VerMeers verzoek om 'in zijn eentje' te gaan waarschijnlijk inhield dat hij eigenlijk – misschien met instemming van zijn superieuren – op zoek wilde naar John Barron, omdat hij het gevoel had dat Barron ook nog steeds het spoor van Thorne volgde. Ook had hij niets gezegd over wat Ford hem verder had verteld, namelijk dat hij vond dat hij, Nicholas Marten, zich maar het beste gedeisd kon houden en helemaal uit de buurt moest blijven van waar Thorne bij betrokken kon zijn geweest.

Het was een gedachte die maar bleef doorzeuren toen Marten de uitgang bereikte en even later het trottoir op stapte. Hij liep terug naar zijn hotel, het vizier gericht op de toekomst en op hoe hij die veilig zou stellen zodra Rebecca in staat was om de kliniek te verlaten. Onderweg zag hij een affiche hangen waarop een speciaal ballet werd aangekondigd, aanstaande zondag, 7 april, in de aula van de Balmore-kliniek.

7 april!

Daar had je het weer!

Onmiddellijk begon het stemmetje in zijn hoofd opnieuw. Dit keer ging het niet over de 'stukken', maar was het eigenlijk een enkele kreet: '7 april/Moskou!'

Tegelijk kwam het volle besef dat hij door al zijn bezigheden de tijd helemaal uit het oog verloren had en dat 7 april al aanstaande zondag was! Opeens maakte het niet uit wat de Russische inspecteurs in Los Angeles of de Russische studenten in Penrith's Bar hadden gezegd. Voor Marten was het niet zomaar een datum of een dag als alle andere, maar iets heel concreets, aangezien Thorne hem had genoteerd. Als het niets betekende, waarom had hij dat dan gedaan? Wat had hij, of degene bij wie hij betrokken was geweest, gepland om op die dag in Moskou te laten gebeuren? En stel dat de officiële stellingname van alle veiligheidsdiensten, die Thornes daden afdeden als lariekoek en als een onderdeel van een grotere samenzwering, helemaal geen rookgordijn was geweest voor een onderzoek op hoog niveau, maar een laatste ter zijde schuiven van alles waar hij voor stond? Dat '7 april/Moskou' niets meer was dan een van de korte aantekeningen van een dode gek en alleen voor hem betekenis had gehad en verder voor niemand?

Wat dan?

Zouden ze het gewoon overdragen aan een onbeduidend bureaucraatje en het verder vergeten? Het antwoord luidde hoogstwaarschijnlijk 'ja', gewoon omdat ze zich verder nergens op konden verlaten. Het probleem was dat niemand van hen Thorne had gekend zoals hij. Niemand van hen had hem ooit in de ogen gekeken of gezien hoe hij zich bewoog, wat voor verheven arrogantie hij uitstraalde. In Thornes eigen woorden waren er nog altijd de 'stukken'. En stel dat die 'stukken' aanstaande zondag in Moskou tot ontploffing zouden komen?

Kappen, zei hij tegen zichzelf. Niet langer aan denken. Zet die Thorne uit je hoofd! Denk aan Dan Fords waarschuwing om je nergens meer mee te bemoeien en je gedeisd te houden. Denk liever aan Rebecca en aan je eigen leven, net zoals gisteravond. Je kunt toch niets doen, dus laat het verder rusten.

Hij zuchtte eens diep en liep verder. Op de hoek bleef hij wachten tot het voetgangerslicht op groen sprong. Plotseling schreeuwde de stem van de herinnering aan 'I.M.' weer in al zijn omvang om aandacht en daarmee ook '7 april/Moskou'.

Misschien was 7 april niet meer dan een doodnormale datum, te vaag om enige betekenis te hebben. 'I.M.' was al net zo vaag, maar net iets meer dan een datum, een sleuteltje van een kluis, een huis, een ambassade of een chartervliegtuig waar niemand iets meer over te weten kon komen. 'I.M.' was immers bijna zeker een individu. En kennelijk had VerMeer, ongeacht de ware reden voor zijn aanwezigheid in Londen, er ook genoeg in gezien om er de barkeeper in Penrith's Bar naar te vragen.

Het was vandaag dinsdag. Hij had dus nog tijd. Als hij erachter kon komen wie deze 'I.M.' was en hem of haar kon opsporen, dan kon hij misschien ook te weten komen wat er op zondag in Moskou stond te gebeuren en het voorkomen. Plechtig voornemen of niet, hij kón niet anders, bang dat niemand anders het zou doen.

Snel draaide hij zich om en hij liep terug naar de Balmore-kliniek. Misschien had hij dan geen geluk gehad met die barkeeper of met de Russische studenten, maar er was misschien iemand die hem wél zou kunnen helpen.

Het kantoor van de Balmore-stichting waar Clementine Simpson werkte was klein en, op dit moment, volkomen stil: een stuk of vijf mensen keken ongeduldig naar hun donkere computerschermen. Kennelijk lag het hele netwerk plat en wachtte iedereen totdat de monitors weer oplichtten.

'Meneer Marten!' Verrast sprong Clementine Simpson op van haar stoel. 'Wat leuk dat u even aanwipt.'

'Ik was bij mijn zus en wilde net weggaan toen ik besefte hoe laat het was. Ik dacht: misschien ben je toevallig vrij om te gaan lunchen?'

'Nou,' zei ze glimlachend en ze wierp een blik op de nog altijd donkere beeldschermen. Toen keek ze hem weer aan en zei: 'Waarom ook niet?'

10

De Spaniards Inn, Spaniards Road, Hampstead, 12.20 uur

'Dit was een van de favoriete kroegen van Lord Byron en Shelley, en ook van de achttiende-eeuwse struikrover Dick Turpin. Die kwam hier tussen de koetsovervallen door even een borrel halen. Tenminste, zo gaat het verhaal,' vertelde Clementine Simpson nadat ze in de zestiende-eeuwse taveerne aan een hoektafeltje met uitzicht op een met zonlicht bespikkelde tuin hadden plaatsgenomen. 'En hierbij laat ik het verder.'

'Dank je,' zei hij met een glimlach.

Clem Simpson was net zo gekleed als de vorige dag, in hetzelfde onelegante donkerblauwe, veel te wijde broekpak. Bovendien droeg ze een nette witte blouse die tot aan het bovenste knoopje dichtzat, en kleine gouden oorringen die net achter een paar kastanjebruine krullen verscholen gingen. Op haar eigen manier was ze best aantrekkelijk, ook al leek ze erg haar best te doen dat zo veel mogelijk te verbergen.

Een ober, die eruitzag alsof hij Dick Turpin persoonlijk nog had gekend, bracht de menu's. Op zijn vraag wat ze wilden drinken bestelde ze zonder blikken of blozen een glas Châteauneuf du Pape.

'Echt een heerlijke Rhône-wijn, meneer Marten,' raadde ze hem aan.

'Nicholas.'

'Nicholas.' Ze glimlachte.

Nicholas Marten dronk nooit tijdens de lunch, maar toch keek hij de ober aan en hoorde hij zichzelf zeggen: 'Graag hetzelfde.'

Deze knikte en verdween. Marten keek de man nog even na, waarna hij rustig en op een terloopse manier, alsof hij gewoon nieuwsgierig was, ter zake kwam.

'Gisteravond, toen ik Penrith's Bar verliet, passeerde ik een klein zijvertrek bij de deur. Een groepje studenten zat daar bij een banier waarop stond: RUSSISCH GENOOTSCHAP. Op mijn vraag wat het betekende, vertelden ze dat het een clubje was voor jonge Russen die graag discussieerden over de actualiteiten thuis. Omdat je me vertelde dat je daar regelmatig binnenwipt wanneer je in de stad bent, vroeg ik me dus af of je daar toevallig iets vanaf weet.'

'Van dat Russisch Genootschap?'

'Ja.'

De ober bracht de wijn en twee glazen. Hij schonk een bodempje uit en zette het glas voor Clementine Simpson neer. Ze bracht het naar haar mond, proefde even en knikte goedkeurend. Daarna schonk de ober royaal uit, zette de fles op het tafeltje en liep weg.

Clementine draaide wat met haar glas en keek Marten aan. 'Het spijt me je te moeten teleurstellen, Nicholas, maar ik weet helemaal niets van een "Russisch Genootschap". Ik heb dat bord aan de muur ook gezien, maar heb geen idee wie ze zijn of wat ze doen. Maar volgens mij heeft het allemaal weinig te betekenen. Er wonen vrij veel Russen in Londen en vooral deze wijk is erg geliefd. Ik kan me zo voorstellen dat hier allerlei soorten comités en genootschappen zijn.' Ze hief haar glas en nam een lange teug van haar wijn. 'Heb je me daarom voor de lunch uitgenodigd?'

Ondanks zijn aanvankelijke zorgen over hoeveel informatie

274

dr. Flannery over Rebecca en hem aan dr. Maxwell-Scot had doorgegeven, en wie van haar collega's in de Balmore-kliniek daarvan op de hoogte konden zijn, van Clementine Simpson had hij niets te vrezen. Haar houding en de manier waarop ze op zijn vraag had gereageerd overtuigden hem ervan dat ze geen idee had wie hij werkelijk was, of waarom hij zo'n vraag stelde. Desalniettemin wist hij dat hij op een 'Hoezo?' had kunnen rekenen. Wat ze op haar eigen manier in feite ook had gedaan. Hij had zijn antwoord al klaar. Een leugen, uiteraard, maar hij wist dat het zou werken.

'Ik vertelde je gisteravond dat ik daar was omdat ik in het vliegtuig iemand was tegengekomen die me had verteld dat het een goede plek was om alvast wat van de Londense sfeer te proeven. Die "iemand",' hij hief zijn eigen glas en nam een slokje, 'was een Russische jongedame die er zijn mocht. Ik ben er dus heen gegaan in de hoop haar weer tegen het lijf te lopen. Ze was er niet, maar toen ik dat Russische banier zag…'

'… liep je in plaats van haar dat banier tegen het lijf.'

'Ja.'

'Je had een lange vlucht achter de rug. Bovendien moest je voor je zus zorgen, een extra emotionele belasting. Tel daar nog eens een flinke jetlag bij op, en toch was je stoutmoedig genoeg om half Londen te verkennen.' Met haar glas in de hand liet ze zich achteroverzakken. 'Ze moet wel heel aantrekkelijk zijn geweest,' concludeerde ze met een spottende glimlach.

'Klopt.' Op deze reactie had hij niet gerekend. Hij vroeg zich af wat hij verder nog kon verwachten. Ze mocht zich dan misschien graag kleden als een stijve tante, haar gedrag viel daar nauwelijks mee te rijmen. 'Ik ken zelfs haar naam niet eens. Ze stelde zich voor als "I.M.", meer niet.'

'Haar initialen?'

'Dat denk ik. Of een bijnaam misschien. Je vertelde dat je vrienden al jaren in die pub met elkaar afspreken. Ik…' vervolgde hij behoedzaam, 'vroeg me af of ze toevallig ook connecties met de Russische leefgemeenschap hebben.'

'Om voor jou deze jongedame op te sporen.'

'Ja.'

Clementine keek hem even aandachtig aan, waarna de spottende glimlach opnieuw verscheen. 'Je hebt het echt goed te pakken, zeg.'

'Ik zou haar graag gewoon nog een keer willen zien.' Of het hem zou lukken haar voor zijn karretje te spannen was op z'n best een gok, maar ze was zijn laatste concrete link met Penrith's Bar en het trouwe groepje stamgasten. Wie weet stuitte hij via haar, of hen, op iemand die wel eens van deze 'I.M.' had gehoord, deze persoon misschien kende. Waarmee de grote onbekende onmiddellijk gedefinieerd zou zijn, zoals in: 'Nou, we kennen wel een "I.M.", maar die voldoet niet bepaald aan jouw opwindende plaatje. De "I.M." die wij kennen is geen "zij" maar een "hij", vijftig jaar oud en weegt een dikke honderd kilo.'

In dat geval zou hij een beschrijving en een startpunt hebben van waaruit hij verder kon werken, haar kon aansporen uit te vinden wie deze persoon was en waar hij of zij te vinden was.

'Blond?' vroeg Clementine met een opgetrokken wenkbrauw.

Opeens werd hij gedwongen haar te beschrijven. Hij zocht naar een beschrijving, maakte niet uit welke. 'Nee. Kastanjebruin. Halflang. Een beetje…' – hij zweeg even – 'zoals jij.'

Clementine Simpson staarde hem aan, nam nog een slokje van haar wijn en reikte in haar tas naar haar gsm. Even later was ze in gesprek met ene Sofia, en vroeg haar uit te kijken naar een 'mooi, jong, Russisch sletje' (haar eigen woorden) met halflang roodbruin haar en de initialen, of bijnaam, 'I.M.'. Ze bedankte Sofia, hing op en keek Marten aan.

'Ik vertelde je toch dat we gisteravond in Penrith's Bar de verjaardag van een vriendin vierden? Dat was Sofia. Ze is net tachtig geworden. Vijfenveertig jaar geleden verliet ze Moskou, kwam naar Londen en sindsdien is ze de peetmoeder van zo'n beetje alle Russische immigranten hier. Als iemand jouw moppie kan vinden, is zij het wel.' Snel nam ze nog een slok van haar wijn, pakte haar menukaart en begon deze uiterst aandachtig te bestuderen.

Ondanks het feit dat de klok voortvarend richting zondag tikte, moest Marten wel glimlachen om Clems bijna schoolmeisjesachtige afgunst op een vrouw die niet eens bestond. Hij nam een slokje van zijn wijn, wierp nog even een blik op haar en sloeg zijn eigen menukaart open.

Goed, hij had niet overal aangebeld en naar 'I.M.' gevraagd, maar hij had gedaan wat hij kon. Inderdaad, het was een flinke wijk, met duizenden voordeuren, maar de kans was niet gering dat Gene VerMeer, geholpen door de Londense politie, met hetzelfde bezig was. Hij wilde hen bepaald niet op straat tegen het lijf lopen, om daarna te worden meegenomen voor verhoor. Hij kon slechts hopen dat de alomtegenwoordige Sofia met iets op de proppen zou komen. Voorlopig bleef het bij lunchen en wat kletsen met Clementine Simpson.

276

Hoe het hem het anderhalve uur daarna was vergaan, stond hem wat minder helder voor de geest. Ze hadden iets besteld en de ober had de glazen nog eens bijgeschonken. Op een gegeven moment had ze hem, net als de vorige avond, op het hart gedrukt haar toch vooral 'Clem' te noemen.

Na de lunch, terwijl de ober afruimde, herinnerde hij zich glashelder hoe 'Clem' het bovenste knoopje van haar blouse losmaakte. Alleen het bovenste knoopje, meer niet. Hoe dan ook, het was het alleropwindendste wat hij een vrouw ooit had zien doen. Wellicht vormde dit, en natuurlijk de Châteauneuf, de opmaat voor wat volgde. Al meteen, zo leek het, diende het onderwerp 'seks' zich aan. Al kletsend deed Clem Simpson twee uitspraken die wat hem betrof een ereplaats verdienden in het pantheon van erotisch geladen momenten. Haar eerste ging vergezeld van een brede grijns: 'Ik lig graag achterover en laat de man al het werk doen.' De tweede, vlak daarna, had betrekking op haar borstomvang: 'De mijne zijn dus echt behóórlijk, weet je.'

Het was een conversatie die elke verdere gedachte aan 'I.M.' als sneeuw voor de zon deed verdwijnen. Daarna kwam ze met haar schaamteloze voorstel. Met haar hoofd iets schuin en een blik in haar ogen legde ze hem de volgende, eenvoudige vraag voor: 'Wat doe je vanavond?'

Zijn reactie was zo mogelijk nog directer. Inspelend op haar vraag kwam hij terstond ter zake met zijn eigen variatie op haar zojuist gestelde vraag: 'Wat doe jíj zo metéén?'

Het was een vraag waarvan het antwoord hen linea recta en met gezwinde spoed naar zijn kamer in het Holiday Inn in Hampstead voerde.

11

15.52 uur

Ze waren, althans op dat moment, niet langer drijfnat van het zweet. Dat was er onder de douche wel grotendeels vanaf gespoeld, maar ook daar hadden ze de liefde bedreven, na dit op het kingsize bed in zijn Holiday Inn-kamer in het tijdsbestek van zo'n veertig minuten al driemaal te hebben gedaan. En nu lagen ze naakt in het halfduister van dichtgetrokken gordijnen terwijl ze beurtelings naar het plafond en naar elkaar keken en hij zachtjes met dit of dat deel van haar lichaam speelde – op dit moment een tepel (Clems borsten waren inderdaad behóórlijk, zoals ze had gezegd – haar beha telde vier haakjes en met twee handen kon hij amper één borst omvatten). Wat hij het fijnste vond, of eigenlijk het op een na fijnste, waren haar tepelhoven. Die waren niet alleen groot, maar zodra hij er met zijn tong langs streek, kwamen er allemaal bobbeltjes op. Waardoor hij natuurlijk weer opgewonden raakte en weer een erectie kreeg, waarvan de omvang en het kloppende gevoel hem verbaasden; zijn collega-smerissen noemden het een 'kop van Jut'. Maar tussen de bedrijven door – en het was lastig te zeggen of het nu lust, hartstocht of oprechte genegenheid tussen hen beiden was – had hij een vrouw uit duizenden getroffen. Intelligent, meelevend, speels, grappig en, op sommige momenten, grof als een viswijf. Zoals onder de douche, waar ze pret maakten, lachten en elkaar inzeepten, en waar ze zich op haar knieën liet zakken om zijn penis geheel in haar mond te nemen en hem bijna naar een hoogtepunt voerde, maar plotseling opstond in de dampige douchestraal, zich omdraaide met haar kont naar hem toe en hijgend uitbracht: 'Nu op z'n hondjes, Nicholas. O, neem me op z'n hondjes...'

Wat hij natuurlijk terstond deed.

Nu hij naast haar lag, de lakens nog vochtig van hun natte lichamen, vroeg hij zich af of ze echt had geloofd wat hij had gezegd toen ze zich uitkleedden en hij haar waarschuwde voor de helende wonden op zijn dijbeen, schouder en bovenarm. Vóór zijn vertrek naar Londen had hij beseft dat men raar zou opkijken als hij een sportschool bezocht of bij een dokter langsging of, zoals nu, de mazzel had met een aantrekkelijke vrouw in bed te belanden. Vandaar dat hij een antwoord klaar had.

Na college, zo ging zijn verhaal, had hij rechten willen gaan studeren, maar had hij vanwege Rebecca een vaste baan moeten zoeken. Dankzij een vriend bij de tv kon hij aan de slag als nieuwslezer voor een kleine productiemaatschappij. Later werd hij medeproducent en bevond hij zich op een dag op de set van een show waar een stunt helemaal fout liep en er een gasfles ontplofte. Hij werd geraakt door rondvliegende scherven en moest enkele dagen het ziekenhuis in. Dankzij een tamelijk hoge verzekeringsuitkering kon hij Rebecca laten opnemen in de Balmore-kliniek, iets wat hij al lange tijd wilde doen maar niet had gekund omdat hij het zich niet kon veroorloven om zijn baan op te zeggen.

'Dus wat ga je nu doen?' vroeg Clem terwijl ze zich omdraaide en hem aankeek alsof ook zij nadacht over wat hij had gezegd. 'Eindelijk rechten studeren?'

'Nee,' zei hij, opgelucht glimlachend. Ze geloofde hem dus, tenminste, daar leek het op. 'Dat is iets waar ik' – hij koos zijn woorden met zorg – 'mijn belangstelling voor heb verloren.'

'Wat ga je dan doen?'

'Weet ik niet.'

Plots kwam ze op een elleboog omhoog en keek hem recht in de ogen.

'Waar droomde je van voordat je je over Rebecca moest ontfermen? Wat zou je graag met je leven hebben willen doen?'

'Waar ik van droomde?'

'Ja.' Haar ogen sprankelden.

'Waarom denk je dat ik dromen had?'

'Iedereen heeft dromen.'

Hij keek naar haar, naar hoe ze op zijn antwoord wachtte, alsof ze echt gaf om wat zich in zijn binnenste afspeelde.

'Wat waren je dromen, Nicholas?' vroeg ze nogmaals en ze glimlachte zacht. 'Zeg het eens.'

'Je bedoelt… wat ik met mijn leven aan moet?'

'Ja.'

12

'Tuinen,' antwoordde hij.

Verbaasd keek de naakte Clementine hem aan. Het was vier uur in de middag.

'Tuinen?'

'Als kind al werd ik gefascineerd door geometrisch aangelegde tuinen. Vraag me niet waarom. Ik verzamelde er boeken over, werd aangetrokken door plekken als Versailles, de Tuilerieën in Parijs, tuinen in Italië, Spanje. De spirituele betovering' – hij glimlachte weemoedig – 'van oosterse ontwerpen, vooral in plaatsen als Ryotan-ji; de zentempels in Hikone, Shiga, Japan of de Katsura Rikyu, de keizerlijke villa in Kyoto. Gisteren, ik was nog steeds ongerust over Rebecca en had nog last van jetlag, heb ik een wandeling gemaakt door Kensington Gardens, hier vlakbij. Ongelooflijk.'

'Katsura Rikyu?' vroeg ze, ietwat achterdochtig.

'Ja, hoezo?'

'Ga verder.'

'Waarom?'

'Ik wil het gewoon weten.'

Marten haalde zijn schouders op. 'Ik ging naar de technische universiteit van San Luis Obispo – aan de Californische kust tussen Los Angeles en San Francisco – om landschapsarchitectuur te studeren en…' Hij hield zich even in, wetende dat hij haar niet kon vertellen over de moord op zijn ouders en waarom hij plotseling naar de UCLA was overgestapt, want dan zou hij zichzelf verraden. Snel pakte hij de draad op. 'Rebecca en ik woonden in een appartement bij de campus. Toen ze ziek werd, besloten we dat Los Angeles voor haar de beste plek was, en dus schreef ik me in aan de UCLA om toch voor haar te kunnen zorgen.' Alleen dr. Maxwell-Scot had inzage in Rebecca's dossier en hij kon er slechts op vertrouwen dat ze datgene wat ze wist voor zichzelf zou houden. 'Mijn hoofdvak was Engels, want dat was toen de studie waar je je het gemakkelijkst voor kon inschrijven. Maar in mijn derde en vierde jaar lukte het me om ook een paar bijvakken kunstgeschiedenis te volgen.' Hij glimlachte bij het horen van zijn eigen verzonnen verhaal en hoopte dat ze geen vragen zou stellen. De glimlach had ook te maken, besefte hij, met zijn dierbare herinneringen aan zijn studietijd. 'Vakken als "kenmerken van stadsarchitectuur" of "theoretische landschapsarchitectuur".' Languit op het bed staarde hij naar het plafond.

'Je vroeg me wat ik graag had willen doen. Nou, dit dus. Leren ontwerpen om zelf zulke geometrische tuinen te kunnen aanleggen.'

Plotseling zat Clem Simpson over hem heen gebogen en keek naar hem omlaag terwijl haar zware borsten zijn borstkas streelden. 'Je neemt me in de maling, hè?' klonk het speels verontwaardigd, maar wel met een ondertoon die een behoorlijke irritatie deed vermoeden.

'Hoezo?'

'Je neemt me in de maling, jij. Je weet alles over me.'

Hij schoot in de verdediging, alsof hij zijn intiemste dromen aan haar had verteld maar daarbij precies het verkeerde had gezegd.

'Ho ho, ik ken je pas anderhalve dag! Hoe kan ik nu alles over je weten?'

'Maar dat weet je verdomme wél!'

'Nee, dat weet ik verdomme niet!'

'Hoe weet je dan zo precies wat ik doe?'

'Wat doe je dan precies?'

'Dát.'

'Wat?'

'Tuinen.'

'Hè?'

'De kliniek is onderdeel van mijn jaarlijkse vrijwilligerswerk. Officieel ben ik hoogleraar planologie en landschapsarchitectuur aan de universiteit van Manchester in Noord-Engeland. Ik leid studenten onder andere op tot landschapsarchitect.'

Hij staarde haar aan. 'Nu neem je mij in de maling.'

'Nee.' Opeens sprong ze van het bed en liep naar de badkamer. Toen ze even later weer verscheen, had ze zich in een handdoek gewikkeld.

'De UCLA, de universiteit van Californië in Los Angeles?'

'Ja.'

'En je hebt je doctoraal Engels met landschapsarchitectuur als keuzevak?'

'Ja,' grijnsde hij. 'Hoezo?'

'Heb je er zin in?'

'Om te vrijen?' Hij lachte en trok speels aan haar handdoek om hem los te krijgen. 'Als jij er klaar voor bent, dan ben ik het ook.'

Ze deinsde meteen terug en trok de handdoek nog wat steviger om zich heen. 'Ik bedoel aan de universiteit. Heb je zin om naar Manchester te komen en daar landschapsarchitectuur te gaan studeren?'

'Dat meen je niet.'

'Het is maar drie uur met de trein. Je kunt er studeren en Rebecca net zo vaak blijven bezoeken als je maar wilt.'

Zwijgend staarde hij haar aan. Hij had nooit verwacht dat hij zijn opleiding zou kunnen voortzetten, zijn jeugddroom aldus zou kunnen waarmaken.

'Aanstaande zaterdag ga ik terug naar Manchester,' vervolgde ze terwijl ze haar handdoek even opensloeg en hem meteen weer strak dichttrok. 'Ga met me mee. Laat je rondleiden. Maak kennis met een paar studenten. Kijk wat je ervan vindt.'

'Je gaat zaterdag terug...?'

'Ja. Zaterdag.'

13

Manchester, zaterdag 6 april, 16.45 uur

Twaalf over vier, precies eenendertig minuten achter op schema, waren Nicholas Marten en Clementine Simpson in de stromende regen op station Manchester-Piccadilly gearriveerd.

Om halfvijf had hij zijn intrek genomen in een kamer van het Portland Thistle Hotel in Portland Street en nu, een kwartier later, wandelden ze veilig onder Clems grote paraplu onder de stenen boog door van een gotisch gebouw waarop de woorden UNIVERSITY OF MANCHESTER waren aangebracht.

Maar daarvoor, eigenlijk tijdens het eerste uur van de treinreis, was hij twee, duidelijk op zichzelf staande dingen wijzer geworden.

Het eerste was na een telefoontje van Clems moederlijke, Russische speurtante Sofia, die meldde dat niet alleen de Russische wijk rond Penrith's Bar aan een grondige zoektocht naar iemand met de naam, de initialen of de bijnaam 'I.M.' was onderworpen, maar zelfs de hele Russische gemeenschap van emigranten in de bijna 1300 vierkante kilometer grote stad Londen. Bijna iedereen was verbaasd dat de speurtocht niet één persoon had opgeleverd met de initialen, de bijnaam of de beschrijving die zij had gegeven. Voor de lol hadden ze zelfs geopperd dat Martens jonge vrouw hem wel eens voor de gek kon hebben gehouden en dat 'I.M.' eigenlijk voor iets anders stond, een plaats of voorwerp of een acroniem voor een organisatie. Maar ook dat leverde niets op. Kortom, als zich in dit deel van Engeland een Russische 'I.M.' bevond, dan was niemand die hem of haar kon kennen of van zijn of haar bestaan af wist daarvan op de hoogte. Natuurlijk was er nog de mogelijkheid dat degene die Thorne hier had willen treffen geen Rus was die in Londen woonde, maar ergens anders vandaan kwam. Of die 'I.M.' was helemaal geen Rus. Hoe dan ook, Martens laatste hoop op de ontsluiering van het raadsel 'I.M.' was geheel verdwenen, tenzij hij bereid was de hele wereld af te schuimen op zoek naar hem, haar of het.

Het andere stukje informatie had te maken met Clem. Tot zijn stomme verbazing had hij vernomen dat Clementine Simpson niet gewoon 'Clem' of mevrouw Simpson of zelfs professor Simpson was – nee, ze bleek *lady* Clementine Simpson, enig kind van sir Robert Rhodes Simpson, graaf van Prestbury, lid van het Engelse Hogerhuis en ridder van de Kouseband, de hoogste orde van het Engelse ridderschap, en een vooraanstaand lid van de Court, het bestuur van de universiteit van Manchester. Dit hield in dat lady Clem – zijn reisgenote, pasaangestelde loopbaanadviseur, trots en plichtsgetrouw lid van de stichting Balmore en minnares 'Neem me op z'n hondjes'-Simpson – lid was van de Britse aristocratie!

De onthulling was zomaar uit de lucht komen vallen, op het moment dat de conducteur naast hen kwam staan in de eersteklascoupé met de woorden: 'Welkom aan boord, lady Clementine. Wat fijn u weer te zien. En hoe maakt uw vader lord Prestbury het?'

De twee hadden nog even gekletst, waarna de man was doorgelopen om kaartjes te knippen. Hij was nog maar nauwelijks verdwenen toen een keurig geklede, tamelijk corpulente dame door het gangpad aan was komen zwalken, Clem ook al herkende en even was blijven staan om haar nagenoeg hetzelfde te vragen. Hoe ging het met haar? Hoe was het met lord Prestbury?

Beleefd had hij beide gesprekjes genegeerd, maar toen de vrouw was vertrokken, had hij Clem aangekeken, een wenkbrauw opgetrokken en gezegd: 'Lády Simpson?' Op dat moment en vol tegenzin had ze alles uitgelegd: dat ze was geboren in een welgesteld, adellijk nest, dat haar moeder was gestorven toen ze nog maar twaalf was en dat zij en haar vader vanaf dat moment elkaar min of meer hadden grootgebracht; en dat ze als kind al een hekel had aan de titel en de schaamteloosheid van de *upper class* en had geprobeerd er zo weinig mogelijk bij te horen. Iets, zo vertelde ze verder, wat haar verre van gemakkelijk was afgegaan, gezien het feit dat haar vader veel aanzien genoot als lid van de Britse adel en binnen zowel de overheids- als de particuliere sector, waar hij voor een aantal grote ondernemingen in de raad van bestuur zat, als buitengewoon vooraanstaande, machtige en eigenzinnige man gold. Van zijn enige kind verwachtte hij dat ze bij gelegenheid haar adellijkheid volledig belichaamde. Wat haar betrof was dat veel te vaak en maakte 'zijn verdomde trots op zijn erfgoed, zijn bekendheid en zijn liefde voor koningin en vaderland' het alleen maar lastiger. Ze werd helemaal gek van zijn houding.

'Dat kan ik me wel voorstellen,' merkte Marten met een flauwe glimlach op.

'Nee, meneer Marten,' zei ze nijdig en haar ogen spoten vuur, 'zonder het te hebben meegemaakt kun je je er echt geen voorstelling van maken!'

En daarmee draaide ze zich kwaad om en viste een dikke paperback met ezelsoren – een verzameling korte romans van Charles Dickens – uit haar handtasje. Met nog een vuurspuwende blik sloeg ze het boek open en verdiepte ze zich er demonstratief in. Het had veel weg van de heetgebakerde manier van doen die ze ook al in de Spaniards Inn had getoond toen hij haar hulp had gevraagd bij het zoeken naar 'I.M.', of zijn 'sletje' zoals ze het kernachtig had verwoord, en ze vervolgens overdreven aandachtig haar menukaart had bestudeerd.

Hij sloeg haar nog een ogenblik gade en staarde vervolgens naar het voorbijglijdende Engelse landschap. Clem, of lady Clem, was anders dan andere vrouwen die hij had gekend: volstrekt open qua emoties – althans, bij hem –, onderlegd, grappig, bruusk, plat, driftig en onderhoudend, en niet te vergeten stimulerend en zelfs koesterend. Dat ze haar upper class-achtergrond meer dan verafschuwde paste bij haar karakter en was vermakelijk. Het probleem was dat hij, net als Clem, de reis naar Manchester en de dagen daaraan voorafgaand door iets anders werd achtervolgd – twee onvoltooide dingen: de gehuurde jet en '7 april/Moskou'.

Woensdagochtend had hij Dan Ford in Washington gebeld met de vraag of er nog nadere informatie was over Aubrey Collinson, de man die tot twee keer toe in Kingston voor Thorne een vliegtuig had gecharterd en voor diens aankomst in Californië het pakketje met de valse papieren had geregeld. Opnieuw had Ford hem gewaarschuwd de boel te laten rusten, maar Marten had aangedrongen en Ford had hem verteld dat de CIA en het Russische ministerie van Justitie zowel naar Kingston als naar Nassau, waar de vluchten vandaan kwamen, rechercheurs hadden gestuurd. In later gedane verklaringen meldden beide diensten op hetzelfde dode spoor te zijn beland. De piloot van het toestel had gewoon het pak-

284

je met papieren meegekregen met het verzoek dit af te geven aan de persoon die hij moest oppikken. Daar was niets ongewoons aan. Net zomin als dat de man die zichzelf Aubrey Collinson noemde – en die volgens de manager van West Charter Air in Kingston ongeveer vijftig jaar moest zijn geweest, met een Brits accent, goed gekleed en met een donkere bril – contant had afgerekend voor het vliegtuig. Dat hij vervolgens nog een keer was opgedoken omdat zijn cliënt de eerste vlucht in Santa Monica had gemist en hij het toestel dit keer op een andere luchthaven wilde hebben, had misschien tot opgetrokken wenkbrauwen kunnen leiden, maar dat was niet gebeurd. Kingston en Nassau waren een wereld op zich, deels bevolkt door de schatrijken, van wie een aantal zijn fortuin op bonafide wijze had vergaard en van wie een net zo groot, zo niet groter aantal dat niet had gedaan. Maar het gros hield zijn persoonlijke zaken liever privé, gebruikte een derde partij om zijn transacties uit te voeren en betaalde zijn vluchten vaak met Amerikaanse dollars. Het was een wereld waarin je niet te veel vragen stelde en waarin het ontsluieren van iemand die niet ontsluierd wilde worden – met name door politie, journalisten of buitenlandse agenten – nagenoeg onmogelijk was.

En dus had Nicholas Marten, nog eens door Ford gemaand om zich niet meer met de zaak-Thorne te bemoeien, de naam Aubrey Collinson en de gecharterde vluchten in de la met de andere doodlopende aanwijzingen opgeborgen en deed hij zijn best alles te vergeten, hoe jammer hij het ook vond.

Maar '7 april/Moskou' was andere koek en, Dan Ford niettegenstaande, iets wat hij niet van zich af kon zetten omdat het nog moest plaatsvinden. De afgelopen twee dagen, donderdag en vrijdag, had hij bijna nergens anders aan kunnen denken. Deze ochtend, toen hij wakker was geworden en samen met Clem op de trein naar Manchester was gestapt, was het zowaar erger geworden. Immers, '7 april/Moskou' was morgen al! En hoezeer hij ook zijn best deed er niet aan te denken, met elke *klikklak* van de wielen over de rails nam zijn bezorgdheid toe en zwol ook de monotone mantra van de stem in zijn hoofd aan en wenste hij dat hij Engels nooit als hoofdvak had gekozen – *What horrid thing lays on the morrow?* vroeg de stem steeds maar weer. Wat voor verschrikking wacht ons morgen, op 7 april?

Nicholas Marten keek even naar Clem. Ze zat nog steeds te lezen. Zwijgend. Verdiept in haar boek. Ze wist het niet. Hoe kon ze het ook weten? En zelfs als hij het lef had zijn ware identiteit te onthullen, hoe kon hij dan zijn angsten uitleggen wanneer hij haar niets beters te bieden had dan een relaas over een vage notitie in een agenda en een datum en een plaats?

Hij keek weer naar het golvende, met zonlicht bespikkelde landschap en wist dat hij slechts kon doorgaan met waar hij mee begonnen was.

En wachten.

En kijken.

14

Manchester, dezelfde dag, zaterdag 6 april, 21.40 uur

Met de kraag van zijn jasje opgezet tegen de miezerregen slenterde Nicholas Marten in zijn eentje door de stad, willekeurig een andere straat inslaand. Hij had behoefte aan een stad om zich heen. En aan doorlopen, om op die manier Moskou en de dag van morgen uit zijn hoofd te bannen. Hij herinnerde zich een oorlogsfilm waarin een Duitse duikbootkapitein een bemanningslid op het hart drukte: 'Vooral niet denken. Op denken staat een boete. Rust is uit den boze hier.' Daarin had de kapitein gelijk.

Een paar minuten geleden had hij lady Clem in een taxi gezet naar haar eigen flat aan Palatine Road. Manchester mocht dan best een grote stad zijn, had ze gezegd, ze stond erop naar huis te gaan in plaats van naar zijn hotelkamer, zoals hij zelf graag wilde. Zij en haar vader waren immers zeer bekend hier en niemand zat te wachten op allerlei geruchten over dat ze was gezien terwijl ze een man naar een hotel escorteerde. Vooral niet wanneer deze meneer ook nog eens op de universiteit zou kunnen belanden en misschien wel een van haar studenten zou worden. De universiteit stond nu eenmaal niet toe dat faculteitsmedewerkers en studenten samenwoonden, tenzij ze getrouwd waren, waar in dit geval natuurlijk geen sprake van was. Dus met een kusje op de wang en een 'tot ziens' was ze in de taxi gestapt en weggereden, en was hij alleen achtergebleven.

Slenterend over Winslow Road passeerde hij het universiteitsgebouw. Hij liep verder door wijken als Gaythorn, Knot Mill en Castlefield, en belandde uiteindelijk op een brug over de Irwell, waar hij over het water naar het punt staarde waar de rivier overging in het Manchester Ship Canal, een brede, bijna zestig kilometer lange waterweg, zo was hem verteld, die via de stad Liverpool naar de Ierse Zee liep.

De indruk die hij van Manchester had, was die van een grote, moderne stad gebouwd rondom enkele centra, met een grote nadruk op handel en commercie, maar tevens bruisend van kunst, opera, toneel en popmuziek, en gezegend met een rijke popcultuur. Een stad waar trams en dubbeldekkers om de paar minuten langsraasden, waar in bijna elke straat en steeg nieuwbouw de kop opstak en de prachtig gerestaureerde stenen gebouwen en textielfabrieken uit het illustere verleden, toen Manchester nog als een parel van de Industriële Revolutie gold, bovendien liefdevol werden onderhouden.

Wat hij hier, in de regen op de brug, voor zich zag, was een wereld die eeuwen verwijderd was van de gladde, ultrasnelle, meedogenloze, door de zon geteisterde straten van Los Angeles.

Het verschil was vlak daarvoor zelfs nog navranter geworden. Het was tijdens een dineetje waarbij Clem hem aan drie studenten landschapsarchitectuur had voorgesteld. De drie, twee jongens en een meisje, waren van ongeveer zijn leeftijd, iets jonger misschien, en alle drie waren ze even enthousiast over de universiteit, de vakken, de docenten en de carrières waar ze zich op verheugden. Met name een van hen toonde een rotsvast vertrouwen in de stelling dat je, als je maar slim genoeg was en een netwerkje had, je met een bul op zak al na een paar jaar heel goed kon boeren, zelfs 'bijna rijk' kon worden, zoals het werd geformuleerd.

Het was een interessante ontmoeting geweest, die hem het gevoel had gegeven dat hij iets met deze mensen gemeen had, dat hij als hij hier bleef inderdaad wel eens kon slagen. Maar tijdens het cognacje na het dessert had een terloopse opmerking van een van de jongens hem volledig ontnuchterd.

'De winters hier zijn steenkoud,' zo had deze verklaard. 'Van een zomer kun je hier nauwelijks spreken en het regent hier bijna dagelijks. Waarom zou iemand in 's hemelsnaam Zuid-Californië voor deze plek willen verruilen?'

Tja, waarom?

Het was alsof er opeens een fel licht uit de hemel neerdaalde. Al het andere viel in het niet. De gedachte een levensdroom na te jagen en een vooraanstaand landschapsarchitect te worden, was allemaal leuk en aardig, maar Nicholas Marten was een man op de vlucht, opgezadeld met een valse identiteit en een gewelddadig verleden dat geheim moest blijven. Een man die weg wilde uit het licht van alledag. Was er een betere plek dan een grote industriestad in het noorden van Engeland? Het was hier regenachtig, somber en koud. Deze student had helemaal gelijk. Wie zou hem hier gaan zoeken? Niemand, luidde het antwoord. Dát was de gedachte die hem uiteindelijk had overtuigd.

Kortom, een goed plan en een goede plek. Wat het bovendien haalbaar maakte, was Rebecca's vooruitgang. Niet alleen voelde ze zich thuis in de Balmore-kliniek en bij de opgewekte, mollige psychiater dr. Maxwell-Scot, maar ze had zich bovendien met opmerkelijk gemak en enthousiasme aangepast. De vorige dag, toen hij haar samen met Clem had bezocht, haar had verteld waar hij naartoe ging en waarom, en dat hij pas de volgende dag weer terug zou zijn, had Rebecca hem en daarna Clem slechts aangekeken en geglimlacht. Ze vond zijn voornemen geweldig, had ze gezegd, en had hem herinnerd aan een eerder gespreksonderwerp: zolang zij diep vanbinnen maar wist dat het hem goed ging, was het voor haar ook veel gemakkelijker.

Haar houding en zelfverwezenlijking werden door dr. Maxwell-Scot nog eens onderschreven toen hij haar zijn verhuisplan naar Manchester voorlegde.

'Hoe zelfstandiger Rebecca wordt,' had ze gezegd, 'hoe groter de kans dat ze snel volledig hersteld zal zijn. Bovendien kunt u in geval van nood gewoon met de trein, of sneller nog, met het vliegtuig hier zijn. Dus ja, als uw universitaire plannen goed uitpakken, dan denk ik dat het heel goed is voor uw beiden.'

Doornat van de regen draaide hij zich om op de brug en liep terug naar zijn hotel. Als alles meezat en hij als student kon worden ingeschreven, dan was het kat in 't bakkie. Binnen zeer afzienbare tijd zouden de stad en de straten die hij nu bewandelde zijn nieuwe thuis zijn.

15

Vandaag was... 7 april/Moskou.

Staand voor de tv, gekleed in een boxershort en een T-shirt, zapte Marten vol spanning heen en weer tussen de nieuwszenders: BBC 1, BBC 2, ITV 1, SKY, CNN. Wat hij zag, was enkel de typische zondagochtendverstrooiing. Het weer, een beetje sport, daartussendoor wat human interest – een winkel waar ze reuzenbagels verkochten, een stel dat trouwde tijdens een paardenrace, een hond die vastzat in een wc-pot – afgewisseld met praatprogramma's, een politiek debat over de toestand in de wereld en kerkdiensten. Als Moskou al werd bestookt, dan werd dat niet gemeld. Eigenlijk kwam Moskou noch Rusland überhaupt ter sprake. Wat de grote tv-kanalen betrof, leek er in de hele wereld niets nieuwswaardigs te gebeuren.

Halfacht.

Hij had inmiddels gedoucht, zich geschoren en aangekleed en stond weer voor de tv. Nog steeds was er niets gebeurd.

Halftien.

Nog steeds niets.

Halfelf.

Niets, noppes, nada.

Londen, dezelfde dag, 18.15 uur

Marten was nog eens door Clem op de universiteit rondgeleid, had met twee van haar collega's een tamelijk formele lunch genoten en had vervolgens de trein van halftwee naar Londen genomen, waar hij iets over halfzes op Euston Station was gearriveerd. Vandaar had hij een taxi terug naar het Holiday Inn in Hampstead genomen en eenmaal in zijn kamer had hij onmiddellijk weer de tv aangezet. Tien minuten zappen leverde nog altijd geen nieuws op uit of over Moskou.

Na zich vlug te hebben omgekleed ging hij naar de Balmore-kliniek, waar Rebecca opgewekt oogde en alles wilde weten over zijn trip naar Manchester en wat daar was gebeurd. Toen hij haar vertelde over de stad en de mensen die hij had ontmoet en over Clems tamelijk concrete belofte dat hij tot het postdoctorale programma zou worden toegelaten, was ze in de wolken. En toen hij haar over de achtergrond van Clem en haar vader vertelde, en over hun maatschappelijke positie, reageerde ze zo uitgelaten en giechelig als een schoolmeisje. Dat Clem een adellijke titel had en met 'lady Clementine' kon worden aangesproken wekte de indruk dat ze van koninklijken bloede was. 'Het is een leventje,' zei ze smachtend, 'waar wij slechts van kunnen dromen.'

Even later werd Rebecca geroepen voor het avondeten en nam hij afscheid. Eenmaal buiten begon hij, net zoals hij in Manchester had gedaan, te lopen en te lopen en te lopen. Dit keer had hij weinig oog voor de stad. Hij dacht na over zichzelf, over Rebecca en Clem, en over de toekomst. Daarmee rees ook de vraag over de logistiek van dit alles en hoe lang hij Rebecca's zorg en zijn opleiding kon betalen voordat hij werk moest gaan zoeken.

'De stukken.'

Plotseling schrok hij op van het stemmetje in zijn hoofd. In de war gebracht door de stem en onzeker over waar hij zich bevond, bleef hij in de vroege avondschemering staan en keek om zich heen. Al meteen besefte hij waar zijn wandeling hem gebracht had. Voor het huis in Uxbridge Street, nummer 21.

'De stukken,' zei de stem opnieuw.

Zonder erbij na te denken stapte hij uit het zicht achter een grote plataan. Hoewel Gene VerMeer alweer in Los Angeles zat kon hij natuurlijk wel enkele rechercheurs van Scotland Yard hebben verzocht om het huis en de directe omgeving in de gaten te houden en hem hebben beschreven als iemand met wie hij graag even een praatje zou willen maken.

Maar links en rechts zag hij niemand, zelfs nog geen geparkeerde auto, en in het huis was het donker. Samen met de sleuteltjes van de kluis, de Russische ambassade, Penrith's Bar, 'I.M.', de charter en '7 april/Moskou' was ook dit adres een dood spoor gebleken. Als een doorgeprikte ballon, niets dan opgebruikte lucht.

Hij keek nog een ogenblik langer, draaide zich vervolgens snel om en liep weg. De stem had het innerlijke getouwtrek weer op gang gebracht; ergens wilde hij de hele zaak levend houden.

'Thorne is dood,' probeerde hij de stem te verdrijven, 'en dat waar hij mee bezig was, is met hem gestorven. Drie slag, vier wijd, je bent uit, meneer Marten. Accepteer het nou maar en pak de draad van je leventje weer op. Clem neemt je aan het handje; loop nu dus maar met haar mee en vergeet al dat andere. Want of je het nu leuk vindt of niet, feit is dat wat die "stukken" ook geweest kunnen zijn, er niets meer van over is om over te piekeren. Niets, noppes, nada.'

16

De volgende dag, het was maandag 8 april, vulde hij zijn inschrijfformulier in voor de postdoctorale opleiding aan de faculteit voor stadsplanning en landschapsarchitectuur van de universiteit van Manchester. Met een aanbevelingsbrief – en, zo wist hij zeker, de persoonlijke bemoeienis van lady Clementine Simpson – ontving hij op donderdag 25 april zijn officiële inschrijvingsbewijs. Op zaterdag 27 april arriveerde hij per trein in Manchester en vond de maandag daarop, 29 april, een kleine, gemeubileerde zolderkamer in Water Street, met uitzicht op de Irwell. Dezelfde dag nog tekende hij het huurcontract en trok erin. De volgende dag, op dinsdag 30 april, begon hij met zijn eerste colleges.

Het was allemaal op rolletjes gelopen, van een leien dakje gegaan, zonder ook maar de geringste obstakels, alsof de glijbaan eens goed was ingevet en hij in een keer een nieuw leven was binnengegleden. Ook tijdens de eerste weken, en toen hij al wat begon te wennen, bleef hij notities bijhouden, waarmee hij vlak na zijn komst in Londen was begonnen. Ze waren allemaal voorzien van een datum, uiterst beknopt en slechts variaties op een en hetzelfde thema: *geen stukken, geen stemmen, Raymond Thorne volledig uit mijn gedachten.*

Met zijn komst naar Engeland en Manchester waren Nicholas Martens leven en omgeving in korte tijd drastisch veranderd. En dat gold ook voor die van Rebecca. Haar leven liep niet alleen parallel met het zijne, maar was plotseling naar een heel ander plan gestegen.

Op 21 mei, iets meer dan zeven weken na hun aankomst in Engeland, werd Rebecca's psychiater, dr. Maxwell-Scot, overgeplaatst naar het Jura, een nieuw rehabilitatiecentrum in het Zwitserse Neuchâtel, dat door de Balmore-kliniek onlangs was overgenomen.

Het verblijf in het Jura, een enorm landhuis dat zich in alle richtingen uitstrekte langs de oevers van het Meer van Neuchâtel, behelsde een experimentele behandeling bedoeld voor niet meer dan twintig patiënten per keer en gebaseerd op een combinatie van een intensief psychotherapeutisch behandeltraject en veel lichaamsbeweging in de buitenlucht. Wat dr. Maxwell-Scot betrof een aanrader voor Rebecca, en ze adviseerde hem dan ook haar naar Zwitserland te vergezellen. Waarna Marten, op Rebecca's enthousiaste aandrang, ten slotte akkoord was gegaan.

In de tweede week van juni bracht hij er zijn eerste bezoek. Ondanks het feit dat dr. Maxwell-Scot hem had gewezen op haar nog altijd fragiele toestand en hem had gewaarschuwd dat zelfs de meest terloopse verwijzing naar het verleden de gruwelijkste herinneringen kon oprakelen en ze aldus het risico liep terug te vallen in die afschuwelijke duisternis waarin ze jarenlang had verkeerd, bleek Rebecca, hoewel nog wat onzeker en nog altijd gevoelig voor stemmingswisselingen, al een stuk opgewekter, sterker en zelfstandiger sinds haar doorbraak. Bovendien werden de bedenkingen die hij mogelijk kon hebben gehad over de fysieke omgeving van het Jura – hij had zich een streng soort gesticht voorgesteld – onmiddellijk weggenomen. Het Jura bleek een prachtig en uitstekend beheerd landgoed, omringd door grote wijngaarden, en met meer dan achthonderd meter lange gazons, helemaal tot aan de oever van het Meer van Neuchâtel. Rebecca beschikte er over een grote eigen kamer met uitzicht op de omgeving en het meer en bovendien op de Alpen daarachter. Het was alsof Rebecca, die hier was om te genezen, pardoes in een of ander chic en onbetaalbaar kuuroord was beland.

Nadat hij het Jura met eigen ogen had gezien uitte hij onder vier ogen met dr. Maxwell-Scot nogmaals zijn zorgen over de kosten en kreeg opnieuw te horen wat hem al eerder was uitgelegd. Het Jura was een experimentele uitbreiding van de kliniek in Londen, en Rebecca's behandelingskosten, net als die van de andere patiënten, werden volledig vergoed door de stichting.

'Een van de bepalingen van de weldoener die ons deze faciliteiten heeft geboden,' legde ze uit, 'is dat de behandeling de patiënten en hun families geen cent mag kosten.'

'Wie is die weldoener dan?' had hij gevraagd, waarop dr. Maxwell-Scot had geantwoord dat ze het niet wist. Het was immers een omvangrijke stichting en schenkingen waren meestal afkomstig van rijke individuen die, om diverse redenen – veel van hen hadden zelf familieleden onder behandeling – liever anoniem wensten te blijven. Marten kon dat begrijpen en liet weten er vrede mee te hebben. Het was een geschenk dat hij en Rebecca dankbaar aanvaardden.

Eind juni reisde Marten naar Parijs, waar hij Dan en Nadine Ford opzocht om te klinken op Fords promotie naar de Parijse vestiging van de *Los Angeles Times* – het resultaat van Nadines niet-aflatende, optimistische lobbytactiek aan het adres van de vrouw van de hoofdcorrespondent in Washington, een van de dames aan wie ze al op hun eerste dag in de Amerikaanse hoofdstad Franse les had gegeven – en om een lang weekend in hun piepkleine appartement in de Rue Dauphine aan de linkeroever van de Seine door te brengen.

Op de eerste avond van zijn bezoek maakten hij en Dan Ford een wandeling langs de Seine. Onderweg vroeg hij Ford of er nog iets nieuws te melden was over het LAPD versus Raymond Thorne en of het politieonderzoek nog altijd werd voortgezet. Ford antwoordde dat voorzover zijn vrienden bij de *Los Angeles Times* het konden overzien, het hele Thorne-verhaal 'in een la' was verdwenen. 'Zowel bij het LAPD, de FBI, de CIA en Interpol als bij de Russen. Zelfs geen smeulend vuurtje te bespeuren,' vertelde hij. VerMeer draaide weer zijn oude dienst op Moordzaken en Alfred Neuss was terug in zijn juwelierszaak in Beverly Hills en bleef volhouden dat hij totaal geen idee had wat Raymond Thorne van hem had gewild.

Ten slotte had Marten hem gevraagd hoe het met Halliday ging. Het enige wat zijn vriend hem kon vertellen, was dat Halliday nog steeds bij de verkeersdivisie werkte. Met andere woorden, hij had nog werk, maar dat behelsde niet veel meer dan het uitschrijven van bonnen. In feite was hij uitgerangeerd. Een zware nederlaag voor deze rechercheur van het voormalige eliteteam, hij was beland op een plek die, voor Halliday althans, geen uitzicht bood op eerherstel. En dat voor iemand van begin dertig.

Ze doken een brasserie in voor een glaasje wijn en gezeten aan een tafeltje in een rustig hoekje vertelde Ford hem dat er iets was wat hij moest weten.

'Gene VerMeer heeft zijn eigen website. Geinig, wel. Hij heet "Vuisttegenvuist.com".'

'Ja, en?'

'Ik durf te stellen dat hij de afgelopen maanden minstens een stuk of vijf keer een oproep om informatie over John Barron heeft gedaan.'

'Met andere woorden: hij was wel degelijk hier in Londen om mij te zoeken?'

'Ik kan me niet in zijn gedachten verplaatsen, Nick.' Hij en zijn vrouw Nadine hadden de naam Nick Marten al geruime tijd in hun hoofd geprent. Voor hen was Nick Marten gewoon Nick Marten, alsof ze hem niet anders hadden gekend. 'Maar hij is een schofterige, achterbakse klootzak die het als zijn heilige taak ziet de 5-2 Squad te wreken. Hij heeft het op je gemunt, Nick. En zodra hij je te pakken krijgt, dan is het: hallo en vaarwel.'

'Waarom vertel je me dit nu?'

'Omdat hij die website heeft en omdat heel wat van zijn oude maten achter hem staan. En omdat ik wil dat je het goed in je oren knoopt.'

'Doe ik.'

'Mooi.'

Ford staarde hem nog even indringend aan. Marten was nu voldoende gewaarschuwd. Plotseling verscheen er een grijns op zijn gezicht en op plagerige, jongensachtige toon begon hij Marten de les te lezen over zijn bohémienachtige studentenleventje, en vooral over de nog altijd voortdurende geheime affaire met een van de professoren, de lang niet zo zedige lady Clem.

De volgende ochtend vroeg waren hij, Ford en Nadine op Gare de Lyon op de trein gestapt voor een lange dagtocht naar Genève en daarna naar het Jura in Neuchâtel voor een bezoek aan Rebecca, en waren ze weer teruggekeerd naar Parijs. Het was een kort maar vrolijk en liefdevol weerzien geweest, dat Rebecca's band met Dan en Nadine Ford nieuw leven inblies en dat hen allemaal versteld deed staan over de mate waarin hun leven in zo'n korte tijd zo ingrijpend was veranderd.

Half juli bezocht Marten zijn zus opnieuw. Ditmaal nam hij Clem mee, in haar hoedanigheid als lid van de stichting. De Rebecca die hij aantrof, overtrof wederom zijn verwachtingen. Eindelijk straalde ze iets van die vierentwintigjarige schoonheid uit die ze al lang was. Weg waren de aarzelingen en de stemmingswisselingen van weleer. Ze leek opgewekt, gezond, sportief. En, zoals dr. Maxwell-Scot in Londen al had ontdekt en hier in het Jura verder had gestimuleerd, ze bleek een knobbel te hebben voor vreemde talen.

Speels plaagde ze haar broer met een paar Franse en Italiaanse woorden en zinnen, en zelfs wat Spaans. Haar schranderheid en actieve geest waren voor hem niet alleen een aangename verrassing, maar zelfs een openbaring. En net als bij zijn vorige bezoek met Dan en Nadine Ford was de sfeer ook nu warm, vrolijk en vol humor.

Halverwege augustus bezocht Clem als lid van de stichting het instituut opnieuw, ditmaal voor enkele bestuurlijke aangelegenheden, en was verbaasd Rebecca op eigen houtje bij het meer aan te treffen in gezelschap van een Zwitsers gezin.

Gerard Rothfels was algemeen directeur van de Europese vestiging van een internationale firma die pijpleidingen aanlegde en onderhield. Het Zwitserse hoofdkwartier was gevestigd in Lausanne. Onlangs had hij zijn gezin, zijn vrouw Nicole en hun jonge kinderen Patrick, Christine en Colette, van Lausanne naar Neuchâtel over laten komen, nog geen halfuur rijden van zijn werk. Hij wilde zichzelf en zijn gezin loskoppelen van zijn werkomgeving.

Een paar weken daarvoor had Rebecca de Rothfels voor het eerst bij het meer ontmoet. Tussen haar en de kinderen had het bijna meteen geklikt. Ofschoon de Rothfels wisten dat Rebecca in de Jura-kliniek verbleef, hadden ze haar een paar dagen later – met toestemming van dr. Maxwell-Scot – uitgenodigd in hun prachtige villa aan het meer. Al snel kwam ze er verscheidene malen per week, speelde er met de kinderen en at met hen mee. Geleidelijk aan werden de kinderen onder het toeziend oog van hun moeder steeds meer aan haar toevertrouwd. Voor het eerst sinds de dood van haar ouders stond Rebecca voor een echte taak, waarvan ze intens genoot. Dr. Maxwell-Scot juichte het van harte toe en na haar terugkeer in Manchester bracht lady Clem hem uitgebreid op de hoogte.

Begin september had Marten zijn zus wederom bezocht en werd tevens door de Rothfels in hun villa uitgenodigd, een plek waar Rebecca inmiddels steeds meer tijd doorbracht en waar, zo vertrouwde Gerard Rothfels hem toe, ze zich steeds meer als een lid van het gezin was gaan voelen. Hij hoopte dat ze in de toekomst bij hen kon intrekken om als een soort au pair voor de kinderen te kunnen zorgen.

Mede dankzij het feit dat het Jura vlakbij was en Rebecca haar behandeling bij dr. Maxwell-Scot gewoon kon voortzetten, was ze tegen het eind van de maand uiteindelijk bij het gezin ingetrokken.

Het onderschreef niet alleen de enorme vooruitgang die ze had gemaakt, maar met haar toegenomen zelfvertrouwen diende zich nog een ander pluspunt aan. Omdat de Rothfels hun kinderen een zo breed mogelijke opvoeding wilden geven kwamen verscheidene privé-docenten meerdere dagen per week over de vloer om de kinderen piano- en taallessen te geven, waarbij ook Rebecca werd uitgenodigd. Hier maakte ze kennis met klassieke muziek en bovendien ging haar taalvaardigheid met sprongen vooruit.

De veranderingen die zich in dit krappe halfjaar hadden voltrokken, waren voor Nicholas en Rebecca buitengewoon geweest. Beiden hadden een persoonlijke groei, genezing en een nieuwe zelfstandigheid ervaren. Voor Nicholas Marten gold daarbij nog eens dat, ofschoon zijn relatie met lady Clem voor iedereen behalve Rebecca geheim moest blijven, Clem niet alleen zijn, maar ook Rebecca's beste maatje was geworden. Het zorgde voor een liefdevolle, warme, bijna familiale geborgenheid. Een gevoel dat hij zich alleen nog uit zijn allervroegste jeugd kon herinneren.

Stukje bij beetje vervaagden de verschrikkingen van het verleden en bloeide er voor hen beiden een nieuw, veilig en gelukkig leven op. Op bijna dezelfde manier als waarop John Barron had plaatsgemaakt voor Nicholas Marten had het leven van de voormalige rechercheur Moordzaken zich getransformeerd tot dat van een postdoctoraalstudent die zocht naar natuur, orde en serene schoonheid.

17

Universiteit van Manchester, Whitworth Hall, zondag 1 december, 16.10 uur

De winter roert zich en 'de stukken' verkeren nog altijd in een winterslaap, schreef Marten in zijn dagboek. *Acht maanden al en geen enkel spoor van Thornes doel.*

Op 1 april was Nicholas Marten in Engeland gearriveerd en nu, na bijna driekwart jaar in de Britse samenleving, wist hij nog steeds niet hoe hij een theekopje moest vasthouden. Deze dag echter werd niet alleen van hem verwacht dat hij het vasthield, maar ook dat hij er door een grote zaal mee rondliep, met het schoteltje er vlak onder, en zo nu en dan even bleef staan om aan deze of gene te worden voorgesteld.

Voor een buitenlander waren het formele karakter van een Engelse *tea* rond de klok van vieren plus de onvermijdelijke koetjes en kalfjes al lastig genoeg, maar tel daar een officiële en eerbiedwaardige locatie als Whitworth Hall nog eens bij op, afgeladen met enkele honderden hotemetoten die waren uitgenodigd om kennis te maken met het nieuwe hoofd van de universiteit – onder wie de rector magnificus, leden van het gerechtshof, leden van het dagelijks bestuur, een aantal hogeschooldirecteuren, faculteitsvoorzitters, hoogleraren en plaatselijke politieke machthebbers als de bisschop van Manchester en de achtenswaardige burgemeester – en het absolute schrikbeeld diende zich aan, vooral voor iemand die helemaal niets moest hebben van de schijnwerpers.

Onder andere omstandigheden zou Marten zich minder druk hebben gemaakt over zijn gebrek aan verfijning, Tetley-*savoir-faire* of zelfs publieke aanwezigheid; hij zou zich gewoon op de achtergrond hebben gehouden en zijn tijd wel zijn doorgekomen. Maar dit was anders. Hij was hier omdat Clem hem had uitgenodigd en omdat, zo had hij zojuist vernomen, ook haar vader er zou zijn. Een gelegenheid die zij speciaal had gecreëerd om hen kennis met elkaar te laten maken.

De afgelopen acht maanden had hij het weten te vermijden, wat in zekere zin werd vergemakkelijkt door het feit dat de oude man vooral in Londen verbleef. En was deze wél in Manchester, dan was er altijd het voorwendsel dat hij te druk was met zijn studie of dat het toevallig samenviel met een al gepland uitstapje naar, pak 'm beet, Parijs om Dan en de inmiddels zwangere Nadine Ford op te zoeken.

Niet dat hij de man per se wilde ontlopen, het leek gewoon het verstandigste. Afgezien van zijn sociale status, of zijn reputatie als een vurige, kortaangebonden, veeleisende man die zijn mening niet voor zich hield en van jou hetzelfde verwachtte om je vervolgens direct neer te sabelen, was er nog iets anders, namelijk de aard van hun relatie. Of, eigenlijk, de *geheime* aard van hun relatie. Sinds die dag in Londen waren ze minnaars. Niemand die het wist en niemand die het mocht weten, behalve dan Rebecca en Dan en Nadine Ford. Zoals Clem al had gezegd, was geslachtsgemeenschap tussen een student en een hoogleraar ten strengste verboden. Dus moest dit uiteraard in het geniep gebeuren, wat acht maanden lang ook was gebeurd. Natuurlijk zou een kennismaking met een vader in zo'n situatie ietwat gênant zijn, vooral wanneer het de eerste keer was en de vader, laat staan de rest van de universiteit, helemaal niets vermoedde.

Wat het meer dan gênant maakte, was haar vaders positie als vooraanstaand lid van het college van bestuur. Dat Robert Rhodes Simpson, graaf van Prestbury, lid was van het Hogerhuis en ridder van de Kouseband, hielp ook al niet echt.

'Goedemiddag, meneer,' zei Marten met een knikje naar een bekend gezicht en hij begaf zich, het theekopje voorzichtig op het schoteltje balancerend, door de statige, kathedraalachtige zaal die zich steeds meer vulde met kostuums die donkerder en stemmiger waren dan het zijne en gedragen werden door figuren van veel hogere standing dan de eenvoudige postdoctoraalstudent die hij was. Nog maar een slokje thee dan. Die was inmiddels koud en de melk die erin zat deed hem bijna kokhalzen. Hij had liever koffie, heet, sterk en zwart. Hij keek eens om zich heen. Nog altijd geen spoor van Clem of haar vader. Opeens vroeg hij zich af wat hij hier eigenlijk deed; hij was bloednerveus. Waarom deed hij dit zichzelf aan? Hij zwoer dat hij het niet wist.

Eigenlijk wist hij het wel.

Drie dagen eerder, een kwartier voor middernacht, had ze hem tijdens een van haar gebruikelijke en indrukwekkende staaltjes van orale seks middels chantage in de val gelokt. Plotseling was ze opgehouden en had ze de ogen naar hem opgeslagen, terwijl hij daar bezweet en bevend van opwinding lag, en hem uitgenodigd. De manier waarop ze hem aanstaarde en de toon van haar stem – terwijl ze zijn penis als een opzwellende lolly beethield en haar adem zijn lid streelde – maakten het zonneklaar dat hij, als hij niet beloofde om zondagmiddag naar de *tea* in Whitworth Hall te gaan, het verder wel kon schudden. Gezien haar timing was het nauwelijks een discussie waard en dus had hij direct toegestemd. Het was plagerig gemeen van haar geweest, maar het getuigde ook van haar typische schuine humor en het was een van de redenen waarom hij van haar hield. Bovendien had het op dat moment onschuldig genoeg geleken. Hij ging ervan uit dat ze gewoon geen zin had om twee of drie lange uren in haar eentje in het gezelschap van academici door te brengen. Dat was dus duidelijk niet het geval, want op dat moment had hij nog niet van haar vader geweten.

'Goedemiddag,' zei hij met een knikje naar een ander bekend

gezicht om vervolgens de zee van donkere pakken, theekopjes, cakejes en komkommersandwiches af te zoeken naar Clem en haar vader.

Ze waren nog niet gearriveerd. Althans, hij zag hen niet. En als ze er waren, dan waarschijnlijk elders in het gebouw, misschien terwijl paps hof hield met de burgemeester, de bisschop of de rector magnificus. Het was een moment waarop hij zich realiseerde dat hij nog altijd kon vluchten. Een excuus verzinnen kwam later wel. Hij hoefde enkel zijn kop en schotel neer te zetten en zo snel mogelijk een uitgang zien te vinden. Dat het buiten pijpenstelen regende, of dat het sinds zijn komst naar Manchester bijna elke dag had geregend, deed er niet toe. Net als toen had hij ook dit keer geen regenjas bij zich. Hij wilde alleen maar naar buiten. Vaderlief kon hij in de verre toekomst ook nog wel eens ontmoeten.

Aha, een bijzettafel. Voorzichtig zette hij de kop en schotel neer en hij draaide zich om, op zoek naar een uitweg.

'Nicholas!'

Zijn hart stokte in zijn keel. Het was te laat. Ze waren via een zijdeur binnengekomen en baanden zich een weg tussen de gasten door. Je kon 'vaderlief' gewoonweg niet over het hoofd zien: begin zestig, lang, in goede conditie en zeer Engels in zijn perfect op maat gemaakte pak van Londense snit, precies zoals hij de man had gezien op tv, in de kranten en op de foto die Clem op haar kaptafel had staan. Een krachtig heerschap met een enorme adellijke uitstraling, scherpe gelaatstrekken, gitzwarte ogen en indrukwekkend grijs krulhaar dat perfect bij zijn borstelige wenkbrauwen paste.

'Oké,' sprak hij zichzelf moed in, 'diep inademen, blijf rustig en maak er het beste van.'

Hij zag de fonkeling in haar ogen toen ze hem naderden en wist meteen dat zij aan dit riskante gedoe een duivels plezier ontleende.

'Vader, ik zou u graag willen voorstellen aan...'

Maar vader liet haar de zin niet afmaken: 'Dus u bent meneer Marten.'

'Ja, meneer.'

'En u bent postdoctoraalstudent.'

'Ja, meneer.'

'Planologie en landschapsarchitectuur.'

'Ja, meneer.'

'Amerikaan.'

'Ja, meneer.'

'Wat zegt u van mijn dochter als hoogleraar?'

'Uitdagend, meneer. Maar bijzonder hulpvaardig.'

'Ik heb gehoord dat u haar van tijd tot tijd ook als privé-docente in dienst neemt?'

'Ja, meneer.'

'Waarom?'

'Ik heb het nodig.'

'U hebt het nodig. Wat verstaat u onder "het"?' De dreigende blik van de oude man sneed hem bijkans in tweeën, alsof hij alles al wist.

'Het... eh... de privé-lessen. Bepaalde aspecten, vaktermen, processen, manieren van aanpak zijn me als buitenlander nog niet helemaal bekend. Vooral met betrekking tot de Europese sociologie en de psychologie van het landschap.'

'U weet hoe ik word genoemd?'

'Ja, meneer. Lord Prestbury.'

'Hmm, u pikt onze gewoonten al aardig op.' Plotseling richtte hij zijn zwarte ogen op zijn dochter. 'Clementine, laat ons even alleen.' Het bevel kwam zowel plots als onverwacht.

'Ik...' Lady Clem keek vluchtig naar Marten. De verrassing en de verontschuldiging waren van haar gezicht af te lezen. Snel keek ze haar vader weer aan. 'Natuurlijk,' antwoordde ze, en haar blik schoot nog eens naar Marten, waarna ze zich omdraaide en opeens verdwenen was.

'Meneer Marten,' begon Robert Rhodes Simpson, graaf van Prestbury, ridder van de Kouseband, en hij keek de jonge Nicholas Marten doordringend aan. De oude man wenkte hem. 'Loop even met me mee.'

18

'Whisky. Twee glazen. En de fles,' verzocht lord Prestbury een mollige, blozende jongeman in een gesteven wit jasje achter een zware eikenhouten bar. Ze bevonden zich in de uiterst clandestiene bar ergens diep verscholen in het binnenste van Whitworth Hall. Zo clandestien dat ze op dit moment de enige drie aanwezigen waren.

Even later namen lord Prestbury en Nicholas Marten plaats aan een klein tafeltje achterin, met tussen hen in de twee glazen en een fles van lord Prestbury's single malt uit eigen huis.

Voor Marten was het volkomen duidelijk waarom ze hier zaten. Lord Prestbury wist van zijn relatie met zijn dochter, moest daar niets van hebben en was vastbesloten er voor eens en altijd een eind aan te maken, waarschijnlijk met het dreigement hem van de universiteit te sturen als Marten stennis ging maken. Het waarom was eenvoudig te begrijpen. Nicholas Marten bezat geen titel, was niet van adellijke komaf, had geen geld en – het ergste van alles – was Amerikaan.

'Ik heb nog maar net kennis met u gemaakt, meneer Marten.'

Na drie vingers whisky in beide glazen te hebben geschonken keek de vader van lady Clem op. Zijn ogen boorden zich in die van de jongeman tegenover hem.

'Mensen hebben me verweten dat ik bot ben. Dat komt doordat ik zeg wat ik denk. Zo ben ik nu eenmaal, en ik weet niet of ik mezelf daarin zou verbeteren als ik dat kon.' Waarop lord Prestbury zijn glas pakte, met één teug de helft van de inhoud achteroversloeg en het glas weer neerzette. Opnieuw die doorborende blik.

'Dit gezegd hebbende, wil ik u graag een persoonlijke vraag stellen.'

Precies op dat moment ging de royale eikenhouten deur waardoor ze zo-even binnen waren gekomen open. Twee andere bestuursleden kwamen binnen. Ze knikten even naar lord Prestbury en liepen naar de bar. Prestbury wachtte tot ze het woord tot de barman richtten, en keek Marten weer aan.

'Naait u mijn dochter?' klonk het op gedempte toon.

Godnogantoe! Martens ogen schoten naar het glas voor zijn neus. Bot en direct, het klopte helemaal. De ouwe wist het. Nu eiste hij bevestiging.

'Ik...'

'Meneer Marten, een man weet donders goed of hij naait of niet. En ook wie hij aan zijn naald rijgt. Ja of nee?'

'Ik...' Martens vingers zweefden even boven zijn glas, dat hij vervolgens oppakte en achteroversloeg.

'U kent haar inmiddels acht maanden. Zij is de reden waarom u hier studeert. Klopt dat?'

'Ja, maar...'

Lord Prestbury staarde hem aan en schonk beide glazen nog eens bij.

'Mijn hemel, kerel, ik kan het verhaal wel dromen. U hebt haar ontmoet in de Balmore-kliniek, waar uw zus werd behandeld. U had een beroepsongeval gehad en stond voor de vraag: hoe moet het verder? Landschapsarchitectuur was uw droom en op aansporing van Clementine besloot u die droom te verwezenlijken.'

'Heeft ze het u verteld?' Marten was verbijsterd. Hij had geen idee dat lady Clem haar vader ook maar iets over hem had verteld, behalve misschien dat hij een van haar studenten was.

'Nee hoor, ik verzin maar wat. Natuurlijk heeft ze het me verteld.' Plotseling schoot de hand van lord Prestbury over de tafel en greep die van Marten. Opnieuw boorden zijn gitzwarte ogen zich in de zijne.

'Ik wil het heus niet voor u vergallen, meneer Marten. Ik maak me alleen ernstig zorgen over mijn dochter. Zo vaak zie ik haar niet, in elk geval veel te weinig. Maar ze loopt inmiddels tegen de dertig, kleedt zich als een stijve schooljuf van zelfs voor mijn eigen tijd. Ik ken de reglementen van de universiteit, een stuk beter dan u, waarschijnlijk. Geen gefröbel tussen docenten en studenten. Goeie regel. Noodzakelijk ook. Maar lieve hemel, ze praat over u alsof u haar allerbeste vriend bent! Dát is waar ik me zorgen over maak. En waarom ik dus moet weten, als mannen onder elkaar, of u met haar bonkt of niet.'

'Nee, meneer...' loog hij. Hij was niet van zins in een van Prestbury's beruchte valkuilen te lopen. Hem eerst verlokken tot een eerlijk antwoord om hem daarna een veeg uit de pan te kunnen geven zeker.

'Nee?'

'Nee.'

'Hoe is het mogelijk!' verzuchtte lord Prestbury terwijl hij Martens hand losliet en zich achterover liet zakken. Maar al meteen leunde hij weer voorover.

'In godsnaam, waarom niet?' fluisterde hij wanhopig. 'Is ze zo onaantrekkelijk?'

'Ze is juist zeer aantrekkelijk.'

'Wat is dan het probleem? Ze had al minstens twee keer moeder kunnen zijn geweest.' Waarop lord Prestbury andermaal zijn glas omhoogbracht en een flinke teug nam.

'Goed,' klonk het plotseling resoluut, 'als u het niet bent, kent u dan misschien de knaap die wél met haar naait?'

'Nee meneer, dat weet ik niet,' antwoordde Marten. 'En met alle respect, dit gesprek stuit me nogal tegen de borst. Als u me alstublieft wilt excuseren...' Hij maakte aanstalten om op te staan.

'Blijf zitten, jongeman!'

De twee bestuursleden aan de bar keken even achterom. Langzaam liet Nicholas Marten zich weer op zijn stoel zakken. Daarna, met zijn ogen angstig op lord Prestbury gericht, pakte hij zijn glas en nam een flinke slok van zijn Schotse single malt.

'U begrijpt het niet, meneer Marten.' Lord Prestbury was zichtbaar verontrust. 'Zoals ik net zei, breng ik maar weinig tijd door met mijn dochter. In al die jaren dat ze hier werkt, is ze slechts twee keer met een man thuisgekomen. Beide keren een ander. Mijn vrouw is al dertien jaar dood. Lady Clementine is mijn enig kind. Mij bekruipt de verlammende angst dat ik als enige ouder – even maling aan de Kouseband, het Hogerhuis, de adellijke titel en dito bloedlijn – ik...' hier bracht de graaf van Prestbury zijn hoofd nog iets dichterbij en vervolgde fluisterend: 'Een "lesbo" heb grootgebracht.'

'Een wat?'

'Een lesbo.'

'U bedoelt?' vroeg Marten, die nog eens een slok nam en wachtte op de uitleg.

'Een lesbienne.'

Pardoes slikte hij de verse slok whisky in één keer door. De alcohol brandde in zijn slokdarm. Zijn luide gekuch trok de meteen aandacht van de twee aan de bar. Lord Prestbury lette er niet op en bleef Marten aanstaren.

'Ik smeek u, zeg me dat het niet zo is,' klonk het angstig.

Nicholas Martens antwoord, wat het ook geweest zou zijn, kwam nooit, want op datzelfde moment sloeg het brandalarm van Whitworth Hall volledig op tilt.

19

In het donker keek Marten naar de slapende lady Clem, die naakt was, zoals altijd wanneer ze samen waren. Haar lichaam deinde gracieus mee met haar ademhaling; haar prachtige, lange, kastanjebruine haar viel zacht langs haar kaaklijn; haar melkwitte huid; haar borsten, groot en stevig, met de grote tepelhoven waar hij zo dol op was. Het enige kind van de graaf van Prestbury kleedde en gedroeg zich dan misschien als een weinig aantrekkelijke en tuttige getrouwde dame, maar dat was voor Engeland, voor de universiteit en uit zelfbescherming. Onder die donkere plooien van haar behoudende kleding die ze bijna als een uniform droeg, ging het buitengewoon weelderige figuur schuil van een mooie vrouw die, zelfs op haar zevenentwintigste, zo in elk blootblad kon poseren.

Lord Prestbury hoefde zich geen zorgen te maken over de seksuele geaardheid van zijn dochter, hoewel ze als lesbienne niet minder aantrekkelijk zou zijn geweest. Ze was levenslustig, sexy en knap, en straalde op dit moment de onschuld van een kind uit, alsof ze met een knuffel tegen zich aan gedrukt diep lag te slapen.

Onschuld?

Lady Clementine Simpson, dochter van de graaf van Prestbury, was buitengewoon schalks, onverbeterlijk grof en geheel zonder wroeging wanneer de situatie daarom vroeg. Amper zes uur daarvoor hadden ze buiten voor Whitworth Hall naast haar vader en god wist hoeveel andere prominente heren onder haastig gegrepen paraplu's in een door en door koude regenbui staan kijken hoe enkele tientallen brandweerlieden uit het regiokorps met gillende sirenes arriveerden. Terwijl de politie de toekijkers op een afstandje hield, stormden de brandbestrijders compleet met maskers en zuurstofflessen het monumentale gebouw binnen in de verwachting op een inferno en verstikkende rook te stuiten. Maar in plaats daarvan vonden ze weinig meer dan een inderhaast verlaten middagthee. Iemand, zo scheen het, had deze gelegenheid te baat genomen om het nieuwe universiteitshoofd op een loos alarm te onthalen.

Iémand?

Lady Clem!

Ze zou het nooit hebben toegegeven, alleen aan hem. En dan nog enkel met een vluchtige knipoog terwijl de eerste spuitgasten voorbijvlogen – het kleinste gebaar, in een poging zichzelf van haar zonde te verlossen en hem te bevrijden van god mocht weten welke gruwel haar vader hem in de bar in het souterrain liet ondergaan, en wel met het meest praktische middel dat voorhanden was.

Een 'lesbo' had lord Prestbury haar genoemd, doodsbang dat ze wel eens van de verkeerde kant kon zijn. Een vaders vrees dat hij het contact met zijn enige kind had verloren en zij iets was geworden wat hij kon begrijpen noch accepteren.

Een lesbo? Verre van! En het lef van haar, direct na terugkeer in zijn zolderkamer aan Water Street met uitzicht op de rivier de Irwell, dezelfde avond na het valse-alarmfiasco, terwijl ze even daarvoor nog met een uitgestreken gezicht met haar vader, de bisschop van Manchester en de burgemeester aan het diner had gezeten en de terroristische daad van het valse alarm het voornaamste gespreksonderwerp was.

En vervolgens had ze, terwijl ze zich langzaam uitkleedde, of eigenlijk voor zijn neus een striptease ten beste gaf, geëist dat hij vertelde wat haar vader in de besloten bar van Whitworth Hall zo graag met hem had willen bespreken. Nadat hij de verfijnde typering van haar vader had geciteerd, was haar reactie eenvoudigweg geweest: 'Arme papa. Fantastische vader. Het Hogerhuis. Maar er is zo veel in het leven wat hij toch niet helemaal begrijpt.'

Nauwelijks uitgepraat had ze zich naakt voor hem laten zakken, hem van zijn kleren ontdaan en de rest van de avond tot een waar feest gemaakt. Lachend en plagend had ze hem in bed op zijn rug gemanoeuvreerd en was ze, met zijn forse erectie pal naar het plafond gericht, schrijlings op hem geklommen. Met haar ogen dicht, naar achteren gebogen en haar enorme borsten op en neer deinend was ze begonnen te stoten en te pompen en had ze zichzelf verloren in een overstroming van genot, liefde, schalksheid en hartstocht. En ondertussen had ze voortdurend zo hard geroepen dat hij zeker wist dat de mensen op straat, vier verdiepingen lager, het zouden horen: 'Neuk me! Neuk me! Neuk me!'

Goede genade. Een professor nog wel, de dochter van een ridder van de Kouseband, upper class, met een adellijke titel op zak en niet te geloven zo rijk.

Hij glimlachte nog eens. Zo was zijn leven dus geworden: op zijn zevenentwintigste werkte hij aan zijn doctorale graad in planologie en landschapsarchitectuur en flirtte hij letterlijk met de adelstand.

Tegelijkertijd vervaagde het grimmige spookbeeld van Thorne beetje bij beetje. Wat er van zijn dreigende e-mails was geworden, wist geen mens. Of ze waren een wanhopige poging tot overbluffen geweest en hadden eigenlijk nooit bestaan, of ze waren op een later tijdstip automatisch verzonden, zoals Thorne had gezegd, en gewoon verloren gegaan, voor eeuwig rondzwervend in cyberspace. Hoe dan ook, aangezien ze nooit waren opgedoken, deed het er niet meer toe. Nog niet althans, niet in de weken en maanden sindsdien, en met het verstrijken van de tijd werd het gemakkelijker ze te vergeten en te geloven dat ze nooit hadden bestaan.

In zekere zin was het moeilijk te geloven dat er ooit iets was gebeurd. Los Angeles en alles wat er had plaatsgevonden was als een droom uit een ver verleden. Hier in de koude regen van Manchester was hij iemand geworden die elke dag weer volop van het leven genoot en die het steeds drukker kreeg met zijn studie, met zijn geheime verhouding met Clem en met de rust en alles van een gloednieuw leven.

20

Manchester, maandag 13 januari

De psychologische invloed van het handhaven en onderhouden van stadsparken in een zich versnellende, communicatiegestuurde samenleving valt hoe dan ook niet te onderschatten. Of we het nu beseffen of niet, maar de weidse, glooiende landschappen…

Marten hield op met tikken en duwde zich weg van zijn toetsenbord. Hij was alleen thuis en bezig met zijn trimesterscriptie, een studie van het psychologische en functionele belang van stadsparken in het huidige Europa. Hij schatte dat het werkstuk zo'n tachtig à honderd pagina's ging tellen en hij er drie maanden voor nodig zou hebben. Hoewel hij zijn werkstuk pas begin april moest inleveren, wist hij dat het een zware klus ging worden, vooral omdat hij er al meer dan een maand mee bezig was en tot nu toe niet meer dan twintig pagina's had.

Het was halfvier in de middag. Al vanaf zeven uur die ochtend, toen hij aan de slag ging, spatten kille regendruppels tegen het raam van de dakkapel. Duf van concentratie stond hij op en baande zich een weg langs de stapels boeken en wetenschappelijke artikelen om in de keuken een verse pot koffie te zetten.

Terwijl het apparaat druppelde, bladerde hij door *The Guardian*, zijn dagelijkse krant. Moe, en met zijn gedachten nog steeds bij zijn werkstuk, gleed zijn blik vluchtig over de pagina's, totdat een klein artikel van Associated Press opeens zijn aandacht trok. De kop luidde: NIEUWE POLITIECHEF LOS ANGELES. Het korte bericht luidde dat de burgemeester van Los Angeles een nieuwe, zeer gerenommeerde en hooggekwalificeerde politiechef had aangesteld. De nieuwe man was van buiten de organisatie binnengehaald, met het mandaat een lang bezoedeld korps op te poetsen en weer in het gareel te brengen.

Succes ermee, was Martens smalende gedachte, maar tegelijkertijd hoopte hij er het beste van. Gezien alle gebeurtenissen lag het voor de hand dat de noodzaak voor veranderingen, op z'n minst in politiek opzicht, tot de burgemeester en wethouders was doorgedrongen. Maar zelfs al bleek de nieuwe man op zijn taak berekend en kon hij rekenen op het respect van de gewone agent, dan nog zou het lang duren voordat de oude opvattingen en tradities, vooral bij oudgedienden als Gene VerMeer, eindelijk tot het verleden behoorden. Maar het was wel vaker gelukt en misschien dat ook nu het tij zich ten goede zou keren.

Terwijl hij in de keuken luisterde naar het getik van de regen tegen het raam voelde hij opeens een warme gloed, een innerlijke rust waarvan hij zich afvroeg wanneer hij die voor het laatst had ervaren. De ijzeren greep van Raymond Thorne en alles wat daarbij kwam was langzamerhand verbleekt tot een wazige herinnering en nu, met het vertrek van hoofdcommissaris Harwood, maakte het LAPD een nieuwe start. Waarmee deze episode uit zijn leven godzijdank eindelijk was afgerond.

Hij sloeg de pagina om, wilde de krant eigenlijk al dichtvouwen om weer aan het werk te gaan, toen zijn oog opnieuw door een klein bericht werd getrokken, ditmaal van Reuters uit Parijs. In een park was het naakte, levenloze lichaam van een man van middelbare leeftijd aangetroffen. Hij was een paar keer van dichtbij in het gezicht geschoten, wat het identificeren bijna onmogelijk maakte.

Marten hapte naar lucht en voelde een rilling over zijn rug lopen. In één klap was hij terug in Los Angeles, in MacArthur Park en bij het lijk van de Duitse student Josef Speer, bij de slachtoffers in Chicago, San Francisco en Mexico-Stad. Al meteen daarna flitste er één naam door zijn hoofd: Raymond Thorne.

Maar dat was onmogelijk.

Geschrokken legde hij *The Guardian* weg, schonk koffie in en liep terug naar zijn werktafel.

Raymond Thorne.

Nee. Onmogelijk. Niet na al die maanden.

Zijn eerste impuls was om Dan Ford in Parijs te bellen, hem te vragen wat hij ervan wist. Nee, besloot hij, dit ging te ver. Hij was weer eens bezig zich van alles in te beelden en daar moest een eind aan komen. Het was gewoon een moord, klaar, en Ford zou hem precies hetzelfde vertellen.

Om halfacht hield hij het voor gezien en pakte zijn regenjas en paraplu voor een stevige wandeling van tien minuten naar Sinclair's Oyster Bar aan Shambles Square voor een *ale* en een bord *fish and chips*. Om kwart voor negen zat hij weer achter zijn toetsenbord. Om elf uur, na uiteindelijk vijf nieuwe pagina's te hebben geschreven, knipte hij suffig het licht uit en dook, geestelijk uitgeput, zijn bed in.

23.20 uur. De lichtbundels van de auto's die beneden op straat voorbijreden creëerden willekeurige, dansende patronen tegen het donkere plafond boven zijn bed. Ondertussen zorgde de niet-aflatende regen op het dak en tegen het raam voor een bijpassende geruststellende achtergrondruis. Samen met zijn vermoeidheid werkte het als een drug. Hij ontspande zich en liet zijn gedachten naar lady Clem dwalen, alsof ze bij hem was in plaats van in Amsterdam waar ze dat weekend een seminar bijwoonde.

Zo nu en dan maakten zijn gedachten een zijsprongetje naar Rebecca, veilig en gelukkig bij de Rothfels in Zwitserland.

23.30 uur. De slaap kreeg vat op hem en zijn gedachten dwaalden af naar Jimmy Halliday en hoe het hem bij de verkeerspolitie verging. Halliday, die in de laatste seconden op het spoorwegemplacement Rebecca's leven en dat van hem zo heldhaftig had gered door de confrontatie met Polchaks moordzuchtige machinegeweer aan te gaan en hem op de enig mogelijke manier had tegengehouden, namelijk door hem eigenhandig neer te schieten. Hij probeerde Hallidays gezicht op zijn netvlies te toveren, zich het gelaat van de man te herinneren. Hij vroeg zich af of dat inmiddels was veranderd, maar het beeld vervaagde en maakte plaats voor de warme glimlach van Dan Ford, gezellig cocoonend met zijn Nadine in hun piepkleine appartement in Parijs en in blijde verwachting van hun eerste kind.

Parijs.

Hij zag het korte bericht in *The Guardian* weer voor zich. Het naakte lichaam van een man die dood in een park was aangetroffen. Meerdere malen in het gezicht geschoten. Onmiddellijke identificatie zo goed als onmogelijk.

Raymond Thorne.

Het was gewoon absurd. Zijn hart had immers niet gebonkt, in zijn hoofd was geen enkele fluisterstem te horen geweest, en hij had geen naderend onheil bespeurd. Raymond Thorne was dood.

Toen hij na het avondeten terug naar huis liep had hij overwogen Dan Ford toch maar even te bellen, maar had het toch maar niet gedaan. Het was zijn eigen onbehagen en dat wist hij. Dit alles was slechts toeval en de gedachte dat er meer achter zat, was volkomen belachelijk.

'Nee!'

Zijn eigen schreeuw wekte hem uit zijn diepe slaap. Badend in het zweet staarde hij in het donker voor zich uit. In zijn droom had hij Raymond gezien. Hier, naast hem, in zijn eigen slaapkamer. Toekijkend terwijl hij sliep.

Automatisch reikte hij naar het nachtkastje om even zijn pistool te betasten. Maar het enige wat hij voelde, was het gladde oppervlak van gelakt hout. Zijn hand bewoog verder. Niets. Hij kwam overeind. Hij wist dat hij de Colt daar zelf had neergelegd. Waar lag dat ding toch?

'Nu heb ik allebei je pistolen.'

Thornes stem sneed dwars door hem heen. In de verwachting de moordenaar aan het voeteneind van zijn bed te zien staan, met zijn eigen Double Eagle Colt in de hand en gekleed in het slechtzittende pak van juwelier Alfred Neuss uit Beverly Hills, keek hij op.

Een harde regenvlaag sloeg tegen het raam en op dat moment drong het pas tot hem door waar hij was. Raymond was hier niet. Lady Clem ook niet. Hij was de enige in deze kamer. Het was een nachtmerrie geweest, hetzelfde als wat hem in Los Angeles was overkomen, toen hij droomde dat Raymond Thorne zich in zijn slaapkamer bevond, waarna hij wakker was geworden, de droom werkelijkheid bleek en Raymond inderdaad aan het voeteneind van zijn bed had gestaan.

Traag klom hij uit bed, liep naar het dakkapelraam en keek naar buiten. Het was nog donker, maar in het schijnsel van de straatverlichting zag hij dat de regen zich geleidelijk aan vermengde met natte sneeuw en dat de ijzige Irwell pikzwart afstak tegen het vage grijs rondom. Hij zuchtte diep, haalde een hand door zijn haar en keek op de wekker.

Het was pas even na zessen. Hij was toch al wakker, kon dus net zo goed gaan douchen en aan het werk gaan. Hij moest zich om zijn trimesterscriptie bekommeren, niet om de kwelgeest van zijn eigen verleden. Voor het eerst drongen de waarheid en eenvoud van deze gedachte goed tot hem door.

Hij trok de boxershort uit waarin hij had geslapen en liep naar de badkamer voor een hete douche. Zijn werk- en levenslust waren weer helemaal gewekt. Opeens ging de telefoon, en hij versteende.

Opnieuw rinkelde het apparaat. Wie kon het zijn? Niemand die hem op dit uur zou bellen, tenzij het een noodgeval was of er een verkeerd nummer was gedraaid. Weer rinkelde de telefoon. In zijn blootje liep hij door de kamer en nam de hoorn van de haak.

'Met Nicholas.'

De beller aarzelde even, maar daarna hoorde Marten een bekende stem. 'Met Dan. Ik weet dat het nogal vroeg is...'

Er trok een rilling over zijn rug. 'De man die in het park is neergeschoten...'

'Hoe weet jij dat?'

'Een berichtje in de krant.'

'De Franse politie heeft hem kunnen identificeren.'

'Wie...?'

'Alfred Neuss.'

21

Dinsdag 14 januari, British Airways vlucht 1604 van Manchester naar Parijs, 10.35 uur

Stapelwolken afgewisseld met zonneschijn boden Marten af en toe een glimp van het Kanaal. In de verte zag hij de Normandische kust al opdoemen en even later vlogen ze boven het weidse schaakbordpatroon van het Franse boerenland.

Tien maanden lang had hij vergeefs gewacht tot er iets zou gebeuren, en hij had het bijna losgelaten. En nu dit. Met de bevestiging dat het verminkte lijk dat van Alfred Neuss was, was er een golf van angst, ongerustheid en vreugde door hem heen getrokken. In zekere zin voelde hij zich bevrijd: hij was dus niet gek en had de hele tijd al gelijk gehad. Maar tegelijkertijd was hij ongerust, want er viel met geen mogelijkheid te zeggen wat hier aan de hand was: de reden voor de moord, waarom pas na al die maanden? Hoe paste die in het geheel van wat er allemaal al was gebeurd? Bij wie was Thorne betrokken geweest en – het meest beangstigende – waar draaide het allemaal om, wat stond er nog te gebeuren?

De beslissing om naar Parijs af te reizen had hij al tijdens het telefoongesprek met Dan Ford genomen. In praktisch opzicht was die beslissing gemakkelijk geweest, omdat hij de volgende week geen colleges had (enkel een incidentele afspraak met een begeleider, onder wie lady Clem, maar die zat in Amsterdam). In plaats daarvan had hij zijn bezigheden zo gepland dat hij zich kon concentreren op zijn scriptie en die kon wel wachten. Het enige andere punt van overweging waren de kosten. Dankzij de schikking met de politie van Los Angeles hadden hij en Rebecca naar Engeland kunnen gaan, kon zij naar de Balmore-kliniek en kon hij zijn huur in Manchester en zijn niet-geringe studiekosten betalen. Rebecca's geluk dat ze naar de Jura-kliniek mocht, had hem behoorlijk wat geld bespaard en eigenlijk was haar kleding het enige wat hij moest betalen. Haar dagelijkse onkosten en zakgeld konden betaald worden uit het bescheiden salaris dat ze bij de Rothfels verdiende. Wat er overbleef van zijn vergoeding had hij opzijgelegd. Hij nam genoeg op om zijn onkosten te dekken en om de maandelijkse afschrijving van zijn twee creditcards te kunnen bekostigen.

Toch duurde het nog wel een poos voordat hij zou afstuderen en op zoek kon gaan naar een baan. Hij moest dus letten op wat hij uitgaf. Een vliegtuig naar Parijs was duur, maar dat gold ook voor de Eurostar, de Kanaaltrein. Bovendien was het vliegtuig sneller. Het zou ook meteen zijn grootste uitgave zijn, want tijdens zijn korte verblijf daar zou hij bij Dan Ford thuis op de bank slapen. Aan de andere kant, als hij achter elkaar colleges en geen cent te makken had gehad, dan zou hij nog zijn gegaan. De aantrekkingskracht van Thorne en wat hij in zijn schild had gevoerd, was veel te groot.

22

Nadat hij de douanecontrole van luchthaven Roissy Charles de Gaulle was gepasseerd, werd hij opgewacht door Dan Ford, waarna ze in diens kleine witte tweedeurs-Citroën terug naar de stad reden.

'Een paar jongeren hebben Neuss' lichaam in Parc Monceau onder wat struiken vlak bij het metrostation aangetroffen,' praatte Dan Ford hem bij terwijl hij schakelde en op de A1 invoegde. 'Zijn vrouw had het hotelpersoneel gevraagd te kijken of hij in het hotel was, want ze kon maar geen contact met hem krijgen. Het hotel heeft toen de politie gebeld en daarna is het allemaal tamelijk snel gegaan. Neuss was hier voor zaken. Het hotel waar hij verbleef, ligt vlak bij het park. Hij was van Los Angeles naar Parijs gevlogen, daar overgestapt voor een vlucht naar Marseille, vervolgens per taxi naar Monte Carlo gereden en ten slotte naar Parijs teruggekeerd. In Monte Carlo heeft hij voor een kwart miljoen dollar aan diamanten gekocht. Die worden nu vermist.'

'Heeft de politie concrete aanwijzingen?'

'Alleen dat Neuss is toegetakeld voordat hij werd gedood.'

'Gemarteld?'

Ford knikte.

'Hoe?' De vergelijking met de gebroeders Azov in Chicago en de vermoorde slachtoffers in San Francisco en Mexico-Stad drong zich onmiddellijk aan Marten op. Allemaal waren ze eerst gemarteld en daarna gedood.

Raymond! Opnieuw schoot de naam door zijn hoofd. Maar hij wist dat het nergens op sloeg en dus hield hij zijn mond.

'De politie heeft geen bijzonderheden gegeven. Misschien weten ze meer en willen ze verder niets kwijt, maar dat betwijfel ik. Philippe Lenard, de hoofdinspecteur die op deze zaak is gezet, wist dat ik over het LAPD heb geschreven. Toen ik hem vertelde dat ik ook te maken heb gehad met het gedoe rondom Neuss, vroeg hij of hij me mocht bellen als hij met vragen zat. Stel dat de wijze van marteling iets zou hebben betekend, of hij had iets anders ontdekt, dan had hij wel om mijn mening gevraagd.'

Ford veranderde van rijstrook en sloot aan achter het langzamere verkeer. Sinds de herfst, toen Ford en Nadine hem als verrassing in Manchester hadden bezocht en haar zwangerschap bekend hadden gemaakt, had Marten hem niet meer gezien. Nu, bijna vijf maanden later en met het vaderschap voor de deur, leek hij er maar weinig door veranderd. Nog steeds ging hij gekleed in zijn kreukelige blauwe blazer en zijn kaki broek, droeg hij zijn vertrouwde hoornen bril en aanschouwde hij de wereld en zijn plek daarin nog immer met de intensiteit van iemand die door een vizier tuurt. Bovendien leek het hem weinig uit te maken waar hij zich op deze aarde bevond. Californië, Washington, Parijs, elke plek leek perfect bij hem te passen.

'Weet het LAPD van Neuss?' vroeg Marten.

Ford knikte bevestigend. 'De jongens van Moordzaken hebben met zijn vrouw gesproken en ook met de rechercheurs van de Londense politie die hem eerder hadden ondervraagd. En daarna bovendien met Lenard, hier in Parijs.'

'Moordzaken. Je bedoelt VerMeer?'

Ford keek hem aan. 'Ik weet niet of het inderdaad VerMeer was.'

'Wat is er precies gebeurd?'

'Neuss' vrouw zei dat ze geen idee had wie de dader kan zijn geweest en of het iets te maken kan hebben met wat er eerder gebeurd was. Zelf had ze het gevoel dat het een uit de hand gelopen beroving is geweest, meer niet. Het enige waar de politie van Londen over beschikte, was een transcriptie van het gesprek dat ze het afgelopen jaar met Neuss hadden, wat neerkwam op hetzelfde verhaal, dat bovendien door zijn vrouw werd bevestigd, namelijk dat hij in Londen was voor zaken en dat hij geen idee had wie Raymond Thorne was, waarom hij zijn winkel en zijn appartement had bezocht, en dat de enige reden waarom zijn naam in de telefoonklapper van de twee vermoorde broers uit Chicago vermeld stond, was dat hij ooit eens een pak door de twee had laten maken toen hij daar was, en de rekening naar zijn zaak in Beverly Hills had laten sturen.'

'Die twee waren Russisch,' benadrukte Marten. 'Heeft iemand nog met die Russische onderzoekers kunnen spreken die na Thornes dood in Los Angeles waren? Nu Neuss is vermoord, kunnen zij misschien nieuw licht op de zaak werpen.'

'Dat weet ik niet. Stel dat ze hen hebben gesproken, dan heeft inspecteur Lenard noch een van zijn mannen me daar iets over verteld.'

Ford nam wat gas terug nu ze het knooppunt bij Porte de la Chapelle passeerden en het noorden van Parijs bereikten. 'Wil je naar het park, even kijken waar ze Neuss' lijk hebben ontdekt?'

'Ja,' antwoordde Marten.

'Wat denk jij daar aan te treffen dat de politie van Parijs over het hoofd heeft gezien?'

'Ik zou het niet weten, behalve dan dat de politie van Parijs er duidelijk niet bij was toen we Josef Speer in MacArthur Park ontdekten.'

'Daar gaat het nu juist om,' sprak Ford terwijl hij Marten aankeek.

'Ik belde je over Neuss omdat ik wist dat je, zodra jij zou weten om wie het ging en wat de doodsoorzaak was, halsoverkop hierheen zou komen.' Ford schakelde terug, sloeg rechts af en trok weer op. 'Dit is Parijs, Nick. Niet Los Angeles. En het gaat hier om Alfred Neuss en niet om Josef Speer. Bovendien zijn er diamanten in het spel. De politie beschouwt het als een roofmoord, klaar. De methode was toeval. Daarom zitten de LAPD-jongens nog steeds daarginds en niet hier.'

'Oké, misschien is het toeval, maar misschien ook niet.'

Ford trapte licht op de rem en belandde achter een rij auto's. 'Hoe dan ook, wat denk je eraan te gaan doen? Je bent geen rechercheur meer, kunt nergens meer op je strepen staan. Zodra je gaat wroeten en poeren om maar iets te kunnen vinden, zal het niet lang duren voordat mensen willen weten wie je bent en wat je uitspookt.

Die moord op Neuss brengt alles weer terug. De media staan al te trappelen, de tabloids zullen overal een verhaal in zien, ook al valt er niets te melden. Raymond Thorne is over de hele wereld op tv te zien geweest. Jij ook. Mensen onthouden zulke dingen. Je mag dan van naam zijn veranderd, je gezicht is niet veranderd. Stel dat iemand een en een bij elkaar optelt, een vermoeden krijgt wie je werkelijk bent? Ze achterhalen je naam en woonadres.'

Het verkeer voor hen trok op en Ford gaf een beetje gas. 'Stel dat die informatie binnen het LAPD de verkeerde jongens bereikt, die nog steeds willen weten waar John Barron uithangt: wat er met hem is gebeurd, waar hij heen is, en zijn zus. Over Gene VerMeers website heb ik je al eerder gewaarschuwd. Nu is er dus een nieuwe: "blauw-chat". Klinkt tamelijk onschuldig. Ooit van gehoord?'

'Nee.'

'Smerissen uit de hele wereld die met elkaar over het vak chatten. Smerisjargon, smerishumor en vergeldingsdrang. Ik durf met je te wedden dat de naam John Barron zo'n twee keer per maand opduikt, aangespoord door VerMeer en levend gehouden door mensen die zich Red, Len Polchak, Roosevelt Lee, Valparaiso en Jimmy Halliday nog kunnen herinneren. Ze hebben er geld voor over om jou te pakken te kunnen krijgen, komen met een verhaal dat je in Los Angeles iets belangrijks hebt vergeten en dat ze je dat graag alsnog even willen komen bezorgen.'

Marten wendde zijn hoofd af.

Maar Ford ging verder. 'Zodra jij gaat spitten, Nick, breng je je leven en alles wat je hebt in gevaar. En ook Rebecca, stel dat iemand zover wil gaan.'

Marten keek hem weer aan. 'Wat wil je dán dat ik doe?'

'Ga terug naar Manchester. Ik zit erbovenop. Zodra er iets aan het licht komt, hoor je het meteen.'

Ford stopte voor een rood licht. Voetgangers, stevig ingepakt tegen de januarikou, zwermden vanuit beide richtingen het zebrapad over en heel even staarden de beide jeugdvrienden zwijgend voor zich uit.

'Nick, toe, doe wat ik je vraag, ga terug naar Manchester,' smeekte Ford ten slotte.

Marten staarde hem aan. 'En hoe zit het met de rest?'

'De rest, van wat?'

'Wat het ook is dat je voor me verzwijgt. Ik zag het meteen toen je me van de luchthaven oppikte. Je weet iets. Wat is het?'

'Niets.'

'Ben ik gek op. Laat maar horen.'

'Goed...' Het licht sprong op groen en Ford trok op. 'Toen je dat bericht over dat lijk in het park las, waar dacht je toen meteen aan?'

'Raymond Thorne.'

'Spontaan, niet? Het ging dwars door je heen.'

'Ja.'

'Maar we weten allebei dat Raymond Thorne dood is, al een hele tijd.'

'Ga door,' maande Marten hem terwijl hij aandachtig zijn ogen op Ford gericht hield.

'Toen ik voor het eerst over dat lijk in het park hoorde – naakt, verminkt –, dus nog voordat ik wist dat het Alfred Neuss was, heb ik, gewoon zomaar, een van de vaste verslaggevers van *The Times* wat dingetjes laten uitzoeken.'

'En?'

'Vanochtend, toen jij onderweg was, kwam de informatie binnen. Thornes dossier is verdwenen uit het kantoor van de lijkschouwer van Los Angeles County. Zijn gegevens zijn uit de database verwijderd. Zijn vingerafdrukken, foto's, alles: wég. Net als zijn politiedossiers op het hoofdbureau in Parker Center, net als zijn dossier op het ministerie van Justitie in Sacramento, net als het verslag van de politie van Beverly Hills na inspectie van Neuss' appartement, net als bij de politie van Chicago. En, misschien wel het interessantst, ook de FBI-database is gekraakt. Alle dossiers over Raymond Thorne en alle bijbehorende bewijsstukken zijn compleet verwijderd. Op dit moment wordt gekeken bij Interpol in Washington en de politiearchieven in San Francisco en Mexico-Stad, waar zijn arrestatiefoto en kopieën van zijn vingerafdrukken worden bewaard. Als die hackers overal bij konden, wat denk je dan dat ze zullen vinden?'

'Wanneer is dit gebeurd?'

'Niet na te gaan.' Ford keek hem even aan, en richtte zijn aandacht weer op het verkeer. 'Maar er is meer. Drie medewerkers van de lijkschouwer werden vanwege het crematiedebacle ontslagen of overgeplaatst. Twee mannen en een vrouw. De mannen stierven drie weken na elkaar en de vrouw verdween spoorloos. En dat in nog geen vier maanden na het incident. Die vrouw zou naar haar zus in New Orleans zijn vertrokken, maar daar bleek ze helemaal geen zus te hebben zitten. Alleen een oom, die zich niet eens meer kan herinneren wanneer hij voor het laatst iets van haar heeft gehoord.'

Het was alsof Marten een ijskoude hand in zijn nek voelde. Precies hetzelfde gevoel als toen hij voor het eerst over het lijk in het park had gelezen, maar zichzelf daarna gedwongen had er niet meer over te beginnen. 'Je suggereert dus dat Raymond Thorne nog steeds in leven is...?'

'Ik suggereer helemaal niets. Maar we weten wél dat iemand speciaal voor hem een vliegtuig heeft geregeld. Tot twee keer toe. Het betekent dat hij niet in zijn eentje heeft geopereerd en dat zijn handlanger over geld beschikte. Een hoop geld.'

Marten staarde voor zich uit. Het was een vervolg op wat hij al die tijd al had geweten. Een vervolg op wat door hoofdcommissaris Harwood zo bruusk ter zijde was geschoven in zijn resolute vastberadenheid het hoofdstuk Raymond Thorne voorgoed af te sluiten en de waarheid over de 5-2 Squad in de doofpot te stoppen. Opeens keek hij Ford weer aan. 'En die arts die hem in het ziekenhuis dood heeft verklaard?'

'Felix Norman. Hij werkt daar niet meer. Ik heb er een paar mensen op gezet.'

'Jezus christus…' Marten keek even voor zich uit, maar draaide zich opnieuw naar Ford. 'Weet het LAPD ervan?'

'Ik denk van niet. En anders hebben ze er waarschijnlijk geen aandacht aan geschonken. Die twee sterfgevallen waren blijkbaar te wijten aan een natuurlijke doodsoorzaak. Die vrouw is nooit als vermist opgegeven, en wie gaat er in 's hemelsnaam oude dossiers en bestanden doorspitten om meer te weten te komen over een zaak die officieel is afgesloten en waar niemand verder nog iets mee te maken wil hebben?'

Verderop zagen ze de ronde omtrek van de Barrière de Monceau al, een van de laatste nog resterende tolhuizen die eind achttiende eeuw overal in de stad waren gebouwd. Daar vlak achter strekte een stadspark zich in al zijn weidse winterse grauwheid uit.

'Daar is het? De plek waar ze Neuss hebben aangetroffen?'

'Het Parc Monceau, ja.'

Ford zag hoe het vuur in Martens ogen oplaaide nu ze in de buurt kwamen en voelde de tinteling terwijl Marten wat meer overeind kwam en onwillekeurig het stratenplan, de omringende buurt en de verschillende toegangswegen naar het park bestudeerde. Op zoek naar een pad dat de moordenaar wellicht kon hebben gekozen. De rechercheur in Marten kwam weer tot leven, precies datgene waar Ford zo bang voor was.

'Nick,' waarschuwde hij, 'laat het rusten. We weten helemaal niets. Geef me een kans het eerst met mijn collega's in Los Angeles te onderzoeken. Geef de Parijse politie een kans met iets te komen.'

'Waarom maken we niet even een wandelingetje in dat park om te kijken?'

Drie minuten later vond Ford een parkeerplek aan de Rue de Thann, schuin tegenover het park. Het was net halfeen nu ze uitstapten en in de felle januarizon de Boulevard de Courcelles overstaken. Via de sierlijke gietijzeren hekken bij het metrostation betraden ze het Parc Monceau, de achttiende-eeuwse nouveauté die was aangelegd in opdracht van de hertog van Chartres. Daarna liepen ze over het pad naar de plek waar Neuss was aangetroffen.

Op zo'n twintig meter afstand zagen ze drie agenten voor een dichte groep heesters, die in het niet verzonken bij de reusachtige kastanje in kale winterjas daarachter. Iets dichter bij de struiken kletsten twee mannen wat met elkaar. Het waren duidelijk rechercheurs, de ene klein en stevig gebouwd, zo nu en dan wat gebarend alsof hij iets uitlegde, de andere knikkend en kennelijk degene die de vragen stelde. Hij was jonger en veel langer dan zijn collega en al helemaal geen Fransoos.

Het was Jimmy Halliday.

23

'Wegwezen hier,' zei Ford zodra hij Halliday zag. Marten aarzelde.

'Nu!' maande Ford. Marten draaide zich om en liep met Ford in zijn kielzog terug in de andere richting. VerMeer zou hij nog wel hebben kunnen verwachten, maar Halliday? Wat deed die hier?

'Dat is dus precies waar ik het over had, alleen zijn we plotseling een stuk dichter bij huis,' zei Ford terwijl hij Marten inhaalde en ze via het hek bij het metrostation het park verlieten.

'Hoe lang is hij al in Parijs?' vroeg Marten.

'Weet ik veel. Ik heb hem niet eerder gezien en, zoals ik al zei is het LAPD op afstand gebleven. Hij moet net zijn gearriveerd.'

'Die rechercheur die hij bij zich had, leidt hij het onderzoek?'

Ford knikte. 'Inspecteur Philippe Lenard, van de Parijse prefectuur van politie.'

'Geef mij de autosleuteltjes, dan wacht ik daar. Halliday kent jou. Ga terug en kijk wat je te weten kunt komen.'

'Hij zal geheid naar jou vragen.'

'Nee, hij zal naar John Barron vragen,' verbeterde Marten hem met een flauwe grijns. 'Sinds jij in Los Angeles zat, heb je hem niet meer gezien.'

Marten stapte in de Citroën en wachtte. Halliday. Ongeacht hun officiële standpunt had hij van de politie in Los Angeles kunnen verwachten dat ze iemand zouden sturen. En Halliday, bij welke dienst hij op dit moment ook werkte, wist meer over Neuss dan wie ook bij het korps, dus hij was de logische persoon. Misschien had hij wel verzocht of hij hiernaartoe mocht gaan. Marten vroeg zich af of de moord op Neuss ervoor had gezorgd dat het LAPD nu naar informatie zocht, precies zoals de *Los Angeles Times* Ford op pad had gestuurd. En zo ja, of ze dan op dezelfde ontbrekende schakels waren gestuit en dientengevolge met hetzelfde bange vermoeden zaten, namelijk dat Thorne op de een of andere manier levend uit het ziekenhuis was weggegoocheld, met achterlating van een overlijdensakte en een gecremeerd lijk. En nu, met alle dossiers zoek, zijn mogelijke handlangers dood of verdwenen en niemand die zijn ware identiteit kende, was hij hersteld en had hij de draad opgepikt waar deze hem zo hardhandig was ontnomen.

Ondertussen in Neuchâtel, Zwitserland

Rebecca had hem voor het eerst gezien toen hij half juli met een aantal anderen de Jura-kliniek kwam bezichtigen. Een paar weken daarna trof ze hem tijdens een lunch bij de Rothfels. Hij wist dat ze een patiënte van het Jura was en toonde een warme belangstelling voor het nieuwe programma. Ze kletsten ongeveer een uur met elkaar en speelden met de kinderen; ten slotte wist ze dat hij verliefd op haar was. Toch had het nog meer dan een maand geduurd voordat hij haar hand in de zijne nam en nog eens een maand voordat hij haar kuste.

Ook voor haar waren de maanden naar dat eerste lichamelijke contact een kwelling geweest. De blik in zijn ogen verried zijn gevoelens, en de hare verhevigden al snel, totdat ze net zo verliefd of misschien nog wel verliefder was dan hij. Zelfs de meest vluchtige gedachte aan hem wond haar op, en de momenten dat ze samen waren, al was het slechts voor een wandelingetje langs het meer, waar ze keken naar een bries die het water deed rimpelen en luisterden naar het gekwetter van de vogels, behoorden tot haar meest intense ervaringen. In haar ogen was Alexander Cabrera de knapste man die ze ooit had ontmoet of zich kon voorstellen ooit te zullen kennen. Dat hij vierendertig was en dus tien jaar ouder dan zij maakte absoluut geen verschil. Noch het feit dat hij een hoogopgeleide, buitengewoon geslaagde zakenman was die toevallig Gerard Rothfels' werkgever was.

Alexander was Argentijn en eigenaar van Cabrera WorldWide, een onderneming die pijpleidingen en afvoersystemen ontwierp, installeerde en beheerde, en in meer dan dertig landen aan diverse bedrijfstakken leverde, van landbouw tot aardoliewinning en -productie. Het hoofdkantoor was gevestigd in Buenos Aires, maar de grote Europese vestiging bevond zich in Lausanne, waar hij maandelijks enkele dagen verbleef terwijl hij ook in zijn vaste suite in het Parijse Ritz bescheiden kantoor hield.

Cabrera was een gevoelig man, goedgemanierd en respectvol, zowel voor haar persoonlijke situatie als voor haar positie als werkneemster van zijn Europese directeur, en wilde zijn vestiging in Lausanne noch het gezin waarin zij was opgenomen met roddels ontwrichten. Vandaar zijn wens elkaar discreet te ontmoeten.

En vier heerlijke en liefdevolle maanden lang was hun relatie inderdaad discreet geweest, elke keer dat hij voor zaken in Lausanne was of de Rothfels ervan wist te overtuigen dat ze hun kinderjuf wel een nachtje of drie konden missen. Om haar opeens stilletjes mee te tronen naar Rome, Parijs of Madrid. En zelfs dan bleef alles behoedzaam: gescheiden hotels, een auto om haar op te pikken en naderhand weer terug te brengen. Bovendien waren ze sinds ze elkaar kenden nog niet één keer samen naar bed geweest. Dat, zo beloofde hij haar, bewaarden ze voor de huwelijksnacht. En die zou heus komen. Ook dat had hij haar plechtig beloofd, de eerste keer dat hij haar kuste.

Op deze middag had Rebecca, warm gekleed tegen de januarikou, plaatsgenomen op een bank aan een bevroren vijver in het glooiende landgoed van de Rothfels aan de oever van het Meer van Neuchâtel en sloeg haar pupillen – Patrick van drie, Christine van vijf en Colette van zes jaar – gade. Ze kregen schaatsles. Nog twintig minuten en dan zouden ze naar binnen gaan voor warme chocolademelk. Daarna zou ze met Patrick gaan spelen en kregen de meisjes pianoles en vervolgens Italiaans van de privé-leraar, die elke dinsdag en donderdag om drie uur kwam. 's Woensdags en vrijdags gaf iemand hun altijd om vier uur Russische les en vervolgens ook Rebecca een uurtje. Inmiddels was ze al behoorlijk goed in Frans, Italiaans en Spaans, en ook het Russisch begon ze al aardig onder de knie te krijgen. Alleen met Duits had ze nog wat moeite, vanwege die keelklanken die maar niet lekker uit haar strot kwamen.

Wat deze dag bijzonder en tegelijk nogal moeilijk maakte, was dat Alexander na een tiendaagse trip naar huis in Buenos Aires 's avonds voor een zakendiner naar Zwitserland kwam. Het moeilijke hiervan school in het feit dat het etentje in Sankt Moritz plaatshad, en dat lag aan de andere kant van het land. Bovendien zou hij direct na afloop naar Parijs terugkeren. Hoewel ze elkaar dagelijks minstens één keer belden, hadden ze elkaar al in geen weken gezien. Ze verlangde ernaar om naar Sankt Moritz te gaan, al kon ze maar even bij hem zijn. Maar vanwege zijn positie als algemeen directeur, zijn drukke agenda en zijn eigen waardige en gepaste opvatting over hun relatie wist ze dat het niet mogelijk was. Ze moest het accepteren, net als de geheime aard van hun relatie. Zodra de tijd rijp was voor een huwelijk, zo had hij haar verteld, zou iedereen het weten. Maar tot die tijd moest hun leven alleen van hen blijven, van hen en de enige anderen die het wisten: Rothfels, zijn vrouw Nicole en de potige Jean-Pierre Rodin, Alexanders Franse lijfwacht, die geen moment van zijn zijde week en alles regelde.

Eerlijk gezegd was er nóg iemand die van hun relatie op de hoogte was: lady Clem. Zij had Alexander voor het eerst ontmoet toen ze Rebecca afgelopen september opzocht bij de Rothfels en hoorde van zijn belangstelling voor de Jura-kliniek. Ze ontmoette hem opnieuw in Londen, tijdens een fondsenwerving voor de Balmore-stichting in de Albert Hall, waar hij een ruimhartige gift schonk, speciaal bestemd voor de Jura-kliniek. Toen ze Rebecca enkele maanden later in Neuchâtel opzocht, troffen ze elkaar een derde keer. Hij en Rebecca hadden inmiddels duidelijk iets met elkaar en Rebecca had haar even apart genomen om het haar toe te vertrouwen en haar op het hart te drukken hoe belangrijk het was dat het geheim bleef. Zelfs voor haar broer, die altijd trouw over haar waakte en haar emotionele volwassenheid op z'n best als broos zou beschouwen. Na alles wat hij met haar had meegemaakt, zou hij zelf wel eens emotioneel of zelfs irrationeel kunnen reageren zodra hij hoorde hoe serieus haar verhouding met een man zo mondain als Alexander Cabrera eigenlijk was. Een man, zo wist ze zeker, die hij ervan zou verdenken dat hij haar slechts als speeltje beschouwde, wat absoluut niet het geval was. Bovendien wilde Alexander het zo, voorlopig althans.

'En trouwens,' benadrukte Rebecca met een meisjesachtige grijns naar Clem, 'als Nicholas met jou een geheime relatie kan hebben, is er geen reden waarom ik dat niet met Alexander kan. We maken er gewoon een spelletje van. Hou het geheim voor Nicholas. Oké?'

Clem lachte. 'Oké,' ging ze ondeugend akkoord. En ter bekrachtiging haakte ze als in een onderling ritueel haar wijsvinger achter die van Rebecca en beloofde zo niets tegen Nicholas te zeggen zolang Rebecca haar daar geen toestemming voor gaf. Met als gevolg dat Nicholas Marten zelfs maanden later nog altijd niets af wist van de samenzwering of van Rebecca's grote liefde.

24

Parijs, dezelfde dag, dinsdag 14 januari, wijnbar L'Écluse Madeleine,
Place de la Madeleine, 14.30 uur

Dan Ford toetste een nummer in, overhandigde Halliday zijn gsm,
pakte zijn glas bordeaux en wachtte terwijl de ex-rechercheur zijn
vluchtreservering liet wijzigen om nog een paar dagen langer in
Parijs te kunnen blijven.

Twintig minuten geleden waren ze per taxi vanuit het Parc
Monceau gearriveerd. Halliday had behoefte aan een borrel en
Ford wilde hem weg hebben uit het park. Wijnbar L'Écluse, vlak
bij de Place Madeleine en diep verscholen in het drukke centrum
van de stad, was ver genoeg van het park om Marten alle ruimte te
geven daar weg te komen.

Met Halliday aan zijn zijde had Ford expres de uitgang bij het
metrostation genomen, om daarna in het volle zicht de Boulevard
de Courcelles over te steken. Aan de overkant hadden ze even een
taxi aangehouden. Ford wist dat Marten iets verderop in zijn Citroën zou zitten. Hij hoopte maar dat Marten hen kon zien en
daarna naar zijn appartement aan de linkeroever van de Seine zou
rijden. Of dat laatste ook gebeurd was, en of Marten hen had gezien, was onduidelijk. Voorzover hij wist wachtte Marten nog
steeds achter het stuur.

'Ik sta even in de wacht. Sorry,' verontschuldigde Halliday zich
terwijl hij even naar het mobieltje wees, zijn glas cognac naar zijn
mond bracht en een flinke slok nam.

'Maakt niet uit,' antwoordde Ford. In de tien maanden dat hij
Halliday niet had gezien leek de voormalige rechercheur wel tien
jaar ouder te zijn geworden. Mager, met een grauw en doorgroefd
gelaat. Zijn blauwe, ooit zo doordringende ogen leken nu dof en
uitgeblust, zijn gekreukte grijze pantalon en lichtblauwe colbertje
al even versleten als hijzelf.

Die ochtend was hij vanuit Los Angeles gearriveerd, waarna hij
zich, zichtbaar moe en geplaagd door jetlag, meteen op het kantoor van inspecteur Lenard van het hoofdbureau van politie had
vervoegd. Kort daarop had de inspecteur hem vergezeld naar de
plaats van misdrijf in het park.

Het interessante was dat Halliday niet langer bij de politie van Los Angeles diende, maar door Neuss' verzekeringsmaatschappij als privé-detective was ingehuurd om uit te zoeken wat er met de vermiste kwart miljoen dollar aan diamanten was gebeurd. Normaliter had de politie weinig op met privé-speurneuzen, maar als politierechercheur had Halliday al eerder met Neuss te maken gehad. Vandaar dat inspecteur Lenard hem graag verwelkomde, zoals hij dat bij Dan Ford had gedaan.

Hallidays plan was om twee à drie dagen in de stad te blijven, zich op de hoogte te stellen van het politieonderzoek en, gezien zijn persoonlijke contact met inspecteur Lenard en wetend dat de inspecteur hem op de hoogte zou houden, daarna weer naar huis te gaan. Maar daar was plotsklaps verandering in gekomen toen Ford zich in het park bij hen had gevoegd en inspecteur Lenard een telefoontje had ontvangen met de mededeling dat Fabien Curtay, een van 's werelds rijkste diamantairs, een paar uur daarvoor in zijn luxe appartement in Monte Carlo was vermoord door een gemaskerde indringer die Curtay en diens lijfwacht had doodgeschoten.

Inspecteur Lenard hoefde Ford en Halliday niet te wijzen op de betekenis van deze moord. Alfred Neuss had in Monaco Fabien Curtay bezocht, van wie hij de inmiddels gestolen diamanten had gekocht.

Inspecteur Lenard had zich onmiddellijk geëxcuseerd en was per vliegtuig naar Monte Carlo vertrokken, waarna Halliday Ford had gepolst of ze misschien ergens wat konden gaan drinken en hij even kon bellen om zijn vluchtreservering te laten wijzigen. De echte reden was natuurlijk dat hij wilde praten, en dus zat er voor Ford weinig anders op dan met hem mee te gaan.

Onderweg had Halliday weinig gezegd, afgezien van een paar opmerkingen over Neuss en de moord op Curtay, dat hij het leuk vond Ford weer eens te zien en een tikkeltje jaloers was op het feit dat Fords carrière hem in een stad als Parijs had doen belanden. Niet één keer bracht hij John Barron ter sprake, waar deze uithing of hoe het hem was vergaan. De naam Raymond Thorne viel alleen in het voorbijgaan en in de voltooid verleden tijd, zonder ook maar een moment te suggereren dat hij misschien over dezelfde informatie beschikte als Ford.

Bij deze rees inmiddels de vraag waarom Halliday, afgezien van zijn klus als privé-detective voor een verzekeringsmaatschappij, eigenlijk in Parijs was. Wie weet was het een minutieus georkestreerd plan om het contact met Ford nieuw leven in te blazen met als doel John Barron te kunnen opsporen. Ondanks zijn uitgebluste voorkomen gold hij ooit onder Red McClatchy als een toprechercheur wiens beheersing en overredingskracht tot in de perfectie waren ontwikkeld. Het was iets waar hij terdege rekening mee moest houden wilde hij niet zijn mond voorbijpraten.

'Dank u,' beëindigde Halliday het gesprek. Hij klikte het mobieltje uit en gaf het terug aan Ford. 'Voor de bakker.' Daarna pakte hij zijn glas op en leunde achterover. 'Ik ben van mijn vrouw af, Dan. Zij heeft de kinderen. Dat is nu ongeveer' – hij dacht even na – 'zeven maanden geleden.'

'Wat vervelend.'

Halliday keek naar zijn glas, liet de cognac rondwalsen, sloeg het laatste beetje achterover en gebaarde naar de ober voor nog een glas.

'De 5-2 is opgeheven.'

'Dat weet ik.'

'Honderd jaar later, en Barron en ik zijn de enige die overblijven. John en ik, wij alleen. De veteranen van de 5-2.'

Zie daar. Dit was dus Hallidays manier om Barron ter sprake te brengen. Ford vroeg zich af hoe het gesprek zich nu zou ontwikkelen, maar daarover hoefde hij niet lang na te denken, want Halliday wond er geen doekjes om.

'Waar is hij?'

'Wie? Barron?'

'Ja.'

'Ik zou het niet weten.'

'Kom op, Dan.'

'Heus, ik weet het echt niet, Jimmy.'

De ober bracht Hallidays bestelling. Met één teug sloeg hij de helft achterover, zette het glas neer en keek Ford aan.

'Ik weet dat hij nogal in de clinch lag met een paar types binnen het korps. Ik wilde er met hem over praten, maar ik kon nergens een adres of een telefoonnummer vinden. Ik heb hem nog via zijn zus in het St. Francis proberen te bereiken. Maar die verbleef daar niet meer. Niemand wilde me zeggen hoe het met haar ging of waar ze was.' Zijn vingers klemden zich om zijn glas.

'Ik heb jou ook nog geprobeerd te bereiken, ik ben alleen even vergeten wanneer dat was. Je was al overgeplaatst naar Washington. Ik heb je nog gebeld, daar.'

'Ik heb je bericht anders nooit ontvangen.'

'Nee?'

'Nee.'

Halliday wendde even zijn blik af en keek Ford vervolgens weer aan. 'John en ik moeten praten, Dan. Ik wil hem vinden.'

Ford liet zich niet opjagen. 'Ik heb hem sinds mijn vertrek uit Los Angeles niet meer gezien. Ik wou dat ik je kon helpen, het spijt me.'

Halliday hield Fords blik nog een lang moment gevangen en wendde daarna opnieuw zijn hoofd af.

Ford nam een slokje van zijn bordeaux. Voor Halliday was het duidelijk dat hij loog. Normaliter zou de ex-rechercheur hem erop hebben aangesproken, maar nu, met zijn glas in de hand, keek hij wat doelloos toe terwijl het café leegliep nu de Parijzenaars na de lunch weer naar hun werk gingen.

Ford wist niet wat hij ervan moest denken. Misschien had Halliday zijn vechtlust verloren: eerst de emotionele klap van het 5-2-debacle, daarna de vernederende overplaatsing naar de verkeers-divisie, en na dit alles ook nog eens de scheiding van zijn vrouw en kinderen. Misschien zocht hij enkel wat kameraadschap met Barron. Om als laatste twee veteranen het een en ander uit te praten. Maar wie weet gaf hij Barron de schuld van alles en was de reden van zijn komst, in opdracht van een verzekeringsmaatschappij, wel een verzinsel. De moord op Neuss en het feit dat Dan Ford hier in de stad werkte, vormden een perfect excuus.

Plotseling stond Halliday op. 'Ik moet even op één oor, Dan. Hoeveel krijg je van me?'

'Niks. Ik reken wel af, Jimmy.'

'Dank je.' Halliday dronk zijn glas leeg, zette het neer en boog zich naar Ford.

'Ik wil John spreken. Vanavond. Uiterlijk morgen. Ik zit in het Hôtel Eiffel Cambronne. Geef het door, oké? Zeg dat het met Raymond te maken heeft.'

'Raymond?'

'Geef het nou maar door, oké? Zeg hem dat ik zijn hulp nodig heb.' Hij staarde Ford nog even aan, draaide zich plots om en liep naar de deur.

Ford stond snel op, legde twee briefjes van twintig euro op tafel en liep achter Halliday aan het café uit en de bleke middagzon te-gemoet.

25

Bij het verlaten van café L'Écluse had Dan Ford noch Jimmy Halliday de bebaarde, zwaargebouwde man opgemerkt die in zijn eentje aan een tafeltje bij de deur zat. Ook zagen ze niet hoe hij achter hen naar buiten kwam en quasi-vrijblijvend vlak bij hen op het trottoir de oren gespitst hield terwijl de journalist Halliday in een taxi hielp en de chauffeur de naam van zijn hotel gaf. En ook daarna, toen Ford in rap tempo naar de metro op Place de la Madeleine liep en onderweg zijn gsm uit zijn jasje haalde, had hij niet in de gaten dat hij werd gevolgd.

Ook toen de man eerder in het Parc Monceau op een bank de duiven had zitten voeren en hen had geobserveerd, terwijl ze samen met Lenard de plaats van het misdrijf onderzochten totdat de Parijse inspecteur een telefoontje kreeg en terstond vertrok, was hij hun niet opgevallen. Dat hij hen het park uit had gevolgd en had gezien dat ze in een taxi stapten, hadden ze evenmin gemerkt, waarna hij zelf ook een taxi nam om hen te volgen naar L'Écluse Madeleine.

Zo'n tien seconden talmde de bebaarde man op het trottoir voor L'Écluse, alsof hij wilde besluiten wat hij nu eens ging doen en omdat hij vooral niet de indruk wilde wekken dat hij de Amerikanen met opzet naar buiten was gevolgd. Ten slotte draaide hij zich om en ging op in de menigte voetgangers op de Place de la Madeleine.

Zijn naam was Joeri Ryliev Kovalenko, een eenenveertigjarige rechercheur Moordzaken voor het Russische ministerie van Justitie en hier in Parijs op verzoek van de Franse regering om te assisteren bij het onderzoek naar de moord op Alfred Neuss. Officieel maakte hij deel uit van het Franse rechercheteam, maar hij bezat geen bevoegdheid en moest verantwoording afleggen bij onderzoeksofficier Philippe Lenard; deze toonde zich beroepshalve uitermate beleefd, maar hield de Rus verder op een afstand. Lenard betrok hem er alleen bij als híj dat wilde en speelde hem enkel die informatie door die hij kwijt wilde.

Op twee punten was Lenards houding te begrijpen. Ten eerste had het misdrijf in zijn stad plaatsgevonden en werd van zijn bureau verwacht dat ze de zaak oplosten. Ten tweede was de aanzet tot het Franse verzoek om een Russische rechercheur ingegeven door het Russische ministerie van Buitenlandse Zaken. De Franse uitnodiging kwam vervolgens als een diplomatieke beleefdheidsbetuiging om te voorkomen dat de zaak de schijn opriep internationaal van belang te zijn in plaats van een eenvoudig verzoek om informatie over de moord op een voormalig Russisch onderdaan. In feite zat inspecteur Lenard opgescheept met een politiek hangijzer in de gedaante van een Russische rechercheur en had hij enkel te horen gekregen dat hij deze volledig bij zijn onderzoek moest betrekken. Dit alles had geleid tot een enigszins gespannen onderlinge verhouding en was een van de redenen waarom Kovalenko nog niet was voorgesteld aan *Los Angeles Times*-verslaggever Dan Ford of was meegevraagd toen inspecteur Lenard met Halliday naar het Parc Monceau toog om de plaats van de moord te bekijken.

Misschien was hij niet meegevraagd, maar geen enkele wet verbood een bezoeker van de stad om een donkere bril op te zetten en op een parkbankje plaats te nemen om duiven te voeren en terloops de omgeving gade te slaan.

Het had hem de kans gegeven op eigen houtje het een en ander over Halliday te weten te komen. Bijvoorbeeld hoe hij eruitzag, dat hij wel een borrel lustte of zelfs niet zonder kon, en de naam van het hotel waar hij verbleef. Bovendien werd zijn ijver extra beloond: Dan Ford was in het Parc Monceau in gezelschap van een andere man, een man die meteen toen hij de politie had gezien door Ford was toegesproken, zich had omgedraaid en was weggelopen. Kovalenko vroeg zich af wie deze man was en waarom de journalist hem zo vlug had weggestuurd. Hij kon er gerust van uitgaan dat de man geïnteresseerd was geweest in de moord, maar Ford had toch duidelijk niet gewild dat hij werd gezien. Maar door wie dan niet, Lenard of Halliday, of beiden?

Interessant was dat de hele situatie – het feit dat de Franse inspecteur hem uit de buurt hield van Halliday, een voormalig rechercheur van de politie van Los Angeles die zich eerder met de zaak-Neuss had beziggehouden, de verschijning van Ford, een verslaggever die ook in Los Angeles de zaak-Neuss al had gecoverd, en het merkwaardige gedrag van de man die Ford naar het park had vergezeld – Kovalenko in de overtuiging sterkte dat de moord op Alfred Neuss meer was dan zomaar een roofmoord en een vervolg leek op wat bijna een jaar eerder in Amerika had plaatsgevonden. Wat de reden was dat hij in Parijs was.

Bekend bij slechts een handjevol – het Russische ministerie van Justitie en nu dus ook de prefectuur van politie in Parijs – was dat Alfred Neuss een voormalig Russisch staatsburger was. Hetzelfde gold voor de gebroeders Azov, de kleermakers in Chicago die waren doodgeschoten door de beruchte Raymond Oliver Thorne vlak voordat hij op de trein naar Los Angeles stapte. Daarnaast waren in de dagen voor Thornes bezoek aan Chicago twee andere mannen van Russische afkomst vermoord in Amerika: een bankdirecteur in San Francisco en een beroemde beeldhouwer in Mexico-Stad; twee steden die Thorne, volgens de gegevens op de magneetstrip in zijn paspoort, op de dagen van de moorden had bezocht. Vier voormalige Russische inwoners die binnen enkele dagen van elkaar waren vermoord. Het vijfde slachtoffer, op wie Thorne jacht maakte toen hij zelf werd gedood, was Alfred Neuss. Dat de juwelier uit Beverly Hills op dat moment in Londen had gezeten, was ongetwijfeld zijn redding geweest. Het probleem was dat de vermeende dader van nagenoeg alles, Raymond Oliver Thorne, nu zelf dood was; hij was gecremeerd, en zijn ware identiteit en het motief voor zijn misdaden zouden nooit bekend worden.

Vandaar dat de Russische rechercheurs door Moskou naar Noord-Amerika en Mexico waren gestuurd om met de plaatselijke autoriteiten te onderzoeken of de moorden deel uitmaakten van een georganiseerde samenzwering tegen voormalige staatsburgers. Met federale goedkeuring had de politie van Los Angeles de Russen inzage gegeven in de inhoud van Thornes reistas die in de *Southwest Chief* was aangetroffen. Na nauwgezet onderzoek vormde die inhoud – de sleuteltjes van een kluis, Thornes handgeschreven verwijzingen naar Londen, het huis in Uxbridge Street, de Russische ambassade, Penrith's Bar en 'I.M.' en de afzonderlijke notitie '7 april/Moskou' – voor hen net zo'n groot raadsel als voor iedereen. En hoewel bewezen was dat de Ruger het wapen was waarmee de gebroeders Azov waren vermoord, was het niet gebruikt bij de moorden in San Francisco en Mexico-Stad. Kortom, ook al zat Raymond Thorne achter de moorden, er was geen direct bewijs voorhanden. Zijn dood en crematie, plus het gebrek aan verdere informatie, zetten de zaak op slot. De dossiers en het aanvullende papierwerk waren opgeborgen in een warenhuisachtig depot in Moskou, dat uitpuilde van dossiers over andere onopgeloste moordzaken. Maar toen in Parijs Alfred Neuss opeens op beestachtige wijze werd vermoord, werd het dossier heropend en het onderzoek aan Kovalenko overgedragen.

Als iemand het hem op de man af vroeg, zou hij hebben geantwoord dat de roofmoord op Neuss en de eerdere moorden in Amerika een *razborka*, een gewelddadige afrekening, waren. Waarom? Hij had geen idee. Bovendien waren er geen harde bewijzen voor. Toen niet en nu ook niet.

Niettemin was met de moord op Neuss de belangstelling voor de zaak opnieuw gewekt, niet alleen van de kant van het Russische ministerie van Justitie en de politie van Parijs, maar ook bij een afgezwaaide rechercheur Moordzaken uit Los Angeles en een verslaggever van de *Los Angeles Times*.

In Rusland stonden buitenlandse journalisten, hun familieleden en doen en laten haast voortdurend onder verdenking omdat ze als onderdeel van het spionagewereldje in hun vaderland werden beschouwd. Volgens Kovalenko was er geen reden waarom het hier in Parijs anders zou zijn. Wat Ford en Halliday in L'Écluse hadden besproken, wist hij niet. De identiteit van Fords kennis in het park en de reden waarom hij zich had gedragen zoals hij had gedaan, waren al net zo raadselachtig.

Er was geen reden om te geloven dat de Russische rechercheurs die eerder naar Amerika waren gestuurd informatie was onthouden. Maar toch, aangezien Washington hun toestemming had verleend om bewijsmateriaal te onderzoeken en met plaatselijke autoriteiten ruggespraak te houden, was het tegendeel niet uitgesloten. In zijn geheel genomen, en gezien Russische ervaringen met buitenlandse journalisten en Fords gedrag in het park, prikkelde de combinatie Kovalenko's nieuwsgierigheid. Wat hem betrof kon Ford hierin wel eens de sleutelfiguur zijn, degene om wie alles draaide. En daarom was dit ook iemand om nauwgezet in de gaten te houden.

26

*Het appartement van Dan en Nadine Ford in de Rue Dauphine,
nog steeds dinsdag 14 januari, 20.40 uur*

'Halliday is niet zomaar over Raymond Thorne begonnen. En dat
hij met me wil praten, ook daar zit iets achter,' stelde Nicholas
Marten nadrukkelijk terwijl hij, zittend aan de eettafel in de kleine
achterkamer van het echtpaar Ford op de eerste etage, iets voor-
overleunde.

Marten had gezien hoe Ford en Halliday samen vanuit het Parc
Monceau de boulevard waren overgestoken en even op een taxi
hadden moeten wachten, precies zoals Ford had gehoopt. Op dat
moment was het tot Marten doorgedrongen dat het speciaal bedoeld was als een signaal om in de Citroën te stappen en weg te rijden. Hetgeen hij had gedaan. Zich een weg banend door de stad
had hij, telkens rondjes rijdend, uiteindelijk Fords appartement in
de Rue Dauphine kunnen vinden. Voor de kokette Nadine, die
echter wist dat hij zou komen, niet echt een verrassing. En hoewel
de zwangerschap zich al aardig manifesteerde, had ze hem hartelijk ontvangen en met alle warmte en gastvrijheid die ze bezat – gewoon omdat hij Dan Fords allerbeste vriend was – een broodje
voor hem gesmeerd, een glas wijn ingeschonken en met hem gekletst totdat haar man thuis was gekomen.

En nu zaten deze beste vrienden van de wereld te ruziën aan de
eettafel. Marten stond erop Halliday te bellen en uit te zoeken hoeveel hij over Raymond Thorne wist. Ford wilde hem het liefst weg
uit Parijs hebben totdat Halliday weer was vertrokken.

Misschien zou Marten hebben geluisterd als hij Halliday niet in
het Parc Monceau samen met inspecteur Lenard de plek van de
moord op Neuss had zien bestuderen, precies zoals hij zelf in Los
Angeles samen met Red en de anderen in MacArthur Park de plek
had bekeken waar Josef Speer was vermoord. Het was een beeld
dat niet uit zijn hoofd te branden was, net als de vloed aan herinneringen die het opriep. Herinneringen die hem deden beseffen
hoe zwaar het schuldgevoel nog altijd op hem drukte, niet alleen
ten aanzien van de onschuldige slachtoffers als gevolg van zijn volkomen verkeerde inschatting van wat voor iemand Raymond Thor-

ne was, maar ook – noodweer of niet – vanwege het eigenhandig doden van Roosevelt Lee en Marty Valparaiso bij het spoorwegemplacement. De beelden waren zo helder dat hij de scherpe kruitlucht zelfs hier, pal boven zijn stoel aan deze tafel, kon ruiken. Hallidays verschijning had alles weer opgerakeld en hij voelde zich genoodzaakt de lucht eens en voor altijd te klaren. Praat erover, praat het uit. Schreeuw, jank, ga tekeer. Om het op wat voor manier dan ook, hoe dan ook, eindelijk voorgoed achter je te kunnen laten. Dat was de reden waarom hij koste wat kost met Jimmy Halliday moest praten, de enige die het zou kunnen begrijpen, want hij was er immers zelf bij geweest.

Dan Ford zette zijn kop koffie neer en leunde achterover. 'Stel dat "Raymond Thorne" en zijn roep om hulp alleen maar een smoes zijn. Gewoon om je uit de tent te lokken.'

'Je denkt dat-ie het op mij gemunt heeft?'

'Hoe weet jij dan zo zeker dat híj niet degene is geweest die met die haatcampagne tegen jou is begonnen?' wierp Ford tegen. 'En zelfs al zat hij daar niet achter, hij moet het nu zonder zijn kameraden, zelfrespect, werk en gezin stellen. Wie weet is hij op de hoogte van wat wij over Thorne te weten zijn gekomen. Misschien weet hij wel veel meer en wil hij dat aan je kwijt. Maar dan nog, stel dat hij jou alle schuld in de schoenen wil schuiven en de rekening wil vereffenen. Durf je dat risico aan?'

Marten keek hem even aan, en wendde zijn blik af. Ford wilde hem alleen maar beschermen, dat wist hij best. Net als in de auto, onderweg van het vliegveld naar de stad en daarna, toen ze Halliday in het park aantroffen. Maar hij mocht dat recht dan misschien hebben, in één opzicht zat hij fout. Hoe verbitterd Halliday ook kon zijn, hij zou nooit degene zijn die zich tegen Marten zou keren. Ford kon misschien een vermoeden hebben van wat er in het goederendepot precies was voorgevallen, maar hij had hem er nooit over lastiggevallen en Marten had het altijd voor zich gehouden. Ford kon dus niet weten wat Halliday daar had gedaan.

Dus ja, misschien had Ford gelijk om hem te dwingen uit Hallidays buurt te blijven. Maar afgezien van zijn eigen emoties, het schuldgevoel, de wroeging en de simpele behoefte aan een gesprek bleef de mogelijkheid bestaan dat Fords vermoeden waar was: dat Halliday iets te weten was gekomen en het hem wilde toevertrouwen. Beide zaken wogen zwaarder dan Fords gezonde verstand. Hij keek zijn vriend weer aan.

'Ik wil Halliday ontmoeten. Ik wil naar zijn hotel. Nu. Vanavond.'

331

'Naar hem toe?' Ford kon zijn oren niet geloven. 'Je bedoelt, onder vier ogen?'

'Ja.'

Nadine Ford legde haar hand op die van haar echtgenoot. Hoewel ze het gesprek slechts een beetje kon volgen, hoorde ook zij hoe de toon opeens omsloeg. De manier waarop de twee mannen elkaar aankeken en de emotie die daarmee gepaard ging, bezorgde haar een angstig gevoel.

'*C'est bien*,' stelde Ford haar met een glimlach gerust en hij gaf een zacht klopje op haar buik. '*C'est bien*.' Niks aan de hand.

Marten moest even glimlachen. Toen ze nog in Los Angeles woonden was Nadine al begonnen om Dan Frans te leren. Ze moest een goede lerares zijn geweest, want de overplaatsing naar Parijs was te danken geweest aan zijn beheersing van het Frans. Inmiddels leek het Frans hem net zo vertrouwd als zijn eigen moedertaal.

In de keuken tjirpte plotseling Fords gsm. Hij stond op en liep ernaartoe.

'Dan Ford,' hoorde Marten hem zeggen. '*Comment? Ou?!*' Wat? Waar? klonk het opeens gealarmeerd. Marten en Nadine keken in de richting van de keuken. Ze konden hem zien staan terwijl hij zijn mobieltje tegen zijn oor hield en luisterde.

'*Oui. Merci*,' zei hij ten slotte en hij verbrak de verbinding. Daarna verscheen hij weer in de kamer.

'Dat was inspecteur Lenard. Hij is net terug uit Monaco. Halliday is dood aangetroffen op zijn hotelkamer.'

'Wat?!'

'Hij is vermoord.'

27

Hôtel Eiffel Cambronne, Rue de la Croix Nivert, 21.20 uur

Dan Ford parkeerde de Citroën een halve straatlengte bij het hotel vandaan. Vanuit de auto konden ze de politie en een aantal wagens van hulpdiensten bij de hotelingang zien staan. Ook inspecteur Lenards kastanjebruine Peugeot stond ertussen.

'Nick,' waarschuwde Ford op zachte toon, 'op dit moment weet niemand wie jij bent. Mocht de politie van Los Angeles nog niet op de hoogte zijn, dan zal dat niet lang meer duren. Als jij daarheen loopt, zal Lenard willen weten wie je bent en wat je hier zoekt. Je vraagt om moeilijkheden.'

Marten glimlachte. 'Gebruik je charme, zeg hem dat ik een vriend van je ben uit Amerika.'

'Je wilt echt dood, hè?'

'Dan, Jimmy Halliday was een vriend en een collega. Misschien dat ik wat wijzer kan worden hier. Misschien wijzer dan de Franse politie. Ik kan het tenminste proberen.' Hij zweeg even. 'Hij zou voor mij hetzelfde gedaan hebben.'

Bij binnenkomst zagen ze inspecteur Lenard. Naast hem stond een andere rechercheur. Een klein forensisch team was bezig in de slaapkamer en in de badkamer daar vlak achter. Een politiefotograaf maakte foto's.

Halliday lag op het bed. Hij droeg een wit T-shirt en een boxershort. Het shirt en het beddengoed rond zijn bovenlichaam waren doorweekt van het bloed. Het eigenaardige was de manier waarop zijn hoofd op het kussen naar achteren verdraaid was. Een stap dichterbij en ze zagen waarom. Zijn keel was bijna tot op de nekwervels doorgesneden.

'*Qui est-ce?*' Wie is dit? Lenard keek naar Marten.

'Nicholas Marten, *un ami américain*,' antwoordde Ford. Een Amerikaanse vriend. '*D'accord?*' Oké?

De inspecteur nam Marten een moment op en knikte. 'Zolang hij maar niet in de weg loopt of iets aanraakt.'

Ford knikte dankbaar. 'Enig idee door wiens toedoen, of hoe het gebeurd is?'

'Op het tapijt bij de deur ligt bloed. Misschien dat hij lag te rusten of op het toilet zat toen er iemand aanklopte. Hij liep naar de deur, deed open en werd direct neergestoken en vervolgens naar het bed gedragen. Het gebeurde allemaal heel snel, het moordwapen was vlijmscherp, een scheermes zou ik zeggen, of een soort vechtmes.'

'Wat was het, een beroving?' vroeg Ford.

'Zo op het eerste gezicht lijkt het er niet op. Zijn portefeuille is onaangeroerd. Zijn koffer was nog niet uitgepakt.'

Marten zette voorzichtig een stap naar het bed en probeerde

Halliday iets beter te bekijken. Op hetzelfde moment kwam een bebaarde man in een flodderig pak de badkamer uit lopen.

'Dit is hoofdinspecteur Kovalenko van het Russische ministerie van Justitie,' legde Lenard uit. 'Hij helpt ons met het onderzoek naar de moord op Alfred Neuss. Neuss was een voormalig Russisch staatsburger.'

'Ik wist dat er vlak na het incident met Raymond Thorne Russische rechercheurs in Los Angeles waren,' reageerde Ford met een vluchtige blik op Marten. Hier was het antwoord op Martens vraag of iemand contact had gehad met de Russen. 'Wat ik niet wist, was dat Neuss een Rus was.' Hij keek Kovalenko aan en stelde zich voor. 'Ik ben Dan Ford, *Los Angeles Times*.'

'Ik weet wie u bent, meneer Ford,' zei Kovalenko met een zwaar accent. 'Ik heb gehoord dat rechercheur Halliday een vriend van u was. Gecondoleerd,' klonk het oprecht.

'Dank u.'

Kovalenko's blik gleed naar Marten. 'En u bent een vriend van meneer Ford?'

'Ja, Nicholas Marten.'

'Hoe maakt u het, meneer Marten?' Kovalenko knikte licht. Dit was de man in het park die zich zo snel had afgewend toen hij de politie zag; en nu stapte hij zonder enige aarzeling een hotelkamer vol politie binnen.

Ford keek inspecteur Lenard aan. 'Wie heeft hem ontdekt?'

'Een kamermeisje kwam het bed opmaken. Toen ze aanklopte, werd er niet gereageerd en dus liet ze zichzelf binnen met haar sleutel. Ze zag hem en belde onmiddellijk de manager. Dat was om ongeveer tien voor halfacht.'

De fotograaf stapte tussen hen in om het bed vanuit een andere hoek te kunnen fotograferen en Marten deed een pas naar achteren. Het gaf hem een kans Halliday nog aandachtiger te bekijken. Zijn gezicht vertoonde meer rimpels dan hij zich kon herinneren. En hij was mager, te mager eigenlijk. Maar er was nog iets. Voor iemand van begin dertig wekte hij een welhaast oude indruk. Hoe hij er nu ook uitzag of had uitgezien voordat hij werd omgebracht, hij was nog steeds de man die hem een plek binnen de Squad had bezorgd, die tijdens de kritieke momenten in de zaak van seriemoordenaar Donlan en ook tijdens alle verschrikkingen en het bloedvergieten door Thorne aan zijn zijde had gestaan. En ten slotte de man die, op het meest benarde moment van zijn leven, zijn kant had gekozen en Rebecca en hemzelf had gered van de doorgedraaide Len Polchak.

Plotseling werd hij overmand door een golf van woede en emoties. Zonder erbij na te denken keek hij inspecteur Lenard aan. 'Het kamermeisje. Bélde ze de manager of ging ze hem halen?'

Dan Ford schudde nog even het hoofd, in een poging hem te waarschuwen.

'U bedoelt of ze van hier of van ergens anders belde?' Het was te laat, de inspecteur ging al op zijn vraag in.

'Ja.'

'Zoals u zich wel zult kunnen voorstellen, was ze doodsbang. Ze rende de kamer uit en gebruikte een huistelefoon op de gang, vlak bij de liften.' Lenard keek Ford aan. 'Volgens mij suggereert uw vriend dat de moordenaar op dat moment nog steeds hier in de kamer kan zijn geweest, misschien in de badkamer of in de kast, en pas wegging toen het kamermeisje de kamer uit was.' Hij keek Marten weer aan. 'Toch?'

'Ik vroeg alleen maar wat er gebeurde.'

Ford vloekte binnensmonds. Marten had niet alleen de argwaan van inspecteur Lenard gewekt, maar ook die van Kovalenko. Hij gaf hun geen gelegenheid er dieper op in te gaan.

'Ik ken Hallidays vrouw,' zei hij terwijl hij tussen Marten en Lenard stapte. 'Zal ik haar bellen?'

'Als u dat wilt doen. *Je vous remercie.*'

Marten deed een stap naar achteren en keek de kamer rond. Hallidays koffer stond geopend op het rek aan het voeteneind van het bed en was tot de rand toe gevuld met kleding. Zelfs zijn scheerapparaat lag erin, ergens langs de rand gepropt. Het leek erop dat hij de koffer nog maar net had opengeslagen toen hij werd verrast.

'Kom, Nick, we gaan, dan kunnen deze jongens hun werk doen.' Dan Ford stond al bij de deur en Marten zag dat hij hem zo snel mogelijk wilde wegloodsen.

'Kunt u een reden bedenken waarom iemand hem zou willen vermoorden?' vroeg inspecteur Lenard aan Ford op het moment dat ook Marten de deur bereikte.

'Nee, geen enkele.'

'Zou u morgenochtend even kunnen langskomen? Wie weet kunnen we hier samen wat klaarheid in brengen.'

'Natuurlijk,' reageerde Ford, waarna hij en Marten zich naar de deur omdraaiden.

'Meneer Ford.' Kovalenko blokkeerde de doorgang. 'U kende rechercheur Halliday toen u in Los Angeles werkte, nietwaar?'

'Ja.'

'Ik meen dat hij lid was van de legendarische 5-2 Squad, klopt dat?'

'Dat klopt.' Dan Ford bleef koel en zakelijk.

'De 5-2 geniet wereldwijd een zeer goede reputatie onder politiemensen. Rusland vormt hierop geen uitzondering. Van de laatste commandant, wijlen Arnold McClatchy, heb ik zelfs een fotootje op mijn werkkamer hangen. Hij was een held, niet? Zoals Gary Cooper in *High Noon*.'

'U weet een hoop van Amerika,' was Fords reactie.

'Nee hoor, een klein beetje maar.' Kovalenko glimlachte en keek vervolgens naar Marten. 'Kende u rechercheur Halliday ook, meneer Marten?'

Marten aarzelde. Hij had zich gerealiseerd dat hij met zijn verblijf in Parijs en zijn bemoeienis met de moord op Neuss, vervolgens zijn wens Halliday te treffen en ten slotte zijn gang naar de plaats van de moord, waar de Franse politie zich bevond, steeds meer risico nam. Ford had hem ook voortdurend gewaarschuwd. Het had ertoe geleid dat hij inspecteur Lenard een vraag had gesteld, wat de Russische rechercheur helaas niet was ontgaan. Met zijn baard, gedrongen postuur en grote bruine ogen leek Kovalenko op een vriendelijke professor, maar dat was slechts schijn. In feite was hij scherpzinnig en goed bij de les. Bovendien had hij zijn huiswerk gedaan. Hij wist van de 5-2 en van Red. Of hij echt een fotootje van hem had deed er niet toe. De Rus zocht naar een herkenningsfactor, een aanwijzing dat Marten of Dan Ford iets meer wist dan ze lieten doorschemeren.

Of, zo schoot het Marten opeens door het hoofd, misschien had de vraag eigenlijk betrekking op Neuss en op wat Ford en Marten mogelijk wisten dat Kovalenko, de Franse politie en de Russische rechercheurs, eerder in Los Angeles, niet wisten.

Wat het ook was, en wat Kovalenko ook probeerde te achterhalen, Marten wist dat hij moest oppassen. Als hij iets verkeerds zei of ook maar enigszins zinspeelde op zijn medeweten van de zaak, zou de Rus alleen maar nieuwsgieriger worden en dat was wel het laatste wat hij wilde.

'Ja, ik kende hem, maar niet goed,' antwoordde hij op vlakke toon. 'Het beetje dat ik weet, heb ik vooral uit Dans verhalen over hem.'

'Aha.' Kovalenko glimlachte vriendelijk en leek enigszins tevreden, maar nog niet helemaal. 'U bent hier in Parijs om meneer Ford op te zoeken?'

'Ja.'

'Mag ik vragen waar u verblijft?'

'In mijn appartement,' antwoordde Ford voor hem.

'Dank u,' zei Kovalenko, opnieuw glimlachend.

'Morgenochtend om negen uur op het bureau,' zei inspecteur Lenard tegen Ford.

'Goed, negen uur. *Au revoir*,' zei Ford met een knikje en hij werkte Marten gauw de deur uit.

28

'Waarom moest je zo nodig vragen stellen?' beet Ford Nicholas toe. Hij klonk als een vader, een moeder, een oudere broer en een chef tegelijk terwijl ze snel door de gang naar de liften liepen. Overal waren agenten druk bezig het gedeelte voor Hallidays kamer af te zetten.

'Lenard mag er dan weinig aandacht aan hebben besteed, maar je kunt erop rekenen dat hij morgen van me zal willen weten wie jij in vredesnaam bent en wat je hier te zoeken had.'

'Goed, ik heb dus iets gezegd, nou en?'

'Nick,' waarschuwde Ford hem, 'hou in vredesnaam je mond.'

Ze bereikten de liften aan het eind van de gang.

'Vraag of een van die smerissen de huistelefoon kan laten zien,' verzocht Marten hem plotseling. 'Ik wil zien waar dat ding staat.'

'Hou je er in 's hemelsnaam toch buiten.'

'Dan, Jimmy's keel werd doorgesneden!'

Ford bleef staan, zuchtte even, liep naar de dichtstbijzijnde diender, vertelde hem in het Frans dat inspecteur Lenard had verteld over een hoteltelefoon waarmee het kamermeisje de manager had gebeld en vroeg hem waar het apparaat hing.

'*Là-bas.*' Daar.

De agent wees naar een eenvoudige witte huistelefoon aan de muur tegenover hen. Marten wierp er een blik op en keek vervolgens in de richting vanwaar ze gekomen waren de gang in. De telefoon hing zo'n vijfentwintig à dertig meter van Hallidays geopende hotelkamerdeur. Het kamermeisje dat hevig geschrokken naar de telefoon was gerend zou met haar rug naar de kamerdeur hebben gestaan, wat de dader voldoende tijd zou hebben gegeven om ongezien via de brandtrap aan het andere eind van de gang te kunnen ontkomen.

'*Merci*,' bedankte Ford de agent en hij leidde Marten terug naar de liften.

Op het moment dat ze die bereikten, gleden de deuren van de dichtstbijzijnde lift open. Twee ambulancebroeders stapten naar buiten met een brancard. Erop lag een opgevouwen, zilvergrijze lijkzak. Zonder ook maar even op te kijken liepen ze langs en sloegen de gang naar Hallidays kamer in.

'Krijg de kolere,' vloekte Marten hardop. 'Krijg allemaal de kolere.'

29

Op het moment dat de deuren dichtgleden en de lift begon te zakken staarden beide mannen naar de vloer.

'Ik begrijp niet dat iemand als Halliday, met zijn ervaring, zich zo kan laten uitschakelen,' zei Ford zachtjes.

Marten probeerde zich voor de geest te halen wat zich had afgespeeld. 'Je bevindt je in een ogenschijnlijk veilig hotel; je bent gedeprimeerd, hebt last van een jetlag, bent een tikkeltje dronken en misschien doe je net een dutje als er opeens iemand op de deur klopt. Je hebt geen reden argwanend te zijn en doet dus gewoon open of vraagt in elk geval wie het is. Degene op de gang antwoordt iets onschuldigs in het Frans, net als het hotelpersoneel zou doen. Daar hoef je toch niets achter te zoeken? Dus je doet open en wie het ook is, hij weet van tevoren al precies wat hij zal doen op het moment dat jij het zelf beseft: een vliegensvlugge haal met een scheermes of een ander soort mes langs je keel.' Martens ogen glansden van woede. Het gemak, de eenvoud van zo'n daad.

'Het was moord met voorbedachten rade, Dan. Dus luidt de vraag: waaróm? Wat dacht de dader dat Halliday wist, deed of van

338

plan was dat hij ervoor moest worden omgebracht? En Neuss was een Rus? Hebben wij nooit geweten. Jij?'

'Nee,' zei Ford, het hoofd schuddend. 'Die Russen die in Los Angeles waren hielden het blijkbaar voor zich. En ik zal je nog iets vertellen. Fabien Curtay, die diamantenhandelaar uit Monaco, was ook een Russische emigrant.'

'Wat?'

'Ik legde het verband ook pas toen Lenard het over Neuss had. Curtay was een van 's werelds grootste handelaren. Neuss was een steenrijke juwelier uit Beverly Hills. Beiden waren van Russische afkomst. Wat ook geldt voor de gebroeders Azov, die Thorne zou hebben vermoord in Chicago.'

'Jij denkt aan diamantenhandel, de Russische maffia?' vroeg Marten. 'Gaat het daar allemaal om? Was Thorne daarmee bezig? Was dat wat er in Londen had moeten plaatsvinden? En was Halliday dat soms op het spoor en werd hij daarom vermoord?'

'Het zou een verklaring kunnen zijn voor het vliegtuig dat voor Thorne geregeld werd, voor wat er met zijn dossiers gebeurde en zelfs voor de omstandigheden rond de crematie en wat de betrokkenen daarna overkwam. Ook zou het de aanwezigheid van de Russen in Los Angeles en Kovalenko in Parijs verklaren.'

Marten knikte. 'Dat hij hier niet alleen voor een moordonderzoek is ben ik met je eens, maar ik heb nog nooit meegemaakt dat iemand een privé-jet chartert om een huurmoordenaar te ontzetten. Dat past misschien wel bij de Chicago-moorden en bij Neuss en bij Fabien Curtay, maar tel daar Thorne bij op en het klopt gewoon niet.

Daarvoor heb ik hem van veel te dichtbij meegemaakt; ik zag zijn gezicht, hoorde hem praten en zag hoe hij zich bewoog. Hij was goedopgeleid en sprak minstens drie talen vloeiend, misschien wel vier, ook Russisch. Hij was dan misschien een doorgewinterde killer, maar hij was meer aristocraat dan huurmoordenaar.'

Hij haalde zijn schouders op. 'Misschien vatte Halliday het op in termen van de Russische maffia,' vervolgde hij, 'en Lenard en Kovalenko misschien ook wel. Misschien vinden ze iets in die lijn, maar ik betwijfel het. Ik heb Thorne meegemaakt, Dan.' Hij zweeg even. 'Niet te vergelijken.'

Het was even na tienen toen Ford bij het hotel wegreed. De heldere lucht was tijdens het avondeten bewolkt geworden en inmiddels miezerde het. Tussen de druppels door zag Marten hoe het *grand*

spectacle van de Eiffeltoren voor tweederde in de laaghangende be-
wolking verdween. Even later waren ze er voorbij, staken via de
Pont d'Iéna de Seine over en reden verder over de Rive Droite, de
rechteroever, waar de Arc de Triomphe, het Parc Monceau en
L'Écluse Madeleine stonden. Enkele minuten later reden ze over
de Avenue de New York en langs de rivier weer terug naar de Quai
des Tuileries en langs het Louvre. Al die tijd werd er gezwegen. Ten
slotte verbrak Dan Ford de stilte.

'Jij bent de laatste, wist je dat?'

'De laatste van wie?'

'Van de Squad. Dat zei Halliday vanmiddag nog. Honderd jaar
oud, en jij en hij waren de enigen die er nog van over waren. Nu
ben je in je eentje.'

'Ik ben niet bepaald degene die ze als boegbeeld van het team
zouden willen zien, of die zich graag herinnert dat hij er lid van
was.' Hij wendde zijn blik af en zweeg even. 'Halliday was een goeie
vent,' zei hij ten slotte.

'En daarom maakt zijn dood het allemaal des te erger. Je dacht
dat de hele zaak vastzat, maar we zien allebei dat het tegendeel
waar is.' Ford remde even achter een taxi en keek opzij naar Marten; zijn glazen oog achter het zwarte hoornen montuur onthulde
niets, maar uit zijn goede oog sprak een diepe ongerustheid. 'Als ik
je nou eens opdroeg meteen terug te gaan naar Manchester, zoals
ik eerder ook al heb gedaan? En zeg dat ik het wel zal regelen hier
en jou op de hoogte hou?' Ford richtte zijn aandacht weer op het
verkeer. 'Je zou het niet doen, hè?'

'Nee.'

'Niet voor mij, niet voor Rebecca, niet voor lady Clem. Zelfs
niet voor jezelf als Nick Marten, student landschapsarchitectuur,
iemand die gezond en wel is en eindelijk iets doet wat hij zijn hele
leven al heeft willen doen.'

'Nee.'

'Nee, natuurlijk niet. In plaats daarvan jaag je met volle overgave deze zaak na, net zo lang totdat je de dader in z'n kraag vat, of
hij jóú. En als onze beste Raymond toch nog leeft, zul je dat pas
merken als het te laat is. Want dan staat hij voor je en sta jij met één
been in het graf.'

Hij staarde Ford even aan en wendde vervolgens zijn blik af. Verderop zag hij de lichtbundels die de Notre Dame beschenen. Rechts
strekte zich het lange, donkere lint van de Seine uit. Aan de overkant
zag hij door de regen de lichten van de linkeroever, waar ze naartoe
reden en waar Dan Ford woonde.

'Je gaat toch gewoon door. Misschien heb je hier iets aan,' zei Ford terwijl hij iets uit de binnenzak van zijn blauwe blazer trok en het aan Marten gaf.

'Wat is het?' Marten sloeg een oude, overvolle dagagenda met ezelsoren open; het omslag en de uitpuilende inhoud werden door een dik elastiek bijeengehouden.

'Hallidays agenda. Toen jij zo nodig detective moest spelen met inspecteur Lenard pakte ik hem van het nachtkastje. Halliday zei dat hij jou wilde spreken. Misschien zal hem dat nog lukken.'

Een flauwe zweem van een grijns trok over Martens gezicht.

'Dief die je bent.'

'Dat krijg je wanneer je iemand beter kent dan je zou moeten.'

30

Het geluid van een deur die werd geopend en weer in het slot viel haalde hem uit een diepe slaap. Het was donker en even had Nicholas Marten geen idee waar hij was. Was er iemand binnengekomen of weggegaan? Had hij het soms gedroomd? Hij drukte op het knopje van zijn digitale horloge en heel even lichtte de display op in het donker.

Twaalf over twee.

Hij zat overeind en luisterde.

Niets.

Het kleine beetje licht van een straatlantaarn buiten voor het raam was net genoeg om hem te doen beseffen waar hij was: op de bank in Dan Fords woonkamer. Hij luisterde nog eens, maar hoorde niets. Daarna klonk in de verte opeens het geluid van een dichtslaand autoportier en een startende motor. Snel wierp hij de dekens van zich af en liep naar het raam. Twintig meter onder hem zag hij Fords witte Citroën wegrijden van de krappe parkeerplek waarin Ford de auto had gemanoeuvreerd toen ze terugkwamen van het Hôtel Eiffel Cambronne.

Hij keek nog eens op zijn horloge: 2.16 uur. Nee, wacht. Geen 2.16, maar 3.16 uur. Zijn horloge stond nog steeds op Manchester-tijd. In Parijs was het een uur later.

341

Snel trok hij de kamerjas aan die Ford hem zolang had gegeven en liep naar de slaapkamer van Dan en Nadine.

'Nadine?'

Lange tijd bleef het stil, maar ten slotte ging de deur open en verscheen Nadine Ford geeuwend in de deuropening. Ze had een lange witte nachtpon aan en haar rechterhand rustte op haar inmiddels bolle buik.

'Ging Dan net weg?'

'Niets aan de hand, Nicholas,' antwoordde ze zacht en wat houterig in het Engels. 'Hij kreeg een telefoontje, heeft zich aangekleed en is weggegaan.'

'Was het de politie?'

'Nee, niet de politie. Iemand die hij verwachtte, iets waarmee hij bezig was. Hij heeft het me verder niet verteld.'

'Dus je weet niet waar hij heen is.'

'Nee,' glimlachte ze. 'Maar er is niets aan de hand. Geen zorgen.'

'Oké.' Los Angeles of Parijs, getrouwd of niet, het bleef typisch iets voor Dan Ford. Dit was zijn manier van werken, en dat was altijd al zo geweest. Een tip, een informant, een glimp van een mogelijk artikel en hij was weg. Doorgaans werkte hij aan zo'n tien stukken of meer tegelijk, en op welk tijdstip van de dag hij op informatie uit moest maakte hem niet uit. Het verklaarde waarom hij zo goed was.

'Ga maar weer slapen,' zei ze. 'Tot morgenochtend.'

Ze glimlachte en sloot de deur. Marten slofte terug door de gang naar zijn bank. De gedachte dat Ford er in zijn eentje op uittrok stond hem niet aan. De situatie was nog te hectisch, er waren te veel vragen die vooralsnog onbeantwoord bleven. Hij kon Ford met zijn gsm bellen en vragen om hem op te pikken, maar als Ford gevaar liep zou hij hem wel hebben meegevraagd. Bovendien was Nadine totaal niet geschrokken geweest, niet zoals 's avonds aan de eettafel toen ze het over Halliday hadden gehad. Ford was immers correspondent voor een grote krant en dit was zijn werk. Een Frans onderonsje, een dineetje, of wat dan ook. Tips konden een aanleiding zijn voor een belangrijk artikel of enkel pikante roddels, maar beide waren nieuws. En nieuws, dat was Dan Fords pakkie-an. Dus, als Nadine het als iets alledaags beschouwde en niet ongerust was, waarom zou hij dat dan zijn?

Hij keek nog eens naar buiten, liep naar de bank en trok de dekens weer over zich heen. Buiten op straat was het stil, Nadine sliep zorgeloos verder. Toch zat hem iets dwars. Het was niet meer dan een gevoel eigenlijk, alsof Ford nietsvermoedend op weg was naar een plek die te gevaarlijk voor hem was.

Marten draaide zich om en klopte zijn kussen wat op om een beetje lekker te kunnen liggen en de onrust in zijn hoofd te verjagen. Doelbewust liet hij zijn gedachten naar Hallidays gehavende, overvolle agenda glijden, volgepropt met losse velletjes van het afgelopen jaar (het was nu half januari, het nieuwe jaar nog maar pas begonnen), de pagina's volgeschreven met Hallidays kleine, bijna onleesbare, achteroverhellende hanenpoten die Marten zich nog uit zijn tijd in Los Angeles herinnerde. Het leek eerder een persoonlijk dagboek met afspraken en bijbehorende notities over hemzelf en zijn kinderen dan dat het inzage bood in de 5-2 Squad of Raymond Thorne. Op het eerste gezicht leek Hallidays agenda geen belangrijke informatie te bevatten.

Langzaam maakten deze gedachten plaats voor lady Clem, haar geur, het sensuele gevoel van haar lichaam tegen het zijne, haar glimlach en haar grappige, soms ruige humor. Hij grijnsde even bij de herinnering aan zijn doodsbenauwde tête-à-tête met lord Prestbury in de besloten pub in het hart van Whitworth Hall, vlak voordat ze het brandalarm inschakelde en hem aldus uit zijn penibele situatie redde.

Clem.

Opeens verdween zijn glimlach, vanwege een opmerking van Dan Ford die opnieuw in zijn hoofd weerklonk: 'Als onze beste Raymond toch nog leeft, zul je daar pas achter komen als het te laat is. Want dan staat hij voor je en sta jij met één been in het graf.'

Raymond Thorne.

De onrust in hem nam toe, als een stem die hem toefluisterde dat de moord op Neuss het werk van Thorne was geweest. En ook de moord op Fabien Curtay. En die op Jimmy Halliday. Ondertussen waarde Dan Ford in zijn eentje rond in de regen en het donker.

Plotseling merkte hij dat hij hardop praatte. 'De stukken,' hoorde hij zichzelf zeggen. 'De stukken.'

Snel stond hij op, zocht in de flauwe duisternis naar zijn mobieltje en toetste Fords nummer in. De gsm ging over, maar er werd niet opgenomen. Ten slotte klonk er een stem op een bandje die in het Frans iets meedeelde. Niet dat hij het kon verstaan, maar hij wist hoe de boodschap luidde: de eigenaar van de telefoon is

343

even niet te bereiken, belt u alstublieft later terug. Hij hing op en drukte op de Redial-toets. Opnieuw ging Fords gsm over, maar ook nu werd er niet opgenomen.

Zijn hoofd tolde. Zijn eerste impuls was om Lenard te bellen, maar hij realiseerde zich dat hij geen idee had waar Ford uithing. En stel dat hij de Franse rechercheur wist te bereiken, wat moest hij de man dan vertellen? Peinzend zette hij zijn gsm uit en staarde in het donker voor zich uit. Dan Ford stond er alleen voor en Marten stond machteloos.

31

3.40 uur

Joeri Kovalenko schakelde de cruise control van de gehuurde Opel in en bleef met opzet een meter of achthonderd achter Fords witte Citroën rijden terwijl deze in zuidoostelijke richting verder langs de Seine reed, langs het Gare d'Austerlitz en vervolgens door Ivry-sur-Seine.

Hij had geen idee waar de verslaggever naartoe reed, maar het verraste hem wel dat diens vriend niet naast hem zat. Maar ach, hij was net zo verrast geweest toen Marten zomaar die hotelkamer vol politie was binnengelopen.

Gezien hun korte ontmoeting op de plek van de moord was het lastig geweest vat te krijgen op wie die Marten eigenlijk was, wat hij hier te zoeken had, wat zijn relatie met Ford was of in welke zin hij Halliday had gekend. Maar gezien de brutale manier waarop hij iets aan inspecteur Lenard had gevraagd, was het duidelijk dat Marten zich niet van Lenard had afgewend maar van Halliday. Zo veel was de Rus wel wijzer geworden.

's Ochtends had Ford een afspraak op het bureau van inspecteur Lenard en zou Kovalenko meer te weten komen. Zodra hij Martens volledige naam, zijn werkgever en zijn woonadres wist, zou hij zijn achtergrond eens grondig natrekken. En dan zou hij meer te weten komen, of tenminste iets meer, over bepaalde dingen. Voor Kovalenko was Nicholas Marten meer dan gewoon *un ami américain*, een Amerikaanse vriend, van de journalist.

Voor hem lichtten de remlichten van Fords Citroën opeens fel op en Kovalenko zag hem van rijbaan wisselen en opnieuw accelereren, bij Alfortville de Seine oversteken en vervolgens de N6 in zuidelijke richting naar Montgeron nemen.

Kovalenko verschoof zijn handen wat op het stuur van de Opel. Hij was een type dat, zo midden in een moordonderzoek, nooit lekker sliep, en het feit dat er sprake was van nog een moord vergrootte enkel zijn vermoeden dat Ford waarschijnlijk meer wist dan hij deed voorkomen. Dat Marten bij de journalist logeerde maakte hem alleen maar nieuwsgieriger en vormde de reden waarom hij had besloten om, lang nadat iedereen al naar huis en naar bed was gegaan, voor Fords woning te posten. Hij had geen idee wat hij ermee hoopte op te schieten, noch had hij het ter sprake gebracht bij inspecteur Lenard. Immers, hij kon er toch geen officieel tintje aan geven. Het was eenvoudigweg een karwei dat hij nodig achtte.

Aan de overkant van Fords woning, iets verderop, had hij om tien over twaalf een parkeerplek gevonden en de Opel erin gewurmd. Daarna had hij, voor het geval er op dit uur nog relevante informatie uitgewisseld zou worden, een klein KALININ-7 micropak uit zijn aktetas gepakt, de headset opgezet en de kleine paraboolantenne op Fords voorraam gericht. Een telefoontje op Fords vaste telefoon zou zonder een tap onmogelijk te onderscheppen zijn, maar hij had Ford twee keer met een gsm gezien: in café L'Écluse toen Halliday het ding even had gebruikt en daarna op straat toen Ford vertrok. Grote kans dus dat hij die gsm het meest gebruikte. Mocht hij worden gebeld, dan zou de KALININ-7 het gesprek bijna net zo duidelijk opvangen alsof Ford hém aan de lijn had.

Om kwart over twaalf zat Kovalenko klaar om te luisteren, te kijken en af te wachten. Eén keer, rond halfdrie, overwoog hij even zijn vrouw Tatjana in Moskou te bellen, maar hij realiseerde zich dat ze waarschijnlijk nog lag te slapen. Daarna moest hij even zijn ingedut, want om vijf minuten over drie schrok hij wakker van een aanhoudende piep. Een inkomend gesprek. De telefoon ging drie keer over voordat iemand opnam. 'Dan Ford,' hoorde hij de journalist slaperig zeggen.

Vervolgens klonk een mannenstem in het Frans. 'Met Jean-

Luc. Ik heb de kaart. Kunnen we om halfvijf afspreken?'

'*Oui*,' antwoordde Ford, waarna onmiddellijk een klik klonk en de KALININ-7 niets meer oppikte.

Zeven minuten later ging de voordeur open, stapte de journalist de regen in en liep naar zijn auto. Kovalenko vroeg zich af wie deze Jean-Luc was en over welke kaart hij het had. Hoe dan ook, voor Ford was het duidelijk belangrijk genoeg om op dat uur zijn bed uit te komen.

De N6. De ruitenwissers van de Opel gingen zacht heen en weer, en op de achterlichten van de Citroën in de verte na was het natte wegdek voor hem pikzwart. De Rus wierp een blik op zijn horloge.

4.16 uur. In Moskou was het nu zestien over zes in de ochtend. Tatjana zou inmiddels al op zijn en een poosje zoet zijn om hun drie kinderen naar school te krijgen. Ze waren elf, negen en zeven jaar en de een was zelfstandiger dan de ander. Vaak vroeg hij zich af hoe ze in vredesnaam de kinderen konden zijn van een werknemer van het ministerie van Justitie en een productieassistente van de RTR, het tv-netwerk van de staat. Het leven van Joeri en Tatjana Kovalenko bestond immers uit het opvolgen van bevelen, iets wat hun kinderen meestal niet deden, en al helemaal niet wanneer die bevelen van hun ouders kwamen.

4.27 uur. Opnieuw zag hij de remlichten van de Citroën oplichten. Ze hadden net een bebost gebied op ongeveer een kwartier ten zuiden van Montgeron gepasseerd en de Citroën minderde vaart.

De auto nam een afslag.

Ook Kovalenko ging langzamer rijden, doofde zijn koplampen en nam dezelfde afslag. In de regen en het donker was het lastig nog iets te zien en hij was bang dat hij van de weg zou raken en in een greppel zou belanden. Maar met hun tweeën waren ze de enigen op de weg geweest en hij durfde niet het risico te nemen dat Ford doorhad dat hij werd gevolgd.

Hij tuurde gespannen voor zich uit en zette de auto stil aan het eind van de afslag. In de verte zag hij de Citroën in westelijke richting weer versnellen. Vlug deed Kovalenko zijn koplampen aan en zette gehaast de achtervolging in. Anderhalve kilometer verder ging hij wat langzamer rijden.

Eén, twee minuten verstreken. Plotseling sloeg Ford rechts af een B-weg in om langs de beboste oever van de Seine in noordelijke richting zijn weg te vervolgen.

346

Kovalenko zag hoe de koplampen van de Opel de dichte bebossing aan weerszijden van de weg beschenen, met links af en toe een zijweggetje, wat op een soort toegang tot de rivier duidde. Plots maakten de bomen rechts van hem plaats voor een golfbaan en de afslag naar het dorp Soisy-sur-Seine.

4.37 uur. In de verte gloeiden de remlichten van de Citroën op en wederom minderde Kovalenko vaart. Ford ging nu nog langzamer rijden en zwenkte de auto opeens naar links, de autoweg af en in de richting van de rivier.

Kovalenko volgde haastig. Twintig seconden later passeerde hij de bewuste afslag en hij bleef iets verderop staan. Door het donker en de regen zag hij hoe de Citroën naast een andere auto tot stilstand kwam en direct de lichten doofde.

Kovalenko reed door. Een kleine vierhonderd meter verder draaide de weg scherp naar rechts door een dik naaldbomenbos. Opnieuw knipte hij zijn lichten uit, draaide scherp om en reed terug.

Een kleine vijftig meter vanwaar Ford de weg had verlaten, zette de Rus zijn Opel neer en tuurde in het duister om de twee geparkeerde auto's te kunnen ontwaren. Hij zag niets. Hij opende het handschoenenkastje op de tast, nam er een verrekijker uit en speurde de omgeving waar de Citroën stond af. Maar hij zag enkel dezelfde ondoordringbare zwartheid die hij met het blote oog al had gezien.

32

Kovalenko liet de verrekijker zakken. Zijn hand gleed over de Makarov, zijn automatisch pistool in zijn heupholster, en hij vervloekte zichzelf dat hij geen nachtvizier had meegenomen.

Hij bracht de verrekijker weer omhoog. Misschien bewoog er iets bij de auto's, maar hij zag niets. Hij wachtte. Eén minuut, anderhalve minuut, dik drie minuten. Ten slotte wierp hij zijn verrekijker op de stoel naast hem, zette zijn kraag op en stapte de regen in.

Hij luisterde even aandachtig. Maar het enige wat hij hoorde, was het geluid van de regen en het zware geruis van de rivier in de verte. Langzaam pakte hij de Makarov en begon te lopen.

Na veertig passen maakte de modder van de berm plaats voor het grindasfalt van de zijweg. Hij bleef staan, luisterde en tuurde in het donker. Maar ook nu hoorde hij slechts het getik van de regen en het gedempte geruis van de rivier verderop. Hij liep nog eens twintig passen en bleef opnieuw staan. Dit was vreemd. Hij stond bijna aan de oever van de rivier en er was helemaal niets te zien.

Op zijn hoede nam hij zijn pistool in zijn andere hand en liep verder naar de oever. Vierenhalve meter lager raasde het zwarte water. Hij keek om. Waar stonden die twee auto's toch geparkeerd? Had hij zich vergist? Stonden ze verder weg dan hij had gedacht? Op dat moment zag hij het schijnsel van twee koplampen toen een grote vrachtwagen op de brede weg de bocht om kwam. Even zwaaiden de lichtbundels over het terrein, waarna de wagen alweer in de verte verdween.

'*Shto?*' Hè? mompelde hij hardop in het Russisch. Ook al hadden de koplampen het terrein slechts een seconde verlicht, er viel helemaal niets te zien. Van Fords witte Citroën en de andere auto was geen spoor te bekennen. Maar hoe kon dat dan? Hij was langsgereden en daarna omgekeerd, bij elkaar nog geen halve minuut. Zelfs in het donker en in de regen had hij vanaf zijn plek duidelijk zicht gehad op de plek waar hij nu stond. Als de twee auto's waren weggereden, dan hadden ze hem moeten passeren of in tegengestelde richting moeten wegrijden, via de weg die minstens drie kilometer kaarsrecht was. Midden in de nacht, met dit weer, zouden ze dat stuk nooit met gedoofde lichten hebben kunnen rijden. Dus waar waren ze? Auto's verdwenen niet zomaar. Dit was volkomen onverklaarbaar. Tenzij…

Hij draaide zich om en tuurde weer naar de rivier.

33

Viry-Châtillon, Frankrijk, woensdag 15 januari, stralende zon en koud na alle regen, 11.30 uur

Aan beide oevers van de rivier waren mensen toegestroomd om zwijgend toe te kijken toen de winchkabel van de sleeptruck strak trok en een witte tweedeurs Citroën, met de portierramen open, langzaam het water uit en tegen de bedijking op werd getrokken. Men hoefde zich niet af te vragen of er nog iemand in zat. Dat hadden de duikers van de politie al bevestigd.

Op het moment dat ze het portier openden, deed Nicholas Marten een stap dichterbij, vlak achter inspecteur Lenard en Kovalenko. Modderig water stroomde uit de auto en vervolgens trok er een huivering door de menigte toen de mensen vooraan zicht kregen op het interieur.

'Allemachtig.' Marten snakte naar adem.

Inspecteur Lenard liep in zijn eentje de dijk af en bekeek het geheel aandachtig; hij deed vervolgens een stap naar achteren en gebaarde naar zijn technische mensen. Samen met de commandant van de plaatselijke politie, wiens agenten de auto hadden aangetroffen op een dagzomende rots in het water, daalden ze af naar de Citroën. Kovalenko liep achter hem aan.

Lenard klom weer omhoog en keek Marten aan. 'Het spijt me dat u dit moest zien. Ik had u op een afstandje moeten houden.'

Marten knikte. Beneden zag hij Kovalenko neerhurken en aandachtig het lijk bekijken. Even later kwam hij overeind en liep weer terug. De koude bries vanaf het water joeg door zijn haar. Aan zijn gelaatsuitdrukking en die van inspecteur Lenard viel duidelijk af te lezen dat ze, net als hij, nog nooit zoiets hadden gezien. Dan Ford was simpelweg afgeslacht met een of ander vlijmscherp wapen.

'Mocht het enige troost zijn,' mompelde Kovalenko zacht met zijn zwaar Russische accent, 'hoe beestachtig het ook was, het lijkt allemaal razendsnel te zijn gegaan. Net als bij rechercheur Halliday werd de keel overdwars en bijna tot de nekwervels doorgesneden. Volgens mij zijn de andere verwondingen daarna toegebracht. Als er al sprake was van een worsteling, dan moet die al eerder hebben plaatsgevonden en van korte duur zijn geweest. Dus mis-

349

schien heeft hij niet geleden.' De Rus keek naar inspecteur Lenard toen de duikers wegliepen en de technische mensen aan de slag gingen.

'Het lijkt erop dat het in de auto is gebeurd en dat de dader vervolgens de raampjes heeft opengedraaid en de wagen de rivier in heeft geduwd in de hoop dat hij zou zinken. Het voertuig dreef mee op de stroming totdat het vastliep op de rotsbodem.'

Opeens kraakte Lenards portofoon en hij wendde zich even af. Marten keek Kovalenko aan. 'Meegedreven vanwaar?'

'De Citroën kwam een aantal kilometer stroomopwaarts te water, vlak bij het plaatsje Soisy-sur-Seine. Dat weet ik omdat ik meneer Ford vanaf zijn appartement daarheen ben gevolgd.'

'U volgde hem?'

'Ja.'

'Waarom? Hij was journalist.'

'Meneer Marten, dat zijn mijn zaken.'

'Was het soms ook uw zaak dit te laten gebeuren?' Martens woedende blik gleed naar de Citroën en vervolgens weer naar Kovalenko. 'Als u daar was, waarom greep u dan niet in?'

'Het gebeurde buiten mijn macht om.'

'O, ja?'

'Ja.'

Met een klik zette Lenard zijn portofoon uit en hij keek Kovalenko aan. 'Ze hebben de andere auto gevonden bij de afslag waar u was. De stroming heeft hem slechts een klein stuk meegevoerd totdat hij tussen wat keien op de bodem vast kwam te zitten.'

34

Terwijl witte stapelwolken de lucht vulden, reed inspecteur Lenard in zijn donkerbruine Peugeot door het pastorale landschap langs de Seine even buiten Parijs. Kovalenko zat naast hem, Marten achterin. Net als op de heenweg werd er gezwegen. De motor en het geraas van de wielen op het asfalt waren de enige geluiden.

Vlak voor vertrek vanuit Parijs hadden ze Marten gevraagd of hij bij de berging van de auto aanwezig wilde zijn. De echte reden was geweest om hem Fords lichaam te laten identificeren zodat Nadine die afschuwelijke taak bespaard zou blijven. Marten vroeg zich af waarom ze hem niet gewoon met een politieauto naar Parijs hadden kunnen terugbrengen.

Verdoofd en verlamd staarde hij naar het voorbijglijdende landschap en probeerde de puzzelstukjes bij elkaar te voegen. Toen Ford tegen achten die ochtend nog steeds niet terug was, had Marten zonder succes geprobeerd hem via zijn gsm te bereiken. Tegen negenen had hij inspecteur Lenard gebeld om te vragen of Ford na zijn eerdere afspraak misschien meteen was doorgereden voor overleg met Lenard en Kovalenko. Dat was het moment waarop hem werd verteld dat de twee rechercheurs inmiddels op weg waren naar Fords appartement in de Rue Dauphine. Marten besefte direct wat dit betekende en probeerde Nadine op het slechte nieuws voor te bereiden, waarop ze meteen haar broer en zus belde – ze woonden vlak bij elkaar in de buurt – en hun zo kalm mogelijk vroeg om te komen. In de paar gespannen minuten voor de komst van de twee rechercheurs had Marten de helderheid van geest haar Hallidays agenda in de handen te drukken met het verzoek het ding ergens te verbergen. Ze had het nog niet gedaan of er was aangebeld.

Verscheidene politieauto's, een busje van een duikploeg en een grote takelwagen waren al ter plekke toen inspecteur Lenard arriveerde. Gedrieën stapten ze uit en liepen over het grindasfalt naar de top van een rotsachtige richel die ruim vijf meter boven het snelstromende water van de rivier uittorende.

De takelwagen stond met de achterkant naar de oever en de kraan zweefde boven het water. De zware kabel was bevestigd aan iets onder het wateroppervlak. Inspecteur Lenard keek naar de twee duikers in het water. Een van hen stak een duim omhoog en hij knikte. Het was een signaal voor de kraanmachinist. Een motor begon te brullen, een lier begon te draaien en de kabel kwam strak te staan.

'*Monsieur* Marten,' vroeg Lenard terwijl hij het dak van een auto langzaam uit het water zag oprijzen, 'zegt de naam Jean-Luc u iets?'

'Nee. Moet dat dan?'

De motor van de takelwagen brulde wat harder en de kabel vocht tegen het gewicht van de auto en de stroming van het water.

351

Inspecteur Lenard wendde zijn blik af van de rivier en keek Marten aan. 'Dan Ford kwam hier voor een ontmoeting met ene Jean-Luc. Weet u wie dat is?'

'Nee.'

'Heeft hij het ooit over een kaart gehad?'

'Niet tegen mij.'

De inspecteur hield Martens blik nog even gevangen en keek vervolgens weer naar de rivier, waar op dat moment het dak van een grijze vierdeurs Toyota boven water verscheen. De motor van de takelwagen loeide nog harder en de auto hing inmiddels in de lucht. Daarna zwaaide de kraan opzij om de druipende Toyota op de oever te kunnen laten zakken. De inspecteur knikte, waarna de auto onmiddellijk werd neergelaten. Net als Fords Citroën waren ook hier de portierramen omlaaggedraaid zodat het water vlug naar binnen kon stromen om de auto snel te kunnen laten zinken.

Samen met Kovalenko liep inspecteur Lenard naar de auto, terwijl Marten achterbleef. Kovalenko was er als eerste bij en Marten zag hoe de rechercheur een blik in de auto wierp en met een vertrokken gelaat zijn hoofd weer afwendde. Zijn gezicht sprak boekdelen. Wie het slachtoffer ook mocht zijn, hem was hetzelfde lot beschoren geweest als Dan Ford.

35

'Hoe luidt uw volledige naam, meneer Marten?' Kovalenko had een aantekenboekje met spiraalband opengeslagen en zat half omgedraaid om Marten te kunnen aankijken, terwijl inspecteur Lenard achter het stuur zat en hen naar Parijs terugbracht.

'Nicholas Marten, M-a-r-t-e-n.'

'Tweede voornaam, of een initiaal?'

'Nee.'

'Waar woont u?'

'In Manchester, Engeland. Ik ben postdoctoraalstudent aan de universiteit.'

'Geboorteplaats?' Kovalenko praatte op zijn gemak; zijn grote hondenogen keken hem licht nieuwsgierig aan.

'Verenigde Staten.'

Plotseling werd alles om hem heen verdrongen door het beeld van Dan Fords lichaam in de leegdruppende Citroën. Een bijna niet te verdragen schuldgevoel sloeg als een golf over hem heen nu zijn gedachten teruggleden naar die beruchte, zelfgemaakte raketwerper en de enorme klap die de toen tienjarige Dan zijn rechteroog had gekost. Als hij vannacht nog zijn volle gezichtsvermogen had gehad, zo vroeg hij zich af, zou hij zijn aanvaller dan misschien iets eerder hebben gezien en een kans hebben gehad zichzelf te redden?

'Welke stad?' hoorde hij Kovalenko vragen.

Opeens waren Martens gedachten weer bij het heden. 'Montpelier, Vermont,' antwoordde hij vlak. Het verleden van Nicholas Marten was in zijn geheugen geprogrammeerd.

'De heer Ford kwam uit Los Angeles. Hoe hebt u hem leren kennen?'

'Als tiener ging ik op vakantie naar Californië. Ik ontmoette hem en we werden vrienden.' Opnieuw geen enkele aarzeling. Marten had alles al bedacht, hij hoefde het niet over Rebecca te hebben, of over wat dan ook aangaande zijn leven in Los Angeles. Hij moest het gewoon simpel houden. Hij was Nicholas Marten uit Vermont, meer niet.

'Toen leerde u ook rechercheur Halliday kennen?'

'Nee, dat was later. Ik ging terug nadat Dan politieverslaggever was geworden.' Marten keek Kovalenko recht in de ogen om bij de Rus geen twijfels op te roepen. Tegelijkertijd schoten drie namen telkens door zijn hoofd, alsof ze door een machine werden uitgebraakt: Neuss, Halliday, Ford. En vervolgens nog een naam, een die de andere met elkaar verbond.

Thorne.

Het móést hem wel zijn. Maar dat was krankzinnig. Thorne was immers dood. Of toch niet? En zo niet, wie stond er dan nu boven aan zijn dodenlijstje? Hij? Misschien Rebecca zelfs? Hoewel commissaris Harwood elke melding van haar aanwezigheid bij het vuurgevecht had geschrapt, was ze er niettemin bij geweest, en of zij het zich nu herinnerde of niet, ze had hem gezien en dat wist Thorne.

Plotseling overwoog hij inspecteur Lenard en Kovalenko toch maar de waarheid te vertellen over wie hij was en wat hij wist. Maar nee, ze zouden direct contact opnemen met de politie van Los Angeles, hun mededelen dat John Barron zich in Parijs bevond en hun verzoeken om een nieuw onderzoek naar de omstandigheden rond Raymond Thornes vermeende dood en crematie. Het zou dan slechts een kwestie van tijd zijn voordat Gene VerMeer of een van de anderen die nog steeds naar hem op zoek waren als een aasgier in Parijs zou neerstrijken. Wijlen Raymond Thorne zou verder geen rol meer spelen. Hij, John Barron, zou degene zijn op wie ze jacht zouden maken.

Dus nee, hij kon niks zeggen. Als Thorne nog leefde, was Marten als 'Marten' de aangewezen persoon om daarachter te komen en er vervolgens iets aan te doen.

Helaas was Dan Fords voorspelling maar al te waar gebleken toen hij hem vertelde dat dit 'zijn oorlog' was 'en jij jaagt deze zaak met volle overgave na totdat je de dader in z'n kraag vat of hij jóú, en de rest kan de pot op'.

Het was maar al te waar.

'Hoe oud bent u?' Kovalenko praatte weer tegen hem en krabbelde tegelijk iets in zijn aantekenboekje.

'Zevenentwintig.'

Kovalenko keek op. 'Zevenentwintig?'

'Ja.'

'Wat deed u in de jaren voordat u naar Manchester ging?'

Opeens voelde Marten de woede opkomen. Hij stond hier niet voor de rechter en was het zat. 'Ik begrijp niet waarom u me al deze vragen stelt.'

'Meneer Ford werd vermoord, meneer Marten.' Inspecteur Lenard keek hem in de binnenspiegel aan. 'U was zijn vriend en een van de laatste mensen die hem nog in leven zagen. Soms is het meest onbeduidende stukje informatie ineens van belang.'

Een standaardantwoord waar geen speld tussen te krijgen was en waar hij niet omheen kon. Marten kon niet anders dan zijn antwoord zo vaag en eenvoudig mogelijk houden.

'Ik reisde wat rond, pakte van alles aan. Ik was timmerman, barkeeper, probeerde wat te schrijven. Ik wist niet zo goed wat ik wilde.'

'En uiteindelijk koos u voor een studie in Engeland. Was u daar al eens geweest?'

'Nee.'

Kovalenko had gelijk met de suggestie dat een plotseling vertrek uit Amerika voor een studie in het noorden van Engeland tamelijk ongewoon was. Zijn antwoord zou zonder aarzeling moeten komen en beide rechercheurs moeten overtuigen. Dus vertelde hij de waarheid.

'Ik leerde iemand kennen. Ze bleek les te geven in Manchester. Ik ging haar achterna.'

'Aha,' reageerde Kovalenko met een halve grijns, en hij noteerde het.

Het was inmiddels wel duidelijk waarom ze hem mee hadden willen nemen, vooral toen de andere auto werd geborgen. Het identificeren van het lijk was al akelig genoeg geweest, maar de aanblik van Fords verminkte lichaam was voor hen allemaal een schok geweest. Voor Marten, Fords beste vriend, zou het zelfs nog erger zijn, en daarop hadden ze gerekend. Vandaar dat inspecteur Lenard hem had gevraagd naar 'Jean-Luc', en daarom ook had Kovalenko hem danig aan de tand gevoeld om hem onder druk van alle emoties iets te laten onthullen wat hij anders wellicht niet zou hebben verteld. Het was een manier waar Marten op voorbereid had moeten zijn, omdat hij als rechercheur Moordzaken al zo vaak hetzelfde had gedaan, maar hij was het niet. Hij was uit vorm en had pas de vorige dag, na zijn aankomst in Parijs, zijn oude stiel van het recherchewerk weer opgepakt. Hij had weinig tijd gehad om zich overal op voor te bereiden. Dat hij niet gereed was voor politieverhoor in een moordonderzoek, ook al was de noodzaak daartoe geen moment duidelijk geweest, was een foutje waar hij over kon struikelen. Door Kovalenko's vragen vroeg hij zich ook af waar ze eigenlijk op uit waren. Goed, in Hallidays hotelkamer had hij de misstap begaan om Lenard iets te vrijpostig een vraag te stellen, maar dat was toch geen aanleiding om hem op deze manier te ondervragen? Hij wist dat er nog een reden moest zijn. Het volgende moment drong het tot hem door en hij werd volkomen overrompeld.

'Waarom draaide u zich om toen u in het Parc Monceau rechercheur Halliday zag staan?' Kovalenko's zachte aanpak en trouwehondenblik waren opeens verdwenen.

'Gisteren betrad u samen met meneer Ford het Parc Monceau. Toen u rechercheur Halliday met inspecteur Lenard zag praten, draaide u zich onmiddellijk om en liep weg.'

Het was niet alleen de druk die de Rus opeens op hem uitoefende, ook Lenard hield hem in de binnenspiegel in de gaten, alsof de twee een plan hadden bekokstoofd: laat de Rus hem ondervragen, terwijl Lenard nauwlettend zijn reactie gadeslaat.

'Hij kreeg nog geld van me.' Marten gaf hun iets geloofwaardigs, net zoals zo-even. 'Het was niet zo veel, maar ik geneerde me. Ik had hem daar helemaal niet verwacht.'

'Hoezo was u hem geld verschuldigd?' drong Kovalenko aan. 'U zei toch dat u hem nauwelijks kende?'

'Honkbal.'

'Wat?'

'Amerikaans honkbal. Halliday, Dan en ik lunchten een keertje in Los Angeles en we hadden het over honkbal. We sloten een weddenschap over een wedstrijd van de Dodgers en ik verloor. Ik heb hem nooit betaald en zag hem ook nooit meer. Tot gisteren in dat park, maar het heeft me altijd dwarsgezeten. Ik liep weg in de hoop dat hij me niet zou zien.'

'Hoeveel stond u bij hem in het krijt?'

'Tweehonderd dollar.'

Lenard richtte zijn aandacht weer op de weg en Kovalenko's blik verzachtte.

'Dank u, meneer Marten,' zei hij. Hij noteerde nog iets, scheurde het velletje af en overhandigde het aan Marten.

'Dit is het nummer van mijn mobieltje. Mocht u nog iets te binnen schieten waar we wat aan kunnen hebben, bel me dan.' De Rus draaide zich om, maakte nog een paar aantekeningen, sloeg het boekje toen dicht en zei de rest van de rit niets meer.

36

Met inspecteur Lenard achter het stuur arriveerden de drie mannen via de Porte d'Orléans in Parijs, reden de Boulevard Raspail op en passeerden de begraafplaats van Montparnasse, hartje Zuid-Parijs, en reden verder naar Fords appartement in de Rue Dauphine. Opeens sloeg Lenard de Rue Huysmans in en stopte ergens halverwege langs het trottoir.

'Nummer 27, appartement B,' sprak de rechercheur en hij keek achterom naar Marten op de achterbank. 'Hier woont Armand Drouin, Dan Fords zwager. Ze zit nu hier, en ook uw spullen zijn hierheen gebracht.'

'Hoezo? Dat begrijp ik niet.'

'De wet staat ons toe dat we een plaats delict volledig kunnen opeisen voor nader onderzoek. Meneer Fords appartement wordt door ons beschouwd als een plaats delict.'

'Duidelijk.' Meteen gleden Martens gedachten naar Hallidays agenda. Zelfs al lag die ergens verborgen, hij zou zeker worden ontdekt. Hij werd nu al argwanend bekeken. Zelfs al zouden ze ervan uitgaan dat Dan hem had meegenomen, dan nog zouden ze het hem kwalijk nemen. Als ze de agenda op vingerafdrukken onderzochten en die daarna met de zijne vergeleken, viel hij direct door de mand. Wat zou dan zijn antwoord zijn?

'Wanneer gaat u terug naar Engeland?'

'Weet ik nog niet precies. Ik wil hoe dan ook Dans begrafenis bijwonen.'

'Als u het niet erg vindt, wil ik graag een telefoonnummer zodat ik u in Manchester kan bereiken voor het geval we nog wat willen weten.'

Marten aarzelde even en gaf inspecteur Lenard zijn nummer. Het zou stom zijn geweest het niet te doen. De inspecteur zou het hoe dan ook kunnen achterhalen wanneer hij wilde. Bovendien kon hij hen maar beter te vriend houden, stel dat ze Hallidays agenda vonden en met de nodige vragen kwamen.

Terwijl zijn gedachten al vooruitvlogen naar Nadine, hier in het appartement van haar broer, en naar de stortvloed aan emoties die hij daarbinnen zou aantreffen, duwde hij het portier open. Maar de inspecteur hield hem nog even tegen.

'Nog één dingetje, *monsieur* Marten.'

'Twee Amerikanen die u persoonlijk kende, werden zeer kort na elkaar op brute wijze vermoord. We weten niet wie het heeft gedaan, of waarom, of wat erachter zit, maar ik wil u op het hart drukken zeer alert te zijn. Ik heb liever niet dat u de volgende bent die uit de Seine wordt opgedregd.'

'Nou, ik ook niet.'

Marten stapte uit, duwde het portier dicht en keek de wegrijdende inspecteur Lenard nog even na. Daarna draaide hij zich om, maar op het moment dat hij naar de voordeur van het appartementengebouw wilde lopen, kruiste hij het pad van een man met een grote dobermannpincher. Met een verschrikte kreet deinsde hij terug. Het ogenblik daarop legde de hond de oren in de nek en sprong hem met een angstaanjagend gegrom naar de keel. Weer slaakte hij een kreet en bracht een arm omhoog om hem af te weren. Zijn baas rukte snel aan de riem en trok het dier weer naar zich toe.

'Pardon,' verontschuldigde de man zich snel, waarna hij en de hond verder liepen.

Als aan de grond genageld staarde Marten het tweetal met bonkend hart na. Voor het eerst sinds zijn vertrek uit Los Angeles besefte hij dat hij oprecht bang was. De dobermann had het alleen maar erger gemaakt. Toch viel de hond niets te verwijten. Het dier had slechts zijn angst geroken en de aanval was volkomen instinctief geweest.

Het was begonnen in Manchester, toen zijn oog op het bericht over de vermoorde man in het park was gevallen. 'Raymond Thorne!' was toen zijn eerste reactie geweest, maar hij wist dat Thorne dood was. Hij had geprobeerd het van zich af te zetten, wist dat het onzin was; er zat vast iemand anders achter. Waarna Dan Ford opeens aan de lijn hing met het verhaal dat het slachtoffer Alfred Neuss heette, en het verschrikkelijke angstgevoel dat Thorne nog altijd leefde zich weer aandiende. Een gevoel dat nog eens werd versterkt door Fords onthulling dat alle medische en juridische dossiers over Thorne waren verdwenen. Inmiddels waren Ford, Jimmy Halliday en de man in de Toyota een afschuwelijke dood gestorven, net als Neuss. En inspecteur Lenard had hem zojuist gewaarschuwd dat hij wel eens de volgende kon zijn.

Raymond Thorne.

Alleen al de gedachte verkilde hem tot op het bot. Hij kon niets bewijzen, maar diep vanbinnen wist hij dat het geen twijfel leed. Het draaide niet langer enkel om 'de stukken', of het achterhalen wat Thorne in zijn schild had gevoerd, of wat hij in beweging had gezet. Het draaide nu om al deze zaken tegelijk, plus Thorne zelf. Hij was helemaal niet dood, maar springlevend, en bevond zich hier, ergens in Parijs.

37

Met twee truien aan zat Kovalenko ineengedoken boven zijn laptop in zijn koude, kleine kamer op de vierde verdieping van het zeventiende-eeuwse Hôtel Saint Orange aan de Rue de Normandie in het stadsdistrict Marais. Het was woensdag en hij was hier sinds maandag. Amper drie dagen dus en hij wist zeker dat hij dood zou vriezen in dit armzalige, verouderde en vervallen logement. De lichtste bries deed de ramen al genadeloos klapperen. De vloerplanken waren kromgetrokken en bijna overal waar hij liep, kraakten ze hard. De laden in het enige dressoir kenden één stand, open of dicht, want beide kanten op liepen ze vast, wat de eenvoudigste handeling van het opentrekken of dichtduwen tot een heuse worstelpartij maakte. Het bad, in de *salle de bains* aan het eind van de gang, bood hooguit twee minuten lauw water, dat daarna ijskoud werd. En dan was er nog de verwarming. Het beetje warmte dat er was, hield nog geen halfuur aan, waarna de verwarmingsketel er zo'n twee of drie uur mee ophield voordat hij weer aansloeg. En ten slotte werd zijn kamer ook nog eens geteisterd door wandluizen.

Klagen bij de directie was nutteloos gebleken en toen hij zijn cheffin bij het ministerie van Justitie in Moskou had gebeld met de vraag van hotel te mogen wisselen had hij nauwelijks meer geluk gehad en was hem te verstaan gegeven dat de keuze van accommodatie aan hem noch aan haar was. Men had nu eenmaal dit hotel uitgezocht en daar kon verder niets aan worden gedaan. Bovendien zat hij in Parijs, niet in Moskou, en moest hij zich maar tevredenstellen met wat hij had en ophouden met zeuren. Einde gesprek, einde telefoontje. Hij zat dan misschien wel in Parijs, maar in Moskou had hij tenminste nog verwarming.

Het beste wat hij kon doen was zijn omgeving vergeten en doorgaan met zijn werk. Wat hij vanaf het moment dat hij zijn kamer had betreden dan ook maar had gedaan, met in de ene hand zijn laptop en in de andere een papieren zak met een baguette ham en kaas, een beker bronwater en een fles Russische wodka, allemaal gekocht op een kleine buurtmarkt.

Zijn eerste punt van aandacht was Nicholas Marten, die voor hem nog altijd een vraagteken was en die hij niet vertrouwde. Marten was dan misschien een vriend geweest van Ford en had Halliday korte tijd gekend, maar zijn ogenschijnlijk terloopse maar al te pasklare antwoorden stonden hem niet aan. Ze waren afdoend maar vaag tegelijk, met uitzondering van zijn antwoord dat hij iemand zou hebben leren kennen met wie hij naar Manchester, zijn huidige woonplaats, was gegaan. Goed, misschien was hij een postdoctoraalstudent, misschien ook niet, maar er was beslist meer met hem aan de hand. En misschien ook met die meid.

Hij opende zijn laptop en zette hem aan. Drie klikken later had hij het nummer dat hij zocht. Hij legde zijn aantekenboekje gereed, pakte zijn gsm en toetste het nummer in.

Via het hoofdbureau van politie in de regio Manchester werd hij doorgeschakeld naar hoofdinspecteur Blackthorne, aan wie hij zich bekendmaakte en wie hij verzocht na te trekken of ene Nicholas Marten uit het Amerikaanse Vermont inderdaad een postdoctoraalstudent was aan de universiteit van Manchester.

Blackthorne noteerde zijn nummer en beloofde zijn best te doen. Twintig minuten later belde hij terug met de bevestiging. Nicholas Marten stond inderdaad al sinds april als zodanig geregistreerd.

Kovalenko bedankte hem en hing, nog niet helemaal tevreden, op. In zijn boekje noteerde hij: *Marten volgt universitaire opleiding. Maar wáár studeerde hij daarvóór?* En vervolgens: *Zoek uit wie meisje is en wat haar huidige relatie is met Marten.*

Hij nam een hap van de sandwich, spoelde die weg met twee slokken wodka en stortte zich weer op zijn laptop om zijn dagrapport uit te tikken in de hoop dat hij daarmee het gebeurde duidelijk op een rijtje kon zetten.

Naast zijn twijfels over Marten hadden de moorden op Dan Ford en het slachtoffer in de andere auto, plus de verwarrende vragen eromheen, zijn primaire aandacht. Zette hij zijn eigen, niet-geringe schuldgevoelens – hij had de moord op Dan Ford immers niet weten te voorkomen – opzij, dan bleef een aantal zaken over: de brute werkwijze van de dader, het korte tijdsbestek tussen het moment dat hij Ford had zien afslaan en het moment dat hij was vermoord, en hoe de auto's in het water terecht waren gekomen.

Deze vragen waren op zich al zorgwekkend genoeg, maar ze riepen weer andere vragen op. Was er sprake van een enkele dader of had hij handlangers, en hoe was/waren hij/zij daar gekomen en weer vertrokken? Voorlopig ging hij ervan uit dat de misdaden door een man waren gepleegd; weinig vrouwen bezaten de kracht of de dwanggedachte voor zo'n afschuwelijke moord. Dan was er nog de man die Jean-Luc heette en van wie men nu had bevestigd dat hij in de Toyota had gezeten.

Wat had hij ook alweer gezegd tegen Ford toen hij belde? 'Met Jean-Luc. Ik heb de kaart. Kunnen we om halfvijf afspreken?'

Kaart? Wat voor kaart, en waarvan? Waar was die nu, en was dat de reden geweest waarom beide mannen nu dood waren?

Kovalenko nam nog een slok wodka en spoelde die weg met een teug bronwater. Ondertussen gleden zijn gedachten van de moorden naar iets anders. Het schaduwen van Dan Ford had een neveneffect waar hij niet op had gerekend: een nauwere band met inspecteur Philippe Lenard. De Franse politieman hem steeds op een afstandje gehouden, maar na Hallidays dood had hij hem nauwer bij het onderzoek betrokken. Zelfs toen was Kovalenko tevreden geweest met een rol in de schaduw van de Fransman en op eigen houtje te werken. Maar de plotselinge verdwijning van de auto's bij de rivier had alles volledig omgegooid en hij had terstond Lenard wakker gebeld om te melden wat er was gebeurd. Hij had verwacht een officiële berisping te krijgen omdat hij zonder autoriteit had gehandeld, maar in plaats daarvan was hij bedankt voor zijn waakzaamheid, en was Lenard onmiddellijk naar de rivier gegaan.

Om welke reden dan ook, persoonlijke frustratie of druk van boven, was het oplossen van de moorden op Alfred Neuss en Fabien Curtay voor Lenard plotseling een prioriteit geworden, en wie uiteindelijk met de eer ging strijken of hier als held uit te voorschijn kwam leek weinig uit te maken. Het had zo zijn nut, want het bracht Kovalenko dichter bij de kern van het onderzoek, maar het lag ook gecompliceerd omdat zijn opdracht verder reikte dan wat voor de hand lag en dan deze moorden alleen: iets waar de Fransen geen weet van hadden. Een strikt Russische aangelegenheid die de toekomst van Vadertje Staat zelf betrof, en alleen hij en zijn superieuren binnen de speciale afdeling van het Russische ministerie van Justitie waaraan hij was verbonden waren ervan op de hoogte. Een al te innig werkverband met inspecteur Lenard schiep het risico dat de Fransman of een van zijn mensen zou vermoeden dat hij zijn eigen plan had. Zo lagen de zaken nu eenmaal, en hij zou eenvoudigweg op zijn tellen moeten passen en zorgvuldig moeten handelen.

Een plotselinge, ijskoude windvlaag deed het gebouw trillen en Kovalenko voelde zich zowaar nog trilleriger dan hij al was. Nog een slok wodka, een hap van de sandwich en hij verlegde zijn aandacht van het huidige document naar internet om zijn e-mail te checken.

Er waren een stuk of zes berichten, de meeste persoonlijk van aard en afkomstig uit Moskou: van zijn vrouw, zijn elfjarige zoon, zijn achtjarige dochter, de buurman met wie hij nog steeds ruziede over een gezamenlijke berging in de kelder, zijn cheffin die zich afvroeg waar zijn dagrapport bleef, en vervolgens, als laatste, het mailtje waar hij op had gehoopt.

Het kwam uit Monaco, van het bureau in Monte Carlo van hoofdinspecteur Alain LeMaire van de Carabiniers du Prince, de veiligheidspolitie van Monaco. LeMaire en Kovalenko hadden elkaar drie jaar daarvoor leren kennen tijdens een cursus informatie-uitwisseling op het hoofdkwartier van Interpol in het Franse Lyon. Tien maanden later troffen ze elkaar opnieuw toen LeMaire assisteerde bij het bevriezen van bankrekeningen van de Russische maffia bij een grote bank in Monte Carlo. Kovalenko was destijds bezig met een internationaal witwasschandaal. En het was LeMaire die op het moment dat hij van de moord op Fabien Curtay had vernomen meteen Kovalenko had gebeld om zijn hulp in te roepen. Met een beetje geluk had LeMaire iets gevonden.

Het bericht was gecodeerd, maar Kovalenko had slechts een paar seconden nodig om het te ontcijferen:

Re: F. Curtay. Grote privé-kluis in zijn woning opengebroken aangetroffen. Curtay hield een nauwgezette inventaris bij van de inhoud en van de data van bewaargeving. Veel voorwerpen zijn bijzonder waardevol, maar er ontbreken er slechts twee: 1) een klein Super8-filmpje; 2) een antiek Spaans mes, een stiletto die Navaja wordt genoemd, van hoorn en koper, circa 1900. Naast elk voorwerp stonden de initialen A.N., Alfred Neuss misschien? De stortingsdatum was 1/9, de dag dat Neuss in Monte Carlo aankwam. Ze waren oude vrienden – veertig jaar –, dus misschien hield Curtay de voorwerpen voor hem in bewaring. Verder geen details.

Kovalenko zette de laptop uit en klapte hem dicht. Hij had geen idee of Lenard over dezelfde informatie beschikte en zo ja, of de inspecteur die dan aan hem zou vertellen. Maar kinnesinne daargelaten was de logica van wat er zou kunnen zijn gebeurd duidelijk. Iedereen wist dat Neuss' reis hem van Los Angeles naar Parijs, vervolgens naar Marseille en ten slotte naar Monte Carlo had gevoerd. Betekende dit dat hij het mes en de 8mm-film had opgepikt in Marseille en ze daarna had overgebracht naar Curtays privékluis in Monte Carlo? En ook dat de diamantentransactie enkel een dekmantel was geweest om de schijn van normaliteit te wekken?

Neuss was op vrijdag de 10e dood aangetroffen en Curtay was op maandag de 13e 's ochtends vroeg in Monaco vermoord, wat het aannemelijk maakte dat de verminking van Neuss om één, misschien om twee redenen was gedaan. Ten eerste: om de dader de tijd te geven naar Monte Carlo af te reizen en de situatie aldaar in te schatten voordat hij Curtay vermoordde, en voordat de identiteit van Neuss bekend werd en Curtay op zijn hoede zou zijn. Ten tweede: om de gevolgen van de marteling te verdoezelen, bedoeld om Neuss de verblijfplaats van het mes en de film te ontfutselen. Was dit het geval, dan kon hetzelfde denkpatroon worden toegepast op de andere Russische slachtoffers in San Francisco, Mexico-Stad en Chicago; ook zij waren eerst gemarteld en vervolgens vermoord. Stel dat de moordenaar zijn slachtoffers had opgezocht in de verwachting niet alleen de sleuteltjes maar ook de locatie van de kluis te kunnen achterhalen. Stel dat de slachtoffers wel de sleuteltjes hadden, maar geen idee hadden waar de kluis stond en dat de dader daar toch echt anders over dacht en hen martelde om erachter te komen.

Kovalenko moest opeens weer aan Beverly Hills denken en bedacht dat Raymond Thorne misschien niet alleen naar de woning van Neuss gegaan was om hem te vermoorden, maar ook om de bewaarplek van het mes en de film te achterhalen. Het zou zijn vliegticket naar Engeland verklaren, vooral als hij wist dat de twee dingen ergens in Europa verborgen waren, misschien wel in een bankkluis, wat op zijn beurt de sleuteltjes in zijn reistas aan boord van de trein in Los Angeles zou verklaren.

Rechercheur Halliday, Dan Ford en Jean-Luc waren allemaal met een vlijmscherp voorwerp omgebracht. Kon het opgehaalde mes het moordwapen zijn? Zo ja, waarom? Was het gewoon een praktisch wapen of kleefde er een bijzondere betekenis aan? Als het laatste het geval was, en je keek naar de verderfelijke manier waarop de drie mannen waren afgeslacht, deed het gebruik van het mes dan een rituele moord vermoeden? En zo ja, hield dit dan in dat de dader nog niet uitgemoord was?

363

38

Het kon gewoon instinct zijn geweest, of schaamteloze brutaliteit, maar ondanks de enorme shock waarin ze verkeerde, nog eens ver-ergerd door de wetenschap dat het nog ongeboren kind in haar nooit zijn of haar vader zou kennen, en onder het waakzame oog van de agenten die door inspecteur Lenard waren gestuurd om het appartement in de Rue Dauphine te vergrendelen, had Nadine Ford het niet alleen voor elkaar gekregen om haar kleren en die van Nicholas Marten in twee koffers te pakken, maar had ze bovendien wat zaken weten mee te smokkelen, te weten Hallidays agenda en een grote harmonicamap met daarin Dan Fords recente werkaantekeningen. Het was een stoutmoedige, dappere daad geweest, waarbij gek genoeg alles van een leien dakje was gegaan. Nu, in zijn eentje, zittend in een studeerkamertje in het appartement van Nadines broer, staarde de benevelde en door alle emoties inmiddels uitgeputte Marten naar Hallidays agenda en Fords opbergmap die beide voor hem lagen opengeslagen.

In de andere kamers, te midden van de vazen met bloemen en de overvolle tafels met eten en flessen wijn, zaten Nadine, haar broer Armand, haar zus, echtgenoten en haar ouders bij elkaar. Verder waren er vrienden, vrienden van, en nog meer vrienden, onder wie de twee hoofdredactrices die de Parijse redactie van de *LA Times* leidden en Dan Ford hadden geassisteerd. Dat zo veel mensen in zo'n klein appartement pasten leek wiskundig gezien onmogelijk, maar was verder niet van belang. Iedereen was er. Er werden armen om schouders geslagen, er werd gehuild, gepraat, en hier en daar zelfs even gelachen om een oude herinnering.

Eerder die avond, op weg naar het studeerkamertje om even alleen en met iets anders bezig te kunnen zijn, was hij langs een kleine slaapkamer gelopen waarvan de deur openstond. Daar had hij Nadine in haar eentje op het bed zien zitten terwijl ze afwezig een grote geelbruine kat streelde die met een poot voorzichtig over haar dikke buik aaide alsof hij haar wilde troosten. Het was hetzelfde beeld als dat hij eerder in Red McClatchy's woning had gezien nadat Red begraven was: kamers vol rouwenden en Reds vrouw in haar eentje in zijn werkkamer, de dikke kop van Reds zwarte labrador in haar schoot terwijl ze met een kopje koffie in haar hand in het niets staarde.

Het werd Marten even te veel en hij voelde een dringende behoefte om een frisse neus te halen, hier even weg te zijn. Gewoon wat lopen en even alleen zijn voordat hij in zijn eigen verdriet zou stikken. De frisse lucht deed hem goed en ondanks de waarschuwing van inspecteur Lenard liet hij zijn oplettendheid varen. Tijdens de wandeling hoopte hij misschien dat Raymond hem bespiedde, hem zelfs volgde. Met een beetje geluk zou Thorne plotseling opduiken en zou het hoe dan ook met hem gedaan zijn. Maar er gebeurde helemaal niets en drie kwartier later was hij weer teruggelopen. Hij had meteen het studeerkamertje opgezocht, had de deur achter zich gesloten en was aan de slag gegaan met als doel een spoor te vinden dat naar Raymond Thorne zou leiden. Aangenomen dat Thorne inderdaad de kwade genius achter dit alles was...

Nu, terwijl hij Hallidays agenda doorbladerde en goed oplette dat hij de morsige velletjes niet door elkaar husselde, deed hij wederom, net als de vorige avond, een poging om Hallidays verkrampte, steigerende hanenpoten te ontcijferen en iets te ontdekken waar hij misschien iets mee kon. Maar ook nu lukte het niet. Bladzij na bladzij vol halve zinnen, steekwoorden, namen, data, plaatsen. De paar dingen die hij wel kon ontcijferen, waren persoonlijk van aard en hadden ook nu weer te maken met Hallidays gezin. Marten voelde zich een gluurder, hoorde deze dingen eigenlijk helemaal niet te lezen. Maar ondanks zijn toenemende frustratie en ongemak las hij verder.

Een kwartier later was hij het zat. Net toen hij de agenda wilde dichtslaan om zijn aandacht op Fords harmonicamap te richten, viel zijn oog plotsklaps op een naam: *Felix Norman*. Felix Norman, de lijkschouwer die in Los Angeles Raymond Thornes overlijdensakte had ondertekend. Op de volgende bladzij had Halliday nóg een naam gekrabbeld: *Dr. Hermann Gray, plastisch chirurg, woont in Bel Air, leeftijd: 48. Onverwacht met pensioen, woning verkocht, land verlaten,* luidde de aantekening. Waaraan tussen haakjes was toegevoegd: *Puerto Quepos, Costa Rica, daarna Rosario in Argentinië, nieuwe naam James Patrick Odett – ALC/jachtincident.*

Daarnaast, in potlood, vervolgens uitgegumd en opnieuw genoteerd, alsof Halliday om de een of andere reden zichzelf corrigeerde:

26/01 kon een datum zijn; VARIG misschien een luchtvaartmaatschappij, en 8837 wie weet een vluchtnummer. Marten plofte in zijn stoel en zette Armands computer aan. Daarna zocht hij de Varig-website op en tikte '8837' in op de zoekbalk. Een seconde later kwam het antwoord: vlucht 8837 van Los Angeles naar Buenos Aires, Argentinië.

Wederom richtte hij zijn aandacht op Hallidays dikke, ondoordringbare agenda. Misschien had hij toch niet zorgvuldig genoeg gekeken. Hij had zich vooral geconcentreerd op de notities zelf. Misschien was er nog iets, had hij iets over het hoofd gezien.

Hij pakte de agenda op, draaide hem om en sloeg voorzichtig de achterkant open. Onder wat losse velletjes zat een onhandige bult, de plek waar het kartonnen schutblad van de agenda in de sleuf van de leren achterkant stak. Hij schoof de losse velletjes opzij en draaide het eerste blaadje om. Het waren foto's van Hallidays kinderen plus elfhonderd dollar aan travellercheques. Vervolgens Hallidays paspoort en twee dubbelgevouwen velletjes. Hij bekeek ze stuk voor stuk. Het waren gefaxte vliegtickets. Het eerste betrof een vlucht van Los Angeles naar Parijs en terug van United Airlines, het tweede een Varig-ticket, en wel een vlucht van Los Angeles naar Buenos Aires en terug, vertrekdatum zondag 26 januari en een openstaande retourdatum.

'Jezus,' mompelde hij verbijsterd. Halliday had op het punt gestaan naar Argentinië af te reizen, wie weet nog vóórdat Neuss was vermoord, of juist daarom. En het was duidelijk niet als vakantie bedoeld geweest. Boven aan het ticket prijkte in potlood de naam James Patrick Odett en ernaast tussen haakjes de naam dr. Hermann Gray, plus wederom de afkorting ALC.

Marten voelde zijn hart overslaan. Was Raymond Thorne soms naar Argentinië weggevoerd terwijl hij zogenaamd in Los Angeles werd gecremeerd? Was dr. Gray, de plastisch chirurg, erbij gehaald om hem fysiek weer op de been te helpen? Dat ALC en 'jachtincident' bleef vaag, tenzij hij om de een of andere reden de afkorting had gebruikt voor een *anterior cruciate ligament*-blessure waarbij Raymond, of misschien de chirurg, tijdens een jachtincident zijn knieband had geblesseerd. Het maakte echter geen verschil. De echte vraag was: was Halliday vermoord omdat hij hierachter was gekomen en zelf naar Argentinië wilde om zijn onderzoek voort te zetten?

Plotseling schoot hem iets te binnen wat hem koude rillingen bezorgde. Als Neuss, Halliday, Dan Ford en die meneer Jean-Luc door een en dezelfde dader waren vermoord, en die dader was inderdaad Raymond Thorne, en als dr. Gray zijn werk als plastisch chirurg naar behoren had gedaan, dan wist niemand hoe Thorne er op dit moment uitzag. Hij kon voor iedereen doorgaan, een taxichauffeur, een bloemist, een ober. Een anonieme figuur die dicht bij je kon komen zonder dat je er aandacht aan schonk. Thorne was slim en zeer inventief. Neem alleen al de verschillende manieren waarop hij zich in Los Angeles had uitgedost, van verkoper tot skinhead tot iemand die in Alfred Neuss' eigen kleren rondliep.

'Nicholas.'

Achter hem ging de deur opeens open en een bleke, afgetobde Nadine kwam binnen. Marten stond op.

'Rebecca!' riep hij verrast, waarna zijn zus zich voorzichtig langs Nadine wurmde en naar binnen liep.

39

Haar lange zwarte haar was elegant opgestoken en ze ging gekleed in een lange, donkere rok met bijpassend jasje. In de maalstroom van hartzeer en verdriet oogde Rebecca evenwichtig en mooi. Weg van de Rothfels, hier in haar eentje, was het verschil met de kwetsbare zieke die ze zo lang was geweest niet minder dan opmerkelijk.

'*Merci*, Nadine,' zei ze zacht en ze omhelsde de vrouw die haar in het St. Francis en vervolgens in de Jura-kliniek zo vaak met Dan was komen opzoeken. In het Frans vertelde ze Nadine wat die al wist, namelijk dat Dan als een tweede broer was geweest, en vervolgens sprak ze in de allerliefste bewoordingen haar diepste deelneming uit voor haar vreselijke verlies. Toen verscheen Nadines vader in de deuropening met de mededeling dat ze familiezaken te bespreken hadden, waarop hij en zijn dochter zich verontschuldigden en de kamer verlieten.

'Ik heb je vanmiddag nog in Zwitserland gebeld,' begon Marten terwijl hij de deur achter hen dichtdeed. 'Je was er niet, dus ik liet een berichtje achter. Hoe kom jij...?'

'… zo snel hier? Ik was de deur uit met de kinderen. Toen ik thuiskwam, kreeg ik je bericht. Mevrouw Rothfels zag dat ik overstuur was en toen ik haar vertelde wat er was gebeurd, ging ze met haar man praten. Zijn jet vloog toch al met een cliënt deze kant op, dus meneer Rothfels stond erop dat ik meevloog. Zijn chauffeur stond al gereed. Toen we bij Dans flat aankwamen, stuurde de politie ons hierheen.'

'Je had beter niet kunnen komen.'

'Hoezo? Jij en Dan zijn de enige familie die ik heb, dus waarom zou ik niet komen?'

'Rebecca, Jimmy Halliday was in Parijs om de moord op Alfred Neuss te onderzoeken. Gisteravond werd hij in zijn hotelkamer vermoord.'

'Jimmy Halliday, van de Squad?'

Hij knikte. 'Tot nu toe is het stilgehouden.'

'O, hemel, en daarna Dan…'

'En nog iemand, iemand met wie Dan volgens de politie een afspraak had. En nu heeft de politie me gewaarschuwd om uit te kijken.'

'Ze weten toch niet wie je bent.'

'Nee. Maar dat is het punt niet.'

'Wat dan wel?'

Hij aarzelde. Welke indruk Rebecca nu ook mocht wekken, gezond en aangepast en mondain, ergens loerde nog altijd het gevaar waar Dan Ford op had geduid en waar Marten zo bang voor was: het idee dat haar psychotherapie misschien slechts in beperkte mate geslaagd was geweest en dat de kleinste herinnering aan het verleden dingen kon losmaken die haar helemaal konden doen terugvallen.

Aan de andere kant kon hij haar ook niet in een glazen huisje zetten en moest hij er maar van uitgaan dat ze sterk genoeg was om te vernemen wat iedereen volgens hem toch wel spoedig zou weten.

'Rebecca, er is een mogelijkheid dat Thorne nog steeds leeft en dat hij verantwoordelijk is voor wat Dan en Jimmy Halliday en de anderen is overkomen.'

'Thorne? Dé Thorne uit Los Angeles?'

'Ja.'

Marten zag haar schrikken. Op haar lange weg naar herstel had ze veel gehoord over wat zich in Los Angeles had afgespeeld. Ze wist van Thornes ontsnapping uit het gerechtsgebouw, van zijn koelbloedige moord op een aantal politieagenten, onder wie Red McClatchy, en dat Nicholas zelf ook bijna was gedood toen hij hem aan wilde houden. Ondanks de emotie van haar doorbraak en de roes veroorzaakt door de psychotrope medicatie direct daarna was ze door dr. Flannery meerdere malen aangemoedigd om haar beangstigende ervaringen in het spoorwegemplacement te herleven. Hij wist dat dit voor haar erg moeilijk was geweest en dat het weinige wat ze zich ervan herinnerde helemaal verward en bangig was, gevuld met pistoolschoten, bloed en afgrijzen. Maar het leed geen twijfel dat ze begreep dat alles om Thorne had gedraaid. En net als de rest van de wereld wist ook zij niet beter dan dat hij dood was.

'Hij is gecremeerd. Hoe kan hij dan nog leven?'

'Dat weet ik ook niet. Na de moord op Neuss begon Dan aan deze zaak te werken. Net als Jimmy Halliday, maar die was al een tijdje bezig.'

'En jij denkt dat Thorne ze allebei heeft vermoord?'

'Geen idee. Ik kan niet eens met zekerheid zeggen dat hij nog leeft. Maar Alfred Neuss is dood, net als Jimmy en Dan, stuk voor stuk mensen die in Los Angeles met hem te maken hadden. Ook al weet je het niet meer precies, jij was erbij op dat spoorwegemplacement. Jij zag hem en hij zag jou. Als hij hier in Parijs is, wil ik je niet in de buurt hebben.' Hij aarzelde even. Er was nog iets waar hij liever niet aan dacht, maar hij moest wel. 'Er is nog iets,' zei hij. 'Als het inderdaad Thorne is, bestaat er een grote kans dat hij zijn uiterlijk heeft laten veranderen. We weten dus niet hoe hij eruitziet.'

Opeens was er angst in Rebecca's ogen. 'Nicholas, jij was degene die hem probeerde in te rekenen. Hij zal jou beter kennen dan wie ook. Als hij weet dat je in Parijs bent…'

'Rebecca, ik zorg eerst dat jij in veiligheid bent, dan kan ik later altijd nog over mezelf inzitten.'

'Wat wil je dat ik doe?'

'Ik neem aan dat als meneer Rothfels die privé-jet heeft verzorgd, hij ook een hotelkamer heeft geregeld?'

'Ja, in het Crillon.'

'Het Crillon?'

'Ja.' Ze bloosde en glimlachte. Het Crillon was een van de meest luxe en dure hotels in Parijs. 'Het is best leuk om een rijke baas te hebben.'

'Dat geloof ik,' zei hij heel eventjes glimlachend. 'Ik zal Nadines broer vragen je naar het hotel te brengen. Zodra je daar bent, wil ik dat je je opsluit in je kamer en voor niemand opendoet. Ik zal een vlucht voor je boeken naar Genève, voor morgenochtend vroeg. Laat de portier een auto van het hotel regelen om je naar de luchthaven te brengen. Zorg ervoor dat hij de chauffeur persoonlijk kent en vraag hem of hij de luchtvaartmaatschappij wil bellen om het zo te regelen dat de chauffeur je net zo lang vergezelt tot jij aan boord van dat vliegtuig stapt. Ondertussen zal ik de Rothfels vragen of ze een bekende kunnen sturen om je op te halen en veilig naar Neuchâtel te brengen.'

'Je bent echt bang, hè?'

'Ja, voor ons allebei.'

Terwijl Nicholas vertrok om de broer van Nadine te zoeken, was Rebecca helemaal ontdaan. Was Dan Ford omgekomen bij een ongeluk of gestorven aan een vreselijke ziekte, dan zouden ze er net zo kapot van zijn geweest. Maar dit, zo snel en gruwelijk, zomaar vanuit het niets, was gewoon niet te bevatten. Net als het idee dat Thorne nog leefde en zo veel maanden later en negenduizend kilometer vanwaar het allemaal was begonnen dergelijke grueldaden uitvoerde.

Maar hoe beangstigend en verpletterend het allemaal ook was, het stond volkomen los van wat ze zo graag aan haar broer wilde vertellen. Het ging over haar en haar grote liefde, Alexander Cabrera, en over hoe belangrijk ze inmiddels voor elkaar waren geworden. Zo heimelijk als hun verhouding was geweest, en het pact van geheimhouding met lady Clem ten spijt, voelde ze het tijdstip naderen dat Alexander zijn belofte zou nakomen en haar ten huwelijk zou vragen. Ze wilde dat Nicholas dat van tevoren zou weten.

Tot nu toe hadden ze plezier beleefd aan het geheime karakter van hun verhouding, een eigenzinnig verstoppertje spelen waarbij grote broer niet wist wat kleine zus uitvrat, maar nu de band tussen haar en Alexander hechter werd en op het onvermijdelijke afkoerste, was het alsof ze doelbewust iets voor Nicholas verborgen hield. Het gaf haar een steeds onbehaaglijker gevoel.

Deze avond was daarvan een volmaakt voorbeeld geweest. Ze had hem niet de volledige waarheid verteld over Gerard Rothfels' aandringen om vanuit Zwitserland het vliegtuig van de zaak te gebruiken. Het was waar dat Rothfels het geregeld had, maar het was op Alexanders bevel geweest. En het was geen bedrijfschauffeur geweest die haar op de luchthaven Orly had opgewacht, maar Alexanders eigen chauffeur en lijfwacht Jean-Pierre Rodin. Ze had gehoopt dat Alexander zelf op het vliegveld zou zijn, zodat ze hem had kunnen overhalen mee te gaan om haar broer, zelfs onder deze omstandigheden, te ontmoeten, maar hij zat voor zaken in Italië en Jean-Pierre had gezegd dat hij pas 's avonds laat in Parijs zou arriveren. Het was dus een puur logistieke kwestie en, voorlopig, onmogelijk.

En dan was er nog Thorne en de vraag of ze Alexander over hem moest vertellen. Zo ja, dan zou ook haar ongerustheid verklaard moeten worden, en hoewel zowel Alexander als Clem op de hoogte was van haar ziekteverleden kende geen van beiden de echte waarheid, noch wat er voor nodig was geweest om haar van haar trauma te verlossen.

Het verhaal dat ze hun had verteld, was nog voor hun vertrek naar Los Angeles verzonnen door Nicholas en dr. Flannery, haar psychiater. Zij en Nicholas waren zogenaamd opgegroeid in een stadje in Vermont. Toen ze vijftien was, stierven haar ouders binnen twee maanden na elkaar en verhuisde ze naar Californië om bij Nicholas te gaan wonen, die daar studeerde. Op een dag, vlak na haar komst, was ze met hem en wat vrienden naar het strand gegaan. Toen ze met een vriendin wat langs de branding kuierde, zagen ze opeens hoe een jongen door een sterke stroming de zee in werd gesleurd. Ze hoorden hem om hulp roepen. Rebecca zei haar vriendin dat ze de strandwachters moest waarschuwen en zwom zelf alvast door een onstuimig deinende zee naar de jongen toe. Eenmaal bij hem vocht ze voor haar gevoel urenlang tegen de hoge golven om hun beider hoofd boven water te houden totdat de strandwachters er waren. Pas op dat moment vernam ze dat de jongen al dood was. Later kreeg ze te horen dat hij vermoedelijk al verdronken was op het moment dat ze hem bereikte. Plotseling was het tot haar doorgedrongen dat ze de hele tijd een lijk had beetgehouden. Dit besef, zo kort na het tragische verlies van haar ouders, greep haar zo aan dat ze vrijwel direct volledig instortte. Het werd een jarenlange zenuwinzinking totdat ze ten slotte langzaam uit het dal klauterde en haar broer haar liet overplaatsen naar de Balmore-kliniek voor een speciale behandeling onder dr. Maxwell-Scot.

Kortom, bracht ze nu Thorne ter sprake, dan kon ze hun moeilijk vertellen over wat er bij het spoorwegemplacement was gebeurd en zou ze in plaats daarvan Nicholas met deze last moeten opschepen. Hij zou Alexander vertellen dat hij niet alleen Dan Ford had gekend toen deze nog politieverslaggever was in Los Angeles, maar via hem ook rechercheur Halliday. En hoe beiden nauw betrokken waren geweest bij het onderzoek naar Thorne.

Ford en Halliday waren inmiddels allebei dood, en als de moordenaar inderdaad de doodgewaande Thorne was, dan was er alle reden om aan te nemen dat hij het nu ook op haar broer gemunt kon hebben. Vervolgens zou hij, uit angst dat Ford of Halliday iets tegen Nicholas had gezegd wat tegen hem zou kunnen pleiten en wat Nicholas op zijn beurt misschien aan haar kon hebben toevertrouwd, achter háár aan komen.

Dus voor haar was het duidelijk: waarom zou ze Alexander verontrusten terwijl Nicholas zelf had gezegd dat hij niet eens zeker wist of Thorne de moordenaar was of überhaupt nog leefde? Ze besloot dat het eigenlijk maar het beste was om niets te zeggen.

Maar terwijl ze deze beslissing nam, besefte ze dat ze de waarschuwing van haar broer ter harte moest nemen en na aankomst in het hotel precies moest doen wat hij had gezegd.

40

Nog steeds de Rue Huysmans 27, 22.45 uur

De voordeur van het appartementengebouw ging open en Nicholas en Rebecca stapten naar buiten, vergezeld door Nadines vierentwintig jaar oude broer Armand en een van zijn vrienden, een soldaat in het Franse leger.

Armand was beroepswielrenner, jong, eigenwijs en genereus. Zijn auto stond voor de deur. Op dit tijdstip was het ongeveer tien minuten rijden naar het Crillon en hij bracht haar graag naar het hotel. Snel ging hij haar voor naar zijn groene Nissan en gleed achter het stuur terwijl zijn vriend de soldaat achterin plaatsnam.

Marten keek even waakzaam om zich heen en opende het rechterportier voor Rebecca. 'Wat is je kamernummer in het Crillon?' vroeg hij.

'Hoezo?'

'Omdat ik je meteen wil bellen zodra ik je vluchtnummer heb. Ik wil je morgenochtend zo vroeg mogelijk uit Parijs hebben.'

'Kamer 412. Nicholas…' Ze keek hem aan. Hij voelde haar angst en probeerde haar gerust te stellen.

'Ik zei eerder al dat we helemaal geen bewijs hebben dat Raymond Thorne er inderdaad achter zit. Hij is hoogstwaarschijnlijk echt dood en wat gebeurd is, is gewoon toeval, een of andere gek die geen idee heeft wie we zijn en daar ook helemaal niet in geïnteresseerd is. Oké?'

'Ja,' antwoordde ze en ze gaf hem een kus op zijn wang.

Daarop keek hij Armand aan. 'Dank je, Armand. Bedankt.'

'Ze is in veilige handen, *mon ami*. We zullen erop toezien dat ze veilig op haar kamer belandt en ik zal zelf met de portier overleggen of we voor morgenochtend een auto voor haar kunnen regelen. We hebben al genoeg emoties gehad voor vandaag.'

'Voor welke dag dan ook,' voegde Nicholas eraan toe. Hij sloot het portier en deed een stap naar achteren terwijl Armand de Nissan startte. Daarna keerde hij de auto met een scherpe bocht over de straat en reed weg. Aan het eind van de Rue Huysmans reed hij de Boulevard Raspail op, waarna de Nissan uit het zicht verdween.

41

Vanaf de achterbank van de verduisterde zwarte Mercedes die drie deuren verderop geparkeerd stond, had Thorne de vier uit het appartement zien komen en zien oversteken naar de groene Nissan. Drie van hen waren ingestapt en weggereden. Nu zag hij Nicholas Marten van het schaduwrijke trottoir stappen en in zijn eentje onder een straatlantaarn door lopen om weer bij nummer 27 aan de Rue Huysmans naar binnen te gaan.

Het was tien maanden geleden dat hij hem voor het laatst had gezien en zeven sinds hij hem in Manchester had opgespoord, of liever gezegd: sinds de Barones dat had gedaan. In dat tijdsbestek was hij alles over hem te weten gekomen: zijn naamswijziging, zijn huidige woonplaats, wat hij tegenwoordig uitvoerde. Hij wist zelfs van lord Prestbury en Martens geheime affaire met diens dochter, lady Clementine Simpson. Ook was hij op de hoogte van Zwitserland en Rebecca, waar ze woonde en voor wie ze werkte.

Maar ondanks alles wat Thorne over Marten te weten was gekomen, had hij hem al die maanden doelbewust uit zijn gedachten gebannen. Maar nu hij hem hier in levenden lijve met zijn zus over straat had zien lopen, werd hij eraan herinnerd wat voor een risico Marten vormde.

Marten was óf ongelooflijk uitgekookt, als een pitbull zo vasthoudend, óf had gewoon domme mazzel gehad, of het was een combinatie van die drie. Als een jachthond uit een oude legende leek hij hem voortdurend op de hielen te zitten. Net zoals toen in Los Angeles, na zijn ontsnapping uit de gevangenis, of toen Marten op de luchthaven aldaar plotseling uit de regen opdook om te voorkomen dat hij met de Lufthansa-vlucht naar Duitsland ontkwam. En ook daarna, toen Marten plotseling bij Alfred Neuss' woning in Beverly Hills was terwijl hij daar was. En daarna nog eens, hoewel Martens loopbaan bij de politie al ten einde was, en hij Rebecca, volgens de notities die ze aan boord van de *Southwest Chief* in zijn tas zouden hebben gevonden, in Londen had laten opnemen. En nu was hij hier in Parijs.

Hij had het natuurlijk deels aan zichzelf te danken, wetend dat Marten zich in Manchester op slechts een uur of twee van de Lichtstad bevond, had hij immers zijn plan doorgezet en had hij Neuss vermoord. Maar met Neuss in Parijs en de krappe timing had hij wel gemoeten; en dat het uitgerekend in het Parc Monceau moest gebeuren, was een ironie te zoet voor woorden, vooral toen Neuss zich realiseerde wie hij tegenover zich had en dat hij ging sterven.

Toch was het verleidelijk om Marten zo vlak voor zijn neus zijn pad te zien kruisen. Het liefst wilde hij meteen uitstappen, Marten het gebouw in volgen en hem op een wrede, beestachtige manier afmaken, precies zoals hij dat met Neuss, Halliday, Dan Ford en Jean-Luc Vabres had gedaan. Maar hij wist dat het niet kon, nog niet althans. En zeker vanavond niet. Deze avond was voor iets anders bestemd. Dus hij moest zijn emoties de baas blijven en al zijn gedachten en energie richten op wat hem nu te doen stond.

Terwijl hij met een vinger langs een lang, feestelijk verpakt rechthoekig pakje streek, peinsde hij nog even en keek vervolgens op naar zijn chauffeur.

'L'Hôtel Crillon,' zei hij. 'L'Hôtel Crillon.'

42

Raymond Thornes zwarte Mercedes reed de Place de la Concorde op en stopte tegenover het hotel. De groene Nissan stond voor de deur op de in- en uitstapplek.

Thorne streek zijn haren glad, streek met een hand langs zijn zorgvuldig getrimde baard en wachtte.

23.08 uur. Er kwam een taxi aangereden. Een groepje goedgeklede gasten stapte uit en ze betraden het hotel via de grote draaideur.

23.10 uur. Een stel van middelbare leeftijd stapte naar buiten in avondkledij. Een auto met chauffeur reed voor en een geüniformeerde hotelbediende opende het portier. Het paar stapte in en de auto reed weg. Opnieuw draaide de draaideur. Armand en zijn vriend stapten naar buiten en liepen meteen naar de Nissan. Een paar seconden later flitsten de koplampen aan. Daarna reed de auto weg, waarbij de lichtbundels Thorne in het passeren heel even beschenen. Weer een seconde later stapte Thorne uit in de frisse avondlucht met het feestelijk verpakte pakketje onder zijn arm.

Met zijn keurige baard, gedistingeerde voorkomen, stijlvol achterovergekamde ravenzwarte haar en zijn op maat gemaakte zwarte pak met dubbele rij knopen oogde hij van top tot teen als een succesvolle jonge zakenman op weg naar een intiem onderonsje met een aantrekkelijke jongedame. Hetgeen hij inderdaad van plan was, alleen zou de intimiteit in dit geval veel verder reiken.

Opnieuw streek hij zijn haren glad en hij sloeg zijn ogen op naar het Crillon aan de overkant van de boulevard. Twee weken na zijn vierendertigste verjaardag en voor het eerst sinds mensenheugenis, zo leek het, voelde hij zich helemaal top. Energieker zelfs dan die ochtend toen hij eerst Jean-Luc en daarna Dan Ford bij de rivier in het donker en in de stromende regen had vermoord. Zelfs zijn licht manke loopje leek onbeduidend, net als de zeurende pijn die het gevolg was van de vele operaties en de lange revalidatie die hij had moeten verduren. Het had een eeuwigheid geleken, maar in werkelijkheid waren het slechts vier maanden geweest, wat hoofdzakelijk te danken was aan het kogelvrije vest dat hij van John Barron had moeten aantrekken en dat hem bij de confrontatie op het spoorwegemplacement het leven had gered. In die tussenliggende maanden had de Barones haar pionnen op subtiele wijze weer naar hun oude strategische plek gemanoeuvreerd en inmiddels liep het plan gesmeerd en opereerden ze met dezelfde minutieuze professionaliteit als voorheen. Met dit verschil dat Neuss zich niet langer onder de levenden bevond en dat 'de stukken' inmiddels in hun bezit waren. Twee dingen waarvan ze wisten dat sir Peter Kitner zou vermoeden dat zij erachter zaten, maar zonder dat hij zelf iets kon uitrichten. Desalniettemin zou Kitner vrezen voor zijn leven en dat van zijn gezin. Een angst die hij echter aan niemand zou kunnen vertellen en die, naarmate de dagen verstreken, erger zou worden omdat hun plannen weer net zo ondoorgrondelijk leken als ten tijde van Neuss' overhaaste vertrek naar Londen. Met als gevolg dat hij machteloos stond en enkel zijn veiligheid en die van zijn gezin met nog meer lijfwachten kon verscherpen. Om ondertussen uit te zien naar wat letterlijk de bekroning van zijn leven zou worden. Waarmee hij precies in de val zou lopen.

Nog twintig stappen en Raymond bereikte de draaideur van het Crillon. De portier knikte even terwijl hij passeerde en de draaideur in stapte. In de lobby heerste een levendige drukte van hotelgasten en Parijse nachtvlinders. Hij bleef even staan, keek wat om zich heen en liep naar de huisbewaarder achterin.

Halverwege de lobby werd zijn aandacht opeens getrokken door felle cameralampen. Een klein groepje mensen klitte om twee zakenlieden heen die door reporters werden ondervraagd. Op het moment dat hij wat dichterbij kwam, kon hij zijn ogen niet geloven. Daar stond hij, de vorstelijke, zilvergrijze mediatycoon, industrieel en miljardair: de in Zwitserland geboren Brit sir Peter Kitner in hoogsteigen persoon. Hij werd vergezeld door zijn dertig jaar oude zoon Michael, president-commissaris van zijn imperium en tevens zijn troonopvolger.

Daarna viel zijn oog op de derde man in het groepje, rechts naast de oude Kitner. Het was dr. Geoffrey Higgs, een voormalig chirurg bij de Britse luchtmacht en nu Kitners lijfarts, bodyguard en inlichtingenhoofd.

De buitengewoon fit ogende Higgs, met zijn wilskrachtige kaaklijn en crewcut, had een klein oordopje in het linkeroor en een nog kleiner dasspeldmicrofoontje aan een revers van zijn jas. Waar Kitner ook stond of ging, Higgs en het legertje anonieme lijfwachten met wie hij elektronisch in verbinding stond, weken niet van zijn zijde.

Eigenlijk had hij gewoon moeten doorlopen, maar dat deed hij niet. In plaats daarvan stelde hij zich uit het zicht op in de relatieve schaduw van het legertje reporters, bij de felle lampen vandaan, terwijl Kitner werd ondervraagd over de belangrijke zakelijke top-ontmoeting die hij en zijn zoon zojuist hadden bijgewoond. Klopte het, zo wilde het Franse journaille weten, dat zijn in Amerika gevestigde bedrijf MediaCorp de Franse zender TV5 wilde overnemen?

Raymond Thorne voelde hoe zijn hart begon te bonzen terwijl hij toekeek en luisterde hoe Kitner met de vraag speelde.

'Alles is immers te koop, nietwaar?' luidde Kitners antwoord in het Frans. 'Zelfs MediaCorp. Alles valt of staat met de prijs.'

Dít was de Peter Kitner zoals hij die zijn hele volwassen leven had gekend. Bestsellers waren er over de man geschreven. Kitner vormde het onderwerp van talloze tijdschrift- en krantenartikelen en was keer op keer geïnterviewd op tv. Maar het was voor het eerst sinds jaren dat Thorne hem weer eens in levenden lijve aanschouwde en het was een totale verrassing.

Hoe dan ook, hier stond hij, een paar meter van Kitner vandaan in de schaduw van de felle lampen. Hij besefte terdege dat hij nu een stap naar voren kon zetten en Kitner in een oogwenk kon doden. Waarna de grote sir Peter hem al stervende recht in de ogen zou kijken, zonder ook maar te weten wie hij voor zich had. Maar daarmee zou alles wat hij en de Barones al die jaren zo zorgvuldig hadden voorbereid, terwijl de klok van de geschiedenis langzaam naar het juiste uur tikte, voor niets zijn geweest. Bijna een jaar geleden hadden ze hetzelfde punt bereikt, waarna het debacle in Los Angeles roet in het eten had gegooid. Maar met zijn revalidatie en het subtiele manipuleren van de belangrijkste spelers door de Barones was het grote moment opnieuw daar. Hoe graag hij het ook wilde, Peter Kitner uit de weg ruimen was wel het stomste wat hij kon doen. Toch kon hij niet zomaar weglopen zonder de grote man even wat stof tot nadenken te geven.

'Sir Peter,' riep hij opeens in het Frans vanachter het legertje reporters, 'zal de overname van TV5 uw belangrijkste nieuws zijn tijdens het Wereld Economisch Forum in Davos dit weekend?'

'Wat?' Kitner was duidelijk verrast door de vraag en tuurde tussen het licht van de felle lampen door naar degene die de vraag had gesteld.

'Is er niet sprake van een belangrijke persoonlijke mededeling die u in Davos zult doen, sir Peter?'

'Wie vroeg dat?' Kitner deed een stap naar voren terwijl hij zijn ogen afschermde tegen het felle licht en de meute afzocht naar de vragensteller. Ook de journalisten keken om zich heen.

'Wie vroeg dat? Doe die rotlampen uit!' Geïrriteerd baande Kitner zich een weg door de verzamelde pers, zoekend naar de vragensteller. Zoon Michael kwam achter hem aan, net als Higgs, die ondertussen korte bevelen in zijn dasspeldmicrofoontje siste. Aan het eind van de lobby bleven ze staan en keken om zich heen. Wie er zojuist ook had gesproken, hij was inmiddels tussen de vele gasten in de lobby verdwenen.

'*Et Davos*, sir Peter?' Hoezo Davos, sir Peter?

'Sir Peter, *quelle est la nature de votre annonce?*' Sir Peter, om wat voor bekendmaking gaat het?

'Sir Peter!' 'Sir Peter!' 'Sir Peter!'

Raymond hoorde het geroep van de Franse journalisten achter zich terwijl hij zijn weg naar de balie van de huisbewaarder vervolgde. Een paar seconden daarna betrad een groepje mannen vanuit een aangrenzend vertrek de lobby en stelde zich als een kordon rond Kitner op. Het waren de bodyguards die zo-even door Higgs waren opgetrommeld.

Raymond Thorne glimlachte voldaan. Hij had de media een worst voorgehouden en ze hadden gretig toegehapt. Hij wist dat Kitner met zijn stijl en zelfverzekerde manier van doen de lastige persmuskieten snel zou kunnen wegwuiven, waarna ook zijn verbijstering en irritatie zouden verdwijnen, om plaats te maken voor de brandende vraag wie die vragensteller toch was geweest, en wat en hoe hij wist wat er in Davos stond te gebeuren. Daarna zou het eindelijk tot Kitner doordringen wie deze onbekende was geweest en wat er precies was gebeurd. Waarna angst en achterdocht al snel de boventoon zouden voeren. En waar Raymond Thorne dus op had gerekend.

Verderop waren de liften. Hij klemde het pakje onder zijn arm en keek op zijn horloge: 23.20 uur.

Bij de liften aangekomen drukte hij op de knop en keek wat om zich heen. Vlakbij kletste een ouder, goedgekleed paar wat met elkaar, maar verder was hij alleen.

De liftdeuren gleden open en drie hotelgasten stapten naar buiten. Het oudere paar maakte geen aanstalten en dus stapte hij de lift in. De deuren sloten zich en hij drukte op de knop voor de derde etage. Een seconde later gleed de lift omhoog. Opnieuw wierp hij een blik op zijn horloge: 23.24 uur.

Hij zuchtte even en nam het pakje in zijn andere hand. Rebecca zou alleen zijn op haar kamer, zou zich, na alle emoties van deze dramatische dag en met haar broer veilig aan de overkant van de Seine in het appartement in de Rue Huysmans, eindelijk wat kunnen ontspannen. Misschien had ze zich omgekleed.

Misschien ook niet.

Maar gezien wat haar te wachten stond, zou het weinig uitmaken wat ze aanhad.

43

Via de zij-ingang van het Crillon vergezelden Geoffrey Higgs en drie in donkere pakken gestoken lijfwachten Peter en Michael Kitner naar buiten en naar de Rue Boissy d'Anglas, waar Kitners limousine gereedstond. Een van de lijfwachten hield het portier open en de drie, met Higgs als laatste, stapten in. Onmiddellijk zoefde de limo weg en stak de Place de la Concorde over, om vervolgens de Champs Elysées op te draaien in de richting van Kitners villa aan de Avenue Victor Hugo.

'Ik wil weten wie dat was en wat hij weet.' Kitner keek Higgs recht in de ogen.

'Ja, meneer.'

'Vanaf nu staan de media in een afgescheiden gedeelte. Michael zal je een goedgekeurde lijst geven. Legitimatiebewijzen zullen worden gecontroleerd. Niemand anders zal worden toegelaten.'

'Ja, meneer.'

Michael Kitner keek naar zijn vader. 'Als het een verslaggever was, komen we er wel achter wie hij was.'

Peter Kitner zweeg. Hij was duidelijk van streek en gedroeg zich kil en afstandelijk.

'Hoe wist hij van Davos?'

'Geen idee,' bitste Kitner. Even schoten zijn ogen naar Higgs. Daarna staarde hij weer naar buiten, naar de menigte mensen die zelfs op dit uur en in de januarikou de Champs Elysées bevolkten. Geen idee, schoot het door Kitners hoofd. Geen idee.

Met de telefoon aan één oor zat Nicholas Marten over het bureau in Armands kleine werkkamer gebogen, wachtend tot er werd opgenomen.

'Kom op, Rebecca,' mompelde hij ongeduldig, 'neem nou op.'

Dit was al zijn zesde poging. Eerst drie keer naar Rebecca's mobieltje, maar zonder resultaat. Ongerust en gefrustreerd had hij tien minuten gewacht en het nogmaals geprobeerd. Nog altijd geen reactie. Ten slotte had hij het Crillon rechtstreeks gebeld, haar kamernummer doorgegeven en verzocht te worden doorverbonden. Steeds met hetzelfde resultaat.

'Kom op!' verzuchtte hij en hij wierp een blik op de aantekeningen die op de blocnote voor hem waren gekrabbeld.

Air France vlucht 1542, vertrektijd Charles de Gaulle 7.00 uur van terminal 2F, aankomsttijd Genève 8.05 uur, terminal M.

'Verdomme, Rebecca, neem op.'

Zijn ongerustheid nam steeds meer toe. Hij had Armand al uit zijn bed gebeld, maar die was sinds zijn terugkeer van de luchthaven niets wijzer geworden. Ja, hij had Rebecca tot aan haar kamer in het Crillon begeleid. Ja, ze had de deur achter zich dichtgetrokken toen hij wegging. En ja, hij had deze in het slot horen vallen. Meer wist hij ook niet. Wilde Marten soms dat hij even naar het hotel terugreed om nog eens te checken? Nee, het was wel goed zo, had hij hem laten weten; gewoon een vergissing, niets om zich zorgen over te maken. En na die woorden had Armand dankbaar geknikt en zijn bed weer opgezocht.

Het toestel ging nog tweemaal over. Daarna zei opeens een man met een Frans accent: 'Het spijt me, meneer, maar er wordt niet opgenomen.'

'Weet u misschien of mevrouw Marten haar kamer heeft verlaten?'

'Nee, meneer.'

'Zou u alstublieft even bij de receptie willen kijken of ze misschien uit is en een bericht heeft achtergelaten waarheen?'

'Het spijt me, meneer, maar die informatie mogen we niet geven.'

'Maar ik ben haar broer!'

'Het spijt me, meneer.'

'Hoe laat is het bij u?'

'Net middernacht, meneer.'

'Wilt u haar kamer nog een keer bellen?'

'Goed, meneer.'

Net middernacht, dezelfde tijd als op Armands pc-klok. Rebecca was om elf uur bij het hotel aangekomen, exact een uur eerder.

Hij werd andermaal doorverbonden en hoorde het toestel een tiental tergende keren overgaan, tot hij opeens de man weer aan de lijn had.

'Het spijt me, meneer, nog altijd geen antwoord. Wilt u een boodschap achterlaten?'

'Ja, zeg mevrouw Marten dat haar broer heeft gebeld en vraag of ze me zo snel mogelijk terugbelt.' Hij gaf Armands nummer en hing op.

Hij wierp opnieuw een blik op de klok.

00.03 uur. Het was inmiddels donderdag 16 januari.

Waar hing ze in godsnaam uit?

44

Hôtel Crillon, de Leonard Bernstein-suite, dezelfde tijd

Zittend op een rode fluwelen stoel staarde Rebecca met open mond bijna ademloos voor zich uit. Ze werd omringd door een elegant achttiende-eeuws interieur in rococostijl: stoelen en canapés gestoffeerd met rood fluweel, gepolitoerde lambriseringen, manshoge ramen en gordijnen met weelderige bloemmotieven. Ergens in een hoek stond een Steinway-vleugel met geopende klep, klaar om te worden bespeeld. Een collectie smaakvolle en rijkversierde tafel- en muurkandelaars zorgde voor een sfeervolle gloed.

Achter de deur links bevond zich een eetkamer met een paar openslaande deuren die toegang boden tot een breed balkon met uitzicht op het nachtelijke Parijs. Een vluchtweg – tenminste, als ze de moed had. Maar die had ze niet, zo wist ze. Weglopen zat er niet in. Nu niet, nooit.

'Haal maar even diep adem, dan kom je wat tot rust.'

Raymond stond nog geen halve meter bij haar vandaan. Met glinsterende ogen keek hij op haar neer. Hij had haar in haar hotelkamer verrast en haar snel via de brandtrap naar een van de duurste suites van het hotel getroond. Behalve Adolf Sibony, de nachtportier, wist niemand dat hij hier zat. Ook had niemand hem zien verschijnen en waren er geen mededelingen gedaan over waar Rebecca kon zijn. Bovendien had hij Sibony laten weten dat hij niet wenste te worden gestoord.

'Valt het je zo zwaar iets te zeggen?'

'Ik…' stamelde ze bevend en met betraande ogen.

Raymond kwam iets dichterbij, aarzelde even. Hij raakte haar aan en voelde de huivering terwijl hij met de rug van zijn hand over haar wang streek en vervolgens via het puntje van haar nek langs haar hals.

'Je wilde iets zeggen,' fluisterde hij. 'Wat wilde je me vertellen?'

'Ik…' Ze wendde haar blik af en zat opeens rechtop in haar stoel. Net zo plotseling schoten haar ogen naar de zijne.

'Ja!' klonk het opeens standvastig tussen de tranen door. Waarna er een gelukzalige glimlach over haar gezicht trok en ze opstond. 'Ja. Ja. Ja! Duizendmaal ja! Ik hou van je. Toen, nu en voor altijd! Ja, ik zal met je trouwen, mijn lieve señor, mijn lieve Alexander Luis Cabrera.'

Zwijgend aanschouwde hij haar. Dit was wel het mooiste moment van zijn leven, een moment waarvan hij altijd al had geweten dat het ooit werkelijkheid zou worden, al vanaf die keer dat hij haar slapend voor de tv aantrof toen hij die ene avond heimelijk de woning van John Barron in Los Angeles was binnengedrongen. Dit was de hand van God. Dit was zijn *soedba*, zijn lotsbestemming, de reden waarom hij ervan overtuigd was dat hij John Barrons pad had moeten kruisen. Geen uur, geen dag was voorbijgegaan zonder dat hij aan haar had gedacht. Het waren zijn gedachten en fantasieën over haar en het beeld van haar verschijning die hem door de operaties en de maandenlange revalidatie heen hadden gesleept.

Haar lange zwarte haar, haar doordringende ogen, haar ranke, vorstelijke hals en de hoge delicate jukbeenderen brachten hem volledig in de ban van datgene wat ze voor hem uitstraalde: Rebecca was als een levende belichaming van prinses Isabella Maria

Josepha Zenaide, achternicht van koning Ludwig III van Beieren en in november 1918 op vierentwintigjarige leeftijd vermoord door communistische revolutionairen in München. Haar portret hing samen met andere in de huisbibliotheek van het zeventiende-eeuwse landhuis van de Barones in het Franse Centraal Massief. Als kind was hij al door het portret geobsedeerd, wat in zijn puberteit alleen maar erger werd. Vorstelijk, mooi en onvergetelijk. Toen ze overleed was ze net zo oud als Rebecca. En nu was ze in zijn gedachten en fantasie herrezen, herboren als de zus van John Barron.

Toen de Barones na zijn eerste operaties op zijn ranch in Argentinië naast zijn bed was verschenen, had hij hartstochtelijk over haar verteld. Rebecca was helemaal zijn *soedba*, zijn lotsbestemming, zo vertelde hij haar. Zij was de vrouw die hij tot de zijne moest maken.

Zo sprak hij onophoudelijk over haar, telkens opnieuw. Ondertussen overzag de Barones zijn revalidatie en de cosmetische operaties en begon hij aan zijn lange en inspannende revalidatie. Voor haar werd geleidelijk aan duidelijk wat voor uitwerking Rebecca had op deze jongeman, over wie ze wettelijk de voogdij had. Ze zag een glans in zijn ogen die ze nooit eerder had gezien en ze wist dat, als Rebecca er inderdaad uitzag zoals hij haar beschreef en ze – afhankelijk van haar mentale gesteldheid – snel kon genezen en op de juiste manier kon worden gemanipuleerd, ze het perfecte antwoord kon zijn op een cruciaal en vooralsnog ontbrekende schakel in hun beider toekomst.

In zeer korte tijd had ze Rebecca in het St. Francis in Los Angeles weten te traceren en vernomen dat ze door dr. Flannery werd behandeld. Vervolgens was de computer van de therapeute gekraakt om toegang te krijgen tot Rebecca's dossiers en had de Barones ontdekt naar welk instituut het meisje was overgebracht en onder welke therapeut ze was geplaatst. In een mum van tijd waren ook de computerbestanden van de Engelse dr. Maxwell-Scot opengebroken en de Barones was inmiddels op de hoogte van Rebecca's veelbelovende vooruitgang. Bovendien ontdekte ze de naam van degene die de behandeling betaalde: haar broer, Nicholas Marten, die aanvankelijk nog in het Holiday Inn in het Londense Hampstead verbleef, maar later naar Water Street 221 in Manchester was verhuisd.

Dat Rebecca al in Europa verbleef, maakte de zaken er een stuk eenvoudiger op. Het Europese hoofdkantoor van Alexanders bedrijf was gevestigd in het Zwitserse Lausanne, een uitgelezen plek om Rebecca te ontmoeten, te leren kennen en met haar aan te pappen. Al meteen kwam de expertise van *maître* Jacques Bertrand, de in Zürich gevestigde juridisch adviseur van de Barones, goed van pas. Binnen een maand vonden een paar makelaars een elegant privé-kuuroord in Neuchâtel, even buiten Lausanne. Er werd een bod gedaan, maar de eigenaren lieten weten dat het kuuroord niet te koop was. Er volgde een tweede bod, dat ook werd afgewezen. Het derde bod, exorbitant hoog, gaf de doorslag.

Twee dagen na het ondertekenen van het koopcontract regelde een prominent advocaat te Londen, jonkheer Joseph Cumberland, een ontmoeting met Eugenia Applegate, hoofd van de Balmore-stichting. Tijdens de ontmoeting vertelde hij over een van zijn cliënten die een groot bewonderaar bleek van het werk dat de Balmore-stichting verrichtte en zelf onlangs een kuuroord aan het meer van het Zwitserse Neuchâtel had gekocht. Deze cliënt, die graag anoniem wenste te blijven, was bereid het gebouw en het omliggende terrein aan de stichting te doneren. Bovendien zou er een privé-subsidie beschikbaar komen om het instituut draaiende te houden en de patiënten gratis te kunnen behandelen. Gezien de rustige omgeving, ver verwijderd van alle lawaai, drukte en afleidingen van het grote Londen, hoopte men dat de therapeuten een intens behandelingsprogramma konden ontwikkelen waarbij buitenactiviteiten, zoals roeien en fietsen in de directe omgeving, het genezingsproces konden versnellen en de behandelingsperiode aldus flink kon worden ingekort.

Het aantal patiënten zou worden beperkt tot het aantal beschikbare privé-kamers, namelijk twintig. Een door de stichting samengestelde staf zou de dagelijkse leiding krijgen. Nadat de weldoener het reilen en zeilen van de kliniek een aantal maanden aandachtig had gevolgd, leek het een goed idee om aanvankelijk enkele psychotherapeuten van de Londense Balmore-kliniek over te laten komen, zoals dr. Alistair James, dr. Marcella Turnbull en dr. Anne Maxwell-Scot, uiteraard met inbegrip van hun huidige patiënten.

Als laatste stap dienden de overdracht van het eigendomsrecht en de start van de nieuwe kliniek binnen dertig dagen te geschieden. Of dit haalbaar was, hing uiteraard af van de stichting.

Voor de Balmore-kliniek en voor de Balmore-stichting was het een geschenk uit de hemel. Anderhalve dag later had het bestuur het gebouw en het omringende terrein inmiddels al bekeken, waren de juristen geraadpleegd en was het aanbod aanvaard. Twee dagen daarna werden de documenten overgedragen. Op zondag 19 mei, twee dagen voor de uiterste datum, werd het personeel al geïnstalleerd, het gebouw opnieuw geschilderd, kreeg het de naam 'Jura', dit vanwege het nabijgelegen Jura-gebergte, en vond de opening plaats. Op dinsdag 21 mei was de kliniek in vol bedrijf, met de artsen James, Turnbull en Maxwell-Scot en hun voornaamste patiënten – met name Rebecca – comfortabel op hun nieuwe plek.

Het was een prestatie die niet mogelijk was geweest zonder een buitensporig dikke geldbuidel en een gigantische daadkracht, twee zaken die de Barones in ruime mate bezat. Maar hiermee was de zaak nog niet afgerond. De daaropvolgende maand verhuisden Gerard Rothfels en zijn gezin op verzoek van Alexander van Lausanne naar Neuchâtel. Vlak daarna maakte Alexander Cabrera zijn entree in Rebecca's leven.

Nu, iets meer dan zeven maanden na hun eerste kennismaking in de Jura-kliniek, aanvaardde Rebecca met heel haar hart zijn huwelijksaanzoek.

'Denk eens aan de prachtige kinderen die we zullen krijgen,' fluisterde hij terwijl hij haar tegen zich aan trok. 'Onze prachtige, heerlijke kinderen.'

'Ja,' lachte Rebecca terwijl ze tegelijkertijd haar gelukstranen wegveegde. 'Onze lieve, prachtige kinderen.'

Het was in één woord verbijsterend. Alexander Cabrera besefte het terdege.

45

00.30 uur

Rebecca zag Alexander van de bank opstaan en door de kamer lopen om zijn mobiele telefoon op te nemen.

Met een champagneglas in de hand en voor het eerst in haar leven een tikkeltje aangeschoten vroeg ze zich af hoe vaak ze hem dat al had zien doen. Ze waren smoorverliefd en hadden zich net verloofd. Dit zou een rustig en heel persoonlijk moment in hun leven moeten zijn, maar die telefoon van hem bleef maar gaan. Hij had het altijd druk, was altijd aan het werk. Hij werd op bijna elk uur van de dag gebeld, door mensen van over de hele wereld, en hij nam altijd op. Alles werd in hoog tempo en uiterst geconcentreerd afgehandeld, maar tegelijkertijd toonde hij zich buitengewoon beminnelijk, vooral tegen haar. Het waren karaktertrekken die veel weg hadden van die van haar broer, en even bedacht ze hoe opvallend veel de twee op elkaar leken. Ze vroeg zich af of ze na hun kennismaking misschien vrienden voor het leven zouden kunnen worden. De gedachte deed haar beseffen dat ze Alexander haar verleden wel moest toevertrouwen, zeker nu ze ermee had ingestemd zijn vrouw te worden.

'Binnen vijf minuten ben ik beneden,' zei Alexander, waarna hij de gsm uitzette en haar aankeek.

'Dat was Jean-Pierre, buiten in de auto. Je broer schijnt hier in het hotel te zijn om jou te zien.'

'Mijn broer?'

'Hij heeft vast en zeker geprobeerd je te bereiken en zal nu bij de receptie je kamer willen bellen. Als je niet daar bent, zal hij stennis schoppen en zullen ze iemand naar jou laten zoeken.'

Opnieuw werd Cabrera geplaagd door het gevoel dat hij bijna twee uur daarvoor had gehad toen hij Marten buiten het appartement aan de Rue Huysmans had gezien. Dit was de reden waarom de Amerikaan gedood moest worden. Als hij hem zelfs nog een dag langer in leven zou laten, zou dat moeilijkheden opleveren; Marten zou dan niet langer een halve stap op hem achterlopen, maar boven op hem kunnen springen en hem het mes op de keel zetten. Maar hoewel het risico toenam, kon hij Marten nu niet om zeep helpen. Davos kwam snel naderbij; bovendien zou de dood van haar geliefde broer Rebecca psychisch aan het wankelen brengen, hoogstwaarschijnlijk weer doen instorten. En dat was iets wat hij niet zou laten gebeuren.

'Wil je met hem kennismaken?' Rebecca was plotseling overeind gekomen en kwam opgewekt glimlachend op hem af. 'Nu, vanavond, zodat we hem het nieuws kunnen vertellen?'

'Nee, niet vanavond.'

'Waarom niet?' Ze bleef stilstaan, haar hoofd wat scheef, gekwetst.

Zwijgend staarde Alexander haar aan. Hij zou Marten niet ontmoeten, niet met het risico dat Marten hem wel eens zou kunnen herkennen, maar zou wachten tot het moment dat hij hem zou ver-moorden.

'Rebecca.' Hij liep naar haar toe en nam teder haar handen in de zijne. 'Alleen jij en ik weten wat zich vanavond tussen ons heeft afgespeeld. Om een aantal redenen is het belangrijk dat we onze vreugde nog een paar dagen langer voor ons houden. Daarna zul-len we het in Zwitserland bekendmaken en er een groot feest van maken, waarvoor we je broer uiteraard zullen uitnodigen. En als we dan eindelijk kennismaken, zal ik hem met de diepste genegen-heid en liefde en goede wil omhelzen.

Maar nu, mijn liefste, kun je maar beter naar je kamer gaan. Zodra je broer belt, zeg je hem dat je uitgeput in bad in slaap was gevallen en de telefoon niet hoorde. Nodig hem uit naar boven te komen en trek ondertussen een badjas aan en wikkel je haar in een handdoek zodat het lijkt alsof je net uit bad bent gestapt.'

'Je wilt dat ik zelfs nu nog tegen hem blijf liegen?'

Alexander glimlachte. 'Niet meer dan je de hele tijd al hebt ge-daan. Het was altijd al een spelletje, nietwaar? En je speelde het erg goed.'

'Ja, maar...'

'Laat het dan nog éven een spelletje zijn, nog heel even. Je hebt me steeds vertrouwd, vertrouw me dan ook nu. Je zult spoedig be-grijpen waarom. Wat de toekomst voor ons beiden in petto heeft, mijn liefste, zal je wildste fantasie overtreffen.'

46

Het appartement in de Rue Huysmans, dezelfde dag, donderdag 16 januari, 3.05 uur

Op de sofa in Armands studeerkamertje draaide Nicholas Marten zich om. Nog altijd gespannen en piekerend liet hij de afgelopen paar uur opnieuw de revue passeren.

Intens bezorgd over Rebecca's veiligheid, maar niet van zins de uitgeputte Armand en Nadine wakker te maken en de gemoederen nog eens aan te wakkeren, had hij in zijn eentje het appartement verlaten en op straat een taxi aangehouden.

Om halfeen in de nacht stond hij voor Hôtel Crillon. Ongeschoren en gekleed in een spijkerbroek, een paar oude sportschoenen en een sweatshirt had hij de lobby betreden en had hij aan de receptiebalie met zijn vastberaden verzoek al snel de aandacht getrokken van het beveiligingspersoneel en de nachtportier. Nadat hij zijn zus eindelijk aan de telefoon had gekregen, was hij samen met een paar mannen van het beveiligingspersoneel naar haar kamer gegaan. Ze klopten aan, waarna Rebecca, gehuld in een stijlvolle badjas van het hotel en de haren gewikkeld in een dikke badstoffen handdoek, eveneens van het hotel, open had gedaan. Een beetje geschrokken en gegeneerd vertelde ze hem hetzelfde verhaal als vlak daarvoor, toen hij vanuit de lobby naar haar kamer had gebeld. Ze had het bad laten vollopen en was daarna in het warme water in slaap gevallen. Op zijn opmerking dat hij haar zo helemaal niet kende, en op zijn vraag waarom ze naar alcohol rook, had ze simpelweg geantwoord dat ze een lange, emotionele dag achter de rug had en dat er met de complimenten van het hotel een fles Taittinger-champagne was bezorgd. Ze had al iets gedronken voordat ze in bad was gegaan, wat waarschijnlijk verklaarde waarom ze in slaap was gevallen.

De gedachte bezorgde hem een glimlach. Wat was ze toch vooruitgegaan! Ze was een volwassen, aantrekkelijke vrouw geworden, die meer talen sprak en in veel opzichten veel verder was dan hij ooit zou kunnen zijn. Maar omdat haar ziekte haar zo'n groot deel van haar puberteit ontnomen had, was ze tegelijkertijd nog altijd een kind, naïef en onervaren in de liefde en het leven zelf. Tijdens zijn bezoekjes in Neuchâtel, toen het al een stuk beter met haar ging, had hij zo nu en dan wat gevist, haar luchtig geprobeerd uit te horen over haar privé-leven en mogelijke vriendjes. Waarop ze hem slechts een plagerige glimlach had toegeworpen met de simpele mededeling 'Ik zit heus niet zonder vrienden, hoor', waarna hij het er maar bij gelaten had. Diep vanbinnen wenste hij haar niets dan goeds, wenste hij haar al het geluk van de wereld toe en dat ze haar eigen weg zou vinden.

God, wat hield hij toch van haar.

47

Krak!

Het geluid kwam van vlak achter de deur en Marten zat rechtop in bed. Hij luisterde.

Niets.

Met een ruk wierp hij de lakens van zich af, liep in het donker naar de deur en luisterde nog eens.

Nog steeds niets.

Misschien was hij in slaap gevallen en had hij gedroomd of – Armands studeerkamer bevond zich net opzij van de entreehal en misschien was een van de bovenburen thuisgekomen en de trap op gelopen – misschien was hij gewoon gespannen. 3.30 uur. Hij was klaarwakker. Voor het eerst dacht hij aan Clem. Hij had haar allang een keer moeten bellen om haar op z'n minst eens te vertellen wat er allemaal gebeurd was. Maar de golf van emoties en verwikkelingen was te overweldigend geweest. En nu, waar ze ook was, nog steeds in Amsterdam of terug in Manchester – in dit stadium kon je nauwelijks van hem verwachten dat hij zich haar persoonlijke reisplannen nog herinnerde –, was het te laat. Hij zou haar morgenochtend vroeg eerst opsporen en bellen. 3.35 uur. Thorne. De gedachte dat hij nog zou kunnen leven, en misschien in Parijs was, bleef continu door zijn hoofd spoken. 3.40 uur. *Klik.*

Hij knipte de kleine halogeenlamp op Armands bureau aan, ging zitten, sloeg Dan Fords harmonicamap open en vond het vakje 'December'. Het was de moord op Alfred Neuss geweest die de aanstoot had gegeven tot Fords onderzoek naar Thornes 'crematie'. Maar Neuss was pas enkele dagen geleden omgebracht en dus had Nicholas geen idee wat hij in het decemberdossier zou kunnen aantreffen. Tenzij Ford nog altijd argwaan had gekoesterd over Thornes handelingen in Los Angeles en rustig op eigen houtje op onderzoek uit was gegaan. Misschien was er zelfs een verwijzing naar die Jean-Luc, iemand over wie Ford tegen Nadine of Armand nooit iets had gezegd. Het deed Marten (opnieuw) vermoeden dat Jean-Luc een kennis van Ford was geweest, een informant zoals iedere journalist die had. En aangezien Ford uit eigen vrije wil in het holst van de nacht was vertrokken, leek het voor de hand te liggen dat zijn afspraak met Jean-Luc betrekkelijk ongevaarlijk was. Althans, dat dacht hij.

4.10 uur. Tot dusver niets, behalve een nog grotere waardering voor Dan en het harde speur- en spitwerk dat hem tot het soort verslaggever maakte dat hij was geweest. Er waren handgeschreven aantekeningen en krantenknipsels uit heel Europa, ideetjes en in grote lijnen uitgewerkte plannen voor verhalen waar hij vijf maanden mee vooruit kon en over allerlei onderwerpen, van tuintentoonstellingen tot regionale en wereldpolitiek; van geneeskunde, sport, economie, samenleving tot de entertainmentindustrie.

4.40 uur. Marten sloeg een pagina om, vervolgens nog een, en stuitte op een uitdraai van een artikel uit *The London Times*. Het verhaal ging over een ridderorde die bijna een jaar daarvoor door de koningin was verleend aan mediamagnaat Peter Kitner.

Verbluft legde Marten het vel opzij. Dit was al lang geleden. Waarom zat de uitdraai in de map van afgelopen december? Hij sloeg de volgende pagina om en zag het. Voor hem lag een formele menukaart voor een diner bij iemand thuis. Gedrukt op duur gebroken wit papier met een donkergouden belettering in reliëfdruk leek de kaart een ceremonieel diner aan te kondigen dat op 16 januari zou plaatsvinden in Parijs:

Carte Commémorative
En l'honneur de la
Famille Splendide Romanov
Paris, France – 16 Janvier
Avenue George V 151

Martens Frans stelde niet veel voor, maar dit was nog wel te begrijpen: een herdenkingsmenu ter ere van de 'roemrijke' familie Romanov voor een diner dat op 16 januari zou worden gehouden aan de Avenue George V 151 in Parijs, en bijna elk gerecht was RUSSISCH.

Plotseling realiseerde hij zich dat 16 januari vandaag was. Het etentje was vanávond! Langzaam, bijna als verlamd, draaide hij de menukaart om. Bovenaan, geschreven in Fords handschrift, stonden de woorden *Kitner ook aanwezig* en onder aan de kaart, in Fords zelfde handschrift, *Jean-Luc Vabres, menu 1.*

Een herdenkingsdiner ter ere van, zo vermoedde hij, de legendarische familie Romanov. De keizerlijke familie van Rusland. Rusland! Daar had je het weer. En Peter Kitner zou daarbij aanwezig zijn.

Opnieuw bekeek hij het krantenknipsel over het ridderen van Kitner.

'Jezus!' vloekte Marten binnensmonds. Kitner was vorig jaar op woensdag 13 maart in Londen tot ridder geslagen. Een dag nadat Neuss in Beverly Hills op het vliegtuig naar Londen was gestapt. Vanwege de duur van de vlucht en het tijdverschil betekende dit dat Neuss op 13 maart in Londen zou zijn aangekomen. Kon hij erheen zijn gegaan om Kitner te treffen? Tegenover de Londense politie had Neuss verklaard dat hij voor zaken naar Londen was afgereisd. Maar voor wat voor zaken dan? Hadden de rechercheurs nog naar bijzonderheden gevraagd? Zo ja, dan had hij die niet in hun rapport teruggezien en hij kon hen nu zeker niet bellen om even met een van de rechercheurs te praten. Uit frustratie balde hij zijn vuist, wendde zijn blik af en probeerde te beslissen wat hij nu moest doen. Plotseling schoot hem iemand te binnen die hij wel kon bellen. Iemand die wel eens het een en ander zou kunnen weten.

Hij wierp een blik op de klok. Hier in Parijs was het bijna kwart voor vijf donderdagochtend, dus in Beverly Hills was het bijna kwart voor acht woensdagavond. Marten voelde in zijn jasje naar zijn gsm. Een voor een zocht hij de drie zakken af. Geen telefoon. Wat ermee gebeurd was wist hij niet, maar het deed er niet toe, want weg was weg. Onmiddellijk gleed zijn blik naar het toestel op Armands bureau. Uit angst dat zijn gesprek later zou kunnen worden getraceerd, wilde hij de telefoon liever niet gebruiken. Maar op dit uur van de dag, en gezien de tijdsdruk van het Romanov-diner vanavond, kon hij niet anders.

Hij pakte de hoorn, toetste de nul in en vroeg naar AT&T. Twintig seconden later werd hij doorverbonden met Inlichtingen in Los Angeles en vroeg naar het telefoonnummer van Alfred Neuss in Beverly Hills. Het stond niet in de gids, kreeg hij te horen. Hij grimaste en hing op. Er was een speciaal nummer dat de politie en andere hulpdiensten in Los Angeles gebruikten om abonnees met een geheim nummer te kunnen bereiken. Hij had het zelf ook vaak gebeld. Nu maar hopen dat dat en het nummer niet gewijzigd waren.

Opnieuw toetste hij de nul in en vroeg naar AT&T. Even later had hij een lijn en toetste het nummer in. Een man meldde zich en tot zijn opluchting had hij het goede nummer te pakken. Hij zucht-te eens diep en maakte zich bekend als rechercheur VerMeer van Moordzaken van de politie in Los Angeles. Hij zei dat hij vanuit Parijs belde en met een belangrijk onderzoek bezig was. Binnen enkele seconden had hij Alfred Neuss' privé-nummer. Hij hing di-rect op en doorliep voor de derde keer de AT&T-procedure. Even later toetste hij het nummer in en wachtte. Vanwege alle publiciteit na de moord op Neuss vreesde hij dat hij een voicemail of ant-woordapparaat zou krijgen, maar tot zijn verrassing nam er een vrouw op.

'Mevrouw Neuss, graag,' zei hij.

'Met wie spreek ik?'

'Rechercheur Gene VerMeer, politie Los Angeles, afdeling Moordzaken.'

'Ik ben mevrouw Neuss. Hebben we elkaar al niet eerder ge-sproken?' Marten hoorde een aarzeling in haar stem.

'Ja, natuurlijk, mevrouw Neuss,' paste hij zich vlug aan. 'Ik bel vanuit Frankrijk, de verbinding is niet zo goed. Ik zit in Parijs in verband met het onderzoek naar de moord op uw man.'

Hij wreef met de hoorn langs zijn shirt om wat ruis van een slechte verbinding te simuleren. Hij wist niet of het werkte en zei daarna: 'Hallo, mevrouw Neuss, bent u daar nog?'

'Ga uw gang, rechercheur.'

'Laten we beginnen bij de dag waarop uw man in Parijs landde en dan zo terugwerken.' Opeens herinnerde hij zich wat Dan Ford hem tijdens de autorit vanaf de luchthaven had verteld. Op dat moment had het onbeduidend geleken, en misschien was het dat nog steeds, maar hier deed zich een kans voor ernaar te vragen voordat hij met de rest doorging.

'Uw man vloog van Los Angeles naar Parijs en vervolgens nam hij een aansluitende vlucht naar Marseille voordat hij naar Mona-co doorreisde.'

'Dat van Marseille wist ik niet, totdat uw mensen het me ver-telden. Waarschijnlijk kwam de aansluiting gewoon goed uit.'

'Weet u dat zeker?'

'Rechercheur, ik zei dat ik er niet van wist. Ik vroeg bijna nooit naar zijn reisplannen. Zo'n echtgenote was ik niet.'

Hij aarzelde. Misschien had ze wel gelijk. Misschien was die tussenstop in Marseille niet meer dan een handige aansluiting.

'Ik zal nu iets verder terug in de tijd gaan.' Hij kwam nu aan bij zijn voornaamste punt. 'Ik meen dat u en uw man afgelopen

jaar in Londen waren. Op 13 maart om precies te zijn.'
'Klopt.'
'Uw man vertelde de politie van Londen dat hij daar voor zaken was.'
'Ja.'
'Weet u wat voor zaken precies? Met wie hij afspraken had?'
'Nee, het spijt me. We waren er slechts een paar dagen. Hij vertrok 's ochtends en ik zag hem pas 's avonds weer terug. Wat hij overdag deed, weet ik niet. Dat soort dingen besprak hij niet met mij.'
'Wat deed u in de tussentijd?'
'Ik winkelde, rechercheur.'
'Elke dag?'
'Ja.'
'Nog één vraag, mevrouw Neuss. Was uw man bevriend met Peter Kitner?'
Marten ving een flauwe zucht op, alsof ze door de vraag overrompeld was.
'Mevrouw Neuss,' drong hij aan, 'ik vroeg of uw man bevriend was met...'
'U bent al de tweede die dat vraagt.'
Plotseling zat hij rechtop. 'O? Wie was de eerste?'
'Ene meneer Ford van de *Los Angeles Times* belde mijn man op vlak voor de kerst.'
'Mevrouw Neuss, meneer Ford is net dood aangetroffen, hier in Frankrijk.'
'O...' Hij hoorde haar geschrokken reactie. 'Wat spijt me dat.'
'Mevrouw Neuss,' drong hij opnieuw aan. 'Kende uw man Peter Kitner?'
'Nee,' antwoordde ze snel. 'En dat liet hij meneer Ford ook weten.'
'Weet u dat zeker?'
'Ja, dat weet ik zeker.'
'Dank u, mevrouw Neuss.'

Hij hing op; zijn vraag was beantwoord. Mevrouw Neuss had gelogen toen ze zei dat haar man Peter Kitner niet kende. Dat Ford de juwelier al dezelfde vraag had gesteld, was nauwelijks een verrassing omdat hij, om wat voor reden dan ook, belangstelling had voor Kitner en iets van een verband tussen de twee mannen had vermoed. Waarom Ford zo lang met zijn vraag had gewacht was moeilijk te achterhalen, tenzij hij pas vlak voor afgelopen kerst op de naam Kitner was gestuit en het toeval van de datum 13 maart hem toen was opgevallen. Hij vroeg zich af of Ford Kitner had gebeld om hem naar Neuss te vragen. En of hij nu niet hetzelfde moest doen. Hoewel, de kans dat hij iemand als Kitner aan de lijn kreeg en dat deze vervolgens persoonlijke vragen ging beantwoorden, was zo goed als nihil, zelfs voor een journalist of een politieman, tenzij deze een sterk vermoeden had dat Kitner een misdaad had begaan. Waagde hij het er toch op, dan riskeerde hij bovendien dat Kitners mensen zouden proberen uit te zoeken wie hij was. Daarom legde hij dit plan, voorlopig althans, opzij.

Maar toch plaatste hij Fords telefoontje naar Neuss even in de context van het geheel: het dateerde van ver na de consternatie rond Raymond Thorne en nadat zijn interesse voor de juwelier uit Beverly Hills was afgenomen. Was er dus sprake van een verband tussen Neuss en Kitner, met name gezien de datum 13 maart, dan zou zowel de heer als mevrouw Neuss een pasklaar 'Nee, Alfred Neuss kent Peter Kitner niet' als antwoord hebben, vooral als ze wilden verhullen dat de mannen elkaar wél kenden, elkaar in Londen hadden ontmoet en dit stil trachtten te houden. En Ford, met niets concreters dan toevallig samenvallende data, had het gewoon geaccepteerd en was doorgegaan.

Maar inmiddels was Neuss vermoord en zouden de politie en de media mevrouw Neuss met allerlei vragen hebben overstelpt. De weduwe, nog altijd kapot van het verlies van haar man en op van de zenuwen, was overrompeld geweest door Martens vraag en had zichzelf onbedoeld verraden, ook al had verder niemand haar gevraagd naar haar man en Peter Kitner. Nick Marten (of eigenlijk John Barron) was te lang rechercheur Moordzaken geweest om niet die lichte zucht op te vangen en die niet te herkennen als een teken dat ze verrast was. Het antwoord luidde dus: ja, Alfred Neuss had Peter Kitner wel degelijk gekend. Maar concreter nog: hadden ze elkaar goed genoeg gekend voor een ontmoeting in Londen afgelopen maart? En zo ja, vanwaar die ontmoeting? En waarom op dat moment? Naar aanleiding van wat? En waarom had zowel Neuss als zijn vrouw het ontkend?

Nu lag Halliday in een Parijs mortuarium en was Dan Ford vermoord omdat hij op weg was geweest naar een afspraak met de man van de menukaart, Jean-Luc Vabres, wie dat ook mocht zijn. Plotseling vroeg hij zich af waarom Ford die aantekening over Kitners aanwezigheid bij het Romanov-diner had gemaakt en waarom hij, nadat Neuss was vermoord en toen alles naar een soort Russisch verband wees, tegen hem met geen woord over het diner had gerept. Misschien omdat Ford wel iets had vermoed maar geen bewijs had en hij Marten erbuiten wilde houden. Of misschien viel er, net als al dat andere – van het huis aan Uxbridge Street tot 'I.M.' en Penrith's Bar tot '7 april/Moskou' en zelfs tot de gecharterde jet – helemaal niets te vatten en had Ford het diner met de familie Romanov gewoon als een gezellig etentje beschouwd waar het publiek graag over las. Dat behoorde immers ook tot zijn werk.

Het probleem was dat het Marten nu duidelijk was dat er tussen Alfred Neuss en sir Peter Kitner een soort relatie had bestaan. Wat deze inhield en of het iets van doen had met de familie Romanov, dat viel op dit moment met geen mogelijkheid te zeggen.

Plotseling dienden twee gedachten zich snel na elkaar aan. Eén: wat werd er met het diner herdacht? En twee: als menu 1 een nummer had gekregen, betekende dit dan dat er ook een menu nummer 2 was? En zo ja, ter gelegenheid waarvan? Waar zou dat diner plaatshebben en wanneer? En als er een menu 2 was, was dat dan de reden voor Fords nachtelijke autorit naar Jean-Luc? Maar waarom in het holst van de nacht en naar zo'n afgelegen plek? Aan de andere kant was het niet logisch, omdat inspecteur Lenard naar een kaart had gevraagd. Hij wierp opnieuw een blik op de menukaart: 'Carte Commémorative.'

Carte? Wat was dat?

Naast de lamp aan de andere kant van Armands bureau stond een rijtje boeken, allemaal in het Frans, met één uitzondering: een woordenboek Frans-Engels. Snel pakte hij het op en sloeg het open bij de C. Op de zesde pagina stond het woord *carte*, het betekende zeekaart (*marine*); kaart (*de fichier, d'abonnement etc., à jouer*); menu (*au restaurant*); kaart! (*de géographie*).

Kaart!

Misschien had Kovalenko het Frans wel verkeerd geïnterpreteerd en was hij van een wegenkaart uitgegaan in plaats van van de bedoelde 'menukaart'.

Hij legde het woordenboek neer en doorzocht de rest van het dossier op verwijzingen naar een ander menu, Kitner, de Romanovs, Jean-Luc Vabres, maar vond niets. Wel stuitte hij op een envelop waar in potlood de naam 'KITNER' op stond geschreven. Erin zat een reeks herdrukken van artikelen over Peter Kitner, bijeengesprokkeld uit diverse internationale krantenarchieven. De meeste bevatten foto's van de lange, gedistingeerde grijsharige Kitner en waren in het Engels, maar een aantal was in andere talen, in het Duits, Italiaans, Japans en Frans. Hij las er snel wat van door en zag dat het hoofdzakelijk commentaren waren over Kitner, zijn gezin, zijn Britse ridderorde en zijn media-imperium, dat hij als de zoon van een redelijk geslaagde Zwitserse horlogemaker vanuit het niets had opgebouwd. Voorzover Marten kon zien was er niets wat erop duidde waarom de man een diner met de Romanovs zou bijwonen, behalve dan het feit dat hij sir Peter Kitner was en waarschijnlijk voorkwam op de toplijst van genodigden voor talloze sociale gebeurtenissen wereldwijd en wanneer dan ook. Wat de tweede menukaart betrof, die waarop hij zijn hoop had gevestigd, of zelfs maar een verwijzing ernaar dan wel een verwijzing naar Jean-Luc Vabres: helemaal niets.

Ten slotte stopte hij de knipsels terug en sloot het dossier. Vermoeid, en ontmoedigd omdat hij niets wijzer was geworden, wilde hij overeind komen om eindelijk zijn bed in te kruipen toen zijn ogen afdwaalden naar Hallidays agenda. Opeens vroeg hij zich af of er nog iets in die ordeloze stapel papier en aantekeningen zat wat hij over het hoofd had gezien. Wie weet was ook Halliday op een Romanov of Kitner gestuit.

Hij opende de agenda en liep er nog eens doorheen. Ditmaal zocht hij naar een verwijzing naar Kitner, de Romanovs, Jean-Luc Vabres of een menukaart.

5.20 uur. Volledig afgepeigerd en nog niets opgeschoten belandde hij bij de laatste pagina. De enige stukjes die bij deze inspectie nog onaangeroerd waren, waren de losse velletjes die achterin waren gepropt en die hij eerder al was begonnen door te kijken. Met een diepe zucht en een laatste inspanning trok hij ze er opnieuw uit. Hij zag dezelfde foto's van Hallidays kinderen en de travellercheques die hij al was tegengekomen. Verder Hallidays vliegtickets en paspoort. Zonder erbij na te denken deed hij het paspoort open. Het gezicht van Halliday staarde hem aan. Hij keek er een ogenblik naar, wilde het weer dichtdoen, maar deed het niet. Om de een of andere reden werd hij naar Hallidays ogen toe getrokken. Het leek wel alsof de vermoorde rechercheur hem vanaf gene zijde de hand reikte en hem probeerde te vertellen om vooral verder te kijken. Maar waar dan? Hij had alles al gezien, er was verder niets. Langzaam sloeg hij het paspoort dicht, hij stopte het bij de papieren en wilde ze in het achtervakje terugproppen. Op dat moment zag hij opnieuw de vreemde bobbel waar de kartonnen achterkant van de agenda in de leren hoes van het omslag was geschoven. Hij dacht dat de bobbel simpelweg werd veroorzaakt door een vouw in het karton en wilde hem platdrukken zodat de papieren gemakkelijker in het vakje zouden passen. Maar hij kreeg het niet voor elkaar.

'Verdomme,' vloekte hij, te moe om er nog langer mee te wurmen. Op dat moment besefte hij dat de bobbel geen vouw in het karton was, maar iets anders. Hij trok het karton er helemaal uit en maakte voorzichtig het leren achtervakje open. Erin zag hij een klein pakketje kaarten met ezelsoren en een elastiekje eromheen. Vlug trok hij het eruit en rolde het elastiekje eraf. De kaarten vielen open. Ertussen zat een diskette.

Marten voelde zijn hart een tel overslaan, haalde eens diep adem, vervolgens nog een keer en zette Armands computer aan. Hij schoof de diskette erin en klikte hem aan. Het enige bestand dat op het schijfje stond, was 'Onzin' genoemd en hij voelde de moed hem in de schoenen zinken. 'Onzin', vast een of ander computerspelletje of een gimmick die Halliday van iemand had gekregen en dat hij in het omslag van zijn agenda had gestoken en vervolgens had vergeten.

Ontmoedigd klikte hij toch maar het bestand aan. Een duizendste seconde later verscheen de inhoud op het scherm en zijn teleurstelling verdween.

'Grote hemel,' verzuchtte hij. 'Onzin' bleek een kopietje van Thornes vermiste proces-verbaal van het LAPD. Het bevatte haarscherpe opnamen van zijn portretfoto's en zijn vingerafdrukken. Voorzover hij wist waren dit de enige nog bestaande kopieën van Thornes vingerafdrukken.

5.50 uur. Marten sloot het bestand, zette de computer uit en liet de diskette eruit springen. Vervolgens schoof hij hem tussen de kaarten terug, deed het elastiekje er weer omheen en propte het pakje in Hallidays agenda. De vraag was: wat moest hij nu doen? Hij moest slapen, al was het maar even, maar ook diende hij de informatie veilig te stellen. Op dat moment schoot hem de binnenplaats te binnen, buiten de eetkamer op Armands benedenverdieping.

Hij stond snel op, pakte Hallidays agenda en Fords harmonicamap, opende vervolgens zachtjes de deur en liep de donkere gang op.

48

Even later liep Marten de eetkamer in en tuurde door de openslaande deuren naar de kleine binnenplaats die deze appartementen van het belendende gebouw scheidde. Het stelde niet veel voor, maar het was beter dan niets, vooral als de politie – met name Kovalenko, die hem toch al niet vertrouwde en met een paar collega's van de technische recherche Dan Fords appartement van onder tot boven had doorzocht – ook maar enigszins vermoedde dat er iets niet in de haak was of werd vermist en ze plotseling voor de deur stonden met de nodige vragen, misschien zelfs wel met de Franse versie van een huiszoekingsbevel.

Hij, Marten, was een Amerikaan, woonachtig in Engeland, verstrengeld in een reeks brute moorden op Franse bodem, met twee slachtoffers die hij persoonlijk had gekend. Als de politie Fords en Hallidays spullen in zijn bezit zou aantreffen, zou inspecteur Lenard hem niet alleen ter plekke arresteren wegens het achterhouden van bewijsmateriaal, maar ook wellicht voldoende geïrriteerd zijn om zijn foto plus vingerafdrukken naar Interpol te sturen om eens te kijken of er ook in andere landen een arrestatiebevel tegen hem liep. En wie weet hadden zijn 'vrienden' bij de politie van Los Angeles aan datzelfde Interpol een Code Geel/Vermist doorgegeven in de hoop dat iemand hem in Europa zou kunnen identificeren. Wat dan? Alles zou aan het licht komen: wie hij was, waar hij zat, wie Rebecca was. Alles. Zelfs Hiram Ott in Vermont zou door de mand vallen als degene die illegaal de identiteit van een dode had verhandeld. En dan zou het dus precies gaan zoals hij al zo lang had gevreesd. In een mum van tijd zou Gene VerMeer of een andere boodschapper of boodschappers erop uit worden gestuurd om de rekening te vereffenen ten faveure van al die ex-collega's binnen het korps die nog steeds van mening waren dat hij, Marten, verantwoordelijk was geweest voor de dood van Polchak, Lee en Valparaiso en de ondergang van de 5-2 Squad. Het was iets wat hij niet mocht laten gebeuren. Aan de andere kant bleef het 'zijn oorlog'. Wat hij tussen Fords aantekeningen en op Hallidays diskette had aangetroffen, bracht die oorlog dichterbij dan ooit.

Armands vrouw hield haar kleine keukentje netjes opgeruimd en dus vond hij al snel wat hij nodig had: een doos met donkergekleurde plastic vuilniszakken. Hij scheurde er een af, stopte Halli-days agenda en Fords harmonicamap erin, gaf er een zwaai aan, zodat de zak zichzelf dichtsnoerde, sloot hem met een plastic strip-je en liep terug de eetkamer in. Daar knipte hij een kleine lamp aan, sloeg de glazen tuindeuren open en stapte de ijskoude och-tendlucht in. In het vage schijnsel van de lamp zag hij dat het bin-nenplaatsje ongeveer drie bij zes meter was, met achterin een muurtje van bijna twee meter hoog dat de twee appartementenge-bouwen van elkaar scheidde. De muur zelf was overwoekerd met inmiddels kale wingerd. Een paar groene heesters groeiden aan de voet. Een grote bakstenen fontein, buiten werking vanwege de winter, reikte tot aan de bovenste rand van het muurtje.

Hij liep naar de muur en trok zichzelf omhoog. Zijn ogen wen-den al aan de duisternis en turend over de muur ontwaarde hij ver-derop een smal steegje en pal onder zich enkele vuilnisbakken. Hij keek naar de fontein naast zich. Afgezien van de dode bladeren op de bodem was de fontein leeg. Snel legde hij de vuilniszak erin en bedekte hem met de dode bladeren. Daarna draaide hij zich weer om en liet zich omlaag vallen.

Het was nog altijd donker toen hij naar binnen ging en de deu-ren sloot. Drie minuten later lag hij weer languit op de bank in Ar-mands studeerkamertje, met zijn hoofd op het kussen. Wie weet vormde het een waarborg tegen de politie, misschien ook niet. Wie weet bleven ze wel weg en was hij alleen maar overdreven voor-zichtig geweest. Maar dan nog koesterde hij in elk geval het ge-ruststellende gevoel dat Dans aantekeningen en Hallidays agenda waren verborgen op een plek die niet echt voor de hand lag en waaruit hij ze op een later tijdstip weer gemakkelijk kon opvissen als het moest. Hij zuchtte even en draaide zich om. Slapen, dat wil-de hij.

49

Hendaye, Frankrijk, het station aan de Frans-Spaanse grens, donderdag 16 januari, 6.30 uur

Op het moment dat de drie mannen en twee vrouwen te midden van een groep passagiers uit de trein stapten en naar de donkergrijze Alfa Romeo op het parkeerterrein liepen, was het nog steeds donker. Ze waren alledaags gekleed, spraken Spaans en leken doodgewone Spanjaarden die Frankrijk binnenkwamen. De voorste twee mannen waren ouder en droegen zowel hun eigen reistassen als die van de vrouwen. De derde man was tweeëntwintig jaar, tenger en jongensachtig, en droeg zijn eigen bagage. De vrouwen waren zijn moeder en grootmoeder. De andere mannen waren hun lijfwachten.

Bij de auto aangekomen deed een van de lijfwachten een stap naar achteren om de omgeving af te speuren. De andere zette de bagage in de kofferbak. Twee minuten later draaide de Alfa de parkeerplaats af, om nog weer vijf minuten later, met de lijfwachten voorin en de vrouwen en de jongere man op de achterbank, te accelereren over de A63 in de richting van de Franse kustplaats Biarritz.

Octavio, de man achter het stuur – donker haar en een dun litteken over zijn onderlip – stelde de binnenspiegel wat bij. Zo'n vierhonderd meter achter hen zag hij een zwarte vierdeurs Saab rijden. Hij wist dat de Saab daar nog steeds zou zijn zodra ze oostwaarts van de A63 afbogen en ook zodra ze in noordelijke richting via Toulouse en de A20 naar Parijs koersten. Twee auto's en vier lijfwachten ter bescherming van het drietal dat zo onopvallend vanuit Spanje het land in was gekomen: groothertogin Katharina Mikhailovna van de in ballingschap levende keizerlijke familie Romanov; haar moeder, groothertogin Maria Koerakina, weduwe van groothertog Vladimir, neef van tsaar Nicolaas II; en haar tweeëntwintigjarige zoon, groothertog Sergej Petrovitsj Romanov, de man die door koningshuizen wereldwijd werd erkend als de wettige troonopvolger van Rusland en die, mocht de monarchie worden hersteld, de eerste tsaar zou worden sinds Nicolaas Alexandrovitsj Romanov ofwel tsaar Nicolaas II, die aan het begin van de Russische revolutie in 1918 samen met zijn vrouw en vijf kinderen werd vermoord.

Groothertogin Katharina wierp een vluchtige blik op haar zoon, keek vervolgens om naar de Saab achter hen en daarna naar het in duisternis gelegen voorbijglijdende landschap. Over nog geen twaalf uur zouden ze in Parijs zijn en in een woning aan de Avenue George V een formele, uiterst besloten bijeenkomst van de familie Romanov bijwonen. Het was een samenkomst op instigatie van een van de hoogste gezanten van de Russisch-orthodoxe Kerk met de bedoeling dat de familie hier de wettige opvolger van de Russische troon zou kiezen. In alle opzichten was het een duidelijk signaal dat Rusland in zekere zin bereid was de monarchie te herstellen, hoogstwaarschijnlijk in een constitutionele vorm, waarbij de tsaar weinig meer dan een symbolische functie zou bekleden. Toch was het een dag waarop de familie Romanov bijna een eeuw lang had zitten wachten, en vaak wanhopig en verbolgen over had geruzied, waarbij de ene troonpretendent na de andere aan de kant was geschoven. Met deze bijeenkomst, zo wist iedereen, zou het laatste gevecht zich aandienen: de verkiezing van een opvolger achter wie de hele familie zich zou scharen, de enige ware erfgenaam conform de fundamentele wetten van de Russische troon, die luidden dat de kroon van de laatste keizer op zijn oudste zoon moest overgaan, en van diens oudste zoon op diens oudste kleinzoon en zo verder.

In de lange Byzantijnse lijn van verdeelde families en familievertakkingen was groothertogin Katharina ervan overtuigd dat er slechts één ware erfgenaam was, en wel haar eigen zoon groothertog Sergej Petrovitsj Romanov. Ze had zich grote moeite getroost om ervoor te zorgen dat hier zodra het zover was – nu, zo leek het – geen twijfel over zou bestaan.

Sinds de val van de Sovjet-Unie was dit een werk in uitvoering. Samen met haar moeder en groothertog Sergej had ze vanuit hun huis in Madrid elk jaar een reis naar Rusland ondernomen, vriendschap gesloten met politieke, religieuze en militaire topfiguren en intussen een voortdurend charmeoffensief in de richting van de media ingezet. Het was een schrandere en zorgvuldig georkestreerde manoeuvre om publiekelijk de blijvende indruk te wekken dat enkel en alleen Sergej de wettige troonopvolger was.

Haar plan was op zich al schaamteloos en onversaagd geweest, maar hij had de familie bovendien van meet af aan verdeeld. Want hoewel velen in dit complexe labyrint van eisers en pretendenten van de troon groothertog Sergej steunden, waren er anderen die net zozeer aanspraak maakten. Met name prins Dimitrii Vladimir Romanov, die met zijn zevenenzeventig jaar de achterachterkleinzoon van keizer Nicolaas I en een verre neef van Nicolaas II was en die, als hoofd van de familie Romanov, door velen werd beschouwd als de enige echte erfgenaam. Dat zijn Parijse woning aan de Avenue George V de locatie vormde voor de samenkomst van deze avond maakte alles des te lastiger ingeval de aanhangers van groothertog Sergej opeens van gedachten zouden veranderen en zich achter deze prins Dimitrii zouden scharen.

Katharina liet haar blik op haar moeder rusten, die tussen hen in zat te soezen, en keek vervolgens naar haar zoon, die onder het brandende passagierslampje verdiept was in een spelletje patience op zijn laptop.

'Hoe laat zijn we in Parijs?' vroeg ze opeens in het Spaans aan Octavia.

'Als we nergens worden opgehouden om een uur of vijf vanmiddag, groothertogin,' antwoordde hij en hij bekeek haar even in de binnenspiegel. Ze zag vervolgens hoe zijn ogen naar iets in de verte achter hen dwaalden en wist dat hij naging of de zwarte Saab nog altijd achter hen reed.

Buiten verschenen de eerste flauwe lichtstreepjes van de dageraad aan de horizon en het beloofde een koude winterdag te worden. In de verte zag ze de lichtjes van de stad Toulouse, in de vijfde eeuw de hoofdstad van de West-Goten en nu een hightechcentrum en bakermat van grote vliegtuigbouwers als Airbus en Aerospatiale.

Toulouse.

Plotseling werd ze overmand door melancholie. Precies drieëntwintig jaar geleden, vijf jaar voor de dood van haar man Hans Friedrich Hohenzollern uit Duitsland, was groothertog Sergej in deze stad verwekt, in een suite van het Grand Hôtel de l'Opéra.

Opnieuw zag ze Octavio een blik in de spiegel werpen.

'Is er iets?' vroeg ze snel. Dit keer klonk haar stem scherp.

'Nee, groothertogin.'

Ze keek achterom. De Saab was er nog steeds, met twee auto's ertussen. Ze draaide zich weer om, knipte haar eigen leeslampje aan en pakte een kruiswoordpuzzel uit haar handtas om de tijd te doden en de ongerustheid die met de kilometer toenam te verlichten. Het was deze angst die de aanwezigheid van de lijfwachten en de vermoeiende manier van reizen verklaarde: eerst de nachttrein van Madrid naar San Sebastián, dan de forensentrein naar Hendaye, gevolgd door een tien uur lange autorit naar Parijs – en dat terwijl een vlucht van Madrid naar Parijs slechts iets meer dan twee uur in beslag nam.

Ze reisden op deze afmattende en omslachtige manier omdat een aantal mensen, ondanks het betrekkelijke geheim van de samenkomst vanavond, er wel degelijk van op de hoogte was en vanwege de wrede moorden op vier Russische emigranten in Amerika een jaar eerder. Ieder slachtoffer was een vooraanstaande Romanov geweest, een feit waarvan slechts weinigen buiten de familie op de hoogte waren, maar dat was achterhaald en zorgvuldig geheimgehouden door de Russische rechercheurs, die, uit angst dat er zowel in het vaderland als in het buitenland – alsmede onder de meest uitgesproken aanhangers van groothertog Sergej – een politiek slaatje uit zou worden geslagen, direct naar de plekken des onheils waren getogen. Bovendien hadden de moorden zich voorgedaan op een moment dat de geruchten van een herstel van de monarchie bijna net zo hardnekkig waren als nu. Er was zelfs een familiebijeenkomst belegd om de zaak te bespreken, maar die was vanwege de moorden terstond geannuleerd.

Destijds had ze bij de Russische regering bezwaar aangetekend met de opmerking dat de moorden waren gepleegd om stemmen die loyaal waren aan de groothertog het zwijgen op te leggen, maar er waren nooit bewijzen gevonden. In plaats daarvan waren de slachtpartijen toegeschreven aan de dolgedraaide Raymond Oliver Thorne, die ten tijde van de misdrijven in elke betreffende stad was geweest en die uiteindelijk mede door ingrijpen van het LAPD aan zijn eind was gekomen. Ongeveer in dezelfde periode nam de roep om een herstelde monarchie af en lange tijd gebeurde er niets.

Totdat binnen de afgelopen paar dagen de moorden hadden plaatsgevonden op de prominente Russische emigranten Fabien Curtay in Monaco en Alfred Neuss in Parijs. En hoewel geen van beiden deel uitmaakte van de koninklijke familie – en hun politieke voorkeur voor een van beide kandidaten niet bekend was – brachten de moorden alle Romanovs van hun stuk, vooral wanneer men bedacht dat Neuss al eerder een doelwit van Thorne was geweest en de familiebijeenkomst in dezelfde stad plaatsvond als waar hij was vermoord.

'Hoogheid,' zei Octavio grijnzend en hij knikte naar een groot bord boven de snelweg: PARIJS, 'we komen al dichterbij.'

'Ja, dank je.' Groothertogin Katharina Mikhailovna wilde niet

403

denken aan wat in het verschiet lag en concentreerde zich liever op het kruiswoordraadsel op haar schoot. Eén oplossing had ze zo gevonden, en vervolgens nog een. De ironie van de volgende ontnam haar bijna de adem.

24 horizontaal was een woord met tien letters voor 'oudste zoon en troonopvolger van de tsaar'. Ze glimlachte en schreef vlug het antwoord op: T-S-A-R-E-V-I-T-S-J.

50

Parijs, 7.50 uur

Ergens in de verte hoorde Marten een deurbel. Eén keer, daarna twee keer. En nog eens twee keer, met dezelfde ongeduldige opeenvolging. Daarna hield het op en leek het alsof hij een stem hoorde, maar hij wist het niet zeker. Even later werd er op zijn kamerdeur geklopt, waarna Armand, gekleed in een T-shirt en boxershort en scheercrème van zijn gezicht vegend, binnenkwam.

'Je kunt maar beter opstaan.'

'Wat is er?'

'De politie.'

'Wat?' Marten was opeens klaarwakker.

'En een vrouw.'

'Een vrouw?'

'Ja.'

'Wie?'

'Weet ik niet.'

Snel sloeg hij de deken van zich af, schoot in zijn spijkerbroek en sweatshirt en liep Armand achterna. Hoe lang had hij geslapen? Een uur, hooguit twee?

Zijn vrees voor de politie was dus juist geweest. Maar wie was die vrouw dan? Toch zeker niet Rebecca, anders had Armand het wel gezegd. Bij de voordeur aangekomen zag hij haar en zijn mond viel open van verbazing.

'Clem!'

'Nicholas, wat zijn dit verdomme voor geintjes?!'

Lady Clementine Simpson wurmde zich naar voren, daarbij min of meer een geüniformeerde agente met zich meetrekkend. Haar donkerblauwe pakje was gekreukt, haar haren zaten in de war. Ze was bekaf en furieus. Vervolgens zag hij inspecteur Lenard, achter haar in de gang, met onder zijn arm een grote bruine envelop. Hij was in gezelschap van een andere Parijse rechercheur die hij kende als Roget, alsmede twee geüniformeerde agenten en... Kovalenko.

'Deze meneer, hier,' begon Clem terwijl ze inspecteur Lenard een vernietigende blik toewierp, 'en die daar met die baard – hij is een Rus – hebben me na mijn aankomst op de luchthaven naar een achterkamertje geloodst en me ondervraagd! Er kwam geen eind aan!' Ze keek Marten weer aan.

'Hoe konden zij verdomme weten dat ik naar Parijs kwam? Of zelfs wie ik was, hm? Nou, dat zal ik je vertellen. Een van die twee heeft de universiteit gebeld en heeft vervolgens ontdekt wat slechts een zeer select groepje in acht maanden heeft kúnnen ontdekken! Je weet donders goed wat ik bedoel.'

'Clem, rustig nou even.'

'Ik bén rustig. Je had me net moeten zien.'

Inspecteur Lenard deed een stap naar voren. 'Het lijkt me beter dat we binnen verder praten.'

Terwijl Armand het gezelschap via de smalle gang voorging naar de woonkamer kwam Nadine uit haar slaapkamer lopen. De huiselijke beslotenheid had echter geen uitwerking op lady Clem. Ze was nog steeds ziedend en brieste verder.

'Ze probeerden me eerst in Amsterdam te bereiken, maar ik was al onderweg hiernaartoe, want ik had het nieuws over Dan op het tv-journaal gezien. Jij en Rebecca waren onbereikbaar. En Nadine ook, de politie was in haar appartement. Ik heb dus een boodschap achtergelaten, maar...' opnieuw keek ze de inspecteur ziedend aan, 'dat leek niemand verder te interesseren. Totdat ik eenmaal geland was!' Ze keek Marten weer aan. 'Het hotel in Amsterdam heeft ze mijn vluchtnummer gegeven. Noem je dat klantenbinding?'

'Ze zijn immers van de politie.'

Ze wierp een blik achterom naar inspecteur Lenard. 'Kan me niet schelen wie ze zijn.'

Woest keek ze Marten weer aan. 'Ik was ongerust! Ik heb je al minstens tien keer geprobeerd te bereiken. Neem je dan nooit eens op, check je dan nooit je voicemail?'

'Clem, het is hier een behoorlijke toestand geweest. De batterij van mijn gsm is al een tijdje leeg. Ik ben er niet eens aan toegekomen hem op te laden, of mijn voicemail te beluisteren.'

Haar kwade blik hield nog even stand. Daarna vervolgde ze opeens met zachte stem: 'Ze vroegen dingen over jou en Dan. En over ene Halliday. Ken jij iemand die Halliday heet?'

'Ja.'

'En ook over ene Alfred Neuss.'

'Clem, Halliday en Alfred Neuss zijn allebei hier in Parijs vermoord.'

51

Marten, lady Clem en Nadine Ford hadden plaatsgenomen op de bank voor een grote, antieke salontafel. Armand zat in een leunstoel aan het ene uiteinde en rechercheur Roget op een stoel met rechte rug aan het andere eind van de tafel. De twee agenten in uniform stonden net buiten de woonkamer en de politieagente bevond zich bij de deur.

Op de gang zag Marten inspecteur Lenard, met de bruine envelop in de hand, met Kovalenko overleggen. Ze kletsten nog even en kwamen toen de kamer in. Lenard trok een stoel tot pal tegenover Marten en legde de envelop tussen hen in op de salontafel. Kovalenko sloeg zijn armen over elkaar, leunde tegen het raamkozijn en keek toe.

'Ik weet niet waar u mee bezig bent, waarom u lady Clementine hierin betrekt of waarom u hier bent,' zei Marten terwijl hij de inspecteur recht in de ogen keek, 'maar als u in de toekomst nog eens vragen hebt die met mij te maken hebben, dan zou ik het op prijs stellen als u eerst naar míj toe kwam.'

'We hebben hier anders wel met moord te maken, *monsieur* Marten,' reageerde Lenard op vlakke toon.

Marten hield zijn ogen op Lenard gericht. 'Ik zal het nog eens zeggen, inspecteur: als u in de toekomst vragen hebt die met mij te maken hebben, dan zou ik het op prijs stellen als u eerst naar mij toe kwam!'

Inspecteur Lenard negeerde het. 'Zou u deze foto's even willen bekijken?' Hij betastte de envelop en keek ondertussen Nadine en lady Clem aan. '*Mesdames*, misschien dat u beter even de andere kant op kunt kijken. Ze zijn niet prettig om te zien.'

'Nou, ik kan er wel tegen, hoor.' Clem had niets van haar vuur verloren.

'Zoals u wenst.' Inspecteur Lenard wierp een blik op Marten, opende de envelop en legde vervolgens een voor een foto's die een serie vormden voor hem neer. Het waren politiefoto's van de plaats delict in Hallidays kamer in het Hôtel Eiffel Cambronne. Op elke foto stond rechts onderin een datum en tijd.

De eerste was een totaalshot van de kamer met het lichaam van Halliday op het bed. De tweede van Hallidays geopende bagage. Een opname uit een andere hoek van Halliday op bed. En daarna nog een en nóg een. Vervolgens selecteerde Lenard drie foto's.

'Op elke foto zien we het slachtoffer, het bed en het nachtkastje erachter. Stuk voor stuk uit een iets andere hoek gemaakt. Is er iets wat u opvalt?'

'Nee,' zei Marten, zijn schouders ophalend. Hij wist wel wat er kwam, maar gaf geen sjoege.

'De eerste foto's werden genomen toen u en Dan Ford arriveerden. De laatste zijn van zo'n twintig seconden nadat u was vertrokken.'

'Wat wilt u nu zeggen?'

'Op de eerste foto's ziet u op het nachtkastje een oude en tamelijk dikke agenda of afsprakenboek liggen. Op de laatste opname is het plotseling verdwenen. Enig idee waar het is gebleven?'

'Waarom vraagt u dat aan mij?'

'Omdat u of Dan Ford het heeft meegenomen. En het lag niet in *monsieur* Fords auto of ergens in zijn flat.'

'Ik heb het niet meegenomen. Misschien iemand anders. Er waren meer mensen in die kamer.' Marten keek naar Kovalenko. 'Hebt u het al aan de Rus gevraagd?'

'Deze Rus heeft het niet meegenomen,' reageerde Kovalenko emotieloos. Marten keek hem nog een moment langer aan. Er was iets aan de manier waarop hij met de armen over elkaar geslagen tegen het raamkozijn leunde en hen gadesloeg. Het deed hem denken aan hoe hij zich had gevoeld toen ze elkaar voor het eerst hadden ontmoet op de plek waar Halliday was vermoord. Kovalenko oogde zachtmoedig, zelfs een beetje als een bolleboos, maar was verre van beide en was nu, net zoals hij toen was geweest, op zoek naar iets meer. Misschien zelfs wel meer dan hij de Franse politie had verteld. Wat het was of wat Kovalenko dacht dat hij wist maar niet onthulde, wist hij niet.

Wat wel duidelijk was, was dat het Kovalenko was geweest die van zijn verhouding met Clem had vernomen, haar in Amsterdam had opgespoord, te weten was gekomen dat ze op weg was naar Parijs en vervolgens inspecteur Lenard had overgehaald haar aan te houden en onder de van toepassing zijnde Franse wet te verhoren en haar ten slotte hierheen mee te nemen. Dat hadden ze ook met hem gedaan toen ze hem naar de plaatsen van de moorden bij de rivier hadden meegenomen en hem naderhand hadden ondervraagd. Ze wilden zien hoe zij zou reageren en daarna hoe hij op haar aanwezigheid en haar behandeling zou reageren. Het leek extreem, en dat wás het ook, en het betekende dat Kovalenko's speurtocht meer behelsde dan een paar moorden. En kennelijk kon het hem niet schelen wie hij tegen de schenen trapte en op welk niveau, want hij zou beslist hebben geweten wie Clem en haar vader waren.

'Toen u uw appartement verliet om hiernaartoe te gaan, pakte u twee stuks bagage in,' richtte inspecteur Lenard zich plotseling tot Nadine. 'Wat waren dat?'

Marten schrok op. Dit was dus precies waar hij bang voor was geweest. Nadine was qua gemoedstoestand nu niet bepaald bij machte politievragen te beantwoorden. Het viel met geen mogelijkheid te zeggen hoe ze zou reageren of wat ze zou zeggen. Hij verwachtte min of meer dat ze de inspecteur precies zou vertellen wat ze had gedaan. Maar ook besefte hij dat ze zich eerder al sterk genoeg had getoond en daarom wel voorbereid was op een verhoor, mocht het zover komen.

'Kleren,' antwoordde ze onverstoorbaar.

'Wat nog meer?' drong Lenard aan.

'Gewoon kleren en wat toiletgerei. Ik pakte mijn spullen in en stopte die van *monsieur* Marten in zijn eigen koffer, precies zoals u me volgens mij ook verzocht toen u zo overhaast mijn huis binnenviel.'

Marten moest een glimlach onderdrukken. Ze speelde het goed. Misschien had ze die zelfverzekerdheid van Dan geleerd of misschien had hij die van meet af aan al in haar gezien. Op dat moment besefte hij dat zij dit juist voor Dan, en ook voor hem, had gedaan vanwege hun vriendschap en omdat hij het zo gewild zou hebben.

408

Opeens schoot Lenard overeind. 'Ik wil dat mijn mensen het appartement doorzoeken.'

'Dit is mijn woning niet,' zei Nadine, 'dus het is niet aan mij om daar toestemming voor te geven.'

'Voor mij geldt hetzelfde, maar als Armand geen bezwaar heeft, ga uw gang,' voegde Marten eraan toe. 'We hebben niets te verbergen.' Hij zag hoe Nadine geschrokken even zijn kant op keek, maar reageerde er niet op.

'Ga uw gang,' zei Armand.

Inspecteur Lenard knikte naar rechercheur Roget, die opstond en de kamer verliet. De twee agenten in uniform gingen met hem mee.

Marten had gedaan wat hij moest doen om acuut alle argwaan weg te nemen en moest erop vertrouwen dat Lenards mannen hun huiszoeking snel zouden afronden en zich zouden beperken tot het appartement zelf en zich niet op de ijskoude binnenplaats zouden wagen. Het probleem was dat Nadine niet wist dat de spullen waren verstopt. Ze had zich goed gehouden en was sterk, maar haar vluchtige blik naar Marten had haar angst verraden. Lenard en Kovalenko bevonden zich nog altijd in de kamer. Hoe langer de huiszoeking duurde, des te zenuwachtiger zij zou worden, en dat zouden ze merken. Hij moest iets doen om de spanning te verlichten en tegelijkertijd iets wijzer te worden.

'Terwijl uw mannen hier de boel overhoophalen, kunt u ons wellicht iets vertellen over wat u hebt aangetroffen toen u de auto's onderzocht,' zei hij tegen de inspecteur. 'Immers, ik was daar op uw uitnodiging.'

Lenard staarde hem even aan en knikte vervolgens. 'Het lijk in de andere auto was inderdaad van de man die Jean-Luc heette.'

'Wie is hij?'

'Een vertegenwoordiger van een drukkerij. Meer weten we voorlopig niet.'

'Meer niet? U hebt verder niets gevonden?'

'Inspecteur,' zei Kovalenko vanaf zijn plek bij het raamkozijn, 'misschien zou het goed zijn wat wij weten aan meneer Marten of mevrouw Ford te vertellen.'

'Zoals u wilt,' stemde Lenard in.

Kovalenko richtte het woord tot Nadine. 'Uw man worstelde niet lang, maar wel lang genoeg om zijn belager te dwingen zich met zijn hand tegen het raam aan de bestuurderskant af te zetten. Enkele ogenblikken daarna draaide de moordenaar het portierraampje naar beneden zodat het rivierwater naar binnen kon lopen en de auto zou zinken. Door het raam omlaag te draaien, weg uit die sterke stroming, conserveerde hij onbedoeld het bewijsmateriaal tegen hem op het glas.'

'U hebt een vingerafdruk?' Marten deed zijn best niets te laten blijken van de opwinding die door zijn lijf schoot.

'Ja,' antwoordde Lenard.

Hij wierp een blik op de gang. Lenards mannen waren er nog steeds. Hij zag er twee in de keuken, een derde liep net de badkamer in. Nog een ander stond in de deuropening van het studeerkamertje waar hij het dossier van Ford en Hallidays agenda had doorgenomen en had geslapen. Hoe lang zouden ze nog nodig hebben?

Hij draaide zijn hoofd weer om en zag dat inspecteur Lenard en Kovalenko even een blik uitwisselden. De Rus knikte en Lenard richtte zich tot Marten.

'*Monsieur*, ik zou u kunnen arresteren op verdenking van ontvreemding van bewijsmateriaal van een plaats delict. In plaats daarvan, en voor uw eigen bestwil, verzoek ik u beleefd om het land te verlaten.'

'Wat?!' Marten kon zijn oren niet geloven.

Lenard schoot overeind. 'Over drie kwartier vertrekt de Kanaaltrein naar Londen. Mijn mannen zullen u tot in de trein vergezellen. Om ervoor te zorgen dat u veilig aankomt, hebben we de politie van Londen verzocht u op te wachten en over te dragen aan de politie van de regio Manchester, die ons ook zal informeren over uw aankomst aldaar.'

Marten keek even naar Kovalenko, die nu wegliep van het raam en de kamer verliet. Vandaar dus dat knikje van Kovalenko naar Lenard. De Rus was voldoende te weten gekomen en had hem niet langer nodig, en dus gaf hij Lenard zijn zegen om hem te lozen.

'Ik heb niets gedaan!' wierp Marten tegen. De plotselinge verschijning van Lenard en Kovalenko had hij goed aangevoeld en het wegstoppen van de paperassen buiten de woning was een verstandige zet geweest, maar deze stap van de inspecteur kwam volslagen onverwacht. De agenten waren nog steeds bezig en gingen buitengewoon systematisch te werk. Als Lenards mannen hem nu naar de trein escorteerden en op deze manier bleven doorzoeken, dan zouden ze uiteindelijk ook wel op de binnenplaats belanden. Als ze uiteindelijk de spullen vonden, dan zouden ze direct contact opnemen met de Londense politie. Zodra hij uit de trein stapte, zou-

410

den ze hem in de kraag vatten en linea recta terug naar Parijs sturen.

'*Monsieur* Marten, misschien wacht u liever in een gevangeniscel terwijl uw bezwaar door de rechter wordt behandeld?'

Hij wist even niet wat hij moest doen. Door een manier te vinden om hier langer te kunnen blijven en te hopen dat Lenards mannen niets vonden, maakte hij de meeste kans. Dan kon hij in elk geval de documenten in veiligheid brengen. Als hij vertrok en zij hier niets vonden, dan kon hij misschien een manier bedenken om ze door Nadine of Armand naar hem in Manchester te laten verzenden, maar dat zou wel tijd vergen en bovendien was er nog altijd een grote kans dat ze in de gaten gehouden zouden worden.

Bovendien speelde alles zich híér af, in Parijs, en niet in Manchester. Lenard had zelf gezegd dat de vermoorde Jean-Luc voor een drukkerij werkte. Dat bevestigde het feit dat hij de eerste menukaart aan Dan Ford had geleverd, wat betekende dat er een goede kans bestond dat er nog een andere kaart was, zoals hij zelf eerder al had vermoed, en iets wat Ford wilde gaan ophalen toen hij werd vermoord. En vanavond zou hier, in Parijs, de eerste menukaart al een rol spelen, tijdens het Romanov-diner waar Peter Kitner zou aanzitten.

Hij kon het best zijn verblijf hier rekken en hopen dat ze de documenten niet zouden vinden, was zijn conclusie: want vinden ze die spullen, dan zullen ze me sowieso opsluiten, of ik nu in Engeland zit of hier. Vinden ze niets en zit ik in Manchester, dan zal er te veel tijd verloren gaan. Bovendien zal Lenard de Franse immigratiedienst wel laten waarschuwen, dus kom ik niet zo gemakkelijk het land weer in.

'Inspecteur, toe.' Marten koos de enige weg die hij nog had, namelijk een beroep op Lenards goede inborst. 'Dan Ford was mijn beste vriend. Zijn vrouw en familie hebben zijn begrafenis hier in Parijs al voorbereid. Ik zou het zeer op prijs stellen wanneer u mij tot dan toestemming geeft om te blijven.'

'Het spijt me.' Lenards reactie was kortaf en onverbiddelijk. 'Mijn mannen zullen uw bezittingen bij elkaar zoeken en u naar de trein begeleiden.' Hij keek lady Clem aan. 'Met alle respect voor u, *madame*, en uw vader, zou ik willen voorstellen dat u uw vriend vergezelt en er vervolgens voor zorgt dat hij niet probeert het land weer in te komen. Ik moet er niet aan denken dat de Britse tabloids achter ons onderzoek komen.' Hij aarzelde even en vervolgens brak er een halve glimlach door. 'Ik zie de koppen al voor me en wat een stennis ze, terecht of niet, zullen maken. Om nog maar te zwijgen van alle publiciteit' – en hier wierp hij een snelle blik op Marten – 'rondom een relatie die tamelijk vertrouwelijk lijkt te zijn.'

52

Gare du Nord, dezelfde dag, donderdag 16 januari, 10.15 uur

Inspecteur Roget en twee van Lenards agenten escorteerden Nicholas Marten en lady Clem tussen de vele wachtende reizigers over het perron langs de Eurostar, de hogesnelheidstrein die Parijs via de Kanaaltunnel met Londen verbond.

Voor Marten was het alsof hij geboeid en in een dwangbuis werd afgevoerd en volledig aan de agenten was overgeleverd. Vanuit een ooghoek zag hij dat Clem weliswaar op het punt stond te ontploffen maar dat ondanks haar woede nog net niet deed. Waarschijnlijk omdat ze wist dat het dreigement van inspecteur Lenard over de Britse tabloids gemeend was. Die leefden van zulke nieuwtjes en zouden erbovenop springen. Ze wist donders goed dat haar vader zich in dat geval meer dan gecompromitteerd zou voelen. Hij zou razend zijn, op hoge toon een verklaring eisen, en hoogstwaarschijnlijk van de Franse regering een openlijk excuus verlangen, wederom tot uitzinnige vreugde van de tabloids. Hun privéleven in Manchester zou op straat komen te liggen. Het universitaire reglement zou haar dwingen haar baan op te geven en misschien zou Marten ook zijn studie moeten staken. Bovendien zouden de paparazzi meteen op de stoep staan en zouden hun foto's in alle bladen verschijnen, zelfs in de Verenigde Staten. Wat voor Marten betekende dat de kans groot was dat iemand van het LAPD ze onder ogen kreeg. Was de situatie op dit moment al erg genoeg, het kon nog veel erger zodra Clem uit haar vel sprong. Zover was het godzijdank nog niet gekomen. Het was duidelijk dat inspecteur Lenard precies wist wat hij moest doen om Clem en de hele affaire stil te houden.

Hoe dan ook, de mazzel waarmee Marten de LAPD-dossiers op de diskette in Hallidays agenda had ontdekt, en het onwaarschijnlijke, zo niet dramatische geschenk uit de hemel waarbij Dan Ford, op het moment dat hij werd vermoord, zijn moordenaar zowaar had verleid om een zuivere vingerafdruk op het portierraam van de Peugeot achter te laten, dat alles had nu geen waarde meer. De ene zat nog in de groene vuilniszak, verborgen in de fontein op Armands binnenplaatsje, de andere weggestopt in de Parijse politiedossiers. Samen zouden ze een onweerlegbaar feit hebben onthuld: of de vingerafdrukken kwamen overeen met die van Thorne, wat hem tot Dan Fords moordenaar maakte, of ze weken af en de gek in kwestie bleek heel iemand anders te zijn. De enige manier om het zeker te weten, was om het materiaal aan de politie over te dragen, iets wat hij niet kon doen. Ten eerste omdat Halliday waarschijnlijk tegen niemand over het bestaan van de diskette had gerept (wat misschien wel de reden was waarom hij Marten die avond had willen spreken omdat Marten de enige was die hij nog vertrouwde, hoewel dat laatste nooit meer te achterhalen was), misschien omdat Halliday geen idee had wie hij kon vertrouwen gezien de verdwijning van alle relevante dossiers, alle doden en vermisten na de confrontatie op het spoorwegemplacement in Los Angeles, en de nog altijd onbeantwoorde vragen. Voor Marten gold nu precies hetzelfde: wie wist wat voor bedoelingen inspecteur Lenard en rechercheur Kovalenko er werkelijk op na hielden? Was een van hen zuiver op de graat, of allebei? Of geen van beiden?

Ten tweede: als hij Hallidays agenda en Dans aantekeningen aan de politie zou geven, dan zouden die meteen in beslag worden genomen en belandde hij vanwege het 'ontvreemden van bewijsmateriaal van de plaats delict', zoals Lenard het had verwoord, al snel in de cel. Dan was hij pas werkelijk uitgerangeerd en kon hij wellicht een bezoekje verwachten van een ex-collega van het LAPD die nog wat vraagjes voor hem had. Vandaar dat bij zijn vertrek uit het appartement het materiaal nog verborgen had gelegen en hij nu op het punt stond het land te worden uitgezet.

Plotseling hield rechercheur Roget halt bij wagonnummer 5922. 'We zijn er,' zei hij en keek Marten aan. 'Uw paspoort, graag.'

'Mijn paspoort?'

'*Oui.*'

Een minuut later hadden Marten en lady Clem plaatsgenomen in de tweedeklascoupé terwijl rechercheur Roget en zijn twee assistenten in het gangpad overlegden met de Franse conducteur en iemand van het beveiligingspersoneel. Ten slotte overhandigde Roget de conducteur Martens paspoort met de mededeling dat Marten het document zou terugkrijgen zodra de trein Londen bereikte. Met een nadrukkelijk *'bon voyage'* en nog een laatste blik naar lady Clem verlieten hij en de agenten de trein.

Daarna staarden de conducteur en de beveiligingsbeambte de twee nog even argwanend aan en draaiden ook zij zich om en liepen weg, om bij de doorgang naar het volgende rijtuig nog een laatste blik achterom te werpen.

'Wat was dat allemaal?' wilde lady Clem weten terwijl ze Marten aankeek.

'Wat?'

'De hele tijd dat de politie jou die foto's liet zien, en daarna, tijdens die discussie, zag ik duidelijk dat er tussen jou en Nadine iets gaande was.'

'Nee, hoor.'

'O, jawel.' Ze keek even naar de reizigers die binnenkwamen, en vervolgde haar verhaal.

'Nicholas, in tegenstelling tot de meeste treinen naar en in Engeland, vertrekt deze op tíjd. En wel om exact elf voor halfelf, wat betekent dat je nog...' ze keek even op haar horloge, 'ongeveer vijfendertig seconden hebt voordat de deuren sluiten en we gaan rijden.'

'Ik heb geen idee waar je het over hebt.'

Ze boog zich naar hem toe. 'Inspecteur Lenard stond bij Armand voor de deur,' siste ze op haar deftige, Britse toontje, 'omdat hij op zoek is naar de agenda van meneer Halliday. Wat er ook in mag staan, voor jou is het duidelijk erg belangrijk, want anders zou Nadine hem niet ergens hebben verstopt.'

'Waarom denk jij dat...'

'Nog vijfentwintig seconden.'

'Clem, als ik Lenard die agenda had gegeven,' fluisterde hij, 'dan zouden Nadine en ik op dit moment in een Franse politiecel hebben gezeten, en had jij ons waarschijnlijk gezelschap mogen houden.'

'Nicholas, misschien heeft inspecteur Lenard die agenda allang gevónden, misschien ook niet. Maar ik weet dat jij niet bepaald de domste bent, en dat je dat ding dus goed hebt weggestopt. Vandaar

414

dat ik er maar van uitga dat hij die agenda niet in zijn bezit heeft. Ik wil dat jij dat ding alsnog probeert te bemachtigen voordat hij je te snel af is. Nog twintig seconden.'

'Ik...'

'Nicholas, sta op en stap uit! Als die kaartjesknipper of die beveiligingsmeneer terugkomt, zeg ik wel dat je op het toilet zit. Zodra ik weer in Londen ben, vertel ik de politie dat je vreselijk aan claustrofobie lijdt. Vijftig kilometer door een tunnel, vijfenveertig meter onder het Britse Kanaal, dat móét wel een aanval opleveren. Je moest dus nog vóór vertrek uit deze trein vluchten, waarbij je me beloofde, ja bezwoer, dat je de eerstvolgende vlucht naar Manchester zou nemen en meteen inspecteur Lenard zou bellen zodra je weer thuis was.'

'Hoe moet ik naar Manchester vliegen? Ik heb niet eens een paspoort!'

'Nicholas, stap uit, verdomme!'

53

Peter Kitner zag de zwarte Citroën door de poort komen en de oprijlaan op rijden naar zijn kolossale huis met drie verdiepingen aan de Avenue Victor Hugo. In de auto zou dr. Geoffrey Higgs, zijn persoonlijke lijfwacht en inlichtingenhoofd, zitten. Deze zou inmiddels weten of zijn grootste angst inderdaad gegrond was, namelijk dat de man die hem in het Hotel Crillon vanachter het felle licht van de tv-lampen had aangesproken degene was die het volgens hem wel moest zijn.

'Hoe wist hij van Davos?' had zijn zoon Michael hem gevraagd toen ze per limousine het Crillon verlieten. 'Geen idee,' was zijn bitse reactie geweest.

Het punt was dat hij het wel degelijk wist. En het op dat moment zelfs ook al had geweten, maar het toen nog niet wilde erkennen, zelfs niet tegenover zichzelf. Ten slotte had hij het toch toegegeven en Higgs verzocht de zaak liefst zo snel mogelijk uit te zoeken, vooral of de vragensteller van plan was om het Forum in Davos persoonlijk bij te wonen.

Alfred Neuss en Fabien Curtay waren dood, en het Spaanse mes en de 8mm-film die Neuss lange tijd veilig had bewaard waren verdwenen, meegenomen door Curtays moordenaar. Behalve Neuss, Curtay en hij, Kitner, wisten slechts twee anderen van het bestaan van het mes en de film, de twee mensen van wie hij overtuigd was dat zij ze nu in bezit hadden: barones Marga de Vienne en de man over wie ze zich als voogdes al bijna diens hele leven had ontfermd, Alexander Luis Cabrera. En het was Cabrera, zo wist hij zeker, die vanachter de tv-lampen de vraag had gesteld.

Opnieuw hoorde hij Michaels woorden: 'Hoe wist hij van Davos?'

Kitner nam plaats achter zijn formidabele bureau van glas en roestvrij staal. Het was misschien slechts een vermoeden, was zijn gedachte. Misschien ging Cabrera er gewoon van uit dat hij bij het Wereld Economisch Forum aanwezig zou zijn, wat hij al in geen jaren was geweest, en wilde Cabrera hem een beetje treiteren door de media in rep en roer te brengen. Dat moest het wel zijn, want Cabrera kon het onmogelijk weten. Zelfs de Barones, met haar enorme invloed en connecties, kon het niet weten. Wat er écht in Davos op stapel stond, was veel te goed geheimgehouden.

Er werd hard geklopt, de deur zwaaide open en Taylor Barrie, Kitners vijftig jaar oude directiesecretaris, betrad het vertrek.

'Dokter Higgs, meneer.'

'Dank je.'

Higgs kwam de kamer in en Barrie sloot de deur achter zich.

'En?'

'U maakte u zorgen over de mogelijkheid dat Alexander Cabrera het forum in Davos zou bijwonen,' begon Higgs op zachte toon.

'Ja.'

'Nou, hij komt op geen enkele gastenlijst voor, noch heeft hij zich ingeschreven voor een discussiegroep. In de bergen buiten de stad is echter een landhuis afgehuurd, door een in Zürich gevestigde advocaat die Jacques Bertrand heet.'

'Ga verder.'

'Bertrand is een vrijgezel van middelbare leeftijd die samen met zijn oudere tante in Zürich in een bescheiden appartement woont.'

'Ja, en?'

'Dat landhuis wordt "Villa Enkratzer" genoemd, wat letterlijk "Villa wolkenkrabber" betekent. Het telt zestig kamers en beschikt over een ondergrondse garage voor twintig auto's.'

'Wat heeft dat met Cabrera te maken?'

'Helilink, een particulier helikopterbedrijf in Zürich...'

'Ik ken Helilink. Wat is daarmee?'

'Ze zijn ingehuurd om zaterdag, over twee dagen dus, een pendeldienst van Zürich naar het landhuis in Davos te verzorgen. De reservering werd gemaakt door de privé-secretaris van ene Gerard Rothfels. Rothfels staat aan het hoofd van Cabrera's Europese onderneming.'

'Aha.' Langzaam draaide Kitner zich om op zijn stoel, hij stond op en liep naar het raam achter hem om een blik te werpen op zijn geometrisch aangelegde tuin, die er op deze januaridag wel erg kaal bij lag.

Zijn angst was dus niet alleen bevestigd, maar bovendien onheilspellend toegenomen. Het was dus inderdaad Cabrera geweest die hem in het Crillon had getergd met zijn vraag over Davos. Maar zijn bedoeling reikte verder dan tergen alleen. Cabrera had Kitner laten weten dat hij wist wat er in de Zwitserse stad stond te gebeuren. En nu had Higgs bevestigd dat Cabrera erbij zou zijn. Dit liet weinig twijfel dat ook de Barones aanwezig zou zijn.

Wat aanvankelijk door een Zwitserse hoogleraar bedrijfseconomie was bedacht als een soort jaarlijkse denktank van een week voor Europese multinationals om in het afgelegen skioord Davos internationale handelskwesties te bespreken, had zich ontwikkeld tot een groots samenzijn van wereldpolitieke kopstukken en magnaten om feitelijk de toekomst op wereldniveau uit te stippelen. Dit jaar zou niet anders zijn, behalve het feit dat de Russische president Pavel Gitinov met een belangrijke aankondiging zou komen over de toekomst van het nieuwe Rusland in een wereld die steeds meer elektronisch en kleiner werd. En Kitner, met zijn reusachtige medianetwerk en expertise, moest daarin een sleutelfiguur worden.

Dat verontrustte hem zeer.

Cabrera wist van de aankondiging, en deze informatie kon alleen van de Barones zelf zijn gekomen. Hoe zij het wist, was weer een heel ander verhaal. Het was immers geheim, een beslissing die slechts enkele dagen daarvoor tijdens een ontmoeting tussen Kitner, president Gitinov en Russische topleiders in een particuliere villa aan de Zwarte Zee was genomen. Maar het hoe maakte niet veel uit. Feit was dat ze het wist, net als Cabrera, en beiden zouden in Davos zijn wanneer de bekendmaking zou plaatsvinden.

Opeens draaide Kitner zich om naar Higgs.

417

'Waar is Michael?'

'In München, meneer. En morgen in Rome. Morgenavond zal hij zich in Davos bij u, uw vrouw en uw dochters voegen.'

'Krijgen ze de gebruikelijke bescherming?'

'Ja, meneer.'

'Verdubbel die.'

'Ja, meneer.'

'Dank je, Higgs.'

Higgs knikte ferm, draaide zich om en liep weg.

Kitner keek hem na, liep naar zijn bureau en ging zitten. Zijn gedachten waren volledig bij de Barones en Cabrera.

Wat voerden ze in godsnaam in hun schild? De Barones had vrijwel net zo veel geld en macht als hij. Cabrera was uitgegroeid tot een bijzonder geslaagd zakenman. Dat Neuss en Curtay dood waren en het mes en de film de enige dingen waren die uit Curtays kluis waren meegenomen, was voor hem reden aan te nemen dat de Barones niet alleen de dood van beide mannen op haar geweten had, maar inmiddels ook beide voorwerpen in haar bezit had. Als dat waar was, hadden ze allebei niets te vrezen. Dus waarom dan die treiterige vraag in het hotel, en waarom kwamen ze naar Davos, wat wilden ze dan nog méér?

Hij moest erachter zien te komen en snel ook, zelfs voordat het Forum aanving. Hij drukte op een toets van zijn intercom. Enkele seconden later ging de deur open en kwam Taylor Barrie binnen.

'Ja, meneer?'

'Ik wil dat je voor morgenochtend ergens buiten Parijs een privé-ontmoeting regelt, tussen mij, Alexander Cabrera en barones Marga de Vienne. Verder mag er niemand bij zijn. Niemand van hen, niemand van mij.'

'U zult Michael er toch wel bij willen hebben?'

'Nee, ik wil niet dat Michael erbij is. Of er zelfs maar weet van heeft,' reageerde Kitner fel.

'En Higgs en ik, meneer?'

'Niemand. Is dat duidelijk?'

'Ja, meneer. Niemand, meneer,' zei Barrie snel. Ze draaide zich om en sloot de deur achter zich. Het was de eerste keer in de tien jaar dat hij voor Kitner werkte dat hij hem zo bloedserieus had meegemaakt.

54

De Parijse metro, nog steeds donderdag 16 januari, 11.05 uur

Zich staande houdend aan de reling in de schommelende coupé hoopte Marten maar dat hij de goede metro had genomen. Afgezien van de sweater, de spijkerbroek, zijn colbertje en sportschoenen had hij slechts zijn portefeuille met zijn Britse rijbewijs, zijn studentenpas, een foto van Rebecca bij de Jura-kliniek, twee creditcards en driehonderd euro op zak. Genoeg voor een leuk weekje Parijs, maar nauwelijks voldoende voor een man die met de politie overhooplag en zich inmiddels illegaal in het land bevond. Dat laatste liet hem echter koud. Het allerbelangrijkste was om de Rue Huysmans te bereiken, het steegje achter Armands appartement zien te vinden en het muurtje van de kleine binnenplaats. En dan maar hopen dat de mannen van inspecteur Lenard de woning hadden verlaten zonder de vuilniszak te hebben gevonden.

Daarna hoefde hij alleen maar tegen het muurtje op te klimmen en de zak uit de fontein te vissen. Meer dan tien seconden zou hij niet nodig hebben, hooguit vijftien, stel dat hij moeite zou hebben zich omhoog te hijsen. Simpel genoeg, eigenlijk, zolang hij maar in de goede metro zat en de Rue Huysmans kon vinden. Daarna waren er mogelijk twee obstakels. Ten eerste, wat te doen als Lenards mannen nog steeds rondsnuffelden? Ten tweede, stel dat dit niet zo was en hij erin slaagde de zak met de spullen weer te bemachtigen. Wat dan? Waar kon hij heen? Waar kon hij zich schuilhouden? En vervolgens, en ook het lastigste, hoe kwam hij aan een kopie van de vingerafdruk die Dan Fords moordenaar op het porticrraam had achtergelaten en die op het politiebureau werd bewaard? Maar alles op zijn tijd. Eerst moest hij het steegje zien te vinden en de vuilniszak bemachtigen.

Boulevard Raspail, 11.27 uur

Marten dook op uit de ondergrondse, betrad het felle zonlicht en bleef even staan om zich te oriënteren.

Langs de boulevard en aan de overkant zag hij een reeks indrukwekkende gebouwen die iets van een universiteit weg hadden.

Hij liep ernaartoe totdat zijn oog op een naamplaatje viel: COLLÈGE STANISLAS. Zijn hart bonkte van vreugde. Inspecteur Lenard was erlangs gekomen toen ze vanaf de Seine naar Armands appartement reden om hem daar af te zetten. Zes meter verderop zag hij rechts een bekende straat. De Rue Huysmans.

Snel liep hij de straat in, speurend naar mogelijke agenten en naar een poortje dat hem naar het verborgen steegje zou voeren. Twee gebouwen verder viel zijn oog op een smalle doorgang. Hij liep ernaartoe en belandde even later in het steegje.

Behoedzaam liep hij verder. Ergens halverwege stond een blauwe auto geparkeerd, met daarachter een bestelbus. Zo te zien was er geen mens in de buurt. Hij versnelde zijn pas en zocht ondertussen naar het muurtje dat de twee gebouwen van elkaar scheidde, met eronder de vuilnisbakken. Tien passen verder vond hij wat hij zocht. Onwillekeurig bleef hij even staan en keek achterom de steeg in. Niemand te zien.

Nog drie stappen. Hij klom op de vuilnisbakken en trok zichzelf tegen de muur omhoog. Eenmaal boven tuurde hij over de rand. Zijn ogen sperden zich open en meteen liet hij zich weer vallen. Het was een koude januaridag, maar desondanks bedreef een poedelnaakt stel hartstochtelijk de liefde op een tuinbankje. Hij herkende geen van beiden. Wie waren dit? Hoe lang zouden ze nog bezig zijn? Op datzelfde moment ving hij vanuit zijn ooghoek iets anders op. Een politieauto was het steegje in gedraaid en reed nu langzaam zijn kant op.

Hij schrok en keek snel om zich heen. Hij kon nergens heen. Gewoon weglopen zonder de aandacht te trekken, was geen optie. Wat te doen? Zijn oog viel op een stapel kartonnen dozen achter hem op een donkere plek tegen de muur. Hij dook er snel achter en maakte zich zo klein mogelijk. Vijf, tien seconden verstreken. Waar bleef die politieauto? Hadden de agenten hem gezien en waren ze gestopt? Stonden ze al buiten met getrokken pistolen? Opeens verscheen de voorbumper, waarna de auto langzaam voorbijgleed. Hij slaakte een zucht, telde langzaam tot twintig, stapte voorzichtig achter de dozen vandaan en keek het steegje in. De auto was verdwenen. Hij keek de andere kant op. Ook niets, alleen de blauwe auto en verderop de bestelbus. Opeens zag hij nog meer vuilnisbakken, ditmaal tegen een andere muur. Dat waren ze, herinnerde hij zich. Dat was de muur van Armands binnenplaats.

Kordaat liep hij erheen. Vijf tellen later stond hij voor het muurtje. Hij klom weer op een vuilnisbak, tuurde behoedzaam over de rand en herkende de plek al meteen. Snel zochten zijn ogen de ramen van het appartement af naar bewegende gestalten, maar hij ontwaarde niets. Hij waagde het erop, hees zichzelf omhoog en keek naar de fontein tussen de kale wingerd die de muur overwoekerde. Hij zag de vuilniszak onder de dode bladeren liggen, precies zoals hij hem had achtergelaten. Nog even een blik naar het appartement, en hij reikte omlaag. Zijn vingers grepen het koude plastic beet. In een oogwenk had hij de zak te pakken en liet zich weer vallen. Zijn voeten raakten de vuilnisbakken onder hem en hij stapte het steegje weer in. Waar op dat moment het bestuurdersportier van de blauwe auto openging en een man uitstapte.

Kovalenko.

55

'Drie net afgebroken takjes in de wingerd,' verduidelijkte Kovalenko terwijl hij vlug wegreed, de Boulevard Raspail insloeg en vervolgens Rue de Vaugirard. 'Lenards mannen kwamen op de binnenplaats, keken even om zich heen en gingen toen snel weer naar binnen. Echte stadslui, als je het mij vraagt. Anders dan wij Russen, opgegroeid met de schoonheid en de ontberingen van het leven op het platteland, of de Amerikanen, die graag naar westerns kijken. Houdt u van westerns, meneer Marten?'

Nick Marten wist niet wat hij moest zeggen of denken. Kovalenko was gewoon vanuit het niets opgedoken en had hem beleefd verzocht in de blauwe auto te stappen, wat hij, gezien het gebrek aan alternatieven, maar had gedaan. En nu ging Kovalenko hem kennelijk aan de Franse politie overdragen.

'U vond de zak en zag wat erin zat.' Hij was niet bepaald blij.

Kovalenko knikte. 'Ja.'

'Waarom gaf u hem niet aan inspecteur Lenard?'

'Om de eenvoudige reden dat ík hem vond en niet hij.'

'Maar waarom liet u hem dan daar liggen, waarom nam u hem niet gewoon mee?'

'Omdat ik wist dat degene die hem daar had verstopt hem op een gegeven moment wel zou oppikken. En nu heb ik zowel die persoon als het bewijsmateriaal.' Kovalenko draaide de Boulevard Saint Michel op en remde af voor het verkeer. 'Wat vond u, of dacht u te kunnen vinden in rechercheur Hallidays agenda dat belangrijk genoeg was om niet één maar zelfs twéé keer het risico te nemen om te worden gearresteerd? Bewijzen die de verdenking op u zouden kunnen laden?'

Marten schrok. 'U denkt toch zeker niet dat ik Halliday heb vermoord?'

'Toen u hem zag in het Parc Monceau wendde u zich af...'

'Ik heb u verteld waarom. Hij kreeg nog geld van me.'

'En wie gaat dat bevestigen?'

'Ik heb hem niet vermoord.'

'Nee, en zijn agenda hebt u ook niet meegenomen.' De Rus keek hem even recht in de ogen en concentreerde zich vervolgens weer op het verkeer.

'Laten we even aannemen dat u hem niet hebt vermoord. U of meneer Ford gaf blijk van niet-gering lef door op de plaats delict en onder de neus van de politie een bewijsstuk mee te grissen. Wat betekent dat u wist of vermoedde dat de inhoud van grote waarde kon zijn. Klopt dat? En dan is er natuurlijk dat andere bewijsstuk dat in de tas zat, de harmonicamap. Waar kwam die vandaan, en wat is de waarde ervan?'

Marten keek op. Ze reden inmiddels via de Pont Saint Michel over de Seine. Nog even rechtdoor en ze waren bij het hoofdbureau van de Parijse prefectuur van politie.

'Wat heeft het voor zin om mij op te sluiten?'

Kovalenko reageerde niet. Een klein stukje nog en ze waren er. Marten verwachtte dat de Rus zou afremmen en afslaan, maar nee. Hij reed verder via de Boulevard de Sebastopol, verder langs de rechteroever.

'Waar gaan we naartoe?'

Kovalenko zei nog steeds niets.

'Wat wilt u toch van me?'

'Het lezen van de Engelse taal, meneer Marten, met name handgeschreven Engels, met al zijn jargon en afkortingen en zo, is niet bepaald mijn grootste talent.' Kovalenko's blik gleed even opzij naar Marten. 'Wat ik van u wil? Ik wil dat u de agenda met me doorneemt, en ook dat andere dossier.'

Zaklantaarn aan, stroom uit.

Eerst boven een schroef, daarna nog een en ten slotte nog een paar onderaan en Cabrera tilde het deksel van de verdeelkast. Nog eens twee schroeven en een grote 220-volts stroomonderbreker kwam los. Goed oplettend dat hij de ermee verbonden draden niet aanraakte, trok hij hem vrij.

Vervolgens opende hij een gereedschapstas en pakte er een minitimer uit die aan beide kanten van een verbindingsklem was voorzien. Voorzichtig verwijderde hij een draad uit de stroomonderbreker, verbond die met een uiteinde van de timer en deed vervolgens hetzelfde met een andere draad bij het uiteinde van de onderbreker; hiermee nam de timer in feite de functie van de onderbreker over, die hij weer in de kast zette en vastschroefde. Daarna plaatste hij het deksel weer op zijn plek en draaide ook de vier schroeven weer vast.

Zaklantaarn uit, stroom er weer op.

Vijf seconden later liep hij vanuit de kelderverdieping de trap op, duwde een dienstdeur open en liep de steeg in. Buiten stond een gehuurde Ford-bestelbus gereed. Hij stapte in en reed weg. De blauwe overall en de blonde pruik die hij droeg, plus de valse vergunning voor elektriciens in zijn zak, had hij niet nodig gehad. De deur had niet eens op slot gezeten, niemand had hem zien komen of gaan. Noch had hij iemand de tijd gegund om te klagen dat de stroom was uitgevallen. De hele procedure had van begin tot eind nog geen vijf minuten geduurd.

Morgenochtend, op vrijdag 17 januari, om precies dertien minuten voor halfvier, zou de timer afgaan, een vlamboog door de kast jagen en het gebouw in duisternis hullen. Meteen daarna zou het fosforbolletje in de timer fel tot ontbranding komen en de verdeelkast in lichterlaaie zetten. De dragende constructie van het gebouw was een en al hout, en oud, en dat laatste gold ook voor de bedrading. Zoals bij zo veel gedenkwaardige gebouwen in Parijs had de huisbaas zijn geld vooral gestoken in pleisterkalk en opsmuk, en niet in veiligheid. Binnen een paar minuten zou het vuur zich verspreiden en tegen de tijd dat er een alarmbel ging rinkelen, zou het gebouw al een razend inferno zijn. Zonder stroom zou men niets aan de liften hebben en in de trappenhuizen zou het pikdonker zijn. Het gebouw telde zeven verdiepingen, met op elke etage twee grote appartementen. Alleen de bewoners op de onderste verdiepingen zouden het overleven. Daarboven zou men maar heel weinig kans hebben om te ontsnappen en helemaal boven, in het penthouse, zouden ze geen schijn van kans hebben. Om die plek, aan de voorzijde van het gebouw, was het hem te doen. Het penthouse was afgehuurd door groothertogin Katharina Mikhailovna; voor haarzelf, haar moeder, groothertogin Maria Koerakina, en haar tweeëntwintigjarige zoon, groothertog Sergej Petrovitsj Romanov, de man van wie de meesten vermoedden dat hij, als Rusland het toestond, de volgende tsaar zou worden. Cabrera's sabotagedaad had ervoor gezorgd dat dit niet door zou gaan.

56

Hôtel Saint Orange, Rue de Normandie, nog steeds donderdag 16 januari, 14.30 uur

Voor het raam van Kovalenko's kille, armzalige hotelkamer luisterde Nick Marten naar het geklik van de toetsen terwijl de Russische rechercheur op zijn laptop aan zijn dagelijkse verslag werkte, dat daarna onmiddellijk naar Moskou verzonden diende te worden. Op het bed achter het kleine bureautje waaraan hij werkte, lagen Hallidays agenda en Dan Fords grote harmonicamap. Geen van beide was geopend geweest.

Terwijl hij Kovalenko gadesloeg – groot, bebaard, zijn blauwe trui strak om zijn omvangrijke buik, zijn colbertje en het grote automatische pistool nog net zichtbaar in zijn heupholster – bekroop hem het gevoel, net als bij hun eerste ontmoeting in de hotelkamer, toen hij werd omringd door inspecteur Lenards assistenten, en met de dode Halliday op bed, en later in Armands appartement dat Kovalenko niet bepaald het gemoedelijke professorachtige type was dat hij leek.

Hoe goed inspecteur Lenard zijn werk ook deed, Kovalenko was beter: doortrapter, zelfstandiger, volhardender. Wat wel bewezen werd door zijn eigenzinnig bespieden van Dan Fords appartement, het in de vroege ochtend achtervolgen van Dan Ford in de richting van de Parijse stadsgrens, het opzettelijk ondervragen van Marten tijdens de terugrit van de plek van de moord aan de oever van de rivier, gevolgd door zijn klaarblijkelijk doelbewust georkestreerde intimidatie van Clem, het inspecteren van Armands binnenplaats nadat inspecteur Lenards mannen al waren vertrokken, zijn ontdekking van de verborgen vuilniszak en, ten slotte, het feit dat hij net zo lang had gewacht totdat er iemand opdook om de vuilniszak alsnog op te pikken. Iemand die duidelijk via het steegje zou opduiken, en niet vanuit het appartement. Kortom, Marten zelf dus. Hoe lang de Rus daar uiteindelijk zou hebben gewacht wist hij niet. Het was in elk geval een typisch staaltje van de uitgekookte, krachtdadige aanpak die Red McClatchy zeer zou hebben gewaardeerd.

Maar afgezien van zijn doelgerichtheid en ijver bleef de vraag: waarom? Wat voerde hij in zijn schild? Opnieuw bekroop Marten het gevoel dat Kovalenko's aanwezigheid hier meer te maken had met de moord op Alfred Neuss dan de Rus zelfs tegenover de Franse politie wilde toegeven, en dat hij zijn eigen weg ging. Telde je dat op bij wat hij kon hebben vernomen van het Russische onderzoeksteam dat kort na Raymond Thornes dood naar Los Angeles was afgereisd, en de wetenschap dat Halliday deel had uitgemaakt van het oorspronkelijke rechercheteam van het LAPD, dan leek het meer dan logisch dat Kovalenko het verleden en het heden had samengevoegd. Met andere woorden, dat de eerdere gebeurtenissen in Los Angeles alles te maken hadden met wat er zich nu in Parijs afspeelde.

'Wodkaatje, meneer Marten?' vroeg Kovalenko terwijl hij opeens zijn laptop uitzette, opstond en door de ijskoude kamer naar een antiekerig tafeltje liep met daarop een fles Russische wodka die al meer halfleeg was.

'Nee, dank u.'

'Dan drink ik voor ons beiden,' besloot de Rus, waarna hij een flinke scheut van het kleurloze vocht in een klein glas schonk, het glaasje als bij wijze van toast even naar Marten hief en de inhoud achteroversloeg.

'Legt u mij nu eens uit wat dit allemaal voorstelt,' verzocht hij Marten terwijl hij met zijn glas naar het bed gebaarde, waarop Hallidays agenda en Dan Fords opbergmap lagen.

'Hoe bedoelt u?'

'Ik bedoel, wat u in de agenda van rechercheur Halliday en in die map hebt aangetroffen.'

'Niets.'

'Niets...? Meneer Marten, u moet zich realiseren dat ik er niet geheel van overtuigd ben dat u meneer Halliday níét hebt vermoord. De heer Lenard is overigens dezelfde mening toegedaan. Als u wilt dat ik de Franse politie erbij betrek, dan zegt u het maar.'

'Goed,' reageerde Marten vastbesloten. Hij liep naar het tafeltje en schonk voor zichzelf alsnog een flink glas wodka in. Na het vocht met één teug achterover te hebben geslagen keek hij, met zijn lege glas in de hand, Kovalenko aan. Het had geen zin meer om nog langer te zwijgen. Alle informatie lag immers op het bed. Het was een kwestie van tijd voordat Kovalenko alles zou ontdekken.

'Kent u Raymond Oliver Thorne?' vroeg hij de Rus.

'Natuurlijk. Hij was in Los Angeles op zoek naar Alfred Neuss, werd neergeschoten tijdens de confrontatie met de politie en is daarna overleden. Zijn lichaam werd gecremeerd.'

'Misschien niet.'

'Hoe bedoelt u?'

'Ik bedoel dat Dan Ford daar anders over dacht,' legde Marten uit. 'Hij ontdekte dat Thornes dossiers uit de talrijke politiebestanden waren verwijderd. Bovendien zijn degenen die betrokken waren bij het opstellen van de overlijdensakte en zijn crematie dood dan wel vermist. Kennelijk zat Halliday op hetzelfde spoor, aangezien hij bezig was de gangen van een prominent plastisch chirurg uit Californië na te trekken die plotseling met pensioen was gegaan en slechts een paar dagen na Thornes dood naar Costa Rica verhuisde. Later dook diezelfde meneer op in Argentinië, met een andere naam. Wat daar precies achter zit, weet ik niet. Maar voor Halliday was het voldoende om een vlucht te boeken naar Buenos Aires. Hij zou vertrekken zodra hij hier in Parijs klaar was. Het staat allemaal daarin.' Hij knikte even naar de agenda op het bed. 'Zijn aantekeningen en ook zijn ticket.'

'Waarom hebt u deze informatie voor inspecteur Lenard achtergehouden?'

Een goede vraag, en Marten wist even niet hoe hij hierop moest antwoorden, of in elk geval niet zonder zijn ware identiteit te moeten prijsgeven, te onthullen wat er in Los Angeles met Raymond Thorne was gebeurd en waarom de rechercheurs van de 5-2 Squad niet meer levend rondliepen.

Opeens kreeg hij een ingeving en ontdekte hij een manier om een direct antwoord te kunnen vermijden en tegelijkertijd datgene

426

te bemachtigen wat hij het hardst nodig had, maar wat buiten zijn bereik lag: een kopie van Thornes vingerafdruk op het portierraam van Fords Peugeot. Het was riskant, want als Kovalenko zich tegen hem keerde, was hij alles in één klap kwijt en viel hij in handen van de Parijse politie. Toch bleef het een onverwachte buitenkans en hij zou wel heel dom zijn deze niet te benutten.

'Als ik u nu eens vertel dat Dan Ford vermoedde dat Raymond Thorne de moordenaar van Alfred Neuss was?'

'Thorne?'

'Ja. En misschien ook van Halliday en Dan Ford zelf. U weet dat ze alle drie bij de zaak-Thorne betrokken waren toen die nog in Los Angeles zat.'

Opeens ontwaarde hij in Kovalenko's ogen een glinstering die hij nog niet eerder had gezien. Het was een teken dat hij beethad en hij ging door met zijn verhaal.

'Neuss wordt hier in Parijs vermoord. Halliday arriveert om zijn onderzoek voort te zetten. Dan Ford is al een tijdje aanwezig als correspondent voor de *Los Angeles Times*. Geen van hen kon Raymond Thorne herkennen, want die had plastische chirurgie ondergaan. Maar Thorne herkende ze alle drie en ze kwamen te dicht in zijn buurt.'

'Daarmee gaat u er dus van uit dat Neuss zijn voornaamste doelwit was, meneer Marten,' reageerde Kovalenko terwijl hij de wodkafles nog eens pakte alsof het een verlengstuk van zijn arm was, het laatste beetje in de glazen schonk en Marten het zijne overhandigde. 'Had Ford een theorie over wat deze Raymond Thorne precies van Neuss wilde? In Los Angeles, of hier, in Parijs? En waarom hij de man heeft vermoord?'

'Als hij die had, dan heeft hij me daar niets over verteld.'

'Dus,' stelde Kovalenko vast terwijl hij een flinke slok van zijn wodka nam, 'zitten we met een anonieme verdachte die met nog onbekende motieven Neuss, Ford en Halliday heeft vermoord, behalve dan dat deze drie heren hem destijds in zijn vorige hoedanigheid hebben gezien. Bovendien weet niemand beter dan dat hij dood is, gecremeerd. Het snijdt allemaal weinig hout.'

Marten nam een slokje. Als hij Kovalenko voor zijn karretje wilde spannen, dan was dit het moment. Vertrouw die Rus, dacht hij bij zichzelf. Vertrouw erop dat hij voor zichzelf werkt en je niet aan Lenard zal overdragen.

'Als het inderdaad Raymond Thorne is geweest die die vingerafdruk op de ruit van Dans auto heeft achtergelaten, dan kan ik dat onweerlegbaar bewijzen.'

'Hoe?'

Marten dronk zijn glas leeg. 'Halliday heeft Raymond Thornes LAPD-arrestatiedossier gekopieerd. Wanneer moet u mij niet vragen. Maar zijn foto en vingerafdrukken staan erin.'

'Een kopie? U bedoelt een diskette?'

'Ja.'

Verbijsterd staarde Kovalenko hem aan. 'En die zat in zijn agenda?'

'Ja.'

57

Rue de Turenne, 15.45 uur

De winkelbediende stopte de fles wodka, samen met een groot stuk gruyèrekaas, een aantal plakjes dun gesneden salami en een groot brood, in een tas. Verder nog een tandenborstel, een tube tandpasta, een pakje scheermesjes en een kleine spuitbus scheerschuim.

'*Merci*,' bedankte Marten hem; hij betaalde en verliet het buurtwinkeltje om via de Rue de Normandie terug te lopen naar Kovalenko's hotel. In de afgelopen uren was er een kille wind opgestoken, die een donker wolkenfront had aangevoerd waaruit inmiddels wat sneeuw dwarrelde. Martens handen waren koud en hij kon zijn adem zien. Dit leek wel Manchester in het noorden van Engeland in plaats van Parijs.

Kovalenko had hem erop uitgestuurd om proviand in te slaan en de toiletartikelen te kopen die hij nodig zou hebben en ook, zo wist hij zeker, om zelf de tijd te hebben om Hallidays agenda en Fords harmonicamap door te spitten om te zien wat hij zonder Martens hulp kon ontdekken. Beiden wisten dat Marten eenvoudigweg de benen had kunnen nemen, paspoort of niet, om op te gaan in de grote stad, zodat Kovalenko niets wijzer zou worden totdat het al te laat was.

Om zich hiervoor te hoeden had de Rus hem zo-even nog iets toevertrouwd: de Parijse politie zocht naar hem. Drieënhalf uur daarvoor was de Eurostar zonder hem in Londen aangekomen en binnen enkele minuten had de Londense politie inspecteur Lenard hiervan in kennis gesteld. Woedend had deze direct Kovalenko gebeld, niet alleen om hem op de hoogte te stellen maar ook om zijn hart te luchten en hem te vertellen dat hij Martens gedrag als een persoonlijke belediging had opgevat en een arrestatiebevel had uitgevaardigd.

Kovalenko had hem slechts meegedeeld dat hij vond dat Marten dit even moest weten en het ter harte moest nemen wanneer hij boodschappen ging doen. Waarna hij hem er doodleuk op uit had gestuurd.

In zekere zin kon Kovalenko ook niet anders. Even voordat Marten verdween, had de Rus inspecteur Lenard verzocht hem zo snel mogelijk een kopie van het dossier over de moord op Dan Ford te bezorgen. Een volledig dossier, zo had hij benadrukt, met een scherpe fotokopie van de vingerafdruk uit Fords auto. Het was dus logisch dat Marten niet in de hotelkamer aanwezig kon zijn zodra Lenard of een van zijn mensen het dossier kwam afleveren.

Net zo logisch, zo dacht Marten terwijl hij met gebogen hoofd tegen de wind en de sneeuwvlokken in liep, als dat hij er terdege rekening mee moest houden dat de politie naar hem op zoek was.

Behoedzaam betrad hij de in verval rakende lobby van Hôtel Saint Orange en schudde de sneeuw van zijn hoofd en schouders. Achter de balie stond een kleine, vermagerde vrouw met grijs vlassig haar en een zwarte trui aan de telefoon te kletsen.

In het voorbijgaan zag hij haar even kijken en vervolgens het hoofd afwenden. Hij bereikte de lift en drukte op de knop. Hij moest bijna een minuut wachten en hij voelde haar ogen in zijn rug. Toen gleed de deur open, stapte hij in de lift en drukte op de knop voor Kovalenko's etage.

Na weer een paar tellen gleed de deur dicht en kwam de lift in beweging. Het ding kraakte en jengelde, en Marten ontspande zich. In zijn eentje in de lift was hij tenminste even niet onder de mensen. Het gaf hem wat tijd om na te denken. Afgezien van Kovalenko en de druk van de Franse politie was er nog iets wat hem sinds die morgen al had dwarsgezeten; hij wenste dat hij de tegenwoordigheid van geest had gehad om er met Clem over te praten: het toenemende besef dat Rebecca hem de avond daarvoor in het Crillon niet de volledige waarheid had verteld, dat haar verhaal over het glas champagne en het dutje in bad verzonnen was en dat ze eigenlijk met iets anders bezig was geweest. Wat het nu was waar ze niet over kon of wilde praten – een vriendje of een minnaar, misschien zelfs een getrouwde man – deed er niet toe. Het was nu niet slim om een beetje aan te rotzooien, niet als Thorne inderdaad nog vrij rondliep. Hij moest een manier vinden om haar duidelijk te maken dat ze het leven niet zomaar blijmoedig tegemoet kon treden. Ze moest zich terdege bewust zijn van waar ze zich begaf en met wie ze omging. Ze moest… De luide bons waarmee de lift tot stilstand kwam, verbrak Martens gedachten. De deur gleed open en hij tuurde de gang in. Die was verlaten. Voorzichtig liep hij naar Kovalenko's kamer.

Plotseling voelde hij zich onzeker. Hij had buiten geen enkele politieauto gezien en hij vroeg zich af of Lenards koerier nog niet langs was geweest, of misschien alweer vertrokken was. Of stel dat hij of zij met een gewone auto was gekomen en zich nu in de kamer met Kovalenko bevond?

Hij liep naar de deur en luisterde.

Niets.

Hij wachtte nog even en klopte. Geen reactie. Zo lang was hij toch niet weggeweest en Kovalenko had niets gezegd over dat hij ook even weg moest. Hij klopte nog eens. Nog steeds niets. Ten slotte deed hij de deur open, die zat niet op slot.

'Kovalenko,' zei hij voorzichtig.

Er kwam geen antwoord en langzaam duwde hij de deur open. De kamer was verlaten. Kovalenko's laptop stond op het bed, zijn jasje lag ernaast. Marten stapte naar binnen, sloot de deur achter zich en zette zijn boodschappen op een bijzettafeltje. Waar was Kovalenko? Was de politie nu wel geweest of niet?

Hij zette nog een stap en toen zag hij het: een bruine envelop met het zegel van de prefectuur van politie van Parijs, die onder het jasje van de Rus naar buiten stak. Ademloos pakte hij hem op en maakte hem open. Er bleek een dikke dossiermap in te zitten met daarin, bovenop misschien wel vijftig keurig uitgetypte pagina's en een tiental foto's van de plaats delict, een uitvergroting van een vingerafdruk. Eronder stonden de woorden *empreinte digitale, main droite, numéro trois, troisième doigt* (vingerafdruk, rechterhand, nummer drie, middelvinger) en daar weer onder gestempeld was *PIÈCE À CONVICTION # 7* (bewijsstuk # 7).

'Deze zult u ook nodig hebben,' klonk Kovalenko's stem achter hem. Marten draaide zich snel om. In de deuropening stond Kovalenko met een diskette in zijn hand.

430

Marten keek achter hem. De Rus was alleen.

'Waar was u?'

'Even pissen.' Kovalenko kwam de kamer in en sloot de deur.

58

'Hebt u hem bekeken?' vroeg Marten, wijzend naar de diskette.

'Of ik ze heb vergeleken? Jawel.'

'En?'

'Kijk zelf maar.'

Kovalenko liep naar het bed, stopte de diskette in de laptop en deed een stapje naar achteren terwijl Raymond Thornes LAPD-politiedossier met daarin de vingerafdrukken op het scherm verscheen. Hij klikte op de rechterhand, daarna op de middelvinger en ten slotte op 'Maximaliseren' rechts bovenaan. Waarna het scherm zich vulde met één enkele, haarscherpe vingerafdruk.

Marten voelde hoe zijn hart al begon te bonken terwijl hij de foto met de uitvergrote vingerafdruk van het portierraam ernaast hield. Een kilte trok langzaam via zijn schouders over zijn rug omlaag nu hij zag dat elk kringeltje, elk lusje en boogje perfect overeenkwam met dat op het scherm.

'Sodeju,' fluisterde hij geschrokken.

'Het lijkt erop dat Raymond Oliver Thorne uit zijn eigen as herrezen is en in Parijs is nedergedaald,' stelde Kovalenko op zachte toon vast. 'Ik denk dat we ervan uit kunnen gaan dat hij degene is die Dan Ford heeft vermoord en ook degene met wie Ford een afspraak had, de agent van de drukker, Jean-Luc…'

'Vabres.'

'Wat?' vroeg Kovalenko opeens op scherpe toon.

Marten keek Kovalenko aan. 'Vabres was de achternaam van de agent van de drukker.'

'Hoe weet u dat?' vroeg Kovalenko. 'Noch Lenard noch ik, noch iemand anders heeft u die naam gegeven.'

'Het stond in Dans aantekeningen.'

Marten zette de laptop uit. De diepgewortelde, bijna dierlijke angst die Raymond Thorne in hem had opgewekt, als een bijna ontembaar, onaantastbaar, mysterieus creatuur uit een diepe onderwereld, werd vreemd genoeg getemperd door de wetenschap dat Thorne dus nog leefde. Het zette Marten aan tot zijn volgende stap met Kovalenko.

'Het Franse woord *carte* kan zowel "landkaart" of "plattegrond" betekenen, maar ook "menukaart". U zocht naar het eerste, maar het bleek juist een menukaart te zijn die Ford op de avond dat hij werd vermoord van Vabres zou krijgen.'

'Ik ken de betekenis van dat woord, meneer Marten. Vabres' bedrijf drukt geen landkaarten en al twee jaar lang ook geen menukaarten meer. Bovendien is er noch in Fords wagen, noch in Vabres' Toyota een menukaart aangetroffen.'

'Natuurlijk niet. Raymond heeft hem meegenomen.' Marten stond op en liep door de kamer. 'Op de een of andere manier kwam hij erachter dat Vabres hem in zijn bezit had en hem aan Dan wilde geven. Thorne aasde er niet alleen op, maar wilde bovendien niet hebben dat de twee er naderhand over zouden discussiëren. Vandaar dat hij ze heeft vermoord.'

'Hoe kwam Vabres aan dat "menu" als zijn eigen bedrijf ze niet heeft gedrukt? En waarom belde hij meneer Ford om drie uur in de nacht met het verzoek helemaal daarheen te rijden om het te kunnen overhandigen?'

'Dat vroeg ik me dus ook af toen ik de menukaart in Dans opbergmap aantrof. Waarom was het zo dringend?' Marten staarde naar de vloer, haalde een hand door zijn haar en keek Kovalenko weer aan.

'Misschien lopen we te veel achter. Stel dat Vabres Dan al op het bestaan van die menukaart attent had gemaakt en hem had verteld om wat voor gelegenheid het ging? Als het belangrijk genoeg was, meer dan zomaar een gezellig samenzijn, dan had Dan het liefst zelf een kijkje willen nemen, gewoon voor de zekerheid. En stel dat hij Vabres had verteld dat hij hem op elk uur van de dag of nacht kon bellen zodra hij die kaart bij zich had, waarna ze elkaar zouden treffen? Vabres krijgt de menukaart te pakken maar begint zich zorgen te maken: misschien geeft het helemaal geen pas hem aan de pers door te spelen, zijn dit zijn zaken helemaal niet. De gedachte houdt hem wakker. Ten slotte besluit hij, midden in de nacht, dat Dan Ford hem toch maar moet krijgen. Waarna hij Ford meteen heeft gebeld voor een afspraak. Wie weet hadden ze de plek van tevoren afgesproken, of hadden ze elkaar daar al getroffen...'

432

Lange tijd staarde Kovalenko hem aan. Toen hij ten slotte zijn mond opendeed, klonken zijn woorden zacht. 'Dat lijkt me een zeer overtuigend scenario, meneer Marten. Vooral als het, zoals u suggereert, een menukaart was voor een bijeenkomst die wat Raymond Thorne betrof geheim moest blijven, ook voor deze twee mannen.'

'Kovalenko,' sprak Marten terwijl hij voor de Rus ging staan, 'het was niet het eerste, maar het twééde menu.'

'Dat begrijp ik niet.'

'Ik zal het u laten zien.'

Hij opende Fords harmonicamap en haalde Kitners envelop te voorschijn, trok de menukaart eruit en gaf hem aan Kovalenko.

'Dit is menu nummer één. Vabres had deze al aan Dan gegeven. Ik weet niet waar Dan op uit was, of dacht te zijn, of dat het ook maar iets te maken had met het tweede menu en waarom hij werd vermoord. Het draait allemaal om een aantal prominente Russen. Misschien dat dit u meer zegt.'

Kovalenko bekeek de menukaart, het chique, stevige, roomwitte papier, de gouden reliëfdruk:

Carte Commémorative
En l'honneur de la
Famille Splendide Romanov
Paris, France – 16 Janvier
Avenue George V 151

Aan het gezicht van de Rus te zien, leek hij opeens iets te ontdekken. Maar Kovalenko liet verder niets blijken.

'Het lijkt me gewoon een onschuldig samenzijn van leden van de familie Romanov,' luidde Kovalenko's simpele conclusie.

'Onschuldig, totdat er doden vielen en we ontdekken dat Raymond Thorne nog altijd in leven is en hier ergens op straat rondwaart.' Marten kwam nog wat dichterbij en keek de Rus recht in de ogen.

'Thorne heeft mijn beste vriend aan repen gesneden. U, als Russisch rechercheur, onderzoekt de moord op Alfred Neuss, een voormalig Russisch staatsburger. In Monaco kocht hij diamanten van Fabien Curtay: eveneens vermoord, eveneens een voormalig Russisch staatsburger. Een jaar geleden waren uw collega's in Amerika en Mexico nadat daar twee voormalige Russen waren vermoord, naar het schijnt door Raymond Thorne. De Romanovs behoren tot de meest roemruchte families van de Russische geschiedenis. Wat, rechercheur, is het verband tussen de Romanovs, Neuss en de anderen?'

Kovalenko haalde zijn schouders op. 'Ik vraag me af of er wel een verband bestaat.'

'U vraagt het zich af?'

'Ja.'

'Waar hebben we dán mee te maken? Gewoon een paar toevalstreffers?!' Marten begon geïrriteerd te raken. De Rus kwam totaal niet over de brug. 'Is het dan misschien ook toeval dat het om twee menu's gaat?'

'Meneer Marten, we weten helemaal niet zeker of er sprake is van een tweede menu. Dat is uw vermoeden. Wij weten niet beter dan dat meneer Ford achter een kaart aan kan hebben gezeten, zoals ik aanvankelijk heb gezegd.'

Marten priemde met een wijsvinger op de menukaart. 'Waarom heeft hij deze dan een nummer gegeven?'

'Een nummer?'

'Draai maar om. Kijk onderaan.'

Kovalenko deed het. Bijna onderaan stond met de hand geschreven: *Jean-Luc Vabres, menu 1.*

'Dat is Dans handschrift.'

Hij zag hoe Kovalenko's ogen langs de achterzijde van de menukaart omhooggleden, hoe ze een moment door iets werden gevangen, waarna de Rus hem met een schouderophalen de kaart weer teruggaf. 'Misschien gewoon een nummertje vanwege het opbergen, of zo.'

'Er was nog iets,' ging Marten verder. 'In hetzelfde handschrift, bovenaan. Ik heb net gezien dat u ernaar keek. Wat staat er?'

Kovalenko aarzelde.

'Vertel op. Wat staat er?'

'Dat Kitner ook komt.' Hij sprak slechts de woorden. Zijn blik bleef uitdrukkingsloos.

'U vertelde me eerder dat u moeite hebt met Engelse teksten. Ik wilde gewoon even weten of u begreep wat daar staat.'

'Ik heb het begrepen, meneer Marten.'

'Hij verwijst hier naar sir Peter Kitner, de directeur van Media-Corp.'

'Hoe kunt u daar zo zeker van zijn? Ik weet zeker dat de wereld vele Kitners telt.'

'Misschien dat dit het een en ander kan uitleggen, dan,' reageerde Marten en hij kieperde de inhoud van de Kitner-envelop voor de Rus op tafel. Het waren de krantenknipsels die Ford over sir Peter Kitner had verzameld.

Zich baserend op zijn telefoongesprek met de vrouw van Alfred Neuss en met het risico dat Kovalenko ervan uit zou gaan dat het afkomstig was uit Dan Fords aantekeningen vervolgde Marten op zelfverzekerde toon: 'Peter Kitner was een vriend van Alfred Neuss. Op dezelfde dag dat Neuss in Londen arriveerde, en Thorne hem ondertussen in Los Angeles probeerde op te sporen, vierde Kitner de aanvaarding van zijn ridderorde.'

Hij beende weg van de Rus en draaide zich om. 'Ik vraag u: waar past Kitner in het verhaal?'

Op het gezicht van Kovalenko verscheen een lichte glimlach. 'U lijkt aardig wat te weten, meneer Marten.'

'Een klein beetje maar, precies zoals u zelf antwoordde toen Dan u vroeg hoeveel u over Amerika wist. Een klein beetje maar? Nee, u weet veel meer! U was verbaasd toen u het menu zag. U was zelfs nog verbaasder toen u Kitners naam zag. Goed. Ik heb u verteld wat ik weet. Nu is het uw beurt.'

'Meneer Marten, u bevindt u illegaal in dit land. Ik hoef u helemaal niets te vertellen.'

'Misschien niet, alleen heb ik het gevoel dat u dit alles het liefst onder ons wilt houden. Want anders had u inspecteur Lenard allang gewaarschuwd.' Hij liep weer naar de Rus toe.

'Ik vertelde u net al, inspecteur: Raymond Thorne heeft mijn beste vriend aan repen gesneden. En ik wil dat dat niet onbestraft blijft. Als u mij niet helpt, dan waag ik het erop en stap ik zelf wel naar Lenard. Ik weet zeker dat hij dit alles verdomd interessant zal vinden, vooral zodra hij zich afvraagt waarom u me meegenomen hebt hiernaartoe zonder hem op de hoogte te brengen, en al helemaal zodra hij erachter komt dat u Hallidays agenda en Fords opbergmap hier hebt liggen.'

Zwijgend keek Kovalenko hem aan. Ten slotte sprak hij, maar zijn stem klonk kalm, vriendelijk zelfs: 'Ik vermoed dat de vriendschap met meneer Ford voor u heel belangrijk was.'

'Inderdaad.'

Kovalenko knikte even, liep naar de zak met boodschappen die Marten zo-even uit de winkel had meegebracht en trok de fles wodka eruit. Hij schonk wat in een glas, hield het even in zijn handen en keek Marten aan. 'Zou het kunnen, meneer Marten, dat ook Peter Kitner een van Thornes doelwitten is geweest?'

'Kitner?'

'Ja.'

'Hoezo?'

'Ik vroeg alleen of het zou kunnen, niet of het waarschijnlijk is. Peter Kitner is een tamelijk vooraanstaande figuur en, zoals u net al zei, een vriend van Alfred Neuss.' Hij nam een slokje van zijn wodka. 'Het is slechts een van onze vele theorieën.'

Het harde geluid van zijn mobieltje onderbrak het gesprek en Kovalenko zette zijn glas neer om op te nemen.

'*Da*,' antwoordde hij, keerde met zijn gsm aan zijn oor Marten even de rug toe en ging verder in het Russisch.

Marten borg de krantenknipsels en de menukaart weer op in Fords harmonicamap. Zowel Ford als Halliday was ervan uitgegaan dat Raymond nog steeds in leven was, en daarin hadden ze gelijk gekregen. Om de een of andere reden had Dan de link naar Kitner verder onderzocht. Het hoe en waarom zou onduidelijk blijven, maar inmiddels had Kovalenko zelf de naam Kitner laten vallen als mogelijk doelwit van Thorne, daarbij min of meer bevestigend dat Marten dus gelijk had met zijn vermoeden dat Neuss en Kitner bevriend waren. Toch bood het geen inzicht in de vraag wat er nu allemaal precies aan de hand was en wat Neuss, Curtay en de andere slachtoffers in de Verenigde Staten en Mexico ermee te maken hadden. Desondanks wist hij dat het op een of andere manier verband hield met de notitie '7 april/Moskou', de sleuteltjes van het kluisje en andere aantekeningen in Thornes agenda, met name degene die betrekking hadden op Londen. Maar zulke dingen kon hij niet met Kovalenko bespreken, gezien het verhaal achter zijn huidige identiteit en alles wat hij liever verborgen wilde houden. Vertelde hij de Rus dat hij dit via Dan Ford aan de weet was gekomen, dan nog zou Kovalenko hem blijven wantrouwen. Het opvoeren van dergelijke details zou dat alleen maar verergeren. Marten moest er dus van afzien. Vooral als alles stoelde op de aanname dat het inderdaad Thorne was geweest die achter de moord op Neuss en Curtay had gezeten, en niet iemand anders. Maar wie zou dat dan moeten zijn, nu ze wisten dat hij springlevend in Parijs rondwaarde?

Toch bleef de vraag: waarom? Waarom deze moorden en wat had het hem moeten opleveren? En hoe paste menu nummer twee in het hele verhaal? Welke 'gemenueerde' bijeenkomst was zo vertrouwelijk van aard dat Dan Ford en Jean-Luc Vabres moesten worden afgeslacht – een beter woord bestond er niet voor – om de zaak geheim te houden?

Marten keek even naar Kovalenko die achter in de kamer druk gebarend en in het Russisch stond te telefoneren. Goed, Raymond was dus in de buurt, maar hoe konden ze hem vinden, en vooral: hoe was hij te herkennen? Opeens dacht hij aan het spoor dat door Halliday naar Argentinië was gevolgd. Als het hun lukte om de plastisch chirurg op te sporen die Thorne cosmetisch had opgelapt, misschien dat Kovalenko daarna de Argentijnse politie kon overhalen hem te laten dagvaarden, waarna de chirurg, met een beetje geluk, zou onthullen welke naam zijn patiënt had gebruikt en misschien een recente foto van Raymond Thorne kon tonen. Ze zouden eindelijk weer over een naam en een gezicht beschikken. En als Thorne legaal met het vliegtuig en een Argentijns paspoort naar Frankrijk was afgereisd, zou hij langs de paspoortcontrole zijn gegaan, dan kon de luchthaven en de datum van zijn aankomst worden achterhaald.

Marten liep naar het bed en sloeg Hallidays agenda open. Hij sloeg een velletje om, daarna nog een en nog een, en vond wat hij zocht: *Dr. Hermann Gray, plastisch chirurg, woont in Bel Air, leeftijd: 48. Onverwacht met pensioen, woning verkocht, het land verlaten,* luidde de aantekening. Waaraan tussen haakjes was toegevoegd: *Puerto Quepos, Costa Rica, daarna Rosario in Argentinië, nieuwe naam James Patrick Odett – ALC/jachtincident.*

ALC, wie of wat was dat ook alweer? Eerder vermoedde hij dat Halliday de afkorting misschien had verward met een kniebandblessure, een vervelend letsel dat hij wellicht tijdens het sporten had opgelopen. Maar inmiddels was hij daar niet meer zo zeker van.

Opeens voelde hij zich bespied en keek op. Kovalenko was niet langer aan het telefoneren maar staarde hem vanaf het voeteneind van het bed aan. 'Er zit u iets dwars.'

'Zegt de afkorting ALC u iets?'

Opnieuw zag hij hoe Kovalenko even werd verrast. 'Hangt ervan af,' was het antwoord.

'Waarvan?'

'Van de context waarin hij wordt gebruikt.'

'Ik kom hem hier tegen in Hallidays aantekeningen over zijn speurtocht naar Raymond Thorne en de plastisch chirurg in Argentinië.'

'Een chirurg die James Patrick Odett heet?'

'Aha, u hebt Hallidays agenda dus wel degelijk bestudeerd!'

'Ja, maar alleen om de diskette te vinden.'

'Hoe weet u dat dan van Odett?'

'Op de dag dat rechercheur Halliday werd vermoord, stierf dokter Odett tijdens een brand in een gehuurd kantoorpand in Rosario, Argentinië. Het hele gebouw is tot de grond toe afgebrand. Ook zeven anderen overleefden het niet. Binnen was alles verwoest.'

'Patiëntendossiers, röntgenfoto's...?'

'Tot op de laatste snipper, meneer Marten.'

'Net als de andere medische en politiedossiers...'

Kovalenko knikte. 'Het bureau in Moskou bracht me op de hoogte. Ik hoorde het toen ik bij de plek was wezen kijken waar Halliday was vermoord en vlak voordat ik voor het appartement van meneer Ford wilde gaan posten.' Zijn ogen zochten wat om zich heen alsof hij in gedachten iets probeerde te reconstrueren, alsof ook hem iets dwarszat.

Marten had het vermoeden dat Kovalenko hem zojuist een nieuw stukje informatie had toevertrouwd en het bezorgde hem een onbehaaglijk gevoel. Maar wat wist de Rus verder nog, en hoeveel daarvan zou hij aan Marten willen toevertrouwen? Ten slotte keek Kovalenko hem weer aan. Het was een verontruste blik, waaruit tegelijkertijd oprechtheid sprak, of misschien wel voor het eerst zijn kwetsbaarheid. Het leek nu zonneklaar dat de Rus had besloten hem in vertrouwen te nemen.

'U wilt weten hoe ik aan deze informatie ben gekomen? Nou, om dezelfde reden als waarom ik u net antwoordde dat de betekenis van de drie letters ALC afhangt van de context. James Patrick Odett was een plastisch chirurg die maar één patiënt had. Zijn naam is Alexander Luis Cabrera. Tijdens een jachtpartij in het Andesgebergte raakte hij ernstig gewond toen hij op een hert wilde schieten en zijn geweer in zijn gezicht uit elkaar klapte.'

'Wanneer...' vroeg Marten, maar hij hield zich even in, alsof hij het antwoord al wist, 'gebeurde dat?'

'In maart vorig jaar.'

'Maart?'

'Ja.'

'Wie waren erbij?'

'Er was niemand bij. De enige die hem vergezelde was al een stuk vooruitgelopen.' Opeens verstarde de Rus. Niet zozeer omdat hij het gevoel had zijn mond voorbij te hebben gepraat, maar eerder omdat hij het zelf weigerde te geloven. 'Ik weet wat u denkt, meneer Marten: dit was in scène gezet. Dit ongeluk was helemaal geen ongeluk. En het gebeurde niet in het Andesgebergte, maar in Los Angeles, tijdens een schotenwisseling met de politie. Maar dat klopt niet, en dat is een feit. Het staat genoteerd in het verslag van de eerstehulpdienst die hem met een helikopter heeft gered, in de dossiers van het ziekenhuis waar hij werd behandeld, en die van de behandelende doctoren.'

'Ze zouden vervalst kunnen zijn.'

'Jawel, behalve dan dat de Argentijn Alexander Cabrera een zeer belangrijk en vooraanstaand zakenman is en dat het ongeval in alle kranten van het land voorpaginanieuws was.'

'Waarom zat Halliday hem dan achterna? Waarom dan deze noties?' wierp Marten tegen terwijl hij Hallidays agenda naar Kovalenko toe schoof.

'Dat zou ik niet weten,' antwoordde Kovalenko met een glimlach, 'maar ik kan u wel dit vertellen: Alexander Cabrera is niet alleen een invloedrijke zakenman, hij is ook nog eens buitengewoon succesvol. Hij bezit een bedrijf dat pijpleidingen aanlegt, met vestigingen over de hele wereld, houdt kantoor in een stuk of tien wereldsteden, waar hij bovendien over permanente suites in vijfsterrenhotels beschikt. Onder meer hier in Parijs in het Ritz.'

'Cabrera verblijft hier, in Parijs?'

'Waar hij op dit moment uithangt weet ik niet. Ik zei alleen dat hij hier een suite heeft. Ga nu geen verbanden leggen die er misschien helemaal niet zijn, meneer Marten. Ik kan me nauwelijks voorstellen dat achter iemand als Cabrera uw vermaledijde Raymond Thorne schuilgaat.'

'Halliday dacht anders van wel.'

'O ja? Of was het gewoon een aantekening, een vraag voor de heer Odett?'

'Nou, daar zullen we dus nooit achter komen. Beide heren zijn dood,' was Martens reactie.

Zwijgend keek hij Kovalenko aan; hij liep naar het raam en staarde naar buiten. Zo bleef hij een tijdje staan; hij wreef zich in de handen tegen de kou en keek naar de dwarrelende sneeuwvlokken.

'Waarom weet u eigenlijk van Alexander Cabrera af?' vroeg hij even later.

'Hij is de oudste zoon van sir Peter Kitner.'

'Wat?!' Marten was opeens verbijsterd.

439

'Alexander Cabrera is voortgekomen uit een eerder huwelijk.'

'Is dit algemeen bekend?'

'Nee. Ik denk zelfs dat bijna niemand dit weet. Ik betwijfel zelfs of het binnen zijn eigen familie bekend is.'

'Maar u weet het wél.'

Kovalenko knikte.

'Hoe dat zo?'

'Omdat ik het weet. Laten we het daar maar bij laten.'

Ziedaar: het bewijs dat Kovalenko voor zichzelf bezig was. Marten besloot de Rus het vuur na aan de schenen te leggen. 'Wat ons weer terugbrengt bij Kitner.'

Kovalenko vond zijn glas en bracht het omhoog. 'Mag ik u iets inschenken, meneer Marten?'

'U mag mij vertellen wat Peter Kitner hier te zoeken heeft. Waarom woont hij vanavond het diner ter ere van de Romanovs bij?'

'Omdat, meneer Marten, sir Peter Kitner zélf een Romanov is.'

59

Dezelfde dag, donderdag 16 januari, 18.20 uur

Het penthouse aan de voorzijde van Avenue Hoche 127 was royaal en onlangs nog opnieuw behangen en geschilderd. Het telde twee hoofdsuites en een verblijf voor het dienstmeisje. Zelfs met deze sneeuw bood het uitzicht op de verlichte Arc de Triomphe twee straten verderop en het drukke spitsverkeer dat zich rond de boog wurmde.

Groothertogin Katharina Mikhailovna en haar moeder, groothertogin Maria, zouden samen een van de suites nemen. Katharina's zoon, groothertog Sergej Petrovitsj Romanov, zou de andere suite betrekken. Het dienstmeidenverblijf, waarin twee eenpersoonsbedden waren neergezet, zou worden gebruikt door de vier lijfwachten, van wie er continu twee in functie zouden zijn. Zo had groothertogin Katharina het bepaald en zo zou het ook blijven tot hun vertrek over twee dagen. Tegen die tijd zouden de mensen zich massaal langs de avenue verdringen, zo wist ze zeker, om een glimp op te vangen van haar zoon, de nieuwverkozen tsarevitsj, de eerste tsaar van Rusland sinds bijna een eeuw.

'Het lijkt Moskou wel,' zei haar moeder terwijl ze vanachter het raam van de woonkamer naar de vallende sneeuw keek.

'Ja, net Moskou,' beaamde Katharina. Ondanks de lange reis waren beide dames fris en elegant gekleed en verlangden ze naar de avond. Er werd op de deur geklopt.

'Binnen.' Katharina draaide zich om in de verwachting haar zoon te zien binnenkomen, gekleed en gereed voor de korte autorit naar het huis aan de Avenue George V. Maar nee, het bleek Octavio te zijn, hun lijfwacht met het litteken in zijn gezicht.

'We hebben het hele gebouw doorzocht en alles is veilig, hoogheid. Er zijn twee deuren naar de steeg aan de achterzijde en die zijn nu allebei op slot. Eentje was dat namelijk nog niet. Bij de vooringang staat vierentwintig uur per dag een portier. Zijn baas weet dat we er zijn. Zonder onze toestemming zal niemand tot het penthouse worden toegelaten.'

'Heel goed, Octavio.'

'Als u zover bent, hoogheid, de auto staat gereed.'

'Dank...'

Maar groothertogin Katharina Mikhailovna maakte haar zin niet af. Ze keek langs Octavio naar haar zoon in de deuropening; het licht uit de gang viel op zijn schouders en hij baadde in een gouden gloed. Gekleed in een donker maatpak en een gesteven wit overhemd met een diep bordeauxrode zijden das en zijn haar in een scheiding iets naar achteren gekamd zag hij er meer dan voortreffelijk uit. Maar het waren vooral zijn algehele verschijning en uitstraling die zijn fysieke schoonheid overtroffen. Beschaafd, zelfverzekerd en vorstelijk; mocht ze in de auto tijdens de lange rit naar Parijs nog twijfels hebben gehad over hem, met zijn verfomfaaide haar, blauwe spijkerbroek en oversized trui, en computerspelletjes spelend, dan waren die nu verdwenen. De jongen van zoeven was verdwenen. Voor haar stond een goedopgeleide, volwassen man die volledig voorbereid was op zijn toekomstige rol als leider van zijn land.

'Moeder, grootmoeder, bent u zover?' vroeg hij.

'Ja, we zijn zover,' antwoordde Katharina. Ze glimlachte, en vervolgens sprak ze hem voor de eerste keer aan met de titel die, zo wist ze zeker, de volgende dag rond deze tijd door de hele wereld zou worden gebruikt: 'Ja, we zijn zover, tsarevitsj.'

60

Een voor een liet Peter Kitner zijn armen in de mouwen van zijn formele gesteven overhemd glijden. Gewoonlijk zou hij zijn Franse kamerknecht daarbij laten assisteren, maar die had vanwege de sneeuw de villa niet kunnen bereiken, en dus hielp zijn privé-secretaris Taylor Barrie hem met aankleden. Hij overhandigde Kitner de pantalon met zijden voering die bij de zwarte smoking hoorde en draaide zich om naar de mahoniehouten lade waarin alle formele vlinderdassen werden bewaard om een geschikte uit te zoeken.

Van alle avonden dat hij als Kitners kamerknecht moest doubleren was dit wel de ergste. De grote baas ziedde van woede, waarvan het meeste op hem was gericht, wat, vanuit Kitners standpunt bekeken, terecht was. Het was hem immers niet gelukt om op Kitners verzoek de privé-ontmoeting met Alexander Cabrera en Barones Marga de Vienne te regelen. De locatie, een afgelegen landhuis vlak bij Versailles, was geen probleem geweest en was al snel gevonden, waarna de voorbereidingen voor de volgende ochtend waren getroffen. Het probleem was dat Cabrera en de Barones onbereikbaar waren. Het enige wat Barrie nog had kunnen doen was op zo veel mogelijk plekken een boodschap achterlaten: voor Cabrera in het Ritz, op zijn hoofdkantoor in Buenos Aires, zijn Europese hoofdkantoor in Lausanne, en voor de Barones op haar residenties in de Auvergne in Midden-Frankrijk, de stad Luxemburg en in haar appartement in Zürich. In alle gevallen was hem kortaf te verstaan gegeven dat de betrokkenen op reis en simpelweg onbereikbaar waren. Een reactie die Kitner, zo wist hij, als een persoonlijk affront zou opvatten. Sir Peter Kitner mocht zich immers verheugen in de aandacht van koningen, presidenten en zakenlieden over de hele wereld, en niemand die het ooit had durven wagen, zelfs niet in noodsituaties, om zijn telefoontjes te weigeren. Laat staan dat men 'simpelweg onbereikbaar' was.

'Strik,' beval Kitner bits terwijl hij snel de bovenste knoop van zijn broek dichtdeed.

'Ja, meneer,' antwoordde Barrie en hij gaf hem de strik die hij had uitgekozen. Waarschijnlijk zou Kitner zijn keuze afkeuren, maar dat gebeurde niet. In plaats daarvan deed hij de strik om en keek zijn privé-secretaris vervolgens streng aan.

'De rest kan ik zelf wel. Zeg tegen Higgs dat ik over vijf minuten de wagen voor wil hebben staan,' beval hij.

'Ja, meneer.' Met een strakke buiging en dankbaar voor het feit dat hij kon gaan verliet Taylor Barrie de kamer.

Kitner bekeek zichzelf in de spiegel. Nijdig trok hij de strik door de lus, daarna nog eens, en stopte toen. De schuld lag immers helemaal niet bij Barrie. Het waren Cabrera en de Barones die hem hadden laten zitten, niet zijn secretaris. Barrie had gewoon zijn werk gedaan. Opeens drong het tot hem door dat hij naar zichzelf aan het staren was. Meteen wendde hij zijn hoofd van de spiegel af.

Alfred Neuss was dood, net als Fabien Curtay. Het mes en de 8mm-film waren verdwenen. Hoe lang was het geleden, de gebeurtenis in het Parc Monceau? Twintig jaar? Hij en zijn vrouw Luisa waren destijds twee van een stuk of wat ouders die een kinderverjaardagspartijtje begeleidden en wat aan het filmen waren toen op een gegeven moment hun tien jaar oude zoon Paul achter een groepje bomen verdween om de voetbal te zoeken die daar was beland. Al filmend was Neuss hem achternagerend. Precies op dat moment was de veertienjarige Alexander vanuit het niets te voorschijn gesprongen en had de enorme stiletto in Pauls borstkas gedreven. Onmiddellijk had Neuss Alexanders hand vastgegrepen en hem met een ruk naar zich toe gedraaid. Terwijl de camera liep had de jongen zich uit alle macht geprobeerd los te rukken, maar dat lukte niet. Plotseling had hij het mes laten vallen, had zichzelf van Neuss af geduwd en was daarna weggerend. Maar het was al te laat. Paul lag stervend op de grond, badend in het bloed en met een doorkliefd hart.

Het probleem was dat de dader, het moordwapen en de daad zelf op 8mm-film waren vastgelegd. Neuss vertelde de politie wat er was gebeurd: een jongen had zich achter de bomen verborgen gehouden, had de kleine Paul Kitner doodgestoken en was ervandoor gegaan. Maar meer had hij de politie niet verteld. Dat hij wist wie de dader was, dat hij alles op film had en dat hij het moordwapen had weten te bemachtigen.

Neuss had het allemaal verzwegen – Peter Kitner was immers zijn beste vriend en was dat al jarenlang – omdat hij een van de weinigen was die Kitners ware identiteit kenden.

Hij had zijn mond gehouden. Het was immers niet aan hem, maar aan Kitner om te bepalen wat er met het mes en het gefilmde bewijsmateriaal moest gebeuren.

443

Dit was de reden waarom Kitner op de dag na Pauls begrafenis zowel de Barones als Alexander in Wenen had uitgenodigd voor een gesprek in een suite van Hotel Sacher. Daar confronteerde hij hen met het bewijsmateriaal. Omdat hij niet wilde dat de familie Alexanders identiteit te weten zou komen, en hij de jongen bovendien de martelgang en de schande wilde besparen van de ene zoon die terechtstaat voor de moord op de andere, kwam hij met een voorstel. In ruil voor Kitners zwijgen diende Alexander Europa te verlaten en zich in Zuid-Amerika te vestigen om daar onder een nieuwe naam een nieuw leven te beginnen, waarbij Kitner voor geld, een onderkomen en een opleiding zou zorgen. In ruil daarvoor diende Alexander een document te ondertekenen waarin hij afzag van elke aanspraak op de familienaam, met de belofte, op straffe van het alsnog overdragen van de bewijsstukken aan de politie, nooit zijn ware afkomst te zullen onthullen. Met andere woorden, in ruil voor zijn vrijheid werd hij uit Europa verbannen en door zijn eigen familie in de wreedste zin van het woord verstoten: zijn vader zou zijn bestaan in het vervolg in alle toonaarden ontkennen.

Kitner bezat het mes en de film, en beschikte in de persoon van Neuss bovendien over een ooggetuige. Alexander restte niets anders dan de overeenkomst te aanvaarden. En omdat Kitner wist dat de Barones het brein achter de daad was geweest en haar stiefzoon ertoe had aangezet, zag ook zij zich gedwongen om het pact te ondertekenen.

Als de aantrekkelijke, in Rusland geboren Zweedse echtgenote van de Franse filantroop baron Edmond de Vienne en als Alexanders voogdes was de Barones een van de Europese *grandes dames* wier pad regelmatig dat van Kitner kruiste, waarbij het contact steevast hartelijk verliep. Maar achter deze zorgvuldig opgehouden façade school een uiterst getroebleerde maar zeer ambitieuze vrouw wie jaren eerder door Kitner en zijn familie terstond de deur was gewezen, waarna ze de rest van haar leven werd verteerd door een obsessieve vergeldingsdrang.

Was hij verstandiger geweest, dan had hij misschien allang de voortekenen kunnen zien van wat hem in de toekomst te wachten stond. Het gebeurde kort nadat ze elkaar op jonge leeftijd hadden leren kennen en toen de liefde in de lucht hing. Het diende zich aan in de vorm van een verhaal dat ze hem op een kille, winderige dag vertelde toen ze samen hand in hand langs de Seine wandelden. Een verhaal, zo zei ze, dat ze nog nooit aan iemand had verteld en dat te maken had met een goede vriendin uit Stockholm die op haar vijftiende op schoolreisje in Italië was. Op een dag, tijdens een bezoekje aan Napels, raakte ze te ver achter bij de groep en de begeleiders en verdwaalde. Op zoek naar het hotel waar ze verbleven, werd ze op straat staande gehouden door een jonge straatvechter die opeens een groot mes te voorschijn trok en haar dreigde te doden als ze niet met hem meeging. Hij nam haar mee naar een piepklein appartementje, waar hij haar het mes op de keel zette en eiste dat ze met hem naar bed ging. Verlamd door angst deed ze wat hij van haar wilde. Na afloop, terwijl hij nog hijgend lag na te genieten, pakte ze het mes, stak hem in de buik en sneed hem de keel door. Maar het was nog niet genoeg. Ze boog zich voorover, sneed zijn penis af en gooide die op de grond. Daarna liep ze naar de badkamer, waste zich grondig, kleedde zich weer aan en ging weg. Een halfuur later had ze het hotel weten te vinden en was ze weer terug bij de groep, zonder ook maar met een woord te reppen over wat er gebeurd was. Ruim een jaar later had ze pas het hele verhaal aan de Barones opgebiecht.

Zelf had hij het een tamelijk bizar verhaal gevonden, dat waarschijnlijk gewoon verzonnen was door een meisje van twintig dat met haar opgedane levenservaring graag indruk op hem wilde maken. Maar wat bleef hangen was de verminking van het dode lichaam van de jongeman. Als het verhaal waar was, kon hij best begrijpen dat deze vriendin wraak had genomen op haar verkrachter, zelfs dat ze hem had vermoord. Maar deze verminking was nog even een stap verder. Hem vermoorden was niet voldoende geweest. Ze wilde meer. Wat haar ertoe zette of waarom ze het deed zou hij nooit weten. Maar als het allemaal waar was, had het bij haar een diepe honger naar wraak opgewekt die niet alleen wreed, maar zelfs barbaars te noemen was.

Later, toen hij de gefilmde moord op zijn zoon Paul voor het eerst zag, herinnerde hij zich haar verhaal en besefte dat het nooit verzonnen kon zijn, door welke van haar vriendinnen ook. De Barones had over zichzelf gesproken. In een oogwenk was ze van slachtoffer tot moordenaar en beest geworden. Het maakte de moord op Kitners dierbare jonge zoon, misschien wel met hetzelfde mes, door een tienerhalfbroer van wie Kitner niet eens had geweten, veel meer dan alleen een moord. Het was een kille onthulling van wat er destijds écht in Napels was gebeurd, bedoeld om hem ondubbelzinnig te laten weten met wie hij te maken had: een wraakzuchtige, moordzuchtige ex-minnares die vastbesloten was niet alleen zijn hart, maar ook zijn ziel te breken.

Het was bijbels en shakespeariaans tegelijk, een Griekse tragedie met de sadistische Barones als de antagonist die zichzelf de godin van de duisternis waande. Zelf was ze te oud en te prominent om het mes opnieuw ter hand te nemen en dus had ze Alexander tot haar nieuwe boodschapper gekneed, hem van kinds af aan met haar eigen verdorven haat jegens Kitner grootgebracht. Hij, Kitner, had haar eigenhandig moeten vermoorden. En anders zou zelfs zijn eigen moeder dat hebben gedaan, als ze nog had geleefd. Maar ondanks zijn krachtige persoonlijkheid ging dit toch te ver. En dus sloot hij een pact om daarmee de persoonlijke huurmoordenaar van de Barones op afstand te houden. Lange tijd had het gewerkt, maar nu waren ze allebei terug.

Kitners ogen gleden terug naar zijn evenbeeld in de spiegel. Opeens leek hij oud, bang en kwetsbaar. Alsof hij de macht over zijn hele leven plotseling volledig kwijt was. Hoe typisch duivels van de Barones om Alfred Neuss uitgerekend in het Parc Monceau te laten vermoorden, toneel van exact dezelfde plek waar zijn zoon Paul was vermoord. Nu Neuss, de enige ooggetuige van de moord op zijn zoon, inmiddels dood was en het moordwapen plus de film ongetwijfeld in bezit waren van Alexander, had het pact nu al zijn kracht verloren.

Kitner zou met zijn vrouw en kinderen in Davos verblijven. Ook de Barones zou er zijn, net als Alexander, en hij stond volkomen machteloos. Ze wisten van de aankondiging, en zouden weten wat erachter zat. Stel dat die feeks opnieuw haar boodschapper erop uitstuurde, met de Spaanse stiletto in de aanslag, om plotseling uit te halen naar hem, zijn zoon Michael, zijn vrouw of een van zijn dochters.

De gedachte bezorgde hem koude rillingen. Hij pakte snel de telefoon, die vlak naast zijn elleboog aan de muur hing. 'Geef me Higgs.'

'Ja zeker, meneer,' antwoordde Barrie. Kitner hoorde hoe zijn privé-secretaris de Redial-toets indrukte. Even later hing zijn veiligheidschef aan de lijn.

'Met Higgs.'

'Ik wil precies weten waar Alexander Cabrera en Barones De Vienne zich op dit moment bevinden. Zodra je ze hebt gelokaliseerd, wil ik dat je ze onmiddellijk laat schaduwen. Regel zoveel assistentie als je nodig hebt. Ik wil weten waar ze heen gaan, met wie ze praten, wat ze in hun schild voeren. Ik wil dat je ze vierentwintig uur per dag in de gaten houdt, totdat ik anders beveel.'

'Dat zal wel even wat tijd kosten, meneer.'

'Dan zou ik maar zo snel mogelijk beginnen,' reageerde Kitner en hij hing op. Voor het eerst sinds de moord op de jonge Paul was hij paniekerig en onzeker. Was hij paranoïde? Zo ja, jammer dan. Hij werd belaagd door een volkomen gestoorde vrouw.

61

Hôtel Saint Orange, dezelfde tijd, 18.45 uur

'Vertel eens iets meer over Kitner.' Nick Marten leunde over Kovalenko's kleine bureau en keek de Rus strak aan. 'Hij is dus een Romanov, maar gebruikt de naam niet. Hij heeft een zoon die in Argentinië woont en een Spaanse achternaam heeft.'

Kovalenko schonk zich nog eens anderhalve vinger wodka in, maar liet het glas onaangeroerd staan. 'Kitner scheidde van Cabrera's moeder nog voordat de jongen werd geboren en hertrouwde binnen een jaar met zijn huidige echtgenote Luisa, een nicht van koning Juan Carlos van Spanje. Veertien maanden daarna verdronk Cabrera's moeder bij een bootongeluk in Italië en...'

'Zijn moeder, wie was zij?'

'Een Zwitserse van Duitse afkomst, een studente toen Kitner haar kende... Hoe dan ook, na haar dood werd haar zus de voogdes van de jongen. Kort daarop trouwde de zus met een schatrijke Franse filantroop met een adellijke titel. Toen Cabrera een tiener was, bracht ze hem over naar haar ranch in Argentinië. Hij nam zelf de naam Cabrera aan, vermoedelijk naar de stichter van de stad Córdoba.'

'Waarom naar Argentinië?'

'Weet ik niet.'

'Weet Cabrera dat Kitner zijn vader is?'

'Dat weet ik ook niet.'

'Weet hij dat hij een Romanov is?'

'Geen idee.'

Marten staarde Kovalenko nog even aan en wees vervolgens naar diens laptop. 'Grote harde schijf. Veel geheugen?'

'Wat bedoelt u?'

'Als Kitner inderdaad Thornes volgende slachtoffer was, zoals u zei, dan hebt u in uw database vast en zeker een dossier over hem. Klopt dat?'

'Ja.'

'En waarschijnlijk bevat het allerlei informatie, misschien zelfs foto's van Kitner en zijn familie. En aangezien Cabrera deel uitmaakt van die familie, zou u ook van hem wel eens een foto kunnen hebben. Als we Hallidays aantekeningen geloven, kunnen we ervan uitgaan dat hij naar een plastisch chirurg is geweest. Misschien voor een enorme ingreep, misschien ook niet. Ik weet dat we van Thorne een foto hebben; als u er eentje van Cabrera hebt,' – hij glimlachte flauwtjes – 'dan leggen we ze naast elkaar om ze te vergelijken.'

'U lijkt geobsedeerd door het idee dat Alexander Cabrera en Raymond Thorne een en dezelfde persoon zijn.'

'En u lijkt net zo overtuigd van het tegendeel. Ook al verschillen ze qua uiterlijk als dag en nacht, ik zou in elk geval een beetje een idee krijgen van hoe Cabrera eruitziet. Rechercheur, de vraag is simpel: hebt u een foto van Alexander Cabrera of niet?'

62

Nog steeds donderdag 16 januari, 19.00 uur

De straten van Parijs waren zo goed als verlaten en bijna onbegaanbaar vanwege de zware sneeuwval. Ondertussen reed Octavio in de Alfa Romeo over de Avenue George V, op zoek naar het huis op nummer 151.

Achter hem keek groothertogin Katharina even naar haar zoon en haar moeder tussen hen in. Daarna staarde ze door het raam naar de met sneeuw bedekte straten. Het zou de laatste keer zijn dat ze op deze manier reisden, anoniem en in een doodgewone auto, bijna alsof ze een stel vluchtelingen waren.

Over hooguit drie uur – dat wil zeggen, mochten de familieleden die prins Dimitrii steunden de aanhangers van haar zoon overstemmen en haar dwingen de aanbevelingsbrieven van de president, plus die van de burgemeesters van Sint-Petersburg en Moskou te tonen, en ook nog eens de brief plus de driehonderd handtekeningen van de vierhonderdvijftig leden tellende Doema en, als klapstuk, de persoonlijke brief van Zijne Heiligheid Gregor de Tweede, de hoogste patriarch van de Russisch-orthodoxe Kerk – zou ze alsnog triomferen, zou groothertog Sergej hoe dan ook de nieuwe tsarevitsj zijn en, sneeuw of geen sneeuw, zouden ze het huis op Avenue George V 151 niet verlaten op de achterbank van deze alledaagse auto, met een belittekende schurk achter het stuur, maar in een stoet van limousines, geëscorteerd door de *Federalnaja Sloezjba Ochrany*, ofwel de FSO: de speciale, presidentiële veiligheidsdienst van Rusland.

'We zijn er bijna, hertogin,' meldde Octavio en hij minderde vaart. Voor hen waren tussen de sneeuwvlokken door de felle lampen, het afzettingslint en de politieagenten al te zien.

Onwillekeurig bracht groothertogin Katharina even een vinger naar haar hals en bekeek haar handen. Ze had zich liever voldoende veilig gevoeld om zich met haar diamanten ringen, haar halsketting met robijnen en edelstenen, haar oorringen en de gouden en diamanten armbanden te kunnen tooien, sieraden die bij een gelegenheid als deze juist gedragen dienden te worden. Bovendien gaf ze de voorkeur aan een elegante bontjas, in plaats van de wollen jas die ze gezien de omstandigheden gedwongen was te dragen. Nerts, sabelbont of hermelijn, alleen dat was wat de meest koninklijke van alle Romanovs betaamde, in combinatie met betoverende sieraden die hoorden bij de eminente figuur die ze zo meteen zou zijn en de vorstelijke wijze waarop ze in het vervolg zou worden aangesproken. Ze was niet langer gewoon groothertogin, maar groothertogin *tsaritsa*, de moeder van de tsaar van Groot-Rusland.

63

Hôtel Saint Orange, dezelfde tijd

Nick Marten stond over Kovalenko gebogen terwijl de Rus de arrestatiefoto van Thorne op het scherm van zijn laptop opriep. 'Laad nu eens een foto van Cabrera,' drong hij aan.

Er volgde een muisklik, Thornes gezicht verdween en de Russische rechercheur laadde een digitale foto. Een lange, slanke, donkerharige jongeman in pak en met een keurig baardje stapte buiten voor een modern kantoorgebouw in een limousine.

'Alexander Cabrera. Drie weken geleden genomen voor het hoofdkantoor van zijn onderneming in Buenos Aires.'

Klik.

Een tweede foto: opnieuw Cabrera, nu in overall en met een helm op, kijkend naar blauwdrukken op de motorkap van een pick-up ergens in de woestijn.

'Zes weken geleden genomen in het Shaybah-olieveld in Saudi-Arabië. Zijn onderneming bereidt de aanleg voor van een zeshonderd kilometer lange pijpleiding. Met het bouwcontract is bijna een miljard Amerikaanse dollars gemoeid.'

Klik.

Een derde foto: nog eens Cabrera, dit keer met een zware jas aan, glimlachend en omringd door een aantal grijnzende arbeiders in winterkleding, met een enorme olieraffinaderij op de achtergrond.

'Genomen op 3 december van het afgelopen jaar bij een LUK-olieraffinaderij vlak bij de Oostzee, tijdens voorbereidingen om de Litouwse oliesector te verbinden met Russische olievelden.'

'Splits het venster nu eens,' zei Marten, 'en laad Thornes foto naast die van Cabrera.'

Kovalenko deed het.

Cabrera had dezelfde lichaamsbouw als Thorne, maar verder waren er weinig overeenkomsten. De neus, de oren, het hele gelaat was anders. Dat hij een baard had, maakte het des te lastiger.

'Niet bepaald tweelingbroers,' merkte Kovalenko op.

'Hij is onder het mes geweest bij een plastisch chirurg. Of het slechts om een reconstructie van gebroken gezichtsbeenderen ging of om hem opzettelijk een nieuw uiterlijk te geven, valt niet te zeggen.'

Kovalenko zette de laptop uit. 'Wat hebben we nog meer?'

'Dat weet ik niet.'

Gefrustreerd liep Marten weg, maar plotseling draaide hij zich om. 'Hebt u ook foto's van hem van vóór zijn "ongeluk"?'

'Eentje. Van enkele weken voor het ongeluk, op de tennisbaan bij zijn ranch.'

'Laat maar zien.'

Kovalenko zette de laptop weer aan en klikte daarna door een aantal bestanden totdat hij hem had.

'Hier, kijk zelf maar.'

Klik.

Marten staarde naar het scherm. De foto was van betrekkelijk veraf genomen en toonde Cabrera in tennisoutfit terwijl hij met een racket in de hand van de baan liep. Opnieuw dezelfde lichaamsbouw als Thorne, maar weinig meer dan dat. In plaats van het blonde haar en de blonde wenkbrauwen die hij zich herinnerde van de eerste keer dat ze Thorne hadden aangehouden, keek hij nu naar een man met donker haar, donkere wenkbrauwen en een veel grotere neus. Kortom, een heel ander uiterlijk.

'Dit is alles? De enige foto van vóór dat ongeluk?'

'Ja.'

'En in Moskou?'

'Dat betwijfel ik.'

'Waarom?'

'We hadden al geluk dat we deze konden bemachtigen. Het was de enige foto, genomen door een freelance fotograaf voordat hij van het terrein werd verwijderd. Cabrera hecht veel waarde aan zijn privacy. Geen mediafoto's, geen verhalen over hem. Hij houdt er niet van en heeft een lijfwacht die mensen uit zijn buurt houdt.'

'U bent de media niet. Zoals u net al hebt aangetoond, kunt u elke foto opeisen die u wilt.'

'Meneer Marten, het was toen niet belangrijk.'

'Wat niet?'

Kovalenko aarzelde. 'Niets.'

Hij ging vlak voor Kovalenko staan. 'Wát was niet belangrijk?'

'Dat zijn Russische zaken.'

'Het heeft met Kitner te maken, nietwaar?'

Kovalenko zweeg en reikte naar zijn wodka. Marten schoof het glas opzij.

'Wat heeft dit te betekenen?' vroeg de Rus geïrriteerd.

'Ik zie nog steeds voor me wat er van Dan Ford over was toen zijn auto uit de rivier werd gevist, en het staat me totaal niet aan. Ik wil een antwoord.' Marten keek de Russische rechercheur strak aan.

Buiten huilde de wind en het sneeuwde inmiddels harder. Kovalenko blies in zijn handen. 'Hopeloos hotel, Russische winter.'

'Geef antwoord.'

Nadrukkelijk reikte Kovalenko naar het glas dat Marten had weggenomen. Dit keer liet Marten hem begaan. De Rus pakte het, sloeg de wodka achterover en kwam overeind.

'Meneer Marten, hebt u wel eens gehoord van het Ipatjev-huis?'

'Nee.'

Kovalenko liep naar de tafel waar de fles stond, schonk zichzelf nog wat wodka in, vulde daarna ook Martens glas en reikte het aan.

'Het Ipatjev-huis is, of beter gezegd wás, voordat ze het met een bulldozer tegen de vlakte gooiden, een groot huis in de stad Jekaterinburg in de Oeral, vele kilometers ten oosten van Moskou. De afstand doet er even niet toe. Het gaat om het huis, want dat was de plek waar de laatste tsaar van Rusland, Nicolaas de Tweede, samen met zijn vrouw, hun kinderen en dienstboden, tijdens de communistische revolutie door bolsjewieken werd gegijzeld. Op 17 juli 1918 werden ze in het holst van de nacht van hun bed gelicht, mee naar de kelder genomen en doodgeschoten.

Hun lichamen werden op een truck geladen en over hobbelige wegen naar het bos en de aangewezen begraafplaats gereden, een gebied met verlaten mijnen in een landstreek die de Vier Gebroeders heet. Het probleem was dat het de hele week geregend had en de truck steeds in de modder vast kwam te zitten, dus werden de lijken uiteindelijk op sleeën gelegd en naar de uitgekozen mijnschacht gezeuld. In het licht van de dageraad werden de lijken ontkleed en werd alle kleding verbrand om zo elke kans op identificatie uit te sluiten voor het geval de lijken later werden teruggevonden.

Bedenk wel: dit is Midden-Rusland anno 1918, een door de revolutie verscheurd land. Lijken waren niets ongewoons en een moordonderzoek werd zelden of nooit ingesteld.

Intussen waren er ook andere hoge leden van de keizerlijke familie Romanov vermoord. Anderen wisten, vaak met hulp van Europese koningshuizen, te vluchten. Kortom, de lijn van troonopvolging werd door de moorden in het Ipatjev-huis ruw doorsneden en wat aan keizerlijke lijn of Russische dynastie overbleef, verspreidde zich over heel Europa en uiteindelijk de hele wereld. Sindsdien is de een na de ander opgedoken om de kroon op te eisen.

Tegenwoordig zijn de nog levende Romanovs verdeeld over vier hoofdtakken. Elke tak stamt af van keizer Nicolaas de Eerste, de betovergrootvader van tsaar Nicolaas die in het Ipatjev-huis werd omgebracht. Het zijn de nog levende leden van die vier takken die vanavond in het huis aan de Avenue George V 151 samenkomen.'

'Waarom?'

'Om de volgende tsaar van Rusland te kiezen.'

Marten vatte het niet. 'Waar hebt u het over? Er is helemaal geen tsaar van Rusland.'

Kovalenko nam een slok wodka. 'Het Russische parlement heeft bij geheime stemming besloten om de keizerlijke kroon in de vorm van een constitutionele monarchie te herstellen. Aanstaande zaterdag zal de president van Rusland het bekendmaken tijdens het Wereld Economisch Forum in het Zwitserse Davos. De nieuwe tsaar zal een stroman zonder enige macht zijn. Zijn enige en voornaamste functie is de geest en de trots van het Russische volk nieuw leven inblazen en het in een tijd van nationale heropbouw te verenigen. Misschien zelfs wereldwijd wat aan' – en hier grijnsde hij even – 'public relations te doen. U begrijpt wel wat ik bedoel, als een soort supervertegenwoordiger voor Russische goederen en diensten, die zelfs de toeristenindustrie een duwtje in de rug kan geven.'

Marten snapte er nog altijd niets van. Het idee dat Rusland echt zou kiezen voor een terugkeer van de monarchie in welke hoedanigheid dan ook was verbijsterend, maar toch zag hij nog altijd geen relatie met wat hier aan de hand was.

Kovalenko nam nog een teug wodka. 'Misschien snapt u het als ik u vertel dat die slachtoffers in Amerika, die volgens ons door Raymond Thorne werden vermoord voordat hij als een dolleman in Los Angeles tekeerging, meer gemeen hadden dan alleen hun Russische afkomst.'

'Ze waren Romanovs?'

'Niet gewoon Romanovs, meneer Marten, maar bijzonder invloedrijke leden binnen die familie. Zelfs de kleermakers uit Chicago.'

Marten geloofde zijn oren niet. 'Dus daar draait dit allemaal

453

om? Een machtsspel binnen de familie Romanov om te bepalen wie de nieuwe tsaar wordt?'

Langzaam schudde Kovalenko het hoofd. 'Tja, wie weet...'

64

Avenue George V 151, 19.30 uur

Klein van stuk, geanimeerd en zacht wippend op de bal van zijn voeten. Dit kon alleen de elegant geklede Nikolai Nemov zijn, de zeer uitgesproken, zeer invloedrijke en zeer geliefde burgemeester van Moskou. Groothertogin Katharina moest dan ook even slikken nu ze hem zag. In het midden van de salon met marmeren vloer onderhield hij een groepje in smoking gehulde Romanovs die de vier takken van de familie vertegenwoordigden.

'Nikki', zoals burgemeester Nemov door zijn vrienden werd genoemd, was een van Katharina's meest begeerde trofeeën, het resultaat van een door de jaren heen zorgvuldig gecultiveerde vriendschap, die inmiddels het punt had bereikt waarop ze minstens eenmaal per week, maar meestal vaker, per telefoon met elkaar kletsten zoals vrienden plegen te doen. Zijn komst was een complete verrassing, en voor haar stond het vast dat hij dit speciaal voor haar en haar zoon groothertog Sergej had gedaan. Zijn aanwezigheid maakte haar duidelijk dat de strijd al gestreden was en dat ze hadden gewonnen. Er zou weliswaar nog gevochten worden, maar dat zou vergeefse moeite zijn. Gezien het enorme overwicht van de Romanovs die zich hier rondom Nemov schaarden en de onomstotelijke superioriteit van deze factiekopstukken, wist ze dat haar lange strijd ten einde was en dat de juiste beslissing was genomen. Binnenkort zou de keizerlijke kroon rusten op het hoofd van haar zoon. Wat haar betrof was groothertog Sergej nu al de tsarevitsj van Groot-Rusland.

In zijn eentje achter in de limousine zag Peter Kitner dat ze de Arc de Triomphe naderden terwijl zijn chauffeur de wagen behoedzaam door de harde sneeuw en de verlaten straten reed. Parijs was als een stilleven op een ansichtkaart. Hij keek naar de rug van Higgs die naast de chauffeur iets in zijn gsm mompelde. Vanwege de glazen scheidingswand kon hij niet verstaan wat er werd gezegd. De sneeuw en het glas sloten alles buiten, maakten dat hij zich een gevangene in een isoleercel voelde die langzaam naar een onzekere toekomst werd afgevoerd.

65

'Waarom heeft Kitner verzwegen dat hij een Romanov is?' was Martens dringende vraag aan Kovalenko. Buiten geselden de wind en de neerdwarrelende sneeuw de ramen, waardoor de kamer nog kouder leek dan hij al was.

'Dat kunt u hem beter zelf vragen.' Kovalenko's aandacht werd afgeleid door een e-mail die zojuist op zijn scherm was verschenen en waar hij nu in het Russisch op reageerde.

'Wie is hiervan op de hoogte binnen de familie?'

'Volgens mij maar een paar mensen, misschien wel niemand.' De Rus probeerde zich te concentreren op zijn werk. 'Waarom praten we niet over de sneeuwstorm?'

'Omdat ik het over Peter Kitner wil hebben.' Marten kwam dichterbij om over Kovalenko's schouder mee te kijken, maar kon geen wijs uit het cyrillisch schrift.

'Beschikt hij over genoeg invloed om bij de verkiezing van de nieuwe tsaar de beslissende stem te hebben? Gaat hij daarom naar het diner? En zodra de tsaar is geïnstalleerd, zal hij dan een wederdienst verlangen om zijn zaken in Rusland uit te kunnen breiden?'

'Ik ben rechercheur Moordzaken en u vraagt me over macht en politiek? Dat is mijn terrein niet.'

'Voor wie werkt Thorne? Hoe past hij in deze "oorlog van de Romanovs"?'

Kovalenko voltooide zijn e-mailtje en verzond het, sloot vervolgens de computer af en keek op naar Marten. 'Wilt u weten wat voor e-mail ik zojuist ontving van mijn kantoor in Moskou? Het was een doorgestuurd communiqué van Interpol, van het Nationaal Centraal Bureau in Zürich. Een stel kinderen was aan het schaatsen op een vijver toen ze in een stukje bos in de buurt op het lijk van een man stuitten.'

Marten was meteen alert. 'En?'

'Zijn keel was doorgesneden, het hoofd bijna van de romp gescheiden. Vanmiddag rond een uur of drie troffen ze hem aan. De politie denkt dat hij een paar uur eerder werd vermoord. Er is nog geen sectie verricht.'

'Hebt u een telefoongids van Parijs?' vroeg Marten abrupt.

'Ja...' Enigszins verbaasd liep Kovalenko naar het bijzettafeltje; hij rukte een klemmende la open, pakte er de gids van Parijs uit en gaf hem aan Marten.

'Hoe laat begon het echt flink te sneeuwen?' vroeg Marten terwijl hij de bladzijden omsloeg.

'Halverwege de middag,' antwoordde Kovalenko schouderophalend. 'Hoezo?'

'Als je zo naar buiten kijkt, zou je zeggen dat de luchthavens inmiddels wel gesloten zijn en het trein- en autoverkeer ernstige hinder en dus vertragingen ondervindt.'

'Waarschijnlijk wel, maar wat heeft het weer te maken met een dode vent in Zürich?'

Marten vond wat hij zocht. Hij pakte de telefoon en draaide een nummer.

Verbijsterd trok Kovalenko zijn wenkbrauwen op. 'Wie belt u?'

'Het Ritz-hotel.'

Marten wachtte even toen de telefoon overging en er iemand opnam.

'Alexander Cabrera, alstublieft.' Het duurde vervolgens een flinke poos voordat hij weer iets hoorde. 'Aha... Weet u misschien ook of hij in de stad is? Ja, de storm, ik weet het... Nee, ik heb geen boodschap, ik bel later nog wel terug.'

Marten hing op.

'Daar is hij dus niet. Dat is de enige informatie die ze geven. Maar ze belden wel naar zijn kamer, dus ik vermoed dat hij daar vandaag wel degelijk is geweest.'

'Wat wilt u nu suggereren?'

'Dat hij, als hij de moord in Zürich heeft gepleegd, vanwege de sneeuw niet naar Parijs terug kan komen. Wat dus betekent dat hij nu nog steeds in Zwitserland kan zitten.'

66

Neuchâtel, Zwitserland, dezelfde tijd

De sneeuwstorm die Parijs had lamgelegd, had Zwitserland nog niet bereikt. De avond was bitterkoud, met een heldere hemel bezaaid met sterren en een sikkelvormige maan die het Meer van Neuchâtel en het omringende landschap een bleke zilveren glans gaf.

'Kijk,' zei Alexander glimlachend terwijl hij uitademde. Als een wolkje, als een tekstballonnetje in een stripverhaal, hing zijn adem nog even in de lucht.

Rebecca giechelde en volgde zijn voorbeeld. Ook haar adem dreef naar buiten, bleef even hangen en loste daarna simpelweg in het niets op.

'Poef,' zei hij; hij lachte en nam haar bij de hand, waarna ze gekleed in hun lange jassen, hoeden en handschoenen van nertsbont verder liepen langs de bevroren oevers van het meer.

Op hun gemak kwamen Gerard en Nicole Rothfels op enige afstand achter hen aan. Ze werden vergezeld door de zesenvijftig jaar jonge, ranke en oplettende Barones, die net als de anderen genoot van deze namiddagse wandeling en de verkwikkende temperatuur, en ondertussen haar ogen voortdurend gericht hield op Alexander en zijn aanstaande bruid, de prachtige jonge vrouw en de grote liefde in zijn leven voor wie ze de Jura-kliniek had gekocht en weggeschonken.

De jonge vrouw, die ze inmiddels al vijf maanden kende en op wie ze net zo dol was als zij op haar, bleek uitzonderlijk intelligent en leergierig. De Barones had haar taallessen persoonlijk en zorgvuldig georkestreerd en haar vorderingen van een afstandje gevolgd. Inmiddels sprak Rebecca bijna vloeiend Frans, Italiaans, Spaans en Russisch, en kon ze, net als de Barones en Alexander, willekeurig van de ene taal op de andere overschakelen.

Maar het was niet gebleven bij vreemde talen alleen. Een aantal malen had ze Rebecca in haar appartement in Zürich ontboden, waar ze haar als een rijke tante op winkeluitstapjes en dineetjes had gefêteerd en voor aanvullende lessen had gezorgd: lessen in stijl en voorkomen; welke kleren ze moest dragen, hoe, en bij welke gelegenheden; haar- en gezichtsverzorging en make-up, welke kleur en hoe ze die moest aanbrengen; de presentatie; de juiste lichaamshouding; omgangsvormen, hoe en wanneer ze het woord moest voeren. Ze moedigde Rebecca aan meer te glimlachen zonder daarbij die tere kwetsbaarheid te verliezen die haar voor mannen van alle leeftijden zo aantrekkelijk maakte; ze stimuleerde haar te lezen, nóg meer te lezen, vooral de klassieken, en in meer dan één taal. Zelf wijdde ze Rebecca in in de geheimen van de liefde, de romance, hoe je in het openbaar en privé een man gezelschap hield, hem verzorgde, verwende, de les las, en met hem het bed deelde, ook al wist ze dat Rebecca nog altijd maagd was. Naarmate de Barones de idylle met Alexander zag vorderen, stelde ze de jonge vrouw voortdurend gerust en verzekerde haar dat, zodra de huwelijksnacht daar was, ze niet bang en volkomen op haar gemak zou zijn, en dat ze zowel haar echtgenoot als zichzelf mateloos zou plezieren, precies zoals zij zichzelf en haar eigen echtgenoot in haar huwelijksnacht had geplezierd.

De educatie en de taallessen hadden bij elkaar nauwelijks vijf maanden geduurd, een tijdsbestek waarin ze had gezien hoe Rebecca haar hart steeds meer aan Alexander verloor. Het eindresultaat was dan ook niet minder dan spectaculair te noemen, gezien de korte tijd waarin ze van een louter onzekere, meisjesachtige babysitter uit Amerika was veranderd in een prachtige, statige en zelfverzekerde jonge vrouw, geheel en al vertrouwd met de fundamenten van de Europese aristocratie.

Met een gedempt geluid ging de gsm af in de jaszak van Nicole Rothfels.

'*Oui? Ah, merci,*' antwoordde ze, en ze klikte haar mobieltje uit. '*Monsieur* Alexander!' riep ze. 'Het eten is over tien minuten gereed.'

'Ga alvast maar terug!' riep hij. 'Wij zijn er over een kwartiertje.'

Nicole Rothfels glimlachte en keek even naar de Barones.

'De liefde heeft haar eigen klok,' antwoordde deze, terwijl ook haar adem, net als die van de anderen, even als een wolkje in de koude lucht bleef hangen. Daarna draaiden zij, Nicole en Gerard Rothfels zich om en zochten de warmte van het verlichte huis in de verte weer op.

Vanaf een afstandje keek Alexander toe hoe de Barones de anderen met haar kordate tred in het licht van de maan voorging.

Barones. Al sinds zijn eerste woordjes had hij haar zo genoemd.

Mijn liefste. Zo lang hij zich kon herinneren had zij hem met deze woorden aangesproken. Zo lang hij zich kon herinneren waren hun beider levens innig verstrengeld geweest. Maar ook al gaf hij nog zo veel om haar, in werkelijkheid was er maar één iemand van wie hij oprecht hield: Rebecca.

67

19.50 uur

'Ja, ja, spel de naam alsjeblieft even voor me in het Engels.' Voorovergebogen en met zijn mobiele telefoon in de ene hand krabbelde Kovalenko met de andere hand in zijn aantekenboekje. Aan de andere kant van de lijn praatte inspecteur Lenard hem bij over de moord in Zürich.

Marten hield zich op de achtergrond en wachtte, onzeker over wat Kovalenko zou gaan doen. Tot nu toe had de Rus nog met geen woord gerept over hem, Hallidays diskette of de ontdekking van Thornes vingerafdruk in Dan Fords auto. Voorzover hij het kon volgen, ging het telefoongesprek enkel over het lijk dat in Zürich was aangetroffen en over wat de Franse politieman verder over de omstandigheden had vernomen.

'Dus misschien is het onze man en hebben we mazzel, of niet, hè? Wellicht is het gewoon een andere gek met een mes of een scheermes geweest,' zei Kovalenko in de telefoon. Hij keek even naar Marten en richtte vervolgens zijn aandacht weer op de telefoon en zijn aantekeningen.

Marten wist dat Kovalenko nu zo goed als alle informatie had vergaard, dus waarom zou hij hem niet gewoon aan de Franse politie overdragen? Conform de wet diende dit zijn volgende stap te zijn, en het zou Lenards mogelijke achterdocht dat Kovalenko de agenda van Halliday uit diens hotelkamer zélf had meegenomen, zoals Marten gekscherend had gesuggereerd, kunnen wegnemen. Maar, en dit was een grote 'maar', Kovalenko had nog steeds niets gezegd over zijn aanwezigheid hier of over de vingerafdruk, en dat bracht hem in verwarring.

'Ik zal zelf naar Zürich gaan,' sprak Kovalenko abrupt. 'Ik wil het lichaam zien en de plek waar het werd aangetroffen. Ja, het weer, dat weet ik. De luchthavens zijn gesloten en er rijden nauwelijks treinen, maar het is belangrijk dat ik er snel heen ga. Als hij echt onze man is en zijn werkterrein naar Zwitserland heeft verlegd, mogen we hem niet uit het oog verliezen. Hoe? Met de auto. Wij Russen zijn wel gewend aan sneeuw en verraderlijke wegen. Kunt u voor mij een goede four-wheel drive regelen?'

Plotseling rechtte Kovalenko zijn rug en keek even naar Marten.

'Tussen twee haakjes, Philippe: onze vriend meneer Marten is in Parijs. Sterker nog, hij staat hier naast me.'

Marten schrok. Kovalenko verlinkte hem dus toch. Nu kon hij zijn jacht op Thorne wel vergeten en moest hij zien te voorkomen dat de Franse politie erachter kwam wie hij zélf was.

'Hij lijkt nog altijd behoorlijk van streek over de moord op zijn vriend. Hij is teruggegaan naar het appartement aan de Rue Huysmans en stuitte op de agenda van rechercheur Halliday. Klopt, zijn agenda – iemand lijkt die achtergelaten te hebben op het binnenplaatsje… Ja, ik weet dat je mannen ernaar zochten, wellicht moet je hún vragen hoe ze hem over het hoofd hebben kunnen zien… Hoe dan ook, ik had Marten al eerder mijn mobiele nummer gegeven, hij belde me en ik haalde hem op. Hij heeft me van alles verteld over wat Dan Ford van de onderzoeken in Los Angeles af wist. Ik kan nog meer te weten komen, dus ik neem hem mee.'

'Wát?!' brieste Marten opeens.

Met een hand dekte Kovalenko de hoorn af. 'Kop dicht!' Met een ijzige blik staarde hij Marten aan.

'Ik zou het op prijs stellen als je je speurhonden in toom houdt. Ik zal Hallidays agenda meegeven aan degene die mijn auto komt brengen… Wat erin staat? Een hoop aantekeningen in een kriebelig handschrift. Ik ben niet zo'n ster in het ontcijferen van al die Engelse hanenpoten, maar er lijkt weinig in te staan wat ons verder kan helpen. Kijk zelf maar, misschien ben jij er beter in. Kun je snel een auto regelen? Mooi. Ik meld me zodra ik in Zwitserland zit.'

Kovalenko hing op en keek Marten aan. 'Het slachtoffer was een goede vriend en oude zakenpartner van Jean-Luc Vabres. Bovendien was hij eigenaar van een kleine drukkerij in Zürich.'

Marten hield even zijn adem in. 'Ziedaar menu nummer twee.'

'Ja, ik weet het. En daarom gaan we vanavond nog naar Zürich.' Kovalenko keek naar de spullen op het bed.

'Hoe weet u dat Lenard me niet gewoon zal inrekenen?'

'Omdat ik een gast van de Franse regering ben, niet van de Parijse politie. Ik heb ze verzocht u mee te mogen nemen en hij zal niets zeggen omdat hij de politieke lading ervan begrijpt.

Goed, sla nu Hallidays agenda maar open en haal de pagina met de verwijzingen naar Argentinië en die plastisch chirurg, dr. Odett, eruit. En ook de diskette en Hallidays vliegticket voor Buenos Aires en geef ze aan mij. Pak daarna uw jas en ga nog even plassen, want het wordt een lange avond, met een hoop sneeuw.'

Peter Kitners chauffeur reed de limousine behoedzaam over de Avenue George V en gebruikte de straatlantaarns aan weerszijden van de weg als leidraad tussen de sneeuwvlagen door.

De haast poolachtige omstandigheden maakten de weg vinden bijna onmogelijk en Kitner werd al behoorlijk ongerust. Stel dat ze ergens verkeerd waren afgeslagen? Ergens vlakbij stroomde de Seine. Stel dat ze opeens door een dwarsboom knalden en het water in plonsden? Het was stil op straat. Niemand zou zien wat er gebeurde. De limousine was loodzwaar, want hij was afgelopen zomer nog op Higgs aandringen gepantserd. Hij zou als een baksteen naar de bodem zinken en misschien wel nooit meer worden teruggevonden. Voor zijn familie, ja voor de hele wereld zou sir Peter Kitner gewoonweg van de aardbol zijn verdwenen.

'Sir Peter,' klonk plotseling Higgs' stem over de speaker.

Kitner keek op. Zijn chauffeur tuurde achterom door het veiligheidsglas.

'Ja, Higgs?'

'Cabrera en de Barones bevinden zich in Zwitserland. In Neuchâtel. Ze dineren bij Gerard Rothfels, Cabrera's directeur in Europa.'

'Is dat bevestigd?'

'Ja, meneer.'

'Zorg dat je mensen erbovenop blijven zitten.'

'Ja, meneer.'

Kitner was opeens enorm opgelucht. Nu wist hij tenminste waar ze waren.

'We zijn er, meneer,' zei Higgs.

De auto minderde vaart en Kitner ontwaarde een reeks felle lampen en een schare Franse politie achter een versperring. De auto kwam tot stilstand en twee agenten stapten naar voren. Higgs draaide het raampje open en maakte zijn passagier bekend.

Een agent tuurde even naar binnen, deed vervolgens een stap naar achteren in de sneeuw en groette kordaat. Een afzetting werd opzijgeschoven en langzaam passeerde de limousine de poort en reed de binnenplaats op van het Romanov-huis aan de Avenue George V 151.

68

Neuchâtel, Zwitserland, dezelfde tijd

Voor de Barones waren de met kaarsen versierde eettafel, de mensen, de gesprekken – Alexander tegenover haar, Gerard Rothfels aan het ene eind van de tafel en zijn vrouw Nicole aan het andere, en Rebecca rechts van haar – slechts een waas. Net als de korte onderbreking toen de kinderen van de Rothfels in pyjama even welterusten kwamen zeggen. Haar gedachten waren elders, reikten om onverklaarbare reden terug naar mensen en gebeurtenissen die haar tot dit punt in haar leven hadden gebracht.

Als jong meisje, geboren in Moskou, was ze door haar moeder vanuit Rusland naar Zweden meegenomen. Haar beide ouders behoorden tot de Russische aristocratie en hun families hadden met slinksheid, opoffering en patriottisme Lenins tijd overleefd en onder Stalins ijzeren bewind de Tweede Wereldoorlog weten te doorstaan. Daarna had de dictator zijn greep op het land nog versterkt. Aan de schaduw van de geheime politie viel bijna niet te ontkomen. Al voor het minste of geringste gaf de ene buurman de andere aan. Mensen die maar luid genoeg hun onvrede uitten, verdwenen simpelweg. Zelfs toen Stalin eindelijk dood was, bleef het communisme dissidenten achtervolgen. Haar vader, kwaad en de situatie beu, kwam in opstand en verhief zijn stem tegen het totalitaire regime. Met als resultaat dat hij in haar vijfde levensjaar wegens ondermijning van de staat werd veroordeeld tot tien jaar dwangarbeid in een van de beruchte 'heropvoedingskampen', de goelags. Het beeld van haar vader, terwijl hij geketend werd afgevoerd naar de trein die hem naar de goelag zou brengen, stond in haar geheugen gegrift. Plotseling had hij zich met een ruk weggedraaid van zijn bewakers en had naar haar en haar moeder omgekeken. Vervolgens had hij breed geglimlacht en haar een handkus toegeworpen. In zijn ogen had ze geen angst gezien, maar trots, een trotse liefde, voor haar, voor haar moeder en voor Rusland. Diezelfde nacht had haar moeder haar wakker gemaakt. Ze had een koffer in haar hand. In een oogwenk had ze zich aangekleed. Even later zaten ze in een auto. Ze herinnerde zich nog dat ze een trein in waren gestapt en daarna aan boord waren gegaan van een schip met bestemming Zweden.

De daaropvolgende jaren bracht ze door in Stockholm, waar haar moeder werk vond als naaister en zij een internationale school bezocht. Haar vriendinnetjes spraken Zweeds, Russisch, Frans en Engels. Haar moeder maakte een kalender die tien jaar besloeg en aan het eind van elke dag kon er weer een datum worden weggestreept. Het betekende dat ze opnieuw een dag dichter bij het moment waren gekomen waarop haar vader vrij zou komen en zich weer bij zijn gezin zou voegen. Elke dag schreef ze hem samen met haar moeder een liefdevolle, bemoedigende brief, zonder ook maar te weten of hij wel zou aankomen.

Op een dag, ze was toen zeven, ontvingen ze een korte, handgeschreven brief die hij op de een of andere manier naar buiten had weten te smokkelen. Over de brieven die ze hem al die jaren hadden gestuurd, sprak hij met geen woord, maar hij schreef dat hij nog steeds enorm van zijn vrouw en dochter hield, zich staande wist te houden en de dagen tot zijn vrijlating aftelde. Bovendien bekende hij tijdens een worsteling een medegevangene te hebben gedood omdat deze zijn kammetje had gestolen en hij het ding weer had geprobeerd te bemachtigen. Niemand gaf iets om het leven van gevangenen, en dus werd hij met rust gelaten. Buiten de muren van het kamp leek een strijd op leven en dood over een kammetje volkomen waanzin, maar binnen de muren gold een heel andere werkelijkheid. Kammetjes, waar bijna niet aan te komen was, werden zeer begeerd. Gekamde haren en een verzorgde baard waren het enige waarmee een gevangene het kleine restje eigenwaarde dat hij nog bezat in stand kon houden. Binnen de muren van de goelags was zelfrespect het enige, en dus het allerbelangrijkste, wat een mens nog bezat. En nu had iemand het kammetje van haar vader gestolen, om daarmee zijn waardigheid te kunnen behouden. Omwille van die waardigheid had haar vader hem gedood.

Het was slechts een kort briefje geweest, maar daarom niet minder ontroerend, want het was het eerste teken van leven sinds hij was weggevoerd. Maar afgezien van de kracht en emotie bevatte de brief één passage die haar meer zou raken dan wat ook in haar hele latere leven. Het had alles te maken met hoeveel ze van hem hield, en het leek alsof hij direct tot haar sprak, hij een paar van zijn allerdiepste gevoelens aan haar vertelde en haar een leidraad voor de rest van haar leven schonk:

Mijn allerliefste meiden, laat niemand je ooit je waardigheid ontnemen. Nooit, om wat voor reden dan ook. Het is het enige wat zelfs in de donkerste nacht het vuur in je ziel kan wakker houden. De onze, en dat van Rusland. Waak erover met alle kracht die je bezit en sla zo nodig hard en trefzeker terug. Zorg ervoor dat ze nooit meer een poot naar je kunnen uitsteken.

Zijn woorden hadden haar tot in het diepst van haar ziel geraakt. Maandenlang had ze ze keer op keer herlezen, net zo lang totdat ze diep in haar hart besloten lagen. Totdat ze op een dag ergens halverwege de alinea ophield met lezen, een rekensommetje maakte en concludeerde dat ze precies vijftien jaar en eenenzestig dagen oud zou zijn zodra hij weer een vrij man werd. Ook al lag die datum nog zo ver weg, de gedachte vervulde haar met hoop en maakte haar opeens vrolijk, want ze wist dat er een dag zou komen waarop ze eindelijk weer naast hem zou staan, zijn hand kon vastpakken, naar hem op kon kijken en hem vertellen hoeveel ze van hem hield.

Maar het was een dag die nooit komen zou. Twee weken na haar negende verjaardag ontvingen ze een telegram dat door een paar achtergebleven kennissen vanuit de Sovjet-Unie was doorgestuurd. Het bericht luidde dat haar vader in Kolyma, in Noordoost-Siberië en een van de ergste werkkampen van Rusland, was doodgevroren. Later zouden ze vernemen dat hij op het moment van zijn dood nog altijd een ontembare woede jegens het sovjetsysteem koesterde, maar tegelijk ook een diepe liefde voor zowel zijn vrouw en zijn dochter als voor de ziel van het oude Rusland. Ze wisten het omdat een bewaker, iemand die zich onder de meest verschrikkelijke omstandigheden een goed mens had betoond, hun met gevaar voor eigen leven een brief had gestuurd waarin hij dit vertelde.

'God koos je vader om de heilige stem van het vaderland levend te houden. Dat was van meet af aan zijn lotsbestemming…' zo vertelde haar moeder haar keer op keer. 'En nu de onze.'

Zelfs nu, hier aan de eettafel in Neuchâtel, terwijl Alexander converseerde met Gerard Rothfels en Rebecca babbelde met zijn vrouw, hoorde ze haar moeders woorden nog en zag ze haar vader weer glimlachen terwijl hij haar een handkus toewierp en naar de trein werd weggesleurd die hem naar zijn dood in de goelag zou voeren.

Al die dingen die hem zo karakteriseerden, de vurige opstandigheid, zijn kracht, zijn moed en overtuiging, zijn gebod om de eigen waardigheid en de eerbiedwaardige ziel van Rusland te beschermen met alle kracht die ze bezaten, had ze verinnerlijkt. Het was precies de reden waarom ze zelfs al die jaren geleden, als tiener in Napels, haar belager zo wreed en ten slotte met die kille afstandelijkheid had afgeslacht. De woorden van haar vader waren onlosmakelijk verweven met de textuur van haar psyche: 'Zorg ervoor dat ze nooit meer een poot naar je kunnen uitsteken.'

En het was de geest van zijn woorden die ze Alexander had ingeprent, waarmee ze hem van kinds af aan had grootgebracht. Het gaf hun de kracht om, net als in het verleden, Peter Kitner wederom te trotseren.

69

20.20 uur

De auto was een witte Mercedes ML 500 terreinwagen waarmee Kovalenko en Marten, in wat de Fransen nu al de 'sneeuwstorm van de eeuw' betitelden, langzaam maar veilig tot buiten Parijs kwamen.

'Vroeger rookte ik. Ik wou dat ik het nu nog deed.' Kovalenko nam wat gas terug en liet de Mercedes over een nieuw ontstane berm, gecreëerd door een sneeuwruimer, hobbelen. 'Dit zou een goede rit zijn om weer eens een sigaretje op te steken. Zodra we er zijn, kan ik natuurlijk binnen de kortste keren dood zijn.'

Kovalenko's gekeuvel drong nauwelijks tot Marten door. Hij was met zijn gedachten nog steeds bij het moment vlak voor hun vertrek. Inspecteur Lenard had de auto persoonlijk, en zo snel als hij had beloofd, voor Hôtel Saint Orange afgeleverd en had in de kou en neerdwarrelende sneeuw gewacht terwijl Kovalenko hem Hallidays agenda overhandigde en zijn kleine koffer, met onder meer zijn persoonlijke bezittingen en Dan Fords harmonicamap, op de achterbank legde. Ondertussen had de inspecteur Marten slechts aangestaard met een blik die boekdelen sprak. Zonder Kovalenko's dwingende optreden, zijn vaste voornemen om zo snel mogelijk naar Zürich te vertrekken, zijn eis dat Marten met hem meereed en, zoals hij had gezegd, de politieke lading van dit alles, leed het weinig twijfel dat inspecteur Lenard hem ter plekke in de boeien zou hebben geslagen. Aan de andere kant had hij nu wel mooi Hallidays agenda in zijn bezit en was hij meteen verlost van een al te opdringerige Rus en een hinderlijke Amerikaan die hij mocht noch vertrouwde, maar voor wie hij geen goede reden had om hem aan te houden. Ten slotte had hij Kovalenko gezegd dat hij zich verheugde op zijn rapport vanuit Zürich en hem gemaand voorzichtig te rijden en de auto vooral heel te houden. Die was namelijk gloednieuw en de enige terreinwagen die ze hadden.

De ML was het soort wagen dat Kovalenko wel aanstond en waarin hij zich steeds meer op zijn gemak voelde. Ingenomen met de wegligging in deze sneeuw trapte hij het gaspedaal iets dieper in toen ze bij Maisons-Alfort de Seine overstaken, in zuidelijke richting de verlaten N19 op draaiden en daarna oostwaarts verder reden in de richting van de Zwitserse grens.

Het bleef lang stil in de auto. In plaats van te kletsen luisterden de twee naar het gehuil van de storm en het gestage ritme van de ruitenwissers, vechtend tegen de sneeuwvlokken. Uiteindelijk draaide Marten zich gehinderd door zijn veiligheidsgordel om naar Kovalenko. 'Politieke implicaties of niet, u had me aan Lenard kunnen overdragen. Waarom hebt u dat niet gedaan?'

'Het is een lange rit, meneer Marten,' zei Kovalenko terwijl hij zijn ogen op de weg hield, 'en ik begin net een beetje van uw gezelschap te genieten. Bovendien kun je beter hier zitten dan in een Franse cel, nietwaar?'

'Is dat een antwoord?'

'Nee, het is een feit.' Kovalenko keek hem even aan en keek daarna weer voor zich.

Opnieuw kreeg de stilte de overhand. Marten ontspande zich en keek naar de felle lichtbundel van de koplampen die de grijswitte eindeloze tunnel van vallende sneeuw doorkliefde, zo nu en dan verstoord door de opduikende vage vorm van een verlicht verkeersbord.

Seconden verstreken, ze werden minuten, en Marten keek met een schuine blik naar Kovalenko om hem eens goed te observeren: zijn bebaarde gezicht, verlicht door het schijnsel van het dashboard, de omvang van zijn gestalte, de bobbel van het automatische pistool onder zijn jasje – een beroepssmeris met een vrouw en kinderen in Moskou. Hij was wat Halliday was geweest, en Roosevelt Lee en Marty Valparaiso en Polchak en Red: een professionele politieman met een gezin dat hij moest onderhouden. En net zoals zij hadden gedaan, werkte ook hij bij Moordzaken.

Maar zoals Marten al eerder had gemerkt, was de Rus anders. Hij werkte voor zichzelf. Toen hij hem had gevraagd of Kitner de invloed bezat om de beslissende stem te hebben bij de verkiezing van de nieuwe tsaar en zo zijn imperium in Rusland uit te breiden, had hij gezegd dat hij slechts een rechercheur was en geen verstand had van macht en politiek. Maar daarna had hij gezegd dat inspecteur Lenard hem vanwege de politieke implicaties niet zou arresteren. Dus politiek behoorde wel degelijk tot zijn terrein.

'Russische zaken,' had hij geantwoord op Martens vraag of hij ook foto's van Cabrera had van vóór zijn jachtongeluk. 'Nee,' had hij geantwoord, en de reden was dat het 'toen' niet belangrijk was geweest. Wat was er nú dan wel belangrijk? Wat was er veranderd? Wélke 'Russische zaken'? Misschien wilde Kovalenko er niet over praten, maar door hem mee te nemen had de Rus de 'Russische zaken' ook tot Martens zaken gemaakt.

'Waarom laat u Lenard eigenlijk in het duister tasten?' verbrak Marten opeens de stilte. 'Waarom zei u niets over Cabrera of de vingerafdruk? Of over Thorne of Kitner?'

Kovalenko bleef zwijgen en hield zijn aandacht bij de weg.

'Oké, eens kijken.' Hij probeerde wat meer druk uit te oefenen. 'Omdat u ergens in uw achterhoofd bang bent dat Alexander Cabrera en Raymond Thorne inderdaad een en dezelfde persoon zijn en u niet wilt dat iemand daarachter komt. Dáárom moest ik de diskette en de velletjes met verwijzingen naar Argentinië meenemen. U gaf Hallidays agenda aan de politie omdat u niet anders kon en u hoopt dat Lenard nooit achter de rest komt. Daarom nam u mij ook mee, zodat Lenard mij geen vragen kon stellen. U en ik zijn de enigen die op de hoogte zijn en u wilt dat graag zo houden.'

'U zou een goede psychoanalyticus zijn of' – Kovalenko keek hem even aan – 'een rechercheur, meneer Marten.' Hij richtte zijn aandacht weer op de weg en omklemde het stuur nog wat steviger toen de sneeuw dichter werd.

'Maar u bent geen rechercheur, toch? U bent student aan de universiteit van Manchester. Ik heb het een en ander nagetrokken. Zo wisten we uiteindelijk lady Clementine Simpson op te sporen.'

We of ú, wilde Marten vragen, maar hij wist het antwoord al. 'Ik zou het op prijs stellen als u haar met rust liet,' zei hij afgemeten. De manier waarop Kovalenko en de Franse inspecteur Clem hadden behandeld, stak hem nog altijd behoorlijk.

Kovalenko grijnsde. 'Het draait hier niet om een aantrekkelijke jonge vrouw, meneer Marten. De vraag is: u volgt nu een postdoctorale studie, maar waar studeerde u eerst? Ook in Manchester?'

Even viel Marten stil. Kovalenko was slim en had goed zijn huiswerk gedaan, en als hij niet oppaste, zou hij door de mand vallen. Toen hij zich in Manchester wilde inschrijven had hij gewoon als John Barron naar de universiteit van Los Angeles gebeld en om een kopie van zijn afschriften gevraagd. Toen hij die eenmaal had, scande hij de pagina's, zette ze op een diskette en laadde die in zijn computer. Daarna veranderde hij zijn naam in Nicholas Marten, drukte de boel af en stuurde alles op. Niemand wie het was opgevallen en tot nu toe was het onderwerp niet ter sprake gekomen.

'UCLA,' antwoordde hij. 'In die tijd ging ik om met Dan Ford en leerde ik ook Halliday kennen.'

'UCLA, dat zou de universiteit van Californië in Los Angeles moeten zijn?'

'Ja.'

'Dat hebt u nog niet verteld.'

'Het leek me ook niet belangrijk.'

Kovalenko keek hem even onderzoekend strak in de ogen. Maar Marten gaf geen krimp en de Rus richtte zijn aandacht weer op de weg.

'Meneer Marten, ik zal één ding verklappen. Het heeft te maken met Peter Kitner. Misschien dat u later mijn "bezorgdheid" over Alexander Cabrera begrijpt en waarom het niet verstandig geweest zou zijn als ik u aan inspecteur Lenard had overgedragen.'

70

Parijs, het pand aan de Avenue George V 151, dezelfde tijd

Groothertogin Katharina Mikhailovna streek even over haar haren en glimlachte zelfverzekerd terwijl de fotograaf de voorbereidingen trof. Links van haar stond haar zoon, groothertog Sergej; rechts de zilvergrijze, besnorde en zeer voorname, zevenenzeventigjarige prins Dimitrii Vladimir Romanov, de voornaamste troonrivaal in wiens prachtige pand de plechtigheid plaatsvond.

Achter de jonge fotograaf kon ze haar moeder groothertogin Maria Koerakina zien staan, met achter haar de gezichten van de andere Romanovs die zich hier onder het hoge plafond van dit vertrek bijeen hadden geschaard: drieëndertig gesoigneerde mannen en vrouwen afkomstig uit een stuk of tien verschillende landen, die vol van uitdagende trots de vier familietakken vertegenwoordigden. Geen van hen had zich door het slechte weer laten weerhouden. Katharina Mikhailovna had ook niets anders verwacht. Zij stonden bovenaan in de hiërarchie van de keizerlijke familie, waren Russen tot in het diepst van hun ziel: sterk, nobel en eeuwig loyaal aan hun door God gegeven erfdeel als de ware hoeders van het vaderland.

Bijna een eeuw lang hadden zij of de generatie vóór hen, verspreid over de wereld, moeten toezien hoe de communisten over het land heersten. Eerst onder Lenins hamer en sikkel, daarna onder Stalins ijzeren vuist; ze hadden de gruwelen van de Tweede Wereldoorlog aanschouwd, de nazi's hun land onder de voet zien lopen en miljoenen landgenoten af zien slachten; ze leefden de decennia daarna in angst toen de wapenwedloop van de Koude Oorlog hand in hand ging met de wrede KGB-represailles, zowel thuis als in andere Oost-Europese landen. Om ten slotte verbijsterd toe te kijken hoe de Sovjet-Unie bijna van de ene op de andere dag verbrokkelde en ineenstortte, en er weinig meer dan een corrupte, chaotische en uiterst gedeprimeerde natie restte.

Maar nu, na al deze ellende, brak er goddank eindelijk een nieuwe dag aan, met een democratisch gekozen regering die – beseffend dat een monarchie voor een maatschappelijke samenhang kan zorgen en de fundamenten kan leggen waarop een natie kan worden gebouwd en voortbestaan – zo genadig, fatsoenlijk en verstandig was geweest de terugkeer van de keizerlijke familie mogelijk te maken. Met als resultaat dat het driehonderd jaar oude Romanov-bewind kon worden hersteld. Voor de aanwezigen was het moment meer dan gedenkwaardig. Het was alsof Rusland gegijzeld was geweest, het land zijn geschiedenis was ontnomen, maar die nu eindelijk terugkreeg.

Vandaar ook dat de leden van de vier Romanov-takken die op deze avond bijeen waren volledig hadden aanvaard dat de lange strijd om de kroon voorbij was. Alles draaide nu om de twee mannen die groothertogin Katharina Mikhailovna flankeerden: haar zoon, de jonge, gretige groothertog Sergej Petrovich Romanov, en de oudere, vorstelijke staatsman prins Dimitrii Vladimir Romanov. Wie van de twee uiteindelijk de troon zou mogen bestijgen, zou worden bepaald direct na afloop van het diner met een open stemming. Of, zoals Katharina het omschreef: het kwam nu allemaal aan op slechts een uur, hoogstens twee.

Plotseling schoot er een reeks verblindende flitsen door de kamer, vergezeld van het harde snorrende geluid van de camera die de film automatisch doorspoelde. De fotograaf schoot minstens een stuk of tien foto's. Daarna was het allemaal voorbij. De fotograaf trok zich terug, de groothertogin ontspande zich en gaf een zelfverzekerd kneepje in de hand van haar zoon.

'Mag ik u naar het diner escorteren, groothertogin?' klonk de zware bariton van prins Dimitrii naast haar. In plaats van weg te gaan toen de fotosessie afgelopen was en zijn jonge opponent aan zijn moeder over te laten, was de oudere Romanov niet van haar zijde geweken.

'Maar natuurlijk, hoogheid,' antwoordde Katharina met een hoffelijke glimlach, zich maar al te bewust van haar toehoorders, en expres demonstrerend dat ze net zo hartelijk en charmant kon zijn als de oppositie.

Met een vorstelijk gebaar nam ze hem bij de arm en getweeën schreden ze over de marmeren vloer naar de vergulde deuren aan het eind van de grote gang waar de bedienden met hun witte strikken en handschoenen al stonden te wachten.

Achter hen liepen groothertog Sergej en Katharina's moeder groothertogin Maria, en ten slotte de drieëndertig overige Romanovs.

De bedienden trokken de deuren open en het Romanov-gezelschap betrad een grote, rijkversierde dinerzaal met handgesneden panelen die tot aan het zes meter hoge plafond reikten. In het midden van de zaal stond een lange, glimmende tafel. De stoelen hadden hoge rugleuningen en waren bekleed met rood-gouden zijde. Het couvert was van goud en zilver, met kristallen glazen, witporseleinen borden en daartussen servetten van wit kant. Aan een kant van de tafel stonden nog meer bedienden met witte strikken klaar.

Het was allemaal zeer formeel, flamboyant en theatraal, en bovenal zeer indrukwekkend. Toch was er één ding dat dit alles letterlijk overvleugelde. Aan de muur aan het andere eind van de zaal hing een reusachtige vergulde adelaar met twee koppen. De spanwijdte van zijn vleugels evenaarde bijna de hoogte. Een van zijn grote klauwen had zich om de keizerlijke scepter geslagen terwijl de andere de rijksappel vasthield. Boven de twee adelaarskoppen prijkte hoog in de nok van het plafondgewelf een majestueuze, met diamanten ingelegde keizerlijke kroon. Wat men hier aanschouwde, was niets minder dan het grote wapen van de Romanovs. Het deed iedereen naar adem happen. Enkele gasten bogen even het hoofd en slechts weinigen konden, zelfs nadat ze waren aangeschoven, hun ogen crvanaf houden.

Groothertogin Katharina zelf was niet minder onder de indruk, totdat ze, wat dichterbij gekomen, nog iets zag. Vlak onder het wapen, aan het eind van de tafel, waren op een kleine verhoging vier stoelen geplaatst. En dat terwijl alle gasten inmiddels aan tafel hadden plaatsgenomen. Een diepe onrust nam bezit van haar.

Een verhoging met vier stoelen.

Waarvoor?

En voor wie?

71

Achter een rits sneeuwruimers die bezig waren de N19 vrij te maken remde Kovalenko de Mercedes af. Hij hield wat afstand terwijl de sneeuwstorm de wagen deed schudden. Overal om hen heen was het pikkedonker en de enige verlichting kwam van de krachtige koplampen en de opgloeiende achterlichten van de sneeuwruimers voor hen.

'U hebt vast wel eens het verhaal van Anastasia gehoord, meneer Marten?'

'Het was een film of een toneelstuk, geloof ik. Waar wilt u heen?'

'Anastasia was de jongste dochter van tsaar Nicolaas, die met de rest van de familie in het Ipatjev-huis voor het vuurpeloton werd gezet.' Kovalenko remde nog meer af en hield zijn ogen aandachtig op de allengs verraderlijker weg gericht.

'Elf mensen werden door een revolutionair genaamd Yurovsky naar een kamertje in de kelder afgevoerd: tsaar Nicolaas, zijn vrouw Alexandra, zijn dochters Tatiana, Olga, Marie en Anastasia, en zijn zoon, een hemofiliepatiënt die Alexej heette en de tsarevitsj was, de troonopvolger. De anderen waren de lijfarts, de persoonlijke bediende van Nicolaas, een kok en een dienstmeid.

Vanwege de revolutie en de schoten buiten op straat dachten ze dat ze voor hun eigen veiligheid naar beneden werden geleid. Elf mannen liepen achter hen aan het kamertje in. Yurovsky keek de tsaar aan en zei zoiets als: "Er wordt geschoten omdat uw koninklijke bloedverwanten u proberen te vinden en te bevrijden, en daarom heeft de raad van arbeiders besloten u te executeren."

Op dat moment schreeuwde de tsaar: "Wat?!", en hij draaide zich meteen om naar zijn zoon Alexej, misschien wel met de bedoeling om hem te beschermen. Op hetzelfde moment schoot Yurovsky tsaar Nicolaas dood. Meteen daarop brak de hel los toen de elf mannen het vuur openden en de executie van de familie uitvoerden. Het probleem was dat het een heel klein kamertje was met elf mensen die moesten worden doodgeschoten en twaalf schutters en achter hen nog eens vijf tot zeven schildwachten, die wel gewapend waren maar niet tot het vuurpeloton behoorden. Het lawaai van de schoten en de verwarring van gillende mensen en ter aarde stortende lichamen was al erg genoeg, maar in 1918 gebruikte men nog veel zwart buskruit. Al snel zagen ze geen hand voor ogen meer.

Ik vertelde u eerder al dat de lichamen na de terechtstelling allemaal op een truck werden geladen en over doorploegde wegen het bos in werden gereden naar een van tevoren bepaalde begraafplek.'

Kovalenko keek even opzij naar Marten en tuurde vervolgens weer langs de ruitenwissers en door de zware sneeuwval de duisternis in.

'Ga verder,' drong Marten aan.

De Rus concentreerde zich op de weg; de sneeuw nam wat af en hij ontspande zich. 'Omdat Alexej aan hemofilie leed en vanwege de druk van de revolutie waren twee matrozen van de marine aangesteld om voor de kinderen te zorgen, een combinatie van lijfwacht en kinderoppas. Op een gegeven moment kregen ze onenigheid met Alexejs privé-leraar, die vond dat hun aanwezigheid Alexejs intellectuele ontwikkeling in de weg stond. Uiteindelijk had een van hen er de buik van vol en vertrok. De andere matroos, ene Nagorny, bleef bij de kinderen tot ze in het Ipatjev-huis werden vastgehouden. De revolutionairen lieten hem overbrengen naar de gevangenis in Jekaterinburg. Daar zou hij zijn omgebracht, maar dat was niet zo. Hij ontsnapte, kwam terug en wist zich bij Yurovsky's mannen te voegen. Hij was een van de wachters die achter het vuurpeloton stonden.

In het donker na de schoten, en terwijl de anderen te midden van de verblindende rook en de chaos op de plaats van de moordpartij de lijken op de truck begonnen te laden, trof Nagorny een van de kinderen nog levend aan. Het was Alexej. Hij tilde hem op en droeg hem naar buiten. Hoe konden één man en één kind, omringd door die duisternis en de verwarring onder al die mannen die hun best deden de lijken daar zo snel mogelijk weg te krijgen, ook worden gemist? Nagorny wist hem af te voeren, eerst naar een nabijgelegen huis en daarna naar een andere truck. Alexej was geraakt in zijn been en in zijn schouder. Nagorny was goed op de hoogte van zijn ziekte en hoe het bloeden moest worden gestelpt, wat hem lukte.

Later, toen de stukjes van wat er allemaal was gebeurd geleidelijk op hun plek vielen – en de lichamen, waarvan er een aanvankelijk voor dat van tsarevitsj Alexej werd aangezien, in de mijnschacht werden aangetroffen, naakt, verbrand en bewerkt met zuur in een poging ze onherkenbaar te maken, werd vastgesteld dat er negen lijken waren in plaats van elf. Uiteindelijk beseften ze dat de twee ontbrekende kinderen Anastasia en Alexej moesten zijn.'

'U bedoelt dat ook Anastasia het overleefde, en dat daar haar verhaal over ging?' vroeg Marten.

Kovalenko knikte. 'Jarenlang werd gedacht dat een vrouw, ene Anna Anderson, Anastasia was. Toen later de DNA-techniek zijn intrede deed, konden wetenschappers bevestigen dat de gevonden lichamen inderdaad die van de tsarenfamilie waren en werd bovendien aangetoond dat Anna Anderson niet Anastasia was. Dus wat was er met Anastasia gebeurd? Wie kon het zeggen? We zullen het waarschijnlijk wel nooit weten.'

Plotseling besefte Marten dat Kovalenko het eigenlijk helemaal niet over Anastasia had. 'Maar u weet wél wat er met Alexej gebeurde.'

Kovalenko keek hem even aan. 'Nagorny wist hem weg te loodsen. Eerst per truck en daarna over het spoor naar de Wolga. Vervolgens per boot naar de haven van Rostov en daarna met de stoomboot over de Zwarte Zee naar Istanbul, dat toen nog Constantinopel heette. Daar werd hij opgevangen door een geheime afgezant van een goede en bijzonder welgestelde vriend van de tsaar, die begin 1918 de revolutie was ontvlucht en naar Zwitserland was gegaan. De afgezant had valse papieren voor zowel Alexej als Nagorny, en met hun drieën stapten ze aan boord van de Oriënt-Express naar Wenen. Daarna verdwenen ze uit het oog.'

Inmiddels was het weer harder gaan sneeuwen en Kovalenko richtte zijn aandacht weer op de weg. 'Niemand weet wat er met Nagorny is gebeurd, maar... Begrijpt u wel wat ik hiermee wil zeggen, meneer Marten?'

'De directe mannelijke nazaat van de tsaar leefde nog.'

'Uit angst voor communistische represailles maakte hij nooit zijn identiteit bekend, maar als juwelier in Zwitserland wist hij wel een reputatie op te bouwen. Hij had één kind, een zoon, die in zijn voetsporen trad om een enorm fortuin te vergaren en nog veel bekender te worden.'

'Peter Kitner,' zei Marten op zachte toon.

'De enige Russische troonopvolger in rechte lijn. Een feit dat vanavond aan de familie Romanov zal worden onthuld.'

72

Met wijdopen mond luisterde groothertogin Katharina mee terwijl het bewijs werd gepresenteerd.

Drie van de vier stoelen op de verhoging onder het grote wapen van de Romanovs werden inmiddels bezet door mannen van wie ze zeker wist dat het haar grootste medestanders waren geweest: Nikolai Nemov, de burgemeester van Moskou; maarschalk Igor Golovkin, de minister van Defensie van de Russische Federatie, en waarschijnlijk de machtigste officier van het Russische leger; en ten slotte degene die door velen werd gezien als de meest geëerbiedigde persoon van heel Rusland: de bebaarde Zijne Heiligheid Gregor de Tweede, gehuld in zijn gewaad. De heiligste patriarch van de Russisch-orthodoxe Kerk. Deze drie mannen vormden ongetwijfeld de invloedrijkste trojka van heel Rusland en hadden zelfs meer macht dan de president van het land, Pavel Gitinov. Dit was de macht en de invloed waarop de groothertogin had gerekend.

Maar nu was alles in rook opgegaan. Haar toekomst, die van haar zoon en haar moeder, was een zeepbel die uiteindelijk was doorgeprikt door de man die de vierde stoel bezette, sir Peter Kitner, geboren Petr Mikhail Romanov, de onbetwistbare keizerlijke troonopvolger.

De lange maar heldere uitleg door prins Dimitrii en de verzamelde documenten en foto's, waarvan kopieën op een groot scherm rechts van de verhoging werden geprojecteerd, namen alle twijfel weg. Een aantal vergeelde zwartwitfoto's dateerde van na de liquidatie en was gemaakt door de Russische zeeman Nagorny, die de jonge tsarevitsj Alexej naar Zwitserland hielp vluchten. Andere foto's toonden Alexej en de jonge Petr, opgroeiend in Mies, even buiten Genève. Weer andere waren technisch van aard en toonden DNA-profielen, de laboratoria en de technici.

Al deze foto's, profielen en documenten onderstreepten slechts de eenduidigheid van alle bewijsstukken. Botmonsters, genomen van de resten van tsaar Nicolaas in de crypte in Sint-Petersburg, waren onderworpen aan een DNA-analyse, waarna de resultaten waren vergeleken met de DNA-monsters van de vermoede tsarevitsj Alexej, Kitners vader. De DNA-sequenties kwamen duidelijk overeen. Om er absoluut zeker van te zijn dat het hier geen bizar toeval betrof, was het resultaat bovendien nog eens vergeleken met het DNA-profiel van een andere tijdgenoot. Prinses Victoria, de oudere zus van keizerin Alexandra, vrouw van tsaar Nicolaas en moeder van Alexej, had een dochter die later prinses Alexia van Griekenland werd. Haar enige zoon, prins Philip, echtgenoot van koningin Elizabeth II van Groot-Brittannië, was de ideale, nog levende kandidaat voor een DNA-vergelijking met zijn oudtante, keizerin Alexandra. Ook nu weer werden er botmonsters uit de crypte in Sint-Petersburg genomen, ditmaal van de keizerin, die werden vergeleken met die van prins Philip. Ook nu weer was de overeenkomst honderd procent. Ten slotte werden alle vier de monsters vergeleken met die van Peter Kitner. Wederom vielen er geen verschillen te ontdekken.

Dit alles bij elkaar bewees onomstotelijk dat tsarevitsj Alexej Romanov de executie van zijn familie in het Ipatjev-huis had overleefd en dat Peter Kitner niet alleen zijn zoon was, maar, zoals bleek uit Zwitserse geboorteakten en gesprekken met oude bekenden van de familie, zelfs zijn enige kind. De bloedlijn was helder, eenvoudig, onmiskenbaar en eenduidig: Petr Mikhail Romanov Kitner was het enige echte hoofd van het huis Romanov, en daarmee de man die de nieuwe tsarevitsj moest worden.

Katharina's enige wapen was de Anastasia-troef uitspelen, aan te voeren dat de DNA-test helemaal niets bewees en dat Kitner net als Anna Anderson slechts een troonpretendent was geweest, meer niet. Maar ze wist dat het een zinloze poging zou zijn, die haar, haar moeder en haar zoon alleen maar in verlegenheid zou brengen. Bovendien had het driemanschap de lange reis vanuit Moskou nooit gemaakt als ze niet beslagen ten ijs konden komen. Ze hadden de bewijsstukken lang genoeg bestudeerd, hadden de experts achter de analyses door eigen mensen laten ondervragen en hadden de DNA-tests door nog eens drie afzonderlijk opererende laboratoria laten doen. Pas daarna waren de conclusies getrokken. Bovendien had de Russische president, Pavel Gitinov, Kitner uitgenodigd op zijn vakantieverblijf aan de Zwarte Zee. Daar, in gezelschap van het driemanschap en de leiders van zowel de Federale Raad als de Doema, het Russische Hoger- en Lagerhuis, was hem gevraagd als titulair monarch naar Rusland terug te keren om zo in woord en daad de stimulans te kunnen zijn om het oude Rusland, geteisterd door sociale en economische onzekerheid, opnieuw tot een wereldmacht te maken.

Terwijl ze haar ogen aandachtig op Peter Kitner gericht hield, rees groothertogin Katharina Mikhailovna langzaam op van haar stoel. Groothertog Sergej zag het, en volgde haar voorbeeld. Net als zijn grootmoeder, groothertogin Maria Koerakina.

'Petr Mikhail Romanov.' Haar krachtige stem weergalmde door de grote zaal. Hoofden draaiden zich om en ogen staarden haar aan terwijl ze een gouden goblet met daarop het wapen van de Romanovs naar hem hief. 'De familie van groothertog Sergej Petro-

476

vitsj Romanov begroet u met trots en aanvaardt u nederig als de tsarevitsj van Groot-Rusland.'

Waarna ook de anderen opstonden en de drinkglazen hieven. Ook prins Dimitrii stond op. Net als Nikolai Nemov, burgemeester van Moskou; generaal Igor Golowkin van het Russische leger, en Gregorius de Tweede, de heiligste patriarch van Moskou en Groot-Rusland.

Met zijn zilvergrijze haar als de manen van een leeuwenkoning en zijn donkere, glanzende ogen verhief sir Petr Mikhail Romanov Kitner zich van zijn stoel. Hij hief zijn handen en aanschouwde de koninklijke saluten. Daarna boog hij eenvoudig het hoofd om zijn koninklijke mantel formeel te aanvaarden.

73

Kovalenko zag de verlaten auto te laat. Hij gaf een zwiep aan het stuur en zwenkte wild om een botsing te voorkomen. Als een tol spinde de ML 500 over het gladde wegdek, knalde een fractie van een seconde later tegen een sneeuwberm aan de overkant van de weg, kwam even op twee wielen omhoog, klapte vervolgens hard achteruit door de berm en roetsjte als een slee over het lange talud naar beneden, waar hij ten slotte met draaiende motor en nog altijd brandende koplampen in de diepe sneeuw op de rand van een uitstekende rots tot stilstand kwam.

'Kovalenko!' riep Marten terwijl hij aan zijn gordel rukte en naar Kovalenko's roerloze gedaante achter het stuur staarde. Even bleef het doodstil; toen draaide de Rus zich traag om en keek hem aan.

'Ik ben ongedeerd. En u?'

'Ik ook.'

'Waar zijn we in vredesnaam?'

Marten pakte de portierhendel en duwde het portier open. Sneeuw en een ijzige wind joegen naar binnen en hij voelde hoe de wagen iets begon te schommelen. Voorzichtig schoof hij iets op en tuurde naar buiten. Dankzij het licht in de wagen kon hij nog net de donkere afgrond pal onder hem onderscheiden, en in de verte hoorde hij het geraas van water onder hen. Nog iets verder naar buiten leunend voelde hij de wagen gevaarlijk naar zijn kant overhellen.

'Wat gebeurt er?' blafte Kovalenko.

Het enige wat Marten zag was de bovenkant van een met sneeuw bedekte richel en daaronder een pikzwart gat. Langzaam kwam hij weer rechtop en sloot het portier.

'We hangen op de rand van een afgrond.'

'Een wat?'

'Een afgrond, een klif. Het zou me verbazen als we nog met meer dan twee wielen de grond raken.'

Kovalenko leunde naar Martens kant en de wagen bewoog mee.

'Niet doen!'

Als bevroren bleef Kovalenko zitten.

Marten staarde hem aan. 'Ik weet niet hoe diep het is, maar ik wil het eigenlijk niet weten ook.'

'Ik ook niet. En Lenard trouwens ook niet. Die wil zijn wagen graag heel terugzien.'

'Hoe laat is het?'

Voorzichtig wierp Kovalenko een zijdelingse blik op het dashboardklokje. 'Net middernacht.'

Marten zuchtte eens diep. 'Het sneeuwt, het is middernacht en we zitten god weet waar een eind van de weg af. Eén keer niezen en we kunnen zo over de rand kieperen en klaar zijn we. We zouden verdrinken of doodvriezen of verbranden als dit ding in de fik vliegt.

Zelfs als het lukt met uw gsm te bellen, kunnen we onmogelijk melden waar we zitten omdat we dat zelf niet eens weten. En anders betwijfel ik of iemand hier voor de ochtend kan zijn. Dat kan alleen als we geluk hebben.'

'Dus wat doen we?'

'We hangen met twee wielen over de rand, wat hopelijk betekent dat we ook nog altijd met twee wielen op de vaste grond staan. Misschien kunnen we wel gewoon wegrijden.'

'Hoezo "misschien"?'

'Hebt u een beter idee?'

Marten zag dat Kovalenko voor zichzelf de alternatieven afwoog en al net zo vlug tot dezelfde conclusie kwam. 'Het zou beter zijn,' zei de Rus gewichtig, 'als we op de passagierskant minder gewicht hadden.'

'Juist.'

'En u kunt ook niet zomaar aan uw kant uitstappen, omdat u dan de diepte in zou storten en wie weet de wagen met u.'

'Juist.'

'Daarom stap ik zo meteen aan mijn kant uit en moet u gelijk naar mijn stoel doorschuiven, het stuur nemen en proberen weg te rijden, zoals u net al zei.'

'En dan kunt u lekker veilig toekijken en zien wat er gebeurt. Is dat de bedoeling?'

'Meneer Marten, als de wagen inderdaad over de rand kiepert, hoeven we er toch niet allebei in te zitten?'

'Maar ik ben degene die erin zal zitten, niet u.'

'Als het een troost is: mocht u de diepte in storten, dan vries ik hier toch wel dood.'

En daarmee maakte Kovalenko zijn gordel los en duwde zijn portier open. Een windvlaag duwde het weer dicht, maar de Rus zette zijn schouder ertegen en wist het weer open te krijgen.

'Oké, ik stap nu uit. Schuif meteen door naar mijn stoel.'

Kovalenko kroop achter het stuur vandaan. Tegelijk schoof Marten behoedzaam door naar het midden van het dashboard en probeerde zo veel mogelijk gewicht op de bestuurderskant over te brengen. Plotseling kraakte de ML en begon hij naar het ravijn over te hellen. Snel schoof Kovalenko terug met al zijn gewicht op de rand van de stoel. De wagen kwam weer in balans.

'Heremijntijd…' verzuchtte Kovalenko.

'Blijf zitten zo,' zei Marten. 'Dan schuif ik het laatste stukje verder.'

Met één hand op de bestuurdersstoel en vervolgens zo veel mogelijk leunend op zijn elleboog duwde Marten zichzelf omhoog, gleed op de stoel en zwaaide zijn benen een voor een onder het stuur door.

Hij keek op. Kovalenko's neus bevond zich op luttele centimeters van die van hem. Een plotselinge windstoot sloeg het portier tegen Kovalenko's achterste en de Rus werd zo tegen Marten aan gekwakt. Hun neuzen smakten tegen elkaar en de ML kantelde naar het ravijn.

Marten duwde Kovalenko de wagen uit en de sneeuw in en leunde zo ver mogelijk voorover. Het was genoeg, de ML kwam weer horizontaal.

'Sta op en sluit het portier,' zei Marten.

'Wat?'

'Sta op en sluit het portier. Zachtjes.'

Als een spook kwam Kovalenko overeind uit de sneeuw. 'Zeker weten?'

'Ja.'

Kovalenko duwde het portier dicht en deed vervolgens een stap achteruit. Langzaam gleed Martens blik langs de heen en weer zwiepende ruitenwissers. Voor hem beschenen de koplampen slechts een witte massa. Het viel onmogelijk te zeggen of wat hij voor zich zag nu omhoog, omlaag of rechtuit ging. Hij wist alleen dat hij niet rechtsaf wilde.

Hij haalde diep adem en keek even naar Kovalenko, die hem aanstaarde. Zijn kraag stond omhoog, zijn haar en baard zaten onder de sneeuw.

Marten keek weer voor zich. Zijn hand bewoog naar de versnelling en zette deze in de 'Drive'-stand. Vervolgens drukte hij heel voorzichtig het gaspedaal iets in. Er klonk een zacht gebrom toen de motor toeren begon te maken en hij voelde hoe de wielen gingen draaien. Even gebeurde er niets, daarna een allerlichtst schokje toen de wielen grip kregen en de ML enkele centimeters naar voren gleed. Dertig centimeter, een meter, en vervolgens begonnen de wielen in het dikke pak sneeuw rond te draaien. Hij liet het gas los en de terreinwagen rolde achteruit. Hij stond meteen op de rem. De Mercedes gleed iets door en bleef toen staan.

'Voorzichtig,' fluisterde hij. 'Voorzichtig…'

Opnieuw een beetje gas. Opnieuw gleed de wagen iets naar voren. Opnieuw draaiden de wielen en kregen weer grip, maar ook nu weer slipten ze door. Marten zag Kovalenko opeens achter de wagen verdwijnen. Hij keek in de binnenspiegel en zag hoe de Rus zijn schouder tegen het vijfde portier zette.

Martens voet raakte het gaspedaal en hij draaide het raampje iets omlaag.

'Nu!' brulde hij en hij gaf voorzichtig gas. De wielen draaiden. Kovalenko zette alles op alles. Eindelijk voelde Marten dat de wielen weer houvast kregen. De wagen bewoog naar voren. Dit keer bleef hij in beweging, pakte zelfs snelheid op en reed door een voetdikke sneeuwlaag recht de helling op. Hij keek weer even in de binnenspiegel. Kovalenko bevond zich achter de wagen, rennend in het spoor dat de ML had getrokken. Vijf seconden. En nog eens vijf. De terreinwagen versnelde zowaar. In het licht van de koplampen zag hij de dikke sneeuwberm opdoemen. Vanuit zijn positie leek deze minstens net zo hoog als de wagen, misschien wel hoger. Hoe stevig hij was en of het eigenlijk wel een berm was en niet een stenen muur bedekt met sneeuw viel gewoon niet te zeggen, maar hij kon niet meer stoppen en het risico nemen dat hij weer achteruitgleed. Hij kon alleen maar zo hard en snel mogelijk die berm rammen en hopen dat hij er aan de andere kant doorheen kwam.

Een halve tel later trapte hij het gaspedaal helemaal in. De ML schoot naar voren. Twee seconden, drie. De berm was pal voor hem en hij raakte hem vol. Even werd alles donker. En opeens was hij erdoorheen en weer op de weg.

Na een diepe zucht draaide hij zijn raampje helemaal naar beneden. In de buitenspiegel zag hij Kovalenko de helling op rennen en door de geslagen bres in de berm naar hem toe komen. Met zwoegende borstkas, briesend door zijn neusgaten en zijn hele lijf in sneeuw gehuld kraaide hij victorie en pompte met zijn vuisten in de lucht. In de rode gloed van de achterlichten leek hij wel een grote dansende beer.

74

Parijs, vrijdag 17 januari, 0.40 uur

Tsjarevitsj Peter Kitner Romanov sloeg zijn handen voor zijn oren terwijl de Russische Kamov-32-aanvalshelikopter met tandemrotor op een afgelegen plek van de luchthaven Orly met oorverdovend kabaal opsteeg in de harde wind en verblindende sneeuw.

Tegenover hem zat zijn persoonlijke lijfwacht, kolonel Stefan Moerzin van de FSO, de Federalnaja Sloezjba Ochrany. Hij was tevens een van de tien Russische presidentiële beveiligingsagenten die hem vanaf de chique woning aan de Avenue George V 151 snel naar de gereedstaande rij limousines voor de dienstingang had geëscorteerd, waarna hij in de voorlaatste wagen had plaatsgenomen. Vervolgens had de stoet zich onmiddellijk in beweging gezet, had het legertje agenten in de ziedende sneeuw gepasseerd en was bumper aan bumper de Seine overgestoken. De rit had over zo'n vijftien kilometer door verlaten en besneeuwde straten gevoerd. Uiteindelijk arriveerden ze op een afgezet gedeelte van de luchthaven Orly, die vanwege het stormachtige weer voor al het vliegverkeer gesloten was.

Twee Kamov-32-heli's stonden al gereed met langzaam draaiende rotors. Op het moment dat Kitners limousine stilstond, werden de deuren opzijgeschoven en begeleidden kolonel Moerzin en vier zwaarbewapende beveiligingsagenten de tsarevitsj naar de dichtstbijzijnde helikopter. In luttele seconden waren ze aan boord. De deuren werden dichtgeschoven, de wieken begonnen sneller te draaien terwijl Moerzin – hoekige kaaklijn en pikzwarte ogen – de tsarevitsj hoogstpersoonlijk de gordels omdeed en daarna zichzelf vastsnoerde. Een paar seconden later waren de helikopters in de lucht.

Moerzin leunde achterover. 'Zit u goed, tsarevitsj?'

'Ja, dank u,' antwoordde Kitner met een knik en hij bekeek de gezichten van de andere mannen die hem moesten beschermen. Al jarenlang beschikte hij over persoonlijke bodyguards, maar dit groepje was wel even wat anders. Ieder lid had gediend bij de Russische eenheid voor speciale opdrachten, de *Spetsialnoje Naznatsjenije,* ofwel de Spetsnaz. Allemaal leken ze op Moerzin: jong, gespierd en topfit, de haren gemillimeterd. Vanaf het moment dat hij tot tsarevitsj was gekozen en in formele aanvaarding het hoofd had gebogen naar de aanwezigen, was hij hun verantwoordelijkheid geworden. Als in een flits werd Higgs naar de achtergrond geschoven, met als enige taak de directie van MediaCorp op de hoogte te stellen van het feit dat de hoogste baas om 'persoonlijke redenen' was weggeroepen, dat verder alles goed met hem was en hij over enkele dagen terug zou zijn. Tegelijkertijd dienden de achterblijvende Romanovs geheimhouding te zweren. Voor het dienstdoend personeel, de bedienden, koks, sommeliers, was dat laatste niet nodig: zij waren allemaal FSO-agenten.

Omwille van de persoonlijke veiligheid van de tsarevitsj en gezien het enorme historische belang van wat er op het punt stond te worden bekendgemaakt – Alexej Romanov bleek inderdaad de liquidatie in het Ipatjev-huis te hebben overleefd; Peter Kitner, eigenaar van een van de weinige particuliere multinationale mediabedrijven ter wereld, was inderdaad zijn echte zoon, en in Moskou was daardoor het bijna ongelooflijke besluit genomen om de keizerlijke troon in ere te herstellen – diende het grote nieuws voorlopig geheim te blijven totdat aan alle beveiligingsaspecten was voldaan en de officiële proclamatie tijdens het Wereld Economisch Forum in Davos door de Russische president kon worden gedaan. Dit was dan ook de reden waarom alleen Kitners naaste familieleden, Higgs en zijn privé-secretaris Taylor Barrie op de hoogte waren gebracht.

Bovendien was Kitner niet de enige wiens persoon van het ene op het andere moment onder staatsveiligheid viel. Meteen nadat hij tot de nieuwe tsarevitsj was uitgeroepen en onder escorte het pand aan de Avenue George V verliet, vielen ook zijn zoon Michael, voor MediaCorp op zakenbezoek in München; Kitners vrouw Luisa, nog altijd in Trieste; hun dochters Lydia en Marie in Londen en Victoria in New York onder bescherming van de FSO. Allemaal zouden ze de volgende dag onder escorte naar Davos afreizen.

Kitners angst dat de Barones wellicht plannen beraamde om een van hen te doden of te verminken, was met de aanwezigheid van dit subliem getrainde beveiligingsleger volledig weggenomen. Hij bevond zich nu in een isolement en als tsaar zou hij dat de rest van zijn leven blijven. Hij had vrijwillig zijn vrijheid opgegeven. Voor zijn vader, zijn land, zijn geboorterecht. Zijn ware identiteit was inmiddels niet langer een geheim. De grote angst voor een communistische represaille zoals zijn vader destijds vreesde, was door de tijd en de geschiedenis tenietgedaan. Hetzelfde, zo wist hij, gold nu voor de Barones en Alexander.

75

Parijs, het penthouse aan de Avenue Hoche 127, vrijdag 17 januari, 3.14 uur

In het flauwe schijnsel van een leeslampje lag groothertogin Katharina Mikhailovna wakker, met een afwezige blik gericht op het digitale klokje waarop ze, sinds ze iets over halftwee naar bed was gegaan, zo'n beetje elke minuut voorbij had zien kruipen. Hoe vaak had ze in de afgelopen bijna twee uur de hele avond opnieuw in haar hoofd afgedraaid? De gevoelens van diep verraad door haar 'goede vrienden', de burgemeester van Moskou en de patriarch van de Kerk, waren nu even niet belangrijk. Wat haar het meest dwarszat, was waarom niet één andere Romanov, prins Dimitrii uitgezonderd, van Peter Kitner of de waarheid over Alexejs ontsnapping uit het Ipatjev-huis had geweten. Geheimhouding, dat kon ze nog wel begrijpen, het ging immers om de veiligheid van de echte tsarevitsj, maar er leek helemaal geen reden te zijn om alle Romanovs, op Dimitrii na, de informatie te onthouden; niet alleen over Kitners bestaan, de waarheid omtrent zijn verleden en zijn vader, maar ook over de door het Russische parlement en de president van Rusland genomen beslissingen die de hele familie zo zwaar hadden getroffen.

Klik.

3.15 uur. Ze dacht weer aan de reactie van haar zoon op het moment dat Peter Kitner werd geïntroduceerd en zijn afkomst werd onthuld. Ze herinnerde zich dat hij, ondanks alle jaren van voorbereiding en in de volle overtuiging dat hij tsaar zou worden, geen moment had geweifeld, zelfs niet met zijn ogen had geknipperd. Hij zou niet mogen plaatsnemen op de troon van Rusland, maar zou eer betuigen en gehoorzamen aan de man die dat wel zou doen. Dat was vanaf nu zijn voorrecht en plicht. En op dat moment wist ze dat groothertog Sergej Petrovitsj Romanov meer Russisch was dan zij allemaal.

3.16 uur. In het bed achter haar hoorde ze hoe haar moeder zich omdraaide. Een flinke windstoot deed de ramen klapperen en dikke sneeuwvlokken spatten tegen het glas.

Ze hadden het haar moeten vertellen, de burgemeester in elk geval. Maar hij had het nagelaten. Waarom had hij niets gezegd en had hij haar om de tuin geleid? Plotseling bekroop haar de gedachte dat er iemand anders bij betrokken was. Iemand aan wie zowel de burgemeester als de patriarch loyaler waren dan aan haar. Maar wie dan?

Klik.

3.17 uur. Plotseling werd het pikkedonker.

'Wat is er?' Haar moeder zat rechtop in bed.

'Niets, moeder,' zei groothertogin Katharina, 'de stroom is uitgevallen. Ga maar weer slapen.'

76

Bazel, Zwitserland, dezelfde dag, vrijdag 17 januari, 6.05 uur

'We zullen toegang moeten hebben tot zijn bestanden en zaken-dossiers. Deze ochtend, als het kan. Ja, goed. Uitstekend, dank u.' Kovalenko hing op en keek Marten aan.

'Ene hoofdinspecteur Beelr van de kantonpolitie van Zürich zal ons over een uur ontvangen in het mortuarium van het academisch ziekenhuis. De politie heeft al toestemming de persoonlijke bezittingen van het slachtoffer, zowel thuis als op zijn werkplek, te doorzoeken.'

Kovalenko's ogen waren rood en gezwollen, en onder aan zijn ringbaardje, op de plek die hij normaal altijd netjes schoor, waren de eerste stoppels al te zien. Beide mannen waren moe van de lange rit, die vanwege de gevaarlijke wegen dubbel zo zwaar was geweest. Maar bij het passeren van de Zwitserse grens was de storm al afgenomen tot slechts wat vlagen sneeuw, die in het licht van de koplampen van de ML 500 opwaaiden.

Marten keek even op het satellietnavigatiesysteem van de terreinwagen en voegde in op de A3, de snelweg naar Zürich.

'Het slachtoffer heet Hans Lossberg. Leeftijd: tweeënveertig; drie kinderen. Net als ik,' stelde Kovalenko vermoeid vast terwijl hij naar de nog altijd donkere oostelijke hemel staarde. 'Wel eens in een mortuarium geweest, meneer Marten?'

Marten aarzelde. De Rus was weer aan het vissen. Ten slotte vond hij zijn antwoord: 'Eén keer, in Los Angeles. Dan Ford nam me toen mee.'

'Dus u weet wat u kunt verwachten.'

'Ja.'

Marten hield zijn aandacht bij de weg. Ondanks het vroege uur nam het forensenverkeer al aardig toe en hij moest zijn snelheid op de spekgladde weg in de gaten blijven houden. Ondertussen zat Kovalenko's gedoe hem behoorlijk dwars. Het was duidelijk dat hij met de Russische rechercheurs die in Los Angeles waren geweest had gesproken. De Rus wist van Red, Halliday en het team. Hij vroeg zich af of de man misschien een vermoeden had wie hij werkelijk was en daarom bleef vissen. Zoals ook zo-even weer, over dat mortuarium, de toespeling dat er een rechercheurtje in hem huisde, zijn studie aan de universiteit en wanneer hij daarmee begonnen was. En in Parijs over Dan Ford en waarom Vabres de journalist uitgerekend midden in de nacht de menukaart had bezorgd. Telkens had Kovalenko hem vervolgens zwijgend aangestaard.

Bovendien wist hij bijna zeker waarom de Rus na de slippartij in de berm per se wilde uitstappen: niet omdat hij bang was dat de wagen over de rand het ravijn in zou vallen, maar omdat hij wilde zien hoe goed Marten in zo'n situatie met een auto overweg kon, of hij misschien over vaardigheden en ervaring beschikte die verder reikten dan de normale rijvaardigheid.

Maar stel dat Kovalenko inderdaad vermoedde dat hij niet de gewone student en 'vriend van Dan Ford' was voor wie hij zich uitgaf en het moment afwachtte waarop Marten zichzelf zou verraden, wat leverde hem dat dan op? Tenzij hij vrienden binnen het LAPD had, iets wat Marten betwijfelde.

Hoe dan ook, hij mocht zich er niet door laten afleiden. Hij was ervan overtuigd dat hij met elke minuut weer een stukje dichter bij Raymond Thorne kwam. Kovalenko was daarbij zijn enige bondgenoot. Bovendien gingen er deuren voor hem open terwijl de Rus hem meesleepte om zijn eigen plan ten uitvoer te brengen. De informatie die ze hadden uitgewisseld had tot een dialoog geleid en na de toestanden in de sneeuw en het gedoe om de wagen weer op de weg te krijgen was er zelfs min of meer een band ontstaan. Het was iets wat Marten niet zomaar durfde te verpesten, ook al betekende het dat hij nog meer van zichzelf prijs moest geven. Hij minderde wat vaart vanwege de gladheid, wierp even een blik op de Rus en begon hardop te denken.

'Vorig jaar gebruikte Thorne in Los Angeles een pistool om uit zijn cel te ontsnappen. Hij heeft toen een aantal onschuldige mensen doodgeschoten, onder anderen een paar agenten.

Hij gebruikte een pistool toen hij in Chicago de gebroeders Azov vermoordde. Bij de moord op de Romanovs in de Verenigde Staten en Mexico was een pistool gebruikt. Neuss werd in Parijs met een pistool geliquideerd en Fabien Curtay werd in Monaco doodgeschoten. Dus waarom gebruikt Raymond – we weten inmiddels dat het Raymond Thorne is – opeens een mes of een scheermes? En niet zomaar als steekwapen, maar alsof hij eventjes wat wil laten zien, en ze daarom afslachtte.'

'Ik heb al eerder geopperd dat wé misschien met een vorm van rituele moorden te maken hebben,' reageerde Kovalenko. 'En misschien klopt dat.'

'Of niet,' wierp Marten tegen, 'en begint hij uit vorm te raken. Een rituele moord betekent beheersing. Het enige beheerste dat we hier hebben gezien, is de eerste snee, alsof hij die in gedachten gerepeteerd heeft. De rest is emotie. Liefde, haat. Of beide. En vol passie, alsof hij zichzelf niet meer in de hand had, of niet meer in de hand wilde hebben.'

Kovalenko zweeg een paar minuten, maar nam daarna weer het woord. 'Een groot, antiek mes, een Spaanse stiletto die een Navaja wordt genoemd, werd in Monaco ontvreemd uit de privé-kluis van Fabien Curtay. En ook nog iets anders: een kleine spoel met een stukje 8mm-film.'

'Film?'

'Ja.'

'Geen video?'

'Nee. Film.'

'Waarvan?'

'Wie zal het zeggen?'

De lucht was nog altijd winters donker nu de A3 overging in de A1 en ze in de verte de lichten van Zürich al konden zien.

'Vertel nog eens wat meer over Kitner,' vroeg Marten. 'Maakt niet uit wat. Over zijn familie, bijvoorbeeld. Niet Cabrera, maar degenen over wie hij het heeft.'

'Hij heeft een zoon die hem op een dag als directeur zal opvolgen,' antwoordde Kovalenko met een zucht. Hij begon moe te worden en dat was hem aan te zien. 'En een dochter die ook in de directie zit. Twee andere dochters zijn getrouwd, de een met een arts, de ander met een kunstenaar. Zijn vrouw, zo heb ik je al verteld, behoort tot het Spaanse koningshuis. Ze is een nicht van koning Juan Carlos.'

'Royalty trouwt met royalty.'

'Ja.'

Ook Marten voelde de vermoeidheid. Hij streek met een hand over zijn gezicht en voelde de prikkels van zijn stoppelbaard. Ze moesten zich nodig scheren, douchen en slapen. Maar dat moest nog even wachten. 'Hoe lang weet zijn vrouw al wie hij eigenlijk is?'

'Misschien al vanaf de dag dat ze elkaar leerden kennen, misschien pas op het moment dat hij tot tsaar werd gekozen. Ik zou het niet weten, ik heb geen idee hoe zulke mensen met elkaar converseren: wat ze zeggen, wat ze verzwijgen. Daar zal ik waarschijnlijk ook nooit achter komen. Je praat dan over een sport op de ladder die voor mij te hoog blijft.'

'Wat nog meer, op het persoonlijke vlak? Hoe heeft hij Alfred Neuss leren kennen?'

'Ze groeiden samen op in Zwitserland. Neuss' vader werkte voor Kitners vader, vandaar dat hij in het juweliersvak belandde.'

Hij keek even opzij en zag dat de Rus hem weer net zo aanstaarde als voorheen, kijkend naar zijn handen op het stuur, naar zijn voeten die beurtelings op het gas- en het rempedaal drukten.

'Wat nog meer?'

'Kitner had een zoon die op zijn tiende werd vermoord,' vertelde Kovalenko bijna schoorvoetend. 'Het gebeurde zo'n twintig jaar geleden. Kitner was toen nog lang niet zo'n bekende naam en dus haalde het niet de krantenkoppen, maar wel de tabloids. Een of andere jonge crimineel stak hem neer tijdens een kinderfeestje in Parijs.'

'Parijs?'

'In het Parc Monceau. Hetzelfde park waar ook het lichaam van Alfred Neuss werd aangetroffen.'

'En dat staat vast?' Marten kon het bijna niet geloven.

'Het staat vast. En voordat u nu weer met allerlei scenario's op de proppen komt, zal ik u alvast vertellen dat de twee zaken volledig losstaan van elkaar, behalve dan dat Neuss en Kitner met elkaar bevriend waren en de plek van de misdrijven dezelfde was.'

'En daarna?'

'Voorzover ik weet is de dader nooit gevonden.'

'U zei dat Kitners zoon werd neergestoken. Stel dat het mes dat uit Curtays kluis werd gestolen het moordwapen was?'

'U bent aan het gissen.'

'Ja. Maar er werd bovendien een film ontvreemd.'

'Ja, en?' De Rus begreep het niet.

'Die moord vond zo'n twintig jaar geleden plaats, voordat iedereen een videocamera had. Mensen gebruikten toen nog filmcamera's. Verjaardagsfeestjes voor de kinderen waren dé gelegenheden om te filmen, en het meeste gebeurde op 8mm-film. Stel dat iemand bezig was dat verjaardagsfeestje te filmen en per ongeluk ook de moord, en dat de film later uit de kluis werd gestolen. Stel dat Neuss en Kitner zowel het moordwapen als de moord op film in hun bezit hadden, veilig opgeborgen. En Cabrera hiervan af wist?'

Godsamme, schoot het door Martens hoofd. Stel dat het mes en de film 'de stukken' vormden, de twee voorwerpen waar Raymond Thorne al die tijd jacht op had gemaakt. Als dat zo was, dan had het direct te maken met de sleuteltjes van de bewaarkluis. Sleuteltjes voor een kluisje waarin het mes en de film verborgen lagen. Een kluisje dat misschien ergens in een bank in Marseille te vinden was en waar Neuss, op weg naar Curtay in Monaco, de spullen had opgeborgen. Hoe het verder in elkaar stak kon hij nu nog niet zeggen. Misschien hadden de vermoorde slachtoffers in Amerika en Mexico de sleuteltjes in bewaring gekregen, voor het geval Kitner iets overkwam, zonder dat ze wisten waar ze voor dienden. Kitner wist dat Cabrera zijn zoon had vermoord, maar wilde dat het geheim bleef. En dus verbande hij Cabrera naar Argentinië en hield het mes en de film in zijn bezit als waarborg tegen een eventuele terugkeer.

Dus als het mes en de film inderdaad 'de stukken' waren... Hoe had Thorne het ook alweer verwoord? 'De "stukken" waarmee de toekomst zeker is.' Wat voor toekomst, wat had hij daarmee bedoeld? En waarom had Cabrera om te beginnen die moord gepleegd?

Opeens keek hij Kovalenko aan. 'Denk even met me mee. Twintig jaar geleden zou Alexander Cabrera hoe oud zijn geweest? Dertien, veertien? Stel dat híj onze jonge crimineel was?'

'U wilt dus beweren dat hij zijn eigen broer zou vermoorden?' Opnieuw klonk Kovalenko weinig overtuigd.

'U was anders degene die zei dat hij misschien zijn vader wil vermoorden.'

'Nee, meneer Marten. Ik zei dat Peter Kitner misschien Raymond Thornes doelwit, en niet dat van Alexander Cabrera, is geweest,' antwoordde Kovalenko terwijl hij Marten doordringend aankeek en daarna zijn hoofd afwendde.

'Zit u iets dwars, inspecteur...?'

Kovalenko zweeg en staarde nog altijd uit het zijraam.

'Ik zal u vertellen wat u dwarszit. Het is weer net zoals eerst,' hield Marten vol. 'Diep vanbinnen weet u heel goed dat Thorne en Cabrera wel degelijk een en dezelfde persoon zijn. Maar om de een of andere reden wilt u dat voor uzelf niet toegeven.'

'U hebt volkomen gelijk, meneer Marten,' reageerde Kovalenko terwijl hij Marten plotseling weer aankeek. 'Vergeet Kitners vermoorde zoon even, en ga ervan uit dat Alexander Cabrera en Raymond Thorne dezelfde persoon zijn, zoals u suggereert. En ook dat Kitner, en niet Alfred Neuss, de hele tijd zijn voornaamste doelwit was. Dan zitten we dus met een zoon die zijn vader wil vermoorden.'

'Dat is wel vaker gebeurd, hoor.'

'Ja, dat is wel vaker gebeurd. Maar het probleem is dat deze vader zeer binnenkort de nieuwe tsaar van Rusland zal worden. Dat maakt de zaak er wel even anders op en maakt een poging tot vadermoord opeens tot een wel heel delicaat probleem voor de staatsveiligheid. Met een absolute geheimhouding totdat het bewijs onomstotelijk vaststaat. Wat meteen de reden is waarom we inspecteur Lenard niets konden vertellen en ik u niet kon achterlaten. Ik hoop werkelijk dat u mijn positie zult begrijpen, meneer Marten. Daarom hebben we de hele nacht door een razende sneeuwstorm gereden: om het bewijs te vinden dat deze meneer Hans Lossberg door dezelfde persoon is vermoord die ook Dan Ford uit de weg ruimde. Met een beetje geluk vinden we misschien nóg een vingerafdruk.'

'Waarom regelt u niet ergens een gerechtelijk bevel waarmee Cabrera gedwongen wordt u zijn vingerafdrukken af te staan?'

'Gisteren rond deze tijd zou dat misschien nog mogelijk zijn geweest. Maar gisterochtend wist ik nog niets over het bestaan van een LAPD-dossier met daarin de vingerafdrukken van Raymond Thorne.'

'Gisteren, vandaag – wat is het verschil?'

Kovalenko glimlachte flauwtjes. 'Het verschil is dat Cabrera vandaag officieel deel uitmaakt van de keizerlijke familie. Het is een van de problemen van een monarchie: de politie kan een koning, tsaar of lid van een koninklijk huis moeilijk eventjes om wat vingerafdrukken vragen. Niet als er geen keihard bewijs is dat het om een misdaad gaat. En als ik degene zou moeten zijn die Cabrera aanklaagt, moet het dus zonneklaar zijn dat hij inderdaad onze man is.'

77

Het lijkenhuis in het academisch ziekenhuis, Zürich, 7.15 uur

Hans Lossberg, tweeënveertig jaar, getrouwd, drie kinderen. Net als hij, had Kovalenko gezegd. Met één verschil: Lossberg was dood, afgeslacht met een vlijmscherp instrument. Op precies dezelfde manier als Dan Ford en Jean-Luc Vabres waren vermoord. Misschien zelfs nog barbaarser, met een nog meedogenlozer passie. En nee, de dader had geen vingerafdrukken achtergelaten. Hoe dan ook, die ene vluchtige blik tussen Marten en Kovalenko sprak boekdelen: Thorne was in Zürich geweest.

'Zouden we ook een kijkje mogen nemen naar het werk van *Herr* Lossberg?' vroeg Kovalenko, terwijl de jonge, vriendelijke inspecteur Heinrich Beelr van de kantonpolitie Zürich hun de details van het misdrijf gaf, wanneer het was gebeurd en waar.

Een kwartier later bevonden ze zich in de vrij grote achterkamer van Grossmünster Presse, een drukkerij in de Zähringstrasse, en neusden door laden vol illustraties op zoek naar het plakvel voor een onlangs gedrukte of nog te drukken menukaart. Wat voor soort menukaart het zou kunnen zijn, daar hadden ze geen idee van, alleen dat hij wel eens in het Russisch kon zijn of iets te maken kon hebben met de familie Romanov.

Een uur later had hun inspanning nog niets opgeleverd. Wat de situatie lastiger maakte, was de standvastige bewering van Bertha Rissmak, de forse en uitgesproken strenge drieënvijftigjarige bedrijfsleidster van de drukkerij, dat ze zochten naar iets wat niet bestond. Hoewel de overleden Hans Lossberg de eigenaar van Grossmünster Presse was geweest, was hij de afgelopen vijftien jaar ook de enige vertegenwoordiger geweest. En zover Bertha Rissmak wist, had Grossmünster Presse in diezelfde vijftien jaar niet één menukaart gedrukt. Hun specialiteit bestond immers uit voorgedrukte formulieren voor het bedrijfsleven: inventarislijsten, briefhoofden, kaarten, verzendetiketten, dat soort dingen en verder niets. Wat het probleem nog vergrootte, was dat Lossberg de duizenden klanten letterlijk zelf had afgehandeld en dat hij zijn eigen archiefsysteem had, vijftien kasten vol, elk met vier laden. Wat het zelfs nóg lastiger maakte, was het feit dat veel van de klanten al in geen jaren iets hadden besteld en dat hun gegevens waren weggegooid of niet up-to-date waren. Het was zoeken naar een speld in een hooiberg, alleen hadden zij geen idee welke hooiberg, of zelfs of er überhaupt iets te vinden viel. Toch zat er niets anders op dan elke werktekening en illustratie na te pluizen en elke bestelling en factuur te bekijken. Iets wat veel kostbare tijd in beslag nam, vooral als Thorne nog meer op zijn agenda had staan.

En toen, nog weer twintig minuten later, schoot Marten opeens te binnen wat Kovalenko hem had verteld over Cabrera's achtergrond: in Argentinië grootgebracht door de zus van zijn overleden moeder, een schatrijke Europeaanse. Als ze Europeaanse was, waarom zou ze dan de zoon van haar zus in Zuid-Amerika laten opgroeien, ook al kon ze zich dat veroorloven?

Hij beende op de over een kast gebogen Kovalenko af. 'Die tante van Cabrera, wie is dat eigenlijk?' vroeg hij op zachte toon.

Kovalenko keek op, keek even naar inspecteur Beelr, die achter hem nauwgezet een stapel dossiers doornam, nam Marten bij de arm en leidde hem naar een hoek van de kamer waar ze ongestoord konden praten.

Het enige wat de politie van Zürich tot nu toe wist, was dat Kovalenko onderzoek deed naar de moorden op geëmigreerde Russen, die in Frankrijk en Monaco waren gepleegd. Hij had Marten voorgesteld als een kroongetuige en had uitgelegd waar ze naar zochten, maar had verder weinig onthuld. En al helemaal niets over Alexander Cabrera.

'Breng Cabrera vooral niet ter sprake,' zei hij zacht maar resoluut. 'Ik wil niet dat Beelr vragen gaat stellen en dat Lenard het vervolgens te weten komt. Begrijpt u?'

'Wie is zijn tante?' hield Marten vol.

'Barones Marga de Vienne, een vooraanstaand en uitzonderlijk invloedrijk lid van de Europese beau monde.'

'En rijk, zoals u al zei.'

'Puissant rijk.'

'Dat zou die gehuurde jet verklaren waarmee Thorne uit Los Angeles had moeten vluchten. En ook dat hij erin slaagde een overlijdensakte te regelen, uit het ziekenhuis en vermoedelijk aan boord van een luchtambulance wist te komen, en een onbekende uit het lijkenhuis kon laten ontvoeren om die onder zijn naam te laten cremeren. Maar het verklaart niet de keuze voor Argentinië, en waarom hij daar werd grootgebracht.'

Plotseling keken beide mannen op.

Vergezeld door een man van middelbare leeftijd, met kort haar en een werkschort om, kwam Beelr op hen af gelopen.

'Neem me niet kwalijk dat ik u stoor. Dit is Helmut Vaudois. Hij was een goede vriend van Hans Lossberg en kende hem al enige tijd. Voordat Lossberg de zaak overnam, schijnt hij zelf drukker te zijn geweest. Van tijd tot tijd deed hij er klusjes bij, vooral als het om kleine bestellingen ging. Het zou dus kunnen dat Lossberg de opdracht voor deze menukaart buiten de drukkerij om aannam.'

'En zou hij dat hier hebben gedaan?'

'Nee,' antwoordde Vaudois, 'in zijn appartement stond een kleine drukpers.'

78

Zürichbergstrasse 257, 10.15 uur

Aan de voordeur van het kleine appartement, dicht bij de dierentuin van Zürich, werden ze begroet door Maxine Lossberg. Met haar snel opgestoken haren en een ochtendjas om zich heen getrokken was de weduwe van Hans Lossberg nog duidelijk de schok niet te boven. Slechts de aanwezigheid van Lossbergs vriend Helmut Vaudois stelde haar een beetje gerust en gedurende het hele bezoek liet ze zijn hand dan ook niet meer los.

Voorzichtig en vriendelijk legde inspecteur Beelr haar uit dat ze graag meer te weten wilden komen om de moordenaar van haar man te kunnen achterhalen. Had haar man onlangs zelf nog wat drukwerk verricht? Een privé-bestelling misschien, of een klusje voor een vriend?

'Ja,' antwoordde ze in het Duits en ze ging de mannen voor door de smalle gang naar een achterkamertje waar Lossberg een oude drukpers en een paar rekken met drukletters had staan en waar het naar inkt rook.

Ze keek in de laden van de dossierkast, maar was verbaasd toen ze niets aantrof.

'Gek, Hans bewaarde altijd kopieën van zijn drukwerk,' mompelde ze in het Duits.

Beelr vertaalde het. 'Wat was zijn laatste opdracht?' vroeg hij haar.

'*Eine Speisekarte*.'

'Een menukaart,' vertaalde Beelr snel.

Marten en Kovalenko keken elkaar even aan.

'Wie was de opdrachtgever?' vroeg Kovalenko.

Beelr tolkte opnieuw.

'Een zakelijke kennis, maar wie weet ze niet. Ze weet alleen dat er exact tweehonderd menukaarten moesten worden gedrukt. Niet meer en niet minder. Daarna moesten de proefdrukken en het zetsel worden vernietigd. Ze weet dat omdat haar man haar dat vertelde.'

'Weet ze wanneer de kaarten werden gedrukt?'

'Ze weet niet meer precies wanneer die opdracht binnenkwam,' legde Beelr uit, 'maar wel dat haar man vorige week een proefdruk heeft gemaakt en afgelopen maandagavond het eigenlijke drukwerk heeft gedaan. Ze wilde met hem naar de film, maar hij kon niet mee omdat hij werk te doen had. Hij had het er behoorlijk druk mee en het moest allemaal snel af.'

Opnieuw wisselden Marten en Kovalenko een blik. Ford en Vabres waren woensdagochtend in alle vroegte vermoord. Vabres zou gemakkelijk op dinsdag, de dag ervoor, bij Lossberg de menukaarten kunnen hebben afgehaald.

'Wat stond er op het menu?' wilde Kovalenko weten.

Opnieuw vertaalde Beelr de vraag, en ook daarop wist Maxine Lossberg het antwoord niet. Op zondag was er iemand aan de deur geweest. Ze had de man maar eventjes gezien, waarna Lossberg hem naar de achterkamer had geleid, waarschijnlijk om hem de drukproef te tonen. Daarna had ze de man niet meer gezien.

'Kovalenko...' fluisterde Marten. Hij trok de Rus even aan zijn mouw en gebaarde hem de kamer uit.

'Laat ze aan haar zien,' zei hij, eenmaal buiten gehoorsafstand.

'Laat wát zien?'

'Die foto's van Cabrera. Als hij de opdrachtgever was, zal ze hem direct herkennen. Voor u voldoende bewijs om zijn vingerafdrukken op te vragen.'

Kovalenko twijfelde.

'Bent u soms bang voor wat het oplevert?'

Even later had Maxine Lossberg plaatsgenomen aan haar keukentafel en klapte Kovalenko zijn laptop open, schoof aan en laadde het uit het archief van het Russische ministerie van Justitie afkomstige fotodossier van Alexander Cabrera.

Achter Kovalenko keken Marten, Beelr en Helmut Vaudois over zijn schouders mee.

Ze hoorden een klikje en Marten staarde naar een foto waarop Cabrera voor de deur van zijn hoofdkantoor in Buenos Aires in een limousine stapte.

Kovalenko keek Maxine Lossberg aan.

'Ik zou het u niet kunnen zeggen,' klonk het in het Duits.

Opnieuw een klik, waarna de foto verscheen van Cabrera, ergens in de woestijn, in een overall met een veiligheidshelm op terwijl hij gebogen over de motorkap van een pick-up een bouwtekening bekeek.

Maxine schudde haar hoofd. '*Nein.*'

Klik.

Weer een andere foto. Eentje die Marten zelf nog nooit had gezien, genomen voor een hotel in Rome. Cabrera stond naast een auto met een mobieltje tegen het oor. Rechts van hem hield een chauffeur het achterportier open, terwijl op de achterbank een zeer aantrekkelijke jonge vrouw met zwart haar duidelijk op Cabrera wachtte.

Opeens versteende hij.

'*Nein.*' Maxine Lossberg stond op. Dit was niet degene die met haar man had gesproken.

'Kovalenko,' beval Marten plotseling, 'vergroot die foto eens.'

'Hmm?'

'Die foto. Vergroot hem eens. Haal die vrouw op de achterbank naar voren.'

'Waarom?'

'Doe het nou maar!'

Verwonderd keek Kovalenko Marten aan. Ook de andere drie staarden hem aan. Het was de toon waarop hij het vroeg: verbijstering, woede en angst ineen.

Kovalenko richtte zijn aandacht weer op het scherm.

Klik. Hij vergrootte de foto. De vrouw werd duidelijker zichtbaar.

'Nog eens,' beval Marten.

Klik.

Het gezicht van de vrouw vulde nu het scherm. En profil, weliswaar, maar het leed geen twijfel wie dit was. Geen enkele twijfel.

Het was Rebecca.

79

'Godallemachtig!' Marten greep Kovalenko bij zijn jasje en trok hem mee de kamer uit en de gang op.

'Waarom hebt u me die foto verdomme niet eerder laten zien, toen we in Parijs waren?'

'Waar hebt u het in godsnaam over? Ik vroeg toch of u er meer wilde zien? Maar u zei nee.'

'Hoe kon ik weten dat u díé ook had?'

Ze hadden inmiddels de woonkamer bereikt. Marten duwde Kovalenko naar binnen, sloeg de deur dicht en zette hem ertegenaan.

'Stomme idioot! U volgt die Cabrera overal, maar u weet niet eens in wiens gezelschap hij is?'

'Laat me los,' reageerde Kovalenko koel.

Marten aarzelde en deed vervolgens een stap terug. Hij was bleek en trilde van woede.

Kovalenko staarde hem verbluft aan. 'Wat is er? Gaat het over dat meisje?'

'Ze is mijn zus.'

'Uw zus?'

'Hoeveel foto's hebt u nog van Cabrera samen met haar?'

'Hier geen een. Misschien nog een stuk of vijf in het hoofddossier in Moskou. We hebben haar naam of haar woonadres nooit kunnen achterhalen; hij heeft haar vrij goed afgeschermd gehouden en regelt altijd de hotels waar ze verblijft. Ze ziet hem vrij regelmatig. Voor ons had het weinig te betekenen.'

'Hoe lang is dit al gaande?'

'We schaduwen hem pas een paar maanden, sinds we van Kitner hebben vernomen. Wat er daarvoor is gebeurd weet ik niet.' Kovalenko aarzelde. 'U wist echt niet dat ze met iemand omging?'

'Nee, ik had geen idee.' Marten ijsbeerde even door de kamer. 'Ik heb uw mobieltje nodig.'

'Wat gaat u doen?'

'Haar bellen, kijken waar ze nu zit en of ze het goed maakt.'

'Oké.' Kovalenko reikte in zijn jas, haalde zijn gsm eruit en gaf hem aan Marten.

'Overspeel uw hand niet, zeg haar niet waarom u belt. Probeer alleen uit te vinden waar ze is en of ze veilig is. Daarna zullen we wel beslissen wat we doen.'

Marten knikte, toetste het nummer in en hield de gsm tegen zijn oor. De telefoon ging vier keer over, waarna een opgenomen stem hem in het Frans meedeelde dat degene die hij trachtte te bereiken niet binnen bereik dan wel niet aanwezig was. Hij hing op en draaide een ander nummer. Al voordat de telefoon drie keer was overgegaan, werd er opgenomen.

'Met het huis van de familie Rothfels,' zei een vrouw met een Frans accent.

'Rebecca graag, u spreekt met haar broer.'

'Ze is er niet, *monsieur*.'

'Waar is ze?'

'Bij *monsieur* en *madame* Rothfels en hun kinderen. Ze brengen het weekend in Davos door.'

'Davos?' Martens ogen schoten even naar Kovalenko en vervolgens weer terug. 'Hebt u het mobiele nummer van meneer Rothfels?'

'Het spijt me, maar dat mag ik niet geven.'

'O, maar het is heel dringend. Ik moet mijn zus spreken.'

'Het spijt me, meneer, maar het mag echt niet. Ik zou anders mijn baan verliezen.'

Marten keek naar Kovalenko. 'Wat is uw nummer?'

Kovalenko gaf het hem en Marten richtte het woord weer tot de mevrouw.

'Ik zal u mijn nummer geven,' sprak hij. 'Belt u meneer Rothfels alstublieft en vraag hem of Rebecca onmiddellijk contact met mij opneemt. Wilt u dat doen?'

'Ja, meneer.'

'Dank u.'

Hij gaf haar het nummer, liet het haar herhalen, bedankte haar nogmaals en hing op. Hij was nog steeds stomverbaasd. Het idee dat Rebecca een verhouding had met Cabrera was een onvoorstelbare schok voor hem. Het maakte hem niet uit hoe ze er nu uitzag of hoe ze zich kleedde, of de talen die ze zo vloeiend had leren spreken, of haar ravissante verschijning in het openbaar; voor hem was ze nog altijd een kind dat amper hersteld was van een verschrikkelijk trauma. Natuurlijk, op een gegeven moment moest ze kennisnemen van het leven, incluis mannen. Maar Cabrera? Hoe hadden ze elkaar in vredesnaam leren kennen? De kans dat ze elkaar op straat passeerden was zo goed als nul, en toch was het gebeurd.

'Merkwaardig hoe de dingen kunnen lopen,' mompelde Kovalenko. 'De informatie lag de hele tijd al voor het grijpen, maar geen van ons tweeën had ook maar een flauw vermoeden. Merkwaardig ook dat uw zus uitgerekend in Davos is.'

'Denkt u dat Cabrera bij haar kan zijn?'

'Meneer Marten, Davos is de plaats waar Kitner zal zijn, waar de bekendmaking zal plaatsvinden.'

'En als hij het op Kitner heeft gemunt...' Marten zweeg even. De zin behoefde niet te worden afgemaakt. 'Hoe ver ligt Davos van hier?'

'Als we geen sneeuw meer krijgen twee uur met de auto.'

'Dan gaan we maar eens rijden, lijkt me.'

'Mij ook.'

80

Davos, Zwitserland, dezelfde dag, vrijdag 17 januari, dezelfde tijd, 10.50 uur, Villa Enkratzer, letterlijk: Villa Wolkenkrabber

Tsarevitsj Petr Mikhail Romanov Kitner ontwaakte uit een diepe slaap, veel dieper dan gewoonlijk het geval was, zo had hij het gevoel. Alsof hij slaappillen had geslikt. Maar de vorige dag was lang en emotioneel geweest, en dus weet hij het daar maar aan.

Hij kwam overeind en keek om zich heen. Aan de andere kant van de kamer hing een dun gordijn voor het raam, maar er viel genoeg licht binnen om te kunnen zien dat het een grote kamer was, vol antiek meubilair en duidelijk van alle comfort en gemakken voorzien. In tegenstelling tot de meeste hotelkamers was het plafond hoog, met zware plafondbalken. Hij vroeg zich af wat voor gebouw dit kon zijn geweest, maar herinnerde zich weer wat kolonel Moerzin hem had verteld toen ze met de stoet limousines dwars door Parijs naar de gereedstaande helikopters onderweg waren. Ze zouden naar een villa in de heuvels boven Davos afreizen. Het was een veilige plek, letterlijk een bergfort, gebouwd in 1912 voor een Duitse wapenfabrikant. Bezoekers moesten eerst langs de bewaakte toegangspoorten, vervolgens over een acht kilometer lang kronkelend bospad om het landhuis te bereiken. Daar zou hij naartoe gaan. Die middag zou zijn familie zich bij hem voegen. 's Avonds zou hij dineren met de Russische president Pavel Gitinov om het draaiboek door te nemen voor Gitinovs proclamatie tegenover de verzamelde zakelijke en politieke wereldleiders tijdens het Wereld Economisch Forum in Davos.

Hij sloeg de dekens van zich af en stond op. Hij was nog een beetje versuft. Op het moment dat hij de badkamer wilde betreden werd er kort op de deur geklopt, waarna kolonel Moerzin, in pak, de kamer betrad.

'Goedemorgen, tsarevitsj. Het spijt me, maar ik heb helaas slecht nieuws voor u...'

'Wat dan?'

'Het gaat over groothertogin Katharina, haar moeder en haar zoon groothertog Sergej, en hun lijfwachten... In hun gehuurde appartement in Parijs is brand uitgebroken. Op de bovenste verdieping. Ze konden geen kant meer op...'

'En...?'

'Ze zijn dood, tsarevitsj. Allemaal. Het spijt me...'

Kitner was verbijsterd. Even kon hij niets uitbrengen, maar hij keek Moerzin doordringend aan. 'Is president Gitinov op de hoogte?'

'Ja, meneer.'

'Dank u.'

'Moet iemand u even helpen bij het aankleden?'

'Dat is niet nodig, dank u.'

'U wordt over twintig minuten beneden verwacht.'

'Verwacht? Waar? Waarvoor?'

'Een bijeenkomst, tsarevitsj. Beneden in de bibliotheek.'

'Wat voor bijeenkomst?' vroeg hij verwonderd.

'Eh, volgens mij hebt u daar zelf om verzocht, hoogheid.'

'Ik heb daar zelf om...?'

'Een privé-onderhoud met Barones De Vienne en Alexander Cabrera.'

'Zijn ze hier?! In dit gebouw?!' Het was net alsof iemand opeens een mes tussen zijn schouderbladen dreef.

'De Barones heeft het landhuis voor het weekend gehuurd, hoogheid.'

'Ik wil nu meteen naar mijn kantoor bellen.'

'Ik ben bang dat dat niet mogelijk is, hoogheid.'

'Waarom niet?' Een bang voorgevoel kwam in hem naar boven, maar hij deed zijn best het niet te tonen.

'Een bevel. Tot aan de formele bekendmaking, morgen, mag de tsarevitsj geen contact zoeken buiten de residentie.'

'Wie heeft dat bevel gegeven?' Zijn angst maakte plaats voor ongeloof en ten slotte pure woede.

'President Gitinov, tsarevitsj.'

81

'Clem, met Nicholas. Luister, dit is heel belangrijk. Bel me zo snel mogelijk terug op dit nummer.' Hij sprak Kovalenko's mobiele nummer in en verbrak de verbinding.

Van Zürich naar Davos was het zo'n 145 kilometer over de snelweg en onder normale omstandigheden zou dat, zoals Kovalenko had gezegd, een uur of twee in beslag nemen. Maar dit waren geen normale omstandigheden en daar had het weer weinig mee te maken. Het Wereld Economisch Forum trok steeds meer soms gewelddadige antiglobalisten aan, voornamelijk jonge, idealistische dissidenten die demonstreerden tegen de mondiale economische tirannie van en door de rijke en machtige landen en de multinationals die deze landen financieel zouden steunen. Het gevolg was dat snelwegen, spoorlijnen, zelfs bergwandelroutes door hele hordes Zwitserse politieagenten werden geblokkeerd.

Inspecteur Beelr van de kantonpolitie in Zürich had Kovalenko een toegangspasje gegeven, maar niet zonder de waarschuwing dat hij, gezien de waarschijnlijk zeer lastige en vijandige situatie, niets kon garanderen. Toch had Kovalenko het pasje aanvaard en zowel hem, Maxine Lossberg als Helmut Vaudois bedankt voor hun medewerking, waarna ze, met Marten achter het stuur van de ML 500, waren weggereden.

Bij hun vertrek uit Zürich was het even na elven geweest. Het weer was inmiddels opgeklaard tot wat sluierbewolking. De felle zon deed de weg opdrogen en verlichtte de met sneeuw bedekte Alpen in de verte als op een ansichtkaart.

500

Kovalenko keek even naar Marten en zag dat diens aandacht bijna als in trance op de weg voor hen gericht was, en hij wist dat Martens gedachten nu bij zijn zus waren, over hoe en waarom ze in godsnaam met Alexander Cabrera in aanraking was gekomen. Het was een bizarre wending van het lot, die Kovalenko zelf aan het denken zette over *soedba*: je lotsbestemming, diep geworteld in het karakter van iedere Rus, maar zelf had hij het altijd met een korreltje zout genomen en het beschouwd als een volksmythe uit een ander tijdperk, die je, al naar het je uitkwam, kon geloven of niet. Toch zat hij hier, onlosmakelijk verbonden met een Amerikaan die hij slechts enkele dagen geleden voor het eerst had gezien toen deze zich in een park in Parijs van een stel rechercheurs had weggedraaid, iets waarmee de Amerikaan zich onmiddellijk verdacht had gemaakt. Sindsdien was de tijd omgevlogen, tot het moment waar ze nu waren aanbeland: naast elkaar in een wagen, honderden kilometers van Parijs, jakkerend naar een bestemming waar de zus van deze man net zozeer al hun aandacht zou opeisen als hun hoofdverdachte, Alexander Cabrera. Als dat geen lotsbestemming was, wat dan wel?

Het plotselinge geluid van zijn mobieltje verstoorde zijn gedachten en hij zag Nicholas Marten kijken terwijl hij het toestelletje uit zijn jasje opdiepte en aanzette.

'*Da*,' zei hij.

Bezorgd keek Marten hem aan, ervan overtuigd dat het Rebecca of lady Clem was en klaar om het mobieltje aan te pakken. Maar dat gebeurde niet. In plaats daarvan zette Kovalenko het gesprek voort in het Russisch. Marten hoorde hem één keer het woord 'Zürich' zeggen en ook 'Davos' en daarna 'tsarevitsj', maar dat waren de enige woorden die hij begreep. Ten slotte hing de Rus op. Het duurde lang voordat hij Marten aankeek.

'Ik heb een andere opdracht gekregen,' luidde de mededeling.

'Een andere opdracht?' Marten geloofde zijn oren niet.

'Ik moet terug naar Moskou.'

'Wanneer?'

'Nu meteen.'

'Waarom?'

'Zoiets vraag je niet. Je doet wat je wordt bevolen.'

Kovalenko's gsm ging opnieuw. Hij aarzelde, maar nam toen op.

'*Da*,' zei hij wederom, gevolgd door een '*yes*', en hij reikte Marten de telefoon aan. 'Voor u.'

'Nicholas, met Clem, hoor je me?'

Met haar haar in de krullers bevond lady Clementine Simpson zich in de schoonheidssalon van het luxehotel, waar ze door twee vrouwen tegelijk onder handen werd genomen en, in volstrekt willekeurige volgorde, een pedicure en een manicure onderging. Een oordopje verbond haar met haar gsm, die op het tafelblad voor haar lag.

'Ja,' zei Marten.

'Waar zit je?'

'Op de weg van Zürich naar Davos.'

'Davos? Daar zit ik nu ook! In het Steigenberger Belvédère. Vader neemt deel aan het forum.' Ze begon te fluisteren. 'Hoe wist je uit Parijs weg te komen?'

'Clem, is Rebecca daar ook?' Hij negeerde haar vraag.

'Ja, maar ik heb haar nog niet gezien.'

'Kun je haar bereiken?'

'Vanavond dineer ik met haar.'

'Nee, eerder; nu meteen, zo snel mogelijk.'

'Nicholas? Ik hoor aan je stem dat er iets is. Wat is er?'

'Rebecca gaat al een poosje om met een zekere Alexander Cabrera.'

Lady Clem zuchtte diep. 'O jeetje,' zei ze.

'O jeetje? Wat wil dat zeggen?'

Plotseling klonk er een scherp geknetter over de lijn en het signaal viel even weg.

'Clem, ben je daar nog?'

Net zo plotseling kwam ze weer luid en duidelijk door.

'Ja, Nicholas.'

'Ik bel steeds Rebecca's mobiele nummer, maar ze neemt niet op. Heb jij een mobiel nummer van de Rothfels?'

'Nee.'

'Luister, Clem, Cabrera kan wel eens bij de Rothfels zijn.'

'Natuurlijk is hij bij de Rothfels, hij is Gerard Rothfels' baas! Ze hebben voor het weekend hier een villa afgehuurd.'

'Zijn werkgever?' Hij stond versteld. Dus zo hadden Cabrera en Rebecca elkaar leren kennen. Hij wist dat Rothfels vanuit Lausanne de Europese vestiging van een internationale fabriek leidde, maar had er geen moment aan gedacht te vragen wie zijn werkgever was. 'Clem, luister goed. Cabrera is niet wie Rebecca denkt dat hij is.'

'Hoe bedoel je?'

'Hij…' Marten aarzelde en zocht naar de juiste woorden. 'Eh, hij kan iets te maken hebben met de moord op Dan Ford. En met de moord op een andere man, gisteren in Zürich.'

'Nicholas, dat is belachelijk!'

'Nee, echt niet, geloof me.'

Lady Clem keek even op naar de twee vrouwen. 'Dames, zou u zo vriendelijk willen zijn me even een momentje alleen te laten? Dit gesprek is een tikkeltje persoonlijk.'

'Clem, waar ben je in vredesnaam mee bezig?'

'Met beleefd doen. Als het even kan, bespreek ik familiezaken niet in het bijzijn van vreemden.'

Clems bedienden glimlachten beleefd en liepen weg, haar alleen achterlatend.

'Wélke familiezaken?'

'Nicholas, ik mag het je eigenlijk niet vertellen omdat Rebecca jou juist wilde verrassen, maar gezien de omstandigheden vind ik dat er iets is wat je moet weten. Rebecca gaat niet alleen om met Alexander Cabrera, ze gaat zelfs met hem trouwen.'

'Tróúwen?'

Opnieuw begon de lijn te knetteren en weer viel het signaal weg.

'Clem! Clem! Hoor je me nog?'

Er klonk nog meer ruis. Dit keer werd de verbinding definitief verbroken.

82

De deur ging open en kolonel Moerzin leidde tsarevitsj Petr Mikhail Romanov Kitner de bibliotheek van Villa Enkratzer binnen.

De Barones had plaatsgenomen op een leren sofa achter een zware eikenhouten salontafel in het midden van de bibliotheek. Alexander Cabrera stond wat verder weg bij een grote stenen haard en staarde naar buiten door een van de ramen die een weids uitzicht boden over de vallei rondom Davos. Het was voor het eerst sinds jaren dat hij Cabrera weer zag, maar zelfs zonder de plastische chirurgie zou hij de jongeman direct hebben herkend, al was het maar vanwege de pure arrogantie van zijn voorkomen.

'*Spasiebo*, kolonel,' – dank u, kolonel – bedankte de Barones de militair in het Russisch.

Moerzin knikte, verliet de bibliotheek en sloot de deur achter zich.

'*Dobraje oetra, tsarevitsj.*' Goedemorgen, tsarevitsj.

'*Dobraje oetra,*' groette hij achterdochtig terug.

De Barones droeg een broekpak van witte en lichtgele zijde, de kleuren die ze altijd droeg, zo wist hij, maar een merkwaardige keuze voor hartje winter hier in de Alpen. Verder droeg ze diamanten oorbellen en een halsketting van smaragden. Een gouden armband sierde haar beide polsen. Haar zwarte haar was op bijna oosterse wijze in een knot gedraaid. Haar groene ogen straalden, maar het was niet het sensuele, betoverende groen van weleer. Eerder het groen van een serpent: hard, indringend en verraderlijk.

'Wat wil je van me?'

'Jij was degene die ons wilde spreken, tsarevitsj.'

Hij wierp een blik op Alexander bij het raam. De jongeman had zich niet bewogen en staarde nog steeds naar buiten. Kitner keek de Barones weer aan. 'Ik vraag je nogmaals: wat wil je van me?'

'Je moet iets ondertekenen.'

'Ondertekenen?'

'Een soortgelijke overeenkomst als die je ons al die jaren geleden hebt laten ondertekenen.'

'Een overeenkomst die jíj verbroken hebt.'

'De tijd en de omstandigheden zijn veranderd, tsarevitsj.'

'Ga zitten, vader,' sprak Alexander opeens terwijl hij het raam de rug toekeerde en op Kitner af liep. Zijn ogen waren zwart als de nacht en ziedden met hetzelfde venijn als die van de Barones.

'Hoe kan het dat de FSO naar jullie pijpen danst terwijl ík de tsarevitsj ben?'

'Ga zitten, vader,' herhaalde Alexander, ditmaal wijzend naar een grote leren stoel bij de salontafel.

Kitner aarzelde, maar liep ten slotte naar de stoel en nam plaats. Op de salontafel lag een dunne lederen ringband. Ernaast lag een tamelijk lange, rechthoekige doos in fleurige feestverpakking. Hetzelfde pakje als waarmee Alexander het Hôtel Crillon in Parijs was binnengegaan.

'Maak het pakje open, vader,' verzocht Alexander hem zacht.

'Wat zit erin?'

'Maak het open.'

Langzaam reikte Kitner naar het pakje en hij hield het even vast. Zijn hoofd tolde. Hoe moest hij Higgs te hulp roepen? Zijn gezin alarmeren en de FSO-agenten ontvluchten? Hoe kon hij hier ontsnappen? Door welke deur, via welke gang en trap?

Hij vroeg zich af hoe dit zover had kunnen komen, hoe de twee kolonel Moerzin en zijn mannen voor hun karretje hadden weten te spannen. Plotseling bekroop hem de gedachte dat ze waarschijnlijk helemaal geen FSO-agenten waren, maar gewoon een stel huurlingen.

'Maak open, tsarevitsj,' drong de Barones aan. Het klonk omfloerst en verleidelijk, een toon die hij in geen dertig jaar had gehoord.

'Nee.'

'Zal ik het voor u doen, vader?' vroeg Alexander, die een stap dichterbij kwam.

'Nee, ik doe het zelf wel…' Met trillende handen trok sir Petr Mikhail Romanov Kitner, ridder in de orde van het Britse koninkrijk, tsarevitsj van Groot-Rusland, het lint los en verwijderde het felgekleurde papier. Het pakje bevatte een langwerpig doosje van rood fluweel.

'Toe maar, vader,' moedigde Alexander hem aan. 'Kijk maar wat erin zit.'

Kitner keek op. 'Ik weet wat erin zit.'

'Maak het dan open.'

Hij slaakte een zucht en opende het doosje. Erin, liggend op een bedje van witte zijde, lag een lang, antiek mes, een Spaanse Navaja-stiletto. Het heft was gemaakt van hoorn en was prachtig ingelegd met brons.

'Haal het eruit.'

Kitners ogen gleden van Alexander naar de Barones. 'Nee.'

'Haal het eruit, sir Peter,' beval ze. Het klonk als een niet mis te verstane waarschuwing, als een ademtocht die als een gesis vanuit haar diepste binnenste opsteeg. 'Of moet Alexander het soms doen?'

Kitner aarzelde en reikte voorzichtig naar het mes. Zijn hand omvatte het heft en hij pakte het mes uit het doosje.

'Druk op het knopje, vader,' beval Alexander. Kitner deed het. Als een metalen schicht flitste het mes naar buiten. Het brede, glanzend stalen lemmet liep aan het eind taps toe tot een scherpe punt. De snijkant was een dikke twintig centimeter lang en vlijmscherp geslepen.

Dit was het mes waarmee Alexander zijn zoon Paul had gedood, een jongen van amper tien jaar. Kitner had het mes nog nooit eerder onder ogen gehad, laat staan het in zijn handen gehouden. Zelfs niet toen Alfred Neuss het ding, al die jaren geleden, aan hem had willen tonen. Het was te confronterend, te verschrikkelijk. Het enige wat hij er ooit van had gezien, was toen Neuss hem het filmpje had getoond en hij met eigen ogen de moord had aanschouwd.

En nu lag datzelfde moordwapen, gestolen van de vermoorde Fabien Curtay, in zijn handen. Plotseling werd hij overweldigd door een golf van haat en verachting. Woest keek hij op naar de moordenaar van zijn zoon Paul: zijn andere zoon, Alexander, die destijds zelf nog maar een kind was geweest.

'Als u me had willen vermoorden, vader,' sprak Alexander terwijl hij plotseling naar voren stapte en het wapen uit Kitners handen pakte, 'dan had u dat al die jaren geleden moeten doen.'

'Maar dat deed hij niet, want hij kon het niet, mijn lieverd,' legde de Barones met een wrede glimlach uit. 'Daar bezat hij de kracht niet voor. Of de moed. Of het lef. Niet bepaald een figuur die een tsaar waardig is.'

Kitner staarde haar aan. 'Dit is hetzelfde mes dat je destijds tegen jouw verkrachter in Napels gebruikte.'

'Nee, vader, dit is níét hetzelfde mes,' benadrukte Alexander, waarmee volkomen duidelijk werd dat er tussen hem en de Barones geen geheimen bestonden. 'De Barones zocht iets eleganters, voornamers. Meer...'

'... koninklijk,' maakte de Barones de zin af. Haar ogen gleden naar de lederen ringband op de tafel. 'Sla hem open, tsarevitsj en lees het. Daarna onderteken je de overeenkomst.'

'Wat is het?'

'Jouw troonsafstand.'

'Troonsafstand?' Kitner was verbijsterd.

'Ja.'

'Ten gunste van wie?'

'Wie denk je?' De ogen van de Barones gleden naar Alexander.

'Wat?!' Kitners ogen spuwden vuur.

'Jouw eerstgeboren zoon en na jou de troonopvolger.'

83

'Nooit!' Kitner vloog overeind. Hij voelde het bloed in zijn slapen kloppen en zijn voorhoofd glom van het zweet. Zijn ogen schoten van de Barones naar Cabrera.

'Over mijn lijk!'

'U weet dat de FSO over uw vrouw en kinderen waakt.' Cabrera klikte het mes dicht en legde het terug in het doosje. 'De FSO zal doen wat hun wordt opgedragen. De tsarevitsj dient te worden beschermd, zelfs tegen zijn eigen familie.'

Kitner wendde zich tot de Barones. Dit was een nachtmerrie die het voorstellingsvermogen te boven ging. 'Je hebt Gitinov in je macht.'

De Barones knikte licht.

'Hoe?'

'Het is eigenlijk gewoon een spelletje schaak, tsarevitsj.'

Cabrera nam plaats op de armleuning van haar stoel. De verlichting in de bibliotheek en de manier waarop ze zaten, maakten hen bijna tot een portret.

'Kolonel Moerzin heeft u op de hoogte gesteld van de tragische dood van groothertogin Katharina,' zei Cabrera zacht. 'En die van haar moeder en groothertog Sergej. Een brand in de vroege morgen in haar gehuurde appartement in Parijs.'

'Jij…' zei Kitner verontwaardigd. Het satanische geweld hield maar niet op.

'Groothertog Sergej was de enige kandidaat die nog aanspraak kon maken op de troon. Tenzij u prins Dimitrii wilt meerekenen. Maar hij doet er niet langer toe. Door met het triumviraat in te stemmen en u als de ware tsarevitsj te presenteren heeft hij zichzelf voorgoed uit beeld gemanoeuvreerd.'

'Het was niet nodig ze om te brengen.'

De Barones glimlachte. 'Zodra Alexander tot tsarevitsj zou worden uitgeroepen, zou groothertogin Katharina uitermate van streek zijn geraakt. Ze was een sterke, eigenzinnige en aanmatigende vrouw, maar in Rusland werd ze nog altijd bewonderd. Ze zou Anastasia ter sprake hebben gebracht met de bewering dat jij, en daarom ook wij, slechts troonpretendenten waren. En in weerwil van al het overtuigende bewijs zou de bevolking het wel eens met haar eens kunnen zijn geweest. Dat gevaar is nu geweken.'

'Ik zal geen troonsafstand doen,' sprak Kitner resoluut.

'Toch wel, Petr Mikhail Romanov.' Wederom sprak de Barones op zachte, verleidelijke toon. 'In het belang van je familie en dat van Rusland.'

Buiten hoorden ze autoportieren dichtslaan. Cabrera draaide zich om en Kitner zag het kleine apparaatje in zijn oor. Iemand communiceerde met hem via een oordopje. Even later wendde hij zich weer tot Kitner.

'Onze eerste gasten, vader. Wellicht wil je zien wie het zijn? Toe.' Hij stond op en wees naar het raam.

Langzaam, als in een droom, kwam Kitner overeind en begaf zich naar het raam. Buiten zag hij drie zwarte limousines op de besneeuwde parkeerplaats staan, geflankeerd door Moerzins mannen. Ze waren gekleed in donkere pakken en zwarte overjassen, en keken de oprijlaan af. Er kwam een vierde limousine aanrijden, met daarachter een gepantserde wagen waarvan op de voorbumper een Russisch vlaggetje wapperde. De limousine draaide de oprit op en kwam pal onder het raam tot stilstand. Onmiddellijk liepen Moerzins mannen naar de wagen en openden de portieren. Even gebeurde er niets, vervolgens stapte er een man uit, Nikolai Nemov, de burgemeester van Moskou; en daarna nog iemand: maarschalk Igor Golovkin, de Russische minister van Defensie. Ten slotte een lange man, met baard en gekleed in een gewaad: Gregor II, de patriarch van de Russisch-orthodoxe Kerk.

'Het is niet alleen president Gitinov, vader. Ze verwachten van u dat u de troonsafstand bevestigt met uw handtekening. Daarom zijn ze hier.'

Het ging Kitners verstand volledig te boven. Hij was als verdoofd, kon amper nadenken. Zijn vrouw, zijn zoon en dochters werden bewaakt door Moerzins mannen. Higgs en alle andere hulp tot wie hij zich zou kunnen wenden, waren ver buiten zijn bereik. Het mes en de 8mm-film waren niet langer van hem. Hij stond met lege handen.

'Jij bent niet sterk genoeg om tsaar te zijn,' zei de Barones. 'Alexander wel.'

'Is dat de reden waarom je mijn zoon door hem hebt laten vermoorden: om dat te bewijzen?'

'Je kunt een land niet leiden en tegelijkertijd bang zijn om bloed aan je handen te krijgen. Het zou onverstandig zijn hem te dwingen om zijn kracht nog eens te bewijzen.'

Even staarde Kitner haar aan; haar gezicht, haar kleding, de sieraden die ze droeg, de angstaanjagende kalmte waarmee ze hem nu met de dood bedreigde. Ze werd gedreven door wraak, duivelse en wrede wraak – net zoals ze, als tiener, op een meedogenloze en verderfelijke manier wraak had genomen op haar verkrachter in Napels – niets meer en niets minder. Nu realiseerde hij zich dat ze dit al decennialang had gepland, haar troeven inzettend op de loop van de geschiedenis en zich voorbereidend op die ene dag dat Cabrera, háár Alexander, als alles goed liep, tsaar van Rusland kon worden. Wat, voor haar, een zoete wraak zou zijn.

Het verklaarde waarom groothertogin Katharina, al haar inspanningen, elke manipulatie, elke hartelijke handdruk, elke vriendschap die ze had gesmeed ten spijt, gewoon niet over voldoende informatie had beschikt, noch meedogenloos genoeg was geweest om met de Barones te wedijveren. Met als gevolg dat zij, haar moeder en haar geliefde zoon nu dood waren.

Plotseling werd Kitner zich bewust van zijn eigen verlammende hulpeloosheid. Hij was gevangene, gijzelaar en slachtoffer tegelijk. Bovendien was het zijn eigen schuld. Bang om zijn familie van Alexanders bestaan op de hoogte te brengen, bang om de ene zoon voor de moord op een andere zoon voor het gerecht te brengen en bang voor het leven van zijn andere kinderen was hij degene geweest die het pact had gesloten dat hen vrijliet. Als gevolg hiervan waren zijn vrouw en kinderen nu gijzelaars van Moerzins soldaten, en zijn familie zou hoe dan ook en in het openbaar, samen met de rest van de wereld, van Alexander vernemen.

Zijn zoon Paul, Alfred Neuss, Fabien Curtay, groothertogin Katharina, haar zoon en moeder, de slachtoffers in Amerika – hoeveel doden had hij wel niet op zijn geweten? Opnieuw dacht hij aan Moerzins mannen die zijn familie gegijzeld hielden. Welke orders hadden ze gekregen? Dat een van hen iets zou overkomen of zelfs gedood zou worden was een onverdraaglijke gedachte. Hij keek naar Cabrera en vervolgens naar de Barones. Beiden hadden dezelfde wrede ogen. Beiden vertoonden de gelaatsuitdrukking van een kille en stellige overwinnaar. Mocht hij nog twijfels hebben gehad, dan waren die nu verdwenen. Hij wist dat deze twee tot alles in staat waren.

Langzaam draaide hij zich om en nam plaats om de overeenkomst van troonsafstand te lezen. Toen hij daarmee klaar was, ging zijn hand, zelfs nog trager nu, naar het papier om het te ondertekenen.

84

Dat Rebecca met Alexander Cabrera ging trouwen was ondenkbaar. Maar dat gold ook voor de ogenschijnlijke onkwetsbaarheid van een land als Amerika, totdat het Pentagon en het World Trade Center werden getroffen. Waarmee het voor de hele wereld duidelijk werd dat álles mogelijk was.

Met plankgas, de ML 500 scheerde bijna over de A13, pakte Marten in volle vaart de afslag Landquart/Davos. Tijdens de laatste kilometers had hij met zijn gsm zo'n vijf keer lady Clem gebeld, maar telkens was hij daarbij niet verder gekomen dan haar voicemail, die hem vertelde dat ze ofwel buiten bereik van haar toestel, ofwel eenvoudig buiten bereik was.

'Rustig aan,' waarschuwde Kovalenko. 'Cabrera hoeft niet per se degene te zijn die u denkt dat hij is.'

'Dat hebt u al eerder gezegd.'

'Ik zeg het nog maar een keer.'

Marten keek even opzij naar Kovalenko. 'Is dat de reden waarom u nog steeds naast me zit, in plaats van dat u me beveelt u terug te brengen naar Zürich om daarna naar Moskou af te taaien? Omdat Cabrera en Thorne niét een en dezelfde persoon hoeven te zijn?'

'Kijk uit!'

Snel keek hij weer voor zich. Vlak voor hen doemde een lange file op. Hij stampte op de rem, waarna de ML met gierende banden op enige centimeters van de bumper van hun voorligger, een zwarte Nissan sedan, tot stilstand kwam.

'Wat is dit nu weer?' mopperde hij, kijkend naar de file.

'Ofwel de vrijheid van meningsuiting, ofwel het Black Bloc, een anarchistische demonstrantengroep,' legde Kovalenko uit nu opeens een heel leger antiglobalisten tussen de auto's door op hen af kwam gerend. Ze waren vooral jong en alternatief. Velen droegen spandoeken met teksten tegen het Wereld Economisch Forum in Davos; anderen droegen grote, karikaturale maskers die de gezichten van de zakelijke en politieke wereldleiders moesten voorstellen en zwarte bivakmutsen om hun gezicht te verbergen.

Daarachter volgde een stortvloed van Zwitserse oproerpolitie in volledige uitrusting. Bijna als op commando draaiden de demonstranten zich massaal om en regende het stenen. Marten zag dat de agenten dekking zochten achter hun plexiglazen schilden. Even later stapten vier agenten naar voren. Ze waren in het zwart gekleed, met het woord POLIZEI op hun helmen en kogelvrije vesten, en droegen kleine geweren met een korte loop.

'Traangas!' riep Marten, en hij keek even in de buitenspiegel. Achter hen stond inmiddels een grote vrachtwagen, met daar weer achter nog meer auto's. Een paar bestuurders hadden de linkerrijbaan opgezocht in de hoop te kunnen passeren, waardoor de weg inmiddels volledig geblokkeerd was.

'Maakt u rechtsomkeert! Maakt u rechtsomkeert!' schalde opeens een stem vanuit het niets door een politiemegafoon. Het bevel werd herhaald in het Engels, Duits, Frans en Italiaans.

Marten keek Kovalenko aan. 'Zoek eens een lokale wegenkaart op de GPS.'

De demonstranten hadden de Mercedes inmiddels geheel ingesloten en gebruikten de auto als schild terwijl ze doorgingen met stenen gooien en schreeuwen naar de politie.

Een paar seconden later volgden enkele harde knallen terwijl de politie de demonstranten met traangas bestookte. De granaten ontploften rondom de auto en overal steeg een verstikkende witte rook op.

Marten schakelde onmiddellijk de ventilatie uit, zette de auto in zijn versnelling en rukte het stuur naar rechts. Al claxonnerend reed hij de rechterberm op. Proestend, kokhalzend en schreeuwend beukten de demonstranten op de auto. Opeens kwam de Mercedes vrij. Voorzichtig gaf hij gas, waarna de four-wheel drive over de binnenberm wegschoot in de richting van de politie.

'We zullen Beelrs insigne nodig hebben,' sprak hij tot de Rus. 'En ook uw status als rechercheur.'

Verscheidene in het zwart geklede agenten liepen met zwaaiende armen op hen af, hun gebarend te stoppen. Een van de agenten bracht een megafoon naar zijn mond.

'Wil de witte four-wheel drive onmiddellijk stoppen!' schalde het opnieuw in het Duits, Frans en Italiaans.

Maar Marten reed door, zoekend naar een uitweg. Opeens zag hij wat hij zocht. Een zijweggetje, weinig meer dan een pad vanuit de berm door een besneeuwd veld. De ML schoot via de berm het pad op en doorkruiste een brede, grazige wei bedekt onder een lichte deken van sneeuw.

'Straks moeten we een binnenweg kruisen,' meldde Kovalenko terwijl hij naar het wegenkaartje staarde dat oplichtte op het satellietnavigatieschermpje op het dashboard. 'Het is een kleine rondweg, met zo meteen een brug, waarna je aan de overkant weer op de hoofdweg uitkomt.'

'Ik zie hem. Hou je vast!' Marten nam wat gas terug vanwege een greppel. Met een harde klap schoot de wagen eroverheen en belandde hoog aan de overkant. Opeens doemde vlak voor hen een smalle vaart op. Hij gaf meer gas, drukte even op de rem en rukte het stuur naar links, waardoor de wagen een beheerste, haakse four-wheelslip maakte. De Mercedes raakte de rand van de oever, bleef even schuin hangen en viel weer terug, waarna Marten plankgas gaf.

'Daar is de brug!' riep Kovalenko.

'Ik zie hem!'

De houten brug, oud en laag en met ijzeren liggers, was nog ongeveer honderd meter verwijderd. Martens voet drukte het gaspedaal verder in. Vijf, tien seconden gleden voorbij. Met een kleine honderddertig kilometer per uur raakte hij het houten wegdek van de brug. In een oogwenk waren ze eroverheen. Opeens klonk boven hen een enorm gebulder en een seconde later verscheen een Zwitserse legerhelikopter. Hij dook even tot vlak boven de grond, vloog rechtdoor, zwenkte, vloog een stukje terug en landde op de weg pal voor hen.

Marten trapte hard op de rem en de Mercedes kwam op nog geen twintig meter van het toestel tot stilstand. De deuren van de heli gleden open. Een stuk of tien met automatische geweren bewapende Zwitserse commando's renden op hen af. Op dat moment ging Kovalenko's gsm.

'*Sjto teper?*' Wat nu? vroeg de Rus.

'Neem op,' beval Marten.

Hij klikte het apparaatje aan. '*Da,*' zei hij, ondertussen Marten aankijkend.

'Voor u.'

'Wie is het?'

Kovalenko haalde zijn schouders op. 'Een man.'

Snel gaf hij Marten zijn gsm. De commando's hadden de wagen inmiddels al bijna bereikt.

'Ja?' vroeg hij verwonderd.

'Goedemiddag, meneer Marten,' sprak een vriendelijke stem met een Frans accent. 'U spreekt met Alexander Cabrera.'

85

Marten dekte de telefoon af en keek Kovalenko even ongelovig aan. 'Het is Cabrera.'

'Ik stel voor dat u met hem praat,' adviseerde Kovalenko hem, hem nadrukkelijk aanstarend, waarna hij bewust zijn automatische Makarov op de vloer van de wagen liet liggen, het portier opende en uitstapte om de commando's met opgeheven armen tegemoet te lopen.

Villa Enkratzer, dezelfde tijd

Met het mobieltje in de hand stond Alexander Cabrera bij het raam van een kleine studeerkamer, een verdieping boven de bibliotheek waar zijn vader afstand had gedaan van de Russische troon.

Pal onder zich zag hij een ploeg sneeuwruimers die bezig was de sneeuw van de afgelopen nacht te verwijderen, zodat de gasten naar believen over de prachtige, lommerrijke wandelpaden rond het landhuis konden kuieren.

'Ik bel u, meneer Marten, omdat ik heb gehoord dat u Rebecca wilt spreken.'

'Klopt. Ik zou graag even met haar willen praten,' zei Marten afgemeten, terwijl hij tegelijkertijd zijn best deed niet op de Zwitserse commando te letten die met zijn vinger aan de trekker van een machinepistool vlak naast zijn raampje stond. Links zag hij Kovalenko, omsingeld door commando's en nog altijd met zijn handen in de lucht, met de dienstdoende officier praten. Nu zag hij hem gebarend om toestemming vragen om iets uit zijn borstzak te pakken. De officier knikte en voorzichtig reikte Kovalenko in zijn borstzak en pakte het toegangspasje dat hij bij vertrek uit Zürich van inspecteur Beelr had gekregen.

'Ze is buiten met de kinderen Rothfels, meneer Marten,' zei Cabrera zo beleefd mogelijk.

Ogenblikkelijk was Martens aandacht weer helemaal bij Cabrera's stem en spraakpatroon. Hij luisterde of hij iets vertrouwds oppikte, maar vergeefs. Hij moest Cabrera aan de praat zien te houden.

'Ik ben nu onderweg naar Davos. Zodra ik aankom, zou ik Rebecca heel graag willen zien. Misschien kunt u...'

'Meneer Marten, eh... mag ik Nicholas zeggen?'
'Dat mag.'

Cabrera liep van het raam naar een groot bureau. De Barones bevond zich op hetzelfde moment beneden in een besloten eetzaal, genietend van de lunch in gezelschap van de burgemeester van Moskou, de Russische minister van Defensie en Gregor II, de patriarch van de Russisch-orthodoxe Kerk, en legde in detail uit hoe welwillend Peter Kitner was geweest met zijn troonsafstand ten bate van het vaderland en hoezeer hij zich erop verheugde zich die avond bij hen te voegen wanneer Pavel Gitinov, de president van Rusland, voor het diner zou arriveren.

'Lady Clementine Simpson is dus – hoe zeggen jullie dat ook alweer? – "uit de school geklapt" over de plannen van Rebecca en mij om te gaan trouwen?'

'Ja.'

'Ik wilde geen schandaal, Nicholas, of een ongemanierde indruk wekken door dit geheim te houden, maar onze verhouding is om een aantal tamelijk gecompliceerde redenen voor zo'n beetje iedereen stilgehouden.'

Marten hoorde niets vertrouwds in hoe Cabrera praatte. Misschien was hij echt gek, had Kovalenko gewoon de hele tijd gelijk gehad en was Cabrera helemaal niet dezelfde persoon als Thorne.

'Kom ook naar het landhuis, Nicholas. Dan kun je niet alleen Rebecca zien, maar krijgen wij meteen de kans om met elkaar kennis te maken. Kom gewoon voor het avondeten en blijf gerust een nachtje logeren. We zullen een aantal bijzonder interessante mensen ontvangen.'

Marten zag Kovalenko even knikken naar de Zwitserse legercommandant, waarna de twee elkaar een hand gaven. De commando's lieten hun wapen zakken en Kovalenko kwam terug naar de wagen.

'Het landhuis heet Villa Enkratzer. Iedereen in Davos kan je de weg wijzen. Ga naar het wachthuisje; ik zal doorgeven dat ze je kunnen doorlaten. Ik verheug me zeer op onze kennismaking.'

'Ik ook.'

'Mooi, dan zie ik je vanavond.'

Er klonk een klik toen Cabrera ophing. Dat was het dan – geen gedag, helemaal niets meer. Enkel een beleefde uitnodiging voor het avondeten en een nacht logeren. Dit was wel het laatste wat Marten had verwacht.

86

De lange schaduw van de namiddag viel al over de Davosvallei terwijl Marten de Mercedes ML de Promenade, de grootste straat van Davos, op stuurde en aansloot achter een lange rij taxi's en limousines. Netjes geklede mannen en vrouwen in lange regenjassen bevolkten de trottoirs, onderling pratend of in een gsm mompelend, en zich ogenschijnlijk niet bewust van de sneeuw onder hun voeten, de patrouillerende politie of de soldaten met hun baret en hun lichte mitrailleur. Tegenwoordig leek bijna geen enkele plek meer veilig, zelfs niet voor de rijksten en machtigsten der aarde die veilig waren verschanst in een tot een vesting omgevormd dorp midden in de Zwitserse Alpen. Hoe het ook zij, men had de gewapende patrouilles aanvaard als iets wat nu eenmaal niet te vermijden viel, en mocht er van enig gevaar sprake zijn, dan verkoos men het te negeren.

'Op zeven kilometer buiten de stad slaat u rechts af bij een piramideachtige rots waarin ENKRATZER gebeiteld staat,' legde een stadsagent uit. 'U kunt het niet missen. Hij is dertig meter hoog. Links en rechts ervan staan twee pantservoertuigen, vol met commando's.'

'Hoe gaat u mijn aanwezigheid uitleggen?' wilde Kovalenko weten terwijl Marten zich een weg door het verkeer baande. De Rus kon dan misschien naar Moskou zijn teruggeroepen, inmiddels sprak hij er met geen woord meer over, evenmin als Marten zelf.

'Ik ben Cabrera's gast, u bent mijn reisgenoot. Het zou onbeleefd zijn ons niet allebei binnen te laten.'

Kovalenko glimlachte flauwtjes en keek uit het zijraam. Na enkele minuten hadden ze het overvolle stadje verlaten en reden ze door het donkere, schaduwrijke dennenbos, dat al even snel plaatsmaakte voor de pittoreske, ansichtkaartachtige aanblik van het uitgestrekte winterse platteland van de vallei rondom Davos. De vallei werd aan twee kanten ingesloten door de hoge, besneeuwde Rätische Alpen met namen als Pischa, Jakobshorn, Parsenn en Schatzalp/Strela.

16.40 uur. Smeltwater vanuit de bergen vormde zich tot ijzel op de bergweg. Het zou niet lang duren voordat het een harde, verraderlijke, bijna onzichtbaar zwarte ijslaag was.

Marten nam wat gas terug en voelde dat de banden meer grip op de weg kregen. Hij keek even naar Kovalenko. Die keek nog steeds zwijgend door het zijraam naar buiten, voor Marten een teken dat de Rus zat te piekeren. Door opzettelijk niet naar Moskou terug te keren had hij zich in een lastig parket gemanoeuvreerd, een situatie die naarmate de tijd verstreek alleen maar lastiger zou worden. De vraag was: vanwaar dit besluit? Geloofde hij diep vanbinnen dan toch dat Cabrera inderdaad Raymond Thorne was, ook al had hij meerdere malen het tegendeel beweerd? Of twijfelde hij en durfde hij het niet aan om van dichtbij de waarheid met eigen ogen te aanschouwen? Of… had het te maken met zijn eigen plannen? Zo ja, voor wie werkte hij dan? Wie maakte het mogelijk dat hij de instructies van zijn eigen departement in de wind kon slaan?

Opeens schoot hem nog iets anders te binnen. Waarom hij er niet eerder op was gekomen was hem een raadsel.

'Londen,' zei hij opeens. Hij keek naar Kovalenko. 'Moesten de onthulling van Kitners ware identiteit en zijn uitroeping tot nieuwe tsaar op de dag vóór of ná de ontvangst van zijn ridderorde in Londen worden bekendgemaakt?'

'Geen van beide. Zeker niet op de slippen van zijn ridderorde. Daar was het veel te belangrijk voor. De bekendmaking diende enkele weken daarna plaats te vinden.'

'Enkele weken?'

'Ja.'

Marten staarde hem aan. 'Op 7 april?'

'Ja.'

'In Moskou.'

'Hoe weet u dat?' vroeg Kovalenko verbaasd. 'Die informatie was zeer vertrouwelijk.'

'Dat weet ik uit Hallidays agenda,' loog Marten snel. 'Hij had de datum en de plaats genoteerd, maar met een groot vraagteken erachter. Alsof hij geen idee had wat het betekende of wat erachter zat.'

'Hoe kon Halliday achter die informatie komen?'

'Geen idee,' loog Marten opnieuw, en hij richtte zijn aandacht weer op de weg en de naderende afslag naar Villa Enkratzer. Er flitste nog iets door zijn hoofd. Cabrera had de villa vlak voor de be-

516

kendmaking gehuurd. Had hij hetzelfde in Londen gepland? Geen villa, weliswaar, maar toch een riant woonhuis: Uxbridge Street 21. Op een steenworp afstand van de Russische ambassade. Bovendien had Raymond Thorne op zijn zakagenda bij de datum 14 maart geschreven: *Russische ambassade/Londen*. Hield dit in dat de presentatie aan de familie Romanov op die dag in die stad zou plaatsvinden?

Hij keek Kovalenko weer aan. 'Er stonden nog twee andere data in Hallidays agenda,' loog hij opnieuw. 'Namelijk 14 en 15 maart, met erachter het woord "Londen". Als de officiële bekendmaking over Kitner pas drie weken later zou plaatsvinden, wanneer zou hij dan worden voorgesteld aan...?'

'De Romanovs?' maakte Kovalenko de vraag af.

'Ja.'

'Op 14 maart. Tijdens een formeel diner op de Russische ambassade in Londen.'

Jezus, daar had je het! Althans, een deel van het antwoord: Raymond Thornes notitie met betrekking tot de Russische ambassade.

Hij keek weer even op de weg. 'Maar het diner werd opeens afgelast?' vroeg hij vervolgens.

'Ja.'

'Door wie? Wie annuleerde het?'

'Kitner zelf.'

'Op welke dag?'

'Ik geloof dat het op 13 maart was, de dag waarop hij werd geridderd.'

'Gaf hij een reden op?'

'Mij is daarover niets meegedeeld. Hoe het met de anderen zit weet ik niet. Het was gewoon zijn beslissing het tot later datum uit te stellen.'

'Misschien omdat Alexander Cabrera in de gedaante van Raymond Oliver Thorne nog steeds op de vlucht was voor de politie van Los Angeles. Thorne werd pas op 15 maart neergeschoten.

Kitner is eigenaar van een wereldwijd nieuwsimperium. Wellicht heeft hij van de moorden in Mexico-Stad, San Francisco en Chicago geweten, en ook al om wie het ging voordat de politie de namen van de slachtoffers vrijgaf. Misschien dat Neuss juist vanwege die moorden meteen de benen nam naar Londen. Niet alleen om zijn eigen hachje te redden, maar ook om samen met Kitner te bedenken hoe ze Cabrera – die, zo wil ik even benadrukken, als

517

Kitners zoon de eerste troonopvolger is – een stap voor konden blijven.'

'U suggereert dat Cabrera dacht dat hij zelf tsaar kon worden?' vroeg Kovalenko.

'Hij dacht het toen, en denkt het nog,' was Martens reactie. 'Hij hoeft nu alleen nog maar te wachten totdat de familie weet wie Kitner in werkelijkheid is en daarna, vlak voordat de bekendmaking plaatsvindt, het nieuws naar de pers te laten lekken. Opeens zal de hele wereld weten wie Kitner is en wat hij zal worden.'

Met een koele blik keek Kovalenko hem aan. 'Vervolgens wordt Kitner vermoord. Waarmee zijn oudste zoon, Cabrera, automatisch de eerstvolgende troonopvolger wordt. Een proces dat inmiddels al in gang is gezet.'

'Ja,' pakte Marten de draad weer op. 'En over een paar dagen, misschien al over een paar uur, zal de aantrekkelijke, succesvolle, maar introverte Alexander Cabrera zijn ware identiteit onthullen en naar Moskou afreizen om openlijk te rouwen om zijn overleden vader, en te verkondigen dat als het volk hem aanvaardt, hij bereid is zijn vaders plek in te nemen om het land te dienen.'

'En aangezien de regering al heeft ingestemd met de terugkeer van de monarchie, lijkt er weinig reden om aan te nemen dat ze niet zullen doorzetten. Precies datgene waarop Cabrera en de Barones al van meet af aan hebben gerekend.' Op het gezicht van Kovalenko verscheen een flauwe glimlach. 'Is dat wat u denkt?'

Marten knikte. 'Het had al een jaar geleden moeten zijn gebeurd, en het zou ook bijna gelukt zijn als Cabrera na de schietpartij met de politie van Los Angeles niet op het randje van de dood had gebalanceerd.'

Kovalenko zweeg en peinsde. 'Het probleem met wat u hier beweert, meneer Marten, is dat u het vanuit Cabrera's gezichtspunt bekijkt. Ik wil u eraan herinneren dat het Peter Kitner en niet Alexander Cabrera was die de familiebijeenkomst van de Romanovs annuleerde en daarmee tevens zijn eigen troonsbestijging uitstelde.'

'Uitstelde tot wanneer?'

'Tot nu. Dit weekeinde in Davos. En gisteren in Parijs, met de bekendmaking aan de familie Romanov.'

'Kovalenko, wie heeft deze data uitgekozen? Kitner? Iemand binnen de regering?' vroeg Marten.

'Dat weet ik niet. Hoezo?'

'Omdat Cabrera daarmee wel heel gemakkelijk in de gelegenheid is gesteld zijn criminele verleden te schonen, zowel de politiedossiers met bewijsmateriaal als de computerbestanden uit de weg te ruimen. Om vervolgens te herstellen van de verwondingen na zijn zogenaamde "jachtincident" en de noodzakelijke of misschien zelfverkozen plastische chirurgie, zodat degenen die hem als Raymond Thorne hebben meegemaakt hem niet langer zouden herkennen. Om daarna weer op de directiestoel van zijn bedrijf plaats te nemen alsof er niets gebeurd was.'

'U beweert dat iemand de hele procedure dus heeft getraineerd totdat Cabrera eindelijk gereed was?'

'Dat beweer ik, ja.'

'Meneer Marten, zo iemand moet in Rusland over gigantisch veel invloed beschikken, genoeg om de hele regering in zijn greep te hebben. Onmogelijk.'

'O ja?'

'Ja.'

'Niet als die persoon puissant rijk is, een onberispelijk aanzien geniet, als uiterst gedistingeerd geldt en in hogere kringen prominent aanwezig is én… op de een of andere manier invloed weet uit te oefenen op de belangrijkste pionnen binnen de Russische politiek, het zakenleven, of allebei,' antwoordde Marten, daarbij elk woord extra benadrukkend. 'En dús over geld, macht en een manipulatieve slinksheid beschikt.'

'De Barones.'

'U zegt het.'

87

Villa Enkratzer, 17.00 uur

Rebecca keek in de spiegel terwijl haar kamermeisje haar hielp met aankleden. Dit was een avond waarop adellijkheid, elegantie en romantiek de boventoon zouden voeren en Alexander had persoonlijk uitgekozen wat ze zou dragen: een door een Parijse couturier ontworpen en tot de vloer reikende Chinese nauwaansluitende jurk van zijde en fluweel, met kanten uitsnijdingen en lange mouwen. Ze glimlachte toen het kamermeisje het laatste haakje bij haar nek sloot, en deed een stap achteruit om zichzelf en profil in de spiegel te kunnen bekijken. De jurk maakte haar nog slanker dan ze al was en gaf haar de uitstraling die Alexander, zo wist ze, wenste: die van een mooie, prachtige pop.

Ze deed haar haar naar achteren, maakte het vast met een clip van paarlemoer uit de Grote Oceaan en completeerde het geheel met langwerpige paarlemoeren en diamanten oorringen. Zo voor de spiegel vond ze dat ze er nog nooit zo mooi had uitgezien. Ze wist zeker dat deze avond fantastisch zou worden, een avond die al over amper een uur zou aanvangen met de komst van de eerste gasten uit Davos. Lord Prestbury en zijn dochter, Rebecca's allerbeste vriendin lady Clementine Simpson, zouden aanwezig zijn. Lady Clems mond zou openvallen zodra ze deze jurk zag. Rebecca zou genieten van dat moment, uiteraard, maar gezien het vorstelijke karakter van de avond waren de jurk en lady Clementines reactie nauwelijks belangrijk te noemen.

Wat wel belangrijk was, belangrijker dan alles, was de komst van Nicholas, op uitnodiging van Alexander. Dat lady Clem hem al had verteld over hun trouwplannen deed er niet toe. Wel dat hij en Alexander eindelijk met elkaar kennis zouden maken en al het geheime gedoe tot het verleden zou gaan behoren.

Het plotselinge gerinkel van de telefoon deed haar opschrikken. In de paar seconden die het kamermeisje nodig had om op te nemen, schoot er één gedachte door Rebecca's hoofd: waarom had Alexander haar niet eerder verteld dat Nicholas haar had gebeld? Ze had het gehoord van haar kamermeisje dat, in de veronderstelling dat Rebecca op haar kamer was terwijl ze in feite met mevrouw Rothfels en de kinderen buiten was, de telefoon had opgenomen toen Gerard Rothfels belde. Het vreemde was dat Alexander zich op dat moment juist in de kamer had bevonden om haar jurk voor deze avond uit te kiezen. In plaats van de boodschap door te geven en haar zelf met haar broer te laten praten, had hij Nicholas' nummer gevraagd en zich naar de bibliotheek begeven, waar hij hem zelf had teruggebeld. Op dat moment had ze er weinig achter gezocht en zich alleen afgevraagd waarom Nicholas in Davos was. Ze had het dus maar zo gelaten met de gedachte dat Alexander het gewoon enorm druk had en haar had willen verrassen, wat hij beslist had gedaan. Maar nu wekte het opeens een vreemde indruk en verontrustte het haar, alhoewel ze niet wist waarom.

'*Mademoiselle,*' zei het meisje terwijl ze ophing, '*monsieur Cabrera désire que vous descendiez au bibliothèque*', meneer Cabrera vraagt of u naar de bibliotheek wilt komen.

Nog altijd wat verward door haar gedachten reageerde ze even niet.

'*Mademoiselle?*' Het kamermeisje keek haar schuin aan, alsof haar bazin het misschien niet had begrepen.

Eindelijk liet Rebecca haar gedachten los en glimlachte. '*Merci,*' zei ze. '*Merci.*'

88

17.10 uur

De meest westelijk gelegen bergtoppen tekenden zich haarscherp af tegen de rode gloed van de ondergaande zon. Marten nam wat gas terug. Het licht van de koplampen doorkliefde de avondschemering en viel op een grote, piramidevormige rotssculptuur waarin met grote, dikke letters de naam VILLA ENKRATZER was uitgebeiteld. Pal rechts van de rots was een inrit, met tien meter verderop een stenen wachthuisje. Een gepantserd voertuig met daarop een wit kruis tegen een rode achtergrond – de Zwitserse vlag – blokkeerde de oprit. Een tweede gepantserde auto, voorzien van dezelfde markering, stond links onder een aantal bomen geparkeerd.

Marten reed nog wat langzamer en stopte voor het voorste pantservoertuig. Meteen gingen de deuren open en twee commando's in volledige uitrusting sprongen naar buiten. Een van hen droeg een lichte mitrailleur. De ander, iets groter, droeg een pistool in zijn heupholster.

Hij draaide het raampje omlaag nu de twee op de auto af liepen. 'Hallo. Ik ben Nicholas Marten. Ik ben uitgenodigd door de heer Alexander Cabrera.'

De langste van de twee bekeek Marten en vervolgens Kovalenko even aandachtig.

'Dit is Kovalenko. Hij is mijn reisgenoot,' legde Marten uit.

De commando deed een stap naar achteren en liep het wachthuisje in. Er werd wat overlegd, er volgde een kort telefoongesprek, waarna de commando weer naar buiten kwam.

'U kunt doorrijden, meneer Marten. Maar doe voorzichtig. De weg naar de villa is steil, kronkelig en tamelijk glad.' Hij deed opnieuw een stap naar achteren en salueerde. De pantserwagen die de inrit versperde reed iets naar achteren, waarna Marten zijn weg vervolgde.

'Wat zie je er prachtig uit!' prees Alexander haar terwijl Rebecca de bibliotheek betrad, hij haar hand in de zijne nam en deze kuste. Het licht was gedempt en de sfeer romantisch, met hoge plafonds, comfortabele lederen stoelen en muren die van de vloer tot het plafond door in rijen in leer gebonden boeken aan het oog werden onttrokken. Een haardvuur knapperde gemoedelijk in de marmeren open haard. Ervoor stond een zware eikenhouten salontafel met erachter een leren bank, waarop de Barones zich ontspande.

'Je ziet er werkelijk oogverblindend uit, mijn liefste,' complimenteerde ze Rebecca. Ze gaf een klopje op de lege plek naast haar. 'Kom even naast me zitten. We willen je iets vertellen.'

Rebecca's ogen gleden van de Barones naar Alexander. Beiden zagen er prachtig uit. Alexander in zijn zwarte smoking met een mooie snit boven een wit overhemd met ruches en een prachtige strik van zwart fluweel; en de Barones, zoals altijd, in het lichtgeel met wit. Ditmaal een lange gele tuniek met witte kousen en bijpassende gele schoenen. Een kleine hermelijnen stola bedekte haar schouders en accentueerde de diamanten ketting om haar hals.

'Wat wilt u me vertellen?' vroeg Rebecca, glimlachend als een jong meisje, terwijl ze plaatsnam naast de Barones en nog eens naar Alexander keek.

'U eerst, Barones,' nodigde Alexander zijn stiefmoeder uit terwijl hij een plekje zocht voor de open haard.

Langzaam nam de Barones Rebecca's handen in de hare en ze keek haar recht in de ogen.

'Je bent nog geen jaar met Alexander samen, maar jullie kennen elkaar inmiddels al behoorlijk goed. Ik weet dat hij je heeft verteld over zijn ouders die in Italië overleden toen hij nog heel jong was, hoe hij daarna door mij op mijn landgoed in Argentinië is opgevoed. Je weet van het jachtincident en zijn lange revalidatie. Je weet inmiddels ook dat hij van Russische komaf is...'

'Ja,' knikte Rebecca.

'Wat je níét weet, is dat hij tot de Europese adel behoort. En daarmee bedoel ik niet de gewone, maar de hoge adel. Dat is de reden waarom hij in Zuid-Amerika werd opgevoed, ver van de Europese adellijke invloedssfeer. Het was de diepste wens van zijn vader hem niet te vertroetelen, maar kennis te laten maken met alle aspecten van het leven. En ook de reden waarom hij pas later, toen hij oud genoeg was, te horen kreeg wie zijn werkelijke vader was. Die, in tegenstelling tot zijn moeder, nog altijd leeft.'

Rebecca keek Alexander aan. 'Je vader leeft nog?'

Hij knikte bevestigend. 'Hij heet Peter Kitner.'

'*Sir* Peter Kitner? De mediatycoon?'

'Ja. En al die jaren heeft hij zijn ware identiteit, en ook de mijne, voor me verborgen gehouden. Zoals de Barones al zei, was het voor mijn eigen bestwil dat ik in mijn jeugd niet vertroeteld of beïnvloed werd.'

'Peter Kitner,' vervolgde de Barones, 'is meer dan alleen een succesvolle zakenman. Hij staat bovendien aan het hoofd van de keizerlijke familie Romanov, en maakt aldus aanspraak op de Russische troon. Als zijn eerstgeboren zoon is Alexander de volgende in de lijn van troonopvolging.'

Rebecca was stomverbaasd. 'Ik begrijp het niet helemaal...'

'Rusland staat op het punt om de monarchie te herstellen en de keizerlijke familie opnieuw de troon te laten bestijgen. De president van Rusland zal het morgen tijdens het Wereld Economisch Forum van Davos bekendmaken.' De Barones glimlachte even. 'Sir Peter Kitner bevindt zich hier in de villa.'

'Hier?'

'Ja. Hij rust nu.'

Opnieuw keek Rebecca Alexander vragend aan. 'Ik begrijp het nog steeds n…'

'De Barones is nog niet uitgepraat, lieverd.'

Ze keek de Barones weer aan.

'Vanavond zal voor het eerst sinds een eeuw een nieuwe tsaar van Rusland aan onze dinergasten worden voorgesteld.'

Opeens keek Rebecca Alexander met grote ogen aan. 'Je vader wordt de tsaar van Rusland?' klonk het verbijsterd en opgetogen tegelijk.

'Nee,' antwoordde hij. 'Ik.'

'Jij?!'

'Hij heeft speciaal voor mij formeel afstand gedaan.'

'Alexander!' Tranen welden op in haar ogen. Ze begreep het, maar tegelijkertijd ook niet. Het was te veelomvattend, stond te ver af van haar belevingswereld, zelfs van de persoon die ze was.

'En na jullie huwelijk, mijn schat…' Voorzichtig bracht de Barones Rebecca's handen naar haar mond en kuste ze teder, zoals een moeder de handen van haar eigen, geliefde kind kust. Daarna, terwijl ze Rebecca bleef aankijken, maakte ze haar zin af: '… zul jij de nieuwe tsarina zijn.'

89

Toen Marten de laatste bocht naar Villa Enkratzer nam, léék het landhuis zo tussen de bomen door gezien niet alleen enorm groot, het wás ook groot. Fel verlicht tegen de avondlucht had het reusachtige, vijf verdiepingen hoge bouwwerk van steen en hout net zo veel weg van een vesting als van een grote ambtswoning of, in dit geval, een in de bergen verscholen ambassade.

Aan de vlaggenmasten in het midden van de oprijlaan klapperden vijftig nationale vlaggen in de frisse wind. Terwijl Marten de ML de bocht om stuurde, zag hij links van de hoofdingang zes zwarte limousines met de achterkant naar achteren geparkeerd staan. Een snelle blik in de binnenspiegel onthulde koplampen van nog een paar luxeauto's achter hen. Dit leek niet bepaald het ideale werkterrein voor iemand als Thorne. Maar wie beweerde dat het Thorne was? Deze man heette Alexander Cabrera.

Aan de ene kant was het eigenlijk heel simpel: internationale zakenman stelt zich voor aan de broer van zijn aanstaande bruid. Maar aan de andere kant – en veel gevaarlijker ook – was er het vermoeden dat Cabrera en Thorne wel degelijk een en dezelfde persoon waren. Als dat waar was, liepen hij en Rebecca groot gevaar, want dan was hij in een uiterst zorgvuldig gezette valstrik gelokt.

'Gastheren.' Een tiental mannen in donkere smokings en witte handschoenen wachtte hen al op bij de ingang en Marten bracht de Mercedes tot stilstand. Onmiddellijk werden de portieren geopend. Hij en Kovalenko werden begroet alsof ze zelf van koninklijken bloede waren, en werden direct naar binnen geëscorteerd terwijl achter hun rug de ML werd weggereden.

Bij het betreden van de imposante, twee verdiepingen hoge hal, met een vloer en muren van gepolijste zwarte platen leisteen, werden ze verwelkomd door weer een andere, identiek geklede gastheer. Tegenover hen bevond zich een gigantische open haard met een knappend vuur van reusachtige houtblokken, en hoog boven hun hoofd, aan een heleboel zwaar eikenhouten daksparren, hingen de vlaggen van de drieëntwintig Zwitserse kantons. Links en rechts boden gotische bogen toegang tot lange gangen, waarvan de ingangen aan weerszijden werden bewaakt door blinkende eeuwenoude harnassen.

'Deze kans op, *messieurs*,' zei hun gastheer, die hun voorging door de linkergang. Even later sloegen ze rechts af en liepen ze door een andere gang en daarna door nog een andere langs een hele rits deuren, waarachter waarschijnlijk de logeerkamers schuilgingen. Halverwege bleef de gastheer bij een van de deuren staan en opende deze met een elektronisch sleutelpasje.

'*Messieurs*, uw kamer. Uw avondkledij is al klaargelegd. Er is een bad met een stoomcabine en er is gezorgd voor toiletartikelen. In de kast vindt u een welvoorziene bar. Het diner vangt om acht uur aan. Mocht u iets nodig hebben,' – hij knikte even naar een telefoontoestel op een antiek schrijfbureau – 'dan belt u gewoon onze centrale.' Daarna maakte hij een buiging, liep de kamer uit en sloot de deur achter zich. Het was precies twaalf over halfzes.

'Avondkledij?' Kovalenko liep naar de grote tweepersoonsbedden waarop smokings, overhemden, schoenen en strikjes waren klaargelegd.

'Misschien wist Cabrera dat u kwam,' opperde Kovalenko, 'maar van mij wist hij niets. Toch ligt er voor twee man avondkleding klaar, en zo te zien nog de goede maat ook.'

'Misschien heeft die commando die ons liet doorrijden het doorgegeven.'

'Zou kunnen.' Kovalenko liep naar de deur, deed hem op slot, liet vervolgens de automatische Makarov achter zijn broekriem vandaan glijden, controleerde het magazijn en stopte het pistool weg.

'U moet weten dat toen we nog in Zürich waren ik de diskette en het vliegticket van rechercheur Halliday in een envelop heb gestopt en op de post naar mijn vrouw in Moskou heb gedaan. Ik vertelde inspecteur Beelr dat ik in alle hectiek van ons onderzoek helemaal was vergeten haar een verjaardagskaart te sturen en vroeg hem of hij de envelop op de post wilde doen. Daar zijn de spullen veiliger dan hier bij ons.'

Marten staarde hem aan. 'Wat u eigenlijk bedoelt, is dat u nu alle troeven in handen hebt.'

'Meneer Marten, we moeten elkaar vertrouwen.' Kovalenko wierp een blik op de uitgespreide avondkleding. 'Ik stel voor dat we ons omkleden voor het diner en ondertussen besluiten wat we doen met Cabrera. En…'

Er werd op de deur geklopt en beide mannen keken op.

'Cabrera?' Kovalenko bewoog geluidloos zijn lippen.

'Een momentje!' riep Marten en hij fluisterde tegen Kovalenko: 'Ik moet mijn zus zien te vinden om te kijken of alles goed is met haar. Ik wil dat jij probeert Cabrera's vingerafdrukken op een hard oppervlak te bemachtigen, een glas, een pen, zelfs een ansichtkaart, als het maar klein genoeg is om het ongezien mee te kunnen nemen en de afdruk duidelijk en niet uitgesmeerd is.'

'Een menukaart misschien?' opperde Kovalenko met een klein glimlachje.

Er werd opnieuw geklopt. Marten liep naar de deur en deed open.

Het bleek een keurig verzorgd, uiterst fit heerschap. Net zoals iedereen hier was ook hij formeel gekleed. De enige verschillen waren zijn fysieke conditie, zijn krachtige uitstraling en het feit dat zijn haar tot op de schedel was afgeschoren.

'Goedenavond, heren,' groette hij met een Russisch accent. 'Ik ben kolonel Moerzin van de Federalnaja Sloezjba Ochrany. Ik draag zorg voor de veiligheid hier.'

526

90

Waar Kovalenko opeens uithing wist Marten niet. Moerzin had alleen gezegd dat hij Kovalenko even onder vier ogen wilde spreken en dat Marten zich ondertussen gewoon op de avond diende voor te bereiden.

Het was een angstig, ongemakkelijk moment geweest. Maar Kovalenko had slechts geknikt en was met Moerzin weggegaan, waarna Marten gewoon was doorgegaan met wat hem was verzocht.

Douchen, scheren. Een blik in de spiegel. En daarna Kovalenko's woorden: '… besluiten wat te doen met Cabrera. En,' zo had hij eraan toegevoegd, 'op welke manier.' De rest van zijn woorden was opgeslokt door Moerzins klop op de deur.

Rebecca bevond zich ergens in deze villa. Waar precies zou zonder Cabrera's medewerking moeilijk te achterhalen zijn, aangenomen dat ze hier inderdaad was. Opeens besefte hij dat hij geen moment persoonlijk met haar had gesproken, maar alleen uit Cabrera's mond had vernomen dat ze hier was.

Met een badhanddoek om zijn middel geslagen liep hij de slaapkamer in en pakte de telefoon.

'*Oui, monsieur?*' antwoordde een mannenstem.

'Met Nicholas Marten.'

'Ja, meneer?'

'Mijn zus Rebecca is hier samen met de Rothfels. Kunt u me even met haar kamer doorverbinden?'

'Momentje, graag.'

Hij wachtte in de veronderstelling te worden doorverbonden, hopend dat de telefoon niet eerst een tijdlang zou overgaan, net als in het Hôtel Crillon in Parijs, toen hij ten slotte de conciërge had moeten overtuigen wie hij was om vervolgens onder begeleiding bij haar kamerdeur aan te kloppen. Opeens drong het tot hem door wat de reden van al het wachten was geweest, waarom ze in haar kamerjas, met opgestoken haar en een beetje tipsy had opengedaan. Ze had helemaal niet in het bad gelegen. Cabrera was bij haar geweest. Misschien had hij wel een suite in het Ritz, maar was hij al die tijd in het Crillon geweest.

'Goedenavond, Nicholas,' groette Cabrera's zachte, Frans getinte stem hem door de telefoon. 'Fijn dat je er bent. Zou je even naar de bibliotheek kunnen komen? Ik stuur wel iemand die met je meeloopt.'

'Waar is Rebecca?'

'Ze zal er zijn zodra je hier bent.'

'Ik ben nog niet helemaal aangekleed.'

'Over tien minuutjes dan?'

'Goed. Tot over tien minuten.'

'Mooi.'

Cabrera hing op en de verbinding werd verbroken.

Ook nu weer was het hele gesprek op dezelfde toon verlopen: uiterst beleefd en voorkomend, met hetzelfde zachte timbre en het lichte accent. Waar duidde dit op? Waren Alexander Cabrera en Raymond Oliver Thorne een en dezelfde persoon, of toch niet?

91

18.30 uur

Kovalenko nam een slokje wodka en zette het glas neer. Hij bevond zich in een vergelijkbare kamer als waarin hij zo-even nog met Marten was geweest, alleen was deze op de eerste verdieping. Moerzin had niet veel gezegd, had hem enkel naar zijn naam en verblijfplaats gevraagd en hem naar de kamer vergezeld, waar hij voor hem een glas wodka had ingeschonken en hem had verzocht even te wachten. De kolonel was nu al meer dan tien minuten weg.

Moerzin was duidelijk een FSO-man. Hoeveel er daar nog meer van rondliepen, daar had Kovalenko geen idee van, maar hij vermoedde dat de in avondkleding gestoken 'gastheren' ook agenten waren en dat er onder het personeel, en zelfs onder de gasten, nog meer zouden rondlopen. Hij betwijfelde echter of ze dezelfde rang als Moerzin hadden of diens karaktertrekken deelden. Moerzin was een Spetsnaz-agent van de oude stempel, en dat baarde hem zorgen, want het hield in dat Moerzin naast een eersterangs commando ook een professionele killer was voor wie het opvolgen van bevelen het allerhoogste gebod was. Moerzins aanwezigheid hier betekende dat er iets buitengewoon opmerkelijks stond te gebeuren. En hoewel hij niets tegen Marten had gezegd, had hij bij aankomst naast het landhuis een presidentiële limousine geparkeerd zien staan. Morgen zou president Gitinov bij het Forum de openbare aankondiging aangaande Peter Kitner doen. Dus gezien het decor – de gepantserde wagens bij de ingang, de limousines en de 'gastheren', om nog maar te zwijgen van Moerzin – was er alle reden om ervan uit te gaan dat Gitinov zich vanavond onder de gasten zou bevinden. In dat geval kon hij al zijn gearriveerd en was die presidentiële limousine dus de zijne. Alleen was het hoogst onwaarschijnlijk dat hij slechts met één wagen was gekomen. Gitinov had de gewoonte in een stoet van drie of vier identieke limousines te reizen, zodat eventuele scherpschutters of terroristen niet zouden weten in welke hij zat. Een aannemelijker scenario zou zijn dat hij eenvoudig per helikopter zou arriveren. Dat was veiliger en veel indrukwekkender. Dus restte de vraag wie dan wél met die limousine was gekomen. Vooral gezien de aanwezigheid van iemand als Moerzin moest de wagen wel zijn gebruikt door een Russische staatsman, of staatsmannen, met net zo veel macht. Op dit moment was er niet één man wiens invloed zo ver reikte als die van Gitinov. Maar er was wel een driemanschap, en hij kende hun namen uit het hoofd: Nikolai Nemov, de burgemeester van Moskou; maarschalk Igor Golovkin, de Russische minister van Defensie; en Gregor II, de patriarch van de Russisch-orthodoxe Kerk. Als deze heren hier waren en Gitinov was onderweg…

Plotseling zwaaide de deur open. Moerzin betrad het vertrek, op de voet gevolgd door twee anderen, weliswaar in avondkleding maar eveneens met kaalgeschoren hoofd. Een van hen sloot de deur.

'U bent Joeri Ryliev Kovalenko van het Russische ministerie van Justitie?' begon Moerzin op zachte toon.

'Ja.'

'Er werd u vandaag opgedragen naar Moskou terug te keren.'

'Ja.'

'Dat hebt u niet gegaan.'

'Nee.'

'Waarom niet?'

'Ik reisde met meneer Marten. Zijn zus heeft zich verloofd met Alexander Cabrera. Hij verzocht me met hem verder te reizen. Het zou onbeleefd zijn geweest als ik dat niet had gedaan.'

Moerzin nam hem aandachtig op. 'Het zou verstandiger zijn geweest als u uw bevelen had opgevolgd, inspecteur.' Moerzin knikte even naar zijn mannen. Een van hen opende de deur en Moerzin keek Kovalenko weer aan.

'Komt u mee.'

92

18.50 uur

Nicholas Martens gastheer ging hem voor, waarna ze een hoek omsloegen en via een stenen gang naar een prachtig bewerkte antieken houten deur aan het eind liepen. Er lag vloerbedekking en het licht van de ingebouwde plafondlampen wierp een regelmatig golfpatroon tegen de muren. Antiek en modern design ineen. Maar Marten had het gevoel alsof hij zich gedwee naar een middeleeuwse kerker liet meevoeren. Was Kovalenko maar bij hem; hij vroeg zich af waarom de Rus niet naar zijn kamer was teruggekeerd.

De smoking die aanvankelijk nog zo lekker zat en precies zijn maat had geleken, voelde opeens te strak en te stijf. Hij trok zijn strikje wat losser, alsof de simpele handeling ook werkelijk voor verlichting zou zorgen, maar niets van dat alles. Het enige wat hij merkte, was dat zijn handpalmen nat waren van het zweet.

Ontspan je, maande hij zichzelf. Ontspan je. Je weet nog helemaal niets.

'We zijn er, *monsieur*,' zei de gastheer en hij klopte op de deur.

'*Oui*, antwoordde een stem.

'*Monsieur* Marten,' meldde de gastheer.

Een seconde verstreek. De deur werd geopend en Alexander Cabrera verscheen in de deuropening: een overweldigende verschijning in een zwarte smoking, wit overhemd met ruches en een zwarte fluwelen strik.

'Welkom, Nicholas,' zei hij glimlachend. 'Kom binnen.'

Behoedzaam betrad Marten de bibliotheek van Villa Enkratzer, met de muren vol boeken en versleten leren fauteuils en een bank. Achter in het vertrek knapte het haardvuur van enkele verse hout-blokken. Er hing een karakteristieke geur van eikenhout. Op de bank voor de haard zat een aantrekkelijke, zeer gedistingeerde dame. Ze moest ergens begin vijftig zijn. Haar zwarte haar zat in een knot en ze droeg een lange, geel-met-witte tuniek die tot aan haar hals was dichtgeknoopt. Haar halsketting bestond uit afwisselend diamanten en robijnen parelsnoeren. Kleine diamantjes hingen als sprankelende trosjes aan haar oren.

Achter zich hoorde hij Cabrera de deur sluiten. 'Nicholas, dit is Barones De Vienne, mijn geliefde voogdes.'

'Aangenaam kennis met u te maken, *monsieur* Marten.' Net als Cabrera sprak ook de Barones met een Frans accent. Ze hield een hand omhoog. Marten maakte een lichte buiging en nam haar hand.

'Het genoegen is wederzijds, Barones,' antwoordde hij beleefd. Ze was jonger, aardiger en veel knapper dan hij zich had voorgesteld. Gracieus, uitnodigend. Alsof ze oprecht verheugd was hem te ontmoeten. Maar terwijl hij haar hand losliet en even een stap achteruit deed, bleven haar ogen op hem gericht. Het gaf hem een opgelaten gevoel, alsof ze dwars door hem heen wilde kijken, zoekend naar een tekortkoming, een zwakke plek.

Hij keek Cabrera aan. 'Waar is Rebecca?'

'Ze komt zo. Iets drinken?'

'Bronwater, graag.'

'Goed.'

Cabrera liep naar een minibar in een hoek van de kamer. De jongeman zag er precies zo uit als op Kovalenko's foto's. Lang, slank, getrimd baardje en keurig geknipt zwart haar. De laatste keer dat hij Raymond had gezien, tijdens het verschrikkelijke vuurgevecht in het Metrolink-spoorwegemplacement met Polchak, Lee, Valparaiso en zelfs Halliday tegenover zich, was Raymond Thorne zo goed als kaal geweest om voor de vermoorde Josef Speer te kunnen doorgaan. Maar het haar was niet het enige verschil. Ook het gezicht was in alle opzichten onvergelijkbaar. De kaaklijn – voorzover waarneembaar onder de baard – en zelfs zijn neus, waren geprononceerder. En dan die ogen. Voorheen blauwgroen, nu zo zwart als de nacht. Contactlenzen wellicht? Maar als dit werkelijk Raymond was, dan had de plastisch chirurg – afgezien van de ogen – wonderen verricht.

531

'Wat kijk je me toch nieuwsgierig aan, Nicholas,' zei Cabrera, die met een kristallen glas mineraalwater naar hem toe liep.

'Ik probeer een beeld te krijgen van de man die met mijn zus gaat trouwen.'

'En, wat is je oordeel?' Met een hartelijke glimlach overhandigde Cabrera hem het glas mineraalwater.

'Ik hoor dat graag van Rebecca zelf. Je lijkt haar hart te hebben veroverd.'

'Weet je wat, ik bel haar even. Dan kun je het haar zelf vragen,' opperde Cabrera, en hij liep naar een bijzettafeltje en drukte op een knop.

Even later zwaaide achter in de bibliotheek een deur open en Rebecca trad binnen. Martens adem stokte. Ze was niet alleen gezond en springlevend, maar in haar oogverblindende avondjurk ook nog eens adembenemend mooi.

'Nicholas!' riep ze plompverloren toen ze hem zag staan. Een tel later hing ze om zijn hals en omhelsde ze hem lachend en huilend tegelijk.

'Ik wilde zo graag dat dit een verrassing zou zijn!'

Hij deed een stap achteruit en zijn oog viel op naar smaragden halsketting en de smaragden oorbellen. 'Dit is inderdaad een verrassing, Rebecca. Maak je daar maar geen zorgen over...'

'Alexander.' Plotseling draaide ze zich om en liep naar Cabrera. 'Vertel het hem, toe.'

'Ik denk dat jullie eerst kennis moeten maken met mijn vader.' Opnieuw drukte Cabrera op de knop en mompelde iets in het kleine microfoontje ernaast. 'Toe,' klonk het, waarna hij de twee weer aankeek.

'Hij lag even te rusten en komt zo.'

'Sir Peter Kitner is jouw vader,' sprak Marten behoedzaam. 'Hij wordt tsaar van Rusland.'

'Je bent goed op de hoogte, Nicholas.' Cabrera glimlachte ontspannen. 'Eigenlijk moet ik verbaasd zijn, maar je bent natuurlijk Rebecca's broer.' Opnieuw een glimlach. 'Toch zijn er een paar dingen veranderd. Rebecca wil dat ik het je uitleg.' De glimlach verdween. 'Mijn vader zal geen tsaar worden. Hij heeft afstand gedaan van de troon, ten gunste van mij.'

'Van jou?'

'Ja.'

'Hmm,' mompelde Marten zacht. Ziedaar, precies zoals hij tegen Kovalenko had gezegd, maar dan net even anders. Cabrera had Kitner niet hoeven doden om zelf tsaar te kunnen worden. Dreigen was al genoeg geweest om hem tot troonsafstand te bewegen. De regering kon buiten de deur worden gehouden en hij hoefde niets te kunnen staven. Met één pennenstreek van Kitner was Cabrera tsaar geworden.

Een klop op de deur haalde hem uit zijn gedachten.

'*Oui*,' antwoordde Cabrera.

De deur ging open en sir Peter Kitner betrad de kamer. Hij was formeel gekleed en werd niet binnengeleid door een van de gastheren, maar door kolonel Moerzin.

'Goedenavond, tsarevitsj,' begroette de kolonel Cabrera en hij keek Marten aan. 'De heer Kovalenko betuigt zijn spijt vanwege zijn afwezigheid. Omstandigheden hebben hem gedwongen naar Moskou terug te keren.'

Marten knikte zwijgend. Kovalenko was dus verdwenen. Naar het hoe of het waarom kon hij slechts gissen, maar het simpele feit was dat hij er vanaf dit moment alleen voor stond.

'Vader,' sprak Cabrera terwijl hij Kitner verder de kamer in leidde, 'ik wil je voorstellen aan de vrouw van wie ik hou en met wie ik binnenkort ga trouwen.'

Kitner reageerde totaal niet, maar maakte slechts een lichte buiging naar haar. Even keek ze hem aan, waarna ze hem met dezelfde warmte omhelsde als ze bij Marten had gedaan. Opnieuw welden er tranen van vreugde in haar ogen op. Ze deed een stap naar achteren, nam zijn handen in de hare en vertelde hem in vloeiend Russisch hoe geweldig ze het vond hem te ontmoeten. Uit haar woorden sprak een en al oprechtheid.

'Dit is mijn broer,' zei ze en ze draaide zich om naar Marten.

'Nicholas Marten, aangenaam,' zei hij en hij reikte Kitner de hand.

'Hoe maakt u het?' begroette deze hem. Hij schudde Marten de hand, maar deed dat zo slapjes dat hij hem al meteen weer losliet. Kitners ogen, zijn hele manier van doen, wekten de indruk dat de man zich nauwelijks bewust was van wat er om hem heen gebeurde, en tegelijkertijd ook juist weer wel. Het was moeilijk te zeggen of hij gewoon moe was, of onder de invloed van een drug. Hoe dan ook, hij wekte slechts een lusteloze, afwezige indruk – niet bepaald wat je zou verwachten van iemand die aan het hoofd stond van een wereldwijd media-imperium en die tot tsaar van Rusland was uitgeroepen om vervolgens ten gunste van Cabrera afstand van de troon te doen.

'Zo, mijn schat, zie je? De hele familie bijeen,' sprak Cabrera en hij sloeg een arm om haar heen. 'Jij, ik, de Barones, mijn vader en jouw broer.'

'Ja,' glimlachte ze. 'Ja.'

'Tsarevitsj,' onderbrak Moerzin het gesprek plotseling en hij wees op zijn horloge.

Cabrera knikte en vervolgde met een warme glimlach: 'Rebecca, het is de hoogste tijd om onze gasten te begroeten. Barones, vader, Nicholas, gaan jullie met ons mee?'

93

20.00 uur

De grote balzaal van Villa Enkratzer was zestig meter lang en bijna net zo breed. De gepolitoerde marmeren vloer was net als een dambord zwart en wit geblokt. Het plafond, hoog en gewelfd, was gedecoreerd met schitterende fresco's van hemelse taferelen uit de achttiende eeuw; het middenstuk toonde Zeus, gezeteld op een vliegende adelaar en aan het hoofd van een congregatie van de goden.

Een twintig koppen tellend orkest, gekleed in rokkostuum met witte strik, speelde vlak voor de openslaande deuren achter in de zaal, terwijl de minstens honderd elegant geklede gasten van Barones Marga de Vienne en Alexander Cabrera rond de met linnen gedekte tafels hadden plaatsgenomen of over de dansvloer zwierden.

'Nicholas!' Op het moment dat ze Marten zag binnenkomen, liet lady Clem haar vader op de dansvloer achter en liep op hem af. Het maakte niet uit waar ze was of hoe het protocol luidde. Of dat Marten deel uitmaakte van Alexander Cabrera's entourage, die nu op een formele en indrukwekkende manier zijn opwachting maakte. Alle aanwezigen waren op de hoogte: sir Petr Mikhail Romanov Kitner had afstand gedaan van de troon en Cabrera, geboren

Alexander Nikolaevitsj Romanov, zou de volgende dag officieel aan de wereld worden voorgesteld als tsarevitsj van Rusland.

'Clementine!' Met een gefluisterde berisping deed lord Prestbury nog een poging zijn dochter terug te roepen.

Het was niet nodig. Toen het orkest de tsarevitsj zag binnenkomen, hield het terstond op met spelen. Mensen hielden op met wat ze deden en een stilte viel over de balzaal. Het volgende moment viel Cabrera, net zoals krap vierentwintig uur daarvoor Peter Kitner was overkomen, een luid en aanhoudend applaus ten deel.

Het drong nauwelijks tot Marten door dat hij lady Clem in zijn armen had of dat ze zich op de vloer van de balzaal bevonden, dansend op een wals van Strauss.

Aan de andere kant van de zaal zag hij Rebecca, stralend van geluk en dansend met een heel kleine, joviale Rus die aan hem was voorgesteld als Nikolai Nemov, de burgemeester van Moskou. Achter hen dansten Rebecca's werkgevers, Gerard en Nicole Rothfels, als een stel jonggehuwden in elkaars armen. Iets verderop zag hij lord Prestbury als een vorst aan een van de tafels zitten, nippend van zijn champagne en gewikkeld in een gesprek met de Barones en een verrassend geanimeerde Gregor II.

Het was als een droom waar geen touw aan vast te knopen viel, en hij zocht wanhopig naar houvast. Wat de situatie nog hopelozer maakte, was dat lady Clem hem slechts even daarvoor had verteld dat zij en haar vader de Barones al jaren kenden en dat het eigenlijk de Barones was geweest die Rebecca's betrekking bij de Rothfels in Neuchâtel had geregeld. Bovendien had lady Clem, met een schalkse twinkeling in haar ogen die zich kon meten met de blik die keer dat ze in Whitworth Hall in Manchester het brandalarm in werking had gesteld, volmondig toegegeven dat ze door Rebecca's verhouding met Cabrera geheim te houden net zo schuldig was geweest als Rebecca zelf. Om daarna Martens vraag naar het waarom, zelfs voordat hij deze had gesteld, op haar gecultiveerde, hooghartige Britse toontje te beantwoorden.

'Omdat, Nicholas, wij allemaal weten wat een vreselijk overbezorgde broer je bent. En dat niet alleen...' Ze kwam dichterbij. 'Als jij en ik een stiekeme verhouding kunnen hebben, waarom Rebecca dan niet? Eigenlijk toch vrij logisch? Bovendien,' – ze keek hem recht in de ogen – 'wat jouw belachelijke opmerking over de tsarevitsj betreft, ik vroeg Rebecca of ze wist waar Alexander gisteren was geweest, stel dat hij gek genoeg toch in Zürich zat. Nou, haar antwoord was heel duidelijk. Hij was bij haar geweest, thuis bij Gerard en Nicole Rothfels in Neuchâtel.'

Hij had haar toen kunnen vragen of Cabrera de hele dag in Neuchâtel was geweest of pas in de middag was gearriveerd, zodat hij dus genoeg tijd zou hebben gehad om terug te keren van de plaats van de moord in Zürich, maar dat had hij nagelaten. En vervolgens had hij het van zich af laten glijden en besloten gewoon af te wachten wat de avond zou brengen.

Hij dronk een glas champagne, vervolgens nog een, en voor het eerst in wat al maanden geleden leek, begon hij zich wat te ontspannen. Hij voelde de warmte van lady Clem terwijl ze samen dansten, de druk van haar borsten tegen zijn bovenlichaam – zoals altijd verborgen achter de plooien van een donkere, opzettelijk bovenmaatse avondjurk – en het wond hem op. Zelfs zijn eerdere zekerheden leken te vervagen. Ongeacht het feit dat Kitner afstand had gedaan van de troon, leek het onder deze omstandigheden – Kovalenko weg en Clem dicht tegen hem aan – dwaas om nog langer te piekeren, laat staan verder te speuren.

Het was bizar, krankzinnig zelfs, alsof hij een parallel universum was binnengestapt. Maar dat was niet zo, en mocht hij het niet geloven, dan hoefde hij slechts even naar Rebecca te kijken om de verwondering en de liefde in haar ogen te zien wanneer ze naar Cabrera keek, en omgekeerd. Wat er verder ook achter deze Cabrera stak, de absolute, onzelfzuchtige en onwrikbare liefde die hij voor Martens zus koesterde, viel niet te ontkennen. Het was zowel vertederend als opmerkelijk te noemen om hun gevoelens zo openlijk onthuld te zien.

Eerder, toen hij even met zijn zus had gedanst, vertelde ze dat ze studeerde om lid te worden van de Russisch-orthodoxe Kerk. Lachend vertelde ze hoezeer ze genoot van de rituele gebruiken en de namen van heiligen en hoe vertrouwd en goed het allemaal was, alsof het een wezenlijk deel van haarzelf uitmaakte.

Dat ze binnenkort niet alleen Cabrera's vrouw maar ook tsarina van Rusland zou worden, dat ging het verstand te boven. Lord Prestbury had zelfs gekscherend opgemerkt dat ook Marten spoedig deel zou uitmaken van de Russische koninklijke familie en dat hij, lord Prestbury, en lady Clementine hem daarom met veel meer respect zouden moeten bejegenen dan ze gewend waren.

Nog steeds kon Marten niet bevatten wat er allemaal was gebeurd met Rebecca. Amper een jaar geleden was ze nog het stomme, doodsbange meisje dat opgesloten zat in een katholiek sanatorium in Los Angeles, en nu dit. Hoe was het mogelijk?

Al dansend trok hij Clem dichter tegen zich aan, maar opeens hoorde hij Cabrera's stem: 'Lady Clementine...'

Hij draaide zich om. Naast hen op de dansvloer stond opeens Cabrera. 'Zou ik Nicholas een momentje van u mogen lenen? Er is iets wat ik heel graag even met hem zou willen bespreken.'

'Natuurlijk, tsarevitsj,' zei lady Clem glimlachend, en met een revérence stapte ze opzij. 'Nicholas, als je me zoekt, ik ben bij vader,' liet ze hem weten, en hij keek haar na.

'Zin in wat frisse berglucht, Nicholas? Het is nogal benauwd hier.' Cabrera wees naar een openstaande tuindeur achter hen.

Marten aarzelde en keek Cabrera in de ogen. 'Oké,' zei hij ten slotte.

Cabrera ging hem voor, onderweg de bewonderende blikken en knikjes van de gasten beantwoordend.

Cabrera noch Marten was gekleed op de kou, maar ze gingen toch zo naar buiten, slechts gekleed in hun smoking. Het enige verschil was dat Cabrera een klein, in feestelijk pakpapier gewikkeld rechthoekig pakje bij zich had.

94

21.05 uur

'Deze kant op, Nicholas, geloof ik. Verderop is een verlicht pad vanwaar je een mooi uitzicht hebt op de villa, vooral 's avonds.'

Hun adem hing als wolkjes in de lucht terwijl Cabrera hem voorging over een met sneeuw bedekt terras buiten voor de balzaal, en vervolgens naar een pad dat vanaf het terras in de bossen verdween. Ontspannen en licht beneveld volgde hij Cabrera op de voet terwijl ze het pad bereikten en verder wandelden. De kille lucht werkte al snel verkwikkend en Marten voelde zijn zintuigen alerter worden. Onwillekeurig wierp hij een blik achterom.

Moerzin volgde hen. Weliswaar op afstand, maar toch.

'Er gingen geruchten dat een aantal demonstranten dit deel van de vallei is binnengedrongen,' legde Cabrera uit nu hij Marten achterom zag kijken, en hij toonde opnieuw zijn warme glimlach. 'Je hoeft je echt geen zorgen te maken. De kolonel neemt gewoon het zekere voor het onzekere.'

Iets verderop versmalde het pad zich tussen twee grote naaldbomen. Cabrera liet hem voorgaan. 'Ga je gang,' zei hij.

'Ik wil je iets vertellen over Rebecca,' begon Cabrera terwijl hij weer naast hem verscheen. 'Iets wat je waarschijnlijk wel opmerkelijk zult vinden.'

Er kwam een bocht in zicht en Marten zag hoe het pad daarna omhoogvoerde, van de villa vandaan. Opnieuw keek hij even achterom.

Moerzin was er nog steeds en volgde op een afstandje.

'Zijn aanwezigheid is helemaal niet nodig,' zei Cabrera opeens. 'Ik heb hem liever in de villa dan dat hij hier in dit verlaten bos achter ons aan sjokt om ons te beschermen. Momentje.'

Cabrera draaide zich om en met het feestelijk verpakte doosje nog steeds in zijn hand liep hij Moerzin tegemoet.

Marten blies zijn handen warm en keek op. Een lichte bries ruiste door de boomtoppen. Links over de bergkam verrees de vage omtrek van de volle maan. Erachter naderde een wolkendek. Er hing sneeuw in de lucht.

Hij keek nog eens achterom en zag dat Cabrera en Moerzin nog steeds in gesprek waren. Daarna draaide Moerzin zich met een knikje om en liep terug naar de villa. Cabrera kwam zijn kant weer op. Op dat moment onderbrak een stem zijn gedachten: 'Het maakt niet uit hoe Cabrera eruitziet, wie hij kent, hoe hij loopt, praat, wat hij zal worden. Of wat dan ook. Hij ís Raymond Thorne!'

'Neem me niet kwalijk, Nicholas,' verontschuldigde Cabrera zich. De sneeuw knerpte onder zijn schoenen.

Martens gedachten schoten heen en weer. Daar, in de villa, had Kitner troonsafstand gedaan ten gunste van Cabrera. Als dit alles oorspronkelijk op de Russische ambassade in Londen had moeten plaatsvinden, na Kitners ridderorde en zijn benoeming tot tsarevitsj binnen de Romanov-hiërarchie, leek het onvermijdelijk dat de woning in Uxbridge Street de daaropvolgende dag – op vrijdag 15 maart, zoals Thorne in de agenda had genoteerd – voor datzelfde doel zou zijn gebruikt: een plek om Kitner op de knieën te brengen en tot troonsafstand te dwingen.

'Heb je vrienden in Londen?' vroeg hij tussen neus en lippen door nu Cabrera weer naast hem liep.

538

'Lord Prestbury komt uit dezelfde kringen als de Barones,' antwoordde Cabrera.

'Maar je kent nog meer mensen, toch?'

'Een paar. Hoezo?'

Marten waagde het erop. 'Een tijdje geleden ontmoette ik een gepensioneerde Britse belegger. Hij woont bijna het hele jaar in Zuid-Frankrijk, maar hij heeft ook nog een kast van een huis bij Kensington Gardens. Hij heet Dixon. Charles Dixon. Uit Uxbridge Street.'

'Sorry, die ken ik niet.' Cabrera gebaarde naar het pad. 'Zullen we verdergaan? Ik wil je graag iets over Rebecca vertellen.'

'Wat is er met haar?' was Martens vraag terwijl ze hun weg vervolgden. Bij het horen van de naam Charles Dixon en Uxbridge Street had Cabrera verblikt noch verbloosd. Bovendien leek hij in zijn manier van doen in geen enkel opzicht op Raymond Thorne. Was Cabrera zo bedreven of had hij het zelf gewoon helemaal mis met zijn vermoedens?

'Ze is niet degene die je denkt.'

'Hoe bedoel je?' Hij keek Cabrera aan. Was het Thorne, of niet? Als hij Hallidays diskette nog had en een vingerafdruk van Cabrera kon bemachtigen, zou hij het eindelijk zeker weten. Maar de diskette was weg, onderweg met de post naar Kovalenko's vrouw in Moskou. Stel dat hij inderdaad over een vingerafdruk kon beschikken, dan nog had hij er niets aan totdat hij die diskette weer in zijn bezit zou hebben.

'Wettelijk gezien is Rebecca je zus, maar in juridisch opzicht niet, want jullie zijn alle twee geadopteerd. Dat weet ik omdat ze me het zelf heeft verteld.

Hoe hechter onze verhouding werd, hoe noodzakelijker ik het vond een antecedentenonderzoek te laten verrichten. Ik hou ontzettend veel van haar, maar liefde maakt blind en een *faux pas* is zo gemaakt. Het klinkt misschien onaardig, of zelfs kil, maar ik wilde zekerheid boven alles voordat ik haar ten huwelijk vroeg. Ik vertrouw erop dat je dat zult begrijpen, Nicholas.'

'Ik begrijp het.'

Stap voor stap liepen ze naast elkaar verder over het pad. Voor het eerst viel het Marten op dat Cabrera een beetje trekkebeende, net als hij. Opnieuw was de onzekerheid tergend. Kon Cabrera's manke been het gevolg zijn van het vuurgevecht met de politie? Ja, natuurlijk, luidde het antwoord. Maar toch kon hij er niet goed achter komen. Hij had Raymond Thornes medische dossiers niet zelf kunnen bekijken omdat hij na het incident in het ziekenhuis had gelegen. Daarna waren ze spoorloos verdwenen. Bovendien kon Cabrera's manke been best het gevolg zijn van het jachtincident, of misschien iets anders: een verrekte spier, een verstuikte enkel, zelfs een klein steentje in zijn schoen. Maar het kon net zo goed aangeboren zijn.

Het pad maakte weer een bocht. Onder hen kon hij de felverlichte villa zien. Een geruststellende aanblik ,waardoor hij zich wat ontspande met de gedachte dat hij het misschien toch mis had, dat de emoties zijn gezonde verstand parten speelden. Hoezeer had hij het op Cabrera voorzien? Was het omwille van Dan Ford, Halliday, Red McClatchy en al die anderen die waren vermoord? Genoeg om zich door een hersenschim te laten leiden? Met het gevaar dat Rebecca zou worden teruggeworpen in dat donkere gat waarin ze al die jaren gevangen had gezeten?

'Tijdens mijn onderzoek kwam ik iets meer te weten over het adoptieproces,' vervolgde Cabrera. 'Toen jullie werden geadopteerd waren de procedures "gesloten", wat betekende dat noch de kinderen, noch de adoptieouders wisten wie de natuurlijke ouders waren.'

Hij had geen idee waar Cabrera heen wilde met zijn verhaal. Maar de man zoog het niet uit zijn duim, want noch hij, noch Rebecca had hun eigen ouders ooit gekend. En dat gold ook voor hun adoptieouders, want het was meerdere malen een onderwerp van gesprek geweest.

'Geld en doorzettingsvermogen openen heel wat deuren, Nicholas,' ging Cabrera verder. 'Jij en Rebecca werden bij dezelfde organisatie geadopteerd: een huis voor alleenstaande moeders, genaamd het House of Sarah in Los Angeles. Inmiddels bestaat het niet meer.' Opeens keek Cabrera hem aan. 'De stad waar jullie allebei zijn opgegroeid.'

Marten voelde dat zijn hart begon te bonken.

'Ik ben heel wat te weten gekomen, Nicholas. Niet alleen over Rebecca, maar ook over jou.' Weer die royale, gastvrije glimlach. 'Jouw echte naam is John Barron, en niet Nicholas Marten.'

Marten zweeg. Het pad maakte een bocht en de villa verdween opnieuw uit het zicht.

'Maar wie je werkelijk bent en waarom je je naam hebt veranderd, is niet belangrijk, in tegenstelling tot wat ik op mijn ontdekkingsreis naar Rebecca's verleden ontdekte. Gek genoeg werd ik er niet eens door verrast...'

Cabrera hevelde het pakketje in cadeauverpakking over naar zijn andere hand. Marten vroeg zich af wat erin zat, en ook waar dit pad heen voerde. Het werd steeds steiler en donkerder. De gloed van de bewolkte maan boven de bergtoppen was het enige wat nog voor een beetje licht in de duisternis zorgde en stukje bij beetje het enorme woud rondom hen onthulde.

Misschien was het dom geweest om zomaar met Cabrera mee te gaan. Maar zelfs al was hij inderdaad Raymond Thorne, dan nog betwijfelde Marten of hij zijn ware identiteit zou onthullen en ook maar iets zou doen wat Rebecca schrik zou aanjagen, waardoor ze hem opeens met heel andere ogen zou zien. Behalve dan dat Raymond Thorne tot alles in staat was.

'Zoals ik al zei,' vervolgde Cabrera, die hem een halve pas voorging, 'is je zus niet degene die je denkt. Met andere woorden, niet een baby die door een doodsbange tienermoeder ter adoptie werd afgestaan.' Hij keek Marten recht in de ogen. 'Rebecca is een prinses, geboren uit een van de meest vooraanstaande adellijke families van Europa.'

'Wat?!' Marten was verbijsterd.

'Haar geboortenaam was Alexandra Elisabeth Gabrielle Christiaan. Ze is een directe nazaat van Christiaan de Negende, koning van Denemarken. Haar overgrootouders waren Georg de Eerste, koning van Griekenland, en zijn gemalin Olga, dochter van grootvorst Constantinus, zoon van Nicolaas de Eerste van Rusland.'

'Ik begrijp het niet...'

'Dat kan ook niet van je worden verwacht. Daarvoor is het te onvoorstelbaar. Toch is het waar. Zelfs haar DNA komt overeen. Het onweerlegbare bewijs.'

Marten was volledig uit het veld geslagen. Elke gedachte dat Cabrera inderdaad Raymond Thorne kon zijn werd volledig onderdrukt door de absurditeit van wat hem zojuist was verteld.

'Ik kan me voorstellen hoe je je voelt, maar het staat allemaal zwart op wit, Nicholas. De documenten liggen in mijn kantoor in Lausanne. Je bent te allen tijde welkom om ze zelf in te kijken.'

'Hoe...?'

'... kon zo iemand belanden in een – tja, hoe zeg je dat ook alweer – "doorsnee Amerikaans gezin" als dat van jullie?'

'Komt aardig in de buurt.'

'Haar grootouders waren destijds voor de nazi's gevlucht. Eerst naar Engeland en daarna naar New York, waar ze zoals zo veel koninklijke families – de mijne, bijvoorbeeld – hun naam veranderden en zich ter bescherming van hun adellijke titels ontdeden. Later trouwde hun dochter Marie Gabrielle met Jean Félix Christian, erfprins van Denemarken, en gingen ze weer naar Europa. In Kopenhagen kregen ze één kind, een meisje, dat als kind op het Spaanse eiland Mallorca werd ontvoerd. Er werd losgeld geëist, maar de ontvoerders begonnen 'm te knijpen en sluisden haar door naar een wereldwijde illegale organisatie die kinderen op de zwarte markt aanbood. Iemand nam haar mee naar een gezin in Californië, maar de transactie ging niet door, waarna ze in een tehuis voor alleenstaande moeders belandde. Ik heb het, uiteraard, over...'

'Rebecca.'

'Ja.'

'En haar echte ouders? Hoe zit het daarmee?'

'Omdat er van haar niets meer werd vernomen hebben ze hun dochter wettelijk dood laten verklaren.'

'Mijn god!...' stamelde Marten en hij wendde zijn blik even af. 'Weet ze het?'

'Nog niet.'

Het pad werd allengs steiler en vanuit de verte ving hij zo nu en dan het geraas van wildstromend water op. Cabrera liep nog altijd vlak voor hem uit. In het licht van de maan steeg zijn adem op uit zijn neusgaten. Ondanks de kou stond het zweet op zijn voorhoofd. Hij nam het pakje weer in zijn andere hand.

'Waarom vertel je dit eerst aan mij?'

'Uit respect. Jouw adoptieouders zijn dood en dus sta jij nu aan het hoofd. En ook omdat ik graag je zegen voor ons huwelijk wil.' Hij bleef staan en draaide zich om. 'Kan ik op je zegen rekenen, Nicholas?'

Nee toch, was Martens gedachte. Dat het hierop moet aankomen.

'Nou?'

Nicholas Marten staarde Cabrera aan. Denk aan Rebecca, denk aan hoeveel ze van hem houdt. Denk aan niets anders, vooral aan niets anders. Voorlopig, althans. Totdat je zeker weet wie hij is, of níét is.

'Ja,' antwoordde hij ten slotte, 'je hebt mijn zegen.'

'Dank je, Nicholas. Nu begrijp je waarom het voor mij zo belangrijk was even alleen met je te kunnen zijn.' Cabrera glimlachte. Een binnenpretje. Uit opluchting of tevredenheid. Of allebei. 'Je begrijpt dat Rebecca niet alleen mijn vrouw wordt, maar ook tsarina van Rusland.'

'Ja.' Marten keek om zich heen. Dit deel van het pad was niet verlicht. Het geraas van stromend water was inmiddels luider. Veel luider. Hij keek voor zich uit en zag dat ze naar een houten voetgangersbrug liepen. Beneden kolkte het gitzwarte water. Iets verder stroomopwaarts zag hij de bron van al het lawaai: een torenhoge, donderende waterval.

'Wat zullen we een prachtige kinderen krijgen, Rebecca en ik...' Langzaam, bijna terloops, begon Cabrera het cadeaupapier om het pakje los te trekken. 'Prachtige, adellijke kinderen, die samen met hún kinderen de komende driehonderd jaar over Rusland zullen heersen. Net als de Romanovs dat drie eeuwen lang deden, totdat de communisten daar een eind aan maakten...'

Plotseling draaide Cabrera zich om. Het pakpapier dwarrelde neer op het besneeuwde pad onder hun voeten. Marten zag dat het pakje in Cabrera's handen een doosje onthulde, waarna opeens ook het doosje op de grond viel. Er klonk een luide klik en een lemmet schitterde in het maanlicht. Plotseling dook Cabrera met één vloeiende beweging op hem af.

95

In een flits zag Marten het weer voor zich: Hallidays lichaam op het bed in zijn hotelkamer in Parijs, met doorgesneden keel. In dezelfde fractie van een seconde hoorde hij de stem van inspecteur Lenard: 'De dader stak hem op het moment dat hij de deur opende.' Het volgende moment draaide hij weg, en Cabrera's mes raakte net zijn wang.

Martens vlugge beweging en Cabrera's misstoot brachten de laatste heel even uit balans. Marten ging in de tegenaanval, ramde zijn linkervuist in Cabrera's nierstreek en plantte meteen daarna een rechtse onder zijn kaak. Cabrera gromde en deinsde terug tegen de reling van de houten voetbrug, maar liet het mes, waarop Marten het had voorzien, niet vallen. Marten was te laat. Cabrera pakte het gewoon over met zijn andere hand en liet Marten dichterbij komen. Opnieuw draaide Marten weg. En wederom flitste

Cabrera's lemmet in het maanlicht. Dit keer raakte het vlijmscherpe mes hem vlak boven de elleboog en sneed dwars door het jasje van zijn smoking, door het overhemd eronder en zo in zijn vlees.

'Ik dacht het niet!' brulde Marten en hij deinsde achteruit. Hij was geraakt en bloedde, maar de wond was niet diep genoeg. Cabrera had het op zijn armslagader voorzien, maar daarvoor had hij toch minstens een dikke centimeter dieper in het vlees moeten snijden.

'Nee, ik ook niet, Nicholas,' zei Cabrera grijnzend en zijn ogen glansden wild. Opeens was zijn gelaatsuitdrukking niet langer die van Cabrera of zelfs van Thorne, maar die van een maniak.

Opnieuw kwam hij op Marten af. Langzaam. Telkens het mes van de ene naar de andere hand overbrengend.

'De pols, Nicholas. De slagader daar. Dan hoef ik maar een halve centimeter diep te steken. Binnen een halve minuut zul je bewusteloos raken. En na ongeveer twee minuten ben je er geweest. Of heb je het liever nog wat sneller? De halsslagader dan maar. Daar zal ik ietsje dieper moeten steken, maar daarna ben je al na vijf seconden bewusteloos en na nog eens twaalf al dood.'

Marten liep achterwaarts over de brug terwijl Cabrera dichterbij kwam, zijn schoenen glippend op de spekgladde bevroren beplanking. Het donderende geraas van de waterval overheerste alles en smoorde Martens zintuigen.

'Hoe ben je van plan dit aan Rebecca uit te leggen, tsarevitsj? Wie is straks de moordenaar van haar broer?'

Cabrera's grijns werd breder. 'De demonstranten, Nicholas. De geruchten dat een aantal van hen tot dit deel van het dal is doorgedrongen, bleken waar te zijn.'

'Waarom? Waarom toch?' vroeg Marten, die nu alles op alles zette om tijd te rekken en om te kunnen nadenken.

Cabrera kwam steeds dichterbij. 'Waarom ik jou wil vermoorden? Waarom ik de anderen heb vermoord?' De grijnslach verflauwde, maar de waanzin in zijn ogen bleef. 'Voor mijn moeder.'

'Je moeder is dood.'

'Nee, ze is niet dood. De Barones is mijn moeder.'

'De Barones?'

'Ja.'

Heel even wankelde Cabrera. Daar had Marten op gewacht. Hij dook naar voren, duwde de hand met het mes opzij, tilde Cabrera iets op en kwakte hem tegen de reling. Eén keer. Twee keer. Drie keer. Telkens weer hoorde hij hem kreunen en voelde hij de lucht uit zijn longen ontsnappen. Cabrera zakte verdwaasd voorover, zijn kin zakte op zijn borst. Op hetzelfde moment greep Marten hem bij zijn haar, tilde zijn hoofd op en gaf hem een rechtse directe pal in het gezicht.

Cabrera grijnsde arrogant en bewoog zijn hoofd simpelweg opzij, zodat Marten door de kracht van zijn misstoot naar voren tegen de reling kantelde. Het volgende moment voelde hij een allesverzengende pijn toen Cabrera's mes in zijn zij drong. Hij schreeuwde het uit, greep Cabrera tegelijkertijd bij de boord van zijn overhemd en sleurde hem mee. Het hemd scheurde open en opnieuw wilde Cabrera uithalen met het springmes. Maar dat lukte hem niet. Marten trok hem tegen zich aan. Een ogenblik keken ze in elkaars ogen. Daarna gaf hij Cabrera een gemene kopstoot.

Er klonk een luide *krak* en Cabrera wankelde met bloedend voorhoofd naar achteren en kwakte tegen de reling. Marten wilde hem weer aanvliegen, maar plotseling knikten zijn knieën. Als bevroren bleef hij staan. Nog nooit van zijn leven had hij het zo koud gehad. Hij keek omlaag en zag dat zijn overhemd nat was van het bloed. Daarna voelde hij dat hij viel, dat zijn voeten op de bevroren planken onder hem weggleden, en hij besefte dat Cabrera zijn been vasthield en hem naar zich toe trok. Hij wilde zich los trekken, maar het lukte niet. Opeens zat Cabrera op zijn knieën en trok hem met de ene hand naar voren en bracht met de andere het mes omhoog.

'Néé!' brulde Marten, en met alles wat hij nog in zich had, trapte hij omhoog. De stiletto vloog over de reling en door de lucht. Maar Cabrera had hem nog altijd met één hand vast en sleurde hem naar de rand.

Hij hoorde het geraas van de waterval en zag het zwarte, woeste water onder zich. Hij probeerde zich los te worstelen, maar het had geen zin. Hij werd naar de rand getrokken en kon helemaal niets uitrichten.

Het volgende moment tuimelde hij door de lucht. Een seconde, een uur, een heel mensenleven later plonsde hij in het ijskoude water, ging kopje-onder en was verdwenen, meegesleurd door de razende stroming.

'*Da sviedanja*,' had Cabrera hem nog toegefluisterd op het moment dat hij wegdleed; in het maanlicht waren zijn zwarte ogen als de dood zelf geweest.

Da sviedanja. Het waren de woorden die hij had gesproken op de bagagecarrousel van de luchthaven van Los Angeles, toen hij op het punt stond John Barron met diens eigen pistool naar de andere wereld te helpen.

'Thorne!' had een stem plotseling vanuit het niets geroepen. Niet zomaar een stem, Red McClatchy's stem.

Tijdens de seconden, uren of dagen voordat hij het water raakte, hoopte Nicholas Marten vurig dat hij opnieuw die stem zou horen, de kreet die andermaal zijn leven zou redden. Maar hij hoorde niets.

Hoe kon het ook anders?

Red was al dood.

DEEL III

Rusland

1

De geruchten bleken waar. Een groep anarchistische demonstranten was tot in het dal doorgedrongen. Cabrera en Marten waren hen op een voetgangersbrug ergens boven het landhuis tegen het lijf gelopen. De antiglobalisten, met hun gezicht verborgen achter bivakmutsen en dikke sjaals, hadden niets gezegd en hen gewoon aangevallen. Cabrera en Marten waren allebei geslagen en geschopt. Cabrera's overhemd was bijna van zijn lijf gescheurd. Beide mannen hadden zich fel verzet. Marten ging achter iemand aan die een mes had getrokken. Ondertussen had een ander hem beetgegrepen en vastgehouden. Cabrera had hem nog te hulp willen schieten, maar was zelf neergeslagen. Tegelijkertijd had de demonstrant met het mes Marten flink toegetakeld en had de ander hem van de brug geduwd. Hij was in het snelstromende water van de bergrivier terechtgekomen en uit het zicht verdwenen. Op dat moment was het Cabrera gelukt te ontsnappen. Hij had zich losgerukt van een belager met bivakmuts en was roepend om hulp terug het pad af gerend.

Moerzin en een stuk of tien FSO-agenten waren snel ter plekke, maar inmiddels was de maan schuilgegaan achter de wolken, was het gaan sneeuwen en hadden de demonstranten zich in het duister teruggetrokken in het bos. Moerzins mannen hadden nog wel sporen gevonden, maar Cabrera had hen teruggeroepen om naar Marten te helpen zoeken.

Door Cabrera persoonlijk geleid, in sneeuwlaarzen en met slechts een parka over zijn smoking, was er een zoektocht gestart, die, gehinderd door harde windstoten en dwarrelende en opwaaiende sneeuw, nog tot ver de volgende dag had voortgeduurd. Vrijwel direct waren ook de kantonpolitie en commando's van het Zwitserse leger te hulp geschoten en nog geen uur later ook de opsporings- en reddingsteams. Gezamenlijk werd een verraderlijk deel van de rivier uitgekamd dat over een kleine dertig kilometer kriskras door het berglandschap kronkelde en via een reeks watervallen van soms wel twintig meter hoog de berg af raasde. Een tijdje hadden ze zelfs de helikopter gebruikt waarin president Gitinov vlak voordat Cabrera alarm had geslagen was aangekomen. Maar de kracht van de storm en het ruige terrein hadden vliegen buitengewoon gevaarlijk gemaakt en de zoektocht was overgelaten aan mannen te voet. Uiteindelijk had de zoekactie niets opgeleverd. Wat er ook met Marten was gebeurd – of hij nu klem was komen te zitten tussen rotsen onder water, in een onderaardse grot was gespoeld of ergens op het droge was gekropen, waar hij vervolgens zo diep was ingesneeuwd dat zelfs de speurhonden hem niet konden vinden–, één ding stond vast: niemand kon met een afschuwelijke messteek en slechts gekleed in een smoking in een dergelijke omgeving de nacht hebben overleefd. Als de steekwond of de helse waterstroom die hem over de rotsen en door de watervallen had gejaagd hem al niet fataal was geworden, zou hij wel van onderkoeling zijn gestorven. Ten slotte zat er voor de redders niets anders op dan hun zoektocht te beëindigen.

2

Of het nu te maken had met haar toenemende zelfverzekerdheid, of de aanwezigheid van Cabrera, lady Clem en de Barones, Rebecca hoorde het nieuws van de belaging van haar broer en zijn verdwijning met een verrassende kalmte aan. Haar voornaamste zorg gold het welzijn van Alexander en de veiligheid van degenen die naar Nicholas zochten. Zelf was ze al verscheidene malen in haar winterse berguitrusting naar de rivier afgedaald om de anderen aan te moedigen en zelf mee te zoeken. Haar kracht, zo zou men beseffen, putte ze uit wat ze van meet af aan al had volgehouden en waar ze oprecht in leek te vertrouwen: dat Nicholas op de een of andere manier de val had overleefd en zich ergens levend en wel bevond. Hoe en waar dat 'ergens' kon zijn was even niet aan de orde.

Het feit dat er toen de nieuwe dageraad zich aandiende nog steeds geen enkel spoor van hem was gevonden, sterkte haar alleen maar in haar overtuiging. Goed, misschien vonden ze hem niet vandaag, niet morgen, niet over een week, zo zei ze. Maar hij had het overleefd en zou hoe dan ook een keer worden gevonden, daarover bestond voor haar geen twijfel. Niets kon haar op andere gedachten brengen.

Lady Clem was een geheel ander verhaal.

Dat haar vader erbij was, net als de anderen wachtend op enig bericht terwijl de uitgebreide zoektocht vorderde, was voor haar volkomen irrelevant. Ze sloot zich volledig af voor het persoonlijke drama en de afschuw, en wilde zelfs de intimiteit van haar relatie met haar broer niet toegeven. In plaats daarvan richtte ze al haar emoties op de demonstranten die deze monsterlijke daad hadden begaan.

Toen de Zwitserse commando-eenheid samen met de *Kriminalpolizei* van het kanton de demonstranten had weten te lokaliseren en hen in de vroege ochtend vanuit hun tenten in de heuvels hoog boven de villa met bestelbusjes naar het politiebureau van Davos had overgebracht, toog lady Clem er direct heen. Bij het horen van de protesten en de glasharde ontkenningen van het groepje van negen – onder wie drie vrouwen – ging ze volledig door het lint en dreigde elk denkbaar wetsartikel in stelling te brengen om deze demonstranten stuk voor stuk voor de rechter te slepen. Zelfs toen men haar probeerde te doen bedaren en een agent haar wilde wegleiden om haar terug te brengen naar de villa, trok ze zich plotseling los en vuurde nog een laatste verbaal salvo af: 'De zus van de heer Marten, het enige nog levende familielid, zal een zaak tegen jullie beginnen die zijn weerga niet kent en die jullie je allerlaatste euro, dollar of pond zal kosten en jullie voor de rest van je leven berooid zal achterlaten! Jullie hebben de heer Marten niet alleen de dood in gejaagd, maar hem bovendien op een wrede manier zijn burgerrechten ontnomen. Een daad die, zo beloof ik jullie, niet onbestraft zal blijven!'

3

De 'daad', zoals lady Clem het had genoemd, was iets wat Alexander Cabrera zeer nauwgezet en vooraf had beraamd. En hoewel het gevecht met Marten veel lastiger was geweest dan hij had verwacht, was de opzet meer dan geslaagd.

Het idee om de demonstranten te gebruiken had hij al veel eerder bedacht als een betrekkelijk eenvoudige en goedkope verzekering om Martens dood te verklaren. Een telefoontje naar een Europees collectief van radicale antiglobalisten had het plan in gang gezet. Hij had zich voorgedaan als een lid van een beruchte groep die het Radical Activist Network of Trainers werd genoemd en had de activisten verteld over de topbijeenkomst van politici en zakenlieden in Villa Enkratzer. Na het landhuis en de locatie te hebben beschreven, legde hij nauwkeurig uit wie de aanwezigen zouden zijn, hoe de villa via een weinig bekende bergweg kon worden bereikt en waar, in de bossen erboven, gemakkelijk een kamp kon worden opgezet. Van daaruit konden activisten een verrassingsdemonstratie beginnen om zich vervolgens aan te sluiten bij een protestactie die op de ochtend van zaterdag de 18e vanaf de hoofdweg naar de villa moest worden gehouden. Dit zou de dag zijn na zijn nachtelijke wandeling met Marten op het bergpad boven de villa. Met andere woorden, de demonstranten zouden een kamp hebben opgeslagen en ter plekke zijn, maar zouden pas de volgende dag bij de villa worden verwacht.

De autoriteiten hadden zich voorbereid op de komst van zo'n dertigduizend betogers naar Davos, dus hij wist bijna zeker dat minstens een handjevol van de meest fanatieken zou toehappen. En daarin had hij gelijk gekregen. Toen hij een week later terugbelde met het verhaal dat hij van de actie had vernomen en dat hij zich wilde aansluiten bij degenen die al aan het pakken waren, werd het bevestigd. Er was al een kleine groep onderweg, zo kreeg hij te horen, en ze hadden niemand meer nodig.

Toen hij samen met Rebecca, de Barones en Gerard en Nicole Rothfels eerder op de dag per helikopter vanuit Neuchâtel was gearriveerd, had hij zich er persoonlijk van vergewist dat de demonstranten er ook echt waren. Hij had de piloot verzocht over de bergen naar het landhuis te vliegen, in plaats van via de gebruikelijke route vanuit Davos door het dal. Hij telde vijf tenten, verscholen tussen de bomen. Een glimp, meer had hij niet opgevangen, maar meer had hij ook niet nodig om te weten dat zijn list was geslaagd en zijn zondebokken op hun plaats waren.

In de ijskoude maar euforische minuten nadat Marten over de rand was gegaan en hij zijn mes had teruggevonden, had hij zelf de sporen in de sneeuw naar het demonstrantenkamp gemaakt. Pas toen de storm zo hevig werd dat hij wist dat de verse sneeuw toch alles zou uitwissen, was hij teruggegaan. Daarna was hij met bonzend hart en niet op de kou lettend terug naar het landhuis gerend om alarm te slaan.

Zijn bravoure plus het feit dat hij onmiddellijk de hele nacht in touw was geweest om het reddingsteam te leiden dienden niet alleen om zijn heldenmoed als een tsarevitsj van het volk onder de aandacht te brengen, maar ook om zijn afgrijzen en verbijstering over het gebeurde en zijn diepe genegenheid voor Nicholas Marten te tonen. Zijn enige angst was natuurlijk dat Marten levend zou worden gevonden, maar tegelijk wist hij dat de kans daarop zo goed als nihil was. Zijn mes had Marten flink geraakt, en de woeste loop van het ijzige water over een kilometerslange rotsbodem en steile watervallen in combinatie met de storm en temperaturen onder nul maakte overleven onmogelijk.

Wat hij ten slotte had gedaan, overdag in de comfortabele warmte van het landhuis en nog steeds met zijn laarzen aan en de parka over zijn aan flarden gescheurde smoking, was overleggen met de vier belangrijkste mannen in zijn leven, die met de talrijke andere gasten in het huis waren gebleven en de hele nacht hadden gewaakt: Gitinov, Gregor II, Nikolai Nemov en maarschalk Golovkin. 'Gezien de gebeurtenissen,' begon hij, 'en omdat Nicholas Marten de broer was van de vrouw die de volgende tsarina van Rusland wordt, verzoek ik om uitstel van de aankondiging van het herstel van de monarchie tot een geschikter tijdstip en op een geschiktere locatie.'

Het leed geen twijfel dat dit een goede en juiste beslissing was, en aldus werd unaniem besloten. Het belang werd nog eens bekrachtigd toen de tweeënvijftigjarige president Gitinov hem tot zijn verrassing even apart had genomen om hem persoonlijk zijn medeleven te betuigen en te zeggen dat hij het volledig begreep.

'Dit is het beste voor u en het beste voor Rusland,' waren Gitinovs oprechte woorden geweest.

Cabrera besefte dat dit gebaar niet gemakkelijk moest zijn voor een man die zijn goedkeuring had verleend aan de terugkeer van de monarchie, voornamelijk onder druk van de gecombineerde politieke macht van de andere aanwezigen, de patriarch, de burgemeester en de minister van Defensie. Hoewel ieder van hen een machtspilaar vertegenwoordigde, dachten en handelden ze zodra het op landelijke politiek aankwam als één man. En wanneer ze besloten een zaak van landsbelang aan te roeren of zich erin te mengen, dan was hun invloed op de leden van beide huizen van het Russische parlement enorm.

Al bijna vanaf de dag dat Cabrera's overgrootvader, tsaar Nicolaas, was vermoord, zorgde het idee van een terugkeer van de monarchie in elk Russisch huishouden voor verhitte discussies. Maar meer ook niet. Totdat het driemanschap, dankzij zijn eigen persoonlijke en gezamenlijke ervaringen, besefte dat Rusland sinds de ineenstorting van de Sovjet-Unie als staat weliswaar was herboren, maar als prille democratie nog altijd kinderziekten vertoonde. Bestuurd door een opgeblazen bureaucratie ging het land gebukt onder een economie die, ondanks de hoge schuldaflossingen en de forse winsten in de olie- en graanindustrie, over het algemeen zwak en onbetrouwbaar was. Verder diende een zwaar onderbetaald, in verval rakend en mismoedig leger het land te beschermen, dat al even ernstig en in praktisch elke uithoek werd achtervolgd door armoede, geweld en corruptie. Grote, gecompliceerde problemen, waarvoor de huidige regering wat het triumviraat betrof geen goede en concrete oplossingen aandroeg. Na nadere bestudering kwam het driemanschap tot de slotsom dat als Rusland echt een sterk, economisch vooruitstrevend en invloedrijk land wilde worden, het een openbare en stabiliserende kracht nodig had die het volk een direct en sterk gevoel van eenheid, trots en karakter zou geven. Het antwoord lag volgens hen besloten in een terugkeer van de keizerlijke familie op de Russische troon en in de vorm van een constitutionele monarchie; met een symboolfunctie, net zoals in Engeland, dus in wezen niet bij machte om te regeren maar, net als in Engeland, vol pracht en praal, ceremonie en goodwill om het volk snel te enthousiasmeren om zo een duurzame nationale gemeenschapszin te doen opleven. Nadat hun argumenten voor een dergelijke terugkeer eenmaal op een rijtje waren gezet en formeel aan het parlement waren voorgelegd, had het driemanschap flinke druk op de parlementsleden uitgeoefend om de plannen erdoor te krijgen.

Voor Gitinov was het een onaanvaardbaar idee. Hij beschouwde het driemanschap als een meedogenloze tegenstander van zijn regering. Hun invloed was als een donkere wolk, een voortdurend boven zijn hoofd hangende bedreiging van zijn eigen machtspositie. Voor hem was het herstel van de monarchie dus weinig meer dan een politieke zet van de drie om hun eigen doelen te verwezenlijken. En gevaarlijk bovendien, want hij wist dat een koninklijk staatshoofd, symboolfunctie of niet, met hun ruggensteun op een gegeven moment zijn eigen gezag kon gaan ondermijnen (en zelfs hun eigen gezag als hun marionet te invloedrijk werd). Het was een vraagstuk dat des te zorgwekkender werd toen hij vernam dat Kitner ten gunste van zijn oudste zoon troonsafstand zou doen. Dit betekende namelijk dat hij de strijd om de gunst van het volk niet alleen moest voeren tegen een gekroond hoofd, maar ook nog eens tegen een hoofd dat jong, knap en buitengewoon charismatisch was, én dat een bijzonder mooie aanstaande bruid naast zich had. Het duo oogde als een stel filmsterren en zou de eerstkomende jaren door de internationale media als een Kennedy-achtig superpaar op een voetstuk worden gezet. Erger nog: Cabrera was echt van adel, een rechtstreekse afstammeling van de drie eeuwen oude Romanov-dynastie, die zelfs door de alleroudste en door de allerarmste Russen zou worden vereerd als het kloppende hart van de Russische ziel.

Gitinov wist dat hij zijn eigen aanzienlijke macht en invloed had kunnen aanwenden om de stemming tegen het driemanschap te keren en zou uiteindelijk hoogstwaarschijnlijk ook hebben gezegevierd. Maar inmiddels was het idee dat het parlement de terugkeer van de vorstelijke familie overwoog algemeen bekend en had het een massale, onomkeerbare vloedgolf van goedkeuring teweeggebracht. Het zou een enorme inspanning vereisen om het tij te keren en het zou bovendien de indruk wekken dat hij dit slechts deed uit angst voor een aantasting van zijn eigen macht, en dat was iets wat hij zich niet kon veroorloven. Dus in plaats van ertegen te vechten had hij erin berust en zelfs ingestemd met een ontmoeting met het driemanschap in het verblijf van patriarch Gregor II in Peredelkino, vlak bij Moskou, om het idee openlijk en enthousiast te steunen.

Waarom hij had toegestemd en waarom hij naar Davos was gegaan – het was allemaal een politiek spel. Net als waarom hij van zijn route was afgeweken om Cabrera persoonlijk zijn medeleven te betuigen met wat er op de berg was gebeurd. Cabrera wist het wel, maar had niets laten blijken en had slechts gereageerd met een eerbiedig, oprecht woord van dank en een warme handdruk.

En daarna, met zijn plichten vervuld, had Alexander Nikolaevitsj Romanov, tsarevitsj van Rusland, zich simpelweg geëxcuseerd en was hij naar bed gegaan. Volledig uitgeput, maar met een absoluut triomfantelijk gevoel.

4

Moskou, zondag 19 januari, 7.05 uur

Het gerinkel van de telefoon rukte Kovalenko uit een rusteloze slaap. Hij pakte het toestel van het nachtkastje en boog zich naar voren om zijn vrouw niet wakker te maken.

'*Da?*'

'Met Philippe Lenard, inspecteur. Het spijt me dat ik u zo vroeg uit bed moet bellen,' verontschuldigde de politierechercheur uit Parijs zich. 'Ik heb gehoord dat u niet langer op de zaak zit.'

'Inderdaad. Je auto wordt door de FSO teruggebracht.'

'Dat weet ik. Dank u.'

Een beetje verbaasd hield Kovalenko zijn hoofd wat schuin. Lenards stem klonk vlak, zijn woorden dreven in de lucht. Er was iets niet in de haak.

'Gisteren hebt u zo'n beetje de hele dag gereisd, nietwaar?'

'Ja. Van Zürich naar Parijs naar Moskou. Ik had je daar even moeten bellen. Het spijt me. Maar vanwaar dit telefoontje? Waarom bel je me?'

'Aan uw stem te horen hebt u het nieuws nog niet gehoord.'

'Wát gehoord?'

'Over Nicholas Marten.'

'Wat is er met hem?'

'Hij is dood.'

'Wat?'

'Afgelopen vrijdagavond werd hij in Davos belaagd door een bende radicale demonstranten.'

'Jezus nog aan toe…' Hij streek met een hand door zijn haar en klom uit bed.

'Wat is er?' mompelde zijn vrouw naast hem.

'Niets, Tatjana, ga maar weer slapen,' stelde Kovalenko haar gerust en hij bracht de telefoon weer naar zijn oor. 'Philippe, ik bel je over een halfuur terug. Ja. Op je mobieltje.' Hij hing op en staarde voor zich uit.

'Wat is er?' vroeg Tatjana opnieuw.

'Een man die ik ken, een Amerikaan, is afgelopen vrijdag in Zwitserland vermoord. Ik weet even niet wat ik nu moet doen.'

'Een vriend?'

'Ja, een vriend.'

'Sorry hoor, maar als hij dood is, wat kun je er dan nog aan doen?'

Hij wendde zijn blik af. Hij hoorde een vrachtwagen voorbijrijden. De bestuurder mangelde de versnellingsbak.

Plotseling keek hij Tatjana weer aan. 'Ik heb vanuit Zürich een brief gestuurd. Dat was op...' – hij moest even nadenken – 'vrijdag. Die is niet aangekomen.'

'Dat was pas eergisteren, dus dat lijkt me logisch. Hoezo?'

'Niets. Niet belangrijk verder.' Hij trok even aan zijn oor, liep de kamer door en weer terug naar het bed. 'Tatjana, ik weet het, ik ben net thuis, maar ik moet terug naar het ministerie.'

'Wanneer?'

'Nu.'

'En de kinderen dan? Ze hebben je al in geen...'

'Tatjana... Nu, meteen.'

5

Het Russische ministerie van Justitie, 7.55 uur

Kovalenko had Lenard niet binnen een halfuur teruggebeld. Het enige telefoontje dat hij had gepleegd, was naar zijn directe meerdere, de tweeënvijftigjarige Irina Malikova, moeder van vijf kinderen en hoofdonderzoeker van het ministerie van Justitie. Hij moest haar zo snel mogelijk in de beslotenheid van haar werkkamer spreken.

557

Wat hij haar zou vertellen, had hij vanwege het gevoelige karakter ervan plus zijn gebrek aan bewijs tot nu toe aan niemand willen toevertrouwen, maar omdat de nationale veiligheid gevaar liep had hij geen andere keus dan het te onthullen. Hij zou haar vertellen dat Alexander Cabrera, de eerstvolgende troonopvolger, naar alle waarschijnlijkheid de gestoorde maniak Raymond Oliver Thorne was, de man die verantwoordelijk was voor de moord op de Romanovs in Amerika het jaar daarvoor, voor de moord op Fabien Curtay in Monaco en voor de moord op Alfred Neuss, James Halliday, een voormalige rechercheur Moordzaken van de politie in Los Angeles, Dan Ford, *Los Angeles Times*-correspondent in Parijs, en nog twee anderen, een buiten Parijs en een in Zürich en, zo wist hij zeker, voor de dood van Nicholas Marten bij Villa Enkratzer in Davos.

Wat de grijsharige, blauwogige Irina Malikova op haar beurt tegen hém zou zeggen, in haar raamloze kantoor op de tweede verdieping van het onopvallende utilitaire gebouw aan de Ulitsa Vorontzovo Pole 4a, was voor de buitenwereld hoogst geheim, maar iets wat de mensen in Villa Enkratzer al wisten.

'*Señor* Cabrera is níet de eerstvolgende opvolger van de tsaar,' zei Irina Malikova. 'Hij ís al tsarevitsj. Sir Petr Mikhail Romanov Kitner heeft gisteren formeel afstand gedaan ten gunste van zijn zoon.'

'Wat?'

'Ja.'

Hij was geschokt. Bijna alles wat Marten had verondersteld was bewaarheid.

'Dus, inspecteur, het zou meer dan duidelijk moeten zijn dat de eerste tsarevitsj van Groot-Rusland sinds de revolutie niet ook nog eens een ordinaire crimineel, of zelfs een massamoordenaar kan zijn.'

'Het probleem, mevrouw de hoofdinspecteur, is dat ik nagenoeg zeker weet dat het toch zo is. En met zijn vingerafdrukken kan ik elke mogelijke twijfel wegnemen.'

'Hoe dan?'

'Ik beschik over een diskette van de in Parijs vermoorde rechercheur. De schijf bevat het oorspronkelijke proces-verbaal van de politie in Los Angeles tegen Raymond Thorne, inclusief zijn foto en vingerafdruk. We hebben enkel Cabrera's vingerafdrukken nodig.'

'Thorne is dood,' zei Irina Malikova beslist.

'Nee,' hield Kovalenko vol, 'ik heb alle reden te geloven dat hij Cabrera is. Zijn uiterlijk is met plastische chirurgie veranderd, maar niet zijn vingerafdrukken.'

Malikova aarzelde en sloeg hem aandachtig gade. 'Wie weet er verder nog van deze diskette?'

'Marten en ik waren de enigen.'

'Weet je dat zeker?'

'Ja.'

'Er zijn geen kopieën?'

'Niet dat ik weet.'

'Waar is die diskette?'

'Via de post onderweg naar mij, afgelopen vrijdag vanuit Zürich verzonden.

'Zodra je hem binnen hebt, breng je hem direct naar mij. Dag of nacht, maakt me niet uit. En, dit is heel belangrijk: geen woord hierover tegen níemand.'

Hierbij keek ze hem doordringend aan, alsof ze het belang van haar bevel wilde benadrukken. Daarna verzachtte haar gelaat en ze glimlachte. 'Ga nu maar naar huis, naar je gezin. Je bent veel te lang weg geweest.'

Het gesprek was ten einde en Malikova wendde zich af om een bestand op haar computerscherm op te roepen. Maar Kovalenko was nog niet uitgepraat.

'Neemt u me niet kwalijk, mevrouw de hoofdinspecteur,' vroeg hij zacht, 'maar waarom ben ik van het onderzoek gehaald?'

Irina Malikova aarzelde en draaide zich om. 'Die opdracht kwam van boven.'

'Van wie?'

'De medewerking van personeel van het ministerie van Justitie aan internationale zaken dient onmiddellijk te worden beëindigd. Zo werd het verwoord, inspecteur. Zonder verdere uitleg.'

Kovalenko glimlachte flauwtjes. 'Zoals altijd.' Hij stond op. 'Ik verheug me op de tijd die ik met mijn vrouw en kinderen kan doorbrengen. Zodra ik de diskette heb, hoort u het van me.'

En daarmee verliet hij haar werkkamer, hij betrad de lange gang en liep langs de kleine kamers, die hier en daar werden bevolkt door de weinige onderzoekers die op zondag dienst hadden. Hij nam de lift naar de begane grond en wapperde in het voorbijgaan met zijn pasje naar iemand achter een glazen scheidingswand. Er klonk een zoemer en de deur voor hem gleed open. Het volgende moment stond hij buiten onder een grijs wolkendek. Het was koud en er viel sneeuw, hetzelfde weer als toen twee van Moerzins mannen hem van Villa Enkratzer naar het station in Zürich hadden gebracht en op de trein hadden gezet en Marten alleen achterbleef om Alexander Cabrera aan te pakken.

Pas toen hij het ministerie verliet en door de druilerige, sombere, winterse straten van Moskou liep, realiseerde hij zich hoe hard het nieuws hem had geraakt. Nicholas Marten was dood. Het leek niet mogelijk, maar het was wel zo. 'Was hij een vriend?' had Tatjana gevraagd, en zonder nadenken had hij ja gezegd. En inderdaad, hij had de man nauwelijks gekend, maar om de een of andere reden voelde hij zich meer verwant met Marten dan met mensen die hij al jaren kende. Plotseling voelde hij een brok in zijn keel. 'Dat was het dan,' zei hij bitter en hardop. 'Dat was het dan.'

Alles waar het leven van een man uit had bestaan was met zijn laatste ademtocht verdwenen. Zomaar ineens.

6

Engeland, de universiteit van Manchester, woensdag 22 januari, 10.15 uur

Tegen Rebecca's wens in vond er in het St. Peter's House and Champlaincy op het universiteitsterrein aan Oxford Road een besloten herdenkingsdienst voor haar broer plaats.

Onder een dak van paraplu's, die door een aantal mensen van de FSO ter bescherming tegen de koude regen werden opgehouden, escorteerde Alexander de Barones, Rebecca en lady Clementine van de donkergrijze Rolls-Royce via de trap het gebouw in.

Lord Prestbury, het hoofd en de rector magnificus van de universiteit, een aantal professoren en een handjevol van Nicholas' vrienden waren de enige aanwezigen. De dienst duurde slechts twintig minuten, daarna was het voorbij. Mensen stonden op, betuigden Rebecca hun diepste, oprechtste medeleven en condoleances, en vertrokken weer.

'Ik had echt liever gewild dat je dit niet had gedaan,' zei ze op de terugweg naar het vliegveld.

Alexander nam haar hand in de zijne en keek haar met een zachte, liefdevolle blik aan. 'Mijn liefste, ik weet hoe moeilijk het voor je is, maar het is het beste om zulke afschuwelijke gebeurtenissen zo snel mogelijk af te sluiten. Anders knaagt het maar aan je en wekt het alleen nog meer verdriet op.'

'Mijn broer is niet dood.'

Haar ogen gleden naar lady Clem en vervolgens naar de Barones. 'Jullie geloven dat toch ook, of niet soms?'

'Ik weet hoe je je voelt,' sprak ze. Hoe groot het verdriet, de pijn en het verlies voor haar ook waren, uiterlijk bleef ze kalm en waardig en tegelijkertijd vol respect jegens haar goede vriendin. 'Ik zou willen dat we wakker zouden worden en dat we allemaal dezelfde nachtmerrie hadden gehad. Dat het allemaal maar een droom was. Maar dat is ijdele hoop, vrees ik…' Ze glimlachte weemoedig.

'De werkelijkheid komt niet altijd aan onze wensen tegemoet,' sprak de Barones op dezelfde kalme toon. 'Er zit voor ons niets anders op dan de waarheid te aanvaarden.'

Maar Rebecca zat recht overeind en haar ogen schoten vuur. 'De waarheid is dat Nicholas nog leeft. En daar blijf ik bij, wat jullie verder ook mogen zeggen. Op een dag gaat er een deur open en dan staat hij daar. Let maar op, jullie zullen het meemaken. Jullie allemaal.'

7

De Barones keek naar Rebecca, die tegenover haar stilletjes zat te lezen, en vervolgens naar Alexander, die verderop in het middenpad met kolonel Moerzin stond te praten. Ten slotte gleed haar blik naar het raampje en naar buiten toen het gecharterde Tupolev-straalvliegtuig door het wolkendek brak. Even later lag het wolkenfront achter hen en zag ze de Engelse kustlijn toen ze de Noordzee bereikten en in oostelijke richting naar Moskou koersten.

Sinds de autorit en haar onvermurwbare verweer dat haar broer nog leefde, had Rebecca weinig meer gezegd. Alexander was zo verstandig geweest haar maar met rust te laten. Haar herstel na maanden van psychotherapie had haar niet alleen gezond maar ook wilskrachtig en buitengewoon zelfstandig gemaakt. Het besef hiervan voerde de Barones terug naar het moment dat ze lady Clementine, op weg naar de luchthaven, bij haar werkkamer op de universiteit hadden afgezet en Rebecca in de regen was uitgestapt om haar enthousiast te omhelzen. Toekijkend had de Barones op dat moment een knagende ongerustheid gevoeld, een slecht voorteken zelfs, dat hun band te innig was en in de toekomst haar en Alexander wel eens kon opbreken. Maar ze had het als een grillige angstgedachte van zich af geschud en weigerde er verder nog over na te denken.

Onder zich zag ze de rollende witte schuimkoppen op het grijze zeewater en in de verte doemde de kust van Denemarken al op. Spoedig zouden ze de grote plas over zijn en de zuidpunt van Zweden naderen. De gedachte aan het land waar ze was opgegroeid riep herinneringen op en ze werd teruggevoerd naar de lange reis die ze op haar negentiende na de dood van haar moeder was begonnen, toen ze Stockholm voor Parijs verruilde om aan de Sorbonne te gaan studeren. Daar had ze Peter Kitner ontmoet en werden ze op slag straalverliefd. Ze kregen een verhouding die zo natuurlijk en gepassioneerd was dat zelfs een minuut zonder elkaar als een kwelling werd ervaren. Hun liefde was uniek. Ze waren er allebei van overtuigd dat hun liefde voorbestemd was en eeuwig zou duren. En daarom vertrouwden ze elkaar hun diepste geheimen toe. Ze vertelde hem over haar vader, over hun vlucht uit Rusland en over zijn dood in de goelag. Later vertelde ze wat haar op haar vijftiende in Napels was overkomen, zij het in bedekte termen door te zeggen dat de jonge vrouw die eerst was ontvoerd en vervolgens verkracht, en die daarna de dader had gedood en verminkt, niet zíjzelf was geweest, maar een 'goede vriendin' die nooit was gepakt.

En ook al had ze de waarheid verteld zonder zichzelf bloot te geven, ze was nog nooit zover gegaan in het vertellen van haar moordzuchtige geheim. Niet lang daarna vertelde Kitner haar zijn eigen geheim, over zijn vader en zijn familie, en liet hij haar zweren dit voor altijd geheim te houden omdat zijn familie bang was voor communistische represailles en zijn ouders hem ten strengste hadden verboden er ooit over te spreken.

Het was een onthulling die haar diep schokte en haar letterlijk de adem benam. Mocht er eerder al van enige twijfel sprake zijn

562

geweest, dan was die nu geheel verdwenen. Hun samenkomen was duidelijk het werk van God. Dit was hun ware lotsbestemming. Zij was van adellijke komaf en hij was de Russische troonopvolger. De gewijde ziel van het moederland, de zware mantel van zijn voorouders en datgene waar haar vader voor was gestorven, dit alles leefde in hen beiden en diende te worden gekoesterd. Dat geloofde zij en dat geloofde hij. Al snel daarna raakte ze in verwachting van Alexander en dolblij trad Kitner met haar in het huwelijk. Na Kitners vader en hemzelf zou hun kind de wettige troonpretendent van Rusland zijn. In een oogwenk waren hun toekomst en die van Rusland, zo meenden zij, bezegeld. Op een dag zou het communistische stelsel afbrokkelen en zou de monarchie eindelijk en gerechtvaardigd in ere worden hersteld, met hen aan het hoofd. Haar man, zijzelf en hun kind.

En daarna was alles net zo snel weer uit elkaar gevallen.

Toen Kitners ouders van het huwelijk en de zwangerschap vernamen, ontstaken ze in woede. Zijn moeder noemde haar een hoer en een parasiet en, van Russische adel of niet, nauwelijks van een voorgeslacht om de moeder te worden van een directe troonopvolger. Kitner zelf werd terstond de deur gewezen en het werd hem verboden haar ooit weer te zien. De volgende dag werd hun huwelijk geannuleerd en legde een advocaat van de familie haar een riante cheque voor met het verzoek nooit meer in contact te treden met de familie, hun naam te gebruiken of hun ware identiteit te onthullen. Maar dat was nog niet genoeg. Hun laatste eis was tevens de wreedste: ze diende haar kind te laten aborteren.

Buiten zinnen van woede, onvermurwbaar en tierend weigerde ze. Twee dagen verstreken zonder dat er iets gebeurde. Maar op de derde dag verscheen er een kil heerschap met donkere ogen aan de deur. Hij deelde haar mee dat er een abortus was geregeld en dat ze direct met hem mee diende te komen. Opnieuw verzette ze zich fel en ze probeerde de deur voor zijn neus dicht te slaan, maar incasseerde zelf een harde klap in het gezicht en kreeg het bevel haar spullen te pakken. Enkele minuten later reden ze weg in zijn auto. Voor haar was het een herhaling van Napels. Een verkrachting, een abortus tegen haar wil, de ontering was dezelfde. De grootste vergissing van haar ontvoerder was dat hij haar toestond haar spullen te pakken. In haar damestas zat het mes dat ze in Napels had gebruikt en juist voor dit soort momenten bewaarde. Op een gegeven moment stonden ze stil voor een rood licht. Met een grijnslachje deelde de man mee dat het nog slechts een straatlengte was en dat het spoedig afgelopen zou zijn.

Voor hem, zo bleek. Want nog voordat het licht op groen kon springen, liet ze het mes uit haar tas glijden en haalde ze het in één haal langs zijn keel. Nog geen seconde later gooide ze het portier open en rende ervandoor, ervan overtuigd dat ze elk moment gepakt zou worden en voor de rest van haar leven achter de tralies zou zitten. Nadat ze haar bezittingen had gepakt, vluchtte ze nog dezelfde dag per trein vanuit Parijs naar Nice. Daar huurde ze een onopvallende flat en leefde ze van het geld van Kitners familie. Een halfjaar later beviel ze van Alexander. Al die tijd wachtte ze op de politie die nooit kwam. Terugkijkend kon ze slechts concluderen dat niemand getuige was geweest van haar misdrijf en dat Kitners familie, uit vrees voor publiciteit, nooit de autoriteiten in kennis had gesteld van haar of hun contact met de vermoorde man. Toch had ze al die maanden in spanning geleefd en bewust haar best gedaan om haar angst voor de politie te beheersen en de woede over wat haar was aangedaan te beteugelen. Daarna had ze, met een gezonde baby in haar armen, zorgvuldig haar volgende stap overwogen.

De doelbewuste, haatdragende acties van Peter Kitners familie waren één ding. Tot op zekere hoogte kon ze die nog wel begrijpen en zelfs accepteren als dezelfde perverse, wrede en arrogante aard die haar vader naar de goelag had verbannen en de meedogenloze verkrachter in Napels op haar lichaam had geworpen.

Maar wat ze niet kon begrijpen noch ooit zou accepteren was het gedrag van Peter Kitner zelf geweest. De man die had gezworen meer van haar te houden dan van het leven zelf, die bij haar een kind had verwekt en met haar was getrouwd, die met haar dezelfde droom voor Rusland had als zij, diezelfde man had haar op bevel van zijn ouders voorgoed in de steek gelaten.

Niet één keer was hij opgestaan om zijn liefde voor haar te betuigen. Niet één keer had hij ook maar iets ten behoeve van haar of van hun ongeboren kind ondernomen. Niet één keer had hij een aardig of troostend woord tegen haar gezegd. Nee, in plaats daarvan was hij gewoon de kamer uit gelopen, zonder haar ook maar een blik waardig te gunnen. Haar eigen vader, die had wél omgekeken, naar haar geglimlacht en haar een kus toegeworpen toen hij naar de trein werd afgevoerd waarmee hij naar de goelag zou gaan.

Haar vader was trots, liefdevol en opstandig. Voor haar was hij de ziel van Rusland. Peter Kitner daarentegen was weliswaar de directe erfgenaam van de Russische troon, maar had domweg gedaan wat hem was bevolen om het vorstelijke nakomelingschap te behoeden. En had dit later nog eens gedaan door met een lid van de Spaanse koninklijke familie te trouwen en een gezin te stichten.

Dat was iets wat ze nog wel had kunnen begrijpen, maar dat hij zonder haar zelfs nog een blik waardig te gunnen zomaar uit haar leven was gestapt, was iets wat ze hem nooit zou vergeven en waarvoor ze had gezworen dat hij er op een dag zwaar voor zou boeten.

En dat had hij. Met het leven van zijn zoon. Met de kroon van Rusland. En hij zou blijven boeten.

Met wat nog in het verschiet lag.

8

Sint-Petersburg, Rusland, woensdag 29 januari, 12.15 uur

De stoet was een straatlengte lang. Auto's claxonneerden, sirenes loeiden. Met bakken tegelijk dwarrelde confetti uit de ramen van appartementen en kantoorgebouwen omlaag. Ondanks de bittere kou juichten honderden mensen vanachter geopende ramen de stoet toe terwijl nog eens duizenden de trottoirs bevolkten.

De twee gestalten, staand achter in een zwarte Mercedes-limousine waarvan het zonnedak was opengedraaid, vormden het middelpunt van de aandacht. De wagen werd geëscorteerd door acht zwarte Volga's.

Alexander, gekleed in een grijs maatkostuum, glimlachte breed en wuifde het dankbare publiek in het voorbijgaan toe. Naast hem stond Rebecca, gekleed in een lange, speciaal ontworpen jas van nertsbont en een rond dameshoedje, eveneens van nerts. Ook zij glimlachte, vorstelijk en betoverend. Voor de toeschouwers die al wat ouder waren, leken ze een jonge Jack en Jackie Kennedy. Voor de jongeren onder het publiek eerder als twee wereldberoemde popsterren.

Wat ook precies de bedoeling was.

Nog geen achtenveertig uur eerder was Alexander Cabrera Nikolaevitsj Romanov door president Gitinov in Moskou tijdens een openbare kennismaking met beide parlementen officieel tot tsaar benoemd. De reactie van de leden van de Doema, ofwel het Lagerhuis, en de Federale Raad, ofwel het Hogerhuis, was spontaan: een klaterende staande ovatie door alle aanwezigen, op zo'n vijftig communistische oudgedienden na, die hun onvrede hadden geuit door simpelweg de zaal te verlaten.

Alexanders inaugurele toespraak was minstens zo bezielend en emotioneel geweest als de ovatie. Nadrukkelijk had hij zijn eer betuigd aan zijn grootvader Alexej Romanov, zoon van tsaar Nicolaas, en aan zijn vader, tsarevitsj Petr Mikhail Romanov Kitner, die het verhaal van Alexejs ontsnapping na de moordaanslag in het Ipatjev-huis angstvallig voor zich had gehouden en aldus de lijn van de opvolging had beschermd, totdat de tijd rijp was om de monarchie in ere te herstellen. Daarna bedankte hij president Gitinov en de leden van het parlement, de burgemeester van Moskou Nikolai Nemov, de minister van Defensie van de Russische Federatie maarschalk Golovkin en vooral Gregor II, de heiligste patriarch van de Russisch-orthodoxe Kerk – allemaal waren ze aanwezig – voor hun goedgezindheid en inzicht om het hart en de ziel van de Russische geschiedenis weer terug te geven aan het volk. Hij sloot zijn toespraak af met nog een compliment aan zijn vader, die Rusland nimmer als een oude, verzwakte, corrupte en verkruimelende natie, maar als een jong en vitaal land beschouwde. Kwakkelend weliswaar, maar bevrijd van Stalins verschrikkingen, het communisme en de Koude Oorlog, en helemaal gereed om weer uit de as te herrijzen. De jeugd van Rusland zou de toekomst gaan bepalen, zo sprak hij: de reden waarom zijn vader zo onbaatzuchtig een stap opzij had gedaan zodat een jongere Romanov het boegbeeld van de nieuwe generatie kon worden en ze samen hun Rusland naar een voorspoedige, gezonde en waardige toekomst zouden leiden.

Zijn toespraak, live op tv uitgezonden en aldus de elf tijdszones overbruggend en bovendien door andere Russischtalige stations over de hele wereld uitgezonden, duurde slechts tweeëndertig minuten en eindigde met een donderende staande ovatie die minstens vijftien minuten aanhield. Toen het applaus eindelijk wegstierf was Alexander Cabrera Nikolaevitsj Romanov niet alleen de nieuwe tsarevitsj van Rusland, maar bovendien een nationale held.

Een dag later, voor het oog van de camera's in de uitpuilende vergulde Kremlinzaal, ooit de troonzaal van de tsaren, stelde hij de mooie Alexandra Elisabeth Gabrielle Christiaan voor als zijn aanstaande bruid en de vrouw die na zijn kroning de nieuwe tsarina van Rusland zou worden. 'Ik had haar liever Alexandra genoemd, maar zij geeft de voorkeur aan haar eigen naam, Rebecca. Waarschijnlijk...' grapte hij terwijl hij een arm om haar heen sloeg, 'zodat ik niet in de war raak.'

De boodschap en de toon gingen erin als koek en het was alsof vanuit het niets een Russisch Camelot was neergedaald en het land en de rest van de wereld hun geluk niet op konden.

'Zwaai, mijn schat!' riep hij boven het tumult van de menigte uit die een regen van confetti rondom liet neerdalen.

'Mag ik dat wel?' vroeg ze in het Russisch.

'Of dat mag? Lieverd, ze wíllen niet anders!' Hij keek haar aan, zijn ogen vol liefde, zijn glimlach breder dan ooit. 'Ze willen niet anders! Zwaai! Zwaai! Ze wachten niet op ons huwelijk of mijn kroning. Voor hen ben je nu al de tsarina!'

9

Beelden kwamen en verdwenen weer.

Een aantal ervan was glashelder, alsof ze in het heden plaatsvonden. Andere waren vaag, als in een droom. Nog weer andere gingen gepaard met alle doodsangst en gruwelen van een nachtmerrie.

Vanaf de rand van de dood doemde het helderste beeld op; hij zag zichzelf liggen op het vloerbed dat ze in de kleine hut voor hem hadden gemaakt. Met gesloten ogen, zijn spookachtig witte gelaat en zijn lichaam bedekt met een haveloze deken, lag hij volkomen roerloos en zonder enig teken van leven. En vervolgens zweefde hij, moeiteloos alsof het een special effect in een film betrof, omhoog, weg van zijn eigen lichaam. Steeds hoger ging hij, alsof het vertrek geen plafond had, het gebouwtje geen dak. Het volgende moment zag hij de deur opengaan en de jonge moeder binnenkomen. Ze had een metalen beker met een warme drank vast en knielde naast hem om zijn hoofd iets op te tillen, zijn lippen van elkaar te doen en het vocht in zijn mond te druppelen. Een warmte zoals hij die nog nooit had ervaren trok door hem heen en plotseling dreef hij niet langer weg, maar keek hij in haar tedere ogen.

'Nog wat,' zei ze, of iets wat daarop leek, want ze sprak een taal die hij niet begreep. Maar haar woorden deden er niet toe, want ze duwde de metalen beker opnieuw tegen zijn lippen en dwong hem dit keer zelf te drinken. En dat deed hij. Het smaakte bitter maar lekker, en hij dronk het helemaal op. Daarna ontspande hij, legde zijn hoofd weer te ruste en zag nog even hoe ze de deken rond hem omhoogtrok en vriendelijk glimlachte terwijl hij in slaap viel.

In zijn slaap herinnerde hij het zich weer: kolkend zwart water dat hem in de duisternis met de stroom meevoerde en hem vol venijn tegen ijs, rotsen en drijfvuil smeet. En al die tijd trachtte hij te grijpen naar takken, boomstammen, stenen, wat dan ook om zichzelf maar af te remmen in die woeste waterval waar geen einde aan leek te komen.

En toen voelde hij plotseling hoe alles stilviel en lag hij in een kalme draaikolk weg van het snelstromende, razende water. De plek was overwoekerd met kale struiken en omgevallen bomen. Hij greep er een, een berk, zo leek het, en trok zichzelf omhoog de sneeuw in. Op dat moment besefte hij dat er een storm was opgestoken. De wind huilde en de sneeuw viel bijna horizontaal. Maar de storm was nog niet op volle kracht en op de rustige momenten tussendoor ging de wind liggen en scheen de volle maan. Tijdens een zo'n moment zag hij, drijfnat en in de vrieskou, opeens de rode vlek in de sneeuw onder zich. En hij herinnerde zich de flits van het mes en de diepe snijwond die Thorne in zijn zij, boven zijn middel en net onder zijn ribben, had gemaakt.

O zeker, het was Thorne geweest. Tijdens het gevecht op de voetgangersbrug had hij Cabrera's overhemd tot aan diens navel opengescheurd. Even was zijn oog gevallen op het litteken bij zijn keel waar tijdens het vuurgevecht en zijn bloedige ontsnapping uit het gerechtsgebouw in Los Angeles zijn kogel Thorne had geschampt.

Hij mocht zichzelf misschien Alexander Cabrera noemen, of zelfs Romanov, of tsarevitsj, maar er bestond geen enkele twijfel meer over dat hij Thorne was.

De hut waarin hij zich bevond, was weinig meer dan een keet, zo'n vijf kilometer stroomafwaarts van de voetbrug boven Villa Enkratzer. Het jonge, zeven- of achtjarige meisje dat hem ineengedoken in de beschutting van een enorme omgevallen spar bij zonsopkomst in de verblindende sneeuw had gevonden, was op dat moment met haar vader aan het hout sprokkelen. Samen met haar vader, haar moeder en haar ongeveer vijf jaar oude broertje had ze hem geholpen. Ze spraken bar weinig Engels, hooguit een woord of vijf, en hij begreep echt niets van hun taal.

Zover hij begreep – terwijl hij heen en weer zwalkte in een schemergebied tussen dromen en hallucineren en weer terug tot ontwaken met koorts veroorzaakt door een infectie van de snijwonden – vormden ze een gezin van vluchtelingen, waarschijnlijk uit Albanië. Ze waren straatarm en wachtten in de hut op wat de vader 'vervoer' noemde. Ze hadden thee en wat kruiden en bijzonder weinig voedsel, maar wat ze hadden stampten ze fijn in de metalen beker, maakten ze aan met kokend water en aten ze samen met hem.

Op een gegeven moment – hij lag flink te bibberen – kregen de ouders fikse ruzie en drong de vrouw er bij de man op aan om hun eigen situatie even te vergeten en er een dokter bij te halen. Maar de man had het niet willen hebben en had zijn kinderen in de armen gesloten alsof hij wilde zeggen dat één man het niet waard was om alles voor te verliezen.

Later was er hard op de deur van de hut geklopt, maar dat had hij van een afstandje gehoord omdat het gezin zich met hem in de bossen had verstopt – na eerst het vuur te hebben gedoofd en alle sporen van hun aanwezigheid vakkundig te hebben weggeveegd, zoals ze dat elke dag gewoon waren – terwijl commando's van het Zwitserse leger de hut doorzochten en daarna weer vertrokken.

Veel later, misschien wel dagen na die eerste keer, was er opnieuw hard aangeklopt, maar ditmaal in het holst van de nacht. Hij herinnerde zich dat de vader heel voorzichtig de deur had geopend en had geconstateerd dat hun 'vervoer' eindelijk was gearriveerd.

Hij wist zich nog goed te herinneren dat de vader probeerde zijn gezin naar buiten te krijgen om met de man mee te gaan en dat de vrouw en de kinderen niet zonder Marten wilden vertrekken. Uiteindelijk was de vader gezwicht. Marten had, half lopend en half strompelend, een kilometer of wat met het gezin door de sneeuw en de duisternis gezeuld, tot ze de rand van een gladde landweg bereikten en daar, met twintig anderen die daar al waren, achter in een klaarstaande truck stapten.

Daarna begon het geschud en gestuiter over slechte wegen. Hij herinnerde zich de doffe pijn van zijn wonden, van de diepe messteek in zijn zij en de minder ernstige op zijn arm tot de verwondingen die hij had opgelopen bij zijn ruwe tochtje stroomafwaarts door de bergrivier. Twee gebroken ribben, misschien wel meer, en een ernstig gekneusde schouder.

Hij wist nog dat hij indutte en weer wakker werd, en vervolgens zag hoe uitgeputte en uitgemergelde mensen hem aanstaarden. En daarna sliep en ontwaakte hij opnieuw, dagenlang achter elkaar, zo leek het. Nu en dan stopte de truck in een bos of langs een veld, beschermd door bomen. Met de anderen hielp de vader hem dan uitstappen, zodat hij even zijn behoefte kon doen of helemaal niets, net als de rest. Later gaf de dochter, moeder of zoon hem iets te drinken en te eten, waarna hij opnieuw in slaap viel. Hoe hij zich erdoorheen wist te slepen, en ook de anderen, daarvan had hij geen idee.

Ten slotte stond de truck stil en hielp iemand hem uitstappen en een lange, smalle trap op te gaan. Hij herinnerde zich een bed en dat hij zich behaaglijk nestelde in de onbeschrijflijke luxe ervan.

Veel later werd hij in een ruim en volkomen vreemd appartement wakker. De zon scheen. Het jongetje en het meisje hielpen hem overeind voor een raam om op die stralend heldere winterdag naar buiten te kijken. Hij zag een brede waterweg met zeeschepen en mensen en verkeer op de straten erlangs.

'Rotterdam,' zei het meisje.
'Welke dag is het?' vroeg hij.
Ze keek hem uitdrukkingsloos aan. En ook het jongetje.
'De dag. Weet je wel? Zondag, maandag, dinsdag.'
'Rotterdam,' zei het meisje opnieuw. 'Rotterdam.'

10

Marten had amper de tijd om te beseffen wat hem allemaal was overkomen en waarheen ze hem hadden gebracht, laat staan dat hij gelegenheid had om zijn volgende stappen te overdenken, toen achter hem opeens de deur werd geopend en twee mannen met bivakmutsen binnenkwamen. De een liep snel naar het raam en trok de gordijnen dicht. De ander dirigeerde de kinderen de kamer uit naar een derde persoon, die op de gang wachtte.

'Wie zijn jullie?' vroeg Marten.

'Kom,' klonk het hees vanachter de bivakmuts, waarna nummer twee opeens een sjaal voor Martens ogen bond, die stevig vastknoopte en met een soort riem snel zijn handen achter zijn rug boeide.

'Kom,' maande de eerste opnieuw en hij werd uit de kamer geleid. Er volgde een steile trap, en nog een. Zijn ribben, zijn verwondingen, alles deed zeer en hij zag niets.

Daarna liepen ze een kort stukje door een gang.

'Zitten,' beval de hese stem met een zwaar accent dat hij niet kon plaatsen. Een tel later hoorde hij het geluid van een deur die dichtviel.

'Zitten,' beval de stem nogmaals. Voorzichtig liet hij zich zakken, totdat hij de harde zitting van een stoel onder zich voelde.

'U bent Amerikaan,' sprak de hese stem. Marten rook een tabakslucht.

'Ja.'

'Uw naam is Nicholas Marten.'

'Ja.'

'Wat is uw beroep?'

'Student.'

Iets petste hard tegen zijn wang. Het voelde als een vlakke hand. Zijn hoofd sloeg opzij en hij viel bijna van de stoel. Een sterke hand trok hem weer rechtop en hij kreunde hard terwijl de pijn van de wond aan zijn zij door hem heen schoot.

'Wat is uw beroep?' herhaalde de stem.

Hij had totaal geen idee wie deze figuren waren en wat ze van hem wilden, maar besefte dat hij zich beter gedeisd kon houden, in plaats van terug te vechten. Voorlopig, althans. 'Jullie weten mijn naam, dus jullie hebben waarschijnlijk mijn portefeuille,' antwoordde hij beheerst. 'Jullie zullen mijn papieren inmiddels wel bekeken hebben en weten dat ik in Engeland landschapsarchitectuur studeer aan de universiteit van Manchester.'

'U werkt voor de CIA.'

'Dat is niet waar,' reageerde hij kalm. Koortsachtig probeerde hij zich een beeld te vormen van wat voor types hij tegenover zich had. Gezien hun vragen en de manier waarop ze die aan hem stelden, leken ze terroristen, drugssmokkelaars of een combinatie van de twee. Maar hoe het ook zij, ze leken hem in elk geval te beschouwen als een trofee, een grote vis die in hun net verstrikt was geraakt.

'Wat had u in Davos te zoeken?'

'Ik...' hij aarzelde en vroeg zich af wat hij hierop moest antwoorden. Hij besloot de waarheid te vertellen. 'Ik was uitgenodigd voor een diner.'

'Wat voor diner?'

'Gewoon, een diner.'

'Niks "gewoon, een diner", meneer Marten,' brieste de stem opeens. 'Een bijeenkomst om kennis te maken met de nieuwe tsaar van Rusland! De president van het land was erbij. We troffen een envelop aan in een van uw zakken. Met daarin een zeer formele proclamatie. Een "souvenir", zo zou je het kunnen noemen.'

'Een envelop?'

'Ja.'

Opeens schoot het hem te binnen dat een elegant geklede hofmeester hem in de balzaal van de villa inderdaad iets geplastificeerds had overhandigd, dat hij achteloos in de zak van zijn colbertje had laten glijden. Vlak daarna was hij met Alexander op pad gegaan. Het moest een officieel aandenken voor alle gasten zijn geweest en moest, net als zijn portefeuille, de woeste tocht over de bergrivier hebben overleefd.

'U bent student, zegt u. En dan toch een uitnodiging voor een dergelijke bijeenkomst?'

'Ja.'

'Waarom?'

Rebecca erbij betrekken was wel het laatste wat hij wilde. Joost mocht weten wat ze zouden doen zodra ze ontdekten dat hij de broer was van de vrouw die op het punt stond de gemalin van de nieuwe tsaar te worden. Het zou hem tot klinkende handelswaar maken voor een stuk of tien terroristische organisaties, die daarna met hem konden doen wat ze wilden. Hij moest snel een aanvaardbaar antwoord zien te verzinnen.

'Ik was er in gezelschap van een vriendin die als hoogleraar aan de universiteit verbonden is. Haar vader is een vooraanstaand lid van het Britse parlement. Ook hij was uitgenodigd.'

'Hoe heet hij?'

Marten aarzelde. Hij zag het niet zitten deze figuren ook maar een beetje tegemoet te komen, en al helemaal niet om de naam van Clem of die van haar vader te laten vallen. Aan de andere kant moest het voor hen niet al te moeilijk zijn de namen op de gastenlijst te achterhalen. Voorzover hij wist zou de lijst waarschijnlijk wel ergens op een website te vinden zijn, of zelfs al in de kranten hebben gestaan, gezien het feit dat de twee wisten dat de president aanwezig was geweest.

'Hij heet sir Robert Rhodes Simpson. Hij is lid van het Britse Hogerhuis.'

Eventjes kwam er geen respons. Daarna hoorde hij de klik van een aansteker en hoorde hij de man inhaleren. Zijn ondervrager had zojuist een sigaret opgestoken. Meteen daarna pakte de hese stem de draad weer op. 'U had gelijk toen u zei dat we uw portefeuille hebben gevonden. Met daarin een foto van een aantrekkelijke jongedame, aan de oever van een meer. Wie is dat?'

Hij schrok. Het was Rebecca. Het was een kiekje dat hij vlak na haar komst naar de Jura-kliniek had gemaakt. Ze oogde gezond, blij, vol optimisme. Hij was dol op de foto en bewaarde hem speciaal achter in zijn portefeuille.

'Ik vroeg u wie ze is?'

Hij vloekte inwendig, vervloekte de foto en zichzelf. Nu hadden ze iets waarmee ze hem met Rebecca konden verbinden. Maar dat mocht niet gebeuren. 'Een vriendin.'

Een knalharde, zinderende pets om zijn oren bracht hem uit zijn evenwicht en hij viel opzij op de vloer. De pijn van de wond in zijn zij gierde door zijn lijf. Hij schreeuwde het uit terwijl een paar ruwe handen hem omhoogtrokken en weer op de stoel lieten ploffen. Even later voelde hij een harde ruk toen iemand zijn blinddoek strakker trok.

'Wie is ze?' vroeg de stem nogmaals.

'Dat zei ik net. Een vriendin.'

'Een spion zult u bedoelen.'

'Een spion?' vroeg Marten opeens verwonderd. Het was typisch een woord voor het leger en de wereld van spionage. Wat bedoelde die vent? Waar ging dit gesprek heen?

'Als u inderdaad te gast was, zoals u net beweerde, waarom werd u dan met een mes toegetakeld en in de bergrivier geworpen zodat u zou verdrinken? U werkt voor de CIA en iemand heeft u ontmaskerd. Misschien de Russen wel. Het vervelende voor u is alleen' – opeens klonk de stem een stuk zachter en dreigender – 'dat u het hebt overleefd.'

Dat was het dus. Ze dachten dat hij een Amerikaanse inlichtingenspion was die had weten door te dringen tot de hoogste kringen van de Russische politiek, en dat Rebecca op de een of andere manier een collaborateur was.

'Ik vraag het nog eens, meneer Marten: wie is dat meisje? Hoe heet ze?'

'Ze heet Rebecca,' antwoordde hij ten slotte ronduit. Het was het enige wat hij over haar wilde onthullen. 'Ik werk niet voor de CIA of welke organisatie dan ook. Ik ben student aan de universiteit van Manchester, ben door een vriendin uitgenodigd die daar werkt. Haar vader is sir Robert Rhodes Simpson. Tijdens een wandeling in de sneeuw gleed ik uit en viel van een bruggetje. Ik belandde in een snelstromende rivier en werd door de stroming meegevoerd. Die snee kwam van een scherpe rotspunt of een tak die onder het water lag. Op een gegeven moment wist ik mezelf de kant op te slepen, waarna ik bewusteloos ben geraakt. En toen heeft iemand van dat gezin mij gevonden. Ik geloof het meisje.' Hij zweeg even. 'Jullie geloven maar wat jullie willen, maar dit is de waarheid.'

Een paar tellen lang bleef het stil. Hij hoorde wat geritsel terwijl de twee door de kamer liepen. Daarna voelde hij hoe zijn ondervrager zich naar hem vooroverboog. De tabakslucht werd doordringender.

'Stel uzelf eens de volgende vraag, meneer Marten,' klonk het kalm en hees. 'Is het het waard mijn leven in de waagschaal te stellen en gewoon door te gaan met liegen? Ben ik bereid voor deze leugens te sterven...?'

Opnieuw viel er een stilte en Marten vroeg zich af wat hun volgende stap zou zijn. Opeens werd de riem om zijn polsen losgetrokken. Daarna hoorde hij mensen weglopen, een deur opengaan, weer dichtvallen en op slot gedaan worden. Onmiddellijk trok hij de sjaal voor zijn ogen weg. Maar dat maakte weinig uit. Het was pikkedonker om hem heen.

Wat onvast ter been stond hij op en zocht naar de deur. Zijn handen betastten de ene muur, daarna de andere, en nog een. Ten slotte gleden zijn vingers over de houten deurpanelen. Zijn handen graaiden naar de deurknop en pakten hem beet. De knop draaide mee, maar de deur bleef dicht. Hij zocht naar de scharnieren en vond ze. Ze zaten stevig vastgeschroefd. Hij zou een hamer, beitel of schroevendraaier nodig hebben om de deur te kunnen ontzetten.

Hij liep door de kamer, struikelde bijna over de stoel, en ging weer zitten. Dit moest een grote voorraadkast of een soort voorraadkamer zijn. Zo nu en dan ving hij stadsgeluiden op, een claxon, een sirene, maar meer ook niet. Wat hij had, was een stoel, de duisternis en verder niets, behalve dan de kleren die hij aanhad, dezelfde kleren als waarmee hij de balzaal van Villa Enkratzer had verlaten: de smoking die Alexander Cabrera voor hem had geregeld, inmiddels gescheurd en gekreukt. In de berghut had hij hem eenmaal gezien. De vader of de moeder had de bloedvlekken eruit gewassen, en ook uit zijn nette witte overhemd, en ze te drogen gehangen. Daar moest hij het dus mee stellen, samen met de stoel, de duisternis en de mannen met de bivakmutsen. Hij betastte zijn gezicht. Dit waren geen stoppels meer. Hij had inmiddels een volle baard.

11

Hij hoorde iets en toen ging de deur open. In het flauwe licht van de gang dacht hij de silhouetten van drie mannen te zien.

'Meekomen.' Het waren dezelfde schorre stem en hetzelfde accent als eerder.

'Welke dag is het? Welke maand?' vroeg Marten om in elk geval iets te weten te komen.

'Kop dicht.'

Plotseling stapten de mannen naar voren, ze grepen hem vast en voerden hem naar de deur. Hij ving buiten op de gang een glimp op van nog twee bivakmutsen. Weer werd de blinddoek voorgedaan. Daarna werd hij vooruitgeduwd. Opnieuw een trap, maar nu naar beneden. Drie trappen. Daarna een gang door en een deur. Opeens sloeg de koude lucht hem tegen het lijf en hij zoog zijn longen vol.

'Pissen,' beval een stem, 'pissen.' Handen duwden hem tegen een muur. Hij morrelde aan zijn gulp en nam zijn penis eruit. Hij was opgelucht. Eerder had hij het gevoel gehad dat hij zou knappen en had hij op de deur gebonsd en geschreeuwd of iemand hem naar een toilet kon brengen, maar er was niemand komen opdagen en hij had het bijna op de vloer van de kamer gedaan. Op dat moment was de deur opengegaan en hadden ze hem hierheen gebracht, waar hij dankbaar zijn blaas ledigde.

Hij had zijn rits nog niet dichtgetrokken of een paar sterke armen voerden hem mee over kinderkopjes. Daarna tilden dezelfde personen hem op en voelde hij nog meer handen, die hem verder leidden. Boven zijn hoofd hoorde hij het geluid van een rolluik dat naar beneden werd gedaan. Plotseling schoot hij met een ruk naar achteren en bijna verloor hij zijn evenwicht. Zijn polsen werden weer vastgebonden en vervolgens pakten ze hem beet en dwongen hem met het gezicht tegen de vloer. Een muffe geur drong zijn neusgaten binnen en hij wist dat hij achter in een truck op een vloerkleed lag. Nog een ruk leerde hem dat de truck nu aan snelheid won. Plotseling voelde hij hoe het kleed tegen zijn schouders omhoog werd getrokken en het volgende moment werd hij op zijn zij omgerold, en nog eens, en nog eens.

Godallemachtig, ging het door hem heen, ze rollen me in een kleed.

Opeens rolde hij niet meer en was alles stil, op het geluid van de motor na toen de bestuurder doorschakelde en ze over een glad wegdek reden.

12

Moskou, donderdag 30 januari, 18.20 uur

Dertien dagen nadat inspecteur Beelr van de kantonpolitie van Zürich het poststuk had verstuurd, arriveerde de envelop op zijn bestemming en lag hij op het kleine tafeltje in de gang om door Kovalenko te worden geopend.

'Papa,' riep zijn negenjarige dochtertje Jelena terwijl ze door de gang naar hem toe rende, 'raad eens wat ik op school heb gedaan, papa?'

'O, dat weet ik niet, hoor. Wat heb je gedaan dan?' reageerde Kovalenko terwijl hij de envelop pakte.

'Raad eens?'

'Raad eens wát? Jullie doen zo veel dingen op school.'

'Raad nou.'

'Je hebt een tekening gemaakt.'

'Hoe weet je dat?'

'O, ik raadde maar wat.'

'Wat is dit?' vroeg ze.

'Ik zou het niet weten,' antwoordde hij terwijl hij de envelop omdraaide, zich afvragend wat hij ermee moest. Hoofdinspecteur Irina Malikova had hem dringend verzocht de diskette na ontvangst meteen bij haar langs te brengen, ongeacht op welk uur van de dag of nacht. Waarom eigenlijk? Ze had hem laten weten dat 'de eerste tsarevitsj van Groot-Rusland sinds de revolutie niet ook nog eens een ordinaire crimineel, of zelfs een massamoordenaar kan zijn'. Dus wat was ze van plan met die diskette zodra ze hem in haar bezit had?

Aan de andere kant – met Alexander Cabrera en Martens zus, een adoptiekind, zo werden de media er fijntjes aan herinnerd, plotseling lid van het Europese vorstendom en niet alleen gevierd in Rusland, maar zelfs in de hele wereld –, wat zou hij zelf met deze diskette doen? Hem was bevolen de diskette direct over te dragen. Wie weet hield een collega hem wel in de gaten om er zeker van te zijn dat hij gehoorzaamde. Misschien was de posterijen wel verzocht speciaal te letten op poststukken die vanuit Europa naar zijn woonadres waren verzonden en dit na bezorging direct te melden. Welk alternatief had hij? Moest hij het erop wagen en de diskette kopiëren, op eigen houtje de vingerafdrukken van de tsarevitsj bemachtigen en daarna de wereld overtuigen van het feit dat de geliefde Alexander Romanov in werkelijkheid de gestoorde moordenaar Raymond Oliver Thorne was?

Stel dat Marten nog leefde, dan zou hij heel misschien een kopie hebben gemaakt – met het risico zijn baan te verliezen of zelfs achter de tralies te belanden –, zodat ze hadden kunnen samenwerken. Maar dat zat er niet in. Marten was immers dood en zelf was hij teruggeroepen naar Moskou. Waarmee hij feitelijk niet langer bij de zaak betrokken was. Hoofdinspecteur Malikova wachtte op de diskette. De diskette die hij nu in zijn hand hield.

'Papa,' vroeg Jelena ongeduldig, 'wat ben je aan het doe-hoen?'

'Ik denk na.'

'Over mijn tekening?'

'Ja.'

'Nou, wat stelt hij voor?' vroeg ze.

'Een paard?'

'Nee. Iemand.'

'En nu moet ik raden wie het is?'

'Nee, gekkie!' giechelde ze, en ze nam hem bij de hand en leidde hem door de gang naar de keuken. Tatjana stond achter het fornuis met haar rug naar hem toe gekeerd. Hun zonen Oleg en Konstantin zaten al aan tafel, wachtend totdat ze gingen eten. Jelena pakte een tekening van een tafeltje, verstopte hem achter haar rug en grinnikte ondeugend naar haar vader. 'Het is een portret. Van iemand die je kent.'

'Je moeder?'

'Nee.'

'Oleg?

'Nee.'

'Konstantin?'

'Nee.'

'Jelena, ik kan niet iedereen op de wereld opnoemen, hoor.'

'Nog één keer.'

'Zeg maar van wie dan.'

'Van jou!' riep ze stralend, waarna ze een perfecte karikatuur van hem omhooghield: twee grote ogen in een breed gezicht dat schuilging onder een grote baard, met daaronder een flinke bierbuik.

'Zie ik er zo uit?'

'Ja, papa. Ik hou van je.'

Kovalenko grijnsde en liet de diskette en alles wat ermee te maken had eventjes voor wat ze waren.

'En ik ook van jou, Jelena,' sprak hij. Hij boog zich voorover, tilde zijn dochtertje op en vlijde zijn hoofd tegen het hare. Alsof zij alleen, en verder niets anders ter wereld, belangrijk was.

13

Ministerie van Justitie, 21.30 uur

Klik.

De foto die de politie van Los Angeles had gemaakt van Raymond Oliver Thorne na diens aanhouding verscheen op het 17-inchbeeldscherm van hoofdinspecteur Irina Malikova. Twee foto's, een van voren en een en profil.

578

Haar hand klikte op de muis.

Klik.

Raymond Oliver Thornes vingerafdrukken. Haarscherp, perfect te lezen.

Malikova keek Kovalenko aan. 'Er zijn geen andere kopieën?'

'Zoals ik al zei: niet dat ik weet. De dossiers en de talloze databases met Thornes rapporten zijn verdwenen, of simpelweg ontvreemd of gekraakt en verwijderd. Degenen die Thorne in Los Angeles uit het ziekenhuis hielpen ontsnappen of die betrokken waren bij het vervoeren van het lijk van een anonieme man uit het lijkenhuis naar het crematorium in Thornes plaats zijn van de aardbol verdwenen of dood. De plastisch chirurg die naar Argentinië afreisde om Cabrera's gezicht en lichaam na diens "jachtincident" te verbouwen, is ook dood: omgekomen bij een brand waarbij tevens al zijn dossiers werden verwoest.'

'En deze?' Irina Malikova bekeek de rest van de inhoud van de envelop die Kovalenko had meegenomen: een vliegticket van Los Angeles naar Buenos Aires op naam van James Halliday en een pagina uit Hallidays agenda, met een aantekening over het spoor van plastisch chirurg Hermann Gray, dat Halliday van Los Angeles naar Costa Rica en Argentinië had gevolgd.

'Ik vond dat u alles moest hebben,' zei Kovalenko zacht. Hij had Marten verteld dat hij inspecteur Beelr een envelop had gegeven met de diskette en Hallidays ticket om naar zijn vrouw te verzenden, maar hij had niets gezegd over een pagina uit Hallidays agenda. Er was geen reden toe geweest.

'Verder weet niemand hiervan?'

'Nee.'

'De Fransen ook niet?'

'Nee.'

'De FSO?'

'Nee.'

'Dank u, inspecteur.'

Kovalenko aarzelde even. 'Wat bent u van plan ermee te doen?'

'Waarmee?'

'Het materiaal, hoofdinspecteur.'

'Welk materiaal, inspecteur Kovalenko?'

Even staarde hij haar aan. 'Aha,' zei hij toen, waarna hij opstond. 'Goedenavond, hoofdinspecteur.'

'Goedenavond, inspecteur Kovalenko.'

Terwijl hij naar de deur liep, voelde hij haar ogen in zijn rug branden.

Er was helemaal geen materiaal. Geen diskette, geen vliegticket, geen pagina uit een agenda. Waar Halliday voor gestorven was, wat hij en Marten met zo veel moeite voor inspecteur Lenard verborgen hadden gehouden, wat hij haar zo-even had gegeven, bestond gewoonweg niet. En had ook nooit bestaan.

14

'U werkt voor de CIA.'
  'Nee. Ik ben student.'
  'Hoe wist u tot de hoogste Russische kringen door te dringen?'
  'Ik ben student.'
  'Wie is Rebecca?'
  'Een vriendin.'
  'Waar is ze nu?'
  'Weet ik niet.'
  'U werkt voor de CIA. Wie is uw opdrachtgever? Vanuit welk land opereert u?'

Omringd door duisternis had hij werkelijk geen idee waar hij was en hoe lang hij hier al zat. Twee, drie, vier dagen? Een week? Misschien zelfs veel langer. De rit in de truck, geboeid en in een tapijt gerold, had onafzienbaar geleken, maar moest in werkelijkheid waarschijnlijk niet langer dan zo'n vijf, zes uur in beslag hebben genomen. Daarna hadden ze hem geblinddoekt uit de wagen gehaald. Net als in Rotterdam gingen ze ook hier een trap op. Vier keer, ditmaal, en net als in Rotterdam werd hij in een klein, raamloos vertrek achtergelaten. Met als enige verschil dat hij hier over een kleine wc, een wastafel en een brits plus kussen en dekens beschikte. Hoe het de familie was vergaan die hem in de bergen had gevonden, daaraan durfde hij niet eens te denken.

Ondertussen hadden zijn gijzelnemers hem geblinddoekt en met zijn polsen bijeengebonden minstens tien keer uit het kamertje weggeleid en hem via een trap omlaag naar een andere kamer gebracht, waar de man met de hese stem, zijn tabaksadem en het zware accent hem opwachtte om wederom dezelfde vragen op hem af te vuren. Telkens weer gaf hij dezelfde antwoorden. Waarna de ondervraging weer van voren af aan begon.

'U werkt voor de CIA. Hoe wist u tot de hoogste Russische kringen door te dringen?'

'Mijn naam is Nicholas Marten. Ik ben student...'

'U werkt voor de CIA. Wie is uw opdrachtgever? Vanuit welk land opereert u?'

'Mijn naam is...'

'Wie is Rebecca? Waar is ze nu?'

'Mijn naam is...'

Inmiddels speelden ze wie het het langst kon volhouden. Ondanks het feit dat hij als rechercheur van de politie van Los Angeles flink bedreven was in de kunst van het ondervragen, gold dat niet voor de rol als lijdend voorwerp, als ondervraagde. Bovendien beschikte hij niet over een advocaat die hem bijstond en kon interveniëren. Hij voelde zich een krijgsgevangene, een soldaat die slechts zijn naam, rang en nummer gaf. En net als een gevangen soldaat wist hij dat ontsnappen zijn allereerste plicht zou zijn. Maar dat was onmogelijk geweest. Hij was vierentwintig uur per dag aan hen overgeleverd, alleen, opgesloten in het donker, in het kamertje met buiten een paar bivakmutsen voor de deur, of geblinddoekt en met geboeide polsen terwijl diezelfde bivakmutsen hem de trap af voerden voor het zoveelste verhoor.

Hij had eten en water gekregen, en wat spullen om zichzelf min of meer te kunnen wassen. Afgezien van de constante duisternis en de blinddoek – twee dingen die op hetzelfde neerkwamen – en de ondervragingen met zo nu en dan een por of een tik tegen de wang, was hij verder niet lichamelijk of psychisch mishandeld. Ook al leken de minuten zich tot in het oneindige uit te strekken, de onzekerheid bleef het ergste. Ondanks al zijn vermoedens had hij geen idee wie zijn gijzelnemers waren, wat hun plan behelsde en wat ze dachten te bereiken door hem hier gevangen te houden. Bovendien had hij geen idee hoe lang dit nog zou gaan duren. En of ze hem daarna, het verhoren beu, simpelweg zouden elimineren.

Hoewel hij zijn best deed het niet te tonen, begon de situatie zijn tol te eisen. Zonder er ook maar een idee van te hebben of het nu dag of nacht was, en hoe laat, begon hij langzaam zijn greep op de werkelijkheid te verliezen. Erger nog, zijn zenuwen leken op scherp te staan en hij wist dat hij op het randje van paranoia balanceerde. De duisternis was al erg genoeg, maar inmiddels merkte hij dat hij steeds vaker bij het minste of geringste geluidje voor zijn deur de oren spitste. Of ze hem weer kwamen halen, geblinddoekt en geboeid weer wegleidden voor een nieuwe ondervragingsronde. Soms ving hij andere geluiden op, of meende die te horen. De ergste was het harde geschraap. Steevast eerst een-, of twee- en al snel vijf-, tien-, vijftig-, honderdmaal. Totdat hij ervan overtuigd was dat er talloze trippelende pootjes voor zijn deur krioelden. Een peloton van ratten dat aan het houtwerk knaagde om binnen te komen. Hoe vaak hij niet van zijn brits was opgesprongen, in het donker naar de deur was gebeend en ze tierend en bonkend had geprobeerd te verjagen, waarna hij een seconde later opeens besefte dat hij eigenlijk helemaal niets had gehoord.

Geregeld – eenmaal per dag was zijn inschatting – ging de deur open en verschenen de bivakmutsen. Ze waren altijd met z'n tweeën, lieten wat eten achter en verdwenen weer zonder een woord te zeggen. Soms gebeurde er dagenlang niets en dan wenste hij dat hij weer de trap af moest om te worden verhoord: hij verlangde naar menselijk contact, ook al verliep het gesprek altijd beschuldigend en was de toon steevast dezelfde.

Inmiddels had hij de stem van de ondervrager zo goed als verinnerlijkt, inclusief de vertrouwde stembuiging en het vreemde accent dat hij nog steeds niet kon plaatsen. De voorheen zo misselijkmakende tabakslucht was nu bijna een genot geworden. Een soort drug. Om zijn hoofd helder te houden en te overleven wist hij dat hij zijn gedachten volledig moest aanpassen, zich niet langer op zijn gijzelnemers maar op iets geheel anders moest concentreren.

En dat was hem gelukt.

Het werd Rebecca. Haar verschijning, haar gemoedstoestand toen hij haar in de villa in Davos voor het laatst had gezien. Hij dacht aan haar emoties van toen en hoe die nu zouden zijn. Of ze hem misschien dood waande, hoe ze op zijn dood zou reageren. En of ze zich nog steeds naïef en blijmoedig liet meedeinen op de jubelende nasleep van Cabrera's heimelijke en bloedige inname van de Russische troon.

Meedeinen.

Omdat ze van hem hield.

En wist dat hij van haar hield.

En geen idee had wie hij werkelijk was.

Of wat hij had gedaan.

582

'Wie is Rebecca?'
  'Een vriendin.'
  'U werkt voor de CIA.'
  'Nee.'
  'Hoe wist u tot de hoogste Russische kringen door te dringen?'
  'Ik ben student.'
  'Waar is Rebecca nu?'
  'Weet ik niet.'
  'U werkt voor de CIA. Wie is uw opdrachtgever? Vanuit welk land opereert u?'

'Nee!' riep hij luid. De stem van zijn ondervrager zat in zijn hoofd en teisterde hem alsof hij nog altijd in de verhoorkamer zat. Hij deed het zichzelf aan, precies zoals ze wilden, zo wist hij, maar hij verdomde het hun spelletje mee te spelen. Plotseling stond hij op van zijn brits, liep door het kamertje naar het piepkleine wc'tje. Hij trok door, wachtte en luisterde naar het water dat door de afvoer verdween en het verse water dat de stortbak weer vulde. Alles om de stem op afstand te houden. Hij trok nog eens door. En nog eens. Ten slotte zocht hij zijn brits weer op, ging liggen en staarde in het donker voor zich uit.

Hij wist dat zijn gijzelnemers de duisternis en de onregelmatige tijdstippen van ondervraging bewust hanteerden om hem te desoriënteren, hem op te fokken, zodat hij hun verschijning met steeds meer angst en beven tegemoet zou zien. Het doel was duidelijk: zorg ervoor dat hij zichzelf volkomen gek maakt, zichzelf uiteindelijk gewonnen geeft en zo'n beetje alles bekent wat we willen. Waarmee ze een enorme troef in handen zouden hebben, vooral als hij bekende dat hij voor de CIA werkte. Daarmee konden ze elk scenario creëren dat ze maar wilden, vooral als hij ook nog eens te gast was geweest tijdens het diner in Davos. Zich gewonnen geven was dus iets wat hij hun vooral niet moest gunnen, en daarom moest hij het hoofd koel houden. De beste manier, zo besefte hij, was om zijn gedachten vooral niet op het heden, maar juist op het verleden toe te spitsen en oude herinneringen weer de revue te laten passeren. Dat had hij gedaan.

De meeste waren al van lange tijd geleden, toen Rebecca nog klein was; van hemzelf en Dan Ford, als twee jochies, op de fiets, de meisjes pestend. Hij herinnerde zich wat zijn gedachten waren geweest nadat hij Dans lichaam in de Citroën had gezien terwijl de auto uit de Seine werd gevist: de eigengemaakte raketwerper die ontplofte, waarbij Dan als tienjarige zijn rechteroog was kwijtgeraakt. Weer vroeg hij zich af of zijn vriend Raymond Thorne eerder zou hebben opgemerkt als hij zijn rechteroog nog had gehad, zich uit de voeten had kunnen maken. Tragisch genoeg zou het antwoord op deze vraag altijd onbekend blijven, wat zijn immense schuldgevoel alleen maar groter maakte.

Hiermee diende zich tevens een andere gedachte aan, eentje die hij de hele tijd had verdrongen, maar die hardnekkig aan hem bleef knagen. Stel dat hij toen, in die verlaten autospuiterij, terwijl de anderen van het team toekeken, gewoon had gedaan wat Valparaiso hem had opgedragen te doen en dat hij zijn Double Eagle Colt tegen Thornes hoofd had geplaatst en de trekker had overgehaald. Dan zou dit alles nooit gebeurd zijn.

15

De rest.

'De stukken.'

'De "stukken" waarmee de toekomst zeker is.'

Nog altijd zag Marten Thorne voor zich, aan boord van de Metrolink-trein in Los Angeles. En hij hoorde diens woorden net zo duidelijk alsof ze op dit moment werden uitgesproken.

'Wat voor stukken?' had Marten gevraagd.

En nog steeds zag hij die trage, berekende, arrogante glimlach van Thorne terwijl hij antwoordde: 'Dat zul je zelf moeten uitzoeken.'

Nou, dat had hij gedaan. Hij wist nu wat de stukken waren. Het antieke Spaanse Navaja-springmes en de 8mm-film. Die film, zo wist hij zeker, bevatte een opname van twintig jaar geleden waarop Thorne/Cabrera in Parijs zijn halfbroer vermoordt.

Hij wist ook wat die zogenaamde veilige toekomst betekende. Het draaide om Cabrera's toekomst, want het feit dat hij het mes en de belastende film in zijn bezit had betekende dat hij niet langer bang hoefde te zijn voor publiciteit over of vervolging wegens die moord.

Hij had met zijn vermoedens over wat zich in het park kon hebben afgespeeld tegen Kovalenko geopperd dat iemand misschien privé-opnamen had gemaakt van het verjaarspartijtje en onbedoeld de moord had vastgelegd. Nu vroeg hij zich af of dat Alfred Neuss was geweest. Zo ja, was hij dan op de een of andere manier ook in het bezit gekomen van het moordwapen? En had hij vervolgens, wetend wie de dader was – en als een van Peter Kitners oudste vrienden –, niets tegen de politie gezegd en die vriend zowel het mes als de film gegeven? En had Kitner hem vervolgens gevraagd die te bewaren?

En had Neuss, wetend wie Kitner echt was en met diens toestemming, die informatie toevertrouwd aan de vier zorgvuldig uitgekozen Romanovs, familieleden die in Amerika woonden, ver van de tragedie in Parijs? Had hij hen geheimhouding doen zweren en namens het echte hoofd van de vorstenfamilie verzocht de sleuteltjes van de kluis te bewaren? Als dat het geval was, en gezien de manier waarop de slachtoffers voor hun dood waren gemarteld kwam het Marten voor dat Neuss geen specifieke reden had genoemd voor zijn verzoek, het 'waarom' van de sleuteltjes zelf niet had uitgelegd en de locatie van de kluis niet had verklapt. Misschien hadden ze sowieso niet van de sleuteltjes af geweten, had ieder van hen gewoon een verzegeld pakje of een envelop gekregen met de instructie dat mocht Kitner iets overkomen, ze het onmiddellijk naar een derde partij dienden te sturen, de Franse politie misschien of wellicht Neuss' of Kitners juristen. Of misschien naar een combinatie van alle drie?

Vergezocht? Zou kunnen.

Onnodig? Wie weet.

Maar gezien de doortraptheid en de invloed van de Barones kon het heel goed een feilloze tactiek zijn geweest om lieden die probeerden de 'stukken' in bezit te krijgen op afstand te houden.

Zette Marten deze redeneertrant voort en bleek Neuss inderdaad de maker van de film, dan was het duidelijk dat Neuss tevens een ooggetuige van de moord zou zijn geweest en daarom een van de kandidaten die het eerst moesten worden geliquideerd. Waarom Cabrera en de Barones dan al die jaren hadden gewacht om de 'stukken' in bezit te krijgen en Neuss uit de weg te ruimen was een raadsel, tenzij – zoals hij al tegen Kovalenko had geopperd – de Barones die jaren had benut om de loop van de geschiedenis af te wachten en, na de val van de Sovjet-Unie en met het besef van wat er op stapel stond, doelbewust was begonnen de belangrijkste machtsblokken binnen Rusland duchtig te bewerken. Niet alleen mensen binnen het bedrijfsleven en de politiek, zoals hij eerder had gedacht, maar ook in de hoogste echelons van de orthodoxe Kerk en het Russische leger, zoals hij zelf had gezien in de villa bij Davos.

Met al haar invloed en wetend wie Kitner echt was, zou de Barones haar tijd hebben afgewacht totdat de maatschappelijke en economische omstandigheden volgens haar rijp waren voor een herstel van de monarchie. Toen dat moment was aangebroken, deed ze haar zet en benaderde ze de juiste personen om Kitners ware identiteit te onthullen en zo het juridische en technische apparaat in werking te stellen om zonder enige twijfel te bevestigen wie hij was.

Daarna, en misschien zelfs op verder aandringen van de Barones, werd Kitner uitgenodigd voor een ontmoeting met de Russische president en/of andere topvertegenwoordigers van de Russische regering en kreeg hij de bevindingen voorgelegd met het verzoek zich aan het hoofd van een nieuwe constitutionele monarchie te stellen. Zodra hij had toegestemd en de plannen en data vaststonden – eerst voor zijn presentatie aan de familie Romanov op de dag nadat hij in Londen werd geridderd, en vervolgens voor de openbare aankondiging enkele weken later in Moskou – stelden de Barones en Cabrera hun zorgvuldig getimede aanvalsplan in werking. Een plan dat zo vlug werd uitgevoerd dat Kitner niets kon vermoeden, tot het al te laat was, want dan zouden de Romanovs inmiddels al weten wie hij was en dat de Russische regering hem formeel, zij het heimelijk, had erkend als de nieuwe monarch.

Het was een met zorg voorbereide zet, besefte Marten, die niet alleen het herstel van de monarchie aankondigde, met Kitner die werd erkend als de rechtmatige erfgenaam van de troon, maar die tevens het pad effende voor zijn troonsafstand ten gunste van zijn oudste zoon. Ondanks alles wat er was gebeurd, moest Marten wel toegeven dat hij de valsheid van de Barones bewonderde. Immers, juist met de aanwezigheid van de president, de patriarch, de burgemeester en de minister van Defensie in de villa bij Davos stond het zo goed als buiten kijf dat ze voor Cabrera tevens de weg had vrijgemaakt, misschien door hen ervan te overtuigen dat hij precies dat had wat Kitner ontbeerde: zijn jeugdige elan, en daarmee gepaard de sprookjesromantiek, aangezien hij op het punt stond in het huwelijk te treden met Rebecca, een jonge, goedopgeleide, verfijnde schoonheid met een adellijke titel.

Ieder van hen – de president, de patriarch, de burgemeester en de minister van Defensie – zou om zijn eigen redenen, en hoe dan ook, akkoord zijn gegaan, want anders was hij helemaal niet gekomen. Hoe of wanneer de Barones daarin was geslaagd, of hoe ze Cabrera bij hen had geïntroduceerd, viel onmogelijk te zeggen. Maar feit was dat het haar gelukt was. En Kitner, zo leek het, diende als allerlaatste van zijn eigen troonsafstand te vernemen. Het was een *fait accompli*. Zelfs al voordat hij zijn handtekening zette.

Naar de sluwe planning van de Barones en de dodelijke talenten van Thorne te oordelen had het een fluitje van een cent moeten zijn: ze zouden de sleuteltjes van de kluis terughalen, de vier Romanovs die ze nog in bezit hadden liquideren, vervolgens Neuss vermoorden en de belastende 'stukken' terugkrijgen. En daarna, een dag nadat Kitner in Londen aan de familie Romanov was voorgesteld, kolonel Moerzin van de FSO opdragen om hem naar het huis in Uxbridge Street te brengen, hem vertellen dat ze de 'stukken' in bezit hadden en eisen dat hij afstand van de troon zou doen. En Kitner, inmiddels doodsbang dat Cabrera hem of een van zijn gezinsleden zou doden – iets waarin de jongeman zich als kind al had bewezen – zou zwichten om zijn leven en dat van zijn vrouw en kinderen te redden.

De reden waarom Neuss de laatste was op de dodenlijst – terwijl het logisch zou hebben geleken om hem, als ooggetuige van Thornes/Cabrera's moord op Paul, juist als eerste te elimineren – kon zijn geweest dat de twee vreesden dat Neuss zelf een onderdeel was van het feilloze plan en zijn dood de Romanovs in opperste paraatheid had kunnen brengen zodat ze de kluissleuteltjes ogenblikkelijk naar het opgegeven adres zouden hebben verstuurd. Vandaar dat eerst die problemen waren opgelost: het terughalen van de sleuteltjes en het vermoorden van de Romanovs. De moord op Neuss zou vervolgens de finale van dit bedrijf van hun opvoering zijn, net zozeer bedoeld om hem te elimineren als om Kitner angst in te boezemen. Uiteraard was er altijd de mogelijkheid dat als Kitner van de moorden op de Romanovs en op Neuss en van de sleuteltjes vernam, hij in paniek het hele proces zou tegenhouden; wat hij, achteraf gezien, en met Neuss' komst naar Londen ook inderdaad had gedaan. Maar met Moerzin en de FSO in stelling gebracht om op het moment dat Kitner aan de familie werd voorgesteld de leiding in handen te nemen, en vertrouwend op Kitners eigen ijdelheid nu hij zo dicht bij de troon was, was het een risico dat ze kennelijk bereid waren geweest te nemen.

Maar toch, hoe redelijk Martens analyse ook leek, hij wist dat hij absoluut niet met zekerheid kon zeggen of hij gelijk had of dat er nog iets heel anders speelde.

De orde der dingen daargelaten was het een plan dat had moeten slagen. Maar zo was het niet gegaan. Het lot had anders beslist. Twee onvoorziene dingen hadden alles in de soep laten lopen. Ten eerste hadden de Barones en Cabrera zich niet gerealiseerd dat de sleutelbewaarders geen idee hadden waar de kluis zich bevond; en ten tweede: de nukken van moeder natuur en de sneeuwstorm die Alexander Cabrera alias Raymond Thorne in dezelfde trein als Frank Donlan had doen belanden.

Kwaad dat hij er zo lang over had gedaan om het allemaal te doorzien en gefrustreerd over zijn gedwongen opsluiting kwam Marten opnieuw overeind van het veldbed. Niet om zijn behoefte te doen, maar om in het donker door de kamer te ijsberen. Van de ene naar de andere muur was het vijf passen. Bij de derde keer gingen zijn gedachten naar het mes waarmee Cabrera hem had willen doden op het bergpad. Het was bijna zeker de Spaanse stiletto uit Fabien Curtays kluis in Monaco en hoogstwaarschijnlijk hetzelfde mes als waarmee Kitners zoon twintig jaar eerder in Parijs was doodgestoken. Volgens hem was dit hetzelfde vlijmscherpe wapen als waarmee Halliday, Dan Ford, Hans Lossberg, de drukker uit Zürich, en diens medewerker Jean-Luc Vabres waren vermoord. Kovalenko had een keer gezegd dat hij het op een rituele moord vond lijken en misschien was het zo ook wel begonnen: Cabrera die de jongere Paul vermoordde om Kitner angst en afgrijzen in te boezemen en tegelijk diens op een na oudste zoon uit de weg te ruimen om zo het gevaar van een concurrent voor de troonopvolging te elimineren.

Maar eenmaal volwassen verwerd hij tot een kille en emotieloze soldaat, die een pistool ter hand nam om de moorden in Amerika te plegen en om Neuss en Curtay in Europa te doden. Toen hij de 'stukken' eenmaal in bezit had, had hij dat onpersoonlijke vuurwapen opeens weer vervangen door het zeer persoonlijke mes waarmee hij dit barre avontuur was begonnen. Waarom toch? Voelde hij, na alles wat er was gebeurd en toen de troon binnen bereik lag, opeens een soort oerdrift om zichzelf en de Barones, zelfs de wereld, te bewijzen dat hij over dit spel heerste en het waard was om tsaar van Groot-Rusland te worden genoemd? En liet hij door het gebruik van het unieke ritueel van het mes, terug in zijn bezit, bewust of onbewust zien dat hij met al dat wrede bloedvergieten inderdaad de capaciteiten bezat en wellicht de absolute intentie had om met ijzeren hand over Rusland te heersen?

Kortom, Kovalenko en Marten leken allebei gelijk te hebben gehad: de Rus met zijn vermoeden dat hier wel eens sprake kon zijn van een rituele moord, en de Amerikaan met zijn suggestie dat het gebruik van het mes en de aard van de slachtpartijen de indruk wekten van een moordenaar die zijn zelfbeheersing begon te verliezen. Hun gelijk leek bevestigd nu Cabrera zich ontpopte als een krijgsheer die afstevende op de apotheose van een moorddadige, uitputtende en bijna levenslange veldtocht; die zijn hoofdprijs, de troon van Rusland, eindelijk in zicht kreeg en plotseling werd herenigd met zijn symbolische mes en dit op zo'n brute en emotionele wijze hanteerde om de laatste beletselen op de weg naar zijn doel te verdelgen.

Maar naast dit alles was er nog iets. Marten herinnerde zich hoe Cabrera die avond in het landhuis bij Davos naar Rebecca had gekeken; in zijn ogen had hij onvoorwaardelijke liefde gezien en hij vroeg zich af of Cabrera nog door iets anders werd verscheurd. Dat te veel ambitie, te veel strijd, te veel bloedvergieten en geweld volkomen haaks stonden op zijn absolute liefde voor Rebecca en de gemoedsrust die zij hem schonk. Dat deel van hem wilde helemaal niets van doen hebben met de sadistische maalstroom van moorden en bloedvergieten die hoorde bij de jacht op de troon of zelfs bij de troon zelf. Het zou betekenen dat Cabrera vanbinnen werd verscheurd door een psychotisch conflict van monsterlijke proporties, dat, naarmate de dagen verstreken en zijn kroning dichterbij kwam, alleen maar zou verergeren.

En dan was er nog zijn moeder, de Barones, in een ingewikkeld plot jarenlang opgevoerd als zijn voogdes, de zus van zijn overleden moeder die, in feite, nooit had bestaan.

Wie was zij in dit hele verhaal?

16

Weer ijsbeerde hij door het kamertje, maar hij stopte even bij de deur. Hij luisterde aandachtig, maar ving geen geluiden op. Ten slotte liep hij naar de wastafel, spatte wat koud water tegen zijn gezicht, haalde zijn natte handen langs zijn nek en concentreerde zich op de koelte op zijn huid. Even een moment bevrijd van gedachten. Een minuutje later liet hij zich weer op zijn brits zakken, sloeg zijn benen over elkaar en leunde achterover tegen de muur, vast van plan nog meer puzzelstukjes op hun plaats te krijgen, het geheel der gebeurtenissen nog beter te doorgronden, wetend dat hij, mocht hij aan zijn gijzelnemers kunnen ontkomen, iets beter was voorbereid op wat komen ging: Rebecca bevrijden van het monster dat haar in zijn macht hield.

Peter Kitner liet zijn privé-leven, zo leek het, leiden door vorstelijke conventies. Zijn enig bekende huwelijk was met iemand van koninklijken bloede: zijn vrouw was de nicht van de koning van Spanje. Het was een zet geweest die moest suggereren dat Kitner zich al lange tijd geleden had voorbereid op een mogelijk eerherstel van de monarchie en hij, als het ware hoofd van de keizerlijke familie, de nieuwe tsaar zou worden.

Hetgeen bij Marten, wetend dat Kitner Alexanders vader was en de Barones zijn moeder, de vraag opriep wat er zich allemaal had afgespeeld.

Stel, zo bedacht hij, dat Kitner en de Barones ooit minnaars waren geweest. Dan zou ze hebben geweten wie hij was. In die periode was ze zwanger geraakt van Alexander. Stel dat Kitner met haar was getrouwd maar dat er een ruzie was ontstaan, dat de Barones gebrouilleerd was geraakt met zijn familie, ze uiteindelijk waren gescheiden, het huwelijk nietig was verklaard, misschien zelfs nog voordat Alexander was geboren. Waarna Kitner al snel met een adellijke Spaanse in het huwelijk was getreden. Een goede zet voor iemand die aanspraak maakte op de troon.

Als dat klopte, dan kon de Barones wel eens woedend genoeg zijn geweest om de rest van haar leven niet alleen op wraak uit te zijn, maar tevens op de macht te azen, met het vaste voornemen datgene te bemachtigen wat haar rechtmatig toekwam zodra de keizerlijke troon ooit zou worden bestegen door de man wiens eerstgeboren zoon door haar ter wereld was gebracht. En stel dat ze zich op dat lange, vastberaden en wraakzuchtige oorlogspad had gewaagd met behulp van oud geld en maatschappelijke invloed.

Wie weet had ze later, toen haar zoon oud genoeg was, hem opgebiecht wie zijn vader werkelijk was, wat Kitner en zijn familie haar, en dus ook hem, hadden aangedaan; misschien hadden ze een geheim verbond gesloten waarbij zij hem zwoer dat mocht de Russische monarchie ooit worden teruggeschonken aan de keizerlijke familie, hij, Alexander en dus niet Peter Kitner, de nieuwe tsaar zou worden.

Het was een streven dat ze misschien ook zonder geweld had kunnen voltooien. Ze had haar positie en haar enorme rijkdom kunnen aanwenden om haar invloed op de voornaamste manipulators te kunnen vergroten. In plaats daarvan had ze bepaald dat er bloed moest vloeien. Waarom? Wie wist het antwoord? Misschien beschouwde ze het als de prijs die een tsaar, zijn familie – en anderen die ze op haar weg tegenkwam – voor het verbannen van haar en haar kind dienden te betalen. Hoe het ook zij, en hoe gewelddadig en krankzinnig ook, dit was het pad dat ze jarenlang had bewandeld terwijl ze haar zoon behoedzaam kneedde naar het voorbeeld van het bloederige, gewelddadige gedachtegoed van de afschrikwekkende tsaren van weleer en hem inwijdde en schoolde in de geraffineerde kunst van het doden. Uiteindelijk liet ze hem als jonge tiener de vuurdoop ondergaan, dwong ze hem tot zijn eerste, moordzuchtige schreden naar de troon door zijn naaste mededinger, zijn halfbroer Paul, uit de weg te ruimen.

Waarna Kitner, geschokt en verbijsterd, en vrezend voor de veiligheid van de rest van zijn familie, de onthulling van zijn verleden en de ondermijning van zijn toekomst en met het moordwapen en de film van de moord in zijn bezit, de confrontatie met Alexander en de Barones was aangegaan en ze tot een pact waren gekomen. In plaats van Alexander aan de politie over te dragen zou hij de jongen naar Argentinië verbannen, waarschijnlijk onder de voorwaarde dat de jongen zijn ware identiteit nimmer diende te onthullen en daarmee nimmer aanspraak zou kunnen maken op de troon.

Marten stond weer op van zijn brits en ijsbeerde nogmaals de vijf passen heen en weer in de inktzwarte duisternis. Misschien had hij het bij het verkeerde eind, maar dat leek hem niet waarschijnlijk. Het mocht dan veel weg hebben van een vergezocht filmscenario, maar feitelijk verschilde het niet zo veel met wat hij dagelijks in de straten van Los Angeles had meegemaakt, waar een beschimpte, afgewezen vrouw haar ex-minnaar of ex-man in een bar met een mes overhoopstak of vijf kogels door zijn hoofd joeg. Het verschil was alleen dat deze vrouwen niet hun kinderen het vuile werk lieten opknappen. Misschien was dat wat gewone mensen onderscheidde van degenen die zich lieten leiden door haat en maniakale ambities, of door de ultieme verleiding van de macht van de hogere kringen.

Opeens dwaalden zijn gedachten af naar de Jura-kliniek en de familie Rothfels, en hij vroeg zich af of de Barones ook hier had gemanipuleerd. Hij herinnerde zich dat hij Rebecca's psychiater, dr. Maxwell-Scot, bezorgd had toevertrouwd dat hij de extra kosten nooit zou kunnen betalen, waarna ze hem had uitgelegd dat de kosten voor Rebecca's behandeling, net als die voor de overige patiënten, volledig werden vergoed door de stichting. Precies zoals de geldschieter van de kliniek had bepaald.

'Maar wie ís die geldschieter dan?' had hij gevraagd. Deze gaf er de voorkeur aan anoniem te blijven, was hem verteld. Destijds had hij het voor zoete koek aangenomen, maar inmiddels…

'Anoniem, me reet!' riep hij kwaad in het donker. 'Het was de Barones!'

Het plotselinge geluid van een sleutel in het slot deed hem verstijven, waarna de deur openging. Ze waren weer met z'n tweeën, zoals gebruikelijk, met nog eens twee op de gang. Ze waren stevig gebouwd en droegen bivakmutsen. Bijna onmiddellijk sloten ze de deur achter zich en knipten zaklantaarns aan om in het donker iets te kunnen zien. Een van hen had een grote fles water, een half donkerbruin brood, wat kaas en een appel bij zich.

Opeens kwam er een rood waas voor Martens ogen. Hij wilde weg hier, vrij zijn. Nu, meteen!

'Ik werk niet voor de CIA of voor wie dan ook!' tierde hij opeens tegen de man die het dichtstbij stond. 'Ik ben student. Meer niet! Wanneer dringt het eindelijk eens tot jullie door? Wanneer?!'

De man met het eten scheen met zijn zaklantaarn opeens recht in zijn ogen.

'Rustig blijven,' bromde hij. 'Rustig blijven.'

Meteen daarna lichtte hij de andere man bij, die iets bij zich droeg wat Marten niet meteen kon onderscheiden. Hij stond bij de achterste muur. De lichtbundel bestreek de plint, zoekend naar iets. Daarna vond hij wat hij zocht: een stopcontact. Hij knielde en leek iets van een snoer aan te sluiten. Marten voelde hoe zijn hart jubelde. Ze gaven hem een lamp! Alles beter dan die eeuwige duisternis. Hij hoorde een klik, maar het bleef donker. Even later doemde er een grijswitte gloed op, waarna zich een klein beeld begon te vormen. Het was een Duitse herder die in zwart-wit over een beeldscherm rende. Opeens verscheen een Amerikaanse cavalerie-eenheid die de hond door het woestijnlandschap achtervolgde.

'*Rin Tin Tin*,' verduidelijkte een van de bivakmutsen in het Engels, waarna de twee verdwenen, de deur achter hen sloten en weer op slot deden. Ze hadden hem eten, water en een tv gegeven.

17

Waarom ze hem dat toestel hadden gegeven wist hij niet. Maar het deed er niet toe, de televisie betekende lícht! En na dagen in de duisternis verwelkomde hij het toestel van harte. Binnen een uur was het een metgezel geworden, en binnen een dag een vriend. Dat het slechts één zender ontving kon hem niet schelen, noch dat de ontvangst, afhankelijk van hoe hij de draadantenne draaide, afwisselend scherp of heel slecht was, met veel sneeuw en een zwaar vervormd geluid. Dat geluid maakte trouwens weinig uit, want de programma's waren grotendeels in het Duits, een taal waar hij geen snars van begreep. Maar het kon hem niet schelen. De tv was een navelstreng, hoe delicaat ook, met een wereld buiten. Het maakte niet uit dat er voornamelijk oude, in het Duits nagesynchroniseerde Amerikaanse series werden uitgezonden. Urenlang keek hij geboeid naar *Davey Crockett*, *Andy Griffith*, *Father Knows Best*, *Gunsmoke*, *Dobie Gillis*, *F-Troop*, *The Three Stooges*, *WildLife Adventures*, *MiamiVice*, *Magnum*, *P.I.*, meer *Three Stooges*, *Hogan's Heroes*, *Gilligan's Island*, *Leave it to Beaver*, nog meer *Three Stooges*, het deed er niet toe. Voor het eerst in dagen was er iets anders dan alleen hemzelf, zijn eigen razernij en gedachten en de inktzwarte duisternis. En opeens verscheen er ook iets heel anders op de buis: het avondnieuws. Live en in het Duits vanuit Hamburg, zo leek het, met fragmenten uit de hele wereld, waarvan veel met interviews in de taal van het betreffende land en met een Duitse commentaarstem die uitleg gaf. Niet alleen ving hij wat Engels op, ook zag hij items uit New York, Washington, San Francisco, Londen, Rome, Caïro, Tel Aviv en Zuid-Afrika. Geleidelijk aan begon hij de dag en de datum, zelfs de tijd te reconstrueren.

Het was vrijdag 7 maart, 19.50 uur, precies zeven weken nadat hij boven Villa Enkratzer in het water was gevallen. Plotseling moest hij aan Rebecca denken. Waar was ze nu en wat was er inmiddels gebeurd? Ze hadden hem inmiddels vast wel dood verklaard. Hoe had ze daarop gereageerd? Maakte ze het goed of was ze weer afgegleden naar die vreselijke toestand waarin ze eerder had verkeerd? En hoe stond het met Cabrera, of beter gezegd: Thorne? Was hij al tsaar? Zouden ze echt getrouwd zijn?

Als een door God gegeven antwoord op deze vraag verschenen ze opeens op het tv-scherm: Rebecca, met een stralende glimlach en weer net zo elegant gekleed als altijd, en Thorne, het haar perfect, keurig in het pak en gladgeschoren, dus zonder baard maar nog altijd volkomen onherkenbaar als Raymond Thorne. Samen met Hare Majesteit de Koningin van Engeland liepen ze door een gang van Buckingham Palace. Net zo plotseling werd er overgeschakeld naar nagenoeg eenzelfde tafereel, alleen bevonden ze zich nu in Washington, in de rozentuin van het Witte Huis en in gezelschap van de Amerikaanse president.

De Duitse commentator overstemde de flarden Engels die hij opving nu de president het woord nam, maar zelfs met het Duits erbovenuit begreep hij de gegeven informatie: het huwelijk tussen Alexander Nikolaevitsj Romanov, tsarevitsj van Rusland, en Alexandra Elisabeth Gabrielle Christiaan, prinses van Denemarken, zou plaatsvinden in Moskou op woensdag 1 mei, de oude dag van de arbeid van de Sovjets, en onmiddellijk daarop gevolgd worden door de kroning van de tsaar in het Kremlin.

Hij draaide het geluid uit en staarde met een wezenloze blik verbluft naar het scherm. Hij moest iets doen. Maar wat? Hij was een gevangene, opgesloten in deze ruimte.

Plotseling kregen zijn emoties de overhand. Hij draaide zich om, liep naar de deur en bonsde erop, schreeuwend in de hoop dat iemand zou opendoen. Hij moest hier weg zien te komen. En wel nu!

Hoe lang hij daar stond te bonzen en te tieren wist hij niet, maar er kwam niemand opdagen en uiteindelijk gaf hij het op en staarde weer naar de tv op de grond. Het witte schijnsel verlichtte de kamer zwak.

Klik.

Kwaad zette hij het toestel uit en de gloed vervaagde. Hij liep terug naar zijn veldbed, ging liggen en luisterde naar zijn eigen diepe ademhaling. Zo-even had licht voor hem nog alles betekend. Nu was de duisternis net zo welkom.

18

Hotel Baltsjoeg Kempinski, Moskou, donderdag 21 maart, 10.50 uur

KRONING/STAATSBANKET/GROOT KREMLINPALEIS
ST.-JORISZAAL/1 mei. Aantal gasten: ca. 2000 (bevestiging volgt)

HOOFDMENU
Soep – Oekraïense borsjtsj (Russische bietensoep)
Vis – gesmoorde steur
Salade – Izkrasnoi sviorkli (bietensalade)
Voorgerecht – boeuf-stroganoff met gevulde aubergine
Hoofdgerecht – gestoomde haas met puree
Dessert – flensjes met bessen, honing en brandewijn
Dranken – Russische wodka, Russische champagne, beaujolais, moezelwijn, Petsoeka, Novysuet Reservé, bourgogne, Château d'Ygem/champagne; thee en koffie

Staand achter een antieke desk van de presidentiële suite op de zevende verdieping bestudeerde Alexander het menu voor het staatsbanket ter ere van zijn kroning. Er stond nog meer op de agenda: de beveiliging; de afspraken voor de komende zes weken, waaronder staatsbezoeken en de verhuisplannen voor hemzelf, Rebecca en de Barones; interviews met de media; de huwelijks- en kroningsplechtigheden; de tafelschikking; de rijtoer; de kleding; de rijtuigen.

Tegenover hem voerde kolonel Moerzin meerdere telefoongesprekken tegelijk, net als Igor Loekin, zijn net benoemde privé-secretaris. Iets verderop zaten een stuk of vijf secretaresses over hun geïmproviseerde bureau gebogen. Dit waren alleen nog maar de naaste medewerkers. De gehele zevende verdieping was ingenomen door de bijna driehonderd leden tellende staf van de tsarevitsj. Het was alsof hier tegelijkertijd een presidentiële inauguratie, de Olympische Spelen, de Super Bowl, de wereldcup en de Oscaruitreiking werden voorbereid, wat in zekere zin ook klopte. Dit was een gigantische onderneming, voor alle medewerkers een uiterst opwindende ervaring. Zoiets had nog niemand meegemaakt, en dit zou hoogstwaarschijnlijk ook de enige keer zijn, tenzij de tsaar voortijdig ziek werd of een ongeluk kreeg. Op 1 mei zou Alexander, pas vierendertig, tsaar voor het leven worden.

Voor iedereen leek het weinig uit te maken dat zijn positie slechts een ceremoniële was. Het sentiment vormde de magie, wat uiteraard de reden was waarom de monarchie in ere was hersteld. Het was een sprookje, bedoeld om het Russische volk even af te leiden van het leven van alledag, de eindeloze, ellendige armoede, de corruptie, de criminaliteit op straat, de bloedige opstandigheid van staten die zich wilden afsplitsen, en te herleiden tot een gevoel van hoop en trots die hun belichaming vonden in een Russisch Camelot, een ideaalbeeld van rijkdom, *savoir-vivre* en geluk, van hoe het leven hoorde te zijn en ook kón zijn.

Plotseling legde hij het menu neer en keek zijn privé-secretaris aan. 'Is de herziene gastenlijst al gereed?'

'Die is net klaar, tsarevitsj.' Igor Loekin liep naar een van de secretaresses. Ze gaf hem een getypte lijst, die hij aan Alexander overhandigde. De tsarevitsj liep ermee naar het grote raam, waar hij de lijst in het warme zonlicht bestudeerde. Afgezien van enkele details ging zijn belangstelling vooral uit naar de lijst van genodigden, die een paar maal was herzien.

Hij voelde hoe zijn hart sneller begon te kloppen en het zweet op zijn bovenlip verscheen terwijl zijn ogen over de pagina's gleden. Eén naam was telkens weer opgedoken, en telkens weer had hij verzocht de naam te verwijderen. Inmiddels zou de lijst wel in orde zijn, maar hij wilde het zeker weten.

Pagina 10, 11... Zijn ogen gleden over pagina 12, waarna hij omsloeg naar pagina 13. Acht regels omlaag en... '*Gospodi!*' God, vloekte hij binnensmonds. De naam stond er nog.

NICHOLAS MARTEN.

'Waarom staat Nicholas Marten nog steeds op de lijst?' vroeg hij hardop, terwijl hij geen moeite deed zijn woede te verbergen. De secretaresses keken op, net als Moerzin. 'Nicholas Marten is dood. Ik heb u verzocht zijn naam te verwijderen. Waarom is dat niet gebeurd?'

Igor Loekin verscheen naast hem. 'Die is verwijderd, tsarevitsj.'

'Waarom kom ik hem hier dan weer tegen?'

'De tsarina, tsarevitsj. Ze zag dat hij was verwijderd en eiste dat hij weer werd toegevoegd.'

'De tsarina?'

'Ja.'

Hij wendde het hoofd even af en keek Moerzin weer aan. 'Waar is ze?'

'Bij de Barones.'

'Ik wil haar spreken. Onder vier ogen.'

'Natuurlijk, tsarevitsj. Waar?'

Hij aarzelde. Hij wilde haar niet hier om zich heen hebben, maar het liefst afgezonderd van iedereen. 'Breng haar naar mijn kantoor in het Kremlin.'

19

Het Kremlin, het Terem-paleis, in de privé-vertrekken die in de zeventiende eeuw werden gebouwd voor tsaar Mikhail Romanov, de eerste tsaar van de Romanov-dynastie, 11.55 uur

Toen hij binnenkwam, bleek Rebecca er al te zijn. In het vertrek waar rood en goud overheersten en dat ooit de studeerkamer van tsaar Mikhail was geweest maar nu voor hetzelfde doel door Alexander was geannexeerd, had ze voor het wandkleed aan een van de muren plaatsgenomen op een stoel met een hoge rugleuning.

'Je wilde me spreken?' vroeg ze zacht. 'Ik wilde net gaan lunchen met de Barones.'

'Het gaat over de gastenlijst, Rebecca.' Nog altijd wilde hij haar het liefst Alexandra noemen. Als Rebecca was ze niet van koninklijke komaf en was ze het dus niet waardig om de gemalin te worden van het hoofd van de koninklijke familie, maar als Alexandra, vrouw van Europese adel, dochter van de prins van Denemarken, wél. Desalniettemin respecteerde hij haar wens. Bovendien kende de wereld haar ook niet anders dan als Rebecca.

'Ik had je broers naam laten schrappen. Jij hebt hem weer terug laten zetten. Waarom?'

'Omdat hij er zal zijn.'

'Rebecca, ik weet hoe pijnlijk zijn dood was voor jou en voor ons allemaal, hoe triest dat nog steeds is. Maar de gastenlijst is straks een openbaar document en ik kan niet iemand van wie iedereen weet dat hij dood is en voor wie de lijkschouwer in Davos bijna twee maanden geleden een overlijdensakte heeft getekend voor de kroning uitnodigen. Het zou niet alleen van slechte smaak getuigen, maar ook nog eens ongeluk brengen.'

'Ongeluk? Voor wie?'

'Gewoon… ongeluk. Ben ik duidelijk? Begrijp je het?'

'Doe wat je wilt met die lijst, maar hij is niet dood. Dat voel ik, hier.' Ze legde haar hand op haar hart. 'Kan ik nu weg? De Barones wacht op me.'

Hij keek haar strak aan, maar moest ja hebben gezegd of hebben geknikt, want even later draaide ze zich om en liep weg.

Dat haar vertrek vaag was, was te begrijpen, want zijn gedachten waren al ergens anders, bij iets wat hij eerder al had gevoeld maar nog niet zo sterk als nu. De eerste keer was tijdens de zoektocht naar Martens lichaam, toen ze urenlang langs de bergrivier vlak bij Villa Enkratzer hadden gezocht en geen spoor van hem hadden gevonden. En daarna tijdens de herdenkingsdienst in Manchester, een plechtigheid zonder lichaam, slechts gebaseerd op een veronderstelling. Ze begroeven Nicholas Marten enkel ceremonieel, en pas nadat Alexander lord Prestbury en lady Clementine had overtuigd van de noodzaak en het belang om te berusten in Martens dood. Hij wilde Rebecca verder leed besparen na alles wat ze al had doorstaan, had hij gezegd.

Haar onwrikbare weigering, tijdens de autorit direct na de dienst, om haar broers dood onder ogen te zien rakelde het gevoel in hem weer op. En ook later, toen ze zijn testament geen blik waardig keurde en erop stond dat de huur van zijn flat in Manchester gewoon werd doorbetaald. En nu, weken later, opnieuw die opstandigheid ten aanzien van de gastenlijst, in het bijzijn van het personeel. En ook zo-even, de manier waarop ze na zijn berisping de gastenlijst eenvoudigweg ter zijde had geschoven en haar rotsvaste geloof dat Nicholas nog leefde had benadrukt.

Haar vasthoudendheid baarde hem zorgen, nog meer dan anders. Het knaagde aan hem, lag als een steen op zijn maag. Het was als een donkere vlek op een röntgenfoto, waarbij de vezelige kiem zich verraderlijk in zijn organen nestelde, als een ziekte die begon uit te zaaien. En daarbij diende één enkel woord zich aan.

Angst.

Angst dat ze gelijk had, dat Marten inderdaad nog leefde en zijn blik op Moskou had laten vallen. Misschien dat hij zich nu nog even gedeisd hield, maar zodra hij was hersteld van de steekwonden en de klappen die hij in de stromende rivier had opgelopen, zou hij snel iets ondernemen. Wat zou er gebeuren als Marten opdook en hem ontmaskerde? Stel dat hij, Cabrera, hierdoor opeens uit beeld verdween? Met de officiële mededeling dat hij plotseling ziek was geworden en niet langer kon regeren. En stel dat ze zijn vader naderhand verzochten om zijn troonsafstand te herroepen en hij alsnog tot tsarevitsj werd gekroond? En stel dat Rebecca vervolgens niet met hem wilde trouwen?

Ergens diep vanbinnen begon zich nu een pulserend ritme te roeren. Het kwam van heel diep, was zelfs zwakjes, maar het wás er niettemin, als een metronoom die het kloppen van zijn hart nabootste.

Boemboem, klonk het.

Boemboem.

Boemboem.

Boemboem.

20

Maandag 31 maart

De gloed van het tv-scherm vulde de duisternis. Daar waren ze weer: *The Three Stooges, Gilligan's Island, Miami Vice, The Ed Sullivan Show.*

En nog eens.

The Three Stooges, Gilligan's Island, Miami Vice, The Ed Sullivan Show.

En nóg eens.

The Three Stooges, Gilligan's Island, Miami Vice, The Ed Sullivan Show.

Nicholas Marten dutte in, werd wakker en dutte weer in. Ten slotte stond hij op. Hij deed zijn best om lichamelijk weer op krachten te komen en zijn conditie te behouden. Eén uur, twee uur, drie uur. Elke dag. Sit-ups, opdrukken, knieën aantikken met de ellebogen, op één been staan, stretchen, rennen op een plek. Zijn gebroken ribben en de blauwe plekken van zijn val in de rivier waren zo goed als genezen. Hetzelfde gold voor de messteken die hij had opgelopen.

Terugtellend was dit dag vijfenzeventig. De afgelopen twee dagen was hij niet eenmaal verhoord. De intensiteit van de eerste ondervragingen was langzamerhand afgenomen. Hij vroeg zich af wat er gebeurd was. Was de hese stem weg voor andere zaken en had hij een paar man achtergelaten om hem in de gaten te houden? Was hij misschien gearresteerd? Was hij soms naar de een of andere uithoek afgereisd om hun daar te vertellen over de Amerikaan die hij gegijzeld hield, in de hoop een deal te kunnen sluiten? Ook al was hij geen CIA-agent, niets stond hun in de weg hem te vermoorden en zijn dode lichaam ergens te verbergen als lucratief ruilmiddel.

Elke dag wanneer ze hem voedsel brachten, bestookte hij hen weer met dezelfde vraag: waarom? Waarom hielden ze hem hier? Wat waren ze met hem van plan? En elke dag kreeg hij hetzelfde antwoord te horen: 'Rustig blijven. Rustig blijven.' Waarna ze hem zijn eten voorzetten en weer verdwenen, met dat vermaledijde geluid van de deur die weer in het slot viel en vervolgens werd vergrendeld.

Daar ging hij weer: *The Three Stooges, Gilligan's Island, Miami Vice, The Ed Sullivan Show.* Met ditmaal ook nog een aflevering van *Rin Tin Tin* ertussendoor.

De gedachte bekroop hem dat dit misschien helemaal geen programma's waren, dat er helemaal niets op tv te zien was en de herhalingen alleen maar in zijn eigen hoofd werden vertoond. Misschien had hij gewoon overgeschakeld naar sneeuw en ruis om wat licht te kunnen hebben. Hij had geen idee, kon het zich niet meer herinneren. Alles draaide om het avondnieuws, maar het werd allengs moeilijker een idee te krijgen van de tijd, welk deel van de dag of nacht het was en welke datum. Voor het nieuws gold namelijk hetzelfde als voor de series: alsmaar herhalingen, tot wel acht keer per dag. Bovendien was het laatste journaalverslag over Alexander en Rebecca alweer van een paar dagen geleden. Gek genoeg was het best grappig geweest en had hij er hardop om gelachen. Het was zijn eerste lachsalvo in maanden geweest.

In hun haast om meer over Rebecca te weten te komen, vertoonden de media haar in de tuin van een statige villa in Denemarken, in gezelschap van een goedgekleed, glimlachend paar van middelbare leeftijd: prins Jean Félix Christian en zijn vrouw Marie Gabrielle, haar biologische ouders (althans, dat had hij uit het verhaal weten af te leiden. Inmiddels was hij stukje bij beetje de Duitse taal iets beter gaan begrijpen); ze vertelden de kijker wie ze was, hoe ze als jong meisje was ontvoerd waarna er losgeld was geëist, hoe haar ouders vergeefs op een teken van leven hadden gewacht terwijl de politie verder zocht en ze nooit meer iets van haar hadden vernomen. Tot op dit moment.

Vervolgens was de plek getoond waar ze haar vroege kinderjaren had doorgebracht: Coles Corner in Vermont. Alexander wist donders goed dat ze als Rebecca Barron in Los Angeles was opgegroeid, maar liet wijselijk haar Vermontse jeugdjaren voor de waarheid doorgaan, en dat werkte. Minstens een stuk of vijf stadsbewoners waren geïnterviewd, en stuk voor stuk meenden ze zich de kleine Rebecca en haar broertje Nicholas te herinneren. Het was ongelooflijk, alsof iedereen een prangende behoefte voelde deelgenoot te zijn van deze reusachtige mythe, en dus volgde de ene na de andere persoonlijke verzonnen anekdote over het kleine stadsmeisje dat al snel tot de geliefde tsarina van Rusland zou uitgroeien: schoolfeestjes, de optochten op Onafhankelijkheidsdag, een leraar uit de derde klas die haar hielp met haar verschrikkelijke handschrift – 'O, zúlke hanenpoten.'

Er waren zelfs wat korte beelden van het kleine familiegraf op het weilandje van de oude familie Marten, met de verslaggever pal op de ongemerkte plek waar Hiram Ott de echte Nicholas Marten had begraven. Alfred Hitchcock kon er een puntje aan zuigen, en al helemaal toen een gedeputeerde uit Coles Corner, na een vraag over Rebecca's schoolresultaten, antwoordde dat het gemeentearchief, waarin ook de brandweer was gehuisvest, enkele jaren geleden tot de grond toe was afgebrand en alle dossiers, met inbegrip van die van de school, in vlammen waren opgegaan.

Waarop Nicholas Marten, de herboren Nicholas Marten en nu in gevangenschap verkerend, in bulderend gelach was uitgebarsten, schaterend en hikkend, totdat de tranen over zijn wangen liepen en zijn buik er pijn van deed.

Maar dat was alweer dagen geleden geweest en in de tussentijd had hij niets meer vernomen. Zelfs het nieuws leek saai en viel niet op tussen alle herhalingen. Hij voelde dat hij de greep op zichzelf begon te verliezen.

Toen voor de miljoenste keer de begintune van *Gilligan's Island* opklonk, had hij er opeens schoon genoeg van. Alles was beter dan die tv. In het donker kon hij tenminste nog luisteren naar de geluiden van de stad, buiten. Sirenes, verkeer, spelende kinderen, het vuilnis dat werd opgehaald. En zo nu en dan wat gevloek in het Duits.

Hij beende naar de gloed, zijn hand zocht verwoed naar de Uitknop. Opeens nam een Duitssprekende nieuwspresentator het over. Hij hoorde de naam sir Peter Kitner voorbijkomen. Er werd overgeschakeld naar een plattelandsweg ergens in Engeland. Henley-on-Thames, zo viel onderin te lezen. Hij zag politieagenten, reddingswerkers en de wrakstukken van een geëxplodeerde Rolls-Royce. Hij had geen tolk nodig en begreep de Duitse presentator onmiddellijk: het was een autobom geweest die vijf slachtoffers had geëist: sir Peter Kitner, mediatycoon en tot voor kort nog tsarevitsj van Rusland, kleinzoon van de vermoorde tsaar Nicolaas en zoon van de ontsnapte Alexej; verder Kitners vrouw Luisa, nicht van koning Juan Carlos van Spanje; hun zoon Michael, Kitners troonopvolger binnen zijn media-imperium; en ten slotte zijn chauffeur en tevens lijfwacht, ene dr. Geoffrey Higgs.

'Jezus, hij heeft hen ook uit de weg geruimd!' stamelde Marten verschrikt.

Plotseling sloeg de afschuw om in woede. 'Raymond!' brieste hij en hij draaide zich met een ruk weg van het scherm. Dat hij Red had vermoord, en Josef Speer, Alfred Neuss, Halliday, Dan Ford, Jean-Luc Vabres en de drukker uit Zürich, Hans Lossberg was tot daar aan toe. Maar nu had Alexander Cabrera annex Raymond Thorne zich wederom tegen zijn eigen familie gekeerd; hij had ditmaal zijn vader vermoord, net als destijds zijn halfbroer. Stel dat hij zijn terreur op Rebecca ging botvieren!

Hij moest en mocht er niet aan denken. Hij moest iets doen, dat stond vast. En snel.

21

Opnieuw begon Marten te ijsberen. Dit keer waren zijn gedachten bij zijn gijzelnemers. Wie ze waren, wat hen dreef. Hij zocht naar een zwakke plek, iets wat hij over het hoofd had gezien of waar hij niet eerder op had doorgedacht, iets waarin ze wel eens kwetsbaar konden zijn. Hij analyseerde hun gedrag vanaf het moment dat ze hem in Rotterdam overmeesterden en tijdens de weken daarna tot op heden. Wat vooral opviel, was iets wat hem eerder ook al was opgevallen: ongeacht de heftige ondervragingen of zijn isolement hier hadden ze op een onbeduidende duw of tik na nooit hun toevlucht genomen tot fysiek geweld. Ze hadden hem ondervraagd en daarna in het donker opgesloten om hem psychisch te breken. Waarom ze hem die tv hadden gegeven wist hij niet. Wie weet was het gewoon een menselijk gebaar. Of misschien was het om een reden waar hij geen weet van had. Hoe dan ook, hij was niet mishandeld, had te eten gehad en beschikte over een toilet en een fonteintje zodat hij zichzelf kon wassen. Als je het zo bekeek, waren het wellicht helemaal geen terroristen of drugssmokkelaars, maar net zoiets als de man van het 'vervoer' die in mensen handelde, en hadden ze inmiddels vastgesteld dat hij niet de grote vis was voor wie ze hem hielden en vroegen ze zich nu af wat ze met hem aan moesten.

Waren ze gevaarlijk? Natuurlijk. Ze hielden zich bezig met het bijzonder riskante en uiterst illegale transport van mensen zonder papieren, tussen landen die op hun hoede waren voor terroristen, en dat in een tijd dat internationale politiediensten op nog nooit eerder vertoonde wijze met elkaar samenwerkten. Zonder nauwe banden met de georganiseerde misdaad zouden ze dit niet kunnen doen. Ze zouden dus niet alleen bang zijn te worden gepakt, maar ook bang zijn voor de criminelen die zij betaalden om hen te beschermen.

Hij wist zeker dat ze hem als een mooie buit beschouwden waaraan zowel macht als prestige kon worden ontleend. Tegelijkertijd twijfelde hij er bijna niet aan dat, zodra de druk te hoog werd en de politie hun op de hielen zat, ze hem gewoon zouden doden en zijn lichaam in de dichtstbijzijnde goot of op een andere geschikte plek zouden dumpen.

Als ze inderdaad mensenhandelaars waren, zou het hun puur om het geld gaan en zouden ze niet behept zijn met het staalharde fanatisme van terroristen of de dodelijke onverschilligheid van de moordenaars die de drugshandel runden.

Volgens die gedachtegang moest hun grootste angst, naast een conflict met de criminelen met wie ze zouden omgaan, zijn dat ze gepakt zouden worden. In dat geval moest hij misschien onthullen wat hij eerder zo angstvallig geheim had gehouden: hun vertellen wie Rebecca echt was en hen laten bedenken wat er zou gebeuren als de autoriteiten erachter kwamen dat ze de zwager van de volgende tsaar van Rusland gevangenhielden. Wat er met hen zou gebeuren als ze werden overgedragen aan de persoonlijke veiligheidsdienst van de tsaar, de FSO. Misschien moest hij zelfs even de naam laten vallen van kolonel Moerzin om te bewijzen dat hij de waarheid sprak. Om daarna het schrikbeeld nog wat aan te dikken door te suggereren dat Moerzin hen zou kunnen overdragen aan de FSB, de Russische federale veiligheidsdienst, voorheen de KGB. Over de gevolgen zou geen enkele twijfel bestaan. Er zou met extreme vooringenomenheid terdege worden afgerekend.

Het plan hield wel een behoorlijk risico in, want behalve dat ze wisten dat hij had aangeschoven bij het diner van de tsarevitsj en dat hij bar weinig wist van de FSO en Moerzin, had hij verder echt niets om zijn dreigement kracht bij te zetten. Het zou een partijtje blufpoker van de hoogste orde zijn. Als hij zich vergiste en het bleek toch om terroristen of drugshandelaars te gaan, dan zou zijn verhaal over Rebecca en over wie hij echt was enkel bevestigen wat ze de hele tijd al hadden vermoed: dat ze een grote vis hadden gevangen. En dan zou hij pas echt in de problemen zitten, erger dan hij zich ooit had kunnen voorstellen.

Aan de andere kant, als ze inderdaad mensensmokkelaars waren, dan kon hun angst wel eens groot genoeg zijn om hem gewoon vrij te laten en eieren voor hun geld te kiezen.

Het was geen waterdicht plan, maar alternatieven had hij niet. Uiteindelijk kwam het allemaal neer op twee eenvoudige vragen. Was hij bereid zijn leven en dat van Rebecca hiermee op het spel te zetten? En zo ja, reikte zijn bluftalent ver genoeg om het klaar te spelen?

Het antwoord op beide vragen was hetzelfde: hij kon niet anders.

22

'Ik wil praten!' riep hij, bonkend op de deur. 'Ik wil praten! De waarheid vertellen!'

Drie kwartier later zat hij weer geboeid en geblinddoekt in het verhoorkamertje.

'Wat wilt u ons vertellen?' vroeg de hese ondervrager. Marten rook weer de zware tabakslucht. 'Wat wilt u ons opbiechten?'

'U wilt weten waarom ik bij het diner in Davos aanwezig was, en wie Rebecca is,' antwoordde hij. 'Ik heb beide keren gelogen omdat ik haar wilde beschermen. Ze ziet er tegenwoordig heel anders uit dan op die foto in mijn portefeuille. Ik was in Davos omdat de tsarevitsj mij hoogstpersoonlijk had uitgenodigd. Rebecca is niet mijn vriendin, ze is mijn zus. Officieel heet ze Alexandra Elisabeth Gabrielle Christian. Direct na de kroning van de nieuwe tsarevitsj zal ze met hem in het huwelijk treden.'

'Als dat inderdaad de waarheid is, waarom hebt u dat dan niet eerder verteld?' vroeg de ondervrager kalm, zelfs wat onverschillig. Marten had geen idee hoe de man op zijn antwoord had gereageerd of wat hij ervan vond. Hij kon alleen maar doorgaan met datgene waarmee hij was begonnen.

'Ik was bang dat u zou beseffen dat ik, als lid van de familie van de tsaar, een goede vangst was, dat u me zelfs kon doden als dat u het beste uitkwam.'

'We kunnen met u doen wat we willen, dat blijft onveranderd.' De stem bleef kalm en emotieloos. 'Wat hoopt u met dit verhaal te bereiken?'

Het was een vraag die hij had verwacht. Nu moest hij voorzichtig het tij laten keren, zodat niet langer hij, maar zijn ondervrager onder druk kwam te staan.

'Wat ik hiermee hoop te bereiken, is niet alleen in mijn voordeel, maar ook in het uwe.'

'Het mijne?' De ondervrager liet een schampere lach horen. 'U zit hier geblinddoekt en geboeid, niet ik! Uw leven staat op het spel, niet het onze.'

Inwendig moest Marten lachen. Zijn ondervrager was niet alleen geïrriteerd, maar ook beledigd. Dat was goed, want daardoor werd hij defensief. Precies wat hij wilde.

'Ik zit hier al een hele tijd. Te lang…'

'Kom ter zake!' blafte zijn ondervrager plotseling. De irritatie sloeg nu echt toe. Des te beter.

'De dag waarop Alexander Romanov tot tsaar zal worden gekroond, komt snel naderbij. Zijn aanstaande zwager wordt al veel te lang vermist. Dat is niet goed voor zijn huwelijksleven en zijn functioneren als monarch. Hij zal geïrriteerd en ongeduldig raken.'

Hij had nu het punt bereikt waarop hij vreesde dat zijn ondervrager zou willen weten waarom er in de media niet over zijn verdwijning was bericht. Maar zijn vrees bleek ongegrond. Zelf had hij daar wél over nagedacht en hij vermoedde dat Alexander had bevolen de zaak geheim te houden, wat voorzover hij kon beoordelen gelukt was.

'Omdat niemand meer iets van me heeft vernomen, en er geen lijk is gevonden. Gezien de wereldwijde politieke instabiliteit zullen de tsaar en zijn mensen ervan uitgaan dat ik ben ontvoerd en dat de ontvoerders op de dag van de kroning een terroristische actie zullen ondernemen waarbij ik betrokken zal zijn. Wat ze natuurlijk niet kunnen toelaten.

U weet misschien dat de tsarevitsj over een eigen lijfwacht beschikt, de Federalnaja Sloezjba Ochrany of FSO. Het zijn voormalige Spetsnaz-commando's, geleid door een zeer capabele kolonel, genaamd Moerzin. Reken maar dat ze naar me op zoek zijn, en dat ze inmiddels assistentie hebben gekregen van andere keurkorpsen binnen de Russische veiligheidsdienst.

Het zal niet lang meer duren voordat ze bij u voor de deur staan. En als ze hier binnenvallen, zal dat niet met een glimlach zijn.'

Hij zweeg even om zijn ondervrager een moment van bezinning te gunnen, maar ook weer niet te lang.

'De klokt tikt en u wordt langzaam ingesloten. Als ik u was, zou ik met mijn mannen zo snel mogelijk de benen nemen.'

Er viel een lange stilte. Opeens knipte iemand met de vingers, waarna ze hem zwijgend via de trap naar zijn kamer leidden. Daar wachtte hij, bevrijd van zijn blinddoek, in het donker, zonder ook maar een idee te hebben hoe het verder zou gaan. Een uur verstreek, en nog een. Hij begon zich af te vragen welke inschattingsfout hij had gemaakt, vreesde dat ze alsnog een deal zouden sluiten en hij spoedig onderweg zou zijn naar een of andere terroristische schuilplaats waar met hem zou worden afgerekend op een manier waar hij liever niet aan wilde denken.

Er was bijna drie uur verstreken. Opeens hoorde hij voetstappen op de trap. Vier man, telde hij. De deur vloog open. Hij werd geblinddoekt, zijn handen werden op zijn rug bijeengebonden. Even later gingen ze de trap af. En nog een, en nog eens twee. Hij hoorde een deur opengaan en voelde opeens de koude buitenlucht.

Hij werd vooruitgeduwd. Iemand achter hem kreunde even en hij voelde hoe hij werd opgetild en moeizaam in een soort laadbak werd gehesen, net als toen ze hem hierheen brachten. Hij hield zijn adem in, in de verwachting dat handen hem weer tegen de laadvloer zouden drukken en hij weer in het tapijt zou worden gerold. Maar in plaats daarvan hoorde hij de hese stem van zijn ondervrager.

'Moge God u behoeden.' Hij hoorde hoe ze wegliepen. Portieren werden dichtgesmeten en de laadklep werd van buitenaf vergrendeld. De motor werd gestart, gevolgd door het geknars van de versnellingsbak, waarna de vrachtwagen zich met een schok in beweging zette.

23

De truck ging sneller rijden en Marten zette zich schrap. Twintig seconden later werd er geremd en toen de bestuurder een scherpe bocht maakte, moest hij zich opnieuw schrap zetten. Waar hij had vastgezeten of waar ze hem nu naartoe brachten, daarvan had hij geen idee, maar het deed er ook niet toe. De kille woorden die hem de stuipen op het lijf hadden gejaagd lieten aan duidelijkheid niets te wensen over.

'Moge God u behoeden.' Het was een doodvonnis. Hij had zich volkomen in hen vergist. Met zijn blufpoging was hij in zijn eigen zwaard gevallen en had hij hun de hoofdprijs in de schoot geworpen, eentje die hun verwachtingen had overtroffen. En dus was hij nu op weg naar de hel. Het waren wrede tijden, en hij was zich maar al te bewust van wat andere mensen zoals hij was overkomen. Hij wist zeker dat hij binnen enkele uren aan de een of andere onbekende groepering zou worden overgedragen. Hij zou worden ondervraagd en vervolgens gemarteld totdat hij een politieke statement zou maken dat in hun straatje paste. Ten slotte zou hij worden gedood. Waarschijnlijk zou alles zich voor een videocamera afspelen, zodat ze een exemplaar konden sturen naar een willekeurig aantal nieuwsorganisaties om iedereen te laten zien wat voor vreselijke en meedogenloze macht de hele wereld nog altijd te vrezen had.

Zodra Rebecca de beelden zou zien, zou ze geheid instorten en terugvallen in de vegetatieve toestand van weleer. Joost mocht weten hoe de volslagen gestoorde Cabrera daarop zou reageren.

Moge God u behoeden.

Hij had zich uit een hopeloze situatie willen bluffen en zij waren die uitdaging aangegaan. En nu zat hij vastgebonden en geblinddoekt achter in een truck, als een dier op weg naar het slachthuis. En net als een dier was hij volkomen machteloos.

Hij schatte dat ze bijna een uur hadden gereden toen de truck afremde en even stopte. Iets later kwam er een scherpe bocht naar rechts en reed de bestuurder misschien nog anderhalve kilometer door om daarna opnieuw rechts en plotseling links af te slaan. Nog eens vijftig meter verder kwam de truck tot stilstand. Hij hoorde mensen praten en het geluid van portieren die werden opengetrokken. Ze waren er, waar dat ook mocht zijn. De achterportieren werden opengegooid en hij zette zich schrap nu hij twee mannen omhoog hoorde klauteren. Vervolgens werd hij gegrepen, naar voren geduwd en tegen de grond gewerkt.

'Moge God u behoeden,' zei een onbekende stem vlak bij zijn oor. Dit was vast hun mantra, zo dacht hij, en de angst bekroop hem dat ze hem ter plekke gingen doden. Zijn enige gedachte was: doe het alsjeblieft snel.

Het volgende moment hoorde hij een duidelijke klik en hij wachtte op het koude staal van een pistool tegen zijn slaap. Opnieuw bad hij dat het snel achter de rug zou zijn. Maar opeens voelde hij dat er iets in zijn jaszak werd gepropt. De banden rond zijn polsen werden losgesneden. Meteen daarna klonk het geluid van mensen die snel wegrenden en het geluid van dichtslaande portieren. Vervolgens werd er gas gegeven en scheurde de truck weg.

Hij rukte de blinddoek van zijn hoofd. Het was nacht. Hij stond alleen in een donkere stadsstraat. De achterlichten van de truck verdwenen om een hoek.

Even bleef hij vol ongeloof en als bevroren staan. Langzaam verscheen er een monsterachtige grijns op zijn gezicht. 'Krijg nou wat,' zei hij hardop. 'Krijg nou wat!'

Hij was vrijgelaten.

608

24

Marten draaide zich om en zette het op een lopen. Vijftig meter, honderd meter. Verderop zag hij een felverlichte straat. Hij hoorde muziek. Harde muziek. Het soort muziek dat bij bars en nachtclubs hoorde. Hij keek even achterom. Niemand te zien. Een halve minuut later bereikte hij een drukke straat vol uitgaanspubliek. Voetgangers bevolkten de trottoirs. In de hoop niet op te vallen liet hij zich in de menigte opgaan, mochten zijn gijzelnemers plotseling van gedachten veranderen en hem weer achternakomen.

Waar hij was, welke stad dit was, hij wist het niet. De flarden van gesprekken die hij in het voorbijgaan opving, waren voornamelijk in het Duits. De tv-zender die hij tijdens zijn gevangenschap had bekeken, was Duitstalig geweest, de stemmen die hij buiten op straat had opgevangen hadden Duits gesproken. Hij had al vermoed dat hij ergens in Duitsland was vastgehouden en het geklets van de mensen om hem heen leek dit te bevestigen. Hij had in Duitsland gezeten, en bevond zich daar waarschijnlijk nog steeds. Of in een stad vlak over de grens.

Zijn oog viel op een grote digitale klok in een etalage. De display wees 1.22 uur aan. Een straatnaambord aan het eind van het volgende huizenblok vermeldde: REEPERBAHN. Hij zag een groot verlicht reclamebord van het HOTEL HAMBURG INTERNATIONAL. Een bus reed langs, met daarop een reclame voor de HAMBURGER GOLFCLUB. Waar hij ook kon hebben gezeten, dit kon alleen maar Hamburg zijn.

Hij liep verder. Onzeker over wat zijn volgende stap moest zijn, probeerde hij zich te oriënteren.

Hier op deze straat leek hij de ene na de andere nachtclub te passeren. Uit elke entree schalde muziek. Hij hoorde alles: rock, hiphop, jazz, zelfs country.

Hij was bijna bij de volgende zijstraat toen het voetgangerslicht op rood sprong en iedereen om hem heen bleef staan. Hij deed hetzelfde en snoof de avondlucht op. Onwillekeurig betastte hij zijn baard en hij keek even naar de haveloze smoking waar hij sinds de avond in Davos zo'n beetje in had gewoond.

Het licht sprong op groen en de menigte zette zich weer in beweging. Opeens herinnerde hij zich dat zijn gijzelnemers iets in zijn zak hadden gestopt vlak voordat de tape om zijn handen werd doorgesneden. Hij streek even langs zijn jasje en voelde een bult. Zijn hand gleed naar binnen en trok een bruinpapieren zakje te voorschijn. Hij had geen idee wat erin zat en stapte uit de voetgangersstroom om in het licht van een etalage het pakje te openen. Erin trof hij zijn portefeuille en een klein plastic doosje dat in een handpalm paste. Tot zijn verbijstering bleek de inhoud van zijn portefeuille, hoewel die duidelijk drijfnat was geweest en daarna langzaam was opgedroogd, nog helemaal compleet: zijn Britse rijbewijs, zijn studentenkaart van de universiteit van Manchester, de twee creditcards en de driehonderd euro, plus de foto die hij van Rebecca bij het meer voor de Jura-kliniek had gemaakt. Zonder erbij na te denken draaide hij de foto om.

Met dik potlood stond er één woord geschreven: *tsarina*.

Opnieuw trok de vette grijns van zo-even over zijn gezicht, niet zozeer uit opluchting over zijn vrijlating, maar ditmaal uit triomf. Wie zijn gijzelnemers ook waren geweest, ze hadden zijn waarschuwing in elk geval serieus genomen, hadden snel hun huiswerk gedaan en geconcludeerd dat een confrontatie met de FSO of de Russische geheime politie wel het laatste was waar ze op zaten te wachten. Na wekenlange opsluiting was hij opeens iemand gebleken met wie ze niets te maken wilden hebben, waarna ze hem letterlijk op straat hadden gedumpt. Met eerst nog de rit achter in de laadbak zodat hij het spoor naar de plek van zijn gijzelnemers nooit zou terugvinden. Hun 'Moge God u behoeden' kon wellicht een mantra zijn geweest, maar was zeker geen doodvonnis gebleken. Eerder een laatste groet voordat ze hem heen lieten gaan, met al zijn persoonlijke bezittingen intact. En tegelijkertijd ook de wens dat hij op zijn beurt hén zou behoeden als de rollen zouden zijn omgedraaid.

Het gelach van een groepje passerende tieners deed hem beseffen dat hij behoorlijk opviel en hij liep verder. Hij liet de portefeuille weer in zijn zak glijden en opende de geplastificeerde envelop. Erin zat een grote medaillonachtige gravure van het familiewapen van de Romanovs, duidelijk bedoeld als aandenken aan de avond in Davos. Maar de envelop bevatte nog een tweede memento, het voorwerp waar zijn ondervrager naar had verwezen: een inmiddels verbleekte, langwerpige, crèmekleurige envelop. Erin zou hij de formele bekendmaking van de herinvoering van de Russische monarchie aantreffen met Alexander als de nieuwe tsaar. Hij opende de envelop en haalde een eenvoudige maar mooi gedrukte kaart te voorschijn die, net als de envelop en de inhoud van zijn portefeuille, duidelijk de sporen vertoonde van het waterige avontuur.

Opeens stokte zijn adem en bleef hij pardoes midden op het trottoir staan. Mensen vloekten en duwden om erlangs te kunnen. Hij sloeg er geen acht op, zag alleen maar de kaart in zijn hand. Verbleekt of niet, het drukwerk was nog duidelijk leesbaar. Bovenaan prijkten in gouden opdruk de woorden:

Villa Enkratzer
Davos, Zwitserland
17 januari

Met daaronder:

Diner ter ere van de proclamatie van het troonherstel van de keizerlijke familie Romanov en de benoeming van Alexander Nikolaevitsj Romanov tot tsaar van Groot-Rusland.

Met een huivering besefte hij dat wat hij hier in zijn hand hield niet zomaar een leuk aandenken was, maar tevens datgene waar hij en Kovalenko zo naar hadden gezocht. Dit was het tweede menu!

Moskou, Gorky Park, woensdag 2 april, 6.20 uur

Tot tien uur 's ochtends voor het gewone publiek gesloten, maar toegankelijk voor politieagenten die wilden afslanken en hun conditie wensten te verbeteren. Precies waar Kovalenko op deze frisse, vroege lenteochtend mee bezig was nu hij voor de derde keer binnen een uur al joggend het grote reuzenrad passeerde. Hij was zijn drilbuik en de dubbele onderkin onder zijn baard zat, was minder gaan drinken, gezonder gaan eten en eerder op gaan staan. En gaan joggen, veel joggen. Waarom allemaal kon hij niet precies zeggen, behalve dan dat hij hiermee misschien een voorschot op de rest van zijn leven nam, een midlifecrisis een stap voor probeerde te blijven. Of misschien probeerde hij datgene te vergeten waar het oog van de samenleving zich inmiddels bijkans aan vergaapte: de niet te bevatten gekte ten aanzien van het paar Alexander en Rebecca, schaamteloos geëxploiteerd en uitvergroot door de media die de dagen aftelden tot de grote dag van het huwelijk en de kroning.

Het geluid van zijn gsm in de zak van zijn trainingsjack haalde hem uit zijn gedachten. Hij kreeg nooit telefoontjes op dit uur. Zijn werk bestond inmiddels uit papierwerk, niet uit samenzweringen, en hij zag zijn hoofdinspecteur nog maar zelden. Het kon dus geen collega zijn. Waarschijnlijk zijn vrouw, of een van zijn kinderen.

'*Da*,' hijgde hij buiten adem, nadat hij was gestopt met joggen en zijn gsm had aangezet.

'Het moordwapen was een mes,' sprak een bekende stem.

'*Sjto?*' Wat? Verbijsterd keek Kovalenko naar zijn gsm.

'Hét mes. De grote Spaanse stiletto, gestolen uit de kluis van Fabien Curtay.'

'Marten…?'

'Ja, met mij.'

'Heilige Maria, maar je bent dóód!'

'Denken ze dat?'

Kovalenko keek even snel om zich heen en deed een stap opzij om een dienstbusje van het park langs te laten. 'Hoe kan dit? Wat is er gebeurd?'

'Ik heb je hulp nodig.'

'Waar zit je nu?'

'In een bar, in Hamburg. Kunnen we elkaar treffen?'

'Eh… dat weet ik niet. Ik kan het proberen.'

'Wanneer?' drong Marten aan.

'Bel me over een uur terug.'

25

Luchthaven Fuhlsbüttel, Hamburg, nog steeds woensdag 2 april, 17.30 uur

Marten zag hem te midden van een massa reizigers door de gate van Lufthansa in de richting van de koffiebar lopen, waar hij op hem wachtte. Hij zag de Rus zoekend om zich heen kijken, maar wist dat Kovalenko hem niet zou herkennen. Niet alleen had hij nu een baard, net als Kovalenko, maar hij was ook nog eens bijna veertien kilo afgevallen en broodmager. Bovendien had hij in de uren dat hij had moeten wachten honderdzestig euro uitgegeven aan een goedkoop pak van bruin ribfluweel, een geruit overhemd en marineblauwe trui, zodat hij de gehavende smoking kon weggooien. Zijn voorkomen had nu veel gemeen met dat van Kovalenko; hij leek op een professor. Twee academici die elkaar troffen in een koffiebar op de luchthaven: niets ongewoons aan.

Kovalenko betrad de bar, bestelde een kop koffie, nam plaats aan een tafeltje achterin en pakte een krant. Even later schoof Marten aan.

'*Tovaritsj*,' groette Marten hem. Kameraad.

'*Tovaritsj*.' Kovalenko keek hem onderzoekend aan, alsof hij zeker wilde weten dat hij het echt was. 'Hoe…?' vroeg hij eindelijk. 'Hoe heb je het overleefd? En hoe ben je hier en zoveel weken later verzeild geraakt?'

Binnen tien minuten zaten ze in de pendelbus van de luchthaven naar de stad, met de Hauptbahnhof als eindhalte. Een kwartier later had Kovalenko hem naar restaurant Peter Lembcke in de Ernst-Merckstrasse geloodst. Na hun tweede glas bier kwam de palingsoep en had Kovalenko het antwoord op zijn 'Hoe?', althans voorzover Marten zich kon herinneren. Het jonge meisje dat hem in de sneeuw aantrof, het gevluchte gezin, het 'vervoer', Rotterdam, de rit in het vloerkleed achter in de truck, de gevangenschap in het donker, de dreigende ondervragingen door lieden die hij geen moment had kunnen zien – en van wie hij nog steeds niet wist wie ze waren of waar ze hem hadden vastgehouden – de schijnbaar eindeloze tv-herhalingen. En die van Rebecca en Cabrera, samen met haar biologische ouders in Denemarken, met de koningin van Engeland en de president van de Verenigde Staten. Van het autowrak waarin Peter Kitner was omgekomen. Vervolgens haalde Marten de envelop die zijn overmeesteraars hem hadden gegeven te voorschijn en gaf hem aan Kovalenko.

'Maak maar open,' zei hij. Kovalenko liet de verbleekte, sierlijk gedrukte kaart eruit glijden en las:

Villa Enkratzer
Davos, Zwitserland
17 januari

Hij keek toe toen Kovalenko aandachtig de kaart bestudeerde, en zag diens reactie toen hij besefte wat het was. Plotseling keek de Rus op.

'Het tweede menu,' verduidelijkte Marten. 'Draai hem maar om en kijk rechts onderaan.'

Kovalenko keek en Marten hoorde hem iets brommen nu hij zag wat er stond. In bijna onleesbare kleine lettertjes stond er: *H. Lossberg, meesterdrukker. Zürich.*

'Lossbergs vrouw vertelde dat haar man altijd kopieën van zijn werk bewaarde.' Hij keek Kovalenko strak aan. 'Maar toen ze ging zoeken, kon ze deze niet vinden. Ze vertelde dat de order exact tweehonderd stuks betrof, niet één meer of minder, en naderhand moesten de proeven en het zetsel worden vernietigd. Lossberg en zijn vertegenwoordiger, Jean-Luc Vabres, waren goede vrienden. Dit was groot nieuws. Stel dat Lossberg zijn enige kopie van de menukaart aan Vabres had gegeven en dat die hem op zijn beurt aan Dan Ford wilde doorsluizen?

Cabrera kon zijn benoeming tot tsaar pas bekendmaken nadat Kitner aan de familie Romanov was voorgesteld en daarna, als tsarevitsj, ten gunste van hém afstand had gedaan van de troon.'

'En op de een of andere manier ontdekte hij via zijn connectie in Zürich,' pakte Kovalenko de redenering op, 'wat Lossberg had gedaan. Hij liet Vabres achtervolgen, zijn telefoon aftappen, of allebei, en toen Vabres vervolgens vertrok om Dan Ford te treffen en hem de menukaart te geven, zat hij al daar op hen te wachten.'

Marten boog zich naar de Rus toe. 'Ik moet Rebecca bij hem uit de buurt zien te krijgen.'

'Weet je wel wat er gebeurd is? Tot wat voor persoonlijkheid hij de laatste paar weken is uitgegroeid?'

'Ja, dat weet ik.'

'Nou, ik geloof niet dat je de omvang ervan begrijpt. In Rusland is hij een ster, een koning, een god bijna. En zij ook.'

Langzaam herhaalde Marten wat hij zo-even al had gezegd: 'Ik moet Rebecca bij hem uit de buurt zien te krijgen.'

'Hij wordt omgeven door de FSO. Moerzin is nu zijn persoonlijke lijfwacht. Het zou net zoiets zijn als de First Lady wegkapen.'

'Ze is zijn vrouw niet. Nog niet.'

Kovalenko legde een hand op de zijne. 'Kameraad, wie zegt dat ze hem zou willen verlaten, zelfs al zou je het haar vragen? Alles is enorm veranderd.'

'Als ik naar haar toe ging en haar vertelde wie hij was, dan zou ze het wel doen.'

614

'Naar haar toe gaan? Je komt nog niet eens een kilometer in haar buurt zonder in de kraag gegrepen te worden. Bovendien zit je hier en niet in Moskou.'

'Daarom heb ik jouw hulp nodig.'

'Wat wil je dat ik doe? Ik ben nog net niet ontslagen, laat staan dat ik toegang tot dat niveau heb.'

'Regel voor mij een mobiele telefoon, een paspoort en een visum waarmee ik naar en binnen Rusland kan reizen. Gebruik mijn naam als je moet. Ik weet dat het gevaarlijk is, maar op die manier kun je heel simpel mijn Amerikaanse paspoort laten vernieuwen. Het zou gemakkelijker en sneller zijn.'

'Je bent dood.'

'Des te beter. Op deze wereld moet toch meer dan één Nicholas Marten rondlopen? Zeg maar dat ik een hoogleraar landschapsarchitectuur uit Manchester ben die in Rusland op bezoek is om geometrisch aangelegde tuinen te bestuderen. Als iemand het natrekt, zullen ze enkel op onduidelijkheid stuiten. Onduidelijkheid waar wij ons voordeel mee kunnen doen. Ik ben dood. Ik ben nu iemand anders, een hoogleraar, geen student. Niemand die weet hoe de vork in de steel zit. De universiteit is een bureaucratisch bolwerk waar mensen voortdurend komen en gaan. Het kan wel dagen of weken duren om erachter te komen. En zelfs dan weten ze het misschien niet eens zeker.' Hij keek Kovalenko aan. 'Kun je het regelen?'

'Ik...' zei Kovalenko aarzelend.

'Joeri, als jongen heeft hij zijn broer vermoord en als volwassen vent zijn vader.'

'En die bom onder sir Peters auto?'

'Ja.'

'Jij denkt dat Cabrera daarachter zat?'

'Daar is anders weinig verbeeldingskracht voor nodig.'

Kovalenko staarde hem aan en sloeg vervolgens zijn ogen op toen een ober bij hun tafeltje kwam staan. 'Nee, inderdaad.' Hij boog wat dichter naar hem toe en sprak met ingehouden stem verder: 'Er werden moderne springstoffen gebruikt en de timer was van Russisch fabrikaat. Het onderzoek is nog gaande. Maar het betekent nog steeds niet dat Cabrera erachter zat.'

'Als je in zijn ogen had gekeken toen hij me op die brug boven het landhuis probeerde te vermoorden, en als je het mes had gezien en hoe hij het hanteerde, dan zou je wel beter weten. Hij verliest de greep op zichzelf, wat we al vermoedden toen we Dans lichaam boven water zagen komen en ook toen we zagen wat hij Vabres had aangedaan. Hetzelfde geldt voor Lossberg in Zürich.'

'En jij bent bang dat hij diezelfde waanzin op een gegeven moment op je zus zal uitleven?'

'Ja.'

'In dat geval, kameraad, heb je gelijk: we moeten iets doen.'

26

Sint-Petersburg, de grafkelder van de St. Katharina-kapel in de St. Petrus en Paulus-kathedraal, donderdag 3 april, 11.00 uur

Met brandende rouwkaarsen in de hand woonden Alexander en Rebecca te midden van het marmeren barokke interieur en in gezelschap van president Gitinov en de Spaanse koning Juan Carlos staand de plechtige dodenmis bij die door de hoogste patriarch van de Russisch-orthodoxe Kerk, Gregor II, werd geleid. Links van hen stonden Peter Kitners drie volwassen dochters en hun echtgenoten. Afgezien van een aantal priesters en de Barones, gekleed in het zwart, het gelaat verscholen achter een voile, waren ze de enigen. Zo besloten was de dienst.

Voor hen stonden drie grafkisten met daarin de stoffelijke resten van Peter Kitner, zijn zoon Michael en zijn vrouw Luisa, de nicht van Juan Carlos.

'Zelfs in de dood, o Heer, zal Petr Mikhail Romanov de Russische ziel en de Russische aarde zijn grootsheid blijven schenken.' De woorden van Gregor II weerkaatsten tegen de zuilen met hun vergulde krulversieringen en de prachtige stenen vloer van de grafkelder waar ook de overblijfselen van Alexanders overgrootvader, de vermoorde tsaar Nicolaas II, diens vrouw en drie van zijn kinderen begraven lagen: dezelfde voorname, sombere kamer die de laatste rustplaats was van alle Russische monarchen sinds tsaar Peter de Grote, en waar met toestemming van het Russische parlement ook Petr Mikhail Romanov Kitner en zijn gezin hun laatste rustplaats zouden vinden, ook al had sir Peter nimmer de troon bestegen.

'Zelfs in de dood, o Heer, zal zijn geest voortleven.'

Zelfs in de dood. De Barones glimlachte minzaam achter haar voile. Zelfs in de dood verleen je Alexander macht en geloofwaardigheid, misschien zelfs meer dan jij in je leven ooit zou hebben kunnen oogsten, was haar gedachte. Jouw dood heeft je geliefd gemaakt, heeft je zelfs tot martelaar verheven, maar jij hebt Alexander gemaakt tot de laatste echte Romanov die de troon zal bestijgen.

Zelfs in de dood. Ook in Alexanders hoofd weerklonken deze woorden. Alleen waren zijn gedachten niet bij de dienst, maar bij het niet-aflatende gebonk van de metronoom in hem dat met het verstrijken van de uren steeds sterker en beangstigender werd. Hij keek even opzij naar Rebecca en zag de kalmte op haar gezicht en in haar ogen. Haar sereniteit, zelfs hier in de grafkelder, met de grafkisten vlak voor hen als het bewijs van de eindigheid van het leven, was om gek van te worden. Het vergrootte de twijfel alleen maar dat Nicholas Marten nog leefde, nog springlevend was. Daar buiten nog ergens rondhing, naderend als een vloedgolf.

'Nee!' riep hij plotseling luid. 'Nee!'

Mensen draaiden zich naar hem om. Ook de patriarch keek hem aan. Snel sloeg hij een hand voor zijn mond en nieste, alsof hij dat zo-even ook al had gedaan, en wendde zijn hoofd af om nog een derde nies te veinzen.

Nick Marten, John Barron. Hoe de man zichzelf ook noemde, het maakte niet uit. Hij had toch werkelijk gedacht dat hij op het pad boven Villa Enkratzer met hem had afgerekend. Niet dus. Op de een of andere manier had Marten het overleefd en zat hij hem nu op de hielen. Klaar om hem te ontmaskeren en Rebecca zich van hem af te laten keren.

Het was de waarheid. Hij wist het gewoon.

De metronoom bonkte harder. Hij moest Marten uit zijn gedachten bannen. Met nog een laatste nepnies richtte hij zijn aandacht weer op de dienst. Marten was dood, punt uit. Iedereen die naar hem had gezocht was het daarover eens. Moerzin, de andere FSO-agenten, de commando's van het Zwitserse leger, de kantonpolitie, de berg- en reddingsteams, met onder meer drie artsen. Mensen met ervaring, die niet zomaar dingen veronderstelden, maar die wísten hoe de zaken ervoor stonden. Bovendien had hij die donkere, door sneeuw geteisterde, godvergeten rivierbedding zelf tot op de centimeter uitgekamd, zo had hij het gevoel. Hij had gelijk, zij hadden gelijk. Het was onmogelijk dat iemand – gewond, bloedend, ondergedompeld in dat kolkende, ijskoude bergwater – de nacht kon hebben overleefd. Dus waarom dacht hij dan zelf van wel? Nee, Nicholas Marten was dood. Geen twijfel mogelijk. Zo dood als zijn eigen vader, hier in de kist voor hem. Hij keek even naar de Barones. Ze gaf hem een geruststellend knikje.

Zijn ogen dwaalden door de grafkelder, de voorname, barokke laatste rustplaats van zijn vorstelijke voorouders. De metronoom bedaarde en hij monterde op bij de gedachte aan zijn voorouders. Hij was, naar alle waarheid, een van hen: de achterkleinzoon van Nicolaas II en Alexandra. Dít was zijn lotsbestemming, was dat van meet af aan geweest. Hij, en hij alleen was de tsarevitsj van Groot-Rusland. Niets, laat staan een lijk, kon daar iets aan veranderen.

27

Hamburg, vrijdag 4 april, luchthaven Fuhlsbüttel, 10.10 uur

Samen met de andere passagiers wachtte Nick Marten in de rij om aan boord te stappen van Air France vlucht 1411 naar luchthaven Charles de Gaulle bij Parijs, waar hij zou overstappen op een vlucht naar Moskou. Zijn ticket had hij gewoon met een van zijn creditcards betaald, wat hem op dat moment wel de zenuwen had bezorgd omdat hij niet zeker wist of Rebecca de banken misschien van zijn dood op de hoogte had gesteld en dus zijn rekeningen had geblokkeerd. Kennelijk niet, want zonder vragen was zijn kaart geaccepteerd en zijn ticket verstrekt. Daarvóór, een dag eerder, was het net zo gemakkelijk gegaan. Toen had hij op het Amerikaanse consulaat in Hamburg een nieuw paspoort opgepikt. Erbij zat een klein pakje met daarin een mobiele telefoon, compleet met batterijlader, en een Russisch zakenvisum: geldig voor drie maanden, en op verzoek van Lionsgate Landscapes, een in Moskou gevestigd Brits bureau van landschapsarchitecten, uitgevaardigd door de consulaire dienst van het Russische ministerie van Buitenlandse Zaken. Zijn verblijfadres in Rusland – een vereiste op alle Russische visa – was het hotel Marco Polo Presnja, aan de Spiridonjev-skij Pereulok 9, Moskou.

Hij vroeg zich af wat Lionsgate Landscapes in werkelijkheid was en of het überhaupt bestond, maar het maakte geen verschil. Zijn visum was immers goedgekeurd. Hij had alles gekregen waar hij om had verzocht, en dat in nog geen achtenveertig uur. Voor iemand die, naar eigen zeggen, 'nog net niet ontslagen' was, had Kovalenko opmerkelijk goed werk geleverd.

Hotel Baltsjoeg Kempinski, Moskou, nog steeds vrijdag 4 april, 13.30 uur

Op de zevende verdieping, in een hoek van Cabrera's privé-suite met uitzicht op een stralende lentedag en de drukte op het Rode Plein, zaten Cabrera, Rebecca en de Barones samen aan een tafeltje. Het eten was eenvoudig: een lichte brunch van *blini's* (pannenkoekjes), rode kaviaar en koffie.

Ook het gesprek was luchtig en ging over twee dingen: de laatste stappen van Rebecca's bekering tot het Russisch-orthodoxe geloof – een must voor iedere vrouw die keizerin zou worden en kinderen van koninklijken bloede zou baren – en de kleding voor haar bruiloft over nog geen maand en aansluitend de kroning en het bal die avond. Twee belangrijke zaken, want de tijd begon te dringen. Bovendien hadden ze over een klein uur een afspraak met een van de topcouturiers van Parijs om Rebecca's maten op te nemen en de uiteindelijke selectie te bepalen. Cabrera zou de keuze van Rebecca, de Barones en de ontwerper respecteren. Hij had andere dingen aan zijn hoofd, zoals de pasbeurt voor zijn eigen kroningskostuum, gevolgd door een interview voor de staatstelevisie en daarna, om vier uur, een afspraak met de stafchef van president Gitinov in het Kremlin.

De ontmoeting had zowel een politiek als een sociaal karakter en zou handelen over protocol en surveillance. Nooit eerder had Rusland een tsaar gehad die in feite slechts een symboolfunctie bekleedde, en hij besefte dat Gitinov hem juist vanwege zijn plotselinge wijdverbreide populariteit wilde beteugelen om ervoor te zorgen dat hij niet zou proberen die invloed in macht om te zetten. Het was iets wat de president niet persoonlijk zou doen, want hij was zich maar al te bewust van de politieke macht van het driemanschap dat de monarchie had teruggebracht. Via zijn stafchef zou Gitinov duidelijk maken hoever Cabrera precies mocht gaan.

Of eenvoudiger gezegd: hij zou hem zijn taakomschrijving overhandigen en hem doen inzien dat een constitutioneel monarch een openbare cheerleader dient te zijn, een ceremoniële gastheer en een handen gevende internationale vertegenwoordiger van het nieuwe Rusland. Niets meer, niets minder. Punt uit.

Het was een rol waar Cabrera zich aan ergerde, maar die hij, voorlopig althans, honderd procent bereid was te vervullen terwijl hij zijn invloed uitbreidde en een machtsbasis opbouwde. Daarna zou zijn rol langzaam en in zorgvuldig afgestemde fasen actiever worden, eerst in de politiek en vervolgens binnen het leger. Het moest de aanzet worden tot een volksdroom van nationale grandeur waarin hij het onvervangbare *pièce de résistance* zou worden. Over drie jaar zou het parlement te bang zijn om nog iets te ondernemen zonder eerst hem te raadplegen, over vijf jaar zou de president de stroman zijn en over zeven jaar zou hetzelfde kunnen gelden voor het parlement en de generaals die het bevel voerden over de strijdkrachten. Binnen een decennium zou het woord 'constitutionele' het woord 'monarchie' niet langer voorgaan en zouden Rusland en de rest van de wereld eindelijk de volle betekenis van het woord 'tsaar' leren. Jozef Stalins mening over Ivan de Verschrikkelijke was dat deze niet verschrikkelijk genoeg was geweest. Een dergelijk probleem zou Cabrera niet hebben. Hij had al bloed aan zijn handen en was bereid tot meer. Al van jongs af aan had de Barones hem daarin opgeleid.

Cabrera glimlachte bij zijn overdenking en voelde een rust over zich heen komen die hij al lange tijd niet meer had ervaren. Een gevoel, zo wist hij, dat werd veroorzaakt door het eenvoudige besef dat hij na het verscheiden van zijn vader eindelijk stevig op de troon zou zitten en dat Rebecca voor de rest van zijn leven aan zijn zijde zou staan.

Het deed hem tevens beseffen dat zijn eerdere schrikbeeld van een op wonderlijke wijze uit de dood opgestane Nicholas Marten gewoon een nachtmerrie was, het gevolg van een, zo gaf hij toe, bijna psychotische oerangst dat hij Rebecca zou verliezen. Het was een emotie die hij goed in de hand moest houden, want liet hij deze de overhand krijgen, dan lag een psychose op de loer.

'Toen je met Nicholas naar buiten ging, had je een cadeautje bij je.' Hij hoorde ergens in de verte Rebecca praten. Zijn gepeins vervaagde en hij keek op. Ze staarde hem aan. Ze waren alleen, de Barones was verdwenen.

'Wat zei je?' vroeg hij afwezig.

'Bij het landhuis. Je had een cadeautje onder je arm, in felgekleurd pakpapier, toen jij en Nicholas naar buiten gingen voor een wandelingetje. Wat zat erin?'

'Eh... dat weet ik niet, ik kan het me niet herinneren.'

'Natuurlijk wel. Je had het meegenomen uit de bibliotheek. Je legde het op de tafel in de balzaal waar we zaten en daarna nam je het mee toen...'

'Rebecca. Wat bazel je nu over cadeautjes? Waar is de Barones?'

'Er was telefoon voor haar.'

'Dan had ze toch niet weg hoeven gaan? Ze had het hier kunnen nemen.'

'Misschien was het vertrouwelijk.'

'Ja, dat kan.'

Achter hen werd geklopt. De deur ging open en kolonel Moerzin betrad de kamer. Hij was gekleed in een prachtig donkerblauw pak en een fris gestreken lichtblauw overhemd, inmiddels het officiële tenue van de FSO die Cabrera bewaakte.

'Tsarevitsj, de couturier uit Parijs is gearriveerd en verwelkomd door de Barones. Ze vraagt of de tsarina zich bij hen voegt.' Uit zijn manier van doen werd duidelijk dat hij iets onder vier ogen wilde bespreken met Cabrera.

Cabrera stond op. 'Ga maar, schat. Ik kom vanmiddag wel.'

'Natuurlijk,' zei Rebecca glimlachend terwijl ze ook overeind kwam. Ze pakte haar handtas op, knikte Moerzin vriendelijk toe en vertrok.

De kolonel wachtte tot de deur dicht was. 'Tsarevitsj, ik vond dat u moest weten dat de consulaire dienst een zakenvisum heeft uitgevaardigd aan ene Nicholas Marten.'

'Wat?' Hij voelde zijn hart een tel overslaan.

'Het gebeurde gisteren in Hamburg. Het werd geregeld via het ministerie van Buitenlandse Zaken en op verzoek van een in Moskou gevestigd Brits bureau van landschapsarchitecten.'

'Is hij Brits?'

'Nee, Amerikaans. Hij arriveert vandaag vanuit Duitsland en heeft een reservering in het hotel Marco Polo Presnja, hier in Moskou.'

Hij staarde Moerzin aan. 'Is hij het?'

'Op het visum zal zijn foto staan. Ik heb om een digitale kopie verzocht. Die is nog niet binnen.'

Cabrera draaide zich om en liep naar het raam. Het was nog altijd een stralende, onbewolkte dag en de stad bruiste van het middagverkeer en drommen voetgangers. Maar hier in de kamer, met Moerzin achter hem, voelde hij hoe de duisternis hem opnieuw bekroop. Diep vanbinnen begon de metronoom weer te tikken.

Boemboem. Boemboem.

Net zoals hem eerder al was overkomen. Zenuwslopend en onstuitbaar. Als een monster dat van binnenuit oprees.

Boemboem.

Boemboem.

Boemboem.

28

Parijs, luchthaven Charles de Gaulle, dezelfde dag, vrijdag 4 april, 12.25 uur

Met zijn ticket in de hand volgde Nicholas Marten de blauwe lijn op de glanzende vloer en liep snel van gate 2F, waar hij was geland, naar gate 2C, waar vlucht 2244 van Air France om 12.55 uur, over een halfuur, zou opstijgen met bestemming luchthaven Sjeremetjevo van Moskou. Hij was blij dat er een blauwe lijn over de vloer liep. Het maakte de overstap van gate naar gate een makkie. Vooral nu, met zijn gedachten geheel en al bij Rebecca en hoe hij haar moest redden.

Kovalenko had hem verteld dat ze samen met de Barones De Vienne in het Baltsjoeg Kempinkski verbleef, in een suite op de zevende verdieping. Zowel de zesde als deze was opgeëist door Alexander en de staf van medewerkers die de kroning voorbereidden. Kortom, de FSO zou beide verdiepingen, zo niet het hele hotel, zo goed als hermetisch hebben afgesloten. Wat betekende dat het praktisch onmogelijk was om met haar in contact te komen. Hij moest dus een list verzinnen om haar naar hem toe te lokken. Hoe wist hij nog niet, maar hij moest erop vertrouwen dat hij uiteindelijk iets zou kunnen verzinnen en dat Kovalenko hem daarbij zou helpen.

Stipt om vier uur was Alexander door Moerzin bij het kantoor van Gitinovs stafchef afgezet. Hij werd naar een privé-werkkamer geleid, kreeg koffie en werd verzocht even te wachten. De stafchef, zo kreeg hij te horen, was voor een belangrijke zaak bij de president ontboden en zou zo snel mogelijk komen. Een uur later wachtte hij nog steeds. Ten slotte, het was inmiddels kwart over vijf, verscheen er een secretaresse, die hem via een achtergangetje voorging naar de werkkamer van de president, die hem aldaar, geheel alleen, opwachtte.

'Neemt u plaats,' nodigde Gitinov hem uit en hij ging Alexander voor naar een comfortabele zithoek met een brandende open haard en twee fauteuils. Ze namen plaats, waarna een assistent de thee serveerde en weer wegging. Op het moment dat de kamerdeur in het slot viel, besefte hij dat, hoewel hij de Russische president talloze malen had gesproken, dit nog nooit onder vier ogen was geweest. Voor het eerst viel hem op dat Gitinov nu een stuk fitter oogde dan op het eerste gezicht. De snit van zijn kleding onttrok de gespierde nek en sterke armen aan het oog, net als zijn brede borstkas en slanke taille. De dijen achter de stof van zijn broek waren ferm en gespierd, als die van een worstelaar of een wielrenner. Zijn voorkomen was al net zo verwarrend. Al was zijn vriendelijke en persoonlijke optreden in Davos tijdens de nasleep van Martens onfortuinlijke val in de bergrivier en de daaropvolgende verdwijning vooral politiek ingegeven, hier, in de beslotenheid van zijn eigen werkkamer, wekte hij een zeer ontspannen, bijna apolitieke indruk. Hij informeerde naar Alexanders plannen voor de kroning en het huwelijk, vroeg waar de tsaar en de tsarina hun huwelijksreis wilden doorbrengen en raadde enkele mooie locaties aan de Zwarte Zee aan. Zijn ontspannen houding, manier van praten, de twinkeling in zijn ogen en de warme glimlach zouden iedere bezoeker op zijn gemak hebben gesteld en hebben uitgenodigd zich op soortgelijke wijze te ontspannen, alsof hij met een oude vriend converseerde. Het probleem was echter dat het allemaal toneel was. In werkelijkheid hield Gitinov hem onder een microscoop, elk woordje, elk gebaar nauwlettend bestuderend. En dat alles om hem te doorgronden, te kijken wat er achter het vernislaagje schuilging, of hij te vertrouwen was, of anders iets in zijn schild voerde en dus niet degene was die hij leek te zijn.

Voor iemand die kien genoeg was om te beseffen wat hier gebeurde, zou het effect al snel intimiderend, zo niet beangstigend zijn geweest. Ook Alexander had het door, maar was geïntimideerd noch bang. Hij was immers degene van keizerlijke afkomst. Hij stond op het punt de nieuwe tsaar te worden, niet Gitinov. Híj was degene die gevreesd moest worden, voor wie anderen dienden terug te deinzen, en niet omgekeerd. Maar hij wist donders goed dat dit niet het moment en de plek was om zijn tanden te laten zien, en dus leunde hij ontspannen achterover en babbelde rustig en beleefd over koetjes en kalfjes, Gitinov de gelegenheid biedend hem te observeren zoals het hem beliefde.

Twintig minuten later waren ze klaar en gaven ze elkaar de hand. Met nog een persoonlijke condoleance met de dood van zijn vader liet de president hem als een schooljongen weer afmarcheren.

Achteraf gezien had hij het kunnen weten: door hem zo lang te laten wachten, gevolgd door een privé-onderonsje ter observatie, om voor zichzelf vast te stellen of de tsarevitsj mogelijk geheime politieke ambities koesterde, had Gitinov hem laten zien wie hier de lakens uitdeelde. Maar de jonge tsarevitsj had niet thuis gegeven, had zich niet als een koning gemanifesteerd, maar had opzettelijk de goedlachse allemansvriend uitgehangen. Met als resultaat dat Gitinov, ondanks zijn schranderheid, juist klein en onbeholpen had geleken, en nu al zijn hand had overspeeld. Alexander moest er heimelijk om glimlachen. Vooral ook omdat het onderonsje zijn fixatie op Marten en daarmee de allesoverheersende metronoom in hem had onderdrukt, al was het maar eventjes geweest.

'Tsarevitsj…' Moerzin keerde de zwarte Volga en mengde zich tussen de avondspits op de Prechistenskaya Naberezhnaya, de brede boulevard langs de rivier de Moskva. Met zijn vrije hand trok hij een dubbelgevouwen velletje uit zijn jaszak en reikte het over zijn schouder aan aan Alexander, achterin. 'Een kopie van Martens visum.'

Snel vouwde hij het open en hij staarde naar de bebaarde figuur die hem vanaf het papier aankeek. Het gezicht was behoorlijk mager, de volle baard bedekte de meeste gelaatstrekken. De ogen keken iets omlaag, alsof het opzettelijk was. Toch leed het geen twijfel wie dit was, hetgeen op hetzelfde moment door Moerzin werd bevestigd.

'Zijn paspoort was een nieuwe uitgifte van een ouder exemplaar. Hij is geboren in Vermont, de Verenigde Staten. Zijn huidige adres is aan de universiteit van Manchester, Engeland. Dit ís de broer van de tsarina.'

Met het velletje nog in de hand keek hij naar buiten, maar Moskou vervaagde.

'Tsarevitsj,' vroeg Moerzin, die hem via de binnenspiegel gadesloeg, 'is alles goed met u?'

Een paar lange tellen bleef het stil, waarna hij plotseling zijn hoofd terugdraaide naar de kolonel.

'Tsarskoje Selo,' sprak hij ferm. 'Breng de tsarina en de Barones daar zo snel mogelijk per helikopter heen. Vanavond nog. Zeg ze dat ik voor dringende zaken ben weggeroepen en dat ik – gezien mijn alsmaar voller wordende agenda en de escalerende mediaaandacht voor mij en de tsarina – ze graag uit de schijnwerpers wil houden. Niemand mag weten waar ze zijn. Officieel hebben ze de stad met onbekende bestemming verlaten om even tot rust te komen voor de dag van de kroning. Onder geen beding mag wie dan ook, vooral de tsarina niet, iets te weten komen over Marten.'

'Wat wilt u dat we met hem doen?'

'Dat regel ik zelf.'

29

Moskou, luchthaven Sjeremetjevo, 18.50 uur

Weer stond Nick Marten in de rij, maar nu in Moskou en voor de paspoortcontrole. Ergens aan de andere kant van de balies en uniformen stond Kovalenko. Maar voorlopig kon Marten slechts met de ongeveer honderd anderen toezien hoe ze een voor een de controle passeerden.

Tot dusver was Kovalenko de enige wie hij had verteld dat hij nog leefde; zelfs lady Clem had hij niets laten weten, uit angst dat Rebecca het dan zou vernemen, en daarna Cabrera. Maar nu besefte hij dat hij haar moest bellen. Schuifelend in de rij naar de paspoortcontrole had hij daar mooi even de tijd voor. Hij pakte het mobieltje dat hij van Kovalenko had gekregen, klikte het aan en toetste het nummer in. Waar ze ook mocht zijn en wat ze ook uitvoerde, hij móést haar spreken. Niet alleen moest ze weten dat hij nog gezond en wel was, hij wilde ook dat ze met hem meeging, en snel ook.

Manchester, Engeland, dezelfde tijd, 21.50 uur plaatselijke tijd

Ze bevond zich in de badkamer van Leopolds flat en maakte zich klaar voor hem. Leopold, een stoere, knappe, gespierde timmerman die haar flat had opgeknapt, wachtte naakt en ongeduldig in het donker van zijn slaapkamer op zijn kingsize bed. Het verre geluid van een gsm dwars door de gesloten badkamerdeur deed hem opeens rechtop zitten. Het was niet de zijne, dus moest het de hare zijn.

'Jezus christus, niet nú,' kreunde hij. 'Hou het kort, schatje. Hang gewoon op en kom hier.'

'Nicholas Marten!' fluisterde lady Clem geschokt. 'Wacht even...' Ze rechtte haar rug en wierp een blik op haar naakte evenbeeld in de spiegel. 'Wie ís dit? Dit is echt een heel zieke grap.' Plotseling kleurde haar gezicht vuurrood nu ze besefte dat het echt Marten was. Alsof hij haar kon zien en dus kon weten wat hier gaande was, griste ze Leopolds badjas van de deur.

'Nicholas Marten, schoft die je bent!' bracht ze kokend van woede uit terwijl ze de badjas aantrok. 'Hoe durf je me hier zomaar te bellen? En – godallemachtig...' Ze voelde hoe ze beefde van emotie nu de waarheid in volle omvang tot haar doordrong. 'Godallemachtig, je leeft nog! Maak je het goed? Waar zit je? Waar?' Opeens sloeg haar emotie weer om.

'Had je niet eerder kunnen bellen? Besef je eigenlijk wel wat ik heb doorstaan? De ongerustheid! De wanhoop! Het afschuwelijke verdriet! Heb je enig idee wat ik zonet op het punt stond te gaan doen...?'

'Leopold, het spijt me heel erg, een noodgeval in de familie.' Volledig gekleed kuste ze de timmerman op zijn voorhoofd. 'Ik bel je wel zodra ik terugkom.'

Ze was bij de deur en trok hem open.

'Terug?' De gespierde Leopold kwam overeind. 'Waar ga je in godsnaam naartoe?'

'Rusland.'

'Rusland?'

'Rusland.'

30

Hotel Baltsjoeg Kempinski, zaterdag 5 april, 1.50 uur

Waar hing Marten uit?

In het donker draaide Alexander zich om. Had hij wat kunnen slapen of niet? Hij had eigenlijk geen idee. Rebecca en de Barones bevonden zich inmiddels al op Tsarskoje Selo, het immense, 325 hectare metende keizerlijke buitenverblijf bij Sint-Petersburg dat de gemalin van tsaar Peter de Grote bijna drie eeuwen geleden had laten aanleggen om te kunnen bijkomen van de plichten van het koningschap. Maar op deze avond had Alexander het buitenverblijf tot een ander soort toevluchtsoord omgevormd: een door FSO-agenten bewaakte vesting om zijn geliefde kroonjuweel af te schermen van haar broer.

Waar zat hij?

Uit de douanelijsten van de luchthaven Sjeremetjevo van Moskou bleek dat Nicholas Marten om 19.08 uur lokale tijd door de paspoortcontrole was gegaan. Tegen tienen was hij nog niet bij hotel Marco Polo Presnja gearriveerd, de bestemming die hij wegens zijn visum verplicht was op te geven. Ook daarna, om elf en twaalf uur, was hij er niet gesignaleerd. Waar hing Marten uit? Waar was hij heen, en hoe? En met wie?

Nachttrein nummer twee, de Krasnaja Strella, *ofwel de 'Rode Pijl', de trein van Moskou naar Sint-Petersburg, zelfde tijdstip*

In het gedempte licht leunde Nicholas Marten achterover tegen het kleine kussentje. Met de handen achter zijn hoofd keek hij naar de slapende Kovalenko. Buiten, onzichtbaar achter het gesloten gordijntje van hun slaapcoupé, gleed Rusland in het donker voorbij.

Misschien kwam het door de gezwinde spoed, het geklikklak van de wielen op de rails, maar onwillekeurig dwaalden zijn gedachten terug naar toen, die ochtend dat hij als jong, groen en gretig maar gespannen rechercheurtje in Californië de *Southwest Chief* in stapte voor zijn allereerste klus als lid van het meest gerenommeerde rechercheteam in de geschiedenis van de politie van

Los Angeles; en naar hoe lang, duister en verraderlijk zijn pad sindsdien geworden was.

Kovalenko snurkte twee keer hard en rolde om, met zijn gezicht naar het gordijn en met zijn rug naar Marten. De reden dat ze hier lagen te slapen, in noordwestelijke richting voortdenderend door de Russische nacht, was dat Kovalenko erop had gestaan direct vanaf het vliegveld naar station Leningradski door te reizen, in plaats van eerst in te checken in het hotel Marco Polo Presnja, wat volgens Martens visum verplicht was. Hadden ze dat gedaan, zo had Kovalenko benadrukt, dan zou dat voor Marten letterlijk de laatste halte zijn geworden. Immers, zodra zijn visum op de luchthaven in Moskou zou zijn gecontroleerd, lag het voor de hand dat de tsarevitsj zou worden ingelicht en hij Martens bestemming zou weten. Om daarna...

'Je begrijpt de gevolgen, kameraad. Hij weet dat je daarheen gaat en... Kijk, voor de rest van de wereld ben je toch al dood.'

Dus in plaats van in een bed in een Moskouse hotelkamer of een gat in de grond lagen hij en Kovalenko in een slaapcoupé van de *Rode Pijl*, onderweg naar Sint-Petersburg. Diezelfde middag zou lady Clem vanuit Kopenhagen om 2.40 uur per vliegtuig arriveren. Gedrieën zouden ze elkaar treffen, niet ver van het enorme buitenverblijf van Tsarskoje Selo, de locatie waar Rebecca volgens Kovalenko verbleef.

31

Hotel Baltsjoeg Kempinski, Moskou, zaterdag 5 april, 4.30 uur

Slapen kon hij wel vergeten.

Met alleen een boxershort aan ijsbeerde Cabrera door de verduisterde slaapkamer van zijn suite met uitzicht op de stad. Beneden passeerden achtereenvolgens een taxi, een vrachtwagen en een politiewagen. Ergens daar buiten was Marten. Maar waar?

Totnogtoe wist Moerzin noch een van zijn twintig mannen hoe de zaken ervoor stonden sinds Marten door de paspoortcontrole op de luchthaven Sjeremetjevo was gelopen. Hij was gewoon tussen de massa anonieme passagiers naar buiten gekomen en verdwenen, alsof de stad hem had opgeslokt.

Precies zo moest het zijn geweest voor John Barron, zo dacht Cabrera, toen die elke straathoek in Los Angeles afstruinde op zoek naar Raymond Oliver Thorne. Maar Barron wist zich destijds geholpen door de media en de negenduizend agenten van het LAPD-korps. Hij, Cabrera, kon geen algeheel alarm slaan, wat de reden was waarom de douane noch de grenspolitie op zijn hoede was geweest. Het Stalin- en het Sovjet-tijdperk waren weliswaar voorbij, maar dat van de tsaar moest zich nog aandienen. Misschien dat er voor de media een aantal restricties gold, maar tenzij ze zich kritisch tegenover de regering uitlieten, waren dat er betrekkelijk weinig. Bovendien beschikten verslaggevers, net zoals elders, over zeer goede connecties. En dan was er nog internet. Laat de mensen weten dat de broer van de tsarina nog leefde en wie anders dan Rebecca zou het als een van de eersten vernemen?

De jacht diende daarom niet alleen snel te worden uitgevoerd, maar ook doortrapt en in het geniep. Met een flinke beloning in het vooruitzicht voor eenieder die Martens verblijfplaats onthulde, maar ondertussen geen moment repte over zijn naam of de reden waarom hij werd gezocht, verspreidden Moerzins mannen snel honderden kopietjes van Martens visumfoto onder een legertje *avtoritet*, kopstukken van de Russische maffia die de arbeiders van de luchthaven en het treinstation, hotel- en restaurantmedewerkers, taxichauffeurs, gemeente- en vervoerspersoneel in hun zak hadden. Als extra maatregel werden ook de *fartsovsjtsjik* ingeschakeld, zwarthandelaren die op elke straathoek te vinden waren, de *blatnje*, de straatbendes, en de *patsani*, jonge bendeleden bij wie je ervan op aankon dat ze hun mond dicht- en hun ogen openhielden en die maar al te graag iemand in ruil voor harde valuta uitleverden. En aangezien het gros van deze lieden een gsm op zak had, zou het zo goed als zeker snel, zo niet onmiddellijk, tips regenen zodra Marten werd ontdekt.

32

Aan boord van nachttrein nummer twee, de Krasnaja Strella, *6.25 uur*

Kovalenko bracht zijn kop thee naar zijn mond en keek door het coupéraam naar buiten, waar het vroegeochtendlicht neerstreek op een kil en grijs landschap. Bossen en water, rivieren en beken die meren en plassen met elkaar verbonden. Hier en daar bedekte een laagje sneeuw nog de grond, bevroren onder kale bomen waarvan de knoppen pas over enkele weken zouden uitbotten.

'Ik moest aan je vriend rechercheur Halliday denken,' merkte Kovalenko op en hij keek naar Marten, die in de kleine coupé zijn eigen kop thee vasthield, zo-even bezorgd door de *provodnik* of steward, wiens taak het onder meer was ervoor te zorgen dat de samowaar te allen tijde met heet water gevuld bleef om thee te kunnen zetten.

'Ik vertelde je dat ik hem kende,' reageerde Marten zacht. 'Níét dat hij een vriend was.' Kovalenko was weer eens bezig hem uit zijn tent te lokken, net als eerder in Zwitserland. Maar waarom? En waarom nu?

'Hoe het ook zij, kameraad, hij was een opmerkelijke man.'

'Hoe bedoel je?'

'Om te beginnen werd er na zijn dood autopsie op hem verricht. Hij had kanker aan de alvleesklier. Misschien dat hij nog een maand, hooguit twee, zou hebben geleefd. Maar toch kwam hij helemaal naar Parijs, met een ticket voor Buenos Aires op zak, betaald en wel. En dat alleen om meer over Alfred Neuss te weten te komen en Raymond Thorne op het spoor te blijven.'

'Hij ging er helemaal voor.'

'Waarvoor?' Marten schudde zijn hoofd. 'Ik kan je even niet volgen.'

'De gerenommeerde 5-2 Squad, kameraad. Hij zat er al bij lang voordat ook maar iemand van Raymond Thorne had gehoord. Zijn baas Arnold McClatchy werd op handen gedragen, nietwaar?'

'Ik zou het niet weten.'

'Hebt u hem ooit ontmoet?'

'McClatchy?'

630

'Ja.' Kovalenko keek hem aandachtig aan.

Marten aarzelde, maar dat was slechts even. Hij mocht de Rus niet tonen dat hij naar een antwoord zocht. 'Eén keer, heel even.'

'Wat voor man was hij?'

'Lang, robuust. Iemand die wist hoe de wereld in elkaar stak.'

'En toch werd hij door Raymond, of beter: onze tsarevitsj, vermoord.'

Marten knikte.

Kovalenko keek hem nog even aan, en liet het daarbij. 'Nou, hoe dan ook, Halliday was in elk geval behoorlijk begaan met de 5-2. Zelfs toen het team was opgeheven en hij niet langer als rechercheur werkte, voelde hij zich nog genoeg betrokken om een laatste grote inspanning te leveren. Ik vraag me af of ik, of anderen, hetzelfde zou hebben gedaan. Wat jij, kameraad?'

'Ik ben een student die leert hoe je tuinen ontwerpt. Tuinarchitecten worden doorgaans niet op deze manier op de proef gesteld.'

'Tenzij ze hun zus uit de klauwen van een gek willen houden.'

Marten nam een slokje van zijn thee en leunde achterover. Nu was het zijn beurt om Kovalenko eens doordringend aan te kijken. 'Voor wie werk je?' vroeg hij ten slotte.

Kovalenko grijnsde. 'Voor het ministerie van Justitie, voor wie anders?'

'Nee, kameraad, voor wie werk je écht?'

Weer grijnsde de Rus. 'Ik ga naar mijn werk. Ik word betaald. Ik probeer niet te veel vragen te stellen. Dat brengt me alleen maar in de problemen.'

Marten nam weer een slokje en keek naar buiten. In de verte kon hij de grote Skoda-locs zien, gebouwd in Tsjechië, die de trein door de scherpe bocht trokken. Het rustige gangetje waarmee ze reden, maakte het geklikklak van de wielen op de rails des te nadrukkelijker. Het spoor werd weer recht en hij hoorde het karakteristieke opgaande gegier nu de machinist meer gas gaf en de trein weer vaart maakte. Het was inmiddels kwart voor zeven in de ochtend, nog een uur en een kwartier te gaan voordat ze in Sint-Petersburg zouden arriveren.

'Kameraad...' sprak Kovalenko terwijl hij peinzend met een hand langs zijn baard streek.

Marten keek hem vragend aan. 'Mm-mm?'

'Zodra de tsarevitsj constateert dat je niet in het hotel bent, zal hij elders gaan zoeken. De douane zal bevestigen dat je pas is gecontroleerd, en dat je dus het land bent binnengekomen. Hij zal een opsporingsteam optrommelen. Ze zullen zoeken naar een man die lijkt op de foto op je visum.'

'Maar ze zullen me in Moskou zoeken.'

'Echt?' Opnieuw streek de Rus met een hand door zijn baard.

'Je vindt dat ik me moet gaan scheren...?'

'En je haren knippen.'

33

Hotel Baltsjoeg Kempinski, Moskou, 7.20 uur

Waar zat hij? Waar was Marten?

Opnieuw had Cabrera kolonel Moerzin aan de telefoon, ondertussen het aanhoudende geluid van zijn eigen mobieltje negerend omdat hij wist dat het de Barones was, die wilde weten waarom zij en Rebecca zonder waarschuwing en zonder enige verklaring stilletjes naar Tsarskoje Selo waren overgebracht.

Waarom was er nog altijd geen nieuws, wilde hij van Moerzin weten. Wat was er aan de hand? Kennelijk was Marten naar Moskou gegaan omdat hij dacht dat zijn zus daar zat. Er was dus geen reden aan te nemen dat hij ergens zou zitten. Hij móést hier wel zijn. Ergens! De *avtoritet*, daar had je niets aan. Hetzelfde gold voor die andere straatcriminelen.

'Tsarevitsj, ze hebben nog niet genoeg tijd gehad,' verklaarde Moerzin op zachte toon om Cabrera's vrees iets weg te nemen. 'Pas gisteravond laat hebben ze zijn foto verspreid. De zon is nog niet eens op.'

'Dat is geen antwoord, maar een excuus,' beet Cabrera hem toe, precies zoals de Barones zou hebben gedaan.

'Ik beloof u, tsarevitsj,' ging Moerzin onverstoord verder, 'dat ze hem morgen om deze tijd zullen hebben gevonden. Er is geen straathoek in Moskou waar hij ongezien voorbij kan lopen.'

Cabrera hield de telefoon even zwijgend vast, onzeker over wat hij moest doen of zeggen. Afwachten had geen zin, maar wat moest hij dan? Zijn hoofd tolde. Stel dat Marten op de een of andere manier het nummer van Rebecca's gsm te pakken had gekregen. Hij hoefde haar alleen maar te bellen. Maar nee, dat was onmogelijk. Nadat enkele hackers hadden geprobeerd een praatje te maken met de nieuwe tsarina en twee keer tot haar waren doorgedrongen, werden de nummers dagelijks gewijzigd. Rebecca was gewaarschuwd haar gsm alleen voor uitgaande gesprekken te gebruiken. De telefonisten in Tsarskoje Selo alsmede haar twee privé-secretaresses screenden alle inkomende telefoongesprekken. Dus nee, telefonisch was ze onbereikbaar voor Marten. Maar plotseling schoot Cabrera iets anders te binnen en een koude rilling trok over zijn rug.

'En als hij nu eens niet in Moskou is?' vroeg hij Moerzin bijna fluisterend. 'Stel dat hij in plaats daarvan onderweg is naar Tsarskoje Selo?'

'Tsarevitsj,' probeerde Moerzin hem gerust te stellen. 'Hij kan absoluut niet weten waar ze is. En zelfs als hij het weet, zit het paleis vol met onze FSO-agenten. Hij kan niet eens het terrein op, laat staan de vertrekken binnendringen waar zij zich bevindt.'

Cabrera's ogen vlamden op van woede. Hij voelde het zweet in zijn handen staan.

'Kolonel, u hoeft me niet te vertellen wat Marten kan of niet kan. We hebben het over iemand die dingen heeft overleefd waarvan iedereen zei dat het onmogelijk was. Hij is gevaarlijk en geslepen. Ik heb het zelf meegemaakt.' Hij voelde hoe zijn maag zich weer in een knoop legde en de metronoom begon opnieuw te tikken. Hij schudde het van zich af. 'Ik wil de zoektocht uitbreiden naar Sint-Petersburg en alle spoorlijnen, wegen en voetpaden die naar Tsarskoje Selo leiden.'

'Natuurlijk, tsarevitsj,' zei Moerzin zacht.

'En daarna wil ik een helikopter.'

'Waarheen, tsarevitsj?'

'Tsarskoje Selo.'

34

Met Kovalenko voor zich verliet Marten als vierde passagier de trein en liep door de menigte achter de Rus aan de menigte de stationshal in. Inmiddels was hij gladgeschoren en zijn haar was een heel stuk korter, met dank aan de *provodnik*, de steward die ervoor had gezorgd dat de samowaar voortdurend dampte om hen van thee te voorzien. In ruil voor een klein stapeltje roebels dat Kovalenko hem had toegestopt had hij bovendien een scheermes, een stuk zeep, een oude schaar en een handspiegeltje geregeld. De rest had Marten zelf gedaan, boven het wasbakje in een van de twee piepkleine toiletten. Zijn coupe zou hem geen prijzen opleveren, maar zonder baard en met kort haar zou het bijna onmogelijk zijn hem aan de hand van zijn visumfoto te identificeren.

Naast de ticketbalies zag Kovalenko de jongeman in de versleten spijkerbroek en met de sigaret. De knaap, die in kleermakerszit op de stationsvloer wat op een gitaar tokkelde alsof hij met een beetje geluid al tevreden was, verkeerde duidelijk in hoger sferen. Kovalenko herkende een *fartsovsjtsjik*, of straatdealer, doorgaans al op afstand. Maar deze kwam hem bekend voor. Of ze kenden elkaar, of hij had hem ooit eerder gezien. Opeens realiseerde hij zich dat hij de knaap een paar jaar geleden in Moskou had gearresteerd na een moord op een andere dealer. Na verloop van tijd was de arrestant weer vrijgelaten, maar die bleek van de les weinig te hebben opgestoken. Daar was hij weer, terug van weg geweest. Niet langer dealend in Moskou, maar in Sint-Petersburg.

Terwijl Kovalenko dichterbij kwam, merkte hij dat de jongeman, hoewel ogenschijnlijk stoned, duidelijk iedereen gadesloeg die uit de trein stapte, zoekend naar een bepaalde persoon. Of de knaap hem in de gaten had of hem herkende kon hij niet zeggen.

Iets verderop was rechts een voetgangerstunnel. Het bord erboven gaf aan dat dit de doorgang naar het perron van de Transsiberië Express was. Snel liep hij de tunnel in, weg uit het zicht van de *fartsovsjtsjik*. Tien seconden later haalde Marten hem in.

'Ze zijn hier,' mompelde Kovalenko.

'Wie?'

'De spionnen van de tsarevitsj.'
'Hebben ze ons gezien?'
'Zou kunnen. Wie zal het zeggen? Blijf lopen.'

35

Hotel Baltsjoeg Kempinski, Moskou, 9.55 uur

Met zijn zwarte haar naar achteren gekamd en buitengewoon knap in zijn trui, donkere pantalon, leren pilotenjack en comfortabele suède schoenen met crêpezolen liep Cabrera achter kolonel Moerzin aan de laatste treden naar het heliplat op. Boven aan de trap trok Moerzin de deur open, waarna ze het dak op stapten en het warme zonlicht in liepen.

Pal voor hen stond een Kamov Ka-60 helikopter van het Russische leger met langzaam draaiende rotoren gereed. Een halve minuut later gespten ze zich veilig in hun stoel vast. Op dat moment tjirpte Moerzins mobiele telefoon. Vlug klikte hij het toestelletje aan en reikte het Cabrera direct aan.

'Voor u, tsarevitsj. Het paleis.'

'Rebecca?'

'De Barones.'

Tsarskoje Selo, dezelfde tijd

De zon scheen fel door de ramen van de grote paleisbibliotheek en zette zowel de Barones als de zaal, die met zijn donkere, zware meubels en zijn wanden van smetteloos wit kunstmarmer verborgen achter mahoniehouten boekenkasten die uitpuilden van almanakken, heiligenkalenders, reisboeken, bloemlezingen, een vage herinnering aan het verleden vormde, in een helse gloed. Maar op dit moment had de Barones even geen boodschap aan het verleden. Het heden was wat haar tot razernij bracht.

'Ik heb urenlang gebeld,' fulmineerde ze in het Russisch tegen Cabrera alsof hij een snotaap was. 'Op twintig plekken heb ik een boodschap achtergelaten. Waarom reageerde je niet?'

'Ik…' hakkelde Cabrera, 'bied mijn excuses aan. Er zijn andere dingen…'

'Wélke andere dingen? Wat heeft het te betekenen dat je ons in het holst van de nacht hiernaartoe laat brengen? Zonder enige uitleg. Door de FSO húp zomaar uit Moskou weggebonjourd omdat jij het druk hebt en wilt dat we onze neus poederen en verder niets.'

Hij gebaarde Moerzin de deur te openen, gespte zich los en stapte de heli uit. Met Moerzins gsm in de hand liep hij over het dak bij de helikopter vandaan.

'Barones, Rebecca's broer leeft nog. Gisteravond arriveerde hij in Moskou. Daarom liet ik u en haar naar Tsarskoje Selo brengen.'

'Waar is hij nu?'

'Weten we niet.'

'Weet je zeker dat hij het is?'

'Ja!'

'Dus de tsarina had de hele tijd al gelijk.'

'Barones, Rebecca mag het vooral niet weten.'

Barones De Vienne draaide zich om en liep naar een van de ramen. 'Rebecca kan doodvallen!' spuugde ze. 'Er zijn nieuwe ontwikkelingen die veel belangrijker zijn.'

'Wat voor nieuwe ontwikkelingen?'

'Gisteren had je een ontmoeting met president Gitinov.'

'Ja. En?'

Ze streek een krul van haar zwarte haar achter een oor en keerde het felle zonlicht de rug toe. 'Hij mocht jou niet.'

'Wat bedoelt u?'

'Jouw houding stond hem niet aan. Je deed aanmatigend.'

'Barones, ik was gewoon beleefd. We praatten. Ik zei niets. Als dat aanmatigend is…'

'Hij prikte erdoorheen. Hij denkt dat je te sterk bent, dat je andere ambities koestert.'

Een zelfverzekerde grijns trok over zijn gezicht en hij staarde over het dak naar de rivier de Moskva en het Kremlin erachter. 'Hij is scherpzinniger dan ik dacht.'

'Gitinov is geen president geworden omdat hij achterlijk is. De fout ligt bij jóú, niet bij hem!' Haar vlijmscherpe stem haalde uit als een scheermes.

Bang dat Moerzin of de bemanning zijn reactie wel eens zou kunnen zien of, erger, zou horen wat er werd gezegd, draaide hij zijn rug naar de helikopter.

'Heb je dan helemaal niets geleerd in je leven? Om nooit, maar dan ook nooit te laten merken wat je vanbinnen voelt?!' De Barones had de ramen bereikt, draaide zich direct om en begon woedend door de zaal te ijsberen.

'Je hebt echt geen idee wat ervoor nodig was om je zover te krijgen, hè? Niet alleen het jarenlange kneden van je temperament, of de jaren van fysieke en andere speciale persoonlijke training, alles bedoeld om je sterk, machtig en wreed genoeg te maken om tsaar van Groot-Rusland te worden, maar ook het manipuleren van de politiek!' Haar woede nam met elk woord toe.

'Wie bewerkte bijna twintig jaar lang het driemanschap, zowel als geheel als ieder lid afzonderlijk, om hun vertrouwen te winnen, te weten wat ze dachten, hun problemen aan te horen en ze geld, véél geld te geven voor hun goede zaak? Wie overtuigde de heren ervan dat een herstel van de monarchie de enige manier was om dit land weer stabiel te krijgen en een ziel te geven? Wie overtuigde ze ervan te eisen dat sir Peter Kitner een stap opzij deed ten gunste van jou?' Haar toorn bereikte een hoogtepunt. 'Wié?'

'U,' antwoordde hij fluisterend.

'Inderdaad, ík! Dus luister goed wanneer ik je vertel dat er zelfs nu nog altijd sprake is van grote bitterheid tussen de president en het driemanschap. Laat me je er nog even aan herinneren dat zíj de leden van beide huizen van het parlement onder druk zetten om de monarchie te herstellen. Dat deden ze omdat ik ieder van hen ervan wist te overtuigen dat het niet alleen in Ruslands belang was, maar ook in dat van elk van hun eigen instituties. Dankzij hen, en hun invloed, is dat gelukt.

Maar onze president was van meet af aan bang dat jij hem in het openbaar zou overvleugelen. En die angst blijkt nu al gegrond, met alle publieke aandacht die jij krijgt. Hij weet wat het betekent om beroemd te zijn en wat hem betreft trek je nu al te veel macht naar je toe.

Dat je hem drie weken voor de kroning meer reden tot ongerustheid hebt gegeven, is al erg genoeg. Maar als hij zijn eigen onbehagen weet om te kneden tot een bezorgdheid voor de nationale veiligheid, namelijk door het driemanschap ervan te overtuigen dat jij als verwaande kwast een ontwrichtende machtsfactor bent, en zodra die zorg overslaat naar het parlement, dan kan alles, ondanks mijn invloed en jouw populariteit, in één nacht afbrokkelen tot het punt dat er nieuwe verkiezingen kunnen worden afgeroepen die de monarchie al zouden beëindigen voordat die ook maar is begonnen. Verkiezingen die voor president Gitinov' – haar stem werd nu ijskoud – 'als een door God gegeven geschenk zouden zijn.'

'Wat wilt u dat ik doe?'

'De president is zo goed geweest zich bereid te verklaren om jou vanavond om zes uur in het Kremlin op de thee te ontvangen – waar jij, zo is hem toevertrouwd, je excuses zult aanbieden voor elk mogelijk misverstand aangaande gisteren en je hem in ondubbelzinnige bewoordingen zult geruststellen dat je geen andere ambities koestert dan enkel het welzijn van het Russische volk. Is dat duidelijk...' Ze aarzelde, en vervolgens verzachtte ze, zij het licht, haar toon: '... mijn liefste?'

'Ja.' Vernederd staarde hij wazig voor zich uit.

'Zorg dan dat het gebeurt.'

'Ja...' klonk het zacht uit Cabrera's mond, '... moeder.'

Hij hoorde hoe ze de verbinding verbrak en even bleef hij zo staan, ziedend van woede. Hij haatte haar, hij haatte Gitinov, hij haatte hen allemaal. Híj was tsarevitsj, niet zij. Hoe durfden ze hem of zijn motieven in twijfel te trekken? Vooral omdat hij precies had gedaan wat ze van hem hadden verlangd.

Iets verderop zag hij het donkere silhouet van de helikopter, de geopende deur, de langzaam ronddraaiende rotorbladen. Wat moest hij doen? Marten maar gewoon vergeten en de helikopter wegsturen? Vanuit zijn ooghoek ving hij in de deuropening van de heli plotseling een beweging op. Moerzin stapte uit en kwam snel naar hem toe met een portofoon in zijn hand. Kennelijk was er iets gebeurd.

'Wat is er?'

'Die inspecteur Moordzaken van het ministerie van Justitie die met Marten in Davos was, Kovalenko, die is in Sint-Petersburg gezien toen hij uit de trein van vijf voor halfnegen uit Moskou stapte.'

'Was Marten bij hem?'

'Hij was alleen, maar daarna werd hij in het stationsgebouw door een andere man ingehaald.'

'Marten?'

'Zou kunnen, alleen was deze man gladgeschoren en had hij kort haar. Marten kwam door de paspoortcontrole met een baard en lang haar.'

'Hoe duur zijn een scheermes en een schaar nou helemaal?' Cabrera voelde het gebonk van zijn hart en daarmee een golf van angst nu de metronoom opnieuw op gang kwam. 'Waar zijn Kovalenko en zijn vriend nu?'

'Dat weten we niet, tsarevitsj. De *fartsovsjtsjik* die hem zag wist niet eens of het waarnemen van Kovalenko belangrijk was, laat staan of hij hem moest achtervolgen. Kovalenko was immers niet degene naar wie hij moest uitkijken. Navraag bij het ministerie van Justitie wees uit dat Kovalenko op vakantie is. Zijn vrouw bevestigde dat en vertelde dat hij gisteren in zijn eentje is vertrokken voor een kampeer- en wandeltrip in het Oeralgebergte. Het lijkt erop dat hij een of ander trainingsprogramma volgt.'

'Sint-Petersburg is niet de Oeral.' Cabrera liep rood aan van woede. 'Kovalenko is eerder door ons van zijn opdracht gehaald. Waarom is hij terug?'

'Dat weet ik niet, tsarevitsj.'

'Nou, zoek het uit. En dit keer wil ik weten op welk departement van het ministerie hij precies werkt en ook de naam van degene aan wie hij verslag uitbrengt.'

'Ja, tsarevitsj.'

Hij keek Moerzin nog heel even aan en wendde toen zijn blik af. De kolonel zag hoe een grimas over het gezicht van de tsarevitsj trok, alsof hij aan een of andere inwendige pijn leed. Een seconde later keek Cabrera hem weer aan. 'Ik wil dat iedere *avtoritet, fartsovsjtsjik, blatnje* en *patsani* in Sint-Petersburg op zijn hoede is,' beval hij op kille toon. 'Ik wil dat Kovalenko en zijn metgezel direct worden gevonden.'

36

10.57 uur

Moskou verdween achter een paar schapenwolken terwijl de Ka-60-helikopter even scherp helde en weer rechttrok om pal op het paleis van Tsarskoje Selo aan te vliegen.

Moeder had hij de Barones genoemd. Een woord dat hij al sinds zijn vroege jeugd niet meer had gebruikt. Alexander vroeg zich dan ook af waarom hij het nu wel had gedaan, behalve dan uit irritatie. Maar noch zijn woede, noch de hare – toen ze hem de mantel uitveegde over Gitinov – zou ook maar in de buurt komen van de razernij die haar zou bevangen zodra ze hem, hier in Tsarskoje Selo, zag arriveren. De reden voor zijn komst zou haar totaal niet interesseren, net zomin als Martens plotselinge terugkeer haar iets kon schelen. Zijn persoonlijke gevoelens en bezorgdheid deden niet ter zake, hadden dat ook nooit gedaan, moest hij vaststellen. Ze had Peter Kitner gewroken. Het enige waar alles om draaide, misschien wel altijd om had gedraaid, was de monarchie en niets dan de monarchie.

'Rebecca kan doodvallen!' had ze geroepen. Nou, dat zou niet gebeuren. Niet door toedoen van de Barones of van wie dan ook. En ook zou hij haar niet verliezen vanwege haar broer.

Hij draaide zich om naar Moerzin. 'De gsm van de tsarina moet meteen in beslag worden genomen!' riep hij boven het gegier van de helikopterturbines uit. 'Als ze vraagt waarom, zeg dan dat ze een nieuw nummer krijgt. Bovendien mogen er geen telefoontjes naar haar worden doorverbonden, niet via een gsm, niet via een vaste lijn. Als ze zelf wil telefoneren, dan moet haar worden meegedeeld dat de telefooncentrale met problemen kampt en er reparaties worden verricht. Onder geen beding mag ze het paleis verlaten of in contact komen met mensen van buiten de paleismuren. Tegelijkertijd mag ze niet het gevoel krijgen dat er iets gaande is. Is dat duidelijk?'

'Natuurlijk, tsarevitsj.'

'Verdubbel daarna de bewaking en voeg aan elke eenheid een hondenteam toe. Zet bij elke in- en uitgang vier FSO-agenten op wacht. Twee binnen en twee buiten. Niemand mag het terrein op zonder toestemming van u of mij, en dan alleen nog na volledige identificatie. Dit geldt ook voor alle leveranciers, dienstpersoneel, de paleisstaf en andere FSO-agenten. Iedereen wordt gewoon meegedeeld dat we de bewaking hebben aangescherpt nu de kroning nadert. Nog vragen, kolonel?'

'Nee, tsarevitsj. Geen vragen.' Kordaat draaide Moerzin zich om en pakte de hoorn van zijn draagbare radiozender.

Terwijl Moerzin contact zocht met het FSO-hoofdkwartier in Tsarskoje Selo luisterde Alexander een beetje voorovergebogen mee, hij leunde weer achterover en trok afwezig zijn leren vliegersjack een beetje recht. Het mes zat er nog steeds, weggestopt in de binnenzak, en als zo vaak in het verleden gaf de nabijheid ervan hem een zelfverzekerd gevoel.

Het was inmiddels iets na elven in de ochtend. Pas tegen halftwee zouden ze het paleis bereiken. Zijn plan was simpel. De Barones, eenmaal gekalmeerd, zou tevreden zijn.

Hij had Rebecca vanuit Moskou naar Tsarskoje Selo laten overbrengen omdat haar broer levend en wel in Moskou was gesignaleerd. En aangezien Marten – hij was ervan overtuigd dat Kovalenko's metgezel inderdaad Marten was geweest – zich nu in Sint-Petersburg bevond en misschien zelfs wel naar het paleis onderweg was, zou het wel zo eenvoudig zijn haar weer terug te laten keren naar Moskou. Ook de reden zou voor de hand liggen: om zes uur die avond waren ze immers uitgenodigd op de thee met de president, en hoe kon iemand zijn nederigheid jegens de president beter benadrukken dan door zijn mooie en onweerstaanbaar charmante verloofde Rebecca mee te tronen?

Een plan dat de Barones onmiddellijk zou aanspreken. Het zou haar woede direct temperen en Rebecca buiten het bereik van haar broer houden. En omdat ze op tijd in Moskou moesten zijn om zich voor de presidentiële thee te kunnen verkleden, zouden ze meteen na zijn komst alweer moeten vertrekken, waardoor het plan snel kon worden afgewerkt.

Hij keek even naar Moerzin naast hem en naar het Russische landschap beneden hen. De weidse, nog altijd ongerepte vlakten werden hier en daar doorsneden door rivieren en afgewisseld met meren en bossen, en zo nu en dan een weg of een spoorlijn. Rusland was groots en hier, vanuit de lucht, werd dat gevoel nog eens versterkt. Spoedig zou het land al zijn energie opeisen, zou zijn invloed tot in alle uithoeken reiken terwijl hij zich stukje bij beetje tot de absolute heerser zou ontwikkelen.

Maar al zijn plannen ten spijt, ondanks alle raderen die inmiddels draaiden, bleef het probleem-Marten bestaan. Hij had hem al in Parijs moeten doden toen hij de kans had. Of nog eerder, in zijn flat in Manchester. Maar omwille van Rebecca had hij het niet gedaan.

Toen hij die ochtend onder de opzettelijk koude douche vandaan was gestapt, had hij een ogenblik gebiologeerd zijn spiegelbeeld bestudeerd. Voorzover hij wist, was het voor het eerst geweest dat hij zichzelf had toegestaan zijn lichaam met het lelijke patroon van littekens te bekijken. Sommige waren van de operaties, andere van de kogels uit het helse machinegeweer van die ene rechercheur, Polchak. Kogels die hem hadden kunnen doden, ware het niet dat hij zich op het laatst nog had kunnen wegdraaien, en dankzij John Barrons kogelvrije vest dat hij bijna terloops had aangetrokken voordat ze Barrons huis hadden verlaten voor de rit naar het vliegveld van Burbank. Ook viel zijn oog op het vage litteken bij zijn hals, waar de kogel uit Barrons pistool hem had geschampt tijdens zijn bloederige ontsnapping uit het gerechtsgebouw in Los Angeles.

In feite had hij allang dood moeten zijn. Maar hij leefde. Lééfde, omdat hij telkens met sluwheid, vaardigheid en geluk de kaarten naar zijn hand had weten te zetten. En ook dankzij God, die hem de kracht had gegeven en voor hem het pad had geëffend naar de Russische troon. Het was vanwege deze God gegeven lotsbestemming dat hij in Los Angeles niet het loodje had gelegd en hij ook de vlucht in deze Russische legerhelikopter naar Tsarskoje Selo zou overleven.

Maar ook Marten leefde nog. Ook hij dook telkens weer op, ondanks alle wendingen. Net als in Los Angeles, in Parijs, in Zürich en Davos, en daarna in Moskou. En nu hier, in Sint-Petersburg. Telkens dook hij weer op. Waarom? In welke zin speelde God hier een rol? Het was iets wat Alexander niet begreep.

37

De jachthaven van Sint-Petersburg, Naberezjnaja Martinova, nog steeds zaterdag 5 april, 12.50 uur

Vanwaar hij stond, met zijn kraag omhoog tegen de koude wind en turend door een hoekraampje, zag Marten Kovalenko aan de bar staan. Met een glas in de hand praatte de Rus met een lange man met een door de zee getaand gezicht en enorm lang krullend grijs haar.

Al bijna een halfuur geleden had Kovalenko hem in de huurauto, een beige Ford, achtergelaten met de mededeling dat hij zo terug zou zijn. Maar hij stond daar nog steeds, kletsend en drinkend alsof hij op vakantie was in plaats van bezig een boot te huren.

Marten wendde zich af en liep naar de pier, die uitzicht bood op de uitgestrektheid van eilandjes en waterwegen tegenover hem.

Links in de verte zag hij het grote Kirov-stadion en daarachter, schitterend in de zon, de Finse Golf. Ze hadden geluk, had Kovalenko tegen hem gezegd. De haven van Sint-Petersburg lag in deze tijd van het jaar doorgaans nog vol ijs, maar de Russische winter was dit jaar mild geweest en de rivieren, de haven en hoogstwaarschijnlijk ook de Finse Golf zelf waren nagenoeg vrij van grote ijsschotsen, wat betekende dat de vaargeulen, hoewel nog steeds gevaarlijk, open zouden zijn.

Het idee om een boot te gebruiken om Rebecca uit Rusland weg te krijgen was in Marten opgekomen in de trein vanuit Moskou toen Kovalenko sliep. Haar zien weg te krijgen uit Tsarskoje Selo was één ding; hij wist dat als Clem haar zou bellen en langs haar neus weg zou meedelen dat ze naar Sint-Petersburg kwam en zou opperen om samen een uurtje of zo door te brengen zodat Rebecca even van haar hoofse plichten kon wegglippen, Rebecca meteen zou toehappen. Eenmaal weg van het paleis kon het tweetal zich ontdoen van de FSO-lijfwachten die haar zouden vergezellen door hun eenvoudigweg te verstaan te geven dat ze even alleen wilden zijn. Misschien dat Rebecca er wat moeite mee zou hebben, maar lady Clem zeker niet; als ze vervolgens de juiste locatie uitkozen – een kathedraal, een exclusief restaurant, een museum – was er een aantal manieren om ongezien te vertrekken.

Het probleem was wat hun volgende stap zou zijn. Als aanstaande tsarina en lieveling van het volk was Rebecca een goudmijn voor de media. Aan haar gezicht viel nergens ter wereld te ontkomen, wat ook gold voor dat van Cabrera. Van de tv tot kranten, van tijdschriften, T-shirts en koffiemokken tot zelfs kinderpyjama's aan toe. Ze kon nergens heen zonder te worden herkend en kon zich daarom amper op een station of luchthaven vertonen zonder dat drommen mensen zich om haar heen schaarden en van alles wilden weten: waar ging de tsarina zo in het openbaar, zonder beveiliging en zonder de tsarevitsj, naartoe?

Ook de autoriteiten zouden die vraag stellen en direct de FSO alarmeren. Bovendien zou ze, ook al was ze vermomd en werd ze niet opgemerkt, tickets en een paspoort nodig hebben. Tel daar nog dienstregelingen, het weer en vertragingen bij op en reizen in het openbaar werd te gecompliceerd en te tijdrovend voor een geslaagde en snelle ontsnapping. Marten had daarom een alternatief transportmiddel moeten bedenken om niet alleen uit Sint-Petersburg maar tevens uit Rusland weg te komen. Snel, ongemerkt en op hun eigen voorwaarden en volgens hun eigen reisschema. Een privé-vliegtuig was een mogelijkheid, maar veel te duur. Bovendien zouden ze een vluchtplan moeten overleggen. Kovalenko's huurauto was ook een alternatief, maar een wegversperring kon in allerijl worden opgezet en elk voertuig kon worden aangehouden en doorzocht. Daarnaast was het nog een heel eind rijden naar de dichtstbijzijnde grens, Estland in het westen of Finland in het noorden. Maar het huren van een boot waarmee ze Sint-Petersburg onmiddellijk konden verlaten en de Russische wateren snel uit konden varen, dat klonk even intrigerend als aanlokkelijk. Toen hij Kovalenko zijn plan voorlegde, leek het de ideale koers. Kovalenko's connecties, die hij door de jaren heen als wetsdienaar had opgedaan, maakten het een stuk gemakkelijker. Vandaar de man met het grijze haar aan de bar van de jachtclub met wie Kovalenko onderhandelde over een vaartuig met bemanning.

Het kon gekkenwerk zijn, maar voorlopig werkte het. Tijdens de overstap in Kopenhagen had Clem hem op zijn gsm gebeld om hem te laten weten dat ze vlak voor het ontbijt met Rebecca had gesproken. Ze had gewoon het Kremlin gebeld en gezegd wie ze was. Na hun voldoende informatie te hebben verstrekt om haar adellijke afkomst na te trekken had men haar doorverbonden met Rebecca's secretaresse in Tsarskoje Selo. Rebecca had gretig ingestemd met een ontmoeting in de Hermitage, het museum waarvan lord Prestbury lange tijd beschermheer was geweest en waar Clem, als zijn dochter, gemakkelijk toegang had tot de privé-vertrekken.

Het liep tegen enen. Over ruim anderhalf uur zou Clem op de luchthaven Pulkovo landen en zouden Marten en Kovalenko haar oppikken met de huurauto. Gedrieën zouden ze Sint-Petersburg binnenrijden. Om halfvier zou ze Rebecca treffen in de Hermitage en zouden ze aan een rondleiding beginnen. Om vier uur zouden Rebecca en Clem naar de troonzaal van Peter de Grote lopen, waar Marten en Kovalenko hen zouden opwachten. Als alles goed liep, zouden ze om kwart over vier via een zijdeur het museum verlaten en naar de aanlegplaats er pal tegenover lopen, waar een zeewaardige boot gereed zou liggen – tenminste, als Kovalenko geluk had gehad bij 'Grijsaard', de man van de bar. Marten, Clem en Rebecca zouden direct aan boord gaan en zich in de hut schuilhouden. Binnen enkele minuten zou het vaartuig afvaren, de Moskva afzakken naar de haven van Sint-Petersburg en de Finse Golf op varen om 's nachts de overtocht naar Helsinki te maken. Kovalenko zou de huurauto terugbrengen en de eerste trein terug naar Moskou nemen.

Tegen de tijd dat de FSO alarm zou slaan, zou het al te laat zijn. Als ze wilden konden ze elke luchthaven in paraatheid brengen, elke trein doorzoeken en elke auto aanhouden, maar ze zouden niets vinden. Zelfs als ze vermoedden dat Rebecca per boot was gevlucht, konden ze onmogelijk weten op welke van de honderden boten die op het water pendelden ze zich bevond. Wat zouden ze doen, ze allemaal aanhouden? Onmogelijk. Zodra de Russische kustwacht zou zijn gealarmeerd, zou de avond al vallen en zouden Rebecca, Clem en Marten zich al in, of dicht in de buurt van de veilige internationale wateren bevinden.

Met Clem onderweg en Kovalenko in onderhandeling over een boot was het aftellen dus begonnen. De vraag was of de rest van de puzzelstukjes probleemloos aan elkaar kon worden gelegd. Hierin vormde Rebecca de meest delicate schakel. Ze moest een manier zien te vinden om zonder argwaan te wekken van Tsarskoje Selo naar Sint-Petersburg te gaan. Op zich al lastig genoeg. Zodra ze in de Hermitage aankwam en in het gezelschap van lady Clem opeens Nicholas ontwaarde, hing het succes van Martens plan af van haar reactie op het feit dat haar broer, zoals ze zelf steeds had geloofd, inderdaad nog leefde. En van dat andere feit, de bittere waarheid die Marten haar zou moeten uitleggen. Zou ze dan nog de kracht en de moed hebben om haar broer te geloven en Sint-Petersburg ogenblikkelijk te verlaten, zoals ze gepland hadden?

'Kameraad, hij wil dat je nu meteen betaalt.' Kovalenko kwam, met Grijsaard op zijn hielen, op hem af gelopen.

'Ik dacht dat hij me in goed vertrouwen en vriendschap zou helpen en dat je hem na afloop zou kunnen betalen. Hij heeft een boot, en een bemanning die geen vragen zal stellen, maar dit is een riskante onderneming en hij is bang dat als er iets gebeurt hij naar zijn geld kan fluiten. Bovendien heb ik lang niet genoeg op zak om hem te betalen.'

'Ik, eh...' stamelde Marten. Hij had enkel zijn twee creditcards en inmiddels minder dan honderd euro cash. 'Hoeveel wil hij?'

'Tweeduizend Amerikaanse dollars.'

'Tweeduizend?'

'*Da,*' reageerde Grijsaard opdringerig naast hem. 'Cash, vooruitbetalen,' zei hij in het Engels.

'Creditcards,' zei Marten vastberaden.

Grijsaard trok een grimas en schudde zijn hoofd. '*Nyét.* Cash dollars.'

Marten keek Kovalenko aan. 'Vertel hem dat ik niet meer heb.'

Kovalenko wendde zich tot Grijsaard, maar kwam niet eens zover.

'ATM,' bromde Grijsaard nors, 'ATM.'

'Hij wil…' begon Kovalenko uit te leggen.

'Ik weet wat hij wil,' onderbrak Marten hem met een blik op Grijsaard. 'ATM. Oké, oké,' stemde hij toe, hopend dat hij in godsnaam voldoende geld op zijn rekening had.

38

Tsarskoje Selo, 14.16 uur

Bij het horen van het zware geklapwiek van de rotorbladen keken de hoveniers op. De Kamov Ka-60 verscheen vlak boven de boomtoppen, scheerde over de weidse, nog altijd winterse gazons en de vroege aanplant van de enorme siertuinen, en vervolgens over een zee van fonteinen en obelisken. Opeens zwenkte de helikopter naar een hoek van het enorme Katharina-paleis, vloog daarna over een dicht akkermaalsbos van eiken en esdoorns om, omringd door turbulentie, neer te strijken voor het honderd vertrekken tellende Alexander-paleis met zijn zuilengang en twee vleugels.

Meteen werden de motoren uitgezet en sprong Alexander naar buiten. Gebukt vanwege de nog draaiende rotorbladen rende hij gespannen naar de deur van de linkerpaleisvleugel. Het laatste uur van de reis hadden ze met flinke tegenwind te kampen gehad, waardoor ze meer brandstof hadden verbruikt en een behoorlijke vertraging hadden opgelopen. Voordat ze naar Moskou terugkeerden, moest er eerst worden bijgetankt. Het betekende dat hij maar weinig tijd had om Rebecca op te pikken en op tijd terug te zijn voor de theeafspraak met de president.

Terwijl hij naar de ingang liep, sprongen de twee FSO-agenten in de houding. Een van hen opende de deur en hij liep naar binnen.

'Waar is de tsarina?' vroeg hij een van de agenten die binnen de wacht hielden. 'Waar is ze?'

'Tsarevitsj!' Achter hen echode de luide stem van de Barones door de lange witte gang. Met een ruk draaide hij zich om. De Barones stond in een deuropening halverwege. Een felle bundel zonlicht daalde op haar neer. Haar donkere haar zat in een strenge knot en ze droeg een jasje van lichte nerts met eronder een haute couture broekpak in de kleuren geel en wit, zoals altijd.

'Waar is Rebecca?' vroeg hij terwijl hij op haar af liep.

'Weg.'

'Wat?!' De schrik trok over zijn gezicht.

'Ik zei: ze is weg.'

Ze ging hem voor via een slaapkamer en twee openslaande deuren met zware gordijnen naar de lilakleurige salon, de lievelingskamer van Alexandra, echtgenote van Nicolaas II. Voor de Barones lag de bekoring niet in de kleur of de geschiedenis van de salon, maar in het feit dat deze alleen via de slaapkamer en de openslaande deuren toegankelijk was, en dus bescherming bood tegen nieuwsgierige oren en ogen. Voor de zekerheid sloot ze de deuren achter zich.

'Wat bedoelt u met "Ze is weg"?' vroeg Alexander, die zijn woede zo goed mogelijk had geprobeerd te beheersen.

'Ze heeft zich door een van de FSO-agenten naar Sint-Petersburg laten brengen.'

'Sint-Petersburg?'

'Ze is ongeveer een halfuur geleden vertrokken.'

'Maar Nicholas Marten zit in Sint-Petersburg!'

'Dat weet je niet zeker,' waarschuwde ze. 'Het enige wat je weet, is dat er een rechercheur van het ministerie van Justitie per trein vanuit Moskou is gearriveerd, al dan niet in zijn eentje.'

'Hoe weet u dat?' vroeg hij verbijsterd.

'Ik hou graag de vinger aan de pols.'

'De FSO was duidelijk geïnstrueerd dat ze het paleis niet mocht verlaten!'

'Ze is een vastberaden type...' Een flauwe glimlach trok over haar gezicht.

Plotseling drong het tot hem door. 'U, ú bent de enige die ertoe in staat is om zoiets te doen. U gaf haar toestemming te vertrekken.'

'Ze is geen gevangene van jouw verbeelding, of jouw' – zorgvuldig zocht ze naar het juiste woord – 'angsten.'

Nu wist hij het. 'U wíst dat ik onderweg was.'

'Ja, dat wist ik, en ik wilde haar niet hier hebben zodra jij binnenkwam, want ik wist dat haar aanwezigheid het alleen maar gecompliceerder zou maken. Dat ze precies zou willen weten hoe de vork in de steel zat.'

Haar blik en ook haar toon werden kil. 'De schaamteloze stupiditeit om hierheen te komen. Jij bent de tsarevitsj, en terwijl de allerbelangrijkste ontmoeting uit je hele leven al over een paar uur plaatsvindt, gedraag jij je als een verwende schoolknaap die met een legerhelikopter mag spelen.'

Hij liet haar praten. 'Wat ging ze doen?'

'Winkelen. Althans, dat zei ze.'

Hij draaide zich om en liep naar de deur. 'Kolonel Moerzin zal contact opnemen met de FSO-agenten die bij haar zijn en hun bevelen haar terug te brengen.'

'Dat dacht ik niet.'

'Wat?'

'De kans is groot dat je nu al te laat bent voor je "thee" met de president. Ik sta niet toe dat je alles wat we hebben opgebouwd op het spel zet door per se te willen wachten totdat jouw "tsarina" weer terug is.'

'Ze is aan het winkelen!' brieste Alexander woedend. 'Mensen zullen zich om haar verdringen! Iedereen zal weten dat ze daar is. Stel dat...'

'... haar broer haar vindt?' maakte de Barones koeltjes en zacht de zin af.

'Ja.'

'Nou, dan zal kolonel Moerzin daar iets aan moeten doen, hè?' klonk het vastberaden terwijl ze hem nog steeds strak aankeek. 'Weet je wel wat het betekent?' klonk het opeens zachtjes en uit de verte. 'Wat het betekent om tsaar te zijn?' Ze hield zijn blik nog even gevangen, draaide zich om, liep naar het raam en staarde naar buiten. 'Wat het betekent om de absolute macht te hebben? Te weten dat het land, de steden, de mensen, het leger, de rivieren en de bossen allemaal van jou zijn?' Ze liet haar woorden wegsterven. Langzaam draaide ze zich weer om en ze keek hem aan. 'Op de dag van je kroning, mijn liefste, is die macht voor altijd de jouwe, om je nooit meer te worden ontnomen. Jij immers beschikt over de vaardigheden, de middelen, de kracht en de meedogenloosheid om dat te garanderen.

Dat ik jou uit Ruslands adellijkste kiem het leven heb mogen schenken, was Gods wil. Mettertijd zul je zelf kinderen krijgen, en zij op hun beurt. Het zullen allemaal jouw kinderen zijn, mijn liefste, van jou en van mij. Een herboren dynastie. Een dynastie die zal worden gevreesd, bemind en gehoorzaamd. Een dynastie die Rusland op een dag weer tot de machtigste natie ter wereld zal maken.'

Een zweem van een glimlach trok over haar lippen. Maar plotseling kneep ze haar ogen toe en haar toon werd scherp. 'Maar voorlopig ben je nog geen tsaar. God test je nog steeds. Gitinov is zijn zwaard.'

Langzaam, bijna ongemerkt, liep ze naar Alexander toe. Geen moment verbrak ze het oogcontact. 'Een tsaar is een koning, en een koning dient zijn vijanden te kennen. Dient te begrijpen dat hij zijn toekomst en die van zijn kinderen niet ten prooi kan laten vallen aan het wantrouwen of de ambities van een willekeurige politicus. Pas als de kroon eindelijk op zijn hoofd rust, zal hij niet langer een speelbal van politici zijn.

President Gitinov heeft macht, is slim en zeer gevaarlijk. Hij moet met fluwelen handschoenen worden aangepakt. Vertroetelen en pluimstrijken, daar gaat het om. Net zo lang totdat hij eindelijk gelooft dat je voor hem geen enkele bedreiging meer vormt, als tsaar slechts als boegbeeld fungeert, tevreden met een rol in de schaduw.'

Met haar doordringende ogen nog altijd strak op hem gericht stond ze pal voor hem. 'Daarna zal de kroon van ons zijn,' fluisterde ze. 'Begrijp je dat, mijn liefste?'

Hij wilde zich omdraaien, van haar weglopen, maar kon het niet. Daarvoor had ze hem te veel in haar macht. 'Ja, Barones.' Hij voelde zijn lippen bewegen en de woorden klonken als een fluistering. 'Ik begrijp het.'

'Laat Moerzin hier bij mij en keer nu onmiddellijk terug naar Moskou.'

Maar hij deed niets en staarde haar slechts zwijgend aan.

'Heb je me gehoord, mijn liefste?'

Nog even keek hij haar aan. 'Ja, Barones,' antwoordde hij ten slotte, en hij draaide zich om en verdween.

39

De beige Ford kwam over de Anichkovsky-brug gereden en reed door over de drukke Nevsky Prospekt, de Champs-Elysées of Fifth Avenue van Sint-Petersburg. De auto was onopvallend, een van de duizenden in de stad. Binnen enkele minuten zou de vergulde spits van het admiraliteitsgebouw aan de oevers van de Neva in zicht komen. En vervolgens, pal ertegenover, het enorme barokke bouwwerk van de Hermitage.

'Zet me maar af op de Dvortsovy Prospekt, even voor de rivier,' zei lady Clem met een blik op Kovalenko achter het stuur. 'Er is nog een ingang, waar ik Rebecca heb gevraagd op me te wachten. Een gids zal ons een privé-rondleiding geven. Dat moet genoeg zijn om ons van die de FSO-agenten te verlossen – althans, voorlopig.'

'Ervan uitgaand dat ze zover komt,' zei Marten ongerust en voorovergebogen tussen de twee voorstoelen.

'Kameraad,' zei Kovalenko terwijl hij even remde achter een afgeladen stadsbus, 'op een gegeven moment moeten we ons op het lot verlaten.'

'Ja,' gaf Marten toe en hij liet zich weer op de achterbank zakken. Ook Clem ontspande zich wat, terwijl Kovalenko zijn aandacht bij het verkeer hield.

Clem was zelfs nog mooier dan Marten zich herinnerde. Toen hij haar op de luchthaven Pulkovo door de paspoortcontrole had zien komen en ze met haar donkere bril, haar coltrui van zwarte kasjmier, zwarte pantalon en geelbruine regenjas, de grote zwartleren handtas nonchalant over haar schouder gehangen, koket op hen af was gekomen, had hij even naar adem gehapt.

Haar reactie daarentegen, op het moment dat ze de twee – of beter gezegd: Kovalenko in gezelschap van een gladgeschoren bonenstaak met hopeloos geknipt haar – had zien staan, was heel anders geweest.

'Lieve help, Nicholas, wat zie jij eruit,' had ze oprecht bezorgd uitgeroepen. Meer had ze ook niet kunnen uitbrengen, want Kovalenko had hen vlug en zonder hun ook maar een kans op een omhelzing te gunnen naar buiten en in de richting van de Ford geloodst. De emoties van het weerzien na zo'n lange tijd en na alles wat er was gebeurd, zouden even moeten wachten. Dat gold ook voor Clems niet al te warme gevoelens voor Kovalenko. De ondervraging waar hij en inspecteur Lenard haar in Parijs aan hadden onderworpen, stond haar nog helder voor de geest.

Waar het nu om draaide, zo wisten ze allemaal, terwijl de klok doortikte en ze de Hermitage naderden, waren Rebecca, haar reactie zodra ze haar broer zou zien en de waarheid over Cabrera zou vernemen, en wat ze daarna zou doen. Over Martens eerdere bange voorgevoelens dat het lot wel eens voor een onverwachte wending kon zorgen, werd met geen woord gerept.

40

De Hermitage, 15.25 uur

Clem stapte uit de Ford en liep meteen naar de achteringang aan de Dvortsovy Prospekt.

'Lady Clementine Simpson,' groette ze de geüniformeerde bewaker op haar meest adellijke toon.

'Mevrouw,' groette deze haar in het Engels en hij hield meteen de deur voor haar open.

Eenmaal binnen volgde ze de gang met de marmeren vloer naar het kantoortje van de museumgidsen, waar ze zich opnieuw voorstelde door enkel haar naam uit te spreken.

Even later ging er een deur open en een degelijke mevrouw in een net gesteven uniform stapte naar buiten.

'Lady Clementine, ik heet Svetlana. Ik ben uw gids.'

'Dank u,' antwoordde ze terwijl ze even om zich heen keek. Het was exact halfvier: de plek en het tijdstip waarop ze Rebecca diende te ontmoeten. Het plan was om de gids te verzoeken hen naar de Malachiet-salon op de eerste verdieping te brengen. Eerst zouden ze de twee FSO-agenten wegsturen die Rebecca vergezelden om daarna, met de gids voorop, met een dienstlift naar de eerste verdieping te gaan. Een korte wandeling door de gang zou hen naar de Malachiet-salon brengen, waar de ramen een prachtig uitzicht boden over de rivier, en de aanlegsteiger pal voor het museum. Grijsaard zou om precies vijf voor vier met zijn boot afmeren, waarna Rebecca en Clem zich meteen naar de kleine troonzaal ofwel de zaal van Peter zouden begeven, die speciaal op verzoek van lord Prestbury voor die middag was afgesloten. Eenmaal bij de deur zouden ze de gids verzoeken buiten te wachten, waarna ze zelf naar binnen zouden gaan, waar Marten en Kovalenko al zouden staan.

3.34 uur. Waar was Rebecca?

Inmiddels stond Marten achter Kovalenko in de rij voor een van de vier kassa's. Onder de wachtenden om hen heen werd in minstens een tiental talen druk gekletst. Langzaam schuifelden ze verder.

'Als je nu niet met mij was, zou je bijna elf dollar aan toegang kwijt zijn geweest,' liet Kovalenko hem weten. 'Maar Russen betalen niet meer dan vierenvijftig cent. Vandaag ben jij ook een Rus. Jij bent een geluksvogel, kameraad.'

Achter hen ontstond opeens beroering. Mensen draaiden zich om. Drie FSO-agenten in blauwe pakken gingen via de grote toegangsdeuren naar binnen. Met in hun midden de glorieuze Rebecca met haar nertsmantel, dameshoedje en donkere voile.

'De tsarina!' riep een vrouw.

'De tsarina!' riep een koor van stemmen vol ontzag. Opeens was ze verdwenen, weggeleid door haar lijfwachten.

Marten keek Kovalenko aan. 'Je hebt gelijk, kameraad. Ik ben inderdaad een geluksvogel.'

3.40 uur. Terwijl de FSO-agenten het museumpersoneel uit hun kantoortje dirigeerden, omhelsden Rebecca en lady Clem elkaar opgelucht. Al snel telde het kantoortje nog maar zes personen: de drie lijfwachten, lady Clem, Rebecca en Svetlana Maslova, hun gids.

Voor Clem kwam nu het moeilijkste. Glimlachend en kletsend over koetjes en kalfjes leidde ze Rebecca naar een hoekje van het kantoor. Eenmaal buiten gehoorafstand keek ze haar aan.

'Ik heb een verrassing voor je,' vertelde ze zacht. 'We moeten naar de eerste verdieping, maar zonder die lijfwachten. Kun jij ze lozen?'

'Waarom?'

'Het is belangrijk dat we even alleen zijn. Ik leg het je zo meteen wel uit.'

'Dat is helaas niet mogelijk. Alexander heeft ze geïnstrueerd in mijn buurt te blijven totdat hij er zelf is.'

Lady Clem deed haar best haar schrik te maskeren. 'Alexander komt hierheen? Naar de Hermitage?'

'Ja. Hoezo? Wat is er aan de hand?'

'Rebecca... Laat maar. Ik regel het wel.' Ze draaide zich om en liep naar de lijfwachten. Godzijdank waren het stuk voor stuk mannen.

'De tsarina en ik gaan samen met de gids naar de Malachiet-salon, op de eerste verdieping. Daar willen we graag alleen zijn.'

Een grote, breedgeschouderde FSO-agent met kraalogen deed een stap naar voren. 'Dat is niet mogelijk,' reageerde hij koel.

'Het is niet...?' Ze begon kwaad te worden, maar besefte net op tijd dat het de verkeerde aanpak was. 'Bent u getrouwd?' vroeg ze plotseling zacht terwijl ze een stap naar achteren deed, weg van de anderen vandaan en hem meelokkend.

'Nee,' antwoordde hij nu hij voor haar stond.

'Zussen?'

'Drie.'

'Dan zult u begrijpen dat als een vrouw verneemt dat ze zwanger is, en nog ongehuwd bovendien, ze dat niet ten overstaan van een stel vreemden gaat bespreken, en al helemaal niet met mannen. Zélfs niet met de Federalnaja Sloezjba Ochrany,' antwoordde ze, expres de volledige naam van het team respectvol en in correct Russisch uitsprekend.

'De tsarina is...?'

'Tja, waarom denkt u anders dat we al deze moeite doen om even weg te zijn uit het paleis?'

'De tsarevitsj weet het nog niet?'

'Nee, en dat kan ook maar beter zo blijven. En als hij het hoort, zal het van de tsarina zelf zijn.' Ze keek even naar zijn twee collega's achter hem. 'Dit is vertrouwelijk. Is dat duidelijk?'

Enigzins opgelaten verschoof Kraaloog een voet. 'Vanzelfsprekend.'

'Goed,' vervolgde ze en ze wees naar een lift achter in de zaal. 'We nemen de dienstlift naar boven. Svetlana zal ervoor zorgen dat de tsarina en ik niet worden gestoord zodra we in de kamer zijn. Ze heeft een portofoon. Mochten er problemen zijn, dan kan ze u direct oproepen.'

'Ik...' stamelde hij. Ze zag hoe hij weifelde. Nu moest ze volhouden.

'De tsarina is de meest vooraanstaande vrouw van Rusland. Nog slechts een kleine drie weken voordat het huwelijk en de kroning plaatsvinden. Ze heeft mijn hulp gevraagd bij een zeer gevoelige kwestie. U bent toch niet degene die haar die wil ontzeggen?'

Nog steeds weifelde hij en zijn kraalogen boorden zich in haar ogen, zoekend naar de leugen, de list, naar iets wat er maar op kon duiden dat ze de boel bedonderde. Maar ze hield voet bij stuk en hij ontwaarde niets.

'Ga maar,' zei hij ten slotte. 'Ga maar.'

'*Spasiebo*,' fluisterde ze. '*Spasiebo*.' Dank u.

41

15.45 uur

Angstvallig voorovergebogen rukte Cabrera aan de veiligheidsgordel terwijl zijn chauffeur de zwarte Volga dwars door het verkeer naar het centrum van de stad joeg. Achter hen lag de luchthaven Rzhevka, waar de piloot de Kamov-helikopter aan de grond had gezet voor een tankstop om daarna te wachten totdat Cabrera met Rebecca van de Hermitage zou terugkeren.

Dat hij tegen het bevel van de Barones in hiernaartoe was gegaan deed er niet toe. Ze had immers geen idee wat hij aan het doen was. Voorzover ze wist, had hij Moerzin volgens haar instructies achtergelaten en was hij naar Moskou gevlogen.

Gevlogen had hij, maar niet naar Moskou en niet voordat hij Moerzin had laten uitzoeken waar Rebecca zich op dat moment bevond en vervolgens persoonlijk radiocontact had gezocht met de FSO-agent, die niet van haar zijde mocht wijken voordat hij zou arriveren. Bij zijn vertrek had Moerzin hem nog gewaarschuwd niet in de stad zelf te landen om vooral geen aandacht te trekken. Het zou alles alleen maar compliceren zodra de tsarevitsj en Rebecca Sint-Petersburg wilden verlaten. De piloot had zijn keuze op vliegveld Rzhevka laten vallen. Ze hadden brandstof nodig, de stad lag slechts op een korte rit van de luchthaven en kolonel Moerzin had er voor Cabrera een FSO-auto gereedstaan.

Zelf had Moerzin de opdracht gekregen de Barones te melden dat hij de tsarina had gevonden in de Hermitage in Sint-Petersburg en dat hij per auto van Tsarskoje Selo naar de stad reed om haar op te pikken en met haar terug naar het paleis te gaan. Eenmaal terug met Rebecca diende Moerzin de Barones te vertellen dat de tsarevitsj hem had verzocht om Rebecca direct op het vliegtuig naar Moskou te zetten om nog op tijd te kunnen zijn voor hun theevisite van zes uur met de president. Het was een eenvoudige en bondige manier om de Barones met haar eeuwige bemoeizucht ter zijde te schuiven.

15.50 uur. De Volga stak de Alexander Nevsky-brug over, draaide de Nevsky Prospekt op en belandde pardoes in het stagnerende spitsverkeer. De mêlee van voertuigen was claustrofobisch. Cabrera voelde zich opgesloten en niet bij machte zich te bewegen, terwijl dat laatste nu net nodig was om te zorgen dat de metronoom stilstond. Zodra hij bewoog, hield het bonken op. Maar zat hij stil, volkomen hulpeloos te midden van de traag voortrijdende trucks, bussen en auto's, voelde hij hoe het vanbinnen in beweging kwam.

Boemboem, boemboem.

Het ritme van zijn hart, als een teken van naderend onheil.

15.52 uur. Het verkeer reed stapvoets verder.

Hij was de tsarevitsj! Waarom werd de weg niet vrijgemaakt? Zagen de mensen dan zijn auto niet? Wisten ze dan niet wie hij was? Nee, hoe konden ze ook? Hij reed immers in een doodgewone zwarte Volga, niet in een limousine. Bovendien was dit geen autocolonne.

Het dreunende ritme van de metronoom zwol aan.

Waarom had Rebecca plotseling besloten de stad in te gaan? Alleen om te winkelen? Waarom was ze dan naar de Hermitage gegaan? Om cadeautjes te kopen? Zou kunnen. Maar voor wie dan? De regering zorgde voor staatsgeschenken, en als ze iets persoonlijks wilde, had ze om een adviseur kunnen vragen. Ze was tsarina. Ze hoefde het alleen maar te vragen.

Opeens schoot hem haar vraag weer te binnen over het pakje dat hij had meegenomen toen hij met Marten ging wandelen in Davos.

'Je had een cadeautje onder je arm,' had ze gezegd, 'in felgekleurd pakpapier. Wat zat erin?'

'Eh… dat weet ik niet, ik kan het me niet herinneren,' had hij gelogen.

Maar misschien had ze het al geweten en had ze het juist daarom gevraagd, in een poging hem tot ontkennen te dwingen. Stel dat Marten lang voor zijn terugkeer naar Rusland al contact met haar had gehad en haar over het mes had verteld? Misschien verklaarde dat wel waarom ze niet wilde geloven dat hij dood was: omdat ze naderhand met haar broer had gesproken.

Aan de andere kant, misschien had ze helemaal niet naar dat pakje gevraagd. Misschien was dat een waanidee en was hij zo bang om haar te verliezen dat hij doemscenario's begon te fantaseren. Wie weet had de Barones gelijk en was de man die in Kovalenko's gezelschap in het stationsgebouw was gezien niet Marten maar iemand anders geweest.

Afwezig gleden zijn vingers over zijn leren pilotenjack, precies zoals hij ook had gedaan op de vlucht van Moskou naar Tsarskoje Selo, om zichzelf gerust te stellen dat het mes nog steeds binnen handbereik in zijn binnenzak zat.

'Rijd er maar langs! Erlangs!' beval hij plotseling.

'Ja, tsarevitsj,' zei zijn FSO-chauffeur, die direct van rijstrook wisselde en een dot gas gaf. Hij zwenkte om een grote vrachtwagen heen, miste op een haar na een jongeman die in tegengestelde richting op hen af fietste en dook net zo snel voor een bus weer naar rechts om binnendoor het Vosstaniaplein op te scheuren.

15.55 uur. Het mes. Waarom was hij, na de moord op zijn halfbroer Paul, inmiddels eenentwintig jaar geleden, het Navaja-mes opnieuw gaan gebruiken? Enkel omdat hij het na al die tijd weer in zijn bezit had? Was dat de reden? Als vergelding voor zijn eigen bijna-dood door het LAPD? Een woede-uitval na het ingewikkelde spelletje verstoppertje spelen, dat zijn vader en Alfred Neuss decennialang hadden gespeeld? Of zat er meer achter? Gebruikte hij het mes om zijn demonen uit te drijven? In plaats van zijn moeder aan te vallen, die haar zoon zijn hele leven lang doelbewust en uit eigenbelang tot een instrument voor haar wraak en haar eerzucht had bewerkt, gemanipuleerd en gekneed, had hij zijn moordzuchtige razernij de sporen gegeven en zijn slachtoffers met toenemende wreedheid afgeslacht.

En hoe stond het met Marten, die enkel vanwege Cabrera's liefde voor Martens zus nog altijd leefde?

Hij móést wel de man zijn geweest die door de *fartsovsjtsjik* samen met Kovalenko was gezien. Hij wist hoe Marten eruit had gezien die laatste keer in Davos. Hoe zou hij er nu uitzien? Met lang haar en een baard, zoals op de foto van zijn visum, of mager en gladgeschoren, zoals de *fartsovsjtsjik* hem had beschreven? Zou hij Marten zelfs wel herkennen als hij naast hem stond? Misschien zou hij het zien aan zijn ogen, zoals op die foto. Maar misschien ook niet.

Opeens drong er een beangstigend gevoel van ironie tot hem door: hij zou Marten net zomin herkennen als de Amerikaan hém zou hebben herkend in Parijs, als Marten hem had gezien, of hem had herkend van die keer dat ze in Davos, zowel in het landhuis als op het bergpad, oog in oog met elkaar hadden gestaan. Als Marten zich inderdaad in Sint-Petersburg bevond, in het museum, kon hij zelfs pal naast hem staan zonder dat Cabrera het zich zou realiseren.

De metronoom tikte luider.

15.59 uur.

42

De Hermitage, de Malachiet-salon, dezelfde tijd

Samen met een van de oudere zaalwachtsters hield Svetlana de vele belangstellenden op afstand die gretig naar binnen tuurden terwijl de tsarina en lady Clementine Simpson een rondgang maakten. Ze waren in de meest imposante zaal van het hele museum: een zaal vol imposante malachieten zuilen, opgesierd met groene en gouden beeldjes, schalen en urnen, eveneens van malachiet.

'Clem, wat voer je in je schild?' vroeg Rebecca met een glimlach. 'Je had het over een verrassing. Nou?' Het klonk wat besmuikt, zelfs een beetje koket, alsof ze verwachtte dat Clem iets frivools voor haar in petto had.

'Geduld,' antwoordde lady Clem glimlachend. Ze liep achteloos naar het raam voor een blik op de rivier de Neva. De zon had intussen plaatsgemaakt voor een grauwe wolkendeken. Vanaf deze plek had ze een goed uitzicht op de rivier en de aanlegsteiger pal voor het museum. Een boot maakte zich los uit het vaarverkeer en naderde de aanlegplaats. Als dit de afgesproken boot was die Marten had beschreven, dan viel er weinig zeewaardigs aan te bekennen. Het was een eenvoudige motorsloep met een paar niet-overdekte bankjes en een kleine, overdekte kajuit. Ze keek over het water, op zoek naar mogelijk een groter vaartuig. Maar ze zag alleen de stroom van rivierboten die voorbijtrok en richtte haar aandacht weer op de sloep. Terwijl de boot naderde, zag ze de schipper in zijn eentje aan het roer. Hij was lang en had een dikke bos grijs krullend haar. Het was de man die ze zocht.

Ze liep door de kamer en opende de deur. 'Svetlana, de tsarina wil graag de grote troonzaal zien.'

'Zeker, mevrouw.'

De wandeling door de gang van de Malachiet-salon naar de troonzaal was kort en nam slechts enkele ogenblikken in beslag. Op een bordje viel te lezen dat de zaal voor deze middag gesloten was.

Bij de deur aangekomen bleef lady Clem staan en draaide zich om naar de gids. 'Svetlana, de tsarina en ik willen graag even een momentje alleen zijn.'

Svetlana aarzelde en keek even naar Rebecca, die bevestigend knikte.

'Ik wacht hier,' antwoordde ze.

'*Spasiebo*,' dank u, glimlachte lady Clem en ze opende de deur, waarna zij en Rebecca de zaal betraden.

43

Voor hen zag Cabrera de vergulde torenspits van het reusachtige en luisterrijke oude admiraliteitsgebouw. Aan de andere kant stroomde de Neva en direct ertegenover bevond zich het Paleisplein met binnen de kring van gebouwen eromheen een achteringang naar de Hermitage.

'Neem contact op met de FSO-agenten die de tsarina beschermen,' beval hij zijn chauffeur, 'en laat ze haar onmiddellijk naar de invalideningang brengen.'

'Ja, tsarevitsj.' De man nam gas terug, draaide het plein op en pakte zijn radiomicrofoon.

Nicholas Marten zag enige beroering toen de twee vrouwen binnenkwamen, waarna Clem de deur achter hen sloot en ze samen met Rebecca naar de wachtende Marten en Kovalenko opkeken.

Hij zag Rebecca even naar adem snakken. Het was een onvergetelijk moment en heel even leek de tijd stil te staan.

'Ik wist het wel!' riep ze uit en meteen rende ze op hem af en drukte zich met al haar kracht tegen hem aan. Ze huilde en lachte tegelijk. 'Nicholas, Nicholas, hoe? Nicholas, hoe dan toch?'

Opeens, alsof ze helemaal vergeten was met wie ze hier was gekomen, draaide ze zich om naar lady Clem. 'Hoe wist je het? Wanneer? Waarom moesten we dit geheimhouden voor de FSO?'

'We moeten gaan,' zei Kovalenko, die naast Marten opdook. Het was een makkie geweest om in de troonzaal te komen, hij had slechts zijn papieren van het ministerie van Justitie hoeven tonen, maar van hieruit bij de boot zien te komen zou een stuk lastiger zijn als ze nu niet snel opschoten.

De verwarring was van Rebecca's gezicht af te lezen. 'Wie is dit?' vroeg ze terwijl haar blik van de Rus naar haar broer ging.

'Dit is inspecteur Kovalenko. Hij werkt bij Moordzaken voor het Russische ministerie van Justitie.'

'Nicholas,' waarschuwde Clem plotseling. 'Cabrera is vandaag nog vanuit Moskou naar Tsarskoje Selo gegaan. Hij weet waar Rebecca is en is nu onderweg.'

Rebecca keek Marten en Clem verbaasd aan. In hun beider ogen zag ze angst en ongerustheid.

'Wat is er aan de hand?'

Marten pakte haar hand stevig vast. 'In Parijs vertelde ik je toch dat Thorne nog in leven kon zijn?'

'Ja...'

'Rebecca...' Hij wilde het voorzichtig brengen, maar ze hadden niet genoeg tijd. 'Alexander ís Thorne.'

'Wat?' Rebecca reageerde alsof ze het niet had gehoord.

'Het is waar.'

'Dat kan niet!' Geschokt deed ze een stap achteruit.

'Rebecca, luister alsjeblieft naar me. We hebben bijna geen tijd meer voordat de FSO door die deur naar binnen komt.

Toen Alexander en ik boven het landhuis in Davos over dat bergpad liepen, had hij een pakje bij zich. Kun je je dat nog herinneren?'

'Ja,' fluisterde ze. Ze herinnerde het zich. Ze had Alexander er zelfs nog naar gevraagd. Op dat moment was het slechts een spontane vraag geweest, gewoon uit nieuwsgierigheid, maar hij had boos gereageerd en dus had ze het maar laten zitten.

'Toen we helemaal alleen op die hoge brug waren, haalde hij het papier eraf en had hij opeens een groot mes in zijn hand.' Marten trok zijn ribfluwelen jasje omhoog en tilde zijn trui op. 'Kijk maar…'

'Nee…' Rebecca wendde zich af, geschokt bij de aanblik van het grillige litteken iets boven zijn middel. Dat verklaarde Alexanders irritatie over haar vraag naar het pakje. Hij vreesde dat ze had geraden wat erin had gezeten.

'Hij wilde me vermoorden, Rebecca. Precies zoals hij Dan Ford en Jimmy Halliday had vermoord.'

'Wat hij u vertelt, is de waarheid,' kwam Kovalenko op zachte toon tussenbeide.

Rebecca huiverde, wilde het niet geloven en vocht ertegen. Ze keek naar Clem, in de hoop dat zij zou zeggen dat ze zich vergisten.

'Het spijt me, mijn kind,' zei Clem oprecht. Ze hield van haar. 'Het spijt me zo vreselijk.'

Rebecca's mond vertrok en haar ogen vulden zich met leed en ongeloof. Het enige wat ze zag, was Alexander: hoe hij naar haar keek, hoe hij altijd naar haar had gekeken. Vriendelijk en met respect en eeuwige liefde.

De ruimte, de muren, alles begon te tollen. Hier, in deze zaal, in dit prachtige gebouw, school de ontzagwekkende geschiedenis van keizerlijk Rusland. Achter haar, zo dichtbij dat ze hem bijna kon aanraken, stond de gouden troon van Peter de Grote. Dit alles was het geboorterecht van Alexander. Dit was wat hij was en waar zij straks deel van zou uitmaken. Maar hier voor haar stond haar geliefde broer en naast hem haar allerbeste vriendin. In gezelschap van een Russische politieman. Toch kon ze het niet geloven. Er moest een andere verklaring zijn, een andere uitleg. Maar ze wist dat die er niet was.

Marten aanschouwde de bleke broosheid van zijn zus, haar gekwelde onrust. Hetzelfde afgrijzen, hetzelfde verlies en dezelfde doodsangst als die hij tijdens de slachtpartij in het entrepot had gezien toen Polchak haar gegijzeld hield terwijl hij probeerde haar broer om te brengen. Als ze voor de derde keer in haar leven zou terugvallen in die emotionele, getraumatiseerde toestand van weleer, zou dit het moment zijn en dat kon hij niet laten gebeuren.

Met een blik op Clem sloeg hij zijn arm om zijn zus en leidde haar naar de deur. 'Er wacht een boot op ons,' sprak hij gebiedend. 'Daarmee kunnen we wegkomen. Jij, Clem en ik. Inspecteur Kovalenko zorgt ervoor dat dit lukt en dat we allemaal veilig zijn.'

'Misschien hebben we een boot, misschien ook niet,' zei Clem zacht.

'Wat bedoel je?' vroeg Marten geschrokken.

'Ligt hij niet bij de aanlegplaats?' vroeg Kovalenko ongelovig.

'O, hij ligt er wel, hoor, en je vriend Grijsaard bevindt zich aan boord. Maar het is een sloep voor op de rivier en als jij denkt dat Rebecca en ik in het holst van de nacht daarin over de Finse Golf, die vol ligt met ijs, gaan varen, dan heb je het mooi mis.'

Plotseling werd er op de deur geklopt en Svetlana kwam binnen.

'Wat is er?' vroeg Clem.

'De FSO-agenten komen eraan om de tsarina naar beneden te begeleiden. De tsarevitsj staat te wachten.'

Opeens vermande Rebecca zich. 'Laat ons nog even alleen en zeg ze dat ik zo beneden kom,' zei ze op vorstelijke toon en zonder enige emotie tot Svetlana.

'Ja, tsarina.' De vrouw verdween onmiddellijk en sloot de deur achter zich.

Rebecca keek naar Marten. 'Wat Alexander ook heeft gedaan, ik kan hem niet zomaar verlaten.' Ze draaide zich om en liep naar de troon. Ernaast lag een opengeslagen gastenboek met een pen. Ze scheurde een lege bladzijde uit het boek en pakte de pen.

Marten wierp een blik op Kovalenko. 'Hou de deur in de gaten,' zei hij en hij liep vervolgens snel naar zijn zus. 'Rebecca, we hebben geen tijd. Vergeet het nu maar.'

Ze keek op. Ze was sterk en toonde een enorme wilskracht. 'Nee, Nicholas, ik kan het níét vergeten. Toe.'

44

Snel sprong Alexander uit de Volga en rende naar de invalideningang van het museum.

Binnen bleek niemand aanwezig, zelfs niet de bewaker die er hoorde te zijn. Hij schoot een gang in. Bezoekers bleven met open mond staan nu ze hem herkenden.

'De tsarevitsj,' gonsde het door de gang. 'De tsarevitsj. De tsarevitsj...'

Hij negeerde de starende gezichten en de echo's van zijn eigen naam, en beende verder. Waar was de FSO? Waar was Rebecca? Iets verderop zag hij een geüniformeerde vrouw uit de cadeaushop komen.

'Waar is de tsarina?' vroeg hij op hoge toon en met zijn gezicht rood van woede. 'Waar is de FSO?'

Verschrikt, vol ontzag en doodsbang vanwege het feit dat hij haar rechtstreeks aansprak, stamelde ze dat ze het niet wist.

'Laat maar!' riep hij en hij liep snel weer verder. Waar zaten ze? Waarom hadden ze zijn bevelen niet opgevolgd? De metronoom in hem begon harder te tikken. Hier ging iets volledig mis. Hij ging haar verliezen, hij wist het!

'Tsarevitsj!' riep een luide stem opeens achter hem. Hij bleef staan en draaide zich om.

'Alle FSO-agenten zijn naar de troonzaal, boven!' Zijn chauffeur annex lijfwacht rende naar hem toe met de portofoon in de hand, die een stortvloed van bevelen uitbraakte.

'Waarom? Is ze daar? Wat is er aan de hand?'

'Dat weet ik niet, tsarevitsj.'

'Deze kant op!' commandeerde Kovalenko terwijl ze de achteringang van het museum verlieten. Het was dezelfde deur als waardoor lady Clem het museum was binnengegaan. De Rus ging eerst, gevolgd door Clem en daarna Marten samen met Rebecca. Hij had zijn arm om zijn zus geslagen. Haar hoofd ging schuil onder de regenjas van lady Clem, zowel om haar onherkenbaar te maken als om haar te beschermen tegen de kille bries vanaf het water.

In een oogwenk had Kovalenko het groepje over de Dvortcovaja

Nabereznaja gedirigeerd, de boulevard die het museum van de rivier scheidde, en haastten ze zich naar de steiger, waar Grijsaard, die naast zijn sloep op de steiger aan een sigaret trok, hen al opwachtte.

'Hé!' riep Kovalenko terwijl ze kwamen aangerend.

Grijsaard zwaaide, wierp zijn sigaret in het water en begaf zich snel naar de achtersteven om de tros los te gooien.

'Geen denken aan dat je de tsarina in deze wasteil over open zee vervoert!' brieste Kovalenko al meteen terwijl hij met een vinger naar de sloep priemde. 'Waar is verdomme de boot die we hadden gereserveerd?'

'Er ligt een trawler in de haven afgemeerd. We konden dat ding moeilijk hier laten aanleggen zonder meteen de aandacht van zo'n beetje iedere straatagent te trekken. Dat behoor je toch te weten, oude kameraad?' antwoordde Grijsaard met een opgetrokken wenkbrauw. 'Wat is er aan de hand? Vertrouw je me soms niet?'

Heel even trok er een glimlach over Kovalenko's gezicht en meteen daarna keek hij de anderen aan. 'Stap in.'

Grijsaard hield de boot stil tegen de steiger terwijl Marten Rebecca en lady Clem over de dolboord hielp en toekeek hoe de twee zich uit het zicht in de kleine kajuit verschansten. Daarna gooide Grijsaard de boegtros los en klom over de voorste dolboord in de boot. 'Kom!' riep hij naar Marten.

'Morgen zijn ze in Helsinki...' Kovalenko stond vlak naast hem zodat de anderen niets konden horen, en ook het automatische Makarov-pistool niet konden zien dat hij Marten stiekem, met de kolf naar voren, aanreikte. 'Wat is je plan?'

'Míjn plan?' Verbijsterd staarde Marten hem aan. Dát had er dus al die tijd achter gezeten. Het gewroet in zijn verleden, de zorgvuldig opgebouwde kameraadschap, de snelheid en het gemak waarmee Kovalenko een paspoort en een visum had geregeld, zijn verhaal over Hallidays terminale ziekte en hoe zijn hele leven in dienst had gestaan van de 5-2 Squad.

Alexander wás Raymond, en hij wist dat ook Kovalenko daar al geruime tijd van overtuigd was. Maar dat kon alleen worden bewezen door Alexanders vingerafdrukken te vergelijken met die op Hallidays diskette. Aangezien die er niet meer was, ten prooi gevallen aan de bureaucratische molen en *apparatsjiks*, moest er toch iets tegen Raymond Thorne alias de tsaar van Rusland worden ondernomen. Het hoe en wat daarvan had Kovalenko al sinds zijn verblijf in Parijs beziggehouden. Dáárom had de Rus hem zo omzichtig willen uithoren over zijn verleden. Waarop Marten hem slechts wat kleine leugentjes had kunnen voeren, dingetjes die konden worden nagetrokken. Maar uiteindelijk had hij Kovalenko het antwoord gegeven dat hij zocht: een man die zijn eigen identiteit probeerde te beschermen, die wist hoe te doden en die zelf een paar zeer persoonlijke redenen had om Raymond Thorne uit de weg te willen ruimen.

'Je weet wie ik ben...' Het was nauwelijks meer dan een fluistering.

Kovalenko knikte traag. 'Ik heb gebeld naar de universiteit van Californië. Er was geen Nicholas Marten in de periode dat je naar eigen zeggen daar studeerde. Maar wel ene John Barron. Bovendien, kameraad, telde de 5-2 Squad zés leden, maar zijn er slechts vijf bekend. Wat is er met nummer zes gebeurd? Geen lastige puzzel. Niet vanuit mijn positie.'

'Nicholas!' riep Rebecca luid, meteen gevolgd door het schrille geluid van de motor die door Grijsaard werd gestart.

Kovalenko deed alsof hij het niet hoorde. 'De Hermitage zit bomvol bezoekers. De tsarevitsj zal je met dit uiterlijk niet herkennen. Net zomin als zijn lijfwachten.'

Martens ogen gleden naar het automatische pistool in Kovalenko's hand. Het was alsof hij per tijdmachine in één klap van een verlaten autospuiterij in Los Angeles naar het hart van Sint-Petersburg was overgestraald.

Kovalenko had net zo goed Roosevelt Lee's woorden kunnen herhalen: 'Doe het voor Red', 'Doe het voor Halliday', 'Doe het voor Dan Ford', of zelfs 'Doe het voor het team.'

'Voor wie werk je eigenlijk?' vroeg Marten kwaad.

De Rus gaf geen antwoord, maar keek langs hem heen naar de Hermitage. 'Hij is daar binnen, waarschijnlijk in de troonzaal, waar wij net waren, of vlakbij. Hij zal zich zorgen maken over de tsarina en de FSO-agenten die over haar moesten waken de mantel uitvegen. Hij noch zij zullen veel aandacht schenken aan wat er om hen heen gebeurt. Het museum zit boordevol bezoekers. Je kunt dus snel door de menigte wegglippen, vooral als je weet waar je heen moet. Ik zal de auto op de Dvortsovy Prospekt achterlaten, voor dezelfde deur waar we zo-even uit kwamen.'

Martens ijzige blik bleef op de Rus rusten. 'Klootzak...' beet hij de Rus toe.

'De keus is aan jou, kameraad.'

'Nicholas!' riep Rebecca opnieuw. 'Kom nou!'

Snel omklemde hij de kolf van de Makarov en liet het pistool achter zijn broekriem onder zijn jasje glijden. Daarna draaide hij zich om. Zijn ogen gleden van Rebecca naar Clem. 'Neem haar mee naar Manchester. Ik zie je daar!' Nog even keek hij de twee vrouwen aan om hun gezichten nooit meer te hoeven vergeten. Daarna draaide hij zich om en liep van de steiger af. 'Nicholas!' hoorde hij lady Clem achter zich roepen. 'Kom in 's hemelsnaam aan boord!' Maar het was te laat. Hij stak de Dvortcovaja Nabereznaja al over naar de Hermitage.

45

Mijn Alexander,
Met het grootste verdriet laat ik je weten dat ik je nooit meer zal zien. Deze lotsbestemming was niet de onze. Wat had kunnen zijn zal ik voor eeuwig missen.

Rebecca

Het ritme van de metronoom joeg als donderslagen door zijn lijf. Cabrera staarde als versteend naar de uit het gastenboek gescheurde bladzijde en het handschrift dat hij zo goed kende.

De drie FSO-agenten die Rebecca moesten vergezellen en de agent die hem naar het museum had gebracht, keken van een afstandje zwijgend toe, doodsbenauwd voor wat hun te wachten stond. Het enige wat zij wisten, was dat de troonzaal bij hun binnenkomst leeg was. Het alarm had geklonken en het veiligheidspersoneel was bevolen het gebouw te doorzoeken. De vier FSO-mannen hadden opdracht gekregen bij de tsarevitsj te blijven. Alleen God wist wat er nu zou gebeuren.

'Wegwezen, jullie allemaal!' Als een zweep knalde de stem van de Barones door de zaal.

Cabrera sloeg zijn ogen op en zag haar in de deuropening staan, met Moerzin achter haar.

'Wegwezen, zei ik,' herhaalde ze.

Moerzin knikte en de mannen verdwenen snel.

'Jij ook!' bitste ze, waarna ook Moerzin de aftocht blies en de deur achter zich sloot.

Drie met rode tapijt beklede treden voerden naar de gouden troon van tsaar Peter de Grote. Cabrera stond bovenaan en zag de Barones naderbij komen.

'Ze is weg,' zei hij met een lege blik, alsof hij volledig van de wereld was. Het enige wat nog bestond, was het vreselijke gedreun van de metronoom diep in zijn binnenste.

'Ze zal worden gevonden, dat staat vast.' Haar stem was kalm, troostend zelfs. 'En dan...' Haar stem stierf weg en er verscheen een dunne glimlach om haar mond. 'Je weet dat ik haar als mijn eigen kind liefheb, maar mocht ze sterven, dan zal het volk je zelfs nog meer aanbidden.'

'Wat?' Met een schok was Cabrera weer in het heden.

De Barones kwam dichterbij tot ze de onderste trede bereikte en naar hem opkeek.

'Ze is natuurlijk ontvoerd,' zei ze zelfverzekerd. 'Alle ogen zullen gericht zijn op deze gebeurtenis. President Gitinov kan niets zeggen en slechts afschuw voelen, net als het hele land. Daarna zal haar lichaam worden aangetroffen. Begrijp je wel, mijn liefste? De hele wereld zal aan je voeten liggen. Niets zou beter kunnen uitpakken.'

Vol ongeloof staarde hij haar aan. Hij trilde, niet bij machte zich te bewegen. Het was alsof zijn voeten opeens met de vloer versmolten.

'Het hoort allemaal bij je lotsbestemming. Wij zijn de laatste echte Romanovs. Weet je hoeveel er van ons werden afgemaakt nadat ze tsaar waren geworden? Vijf.' Ze stapte de eerste trede op, dichter bij hem, haar stem nog steeds even zacht. 'Alexander I, Nicolaas I, Alexander II, Alexander III en je overgrootvader Nicolaas II. Maar jou zal het niet overkomen. Dat zal ik niet toestaan. Jij zult tot tsaar worden gekroond en jij zult niet worden afgemaakt. Vertel eens...' Ze besteeg de tweede trede en glimlachte zacht, liefdevol.

Cabrera staarde haar aan. 'Nee,' fluisterde hij, 'ik niet.'

'Vertel eens, mijn liefste, zeg het zoals je altijd hebt gedaan sinds je kunt praten. Zeg het me in het Russisch.'

'Ik...'

'Zeg het me!'

'*Vsja*,' begon Cabrera de mantra. Hij was een robot, hulpeloos, slechts bij machte haar bevelen te gehoorzamen. '*Vsja... ego... soedba... v roekach... Gospodnych.*' *Vsja ego soedba v roekach Gospodnych.* Zijn lot ligt in Gods handen.

'Nog eens, mijn liefste.'

'*Vsja ego soedba v roekach Gospodnych,*' herhaalde hij als een klein jongetje dat toegaf aan de eisen van zijn moeder.

'Nog een keer,' fluisterde ze. Ze beklom de laatste trede en verrees vlak voor hem.

'*Vsja ego soedba v roekach Gospodnych!*' zei hij op krachtige en dwingende toon, trouw zwerend aan God en aan zichzelf. Precies zoals hij had gedaan toen de politie van Los Angeles hem in de val had laten lopen. '*Vsja ego soedba v roekach Gospodnych!*'

Plotseling stonden zijn ogen wild en was het mes al uit de binnenzak van zijn jasje. Het lemmet flitste in zijn hand. De eerste haal reet haar hals open. Daarna volgde de tweede. De derde. De vierde. De vijfde! Haar bloed was overal. Op de vloer. Op zijn handen. Op zijn jasje. Zijn gezicht. Zijn broek. Hij voelde haar langs hem omlaagglijden en hoorde haar aan zijn voeten op de vloer in elkaar zakken, met één arm over de voetsteun van de gouden troon.

Als door een mysterieuze kracht gedreven liep hij door de zaal naar de deur en trok deze open. Daar stond Moerzin, in zijn eentje. Ze keken elkaar recht in de ogen. Hij greep de kolonel bij zijn jasje en trok hem de zaal in.

Vol afgrijzen staarde Moerzin naar binnen. 'Grote hemel...'

Opnieuw flitste het mes door de lucht. Moerzins hand greep naar zijn keel. Zijn laatste gelaatsuitdrukking was er een van volslagen verbijstering.

Werktuiglijk zakte Cabrera door zijn knieën en pakte Moerzins automatische pistool, een 9mm-Grach, uit diens holster. Vervolgens kwam hij overeind en stapte achteruit. Met het pistool achter zijn broekriem geschoven en het bloederige mes in zijn jasje verdween hij door de deur.

46

Op weg naar de troonzaal en omringd door een zee van bezoekers op de grote trap hoorde Marten op de verdieping boven opeens een vrouw gillen. Mensen bleven meteen staan en keken op.

'De tsarevitsj!' riep een man naast hem geschrokken.

Boven aan de trap staarde Alexander naar beneden, ogenschijnlijk net zo geschrokken als degenen die verschrikt hadden opgekeken. Zijn handen, half geheven als die van een chirurg die wacht totdat zijn assistente hem zijn latex handschoenen heeft aangedaan, zaten onder het bloed. Ook op zijn gezicht en op zijn leren jack zat een bloederige veeg.

'Verdomme!' mompelde Marten geschrokken. Hij liep behoedzaam de trap op en gebruikte de starende menigte als schild om ongezien naderbij te komen. Opeens zag hij dat Alexander zijn hoofd omdraaide, waarna zijn ogen zich op hem vastpinden. Als bevroren staarden ze elkaar aan. Maar net zo plotseling draaide Alexander zich weer om en was hij verdwenen.

Alexander baande zich een weg door een deur en rende via een binnentrap naar beneden. Met bonkend hart en zijn verstand op nul voelde hij nauwelijks de treden onder hem terwijl hij omlaagvloog. Beneden was er weer een deur. Hij aarzelde even, trok hem open en belandde op een tussengang op de begane grond. Aan de ene kant was de invalideningang waardoor hij was binnengekomen, aan de andere de grote trap, waar de man van wie hij zeker wist dat het Marten was te midden van de bezoekers naar hem had gestaard. Daartussenin bevonden zich de toiletten.

Hij opende de toiletdeur, stapte naar binnen, trok de deur achter zich dicht en deed hem op het haakje. Hij liet zich op zijn knie vallen, boog zich over de pot en braakte. Minstens twee minuten lang kokhalsde en kotste hij zijn complete maaginhoud naar buiten. Met een brandende keel lukte het hem zowaar overeind te krabbelen, door te trekken en zijn mond en neus met een stukje toiletpapier schoon te vegen. Hij wilde het papiertje in de pot werpen, maar dat lukte niet. Het kleefde aan zijn hand en nu pas zag hij dat er bloed op zat.

Opeens trok er een golf van opgewonden stemmen langs en

hoorde hij hoe verscheidene mensen vanaf de gang de toiletruimte binnenstroomden. De tsarevitsj was in het gebouw gezien, boven aan de trap, ving hij op. Besmeurd met bloed – althans, daar leek het op. Er zouden twee mensen zijn vermoord. Het beveiligingspersoneel had de gehele eerste verdieping afgesloten. De moordenaar kon zich overal verscholen houden.

Voorzichtig boog hij zich voorover en stak zijn handen in het koude toiletwater. Snel, bijna paniekerig, wreef hij ze tegen elkaar in een poging het bloed weg te wassen. In zekere zin leek het bijna grappig omdat hij niet kon zeggen wiens bloed het was: dat van Moerzin, de Barones of dat van beiden. Hij wreef harder. Het bloed loste op in het water, althans het grootste gedeelte. Zo was het wel goed genoeg. Hij rechtte zijn rug, trok opnieuw door en zag dat er ook nog bloed op zijn pilotenjack en broek zat. Achter in de toiletruimte ging een deur open. Iemand liep weg, daarna nog iemand.

Hij opende zijn eigen deur op een kier. Voor de spiegel kamde een man zijn haar. Hij was ergens in de dertig, van gemiddelde lengte, met een gemiddeld postuur en stijlvol gekleed in een geruit pak en met een lange donkerblauwe sjaal wat fatterig om de nek geslagen. Merkwaardig genoeg droeg hij zelfs in het gedempte licht een gestroomlijnde zonnebril.

'Pardon…' sprak Alexander terwijl hij uit het toilet kwam.

'Ja?' zei de man. Het zou het laatste zijn wat hij zei.

47

Marten had geprobeerd via de trap achter Cabrera aan te gaan, maar een slagorde van FSO-agenten en geüniformeerde bewakers sloot plotseling de eerste verdieping af en stuurde iedereen weer naar beneden. Enige minuten later deelde een mannenstem over de luidspreker eerst in het Russisch en daarna in het Engels, Frans en Duits mee dat het museum om veiligheidsredenen onmiddellijk werd gesloten en dat niemand zonder toestemming van de politie mocht vertrekken.

Marten had zich tussen de andere bezoekers via de trap teruggetrokken en zich vlug door een lange zaal met zuilen naar de hoofdingang begeven. Hij wist dat de gil, wat zich boven had afgespeeld en de plotselinge aftocht van Cabrera allemaal te snel verliepen om het museum op tijd hermetisch af te sluiten. Als hij hier binnen met al die mensen vast kwam te zitten, kon het zijn dat hij urenlang in de rij moest staan voordat hij eindelijk werd vrijgelaten – als dat laatste al gebeurde, want hij droeg immers Kovalenko's automatische wapen bij zich plus een paspoort op naam van Nicholas Marten – en tegen die tijd zou Cabrera allang verdwenen zijn.

Iets verderop zag hij de hoofdingang al.

Nog een kleine zeven meter en... Plotseling hield hij in. De politie was al ter plaatse. De uitgang was verzegeld en er werd een controlepost in gereedheid gebracht.

Links van hem bevonden zich de loketten en daarachter, achter in een kleine gang, het kantoortje van de museumgidsen waar Clem naartoe was gegaan om Rebecca te treffen. Behoedzaam liep hij de gang op en hij wurmde zich door de meute verwarde en angstige museumbezoekers. Al snel was hij bij het kantoortje. Vlak erachter zag hij een nooduitgang. De vluchtdeur was uitgerust met een borgstang en misschien was er ook wel een alarm, maar het was de gok waard. Hij bereikte de deur en stond op het punt zijn schouder ertegenaan te zetten toen hij twee FSO-agenten door de gang op hem af zag hollen. Onmiddellijk draaide hij zich om, liep terug en worstelde zich een weg door de menigte, langs de loketten en de hoofdingang. Opnieuw klonk de aankondiging over de luidsprekers.

Nu was hij weer in de zaal met de zuilen, op weg naar de hoofdtrap. Hij zag een lange gang die naar rechts voerde. Snel liep hij deze in. Ondertussen schoten zijn ogen heen en weer, zoekend naar een uitgang. Hij passeerde een boekenshop en een kunstwinkel. Nog meer mensen, nog meer verwarring. Hij liep verder, langs de toiletten. Tien passen verder dwong iets zijn blik omlaag. Hij versteende. Op het zwart-witte ruitpatroon van de vloer voor hem zag hij de bloederige schoenafdruk. Een paar stappen verder nog een. Zijn hand gleed naar de Makarov achter zijn broekriem. Voorzichtig trok hij het vuurwapen te voorschijn en hield het langs zijn zij verborgen. Hij liep door.

Weer een bloederige afdruk en daarna nog een. Het was een rechterschoen en de bezitter ervan verplaatste zich snel. De passen werden steeds langer en de afdrukken werden vager naarmate het bloed geleidelijk wegsleet.

670

48

De stad ging inmiddels schuil onder een grauwe hemel terwijl een man – donkerblauwe sjaal om de nek, een gestroomlijnde zonne- bril op het hoofd en stijlvol gekleed in een geruit pak – via de inva- lideningang aan de achterzijde van het gebouw naar buiten liep en het Paleisplein op stapte. Zijn hand rustte op Moerzins automati- sche pistool onder zijn jasje, klaar voor een eventuele confrontatie met de politie. Maar hij zag geen enkele agent. Afgaand op het ge- luid van de sirenes leek de politie zich, voorlopig althans, te con- centreren op de menigte voor de hoofdingang. Alexander aarzelde nog even, schoof de zonnebril recht en liep het plein op.

Voor hem stond de zwarte Volga. Waar zijn chauffeur annex lijf- wacht en diens FSO-collega's uithingen wist hij niet. Hij had hen voor het laatst gezien toen ze op bevel van de Barones de troonzaal hadden verlaten.

Hij draaide zich om en staarde over het brede plein, met in het midden de torenhoge Alexander-zuil ter ere van de overwinning op Napoleon. De twee vleugels van het admiraliteitsgebouw aan de overzijde van het plein waren met elkaar verbonden middels een grote triomfboog met daarbovenop het zestien ton zware mas- sieve beeld van de gevleugelde overwinningsgodin in een strijdwa- gen die werd voortgetrokken door een zesspan paarden. Het her- innerde allemaal aan de Russische zeges tijdens de oorlog van 1812. De aanblik ervan had zijn Russische hart met moed en hoop moeten vervullen. En misschien zou dat ook zijn gebeurd als hij niet achterom had gekeken, de vage maar nog altijd zichtbare, bloederige afdrukken had gezien en had beseft dat hij een spoor achterliet.

Verschrikt liep hij snel verder, te bang om het op een lopen te zetten, wat geheid de aandacht zou trekken. Nadrukkelijk slofte hij met zijn zolen over de straatstenen in een wanhopige en onbehol- pen poging het laatste beetje bloed van zijn zolen te schuren. On- dertussen probeerde hij eens goed te doorgronden wat er zich in het *moezjskoj*, het herentoilet, eigenlijk had afgespeeld. Hij had maar weinig tijd gehad om zich van zijn kleren te ontdoen en zich in het pak te hijsen van de man die hij had vermoord. In zijn haast moest hij per ongeluk met zijn rechtervoet in het bloed van de man

zijn gestapt, waarbij de crêpezool het vocht als een spons had op-
gezogen. Het beeld van het mes spookte hem weer door het hoofd.
Waarom had hij het wapen ook nu weer getrokken? Had hij zich
beheerst, dan had de Barones nu nog geleefd, net als Moerzin, en
had hij hem kunnen beschermen.

Haastig liep hij door, passeerde de Alexander-zuil en keek naar
de triomfboog in de verte. Overal om hem heen hoorde hij het gegil van sirenes. Links zag hij dat de parkeerplaats voor stafmede-
werkers door politieauto's werd geblokkeerd. Minstens vijftig bezoekers hadden hem boven aan de trap zien staan, besmeurd met
bloed. Gezien alle commotie en de chaos was het onmogelijk in te
schatten hoe snel de politie en het FSO-team het lichaam in de he-
rentoiletten plus zijn jas en zijn broek zouden ontdekken. Niemand zou precies kunnen zeggen wat er was gebeurd, waarom de
kleren van de tsarevitsj daar op de grond lagen, waar hij uithing,
wat er met hem was gebeurd. Vanwege zijn bebloede kleren zouden ze aanvankelijk denken dat hij door dezelfde persoon of personen was aangevallen die ook de Barones en Moerzin hadden gedood, en dat ook hij inmiddels dood was, of ergens in het enorme
gebouw werd gegijzeld, wat inhield dat de zoektocht vooral binnen
het museum zou plaatsvinden. Bovendien zou niemand weten, althans niet meteen, dat het slachtoffer in de toiletruimte een geruit
pak had gedragen. Dit alles bij elkaar gaf hem de kostbare adem-
pauze die hij zo hard nodig had. Hij zette nog een stap en draaide
zich weer om naar het museum. Het plein was verlaten. Hij liep
weer verder.

Opeens dacht hij aan Marten. Hij had op de trap gestaan, midden tussen de bezoekersmeute, was naar hem toe geslopen. Hij
was nu mager, geschoren, had stekeltjeshaar en droeg een goedkoop corduroy pak. Het kon natuurlijk iemand anders zijn geweest, maar nee, het was Marten, zonder enige twijfel. Weer was hij
opgedoken, zoals hem dat steeds was gelukt. Hij vroeg zich af
waarom hij aanvankelijk had gevreesd hem niet te zullen herkennen. Nu immers besefte hij dat hij Marten overal uit zou kunnen
pikken. En wel om een simpele reden: zijn ogen. Marten zou hem
recht in de ogen kijken, alsof de Amerikaan tegelijk zijn eigen ziel
en schaduw was.

Kappen, zei hij tegen zichzelf. Hou je kop erbij. Zet die Marten
in godsnaam eens uit je hoofd. Hij keek op en zag dat hij de triomfboog bijna had bereikt. Nog steeds geen agent te zien, niet hier in
elk geval. Aan de andere kant van de boog lag Sint-Petersburg en

hij wist dat hij als hij eenmaal daar was, volledig kon opgaan in de stad, precies zoals hij in Los Angeles had gedaan. Hij keek weer even achterom naar de invalideningang. Niemand. Niets. Hij stond inmiddels bij de triomfboog. Nog een laatste keer keek hij achterom. Op dat moment ging de deur van de ingang open en een man stapte naar buiten. Van deze afstand viel het wat moeilijk te zien, maar het leed geen twijfel wie dit was: Nicholas Marten.

49

Buiten voor de deur zag Marten dat het zwakke bloedspoor verder liep. Vervolgens, helemaal aan de andere kant van het plein, zag hij een man in een geruit pak zich plotseling omdraaien en even naar hem kijken, en vervolgens wegschieten in de schaduw onder een hoge poort tussen de gebouwen.

Marten begon te rennen en reikte ondertussen naar zijn gsm.

'Hij is alleen en op de vlucht!' schalde Martens stem uit Kovalenko's toestel.

'Waar is hij? Waar zit je ergens?' De Rus, die voor de andere ingang van het museum geparkeerd stond, startte snel de motor van de gehuurde Ford.

'Ik steek nu het plein achter het museum over. Hij rende net aan de overkant onder een poort door.'

'Blijf bij hem. Ik kom naar je toe.'

Cabrera was onder de triomfboog door en liep nu snel door de Gertsena Ulitsa. Hij keek even achterom, maar zag niemand. Vervolgens liep hij de drukke Nevsky Prospekt in, verder weg van het museum en de rivier.

Marten rende onder de boog door. Voor hem zag hij drie jonge vrouwen, lopend en geanimeerd kletsend met elkaar. Snel liep hij op hen af.

'Pardon, hebt u zojuist een man in een geruit pak gezien?' vroeg hij.

'*No English*,' reageerde een van de meisjes onbeholpen en de drie staarden elkaar aan.

'Bedankt, neem me niet kwalijk.' Hij rende naar de overkant van de straat. Een halve minuut later bereikte hij de Nevsky Prospekt, precies op het moment dat Kovalenko's beige Ford met gierende banden tot stilstand kwam.

'Ik ben 'm kwijt.' Marten stapte in naast Kovalenko en sloeg het portier dicht. 'Hij draagt een geruit pak.'

'Oké.' Kovalenko gaf gas. 'Kameraad, dit is dé winkelstraat van Sint-Petersburg, misschien wel van heel Rusland. Hier komen dagelijks miljoenen mensen. Hij zal zich heel gemakkelijk kunnen verschuilen, tenzij hij herkend wordt natuurlijk. Kijk jij rechts, dan kijk ik links.'

Plotseling begon de portofoon die Kovalenko op het dashboard had geplaatst te kraken: Russisch politiejargon.

'Wat is er?' vroeg Marten.

'Het museum. Ze hebben nog een lichaam gevonden, beneden in een toilet.'

'Hoe bedoel je, "nog een lichaam"?'

'Boven lagen ook al twee doden. Kolonel Moerzin, de commandant van de FSO, de speciale dienst van de tsarevitsj, en...,' Kovalenko aarzelde, 'de Barones.'

'De Barones?'

'Kameraad, hij heeft zijn eigen moeder vermoord.'

50

Alexander baande zich een weg door de drukte op het trottoir langs de Nevsky Prospekt. Tot dusver werd hij met zijn geruite pak en de snelle zonnebril van het slachtoffer niet herkend, zelfs niet eens aangestaard. Hij keek even achterom en zijn ogen tuurden de trottoirs af: slechts een zee van onbekende mensen en veel verkeer. Van Marten geen teken te bekennen. Niets. Hij liep verder.

Op de grond voor hem lag een vertrapt doosje van McDonald's, met ernaast een platgedrukt colablikje. Tien passen verder passeerde hij een Pizza Hut, een half blok verder een winkel met Nike- en Adidas-gympen, daarna eentje met Amerikaanse baseballpetjes in de etalage. Dit had net zo goed Londen, Parijs of Manhattan kunnen zijn. Het maakte niets uit. De winkels, de mensen, het was totaal onbelangrijk. Afgezien van Marten draaide alles nu om de bijgetankte Kamov-helikopter op het vliegveld van Rzhevka, waar de piloot op hem wachtte om hem terug te vliegen. Waarheen precies was nu even niet aan de orde. Misschien naar het zuiden, naar Moskou. Vanuit de heli kon hij president Gitinov bellen en hem vertellen dat de tsarina was ontvoerd, dat hij aan het bloedbad in de Hermitage had weten te ontsnappen en op weg was naar Moskou en de besloten veiligheid van het Kremlin. Of anders naar het westen, naar het zeventiende-eeuwse landhuis van de Barones in het Franse Centraal Massief. Of misschien... Zijn gedachten dwaalden af terwijl hij de mogelijkheden overwoog. Misschien naar het oosten, over Russisch grondgebied naar Vladivostok, Japan en van daaruit naar het zuiden, naar zijn ranch in Argentinië, met de Filipijnen, Nieuw-Guinea en Frans Polynesië in de Grote Oceaan als tussenstops om bij te tanken.

Hij keek achterom. Van Marten viel nog steeds geen teken te bespeuren. Hij móést het vliegveld bereiken. Maar hoe? Een auto tegenhouden, de bestuurder dwingen uit te stappen en vervolgens zelf achter het stuur kruipen? Nee, daarvoor was het te druk. Waarschijnlijk zou hij hooguit twee straten verder komen voordat ze hem te pakken kregen. Hij keek voor zich uit. Verderop was het metrostation. Perfect. Niet zozeer als schuilplaats, maar als middel om het vliegveld te bereiken. Hij kon de metro op dezelfde manier benutten als in Los Angeles, toen hij als Josef Speer de bus naar de internationale luchthaven had genomen. Opeens drong het tot hem door dat hij geld nodig had voor een kaartje. Zijn hand gleed in zijn jaszak.

Niets.

Hij keek zijn broekzakken na, voor en achter. Ook niets. Wat had hij met de spullen van zijn slachtoffer gedaan toen hij hem van zijn kleren had beroofd? Hij wist het niet meer.

Hij had geld nodig. Niet veel, genoeg voor een kaartje. Maar waar, en hoe snel? Tien passen vóór hem sjokte een oudere vrouw. Een grote damestas bungelde aan haar arm.

Hij handelde snel en kordaat. In een oogwenk dook hij naast haar op, pakte haar tas en rukte hem los. Ze viel en hij rende ervandoor. Achter zich hoorde hij haar gillen.

'*Vor! Vor!*' riep ze. Dief! Dief!

Hij rende door, mensen wegduwend. Opeens voelde hij hoe een hand hem vastgreep en hem wilde omdraaien.

'*Vor!*' riep een stevig gebouwde knul, die vervolgens met een vuist naar hem uithaalde. Alexander dook weg. Opeens deed een tweede knaap hetzelfde.

'*Vor! Vor! Vor!*' schreeuwden ze terwijl ze hem met hun vuisten bewerkten en de damestas wilden grijpen om die aan de vrouw te kunnen teruggeven.

Hij strekte zijn arm en draaide weg nu omstanders hem begonnen in te sluiten.

'*Vor! Vor!*' riepen de jongens terwijl ze hem achternarenden.

Opeens draaide hij zich om, met Moerzins 9mm-Grach in de hand.

Beng! De eerste kogel trof de voorste knaap recht in het gezicht.

Beng! Beng! Nummer twee viel opzij en deinsde achteruit de straat op, recht voor een bus.

Het grootste deel van zijn hoofd was weggeschoten! Mensen gilden vol afschuw. Alexander keek even toe, draaide zich om en zette het op een lopen.

Marten en Kovalenko keken elkaar aan. Ze waren een straatlengte uit de buurt, maar de schoten klonken als donderslagen. Opeens ontstond er een verkeersopstopping.

'Daar heb je hem!' riep Marten, die een glimp opving van een geruit pak terwijl Alexander rennend de Nevsky Prospekt overstak, wegdook achter een bus en tussen de voetgangers verdween. Meteen gooide Marten het portier van de Ford open.

'Kameraad,' waarschuwde Kovalenko, 'als híj die schoten heeft gelost, is hij dus gewapend.'

'Duidelijk,' antwoordde Marten. Hij sprong de wagen uit en dook links en rechts tussen de stilstaande auto's door.

Ondertussen parkeerde Kovalenko de Ford langs het trottoir en stapte uit. Zijn reiskoffer lag op de achterbank. Daarin zat nóg een Makarov. Hij stopte het wapen achter zijn riem, sloot het portier af en rende Marten achterna.

51

Cabrera nam een brug over een gracht, rende daarna een zijstraat in en vervolgens nog een. Hij keek om: hij was alleen. Even bleef hij staan en keek om zich heen, onzeker over waar hij zich nu bevond of uit welke richting hij was gekomen.

De wereld om hem heen tolde. Ergens in de verte hoorde hij sirenes. Om de luchthaven te bereiken moest hij een metrostation zien te vinden. Hij keek nog eens om zich heen. Niets kwam hem bekend voor. Hij zocht naar een straatnaambord, een gebouw dat hij herkende, maar er was niets.

Hij begon te lopen.

Een ouder echtpaar met een hond aan de lijn kwam hem tegemoet. Hij hield de gestolen damestas stevig tegen zich aan zodat ze het ding niet zouden zien. Even later passeerden ze. Geen sprake van herkenning, zelfs geen blik, net als op de Nevsky Prospekt. Hij keek achterom. Waar was Marten? Waar was zijn schaduw?

Hij zag niets.

Als Marten zijn spoor in het museum kon volgen, dan kon hij dat ook op straat. Waarom was hij in godsnaam verliefd geworden op zijn zus? Het had de Amerikaan alleen maar naar hem toe gedreven. Had hij hem maar eerder gedood, dacht hij opnieuw, in Parijs of Manchester of zelfs in Los Angeles, maar dat had hij niet gedaan.

De helikopter.

Hij opende de damestas en nam de portefeuille van de vrouw eruit. Er zat kleingeld in, meer dan genoeg voor de metro, zeker genoeg zelfs voor een taxi. Ja, dat was het: een taxi. Op die manier zou hij slechts met een chauffeur te maken hebben, niet met het publiek.

De straat was smal en het was onduidelijk waar die naartoe leidde. Hier en daar werd hij door mensen gepasseerd. Nog altijd werd hij door niemand herkend. Hij was een van hen, hij was niemand.

Hij sloeg zijn ogen op naar de grijze hemel. Het werd al donker. Misschien nog een uur daglicht, maar beslist niet meer.

Hij sloeg een hoek om. Pal voor hem lag een gracht. Hij liep erop af. Welke gracht was het? Een bordje op een ijzeren reling bood uitkomst: EKATERINISKY-GRACHT. Nu wist hij precies waar hij was. Aan de overkant, rechts van hem, stond de bekende majestueuze Onze-Lieve-Vrouwe-kathedraal met vlak daarachter de Kanansky-brug en de Nevsky Prospekt. Daar reden om de paar minuten taxi's langs. De schietpartij had verderop plaatsgevonden. Er was inmiddels wat tijd verstreken, hij moest het er dus op wagen dat niemand hem zou herkennen. In looppas zette hij zijn vlucht langs de gracht voort. Nog honderd meter naar de brug. Zodra hij die bereikte, zou hij de trap naar het straatniveau nemen. Op de Nevsky Prospekt zou hij wel een taxi vinden die hem naar de luchthaven Rzhevka en de gereedstaande helikopter zou brengen. Het zou goed komen. Alles zou goed komen.

Over de Nevsky Prospekt volgde Marten het spoor terug. Hij had Cabrera over een brug zien spurten en vervolgens uit het zicht zien verdwijnen. Nog geen minuut later had hij diezelfde brug overgestoken, was nog twee huizenblokken doorgerend en had pas toen beseft dat hij hem was kwijtgeraakt. Hij liep nog een klein stukje door, een paar zijstraten passerend die nagenoeg verlaten waren, en was toen omgedraaid. Waarom wist hij eigenlijk niet. Het was gewoon het gevoel dat Cabrera helemaal niet zo ver had gerend en zich ergens dichtbij ophield. Maar waar?

Hij speurde de gezichten af. Elk ervan kon dat van Cabrera zijn. Iemand ombrengen voor zijn kleren of een ander voorkomen betekende niets voor hem. Voor hem had het leven geen waarde. Alleen… Marten herinnerde zich het landhuis in Davos en de blik in Cabrera's ogen toen hij samen met Rebecca was. Toewijding, onvoorwaardelijke liefde, dat waren dingen waarvan hij zeker had geweten dat Cabrera ze absoluut ontbeerde. Maar hij had zich vergist, want hij was erbij geweest en had het zelf gezien.

Hij passeerde meer mensen. Mannen, vrouwen; Cabrera kon iedereen zijn. Opeens dacht Marten aan Cabrera's kunstgrepen en dodelijke slinksheid in Los Angeles. Tegelijkertijd schoot Dan Fords waarschuwing in Parijs hem te binnen: 'En als onze beste Raymond op de een of andere manier toch nog leeft, zul je dat pas merken als het te laat is. Want dan staat hij voor je en sta jij met één been in het graf.'

Marten legde zijn hand op de Makarov achter zijn broekriem en bleef lopen. Zijn ogen schoten van de ene vreemde naar de andere. Cabrera was hier ergens, dat wist hij zeker.

Plotseling brak de staalgrijze bewolkte lucht die bijna de hele middag boven Sint-Petersburg had gehangen open en maakte plaats voor stralende zonneschijn. Aan de horizon begon de zon aan zijn trage ondergang en binnen enkele seconden baadde de hele stad in een adembenemend gouden licht. Hij werd er even door overrompeld en bleef staan om het schouwspel te bewonderen. Opeens besefte hij dat hij op dezelfde brug stond als waarover hij Cabrera had zien lopen, en hij keek om zich heen. Zijn oog ving een beweging op en hij zag een man in een geruit pak die beneden langs de gracht rende en al bijna bij de trap was die omhoogvoerde naar de brug waar hij zelf op stond.

Cabrera had zijn hand al op de trapleuning en wilde net de eerste tree op stappen toen hij plotseling als bevroren bleef staan. Marten stond boven aan de trap en keek op hem neer. Een lichte bries woei door Martens haar. De Amerikaan, de stad en de hemel kleurden schitterend geel op.

Koel, zelfs kil, draaide Cabrera zich om en liep terug zoals hij was gekomen. Aan de overzijde van de gracht baadde de Kazankathedraal in hetzelfde gouden licht. Ook daar voerden treden naar beneden en even leek het of een vaag bekend iemand op hen af kwam.

Hij pakte zijn tempo weer op. Hij hoefde niet om te kijken, want hij wist dat Marten achter hem de trap afdaalde. Hij zette het niet op een lopen, maar vervolgde zijn weg gewoon met vastberaden tred en bleef binnen Martens gezichtsveld. Ging hij rennen, dan zou Marten hetzelfde doen. Natuurlijk, hij zou hem misschien kunnen afschudden, maar de kans dat twee rennende mannen de aandacht zouden trekken was veel groter, en hij wist dat de politie in de buurt was. Hij hoorde immers nog steeds sirenes. Ze waren op zoek naar degene die de Barones, FSO-kolonel Moerzin en de man op het herentoilet van de Hermitage had vermoord. Ze zouden geen idee hebben wie de dader was, of het een man of een vrouw was en met welk signalement. Maar inmiddels zouden ze ook uitkijken naar iemand anders: een man in een geruit pak die zojuist op de Nevsky Prospekt twee mannen had neergeschoten.

Gewoon doorlopen, dacht hij bij zichzelf. Laat Marten maar komen. Eindelijk begreep hij het. Marten was nu híér, precies zoals het tot nu toe steeds was gegaan. Hij was hier omdat hij geacht werd hier te zijn. Het was de reden waarom ze in Los Angeles de degens hadden gekruist, waarom hij verliefd was geworden op Martens zus en misschien zelfs waarom hij de bloederige afdrukken had achtergelaten: Marten vormde een integraal onderdeel van zijn *soedba*, zijn lotsbestemming. Meer dan eens had Rebecca hem verteld hoe hij en haar broer op elkaar leken. Met hun talenten en hun lef waren ze aan elkaar gewaagd, ook wat hun moed, wilskracht en vasthoudendheid betrof. En beiden waren uit de dood herrezen. Marten was Gods laatste felle vuurproef, de ultieme test van zijn talent om de grootsheid te bereiken die God van hem eiste.

Maar dit keer zou hij, Cabrera, eens en voor altijd slagen en God bewijzen dat hij wel degelijk in staat was de rand der vergetelheid waar hij nu op stond de rug toe te keren.

Het diende heel eenvoudig te gebeuren. Het pistool en het Navaja-mes had hij nog steeds op zak. Marten was in de Hermitage geweest. Hij hoefde hem slechts te doden, zijn vingerafdrukken op het mes zien te krijgen en het mes in zijn zak doen, en iedereen in Rusland zou zien uit welk hout hun tsarevitsj gesneden was. De held die in zijn eentje de moordenaar van de Barones en kolonel Moerzin na een achtervolging door de straten van Sint-Petersburg in de kraag had gevat en hem ten slotte had gedood. Niemand zou zich meer afvragen waar een man in een geruit pak was gebleven of wie de twee mannen op de Nevsky Prospekt had neergeschoten of wie de man in het herentoilet van het museum had vermoord; hij zou zeggen dat het stuk voor stuk handlangers van de moordenaar waren geweest die het op zijn leven hadden voorzien. Evenmin zou het nog nodig zijn om naar de helikopter te gaan. Die heli zou nu naar hém toe komen.

Voor hem doemde een andere brug over de gracht op. Het was een voetgangersbrug, de Bankovsky Most, de oeverbrug, zoals deze werd genoemd. Het was een prachtige oude, klassieke brug met twee enorme griffioenen – het bovenlijf van een adelaar en het onderlijf van een leeuw – met gouden vleugels, die over beide zijden waakten. Links van hem stond een rij bakstenen gebouwen van twee en drie verdiepingen hoog. Hij liep door, met zijn rug naar Marten.

Nog even en hij was bij de brug. Daar zou hij Moerzins automatische Grach achter zijn broeksband vandaan trekken, de damestas als afleidingsmanoeuvre laten vallen, zich omdraaien en schieten.

Marten bevond zich een kleine twintig meter achter hem toen hij zag dat Cabrera de gestolen damestas van zijn rechterhand naar zijn linkerhand bracht en een blik wierp op de voetgangersbrug pal voor hem. Op dat moment zag hij Kovalenko. De Rus liep aan de andere kant van de gracht en bleef iets achter hen. Kovalenko was een slimme vent, wist hij, maar hij had hem nog nooit een pistool zien gebruiken. Hij wist evenmin in hoeverre de Rus zich bewust was van Cabrera's dodelijke snelheid en buitengewone trefzekerheid met een vuurwapen. Als Cabrera de brug nam en Kovalenko herkende, zou hij de Russische inspecteur in een oogwenk vermoorden.

'Thorne!'
Achter zijn rug hoorde Cabrera Marten zijn naam roepen. Hij liep door. Nog vijf stappen en hij was bij de brug. De reusachtige bronzen griffioenen boden een perfecte dekking. Marten zou in zijn eentje en zonder enige dekking over de brug lopen. De Grach voelde licht, zelfs speels aan in zijn handen. Het zou slechts één schot vergen, tussen de ogen.

Marten hield halt, bracht de Makarov met twee handen omhoog en richtte op het achterhoofd van Cabrera. 'Thorne! Verroer je niet!'
Er verscheen een halve glimlach op Cabrera's gezicht en hij liep door.
'Thorne!' beval Marten opnieuw. 'Dit is je laatste kans! Verroer je niet, of ik je schiet je ter plekke neer!'
Weer die halve glimlach. Cabrera liep door. Als een dove man die een ommetje maakte.
Heel even verroerde Marten zich niet. Daarna kromde zijn vinger zich langzaam om de trekker van de Makarov. Eén machtige knal weerkaatste over de gracht en tegen de omringende gebouwen. Splinters van het plaveisel schoten tegen Cabrera's voeten omhoog.
Cabrera lette er niet op en liep door. Hij was nu bijna bij de brug. In zijn gedachten was Marten al dood. Zijn rechterhand gleed naar zijn riem en hij greep de Grach.
Drie stappen, twee...
Hij was bij de brug.
En liet de damestas uit zijn hand vallen.

Op het moment dat Cabrera zich met de Grach in de aanslag omdraaide, had Marten zich al op de grond geworpen en rolde op zijn zij. Steunend op twee ellebogen richtte hij de Makarov op Cabrera. Een reeks van gedachten, alle hete hangijzers die Kovalenko al had aangeroerd, schoot in staccato door zijn hoofd: voor Red. Voor Dan. Voor Halliday. Voor de Squad.

Hij haalde de trekker over. Op dat moment schoot Cabrera ook. Er volgde een donderend gebulder van pistoolschoten. Betongruis sproeide in zijn gezicht en even werd hij verblind. Daarna zag hij Cabrera achteruitstrompelen. Zijn been zat onder het bloed en hij probeerde de Grach omhoog te brengen, maar het lukte hem niet. Het volgende moment klapte zijn been weg en zeeg hij ineen terwijl het automatische pistool over de bestrating kletterde.

Cabrera zag Marten overeind krabbelen en op hem aflopen, met de Makarov stevig in beide handen. Tegelijkertijd besefte hij dat hij op het plaveisel lag en dat de Grach vlak voor hem lag. Hij probeerde overeind te komen en het wapen te pakken, maar hij kon het niet. Alles onder hem was zacht, alsof hij op een bed van droge bladeren was beland. Plotseling zag hij dat Marten bleef staan en langs hem heen keek. Meteen keek hij zelf achterom om te zien wat Martens aandacht trok.

De vaag bekende gestalte die hij eerder aan de overkant van de gracht naar beneden had zien komen, naderde over de voetgangersbrug in zijn richting. Het was de Russische politieman, Kovalenko. In zijn hand hield hij een Makarov omhoog en zijn ogen waren koud als ijs. Cabrera voelde zich verward. Waarom hield Kovalenko dat pistool op hem gericht, vanwaar die blik in zijn ogen, terwijl hij hier zelf ongewapend en hulpeloos op de grond lag? Plotseling begreep hij het. Dít was zijn lotsbestemming. En dat was het al sinds die dag dat hij in het park in Parijs het Navaja-mes in de borst van zijn halfbroer had gedreven.

'Kovalenko, doe het niet!' hoorde hij Marten achter hem schreeuwen.

Het was te laat. De Russische politieman stond al naast hem.

'Nee! nee! Doe het niet!' hoorde hij Marten opnieuw schreeuwen.

Het volgende moment zag hij hoe de blik van de Rus verhardde en voelde hij de druk van de Makarov tegen zijn hoofd. Kovalenko's vinger spande zich om de trekker. Een donderende knal werd afgekapt door een allesverzengende flits schroeiend wit licht dat als een woeste stormvloed alles overspoelde. Het licht werd feller en feller. Om ten slotte…

… eindelijk te doven.

52

Baai van Sint-Petersburg, dezelfde tijd

Buiten, voor de stuurhut van haringtrawler nr. 67730, keken Rebecca en lady Clem naar de stad die baadde in de gouden gloed van het zonlicht. Twintig minuten geleden waren ze uitgevaren. Met een snelheid van acht knopen doorkliefden ze de lichte golfslag van de Finse Golf, die hier en daar met stukken ijs was bezaaid. De amberen gloed hield nog even aan, waarna, alsof het doek viel, de zon plotseling achter de wolken aan de horizon verdween.

De avond viel. Als gedreven door dezelfde kracht die zo-even de schittering over Sint-Petersburg had laten vallen, keken de twee vrouwen elkaar aan.

'De tijd zal de ergste pijn verlichten,' sprak Clem zacht. 'En uiteindelijk ook je gedachten. Daar zullen we aan werken, jij en ik. Echt, ik beloof het je.'

Rebecca keek haar een moment aandachtig aan. Ze wilde haar geloven, probeerde het. Ten slotte sloot ze haar ogen. Met een hartverscheurende snik verschenen de tranen. Lady Clem nam haar in de armen en hield haar vast. Stilletjes huilde ze mee. Het verdriet was misschien nog wel het pijnlijkst van alles. Na een paar minuten, of uren – wie kon het zeggen – en met de rollende zee onder zich wierp Clem nog een laatste blik naar Sint-Petersburg in de verte en ze leidde Rebecca naar de warmte en het licht van de stuurhut.

Sint-Petersburg, 19.40 uur

Kovalenko trapte de Ford op zijn staart en joeg hem in het donker het Sennayaplein over, weg van de brug, weg van de Nevsky Prospekt.

'Hij lag al op de grond, kon niet bij zijn pistool! Er was helemaal geen reden om hem te doden!' Marten was woedend.

'Kameraad…' Kovalenko hield zijn ogen strak op het verkeer gericht. 'Ik heb net je leven gered en dit is mijn dank?'

'Hij was ongevaarlijk.'

'Hij had nog steeds het mes, misschien nog een pistool. Wie zal

het zeggen? Een man als hij is nooit ongevaarlijk, tenzij hij dood is.'
'Je had hem niet mogen executeren!'
'Wil je de dames morgen bij het ontbijt treffen, of niet?' vroeg Kovalenko vervolgens. Hij sloeg de Moskokovsky Prospekt op, gaf weer gas en vervolgde de weg naar het vliegveld Pulkovo. 'Over dik een uur gaat er een vlucht naar Helsinki.'

Marten keek hem woest aan en staarde weer voor zich uit naar de koplampen van het tegemoetkomende verkeer, die als knipperende spotlights zijn gezicht beschenen.

'Eerst probeer je op een uitgekookte manier mijn vertrouwen te winnen, zelfs een kameraadschap op te bouwen' – Marten klonk verbitterd – 'en ondertussen probeer je me uit mijn tent te lokken, me op allerlei manieren informatie te ontfutselen. En als je dan eindelijk greep op me hebt, ga je ook nog eens zout in mijn wonden strooien over wat er met de 5-2 is gebeurd, over al die slachtoffers die Thorne in Los Angeles heeft gemaakt, en later in Parijs, mijn gevoelens voor mijn zus. Je regelt eerst een paspoort en een visum, zelfs een mobieltje. En als het moment daar is, stop je me een pistool toe om mij het vuile werk te laten opknappen! En dat heb ik gedaan, om al die redenen waar jij op aasde, en meer. Ik had hem te pakken, en maakte hem onschadelijk. Jij had hem kunnen arresteren, maar nee, je schoot hem dood.' Zijn blik doorboorde de Rus. 'Dit was een liquidatie, niet dan?'

Kovalenko hield zijn blik op de weg gericht. Hekken van aardappeltelers, ondoordringbare bossen van nog altijd kale berken en esdoorns, afgewisseld met een nog dichter woud van reclameborden voor Fords en Honda's, Volvo's en Toyota's trokken beurtelings in het schijnsel van de koplampen voorbij.

Kovalenko wierp een blik op Marten en keek weer voor zich uit. 'Hierna gaat het als volgt, kameraad. Eerst zal zijn lichaam worden ontdekt. Iedereen zal ontzet zijn als bekend wordt wie hij is. Het zal nog even duren voordat het duidelijk wordt wat zich precies in de Hermitage heeft afgespeeld, maar dan – vooral vanwege het mes in zijn jaszak – valt opeens het kwartje.

Al snel daarna komt de officiële regeringsverklaring dat de tsarevitsj dood is, vermoord terwijl hij de moordenaars van de Barones en FSO-kolonel Moerzin achternazat. De drie slachtoffers die hij onderweg heeft gedood, zullen als samenzweerders worden ontmaskerd. Daarna volgt een megaklopjacht op de dader of daders. Hoogstwaarschijnlijk zal een of andere communistische splintergroepering de schuld in de schoenen geschoven krijgen, want de democraten en de communisten verkeren nog steeds op voet van oorlog met elkaar. Om het gevoel van rechtshandhaving op te houden, zal er uiteindelijk zelfs een arrestatie en een proces kunnen volgen.

Je zus, de tsarina – geliefd door het Russische volk, en geliefd door een tsarevitsj die werd gedood nog voordat hij kon worden gekroond – heeft zich samen met haar goede vriendin en vertrouwelinge lady Clementine Simpson, dochter van de graaf van Prestbury, teruggetrokken om in stilte te rouwen.

Daarna volgt een periode van nationale rouw. Alexanders lichaam zal worden opgebaard in het Kremlin en hij zal tot nationale held worden uitgeroepen. Bij de staatsbegrafenis zal hij naast zijn vader en de andere Russische keizers worden bijgezet in de crypte van de St. Katharina-kapel van de St. Petrus en Paulus-kathedraal in Sint-Petersburg. Je zus, en ongetwijfeld ook jij, zullen aanwezig moeten zijn.'

'Dat is nog geen antwoord op mijn vraag...'

'Waarom ik hem heb vermoord? Hij was een gek. Rusland is niet bepaald gediend met een gek op de tsarentroon.'

'Wat je dus beweert...' Marten was nog steeds woedend, 'is dat als deze gek gewoon was gearresteerd, je hem voor de rechter had moeten laten verschijnen; hij levenslang zou hebben gekregen, of de kogel. Niet iets waar de Russische regering op zit te wachten. Vandaar dat je het zelf maar hebt opgelost.'

Kovalenko glimlachte flauwtjes. 'Onder andere, ja.'

'En dat andere?'

'Zoals ik al zei bestond er het gevaar dat hij het mes of misschien een reservepistool zou gebruiken. Stel dat je naar hem toe was gelopen en hij had alsnog geprobeerd je te doden. We kennen zijn werkwijze maar al te goed. Het zou in een flits zijn gebeurd. Je moest hem wel vóór zijn, of zelf het onderspit delven. Ja?'

'Zou kunnen...'

Kovalenko kneep zijn ogen iets toe en keek Marten aan. 'Nee, kameraad, niks "zou kunnen".' Hij hield Martens blik nog even gevangen om zijn betoog kracht bij te zetten en richtte zijn aandacht weer op de weg. 'Laat ik om te beginnen bekennen dat ik je al in de smiezen had toen we uit Parijs vertrokken, en ook dat ik je inderdaad het museum in heb gestuurd om Alexander uit te schakelen, omdat ik wist dat ik het kon, je een reden had, en ik er op deze manier geen anderen bij hoefde te betrekken.

Toen ik buiten op je wachtte, dacht ik even terug aan het weerzien met je zus, aan hoe ze reageerde toen ze je zag, en aan wat je tegen haar zei. Ik besefte dat ik een verkeerde beslissing had genomen. Zou jij de moordenaar van de tsarevitsj zijn geweest; dan had je haar nooit meer recht in de ogen kunnen kijken zonder de angst dat jouw blik voor haar de waarheid zou prijsgeven. De rest van je leven zou je het moeten meedragen: de wetenschap dat jij de man had gedood die ze liefhad, ook al was hij degene die hij was.

En dan, kameraad, is er nóg iets, een waarheid als een koe. Sommige mannen, ook al hebben ze nog zo veel talent en toewijding, al doen ze nog zo hun best, zijn gewoon niet voorbestemd voor een baan bij de politie. De wreedheid waaraan soms niet valt te ontkomen, zonder wroeging moeten doden als het niet anders kan, de wet negerend die ze gezworen hebben te handhaven, zit ze nu eenmaal niet in het bloed.' Hij keek weer even opzij en glimlachte vriendelijk. 'Jij bent zo iemand, kameraad. Je bent nog jong. Ga terug naar je Engelse tuinen, Barron. Daar is het leven veel beter.'

Epiloog

Kauai, Hawaï, vier maanden later

De zee was als helder turkoois en het witte zand was gloeiend heet. Iets verderop ging onder het oceaanoppervlak een onvoorstelbare kleurenpracht schuil. Onaardse witnuances, een lijnenspel van schitterend koraalrood en oogverblindend magenta, oranjeschakeringen die je op land nooit zult tegenkomen, zwarttinten die op geen zeekaart voorkomen – dit alles vormde de toverachtige wereld van tropische vissen die zich in Martens buurt waagden om te knabbelen aan de broodkruimels die hij ze al zwemmend uit een plastic zakje voerde. Hij bezag deze wereld onder water door zijn duikbril en zoog via zijn snorkel frisse lucht op.

Tegen zonsondergang borg hij zijn snorkeluitrusting op in de kofferbak van zijn huurauto en wandelde langs het verlaten strand bij Kekaha.

Een kort artikel over het gebruik van veldsteen in particuliere tuinen, dat hij aan een internationaal tijdschrift over huis en tuin had weten te slijten, had hem een voorcontract opgeleverd om maandelijks een serie soortgelijke stukken aan te leveren. Het bedrag, hoewel geenszins riant te noemen, stelde hem in staat per creditcard de huur van de trawler af te lossen. Daarna hield hij nog genoeg over om zijn gezonde verstand, of wat daarvan over was, te vertroetelen zonder daarvoor zijn spaargeld aan te hoeven boren. En dus was hij een week geleden, een dikke elfduizend kilometer vanuit Engeland, na eindelijk zijn langverwachte proefschrift en zijn studie te hebben voltooid en cum laude te zijn geslaagd, hier naar Kauai gereisd.

Mager en verbrand als hij was, met een baard van vijf dagen en slechts gekleed in een verschoten korte broek en een verbleekt T-shirt met de opdruk van de universiteit van Manchester, kon hij even gemakkelijk doorgaan voor een rondreizende strandloper.

Kekaha was het strand waar hij en Rebecca vroeger als kinderen om de paar jaar met hun ouders naartoe gingen. Hij kende het goed en koesterde er warme herinneringen aan. Vandaar dat hij er nu, in zijn eentje, zat. Om wat rond te zwerven, na te denken en weer greep te krijgen op wat er allemaal was gebeurd. En misschien eindelijk een tikkeltje gemoedsrust te vinden. Maar dat viel niet mee, leek zelfs bijna onmogelijk. Het decor was nog altijd wreed en weerzinwekkend, vervuld van een werkelijkheid die meer weg had van een nachtmerrie dan van een droom.

Alexander Nikolaevitsj Romanov, tsarevitsj van Groot-Rusland, was vijf dagen na zijn overlijden als nationale held begraven, precies zoals Kovalenko al had voorspeld. Rebecca en Clem waren naar Sint-Petersburg gereisd, en ook hijzelf was als lid van Rebecca's familie op speciale uitnodiging gegaan om zijn zus emotioneel bij te staan. Hij had in de grote grafkelder van de St.Petrus en Paulus-kathedraal gestaan, naast Rebecca's biologische ouders, de presidenten van Rusland en de Verenigde Staten en de premiers van nog een tiental andere landen.

De enorme aanwezigheid van buitenlandse hoogwaardigheidsbekleders en de media-aandacht die daarmee gepaard ging, werden slechts overtroffen door de enorme sympathiebetuigingen uit alle delen van de wereld. Het Kremlin alleen al ontving tienduizenden condoleancekaarten en twee keer zo veel e-mails. En hoewel de bruiloft tussen Cabrera en Rebecca nooit had plaatsgevonden, werden op het hoofdpostkantoor van het Kremlin twintigduizend aan Rebecca gerichte handgeschreven brieven bezorgd. Honderden boeketten waren achtergelaten op de voetgangersbrug over de Ekaterinisky-gracht, waar Cabrera aan zijn eind was gekomen. Overal ter wereld werden voor Russische ambassades kaarsen aangestoken en legde men bloemen en foto's van hem neer.

Dit alles, de hele ironie ervan, had aan Martens ziel geknaagd en hem razend gemaakt. Hoe kon de wereld weten of zelfs maar beginnen te begrijpen dat deze met tranen overgoten, plechtige, van staatswege georganiseerde praalvertoning ter ere van deze romantische, charismatische figuur die de eerste moderne tsaar van Rusland had moeten worden, eigenlijk niets meer was dan een grootse begrafenisplechtigheid voor de verderfelijke meervoudige moordenaar Raymond Oliver Thorne?

Het pakketje dat zo'n vijf weken na de begrafenis in Sint-Petersburg in Manchester was bezorgd, hielp Marten bij het besef dat hij, hoe overstuur ook, niet alleen stond in zijn gevoelens.

Op het pakketje, dat gewoon tussen de andere post had gezeten, stond geen afzender, alleen het poststempel MOSKOU. Erin trof hij één enkel A4'tje, getypt op regelafstand 1 en in vieren gevouwen. Bijgesloten zaten twee zwartwitfoto's. Op de eerste stond een datum/tijdcode van het LAPD, op de andere een handgeschreven notitie: *Staatsmortuarium, Moskou.* Het waren digitale reproducties van vingerafdrukken. De eerste herkende hij als die van Thorne, afkomstig uit zijn verbalisering door de politie van Los Angeles. Naar de tweede moest hij gissen, maar hij vermoedde dat ze tijdens de autopsie van Cabrera moesten zijn genomen. De afdrukken waren identiek en dezelfde als die van Dan Fords moordenaar en Thorne.

Op het getikte vel stond het volgende:

(1) FSO-kolonel Moerzin: voormalig Spetsnaz-militair. Twee jaar voorafgaand aan aanstelling in Moskou acht maanden met ziekteverlof om te herstellen van verwondingen opgelopen bij een speciale oefening. Daarvan zeven maanden doorgebracht in het buitenland. Bestemming: Argentinië.

(2) FSO-kolonel Moerzin: privé-rekening bij Credit Suisse in Luxemburg. Maandelijkse storting afgelopen drie jaar: tienduizend Amerikaanse dollars. Stortingen afkomstig van loonlijst van CKK, AG, beveiligingsbedrijf, Frankfurt, Duitsland. Juridische kwesties van CKK behandeld door de in Zürich gevestigde advocaat Jacques Bertrand.

(3) J. Bertrand plaatste de drukorder voor de menukaart van Davos bij de overleden drukker H. Lossberg uit Zürich.

(4) J. Bertrand was de persoonlijk advocaat van Barones De Vienne.

(5) Voormalig Spetsnaz-militair I. Maltsev: afgelopen tien jaar hoofd Beveiliging op Alexander Cabrera's ranch in Argentinië. Maakte deel uit van het jachtgezelschap ten tijde van met Cabrera's ongeluk. Als Spetsnaz-agent gespecialiseerd in vuurwapens en gevechtstraining met een bijzondere bekwaamheid in het messengevecht; tevens expert springstoffen en sabotage. Arriveerde drie dagen vóór Kitners dood door autobom in het Verenigd Koninkrijk. Huidige verblijfplaats onbekend.

(6) Banque Privée, Avenue Robert Schuman 17 bis, Marseille,

Frankrijk. Safe nr. 8989, bezocht door Alfred Neuss, drie uur voor zijn ontmoeting met Fabien Curtay in Monaco.

Dat was alles. Geen begeleidend briefje, geen handtekening. Alleen dit. Maar kennelijk had Kovalenko het opgestuurd. Nooit had Marten de Rus verteld over 'I.M.' of over de sleuteltjes van het kluisje, maar de informatie stond hier zwart op wit. 'I. Maltsev' was blijkbaar de 'I.M.' die Thorne/Cabrera had moeten treffen in Penrith's Bar in Londen. Maltsevs dodelijke kwaliteiten maakten het volstrekt helder dat het oorspronkelijke plan, een jaar eerder door de Barones en Cabrera gesmeed, was geweest om Kitner en zijn gezin na de formele presentatie voor de familie Romanov en vervolgens de gedwongen troonsafstand door Maltsev zo snel mogelijk te laten liquideren. Daarmee zou definitief een einde komen aan mogelijke aanspraken of bedenkingen door anderen.

Ook zonder een begeleidend persoonlijk briefje had Kovalenko zich ontpopt als een fatsoenlijke man. Hij was gewoon de zaak netjes af te ronden en met onderbouwing datgene wat ze samen hadden doorgemaakt te staven. Hoe het hem was gelukt om aan die LAPD-vingerafdruk te komen wist Marten ook niet, maar die moest wel van Hallidays diskette komen die Kovalenko aan zijn cheffin had moeten overdragen. Waarschijnlijk had hij zoiets wel verwacht en had hij eerst in het geheim, zelfs zonder het Marten te vertellen, de diskette gekopieerd.

Het hoe, wanneer en waarom maakte geen verschil. Het ging om de informatie en Kovalenko's bereidwilligheid die aan hem te sturen. Nu had Marten het onomstotelijke bewijs in handen dat Alexander Cabrera en Raymond Oliver Thorne een en dezelfde persoon waren. Daarnaast wist hij dat Cabrera naar alle waarschijnlijkheid door zowel Moerzin als Maltsev was getraind in het doden, en dat Moerzin, en misschien ook Maltsev, rechtstreeks in dienst van de Barones was. Hetgeen Marten, maar ook Kovalenko – dat wist hij zeker – ervan overtuigde dat het de Barones was geweest die de moord op Peter Kitner en diens gezin had bevolen en die bovendien Cabrera ertoe had aangezet om Neuss, Curtay en de Romanovs te vermoorden.

Wat had hij ook alweer tegen Kovalenko gezegd toen die hem vier maanden daarvoor op de luchthaven Pulkovo vlak voor zijn vlucht naar Helsinki door de paspoortcontrole had geloodst? 'Weet je wat ik niet begrijp? Waarom hij de damestas van die mevrouw roofde.

Om het geld? Hoeveel kon het hem hebben opgeleverd en waar had hij het voor nodig? Als hij gewoon was doorgelopen, zou hij waarschijnlijk zijn ontkomen.'

Kovalenko had hem slechts aangekeken en geantwoord: 'Waarom vermoordde hij zijn moeder?'

Die gedachten en vragen hadden weer tot een volgende gedachte geleid, iets wat Kovalenko rond diezelfde tijd had gezegd. Het had te maken met wat je nodig hebt om een politieman te zijn en de 'wreedheid waaraan soms niet valt te ontkomen, zonder wroeging moeten doden als het niet anders kan, de wet negerend die ze gezworen hebben te handhaven'.

Kovalenko had gesproken over politieagenten in het algemeen, maar Marten wist dat hij het niet zo bedoelde. De meeste smerissen, degenen met wie hij in Los Angeles had gewerkt, eerst op patrouilles en later als rechercheur bij Moordzaken, dachten net zo: dat ze de wet dienden te handhaven en zich niet aan eigenrichting schuldig mochten maken. En zo maakten ze lange, zware en vaak ondankbare uren terwijl ze intussen zowel door de media als door de burgers dikwijls als corrupt, machteloos of allebei werden beschouwd. Het gros van hen was geen van beide. Ze hadden gewoon een ongelooflijk moeilijk en gevaarlijk beroep, en dat onder meedogenloze schijnwerpers. Wat Kovalenko had bedoeld, was iets anders en kwam voort uit eenzelfde denktrant als die van Red McClatchy. Obscuur, gecompliceerd en verborgen. En hoewel duizenden kilometers hen scheidden en ze in volstrekt verschillende politieke werelden opereerden, hadden beide mannen te maken met wat zij als een en dezelfde waarheid beschouwden: dat er mensen en situaties bestonden waar de wet, de burgers en de wetgevers zich liever niet mee inlieten, en dat dus de last van wat je daaraan moest doen op het bord belandde van mannen als McClatchy, Polchak, Lee en Valparaiso, ja, zelfs Halliday en, uiteraard, Kovalenko; zij pakten die verantwoordelijkheid op en stapten buiten de wet om hun werk te kunnen doen. Met zijn bewering dat Marten niet zo'n politieman was had Kovalenko gelijk gehad. Zo was hij toen niet geweest en zo zou hij ook nooit worden. Het lag gewoon niet in zijn aard.

Dat op zich riep weer een nieuwe vraag op: wie was Kovalenko nu eigenlijk echt, en voor wie werkte hij? Hij vroeg zich af of hij het ooit zou weten, maar misschien wilde hij dat ook wel niet. Daarnaast vroeg hij zich af: stel dat het anders was gelopen in Sint-Petersburg, dat Cabrera niet op de vlucht was geslagen, dat hij hem in de Hermitage had uitgeschakeld zoals Kovalenko had gewild en dat hij vervolgens via de zijdeur naar buiten was gelopen – zou de Rus hem dan ter plekke hebben neergeschoten en daarmee de moordenaar van de tsarevitsj bij zijn ontsnappingspoging hebben gedood en de hele zaak hebben beëindigd? Dit was iets, zo leek hem nu, wat hij de Rus op de man af zou vragen, mochten ze elkaar ooit nog eens tegenkomen.

Het werd al donker. Wandelend langs de vloedlijn voelde Marten de ebstroom aan zijn voeten trekken. De laatste streepjes zonlicht aan de horizon vormden het enige licht. Hij draaide zich om en liep langs het water terug in de richting van zijn auto. Rebecca had zich er met een opmerkelijke kracht doorheen gesleept. Ze had zelfs in beide huizen van het parlement de Russen bedankt voor hun goedheid en steun in de vreselijke nasleep van de moord op de tsarevitsj. Naderhand had ze een privé-onderhoud met president Gitinov gehad, waarbij ze door hem persoonlijk was gecondoleerd en ze ook hem had bedankt. Na afloop had ze simpelweg verzocht om terug te keren naar haar oude leventje in Zwitserland en daarna had ze de daad bij het woord gevoegd. Ze zat er nu veilig en wel, beschermd door speciale agenten van de kantonpolitie van Neuchâtel, en zorgde weer voor de kinderen van de familie Rothfels.

Na alles wat er gebeurd was wist Marten dat hij dankbaar moest zijn, en dat was hij ook wel. Toch bleef er één ding aan hem knagen en dat was Rebecca's ware afkomst. De bevestiging bevond zich in Cabrera's kantoor in Lausanne, precies zoals hij had gezegd. Het complete dossier, zoals hij had vermeld met 'geld en volharding', volgde haar spoor terug tot in het archief van het inmiddels ter ziele gegane House of Sarah, het opvanghuis voor alleenstaande moeders in Los Angeles, en leidde naar een zekere 'Marlene J.' in een onbekende plaats, en vervolgens naar ene 'Houdremont' in Port of Spain, Trinidad, naar een 'Ramon' in Palma, Mallorca, en ten slotte naar een zekere 'Gloria', eveneens in Palma. En uiteindelijk naar haar koninklijke familie in Kopenhagen. Ook het DNA-rapport bevond zich daar, en hij had genoeg gelezen om te weten dat het authentiek was – althans, het zag er authentiek uit. Maar Cabrera of Thorne, of hoe je hem ook noemen wilde, en de Barones kennende, en wetend waar de laatste toe in staat was, wie kon dan nog ergens zeker van zijn? Het zou allemaal wel eens waar kunnen zijn, maar het zou net zo goed een slim plan kunnen zijn geweest om Rebecca de koninklijke komaf te geven die nodig was om de vrouw van de tsaar van Groot-Rusland te kunnen worden. Maar wat ging hij nu doen? Rebecca en de prins en diens vrouw verzoeken om opnieuw een DNA-test te laten uitvoeren? Met welk doel, anders dan voor hemzelf? Enerzijds had Rebecca een vader en een moeder die volgens haar haar echte ouders waren en van wie ze hield, en anderzijds hadden twee mensen die een dochter hadden verloren een wonder in de schoot geworpen gekregen. Hoe kon hij nu het risico nemen dat kapot te maken? Inderdaad, dat kon hij niet.

Hij liep verder en zijn gedachten gleden naar Clem. Nadat hij haar had verteld over het strand hier bij Kekaha en de dierbare herinneringen aan zijn jeugd, had zij voorgesteld om na zijn examens hiernaartoe te gaan om na te denken en bij te tanken. Een voorstel dat hij direct had aangegrepen. Toen hij had voorgesteld samen te gaan, had ze nee gezegd; dit was iets wat hij alleen en voor zichzelf moest doen. En hoezeer hij haar ook miste, ze had gelijk gehad. De combinatie van eenzaamheid, lange wandelingen en snorkelen had hem een innerlijke rust gegeven die hij zich niet eens meer kon heugen.

Clem was een mirakel, een heerlijke, soms angstaanjagende, liefhebbende, zorgzame vrouw met een groot hart. Hij zag haar al voor zich, thuis in Manchester in haar rommelige flat aan Palatine Road, bezaaid met boeken en paperassen, terwijl ze zich voorbereidde op het komende semester, en ondertussen voortdurend in de clinch lag met haar vader, die haar nooit anders had gekend.

Hij hield van haar en was ervan overtuigd dat zij ook van hem hield; toch wist hij dat ze vermoedde dat hij iets van zichzelf geheim had gehouden. Maar ze had nooit druk op hem uitgeoefend om dit prijs te geven. Het was alsof ze wist dat hij het wel te berde zou brengen zodra hij eraan toe was en ze bereid was daarop te wachten. Op zijn beurt wist hij dat hij dat op een dag ook wel zou doen, zodra hij zijn graad had gehaald, een goedbetaalde baan had en eens echt kon gaan nadenken over een leven met haar, misschien zelfs met kinderen. Maar dat was nog een jaar, misschien wel twee jaar weg en tegen die tijd, zo hoopte hij vurig, zouden de schimmen uit zijn verleden zijn verdwenen en zou hij zich genoeg op zijn gemak voelen om haar erover te vertellen. Over wie hij echt was, wat voor iemand hij was geweest en de waarheid over wat er was gebeurd.

Marten stapte uit de branding en liep over het zand naar zijn huurauto, in het blije besef dat hij de volgende ochtend naar Manchester en naar Clem zou afreizen, terug naar de groene, vredige wereld die de zijne was geworden. Wat had Kovalenko ook alweer gezegd? 'Ga terug naar je Engelse tuinen, Barron. Daar is het leven veel beter.'

Iets verderop stond zijn auto en naarmate hij dichterbij kwam, zag hij dat er in grote letters iets op de voorruit gekrabbeld stond. Het leek wel alsof het met een stuk zeep was gedaan. In het flauwe licht zag hij niet precies wat er stond. Hij had ook geen idee wie dit had gedaan of waarom. Maar wat kon het hem ook schelen? Het zou vervelend kunnen zijn, maar bezien in een breder perspectief stelde het niets voor.

Bij de auto aangekomen zag hij wat er stond. Zijn hart stokte hem in de keel en de rillingen liepen over zijn rug. Bijna over de hele breedte van de voorruit en geaccentueerd met een uitroepteken waren driftig en slordig de vier letters gekalkt die hem de grootst mogelijke schrik van zijn leven bezorgden:

LAPD!

Ze hadden hem weten te vinden.